Notes on English and American Literature

漫话英美文学

（第三版）

——英美文学史核心知识精编

常耀信　著

南開大學出版社

天　津

图书在版编目(CIP)数据

漫话英美文学 : 英美文学史核心知识精编 / 常耀信著. —3版. —天津 : 南开大学出版社, 2019.1(2020.9重印)
ISBN 978-7-310-05758-0

Ⅰ. ①漫… Ⅱ. ①常… Ⅲ. ①英国文学－文学史②文学史－美国 Ⅳ. ①I561.09②I712.09

中国版本图书馆CIP数据核字(2019)第002661号

漫话英美文学——英美文学史核心知识精编
MANHUA YING-MEI WENXUE
— YING-MEI WENXUESHI HEXIN ZHISHI JINGBIAN

南开大学出版社出版发行
出版人:陈 敬
地址:天津市南开区卫津路94号 邮政编码:300071
营销部电话:(022)23508339 营销部传真:(022)23508542
http://www.nkup.com.cn

唐山鼎瑞印刷有限公司印刷 全国各地新华书店经销
2019年1月第3版 2020年9月第2次印刷
210×148毫米 32开本 11.375印张 323千字
定价:45.00元

如遇图书印装质量问题,请与本社营销部联系调换,电话:(022)23507125

第三版前言

文学发展的线路宛似我们常见的地貌。它时而攀上崇山峻岭，又时而坠为满眼平川。前者多为世人瞩目，后者人们则常常视之为自然。世界文学如此，英美文学亦不例外。文学史所记录的主要是这条长线中人们仰视的最高点。

《漫话英美文学》实际是浓缩版的英美文学史略，也是对主干课教材精华的提炼；它的特点在于突出英美文学的学习重点，即主要作家及其主要作品。比如对于文苑百花齐放的英国维多利亚时期，本书只介绍这个阶段诸领域内最著名的作家以及他们的最为脍炙人口的作品，供读者赏析。对大学生和研究生来说，本书能够发挥“择要记录”的作用。英美文学作家及作品浩如烟海，分期也纷繁复杂，很难做到一览无余；唯有抓住重点，以点带面，方可得其要领。平日学习如此，赴考燃眉时刻尤其重要。《漫话英美文学》在这方面可为学生提供“一览众山小”的蓝图和框架，在有限的时间内最大限度地把握住纲要，从而取得事半功倍的理想的学习效果。对于读者大众来说，这也堪称一种了解英美文学概貌的快捷途径。

此外，本书也帮助读者在英美文学学习方面做些钩深致远的努力。英美文学底蕴深邃，它的魅力与其文化背景有关。作家的想象力需要滋养，文学作品之花需要浇灌。作家需要厚重的文化铺垫以滋补其创造力。这种文化铺垫宛如江河，是作家进行创作的取之不尽的源泉。英美文化传统这条河流，主要由三条支流汇合而成：希腊神话、《圣经》和亚瑟王传奇故事，这些是滋养英美乃至西方文学的三支伏流。《漫话英美文学》为人们探查这种文化背景提供了一把钥匙。

《漫话英美文学》的第二版自面世迄今已有十余载，随着时代的变迁，文坛也换新颜，新作家、新作品、新流派、新思维和新视角业已出现。笔者借第三版这一修订机会，在篇幅允许的范围内适当增补了一些内容，以飨读者。如能发挥某种启发作用，笔者既已不胜荣幸。

在《漫话英美文学》第三版即将出版之际，笔者作此回顾与说明，诚望与读者互通、共勉，也恳请读者对书中错讹与不妥之处不吝匡谬指教。

作者
2018 年 11 月
于天津

再版前言

本书原名为《漫话英美文学》，自首次面世迄今已十数载。在这期间，英美文坛出现了不少新人新书新评论，需要加以评介。再版为此提供了极好的机会。本书再版本有以下特点：

（1）对某些原有作家及作品进行了修订及补充。

（2）增加了对几十位当代英美作家的评介，包括近年来国内外文学评论界有关的新发展及新成果。

（3）增加了新的一章，即第四章，《应当思考的问题》。这些问题覆盖英美文学各阶段的要点，旨在提供线索，明确方向，活跃思路，以求在综合的基础上达到认识的升华。这些问题多为论文式问题（essay questions），需要论文式答案，故可有下列多层面的用处：

1. 作为应急，可满足报考研究生的年轻学子的需要，以供应考之用。

2. 对在学研究生，可帮助他们准备资格考试、选定论文题目、以及论文撰写前的研究。

3. 对英美文学的授课与指导教师，这些应有相当参考价值。

4. 对有意钻研外国文学的读者，可帮助他们发现新的研究领域。

在再版的准备过程中，王蕴茹参加进行了科研、编写及校对工作。

笔者希望，再版本能更好地为广大读者服务。由于本人水平所限，错讹之处一定不少，敬请读者和学者不吝指出。

作者

2003 年 11 月

于关岛

前 言

随着对外交流的发展，我国大学生对英美文学的兴趣日益增长。了解一下英美文学的文化背景及简史，便显得重要起来。大学生终日忙碌，于所修专业之外几乎无暇他顾；然而在他们的文化修养中倘无外国文学成分，又感莫大的缺憾。《漫话英美文学》拟以简短的篇幅，朴素的文字，使学生能忙里偷闲，于消遣中长些知识。本书如能达到为他们打开窥探英美文学宝库之窗的效果，笔者便不胜欣喜了。

本书共分三章。第一章旨在阐述《圣经》、希腊神话和亚瑟王传奇在英美文学中的重要影响。中外学者对此多有论述；笔者在阅读英美文学作品时也注意一俟略有所感，便抄笔录下。时光荏苒，铢积寸累，竟得纸百余张，不胜欣慰。今虽得以公诸同好，然而自知笨拙，并无创见，算是引玉之砖吧。二、三两章力求以通俗而风趣的语气简括勾勒英、美两国文学的历史状貌，略述它们的来龙去脉。英美文学名著浩如烟海，名家群芳竞艳，求全固不可能，粗掠亦深感不易。又限于篇幅，只好分别主次轻重，筛选一番，而入选者也常常只能得到寥寥几行文字。聊以自慰的是，两章“史话”中都收入一些关于英美文学评论界近年研究成果的较新材料。在介绍过程中，笔者力求浏览百家，但不囿于一偏之论、一隅之见，行文力戒寻章摘句，叙事力求钩深致远，触类旁通。各章自成一体，读者不妨择己所需者先读。

笔者虽困心衡虑，但因水平所限，书中仍会有错讹与不妥之处，企望专家和读者匡谬指正。

作者
1986 年夏
于天津

目　录

一、英美文学的三支伏流

我们阅读英美文学作品，常有一种余味未尽，耐人寻绎的感觉。造就这种艺术效果的因素很多，但最主要的要算产生这些作品的文化传统。西方的文化传统，归根结底，是由两种古老的文化源泉汇合而成的。一是古希腊的光辉灿烂的文化遗产，一是基督教所体现的思想体系。就对文学的直接影响而言，古希腊的神话和基督教的《圣经》已经成为浸润欧美文学的不可或缺的两支重要伏流。此外，在英国古代史上名震一时的亚瑟王和他的气概豪迈的骑士们，为后世遗留下一些蕴含深刻的传奇故事。随着时间的流逝，这些传奇故事浸染了一种神话色彩，虽说不能同神话与《圣经》相提并论，但对英美文学的影响也绝非无足轻重。至此，我们可以说，不了解这三个因素，便在不小的程度上失去了欣赏和体味英美文学的基础。

神话、《圣经》和亚瑟王传奇在英美文学中发挥作用的方式，概括起来有三种：最易辨认的是作家直接引用这些故事，作为创作素材。我们阅读这种作品时，要注意了解它们的历史背景。为此，读一些神话、《圣经》及亚瑟王传奇故事，对理解这类作品的内涵是颇有裨益的。

作家运用神话、《圣经》和传奇故事的另外一种方法，是把这些神话传奇故事的寓意融汇到自己作品的情节和人物性格里。这种手法，英美读者较易理解，因为他们谙熟本民族的文化传统。但对于我们中国读者来说，阅读这类作品便要费一番周折了。因为我们不像他们那样熟悉神话传奇故事的情节，更不了解它们的韵味，读到这种地方，就容易浮光掠影地一带而过，宛如丢了宝石还无知觉一般。要做到辨认和理解英美作家的这种技巧，需要我们对神话传奇故事有更深刻的了解。不仅要知道故事的来龙去脉，而且要清楚这些故事在英美文化传统中的地位。达到这点固然不易，但也绝非李白登蜀道所喟叹的“难于上青天”。

英美作家运用神话传奇故事的第三种方式更加隐晦，因而便更难察觉。就是说神话传奇故事的含义已潜入这些作家的内在意识之中，已成为这种意识的有机组成部分，因而这种潜意识便成为作家的笔的真正指挥者。在这种情况下，作品便有一种浑然天成的含蓄、鬼使神差的情味。这是神话传奇故事作为文化传统的一部分对人的思维所起作用的最高体现形式之一。神话传奇故事一般都具有浓厚的神秘色调，这是迷信、宗教以及神话传奇故事作家的善于敷彩设色的笔等多种成分糅合在一起的结果。但近代和现代科学愈来愈证明，抹掉其神秘的彩色，神话传奇故事常是以具有一定历史真实性的人或事件为基础的。这些故事之所以能逃脱时间的吞噬而流传至今，主要是因为它们深刻地反映了人的基本欲望、品性、处世为人的原则以及判断善恶是非的标准等。也就是说，它们简括而准确地披露出人的基本性质。而由于人性的进步相当缓慢，这些故事所说明的道理今天便依然适用。作家们发现，利用这些典故说理叙事，更易为人所接受，效果比运用当代语言要好得多。倘使作家在不知不觉间以神话传奇故事做自己作品的铺垫，他的作品底气就更足，人们读起来就更觉得回肠荡气，余味无穷。

西方文学运用神话传奇故事的历史，要追溯到柏拉图（Plato）。这位古希腊哲学家使用自己编撰的神话故事说明他要阐述的哲学论断，《共和国》第十章中的“厄尔神话”便是适例。中世纪是挖掘收集和编纂神话传奇故事并使之臻于完善的时代，也是这些故事进一步渗透进人们的思想意识而形成特定反应的基础的时代。这种提到某神某事和某位古人便在人的头脑里所引起的特定的反应，是一种文化传统业已形成并趋于成熟的标志；不言而喻，也是作家利用神话传奇故事达到某种艺术效果的必备条件。西方的文学家，特别是诗人，大多都善于从神话传奇故事里汲取创作素材。德国一些浪漫主义评论家提出，诗人必须有意识地为诗搭设神话支架，方可写出伟大的诗篇。许多现代评论家也断言，传统的或自己编撰的神话是文学——尤其是诗歌——的基本因素之一。不少现代作家则在文学创作过程中，试图把自己的故事安排在一定的环境和气氛中，使自己的人物遵照一定的模式行动，因而使作品具备独特的风格，开创了使用神话传奇故事的新传统。了解神话传奇故事对理解和欣赏西方古典作品和现代经典作品的重要性是显而易见的了。

有人曾把文学作品比作广播电台，把读者比作收音机，很有风趣地指出，电台的发射强度即便很高，收音机倘若零件不全，效果也依然不佳。一部优秀的文学作品，总是包孕丰富的。要欣赏这样的作品，读者本身的文化素养起着关键作用。文化素养包括许多方面，所谓“仰知天文俯晓地理”说的是知识侧面。知识多些，读起书来自然便有轻车熟路的感觉；反之就要步履维艰了。包括知识在内的文化素养便是作为“收音机”的读者的零件，零件愈齐备，收效便自然会高。让我们读一点《圣经》或神话传奇故事，多增加几个配件吧。

（一）《圣经》

一提起《圣经》，不少中国读者便会因它是基督教的经书而敬而远之。诚然，《圣经》有其神秘成分，让在“不语怪、力、乱、神”的传统熏陶下成长起来的中国人觉得荒诞无稽。但是，细读一下便不难发现，《圣经》既是一部记录古希伯来人（即犹太人）历史的史书，同时又是一部内涵深邃的哲学著作。在西方文化传统的形成过程里，它的影响是独一无二的：它的思想和哲理已经成为人们意识的重要组成部分，它的语言已渗透到人们的日常语言中；它已成为西方、英美文学作品最基本的素材宝库。因此，有人称西方文明为“基督教文明”，是不无道理的。

《圣经》由《旧约全书》和《新约全书》两部分组成。据传它的写作自公元前 9 世纪开始，到公元 2 世纪止，中间经过 1000 余年，出自不计其数的作者之手，到公元 1 世纪末，《旧约全书》业已成为犹太人的经书。到 2 世纪末，《旧约全书》和《新约全书》一并被基督徒接受为他们崇信的经书。此后到 3 世纪初，《圣经》便已初步定型。《旧约全书》谈的是犹太人的宗教信仰和历史；《新约全书》说的是耶稣的生平和基督教产生及其发展的历史。人们可能会对书名中的“约”字感到诧异。“约”字意“契约”。犹太教和基督教的传说讲道：上帝最初选定犹太人做自己的信徒，或曰“选民”，和犹太人的族长亚伯拉罕约定，只要犹太人对他笃信不移，他便答应把迦南（即今天的巴勒斯坦）给他们，使他们能安居乐业，无忧无虑地过活。这是“旧约”。后来犹太人逐步堕落，开始崇拜偶像，上帝震怒，使他们经历了一系列灾难，以示惩戒；并约定说，他将派一救世主下凡，拯救他们出水火。这是“新约”。这个救世主便是耶稣。上帝说，耶稣是他的儿子，凡信奉耶稣的人，无论是谁，都是他的“选民”。耶稣的信徒成为“基督徒”，基督教于是诞生。由此可见，犹太教和基督教所信奉的是同一个上帝，在《旧约》和《新约》之间存在着内在的连续性；这就是基督教的经书内也包括犹太教的《旧约全书》的原因所在。耶稣创立新教，激怒了当时的犹太教当局，后来被钉死在十字架上。他的门徒彼得等人不畏艰险，四处传教。基督教最初受压抑达300余年，不少基督徒殉难，至公元4世纪方被罗马帝国视为合法宗教。从此，它宛如春风野火般向欧洲各地传播，《圣经》随着也家喻户晓，妇孺皆知了。

《旧约全书》最初以希伯来文写成，《新约全书》用的是希腊文。公元前270年，72名犹太学者在亚历山大用72天时间把《旧约全书》译成希腊文，书名为《七十人圣经》（*Septuagint*）。这个文本内各章的名称及先后顺序，迄今尚为人们沿用，它的措辞对《新约全书》影响尤深。公元4世纪末，圣杰罗姆（St. Jerome，340—420）奉命把《圣经》译成拉丁文，他的底本便是《七十人圣经》。圣杰罗姆的《拉丁文圣经》（*The Vulgate*）是罗马天主教所接受的、在中世纪通用的唯一的《圣经》文本，但因在千余年内代代传抄，讹误颇多。把《圣经》译成英文的第一人是英国的宗教改革家约翰·威克利夫（John Wycliffe，1320—1384）。1524年，威廉·廷德尔（William Tyndale，1494—1583）发表《新约全书》新英译本，6年后他的《旧约全书》前5卷英译本问世。廷德尔信仰虔诚，学识渊博，而且文笔清新隽永，他的译文字里行间充溢着颇为感人的诚笃和尊严。1535年，米莱斯·科弗代尔（Miles Coverdale）在苏黎士发表《圣经》全文的第一部英译本，后世称《科弗代尔圣经》（*The Coverdale Bible*）。5年后，首部官方承认的英文本《圣经》问世，号称《大圣经》（*The Great Bible*）。16世纪中叶，在信奉天主教的玛丽女王在位期间，英国一些新教徒不堪忍受她的宗教迫害而逃往日内瓦，于1560年出版了他们翻译的《日内瓦圣经》（*The Geneva Bible*）。这个译本开本小巧，携带方便，文字也相当准确，只是旁注的新教偏见过于明显了。因此，伊丽莎白女王登极以后，英国国教的主教们又以《主教圣经》（*Bishops'Bible*，1568）进行纠偏。但是，《日内瓦圣经》的影响并未下降，是16世纪最通行的译本。17世纪初，英王詹姆斯一世下令组织学者重译《圣经》，1611年大功告成。其间学者们一丝不苟地考证和核实一切疑窦，在措辞上字斟句酌，力求表达准确无误。它的流畅的文字，读起来宛如诗一般的铿然有声，对后世英美文学的影响极大。尽管近百年来不少人又曾努力把《圣经》译成现代英文，但至今还未见一个可以代替钦定《圣经》（*The Authorized* [or *King James'*] *Version*）的文本出现，钦定本依然为人喜闻乐见，足见其生命力之强。1970年，《新英语圣经》（*The New English Bible*）问世，译文全部是现代英语，通俗易懂。罗伯特·布拉切尔（*Robert Bratcher*）主译的《福音圣经》（*The Good News Bible*）1976年出版；1978年《新英王詹姆斯圣经》问世。《圣经》已被译成1200余种语言或方言，是目前世界上居首位的畅销书。

西方及英美作家以《圣经》故事为素材进行写作的人很多。英国文学史上最古老的作品之一——长诗《贝尔武夫》（*Beowulf*）中便已谈到上帝，并说妖怪格兰代尔是该隐的后裔。该隐的故事取自《旧约全书·创世纪》章。该隐是上帝造出的第一个男人亚当和第一个女人夏娃的儿子，他出于嫉妒把弟弟亚伯诱杀，因而成为世间第一个罪人。说嗜血成性的格兰代尔是该隐的胄裔是合乎《圣经》的精神的。英国文学中宗教诗歌的第一个代表诗人凯德蒙（Caedmon，公元7世纪），相传目不识丁，但天使在他梦中出现，向他传授写诗歌的秘诀，于是他奇迹般地把圣经故事用古英语改写成读来朗朗上口的诗歌。14世纪诗人威廉·朗格兰（William Langland，1330—1400）所写的寓言故事《农夫彼尔斯的幻象》（*The Vision Concerning Piers the Plowman*）是传播基督教精神而警世劝善的梦幻故事。书中有教诲，有讽刺，有描绘，有叙述，情节生动，意境显豁，是英国幻梦寓言故事的开端。杰佛里·乔叟（Geoffrey Chaucer，1340—1400）的《坎特伯雷故事集》、（*Canterbury Tales*）中《和尚的故事》所讲的有几个就是圣经故事。其中说到亚当的堕落，情节取自于《圣经》的《创世记》。说的是上帝开天辟地，从一片混沌中造出天地、江河、鸟兽、树木花草，还用泥土造一个人，名叫亚当，又在他睡去时抽出他的一根肋骨，造一个伴侣给他，这就是夏娃。他们的住处美妙极了，到处是奇花异卉，果实硕硕，群鸟在空中悠闲地翱翔，群兽在地上自在地走动，天朗气清，惠风和畅，吃的、喝的、穿的、用的，一切应有尽有。这就是伊甸园的情景。上帝告诉他们，在伊甸园里可以尽情享乐玩耍，只是不要吃园中那棵知识树上的果子就行了。后来夏娃受魔鬼的挑唆，违令吃了禁果，还叫亚当吃，男人听信女人，便照办了。上帝发现以后，盛怒之下，把他们赶出乐园。据基督教讲，世人的堕落便由此开始。这就是“原罪说”的来源。

上面这段故事，到 17 世纪又被伟大诗人弥尔顿（John Milton，1608—1674）采用，成为史诗《失乐园》（*Paradise Lost*）的张本。这首长诗借古抒发胸臆，虽取材《圣经》，但诗人的思想却不受其控制。全诗以一半以上的篇幅描绘撒旦在天堂失宠，图谋复仇，诱致夏娃食禁果等一系列反叛行为，以及他百折不挠、自强不息的进取精神。我们知道，《圣经》里对他不曾有过这样的刻画文字。弥尔顿是虔诚的清教徒，本应以其精湛的诗笔讴歌全能的上帝，然而他却驰骋想象，把魔鬼撒旦描画成似乎盖世无双的英雄，这种世界观和创作的矛盾颇令人费解。但回顾一下诗人坎坷的生活际遇，疑难就会自行排解：诗人曾以满腔激情参加了 17 世纪英国清教共和革命，后来又饱尝革命失败、王朝复辟之苦。但他没有心灰气馁，深信革命理想不会因暂时挫折而寂灭，他甚至没有停止战斗，只是把武器换成一支犀利的笔，投入到另一条战线中去了。撒旦的形象因而成为清教革命者的象征，也带有诗人自况的意味。把撒旦打入地狱，把亚当赶出乐园的不容异己、残酷无情的上帝的形象，则有暗喻因一时得势而洋洋自得的斯图亚特王朝的寓意。诗中对亚当和夏娃的描绘，也不完全蹈袭《圣经》的情节。他们对走出乐园的态度很发人深思。当他们被天使领到伊甸的东门，回首望见“幸福乐园的东侧，/那上面有火焰的剑在挥动，/门口有可怖面目和火武器的队伍”，[1]他们没有失去生活的勇气，而是很快就拭掉滴下来的眼泪，正视横卧在他们眼前的茫茫世界。诗人旨在表明，人要亲自品尝生活的味道，才可真正成熟起来；而这只有在摆脱上帝的“惠顾”、恢复人的本来的自由时才有希望做到。因此，在一定意义上讲，《圣经・创世记》的这段故事为诗人提供了表达思想的媒介。

弥尔顿的悲剧《力士参孙》（*Samson Agonistes*），取材于《旧约全书・士师记》。《士师记》所记载的是以色列人在民族英雄——士师们的领导下，为民族解放而斗争的故事。士师之一的参孙，是个大力士，他的力气足以使他赤手空拳撕裂一头向他吼叫的狮子。参孙的秘密隐藏在他的头发里：自他降生起上帝就告诉他的父母不要为他理发，因为只要头发在，他就会力大无比。参孙任以色列士师达20年，使侵略者非利士人望而生畏，不敢轻举妄动。但他有一个致命的弱点，这导致了他的悲剧：参孙好色，于是非利士人巧施美人计，让一个名叫达利拉的漂亮姑娘去勾引他。参孙果然坠入情网而不能自拔，向情人吐露出“秘密”。非利士人趁他睡去时剪去他的头发，使他束手就擒。非利士人剜出他的双眼，把他抛入暗牢推磨，作牛马用。参孙受尽侮辱，认识到自己悖逆圣训的罪过，祈求上帝宽恕和帮助他。于是他的头发又滋生出来。后来在一次非利士要人都参加的宴会上，参孙又被拉来供人嘲弄和侮辱，他便双手抱住两根柱子，使尽平生气力把它们拉倒，致使大厦倾倒，参孙虽同非利士人同归于尽，但却达到了复仇的目的。参孙在逆境中仍不甘屈服，很有我国古代越王勾践卧薪尝胆，伺机复仇的精神；倘然我们再同弥尔顿后期的心境联系起来，便不难看出诗人以参孙自喻的意图。

在弥尔顿稍后一些的约翰・班扬（John Bunyan，1628—1688），写了一部著名的书，叫《天路历程》（*The Pilgrim's Progress*）。这是一个梦幻寓言故事，描述主人公基督徒历尽艰险奔向天国的经历。全书自首至尾浸透基督教义，把《圣经》所阐述的许多概念人格化，以达到劝善与教诲的目的。比如“原罪”思想，在书里被写成使基督徒寝不安席、食不甘味的“负担”。在基督徒决心卸掉重负而启程去天国的路上，他的指路人是福音传布者。他见到一间满布灰尘的客厅，后来得知，客厅代表人心，尘土是“原罪”的象征，唯一可使客厅空灵清润起来的是“福音夫人”。一次基督徒看到有人向火上撒水，又有人却向上面喷油，后来得知，火象征人心中的“圣恩”，撒水者是魔鬼，浇油者是基督。就这样，基督徒步履艰难地经历十个阶段，最后才到达天国极乐之地。这种寓言梦幻故事在相当一段时间内非常风行，班扬的《天路历程》曾被译成100多种语言。

伟大的浪漫诗人拜伦（George Gordon Byron，1788—1824）的神秘剧《该隐》（*Cain*），写成于19世纪初，主题也是《圣经》故事。不过，同情革命的拜伦和弥尔顿一样，在构思造意方面也有“偷梁换柱”之嫌。如上所讲，按照《圣经》的传统说法，该隐出于嫉妒，杀死弟弟亚伯，因而被上帝判处到处流浪，成为丧家之犬。然而在拜伦的笔下，该隐的形象却迥然不同。他对上帝的善表示怀疑，对父母和弟弟卑躬屈膝趋奉上帝的态度和做法异常鄙夷。诗人把卢息弗（魔鬼撒旦的别名，也叫路西法）作为不畏强暴、渴求自由的精神的化身，着意刻画，让他开导和激励该隐去反抗贪得无厌、暴戾恣睢的上帝。拜伦写剧时法国革命业已失败，拿破仑已被流放到圣赫勒拿岛，欧洲封建主义反革命势力猖獗一时。强项傲岸的拜伦先是以笔为枪、后则投笔从戎，坚持拿破仑的“力敌万邦”的战斗精神，向封建势力进行英勇斗争，《该隐》便是他的战斗诗篇之一。

拜伦的抒情诗集《希伯来歌曲》，多次借《圣经》的题材抒发己见，以达到借古说今的目的。其中《扫罗王最后一战之歌》，音调铿锵，字字珠玑，对扫罗王尽情赞美和誉扬。扫罗王的故事取自《旧约全书·撒母耳记》，讲的是古以色列国第一个国王扫罗领导人民反对侵略和压迫的故事。扫罗在反抗非利士人的战斗中受箭伤而自杀身亡，但他在死前还勉励将士继续战斗：

> 战士和酋长们！如果弓箭和利刃
> 在我率领主的大军时刺进我心，

别理会我的尸体吧，尽管我是国王，

要把你们的钢埋进迦特人的胸膛！[2]

出现在《失乐园》和《该隐》里的魔鬼，又成为德国作家歌德（Goethe，1749—1832）的名著《浮士德》的主要角色之一。不过名字不是撒旦或卢息弗，而是靡菲斯托菲勒斯。他在该书《天上序幕》一节里，先同天帝赌赛，扬言可以取得浮士德的灵魂；后来又在浮士德的书斋里和浮士德订立契约，答应满足他的一切欲望。刚愎自用的浮士德果然同意把自己的灵魂卖给他。这两次赌赛展开了《浮士德》一剧的丰富多彩的内容。后来，浮士德终于死去，魔鬼和天使们进行了一场争夺浮士德灵魂的战斗，魔鬼的计谋失败，天使们把灵魂运往天国。靡非斯托非勒斯在剧中代表了否定一切的虚无主义，认为“永恒的创造是毫无意义的”；诗人还通过他针砭社会的丑恶和弊病。我们不妨顺便提一句，“把灵魂出卖给魔鬼”这一概念也已进入到我国人民的生活和文学语言中来。在老舍的《四世同堂》里，一位共产党地下工作者和做日本侵略者帮凶的牛教授谈话时，就一针见血地指出，他“已把灵魂出卖给魔鬼”了。这里所取的是这句话的含意里贬义的一面。

19 世纪英国著名诗人亚瑟・休・克拉夫（Arther Hugh Clough，1819—1861）的《复活节・那不勒斯 1849》和《复活节 II》两首诗，通篇引用《圣经》关于耶稣遇难又死而复活的典故。据《新约全书》记载，耶稣因传布基督教信仰而触怒犹太当局和罗马总督，被钉死在十字架上，死后由其信徒约瑟收尸，埋葬在约瑟刚为自己准备好的新石墓中。[3]耶稣死后第一个安息日的拂晓，两个叫玛利亚的女人前去探墓，见天使已把墓门启开，告诉她们耶稣业已复活的消息，嘱托她们把这一信息传递给耶稣的门徒。[4]耶稣复活后在加利利海滨向彼得及其他十个门徒显身。[5]克拉夫生活在信仰开始出现危机的时代。当时，不少善于思考、思想敏感的人，包括哲学家约翰・斯图亚特・米尔（John Stuart Mill，1800—1873）、历史学家和散文家托马斯・卡莱尔（Thomas Carlyle，1795—1881）以及诗人丁尼生（Alfred Tennyson，1809—1892）、马修・阿诺德（Matthew Arnold，1822—1888）等人，都经历了由现代科学和工业化所引起的思想动摇和精神不安，克拉夫也不例外。他的《复活节》诗是他这种心境最熨帖的写照。《复活节·那不勒斯1849》的几个诗节都以“基督没有复活”为结尾，全诗劝人“吃、喝、死”，不要寄希望于上苍，因为那里没有天国和永生。然而，在《复活节Ⅱ》里，诗人又一反前面所言，劝人不要绝望，再三强调“基督还要复活”。换言之，上有天国，人可望永生。克拉夫运用《圣经》的典故巧妙准确地表达出英国维多利亚时代不仅仅一代人的精神状貌。

很有意思的是，耶稣蒙难的题材在我国文学里也不陌生。我国当代诗人艾青 1934 年 6 月在《诗歌月报》上发表一首名为《一个拿撒勒人的死》的诗，就是取材《圣经》中耶稣之死的故事。他说的“拿撒勒人”便是耶稣。艾青引用《新约·约翰福音》第十二章里的一段话作诗的序：“一粒麦子不落在地里死了，仍旧是一粒；若是死了，就结出许多子粒来。”诗人显然以歌颂的口吻叙说耶稣遇难的故事：

> 大地无言地默着，
> 只有原野的远处
> 传来飓风的吼叫，
> 整个的苍穹下
> 聚集着恐怖的云霞……
> 白日呵，将要去了！
> 在这最后的瞬间
> 从地平线的彼方
> 射出一道巨光
> 这巨光里映出
> ……
> 写着三种文字的罪状：
> “耶稣，犹太人的王。”[6]

艾青的长达 160 行的诗描写了耶稣其人、犹大的背叛和耶稣的殉难，其情节大体遵循了《新约全书·约翰福音》第十二章至第十九章的内容。我们知道，作者因参加中国左翼美术家联盟，曾于1932年7月在上海被捕。作家这个时期的诗流露出一种受压抑的情绪和反抗的精神，《一个拿撒勒人的死》便是其中的一例。

19世纪的美国作家利用《圣经》故事为题材进行写作的也大有人在，沃尔特·惠特曼（Walt Whitman，1819—1892）和斯蒂芬·克兰（Stephen Crane，1871—1900）便是明显的例子。惠特曼的《草叶集》（*Leaves of Grass*）里有一章叫《亚当的子孙》，共16首诗，它们相互之间虽无结构上的必然联系，但全章却用“亚当在伊甸园”这一传说贯穿起来，因而诗意浑融，艺术效果完整。诚然，作者并未篇篇用典，而只是在第一首、第八首和最末一首诗里粗略而忠实地使用了《圣经·创世纪》的故事。但这三首位处全章的关键位置，很有牵合拉拢的支架作用。在第一首诗内说话的是亚当，他对过去和现在感到心满意足，对自己的堕落既无懊悔之意，也不到未来那里去寻觅天堂乐土。他对眼前的一切感到亲切和眷恋，觉得这是真正的乐园所在。惠特曼笔下的亚当和夏娃一片古朴率真，对生活，对爱情，充满了发自内心的热爱。如果我们联想到惠特曼对上升时期到处一片生机勃勃的美国感到由衷的骄傲，以诗歌尽情歌咏这个年轻国度的成长的话，我们便会发现，诗人用泰初伊甸园故事为媒介来表达自己的积极入世态度，是再恰当不过的了。在第八首诗里，诗人同亚当似乎融合为一体。“我”暗示说，亚当没有死，他所体现的纯真状态没有消失，人们完全有希望、有潜力返璞归真。同时，诗人也向世人表明，美国人开拓原始荒野、把边界逐步向西部推移，实际是在重建伊甸，恢复失去的乐园和人类原来的淳朴。这又是对“成千上万奔向生活的民众”的建设事业的颂扬。在第十六首中，诗人已经成为亚当，从一夜酣睡中醒来，在一片晨曦清露的黎明，精神极为纯净怡悦，恰似再生一般。细味《亚当的子孙》章内各篇，不难看出，伊甸园传说浸透其精神和文字。同弥尔顿和拜伦一样，惠特曼打破传统的羁绊，巧妙地运用传说为自己的艺术创作服务。亚当在他的笔下已不是“堕落”的象征：他成为人类原始的纯洁的体现。在诗人看来，亚当依然如前，他的后代却已失去天真；亚当的子孙应经过火热的生活——包括性生活——的磨炼，而恢复祖先的精神。《亚当的子孙》以亚当的露面开始，以身为其后裔的诗人变成亚当为结束，恰切地表达了诗人对现代人的成长所持的观点。其实，《草叶集》全书就是歌颂美国人重建伊甸园的诗作，故惠特曼有“亚当的诗人”之称。

斯蒂芬·克兰是 19 世纪末美国自然主义作家。资本主义发展进入垄断阶段，贫富不均的现象日趋严重，随着西部边界的最后封闭，人们失去了奔往西部寻觅出路的最后一丝慰藉和希望。生活变得冷酷无情，宇宙似乎没有了主宰，人在世界上已轻如鸿毛。克兰的小说深刻地反映出这个时期人的绝望情绪。他的诗歌不少是描写上帝对人间冷漠无情的。例如他的《战争是仁慈的及其他诗行》里的一首诗中写道：

> “你可曾造出过一个正直的人?”
> “噢，造过三个，”上帝回答说。
> “可是，两个已经死掉，
> 而第三个——
> 听，听啊!
> 你会听到他的倒地声。”

诗人在诘问上帝世道为何如此不公道，并指出，穷原竟委，祸根在他。不言而喻，这一诗段是以上帝创世造人的传说为基础的。[7]当然，克兰也偶尔写些恭维上帝的诗，《蓝色的军团》便是一例。这首诗颇有一种《圣经》上所讲的“最后的审判”的味道。

20 世纪英国文坛上的著名诗人叶芝（William But1er Yeats，1865—1939）的诗歌，就充满着各种古代神话和传说，包括凯尔特人的神话，希腊罗马神话，基督教神话和传说，还有他自己杜撰的神话体系。他的这种特点在他写的《一件衣服》一诗中明显地表示出来：

> 我给我的诗歌做过一件衣服
> 从头至尾满布

用种种古代神话
做的刺绣。

叶芝运用神话和传说的方法，很像古希腊悲剧作家欧里庇得斯（约公元前 480—前 407 年），以神话和传说为机杼，构思造句，但评说的却是现代生活。当然，他直接引用圣经故事的诗也不少，描述所罗门王和示巴女王的故事的诗便是适例。据《旧约全书·列王记》说，古以色列王所罗门是一名贤明的君主。在他的治理下，古以色列国无内忧外患，百姓安居乐业，一派升平景象。所罗门因两件事而著称于世，一是他的过人的才智，一是他的巨额财富。他大兴土木，不惜巨资修建耶路撒冷神殿。他名闻天下，各地前来拜谒的摩肩接踵。古阿拉伯半岛上的示巴国女王闻说后半信半疑，决心到以色列王都去亲眼看个究竟。女王和所罗门对坐侃侃长谈，把心里的全部疑难提出请所罗门回答。这位以色列王果然名不虚传，他对所有问题，无不做出圆满回答。示巴女王又参观了所罗门的豪华王宫，看到了数不清的金银财宝，以及数以千计的婀娜多姿的后宫嫔妃，终于心悦诚服。国王和女王互赠厚礼，女王高兴地离去。后来，所罗门王沉湎于酒色，不顾人民的疾苦，国力逐渐衰竭，他死后不久以色列国便分裂，遭到异国的侵掠和蹂躏。所罗门会见示巴女王的故事，诗人叶芝追述过不止一次，《论女人》、《所罗门致示巴》和《所罗门与女巫》都是突出的例子。叶芝非常善于联想和想象，他经常展开想象的翅膀，大胆地描绘所罗门和示巴女王之间的爱情关系。显然，在叶芝心日中，示巴女王是美丽的象征。不少《圣经》故事的编写者，如美国的赫尔伯特和波兰的科西多夫斯基，都绘声绘色地描摹过示巴女王的美貌；[8]但是《旧约全书·列王记》中却没有这种记载。叶芝还臆断在国王和女王之间存在过永恒的爱情，抱怨《圣经》对此长期缄默不语。他指出，他们彼此洞察到对方的内心世界，造出一面镜子，透过表面的面具，看到对方的爱的真相。细读《所罗门与女巫》，这一层意味就显而易见了。三首诗都说到爱的力量，它的苦辣酸甜，相爱双方的炽烈情感，很可能有诗人自况的意味。

基督教和《圣经》对T. S. 艾略特（T. S. Eliot，1888—1965）的诗歌的影响之大尤其不能低估。艾略特的思想发展过程是逐步加强宗教信仰的过程。此外，这个人好似生性喜欢用典，在诗中直接引用《圣经》的段落和故事，在他是习以为常的。我们不妨以《吉隆辛》和《贤人朝圣记》两首诗中某些段落为例略做剖析。《吉隆辛》描述一个枯瘦的老者为他自己及祖先的罪孽所累，对生活失去希望，祈求上天给他以奇迹看，可是奇迹的出现又带来黑暗：

> 奇迹被视作为奇妙的事。“我们想看看奇迹！”
> 用语言表达的福音，福音是无声的，
> 它用黑暗做襁褓包来。

对中国读者，这简直无异于读天书！然而熟悉《圣经》的人，悉心体味后便会发现，艾略特是在援引《圣经》的有关章节。据《马太福音》记载，犹太人法官和法利赛人以嘲笑口吻对耶稣说：“我们想看看你的奇迹。”耶稣因对他们亵渎圣灵不满，便拒绝了他们的要求。又据《约翰福音》开首讲，“泰初有福音，福音同上帝并在，福音即上帝。”我们知道，这“福音”后来在艾略特的《圣灰节》一诗中出现，颇有失而复得之妙。“它用黑暗做襁褓包来”一句的出处查来也蛮有趣味：《旧约圣经·约伯记》第三十八章记载上帝向约伯吹嘘自己的功绩时，说到如何把汹涌澎湃的大海制服的经历：“我以乌云做它（指海——笔者）的衣服，以混浊的黑暗做它的襁褓。”《新约圣经·路加福音》提到圣母玛利亚“用襁褓”把耶稣包起。这意味着耶稣的降生确是奇迹，但它为罪孽深重的法利赛人和犹太人带来的却不是光明。艾略特除援引《圣经》外，还运用了一个名叫兰斯洛特·安德鲁斯的人有关圣诞的讲道稿。这篇讲话中说道：“奇迹被视为奇妙的事……不能用语言表达的福音；永恒的福音是无声的。”

《贤人朝圣记》写于1927年。在艾略特的早期作品里，基督教的位置是微不足道的。这期间的作品，如《J. 阿尔弗瑞德·普鲁弗洛克的情歌》及《荒原》等，深刻地表现了20世纪初期弥漫西方的精神危机和绝望情绪，对基督教在拯救西方文明中的作用缺乏信心。可是，过了几年，他的态度似乎发生了突然变化，1930年发表的《圣灰节》，表达了他对宗教救世的坚定信念。这样看来，《贤人朝圣记》则是诗人在清幽静寂中沉思默想，最后转向宗教求援的过程的记录了。在这里，我们可以清楚地看到诗人思想发展的脉络。诗人显然想到了诞生和复活，他把耶稣的降生视作世界新生的标志。《荒原》表现出死的欲望；《空心人》描述的是灵魂的寂灭；《贤人朝圣记》却充满对新生的憧憬。《朝圣记》取材于《新约全书·马太福音》。《马太福音》第二章讲道，耶稣在伯利恒降生后，有三位东方圣人来到耶路撒冷求见，并说："我们在东方看见他的星，特来拜他。"耶稣的降临人世是新时代的开端，是众生脱离罪恶渊薮的希望的象征。艾略特采取这个传说作为诗的素材，表达自己思想的转变，在西方人看来寓意幽深而透彻。《朝圣记》的叙事人是三贤之一，叙事时间是事情发生许多年以后，叙事内容包括路途跋涉之苦，对耶稣殉难的遐想，对死、复活与再生的展望。艾略特对各种景象描绘得很细腻，引导读者在不知不觉中入其胜境，语言朴素，格律变通，在构思和造句上都可谓用心良苦了。

美国著名作家海明威（Ernest Hemingway，1898—1961）的成名作《太阳照样升起》，题目便是摘引《旧约全书·传道书》第一章第五节内一句话。这一节说："日头出来、日头落下、急归所出之地。"《传道书》不少章节讲的是人生如梦幻泡影，世间一切有而若无、实而若虚。第一章所讲尤其深刻和集中。传教士说："一代过去，一代又来，地却永远长存。日头出来、日头落下、急归所出之地。风往南刮、又向北转，而且返回转行原道。江河都往海里流，海却不满，江河从何处流，仍归还何处。万事令人厌烦。"这一段话，海明威节引过来，做小说的引言。它的意思很显豁，讲人生虽忙碌不堪，但注定到头来是无所作为，一切都虚无缥缈，回首往事会味同嚼蜡。这种虚无主义的思想之所以对海明威有吸引力，是因为作者本身对人生有同样感受，他的小说要描绘的正是一幅现代荒原幻境。海明威和艾略特一样，认为现代（西方）世界冷漠无情，人的地位无足轻重，面对生活的压力，人无法改变自己的命运，任何努力也将成为于事无补的挣扎。这是《太阳照样升起》一书的主旨。他描写一伙第一次世界大战以后客居巴黎的美国人和英国人，终日彷徨苦闷，宛如地府幽灵一般游荡在现代荒原——巴黎，整日里无所事事，以酒浇愁，内心十分荒凉凄寂。主人公杰克·巴恩斯在战争中阴部负伤，无力爱他人，也无法回答他人的爱。他竭力自控，保持清醒的头脑，以在这个世界上活下去。巴恩斯是典型的海明威式主人公，他表现出英国哲学家贝特兰·罗素（Bertrand Russell，1872—1970）所说的"绝望中的勇气"。罗素在《一个自由人的信仰》（"A Free Man's Worship"）一文中提出，人的生命既短暂又无力，无情而黑暗的毁灭在缓慢地、稳步地降在人和他的种族身上，任何热情、英雄行为、强烈的思想感情，都不能使个人的生命免于死亡；历代的努力、献身精神、灵感、人类天才的最灿烂的光辉，也注定要随着太阳系的全部毁灭而消亡。所以他提出，人要自爱自强，在绝望中也不气馁。海明威所描述的大体是这样一个无望的世界，以及在这个世界上鼓起勇气作无谓斗争的"精力不足"的人们。杰克·巴恩斯便是一个典范：作者欲表明，杰克在性行为方面的无力，是现代人精神无力的集中象征。他的痛苦挣扎从根本上讲不可能产生任何有益的结果。小说的结构和内容正有力地说明了这点。仅以结构方面的一个特点为例，在小说的开首，杰克和他的情人布雷特夫人离开酒吧和朋友，同乘出租车游荡，司机不知道去哪里。显然，小说以漫无目的开始。小说结尾时，二人又坐进一辆出租车，在马德里大街上兜风：说明小说以漫无目的结束。这岂不正是《旧约全书·传道书》内所讲的条条江河终入海，太阳日日西复东，宛如风一般地南徙北迁游转不停的调子吗？倘若我们再读一读《传道书》第一章第十四节（"我见日光之下所做的一切事，都是虚空，都是捕风。"）便不难理解作家引用《圣经》做小说书名的用意了。

直接援引《圣经》做题目，从而为故事渲染气氛，奠定基调的例子，远非海明威一人。他的同代作家威廉·福克纳 William Faulkner，1897—1962）在这方面的做法有过之而无不及。《押沙龙，押沙龙!》（*Absalom，Absalom!*）和《去吧，摩西》（*Go Down，Moses*）便是很明显的例子。《押沙龙，押沙龙!》描述一个雄心勃勃要发家立业，但一生惨淡经营后却只落得个失意潦倒下场的人的悲剧故事。托马斯·塞德潘胸怀宏图，立志要摆脱贫贱的社会地位，登上社会的顶端，并决心建造一座宏屋作为他发迹的象征。他单身出走西印度群岛，同一位有黑色血统的女人结婚，生一子名查尔斯·波恩。后来把母子抛弃，回美国用剥削黑人的血汗所得造屋。屋成，又婚，生一子名亨利，一女名裘迪丝。光阴荏苒，查尔斯来美国，同裘迪丝相爱，亨利气急败坏，杀查尔斯而酿成兄弟自相残杀的悲剧。塞德潘拒不承认查尔斯为骨肉，是父子为敌的典型。兄弟阋墙，父子反目，兄妹乱伦，这些在作家看来无疑导致了塞德潘的家族和个人悲剧。福克纳旨在表明，人的堕落、人心目中的恨压倒爱，是使现代文明解体的根本原因。这样看来，用《圣经·旧约全书》中押沙龙的名字作书名，寓意可谓幽深至甚了。据《旧约全书·撒母耳记》记载，大卫王的儿子押沙龙因哥哥（同父异母）亚母农辱其胞妹而杀掉他，后来获赦，但又野心勃勃，觊觎王位，终于施计巧夺父位而自立为王。大卫王仓皇出走，暗中积蓄力量，最后父子陈兵对阵，子败伏诛，大卫虽复得王位，但因失却二子而凄伤不已。这是一段父子、兄弟、兄妹自相残害的典型故事。福克纳认为，人的这种悲剧源于人的本性的丑恶一面，人性不进步，悲剧便会重演。我们细品《押沙龙，押沙龙!》一书的寄寓，便会发现，用这段《圣经》故事的内涵作为关键情节的手段，确有发端立意、统领全篇的效果。

《去吧，摩西》书名也取自《圣经·旧约全书》，也有相似的艺术效果。《去吧，摩西》一书由七个相互连接的故事构成，对白人和黑人两个种族之间充满痛苦和耻辱的关系进行了严肃地探讨。白人庄园主卡洛沙斯·麦卡斯林同女黑奴尤妮斯私通，生一女名托密。20年后托密长大成人，老麦卡斯林大发兽性，把她奸污，生一子名叫“托密的托尔”。尤妮斯闻知后自尽。麦卡斯林的孪生子承继建立在黑人和印第安人血汗以及道德堕落与不义基础上的家产以后，曾天良萌发而解除某些黑人的奴契，使他们获得人身自由，但麦卡斯林家族的罪恶仍同这个家族并存着。后来传至第三代艾克·麦卡斯林，终于无法维持下去。艾克逐步了解到自己丑恶的家史，了解到生活在这个家族里的黑人及一些白人世世代代所遭受的苦难，决定摈弃家产，离群索居，悉心忏悔以求获得新生。这部小说以动人的笔触描绘了黑人身陷囹圄所受的非人待遇，表达了他们摆脱桎梏、渴望自由的心声。这使我们不由地联想到书名的意蕴。“去吧，摩西”这句话是上帝嘱托摩西去埃及搭救身为奴隶的以色列人时对他讲的鼓励的话。据《旧约全书·出埃及记》讲，古以色列人因荒年觅食逃往埃及，停留达四百载，渐渐成为埃及法老的奴隶。不论是严冬或酷夏，他们都为法老去服役，在棍棒的驱使下如牛似马，受尽人间的凌辱，有苦无处诉，有怨无处申。更有甚者，法老还下令把他们的新生男婴扔进尼罗河里溺死，以期灭绝以色列族。在这些被抛弃的婴儿中有一幸存者，被法老的女儿救起扶养成人，这就是摩西。他获知自己的身世以后，开始为同胞的苦难境况担忧。后因刺死一名埃及监工而被迫逃出埃及，匿身米甸国。在这里上帝选中他，委以拯救以色列人出水火的重任：“摩西”，上帝说，“我要打发你去埃及，把以色列人从苦难中解救出来。”最初摩西百般推脱，但上帝耐心教给他各种法术，并答应为他配备一名精干的助手，摩西无奈，只好辞别家人上路。以色列人在摩西率领下不畏艰难险阻，冲出监牢奔向自由的故事，后来成为摆脱羁绊渴求解放的象征。19世纪美国黑人有一支圣歌，名字就叫《去吧，摩西》，表达出黑人满腹怨怼、要求自由的愿望。福克纳生长在黑人受奴役的南部，对白人的罪恶行径极为不满，希冀出现一个公平的社会，人人能享有自由和人的尊严。他或许想过，他的《去吧，摩西》和其他作品会使人洞察真相，促进新秩序的到来，因而可以起到摩西返回埃及所起过的作用。就小说的内容讲，艾克·麦卡斯林毅然离开庄园的行动，或许能为黑人的自由铺平道路，因而走的是摩西走过的道路。人们可以对此给出各种理解和探索，但故事主旨不变。《去吧，摩西》圣歌中有几句话似乎酣畅淋漓地表达了这点：

去吧，摩西，
深入到埃及国去。
告诉老法老，放我的人民走。

在英国诗人威·休·奥顿（W. H. Auden，1907—1973）的诗内，《圣经》的气息很浓厚。从上帝开天辟地、耶稣就难，到最后的审判，奥顿的诗都涉及过。在《1939年9月1日》一诗中，诗人望着战争的阴霾密布，忧心忡忡地寻找战争的起因。他认为历史、思想或心理学都不会提供令人满意的答案。在他看来，对爱的真正意义的自私而亵渎般的歪曲性理解，是导致战争的根本原因。这种歪曲性理解曾导致了人类的祖先失掉伊甸乐园。换言之，他从基督教的"原罪"说里发现了战争的根源。奥顿的另一首诗《星期五的孩子》内容繁丰，说到殉教的耶稣、最后的审判、化身和超度等。其中的最后审判在另一首名叫《造着的洞》的诗的"后记"里也出现过。奥顿在这篇"后记"中说，诗人应当是"善人"，还为读者描绘出一幅可怕的最后审判的画面：上帝在背诵一些诗句，并指出这些才是一个一生高尚的诗人应当写出的诗句，从而使立在上帝面前听从发送的诗人羞愧得泪流满面。最后审判也称做末日审判。根据基督教教义，世界的末日来临时，上帝将对一切人的行为做出判断，善者进天堂，恶者入地狱。奥顿的"后记"便是以这一传说为基础的。顺便提一句，我国作家也有人以"世界末日"来形容黑暗、腐朽到极点的社会的状貌。譬如郭沫若的《吴淞堤上》一诗里，就有这样的诗句："可怕的血海，/混沌的血海，/白骨翻澜的血海，/鬼哭神号的血海，/惨黄的太阳照临着在。/这是世界末日的光景，/大陆，陆沉了吗!"《圣经》里关于世界末日的描述不曾有海啸日暗的说法，诗人显然是在发挥自己的丰富的想象力。

英美作家取材于《圣经》的第二种方式，比起直接引用要隐晦得多。他们把《圣经》故事的寓意融汇到作品的情节或人物性格里，使这些故事发挥有力的陪衬和烘托作用。不了解《圣经》故事背景的人在理解这种文学作品时便难免流于表面和肤浅。以莎士比亚（William Shakespeare，l564—1616）为例：他的著名历史剧《亨利四世》第一幕第二场有一段大法官同约翰·福斯塔夫之间有趣的谈话。大法官的一再纠缠使福斯塔夫十分恼火，于是他说：

我是像约伯一样穷的，可是却不像他那样好耐性。[9]

中国读者会问，“约伯是谁?”这里有一个《圣经》典故。《旧约全书·约伯记》记载说，在阿拉伯半岛乌斯地方有一位富有而虔诚敬神的人，名叫约伯。上帝采纳撒旦的建议，决定考验一下他的诚心，他命令撒旦降灾祸于约伯，使他顷刻间变得一贫如洗。但是约伯却逆来顺受，对上帝一如既往，忠贞不贰。撒旦不肯罢休，又受命降疾病给约伯，使他遍体生疮，面目全非，痛苦异常。但约伯自信无辜，从未怀疑过神的圣明。上帝对约伯至死不移的虔诚表示满意，把他失掉的一切又加倍赐还给他。约伯的忍耐心于是在西方成为千古佳话。莎士比亚运用约伯的典故衬托福斯塔夫当时的心情，从而收到活泼圆转的艺术效果。

我们不妨再举一个《威尼斯商人》中的例子。在第四幕第一场里，女扮男装的鲍西娅在法庭上以律师身份出现，佯装驳斥巴萨尼奥提出的变通法律条文的要求，让残忍的夏洛克在一片敌视的气氛中感到欣慰异常。他情不自禁地欢呼道：

> 一个但尼尔来做法官了！真的是但尼尔再世！聪明的青年法官啊，我真佩服你！

中国读者会问，“但尼尔是谁?”这里又有一个《圣经》典故。《旧约全书·但尼尔记》说，但尼尔才智过人、判案如神。有一次，两个歹徒趁一女人在池中洗浴时对她百般调戏，女人不从，歹徒于是诬告她通奸，法庭信以为真，遂判她死罪。但尼尔及时赶到，对歹徒施以隔离审讯之法，两个歹徒的口供于是矛盾百出，露出破绽，女人最后获释。在法庭上孤立无援的夏洛克，在绝望中突然听到同情的声音，欣喜中称年轻律师为但尼尔是很自然的。但尼尔又擅长圆梦。有一次，国王夜间做一异梦，醒来忘得毫无影踪，但尼尔由于笃信上帝，凭借神明的帮助，把国王的梦景追忆出来，并解释得头头是道，使国王心扉洞开，立刻皈依上帝。但尼尔的事迹很多；他的名字也有人译做但以理。

莎士比亚是善用《圣经》典故的大师，在他的作品中《圣经》典故俯拾即是，不懂《圣经》的人，读起来会感到吃力。让我们再浏览一下莎翁的名剧《哈姆雷特》第三幕中哈姆雷特王子的谈话。哈姆雷特因父遭暗算、母后改嫁而对人世和人生充满怨愤，在缠绵悱恻之际求死心切。在这一幕里他对笃纯的女友奥菲利娅口出恶语相伤，对包括母亲在内的世人以犀利的语言进行无情的鞭笞。在第一场里他把对女人朝秦暮楚、不恪守贞节的一腔怒气，全对柔弱的奥菲利娅发泄出来。他说：

> 我也知道你们会怎样涂脂抹粉；上帝给了你们一张脸，你们又替自己另外造了一张。你们胭饰媚行，淫声浪气，替上帝造下的生物乱取名字，卖弄你们不懂事的风骚。

不言而喻，这几句内含着《旧约全书·创世记》首章的内容。这一层意思在第二场里又有体现。哈姆雷特在发表关于戏剧艺术的议论时，嘲笑某些演员矫揉造作，言行失真。他说："我心里就想一定是什么造化的雇工把他们造了下来：造得这样拙劣，以至于全然失去了人类的面目。"哈姆雷特在想到人的堕落时多次——当然也是自然地——提到魔鬼，这是《创世记》中引诱亚当和夏娃吃禁果而遭贬谪的撒旦的别名。上帝盛怒之下把撒旦变成永远在地上爬行的蛇。原罪和蛇的典故在王子的言谈中被援用了。哈姆雷特对奥菲利娅说："美德不能熏陶我们罪恶的本性"，他还自惭形秽地说，"像我这样的家伙，匍匐于天地之间，有什么用处呢？我们都是些十足的坏人"。后来在第四场里，当哈姆雷特和母亲谈话、父亲的亡魂又出现时，他发出绝望的呼喊："天上的神明啊，救救我，用你们的翅膀覆盖我的头顶，"显然，《圣经》里天使们的形象又在不知不觉中潜入哈姆雷特的下意识里。这出戏中有意或无意引用《圣经》的人，远非哈姆雷特一个人。第三场中杀兄娶嫂的国王克劳狄斯在一次祈祷中说到"我的灵魂上负着一个元始以来最初的咒诅，杀害兄弟的暴行"，这显然在说该隐杀弟而被流放的事。他又说，"祈祷的目的，不是一方面预防我们的堕落，一方面救拔我们于已堕落之后吗？"这后一句话蕴含着人类失去伊甸园这段故事。莎士比亚的每一出戏都充满着《圣经》典故。

我们看浮在海洋上的冰山，露出水面的尖端只是整个冰山的一小部分而已。《圣经》之于英美文学，恰似冰山的基础同其山巅的关系。有时一句话、一行诗、甚至一个语词，后面都有丰富的传统知识做支撑。阅读威廉·布莱克（William Blake，1757—1827）的诗歌，这种感觉尤其强烈。在他写给儿童们的《天真之歌》中有一首诗名叫《羔羊》，描绘一只快活的毛茸细软的小羊，时而在小溪旁饮水，时而在草地上食草，柔嫩的声音给峡谷带来欢乐。诗人便情不自禁地问小羊说，“小羊啊，是谁创造了你?”接着诗人又以道破天机般的口吻说，有一个人和你同名，他柔顺谦和，曾经变做小孩模样，我们和他同名。倘然我们翻阅一下《新约全书·约翰福音》便会发现，“上帝的羔羊”是耶稣。施洗的约翰见到耶稣时便对世人讲，“他是上帝的羔羊，来为世人赎罪的。”耶稣为圣子，受上帝的派遣而降临尘世，圣母玛利亚不婚而孕，耶稣遂转生为人子，故有“曾经变做小孩”云云。至于耶稣为人柔顺谦和，《新约全书》都有清楚的记载，看来要读懂布莱克的一首小诗，也需要先读《圣经》！

布莱克的一些诗作，如《先知书》、《特里之书》和《天堂与地狱的结婚》等，借用《圣经》中的形象针砭时弊、憧憬未来的例子比比皆是。布莱克是铜板雕刻艺术家，他经常把诗和插图刻在铜板上出版。《特里之书》便是以这种形式刊行的。在这首诗的第一铜板上刻的是《特里的座右铭》，最后两句很耐人寻味：

> 智慧能否放在银棒里?
> 爱情可否放在金罐中?

要透彻理解这两句诗，首先要读懂《旧约全书·传道书》。《传道书》第十二章共包括14节，其中第一、第二节劝告世人年轻时应当记念造化之主，即上帝；第三节至第七节讲到女人发颤、男人躬腰、人将畏首畏尾、不能如愿以偿，或死者入土、生者出门举丧、银链折断、金罐破裂。在这一切出现的时候，便是从土而来仍归于土、灵气仍归赐灵的上帝的时节。第八节总结上文，指出“虚空的虚空、凡事都是虚空”。最后几节劝告世人敬畏上帝。这一章以及《传道书》的其他一些章节为《特里之书》的写作奠定了基础。特里是在山谷里牧羊的女郎，她对山中田园般的静谧和单纯心感不足，作为处女没有男伴，作为牧羊女郎，羊群也无危险，不用照料，因而姑娘心中便有一种志未酬愿未遂的惆怅。后来，当特里果真得到现实世界的启示时，她却手足无措，在惊恐中又逃回原来远非完美但却受到庇护的“天堂”去。这首诗旨在说明，没有勇气面对生活的挑战，不能正视现实中的矛盾，便无可能成长或有所创造。《特里的座右铭》借用《圣经·传道书》里银链和金碗的典故，又反其义，以说明智慧和爱情都不能在庇护中增长，现实无论如何丑陋和欠缺，对它也要采取肯定态度，虚无主义或逃避或否定都不会有出路和前途。有趣的是，布莱克把《圣经》中的“银链”改做“银棒”，大概欲以棒喻男、以碗喻女，使之成为性和繁殖的象征。这表明诗人对生活的积极态度。

我们有时说“思想改造”，意思是指克服传统和习惯的不良影响，使精神达到全新的境界。西方对此有其独特的表达方式，他们称之为“灵魂的再生”或“新生”。两种思想内容自然不同，但都有“除旧布新”的意蕴。基督教的洗礼便是一种“新生”的标志。以水作为清除思想污垢的媒介或工具，这一传统源于施洗礼的约翰。据《新约全书》记载，约翰先耶稣 6 个月而降生，成年后在荒漠中逢人布道，警劝世人修身养性，等待救世主下凡。他在约旦河边以河水为行人施洗礼，作为涤除罪戾的象征，故人称“施洗礼的约翰”。约翰对求见的人讲：“我用水为你们施洗礼，但是在我以后还有更伟大的人来，以圣灵和火为你们洗罪。”不久，耶稣也前来见他，约翰心知他是圣子，但依然为他施洗礼，并对人说：“这就是圣子，上帝答应派来人间的基督。”约翰先耶稣一步来世上，为他鸣锣开道，后来被捕入狱，以身殉职。19 世纪末英国作家王尔德（Oscar Wilde，1854—1900）的名剧《莎乐美》（*Salome*）写的便是这段故事。

西方的洗礼自施洗礼的约翰开始，逐渐成为人们生活中习以为常的仪式；这一仪式的含意又逐渐反映到文学作品中来。我们阅读西方和英美作家的著作，经常发现这样一种模式：一个人思想堕落或罪愆深重，但经过落水或竟溺死后，灵魂得到洗涤而恢复原来的纯净状态。英国作家狄更斯（Charles Dickens，1812—1870）的小说中这种情况便很多。他的著名小说《大卫·科波菲尔》（*David Copperfield*）里有一个花花公子，名叫斯蒂尔福斯，他是大卫的挚友。后经大卫介绍，斯蒂尔福斯同渔夫佩格蒂先生一家认识。他的英俊的面孔和洒脱的风度，在佩格蒂的美丽而单纯的外甥女埃米莉心中掀起慕爱的涟漪。埃米莉离弃情人随他私奔，浪迹欧洲。但斯蒂尔福斯生性轻诺寡信，玩世不恭，不久便把埃米莉当做累赘抛弃。大卫对他的堕落悔恨不已。后来斯蒂尔福斯乘船回国，中途遇难，溺水身亡，尸体漂到岸上时，大卫也在场。大卫看到这位中学的老友，躺在岸边，头枕伏在臂上，就像儿时在学校里的斯蒂尔福斯小憩时一样。在大卫看来，这位纨绔子弟已接受洗礼，虽死但恢复了儿时的天真。

狄更斯的另一名著《远大前程》（*Great Expectations*）里面也有一段很有趣的洗礼故事。小说主人公匹普出身贫贱，但因偶然救一逃犯——马格维奇活命而时来运转，马格维奇逃出英国后艰苦创业积财致富，以期报答匹普的救命之恩。他通过律师把钱财送给匹普，使他能脱离贫贱，接受教育，向绅士文人的方向发展。匹普渐渐变得傲慢、孤高，对亲人也不屑一顾。他一直把一位古怪但富有的女人视做恩主，当他得知恩人是先前的罪犯时，便大失所望，对生活的期望一落千丈。他对马格维奇的热诚表示冷漠，对自己也自暴自弃。马格维奇迫于当局的追捕，黑夜乘船逃出，在泰晤士河上遭埋伏，受伤落水后身亡。匹普当时也在现场，在搏斗中全身湿透。他望着从河里捞起、俯卧在船板上的马格维奇，良心和怜悯之情萌生，对自己的不仁不义悔恨交加。匹普的转变遂自此而始。显然，匹普在泰晤士河上接受了洗礼。

和狄更斯同代的作家乔治·埃略特（George Eliot，1819—1880）的作品里水的象征意义也很突出。《弗罗斯河畔的磨坊》（*The Mill on the Floss*）一书所描写的是兄妹悲欢离合的故事。哥哥汤姆循规蹈矩、俗气十足；妹妹马吉多愁善感，但又坚强傲岸，不畏世俗和传统的压力。马吉出于爱和同情，和父亲的仇人的儿子菲力普要好。菲力普自幼发育不良，状如侏儒，加上又是仇人之后，汤姆闻说以后大发雷霆，对妹妹横加干涉，兄妹不合遂公开化。妹妹最后屈服，中断同菲力普的来往。马吉到姨表妹家短住，表妹的未婚夫斯蒂芬同她一见钟情，一天，二人乘船外游，马吉失身，被哥哥逐出家门。后来小镇洪水泛滥，马吉驾小舟去救哥哥脱险。兄妹重新见面，言归于好，就在那瞬间，恶浪从黑暗中扑来，把两人无情地卷走。水的洗礼使他们都把罪尤洗除，两人在世时的苦闷和烦恼也随之消失。

乔治·埃略特是一位计划周密精细的艺术家。如果说狄更斯用笔自然，常有不假思索、信手拈来的效果的话，艾略特则是立意构思严谨，遣词用字精雕细镂。水的象征作用在狄更斯的作品里极可能是下意识的天真发溢，在艾略特则多半是精妙艺术结构的不可或缺的组成部分。她的小说《罗莫拉》（*Romola*）便是一例。小说写的是 15 世纪末意大利佛罗伦萨的故事。当时的佛罗伦萨政局动荡，派系纷争。一位心地纯洁善良的姑娘罗莫拉，对丈夫的不忠和狡黠，对政界一口两匙的世俗权力欲大失所望，因而心里愁苦郁结，觉得精神日益空虚，美德的源泉在日益枯竭，似乎只有一个贫乏的自我留在那里怨天尤人。在关键的时刻，她忆起意大利作家薄伽丘（Boccaccio，1313—1375）写的戈斯坦莎的故事，决心仿效戈斯坦莎的榜样，抛弃自我，托身给命运，让命运决定死去或新生。她乘一叶小舟出海，全身平躺，以头巾罩面，开始梦想在墓中长眠的快乐。小舟在大海上荡漾，灵魂深处的黑暗终于过去，邪恶终于消失，小舟把她徐徐渡向新生的彼岸。罗莫拉灵魂再生之后，回到一个瘟疫流行的小村，以忘我的精神救死扶伤，开始全新的生活。

水的象征意义在现代英美文学中仍在继续发挥作用。海明威的名作《永别了，武器》（*A Farewell to Arms*）就是一例。小说主人公亨利上尉生活在一个冷漠无情、从根本上讲没有主宰的世界上，在寡不敌众的情况下同死神抗衡。在对战争和爱情的认识上，亨利都经历了痛苦的成长过程。最初亨利对自己参战的目的并不清楚，但他认为人要爱国，战时应发扬英雄主义，争取胜利。当一个士兵对他说，“世上没有比战争更坏的事情”时，他立即反诘到，“战败更坏。”战争的残酷和丑恶教育了他。后来当一名年轻士兵对他说，“我爱国”，“祖国的土地是神圣的”，他感到狼狈，无言以对。他认识到，诸如“神圣的”“光荣的”“牺牲”及“不会徒劳无益”等耸人听闻的高谈阔论，再也激励不起他的热忱。亨利对战争的态度的转变，反映出第一次世界大战这场不义之战在人民和士兵中遗留下的精神创伤。亨利决定向战场上的死神告别。他对待爱情的态度也发生了巨大变化。同凯瑟琳·巴克利的交往，亨利在相当一段时间内是出于生理的需要，他的自私和凯瑟琳一心无二的深情形成鲜明对比。生活教育了他。他逐步认识到“爱情是给予、是牺牲”这一人生的真谛，真诚的爱情的火花开始在他胸中燃烧。亨利已成熟，他已建立起全新的人生观。他开始了新生。新生开始的标志是他的潜水逃离战场；“我……低头向河的方向跑去，在河沿上绊了一脚，就‘扑通’一声跳下去。水很凉……我感觉到水流裹着我转……。”从河里爬上岸来的亨利业已经过洗礼，内心世界业已更新。他对凯瑟琳的态度发生了质的变化，在他的心目中，“我”已让位于对爱人的关怀了。

英美文学的这种手法，对中国作家也不无影响。前些年全国曾上映一部影片，叫《阿混新传》，说的是一个厂长的儿子，自幼娇生惯养，不学无术，沾染上一身坏毛病。年过二十，一事无成，在百无聊赖中打发日子，人们叫他“阿混”。阿混是在“文革”中长大的“迷惘的一代”的代表。在热气腾腾的新形势下，阿混面对新生活的挑战，内心几乎寂灭了的进取精神又如枯木逢春般萌发，他决心改弦易辙，做命运和生活的主人，而不是社会和家庭的附赘悬疣。在影片结尾时，银幕上映出阿混投河、同旧我决裂的滑稽镜头。他从水中出来，精神面貌为之一新，由内心深处迸发出快乐的歌声，对未来充满美好的憧憬。说这个镜头滑稽，首先因为演技和对白都有令人笑破肚皮之处；也是因为作者在“洋为中用”上虽用心良苦，但有生搬硬套之嫌。不熟悉西方文化背景的中国观众，很难理解这一番“死而复生”的道理及其别致的艺术表现形式。

夏洛特·勃朗蒂（Charlotte Bronte，1816—1855）的《简·爱》（*Jane Eyre*），结尾部分字字扣人心弦，颇有回环往复的艺术效果。若以《圣经》的背景为基础去读小说的第三十七和三十八两章，一种“曲径通幽处”、“清溪深不测”的感觉便油然而生。这部分是讲简·爱在几百里外，深夜听到罗切斯特呼唤她的痛苦、悲伤和绝望的声音后，急速赶到芬丁庄园同他会面的情景。孤高的罗切斯特因大火而失去了庄园、左手和眼睛，孤苦地住在芬丁。高傲已不存在，只剩下忏悔了，而忏悔使他失去的乐园得到恢复。诚然，乐园的外貌已不像从前那样春光明媚，鸟语花香。失而复得的乐园暮霭沉沉，残垣断壁，未免叫人凄冷寂寞，但仍不失为其乐园。庄园是一所古老的建筑，深深地遮掩在一座森林里面，树木呈现出一片阴暗境况，但生得葱郁稠密。“天然的以及林间的黑暗笼罩在我的上面。我四面看望想找出另外一条路。没有：所有的只是交织的树枝，柱似的树干，和稠密的夏季丛叶——任何处都没有开辟的地方。”[10]就是在这里，在一处简陋的野屋里，住着再生的亚当——罗切斯特。由此看来，《简·爱》所描写的大火又颇有“耶稣以火为世人施洗礼”的意味。

潇洒疏放的罗切斯特曾是不可一世的“天之骄子”，说他是任意而为的参孙再贴切不过了。仅以他对简·爱的态度而言，他爱她心诚，但有简慢、专横之处，还犯有隐瞒真情、险些重婚的罪戾。小说开始，他俨然以主人自居。这个拜伦式的男子如运动员一般精强力壮，是肉体爱的十足体现，这和简·爱所向往的更高尚一些的境界必然发生矛盾。简·爱所追求的当然也不是后来圣约翰要献给她的超肉体或纯精神的爱，她仅希望罗切斯特的精神境界再高尚一些就是了。在两人的“拔河赛”中，简·爱没有占上风。然而，“天道好还”。罗切斯特终于经过火的洗礼而“精神化”了，他向简·爱靠拢来，简·爱终于胜利地实现了理想。她到芬丁庄园时见到的罗切斯特连外貌也已改变：“他看来是绝望的，忧思重重——使人想起被虐待和受桎梏的野兽或鸟的神气，在怏怏的悲苦中，接近他是危险的。这个被笼子关住的鸷鹰，残酷已经将它的金环的眼睛毁掉了，看来还可以和那盲目的参孙一样。”[11]参孙的秘密在他的头发里，他的头发的主人便是他的主人，掌握住他的头发便掌握了他的命运。小说结尾处，胜利的简·爱为罗切斯特梳理蓬乱的黑发，这一情节暗借《圣经》的底气而获得寓意深刻的象征力，做故事的收尾十分得体。

我们知道，美国作家菲茨杰拉德（F. Scott Fitzgerald，1896—1940）的代表作《了不起的盖茨比》（*The Great Gatsby*）是一部精妙的文学作品。小说成功的原因很多，精湛的写作技巧、优美的文笔、颇富戏剧性的叙事角度等等，都是使它成为不朽的文学巨著的因素。小说的故事情节之所以如此动人，主人公的形象和事迹之所以如此感人肺腑，还有一个不容忽略的重要原因，这就是它运用了《圣经》的故事来渲染气氛，丰富其内涵。如果仔细琢磨一下，我们便会发现，盖茨比是一个耶稣式的人物，在他们之间存在着不少极其相似的地方。应当指出，盖茨比和耶稣在生活经历轮廓上的相似，并非一定是作者的有意安排。菲茨杰拉德在主观上很有可能没有意识到这种内在的联系，这样的艺术效果完全是《圣经》精神浸透进作家的下意识的自然反映。综观盖茨比的生活，可以辨认出三个明显的阶段，这三个阶段都和耶稣的生活经历有相似之处，这就是立志、死难，复活。盖茨比否认自己的出身贫贱的父母，因而把姓名从詹姆斯·盖茨改作杰伊·盖茨比。他的朋友卡拉韦称他为“上帝的儿子”，说他“应当以他父亲（指上帝——笔者）的事为念”。这是盖茨比与耶稣在经历上的一个重要的相似点。《新约全书·路加福音》讲，12 岁的耶稣坐在耶路撒冷神殿里，对前来寻找他的伤心的父母说：“为什么找我呢，岂不知我应当以我父的事为念么。”[12] 耶稣所说的“父”，显然是指上帝，因而也就在实际上否认了凡世的父亲。再看盖茨比的经历：他跟随启蒙恩人——丹·科迪航行、对戴西的近似曲意逢迎的深厚感情、为同戴西会面而举行的丰盛的宴会，这些和撒旦在山上引诱耶稣、耶稣对人类的深情的爱及他后来周游传教的经历，都有显而易见的相似之处。而且，在盖茨比走向死亡的那段时间里所发生的事情，如盖茨比同戴西重新团聚时心境的忐忑不安，因戴西不赏识而取消宴会，午餐时戴西的有意向汤姆透露自己同盖茨比的联系，盖茨比同汤姆在旅馆房间里的激烈争夺战，遭车祸后戴西的嫁祸于人，汤姆的阴险毒狠，戴西以及盖茨比生前的“朋友”在他死后的逃躲不迭的情状，这一切都似乎有《新约全书》的有关章节做张本。细读《福音书》内关于受难、最后的晚餐和殉教的叙述，回忆一下耶稣在遇难前最后一周时间内的生活情况，他对神殿的清洗，犹大的叛教和出卖行为，耶稣在犹太大法官面前遭受诬告和审讯，彼得和其他门徒在他被捕以后的惊慌失措和逃匿以及群众对他的亵渎和判处，似乎在无形中为描写盖茨比的遭遇提供了必要的轮廓。盖茨比和耶稣的类似点在前者的葬礼上也显示出来：盖茨比的父亲，像有名无实的约瑟夫一样，赶来埋葬儿子。在盖茨比葬礼的寥寥无几的参加者中，有一个绰号为“猫头鹰眼”的人。他曾是盖茨比生前宴会上一位不邀自来的“客人”。他的眼镜令人想起竖立在灰堆旁眼镜广告牌上那一双俯瞰下面宛如灰堆般的昏暗世界的眼睛——T. J. 埃克尔勃医生的眼睛。在汽车修理店的威尔逊看来，这是一双俯视人世的上帝的眼睛。“猫头鹰眼”的出现象征上帝——即盖茨比的“精神之父”——也来参加葬礼，这又和耶稣的死难颇有吻合之处。

在小说的结尾，盖茨比的朋友克拉韦在清凉的月夜信步来到盖茨比的海滨住宅，向这所昔日人声鼎沸、今天落寞凄清的大厦告别。人亡物在，克拉韦不由得感慨万端。在他对老友的怀念中，几乎下意识地把盖茨比同几百年前来长岛定居的荷兰移民及美国的过去联结并等同起来。这种联结和等同可被视作为盖茨比的一种“复活”，盖茨比所体现的“美国梦想”并未幻灭，他的精神尚存。他曾竭力恢复业已逝去的美好的过去，曾经相信往昔可以复得，梦想可以实现。克拉韦认为，盖茨比的这种富于理想色彩的浪漫精神应该也能够与世长存。盖茨比的这种“复活”又令人自然想到耶稣遇难三日后又在人间显身的《圣经》故事。恰如耶稣舍己一身以匡济世上生灵，使之能在暗里见到光明，从愚昧中醒悟过来一样，盖茨比之死在客观上亦有警世醒世的效果。这也体现出小说作者这样的意图，即“美国梦”业已破灭，美国人在为之奋斗的已不是崇高的理想，而是“一种庞大的、低级的、俗不可耐的美”。

当然，盖茨比是否是起到唤醒世人的作用的合适人选，很有值得商榷之处。盖茨比的生活目标专一，对自己的理想忠贞不贰，这确乎表现了在浑浑噩噩的现代人中不可多得的高贵和天真。正是这种品质才产生了在英雄主义和悲剧几乎绝迹的现代西方世界上绝无仅有的英雄主义和悲剧。但是，盖茨比为实现理想而采取的手段，却没有丝毫的高贵和天真之处。他的巨资家财全是依靠非法走私、祸害社会的手段攫取的。他不仅本身堕落，也直接或间接地导致他人的堕落。因而，他又不配克拉韦和菲茨杰拉德那样笔墨浓重地颂扬，不值得读者那样真挚地同情和尊敬。盖茨比生活的这种双重性，同耶稣单纯的高贵和理想主义又互相映衬，在客观上便产生了一种耐人寻味的讽刺效果：以盖茨比为代表的美国人，不顾现实的局限，一味追求虚渺的、但令人神往的幻想，最终竟相信金钱可以万能，甚至可以买到圣灵的秘密。这样，作品通过《圣经》典故，不仅有利于人物性格的刻画和故事情节的叙述，而且加深了作品的社会意义，诱使读者去反复琢磨和想象，从而收到始料不及的艺术效果。

约翰·斯坦贝克（John Steinbeck，1902—1968）的代表作《愤怒的葡萄》（*The Grapes of Wrath*）描述了30年代西方经济萧条时期，农民离乡背井流徙他地的痛苦情况。住在俄克拉荷马州的乔德一家同其他许多流离失所的佃户家庭一样，迫于大旱和社会的不正义，变卖仅有的家产，向“福地”加利福尼亚移动，而到达加州以后又受到当地人的冷遇，发现生活远非所传说的那样美好。这部小说在叙述故事的同时，还不时驰心旁骛，描绘当时的社会状貌，在章节间加入些小品或素描，为故事敷彩设色，提供生动的背景陪衬。

小说共分30章。然而粗读一遍便会发现，它由三大部分组成：旱灾、迁徙和加州。第一部分包括前十章。第十一、十二章是作者移转目光扫视四周后所写的小品文，前者写被遗弃的“蓬牖茅椽，绳床瓦灶”，以及被遗弃的土地上那满目萧瑟的凄凉景象。第十二章描绘尘土漫漫的66号公路上穷苦的人们一群一伙结伴而行的狼狈状。第二部分由叙述乔德一家踏上公路的第十三章开始至第十八章止，描述移民们跋山涉水，历尽艰辛，终于越过贝克斯菲尔沙漠，到达加州肥沃的谷地落脚。下面一章便开始讲述加州的劳工状况以及移民在加州的际遇。

小说的结构特点，使我们想起《旧约全书》中《出埃及记》的故事。《出埃及记》的结构大体也可分做三部分：在埃及、出埃及、定居迦南。以色列人在埃及受法老奴役，过着牛马不如的生活，这和乔德一家在俄克拉何马州的困境相似。以色列人在先知摩西率领下离开埃及，朝“天国”迦南奔去，途中过红海、穿荒漠，但心里满怀希望的情景，和乔德一家千里迢迢奔向黄金国的故事，又有相仿之处。我们知道，据《圣经》记载，以色列人进入迦南以前，遇到当地居民部落的顽强抵抗。这又和乔德一家在加州所蒙受的敌视极有异曲同工之妙。《出埃及记》和《愤怒的葡萄》在结构上的酷似，很难说是出于偶然。我们细读小说便会知道，宏观上的相似在微观上也有所体现。小说中有前后呼应、相互贯穿的象征物和象征行动，使小说同《圣经》典故间的联系更为突出和明显。贯穿始终的象征物要算是“葡萄”了。书名《愤怒的葡萄》取自于《共和国战歌》里这样一句歌词：“他将愤怒的葡萄堆踏在脚下。”而“愤怒的葡萄”一词又是援引《新约全书·启示录》的。《启示录》第十四章第十九节说：“那天使就把镰刀扔在地上，收取了地上的葡萄，丢在上帝忿怒的大酒榨中。”《旧约全书·申命记》中第三十二章第三十二节也有同样的提法：“他们的葡萄是毒葡萄，全挂都是苦的。他们的酒是大蛇的毒气。”《旧约全书·耶利米书》第三十一章第二十九节也说：“父亲吃了酸葡萄，儿子的牙就酸倒了。”葡萄的这一象征意义在小说的章节中也有体现。第二十五章结尾说：“在人们的灵魂中，愤怒的葡萄愈采愈丰满，愈来愈沉重。”

当然，斯坦贝克也使用葡萄作为富饶的象征。《旧约全书·申命记》说到约书亚和奥谢第一次迈进富饶的迦南时带回一大串葡萄。葡萄的这一含意多次体现在乔德家的老爷爷的话里。“去给我从树上摘一大串葡萄来，我要在脸上把它们挤碎，叫汁子顺着下巴往下流。”老爷爷虽然未能活到一家人赶到加州定居，但在小说结尾处罗莎在仓房内以自己的奶汁救活即将饿死的无名老者时，他似乎象征性地在场显灵。罗莎的这一举动又有《圣经》做底本。《旧约全书·雅歌》中说：“你的身量，好像棕树。你的两乳……好像葡萄累累下垂。”又说：“我（指基督）是沙仑的玫瑰花，是谷中的百合花，”[13]“沙仑的玫瑰”正是小说里罗莎的名字。濒临死亡的老者吮其奶而得以活命，这点又似乎出自《新约全书·福音书》；耶稣说：“你们拿着吃，这是我的身体。”[14]

同葡萄和迦南乐土相连的是乔德妈的一句口头禅："我们是选民。"乔德妈对《圣经》坚信不移，她对汤姆说："去翻翻《诗篇》，你总能从中受益的。"她说的《诗篇》指的是《圣经》里的圣歌。从《诗篇》里她借到这句话："他是我们的上帝，我们是他草场的羊，是他手下的民。"[15]在她看来，他们是把生命从俄克拉荷马（埃及）移植到加利福尼亚州（迦南）去的上帝的选民。小说的情节和《旧约全书·出埃及记》的相似之处在小说结尾部分显得尤其突出：约翰叔叔把罗莎的死胎儿放在一只破篮子里，把篮子放进岸边柳树成荫的小河中，望着它慢慢顺水向小镇漂去，口里还念念有词地说："去吧，告诉他们去。"仔细回味一下这段故事，读者便会想起《圣经》内摩西幼时的遭遇以及成年后所负的使命。我们说过，以色列人在埃及受奴役，法老对他们实施灭绝种族的政策。他命令接生婆在以色列人男婴降生时把他们弄死。摩西出生后，母亲就把他放在一个筐里，送到尼罗河边的芦苇中。小筐在水面上荡漾，后来被法老的女儿救起。"摩西"是古希伯来文，意为"拖出"，因为摩西是被从水中拖上岸的。摩西长大成人后，上帝又委以重任，命他去唤醒和组织以色列人逃离埃及，到望乡迦南定居。上帝对他说："去吧，摩西，告诉他们你是我派来的。"由此看来，小说末尾约翰叔叔把死胎儿放入筐内的言行，又似是以《圣经》故事为底本的。

恰如以色列人在逃难途中逐步制定出一套法规一样，小说中逃荒者在共患难过程中，也形成了自己的行动准则，譬如尊重个人独处的权利、饥者求食的权利、孕者病者的压倒一切的权利等等。我们读小说第十七章，一定会觉得恰如《圣经》的第五卷《申命记》记述摩西的法规一样，第十七章记载的是逃难者在途中不约而同所恪守的规则。小说的语言风格又酷似《旧约全书》。《圣经》语言的庄严宏伟、简洁朴素、古朴率真和平衡与对称，繁实详足的细节描写，总括性的结尾句以及重复、跌宕的气势等特点，无一不在小说中表现出来。

《圣经》的精神不仅影响着一本书或一个作家的全部创作，而且为一个国家某个阶段或其全部文学作品提供指导思想和表现手段。纵观欧美文学作品，说其无不体现《圣经》精神的这个或那个侧面，并非言过其实。然而对一些作品进行具体分析又会发现，文学现象从思想、结构到艺术手段，常常过于复杂纷繁，很难干净利落地分门别类。唯有 19 世纪的美国文学可以让人心安理得地说是突出而集中地体现出《圣经》内一个重要的神话的精神，这就是亚当在伊甸的故事。我们说过，欧洲移民最初来到美洲，看到那一望无际的原始森林和草地，伊甸乐园的故事便自然掠过脑际。他们以重建伊甸的精神鼓舞自己在荒野上建立新世界，创造新生活。这种思想贯穿在 17 世纪初至 18 世纪末近 200 年的文字记录中。就文学而言，把美国人称作“新人”，把美洲描绘成一幅美妙的新伊甸花园图的最早的作家之一，是法籍游记作家、社会历史学家克里夫古尔（J. Hector St. John de Crevecoeur，1735—1813）。他在 18 世纪末发表的《来自一个美国农夫的信》（*Letters from an American Farmer*）中，有一段是这样描绘新大陆的景象的：“在这里他看到美丽的城镇，富足的乡村，一望无垠的田野，一个版图广袤的国家，到处是精致的房舍，平坦的道路，果园，草地和桥梁，而一百年前却还是一片长林丰草，未经开垦的荒野。”克里夫古尔把美国人形容为抛弃旧世界及其压迫与奴役的人，为自己建立起“目前世界上最完善的社会”、恢复人的真正尊严与自信、按照新的原则为人处世的人。显然，新亚当已开始在新伊甸中生活。到 19 世纪，这一神话业已逐步发展成为“美国神话”。在神学、历史和文学领域，随着时间的推移，“美国神话”轮廓愈来愈清晰，内容愈来愈充实。神学家、历史学家和文学艺术家的想象愈益丰富，表达也愈益明确和贴切。“美国神话”把世界视为刚刚诞生，人类被赋予第二次机会以建立全新的理想的生活。它给文学引进一个新主人公，带来一整套全新的理想的道德标准。新主人公活动在全新的美洲舞台上，这成为 19 世纪美国文学的占主导地位的素材。新主人公无疑是堕落前的亚当。他的思想洁白无瑕，世界和历史都展现在他的面前。

美国独立文化的倡导者爱默生（Ralph Waldo Emerson，1803—1882）对新世界充满无限热忱和乐观情绪。他有一句名言：“这里站着古朴率真的亚当，以单纯的自我面对着整个世界。”爱默生是 19 世纪美国乐观派的代表。在他的语汇中起关键作用的是“天真”一词。在他看来，美国像亚当一样，思想纯真，没有怎么受过传统或世俗偏见的影响。爱默生的好友和学生梭罗（Henry David Thoreau，1817—1862）对新世界的新生活不仅充满憧憬，而且勇于实践。19 世纪中期的美国人业已受到金玉富贵的引诱，但一心向往新生活的梭罗却不随波逐流。他毅然离开喧嚣的小城，到当时边远的原始森林里搭起一间木屋，过起一种似乎超然世外的生活来。但实际上梭罗绝不是遁世绝俗，他只是期望人能返璞归真，仿效他的榜样回到自然世界的怀抱中，游目骋怀，极视听之娱，使内心境界愈益高尚起来。他认为个人洁身自好是使世界渐臻完善的必要条件。他的木屋搭在一个名叫沃尔登的湖边上，所以他后来写的描述这段经历的书，名字便叫《沃尔登湖畔蛰居记》（*Walden*）。梭罗只身伫立在沃尔登湖畔面对世界的情状，不恰是爱默生所说的“这里站着古朴率真的亚当，以单纯的自我面对着整个世界”吗?那古树参天，湖水荡漾，天上飞禽、地下走兽的原始景物中的梭罗，不恰是从元初一片混沌中脱颖而出的伊甸园内的亚当吗?

第一位在小说里描绘新世界和新亚当的美国作家是库柏（James Fenimore Cooper，1789—1851）。他刻画了许多天真淳朴的亚当式主人公，其中最出色的是绰号叫“皮袜子”的纳蒂・班波。“皮袜子”是库柏的传世名作《皮袜子的故事》（*The Leatherstocking Tales*）五部曲的主人公。他远离“文明”的城镇，只身到美洲的原始森林中生活。这儿没有诸如贪得无厌、弱肉强食、暴力、饥饿与疾病等“文明社会”的赘疣痈患。这儿到处是使人赏心悦目的树木花草和鸟兽虫鱼，空气清新，环境优美。这是《皮袜子的故事》里的大自然给人留下的总印象。纳蒂・班波具有淳朴、耿直、坚贞顽强的气质，在库柏的笔下，他代表人类最高尚的精神文明。纳蒂活动在边界地区原始森林中的情景，恰是亚当在伊甸如鱼得水、适得其所的意态的再现。

英国作家 D. H. 劳伦斯（D. H. Lawrence，1885—1930）在评论《皮袜子的故事》时说：“‘皮袜子’小说……从老耄时期向后追溯到朝气蓬勃的青年时代。这是真正的美国神话。她开始时满面皱纹，老朽不堪，在一张老皮的束裹里做垂死挣扎。接着老皮逐渐脱落，焕发出新的青春的光彩。这便是美国神话。”劳伦斯一语破的，点出了《皮袜子的故事》的精妙之处。的确，《皮袜子》五部曲，虽然依照出版时间先后顺序应该是《开拓者》（*The Pioneers*）、《最后的莫希干人》（*The Last of the Mohicans*）、《草原》（*The Praire*）、《探路者》（*The Pathfinder*）和《杀鹿者》）（*The Deerslayer*），但是如果以主人公纳蒂·班波的不同生活阶段为顺序，则《杀鹿者》应为第一部，"皮袜子"在这儿正是年轻力壮的时候。《探路者》描述他身处情网的边缘。《最后的莫希干人》叙述他在林中生活成熟起来。《开拓者》讲他作为自由和大自然的化身同"文明社会"的冲突，《草原》说他到印第安人部落里栖身和离开人世的情景，合当为收尾之作。五部曲从《开拓者》和《草原》里班波的老与死写起，描述他走向新生和青春的过程。美国移民来到美洲，把旧世界的老皮脱落在欧洲，带着明确的开创新世界新生活的使命感，在美洲荒原上手持板斧创业——这一切都在"皮袜子"的形象里充分表现出来。说"皮袜子"是第一个成熟的美国亚当，这是极其得体的。

把新世界的代表和典型描绘成新的美国亚当的作家，第一应推诗人惠特曼。他的《草叶集》可以说是"亚当的歌"，他本人则可以被誉为"亚当的歌手"。如果说爱默生和梭罗提出了新世界的轮廓和新人的概貌的话，那么惠特曼则以诗人的笔触，刻画了这个世界的状貌，描绘出新亚当的具体面目。《草叶集》的世界是一个生机勃勃的世界，它的主人是一个纯真而富于进取精神的亚当。美洲大陆的一草一木都在《草叶集》广阔的画面上占有地位，新亚当的一言一行，都在这本赞美歌集中得到颂扬。《草叶集》具有一种独特的性质，读起来很有《创世记》的味道。不过这是叙述新伊甸的"创世记"，等待亚当的已不是失乐园的古典悲剧结尾，而是亚当以造物主的身份出现的喜剧了。我们在本章早些时候曾说到《草叶集》里有一组名为《亚当的子孙》的诗歌，全章用"亚当在伊甸园"的神话贯穿起来。其实，《草叶集》的几百首诗，又何尝不是用这同一神话连接而成为有机整体的呢？惠特曼以其饱满的热情和富于浪漫气息的彩笔，刻画了19世纪早期美国一片热气腾腾的上升气象，给后世留下了一份耐人咀嚼的历史纪实诗篇。

霍桑（Nathaniel Hawthorne，1804—1864）的短篇小说《地球的

浩劫》（“Earth’s Holocaust”）表明他对“时代精神”的敏感。作为爱默生和梭罗的同代人和老相识，霍桑也深切地感触到开创新大陆的艰巨的历史责任。根除旧世界的旧文化和旧传统的残余，在霍桑看来是迫在眉睫，势在必行了。在《地球的浩劫》中，一大群人聚集在西部某处空旷的草原上，点燃起一堆熊熊烈火，把世上一切“陈旧的废物”，古老贵族家庭的纹章、代表皇权的长袍和权标、象征压迫的绞刑架及其他物件，还有欧洲文学和哲学的全部著作，统统扔到大火中烧成灰烬。主持人还颇有感慨地说：“现在我们可以摆脱死人的思想的负担了。”霍桑还为《地球的浩劫》写了一篇姊妹篇《新亚当和新夏娃》（“The New Adam and Eve”）。这是一个近乎荒诞的故事，讲的是世界末日之后，人类业已毁灭，又出现了一对新男女，他们对祖先、对历史、对周围早已僵硬的病态环境一无所知。他们天真、快活、好奇心强。“现在，”亚当说，“我们必须再进一步努力了解这是一个什么样的世界，我们被派到这儿来干什么。”这些问题，在爱默生，特别是惠特曼的《草叶集》中，是可以找到答案的。当然，《地球的浩劫》这个故事表明，霍桑对新世界的前途并非盲目乐观。他在故事末尾清楚地告诉我们，尽管象征压迫的物件已被烧毁，但大火似乎并未触及产生压迫的根源——人心。我们读他的名作《红字》（*The Scarlet Letter*），感想就很多。一方面我们感到小说充溢着一股乐观情绪，赞扬自信自助自强的精神；另一方面也觉得欧洲社会的陈规陋习和人心内存在的恶毒凶狠，已在新世界生根，新亚当尚须经过一番严峻的考验。这种思想在他的另一部作品《玉石雕像》（*The Marble Faun*）中表现得尤为明显。主人公多纳特罗大概是 19 世纪美国文学里最纯真的文学形象了。他同美丽的米里亚姆相爱，杀死了威胁米里亚姆的道士，后来自首入狱，结束了一生。多纳特罗的性格是通过一系列重复出现的伊甸园形象刻画出的。他处在“低于人类已取得的发展的阶段，”是由“单纯的成分”造成的“半兽半人”。这个年轻的天真的造物被牵连进过去的复杂关系的瓜葛内，在同丑恶的接触里逐渐成长起来。因此，多纳特罗的成长颇有“幸运的堕落”后悲剧性崛起的性质。他肇祸后逃回位处亚平宁山的乡下庄园，后又离开山林回城自首这一场面，便无形中具备了亚当离开伊甸，到大千世界中成长的象征意味。

霍桑的好友麦尔维尔（Herman Melville，1819—1891）的作品，从整体上可视为“亚当的题材”的最全面、最完整的体现。它描述的是“天真——失天真——复天真”的人类成长过程。麦尔维尔开始其写作生涯时，无疑是一个对新世界充满希望和憧憬的作家。读一下他的早期作品《泰比》（*Typee*）和《莱德勃恩》（*Redburn*），读者会情不自禁地受到作家的乐观精神的感染。诚然，在《泰比》中有主人公逃离旧世界时的风暴和黑夜，但当他在“快乐的谷地”中露面时，他看到的却是阳光普照、姹紫嫣红的人间天堂，这里没有“文明”的痕迹，没有忧愁、痛苦和灾难，人们和睦相处，相爱相助，到处是无忧无虑的欢乐和幸福。主人公在这里享受了在亚当和夏娃之间曾存在过的洁白无瑕的儿女之情。在《莱德勃恩》中，主人公离家赴英旅行时，一身“人类堕落”前的纯洁真挚。到利物浦后，他耳闻目睹了旧世界的痼疾：那里的医院、监狱、墓地、荒野，那里的客观和主观世界所表现出的严重病态，使他在重返美国后不由自主地喟叹说，这一切永远不会在新世界亚当的子孙中再现的。小说的基调也随着由开始时的童稚般的快活而转变成后来的沉闷和忧郁。莱德勃恩在麦尔维尔笔下是纯真的象征。

如果说莱德勃恩在返美后仅沉浸在对社会和人性中存在的丑恶的深思里，《白鲸》（*Moby Dick*）里的故事叙述者以实玛利的心灵深处却是一片凄风苦雨。以实玛利在棺材库前停住脚步，加入到送葬的行列中。他想到自杀，觉得坐在基石上最舒心达意。作家最初因对新世界的希望未能实现而感到的不满，在《白鲸》里已发展成为幻想破灭后的愤怒。亚当因失望而发疯了。我们看亚哈船长那一股誓死战白鲸的劲头，实际上乃是源于他对上帝的怒恨。面临白鲸所代表的邪恶，天真已不复存在。以实玛利比亚哈要冷静，聪明，他善于冷眼旁观，从自己的沉思默想中领会人情事理。他的认识使他能平息怒气，心平气和地透过邪恶和病状看到未来的状貌。但他的声音只是《白鲸》中的许多声音之一而已，只有在作者的最后一部小说《比利·巴德》（*Billy Budd*）里，这种声音才成为胜利的主调。

比利是出现在邪恶世界里的又一个亚当。他是天真的化身。他没有祖先，没有历史，说他是刚站起的野蛮人，或在蒙受毒蛇引诱犯戒以前的亚当，都不过分。《比利·巴德》的故事情节很简单：18 世纪末英国一艘军舰的警官无端指责天真无邪的水手比利有兵变企图，比利盛怒之下把他杀死，因而依军法被判处死刑。比利被处以绞刑的那一段描写含意极深：在行刑信号发出的那一瞬间，东方低空的白云呈现出一种柔和的光辉，恰似上帝的羔羊（指耶稣——笔者）身上松软的茸毛散射的光辉一般。在众人静默的仰视下，比利徐徐上升，在上升中把朝晖集于一身。展现在读者眼前的是耶稣在十字架上殉难后升天的景象。作者的意图是显而易见的：亚当在堕落后又恢复了失去的天真。有批评家说，麦尔维尔的这部小说表明，作者经过一生的磨炼和思考，对生活终于采取了平静的肯定和接受态度。这不无道理。他所讴歌的不仅是"幸运的堕落"，而且是"堕落者"。"堕落"是成长的先决条件，这又让我们想起弥尔顿的《失乐园》。

在麦尔维尔开始写作他的最后一部小说十余年前，另一位著名作家亨利·詹姆斯（Henry James，1843—1916）已经在其首部作品中运用"亚当的题材"了。亨利·詹姆斯一生描绘的亚当式男女主人公，足可布置起一条飘逸焕彩的人物画廊。像《美国人》（*The American*）中的纽曼，《苔瑟·密勒》（*Daisy Miller*）中的苔瑟·密勒，《贵妇人画像》（*Portrait of a Lady*）里的伊莎贝尔，《卡萨玛西玛公主》（*The Princess Casamassima*）里的海辛斯·罗宾逊，《使节》（*The Ambassadors*）里的兰伯特·斯特雷辙，《鸽翼》（*The Wings of the Dove*）里的米利·西尔，《金碗》（*The Golden Bowl*）里的亚当·维渥尔等等，都是詹姆斯刻画的表现天真美国人的典型形象。詹姆斯的小说，就艺术成就和内容的深度和广度讲，可从不同的角度去做理解和诠释，但是这些作品也向读者出色地表达了美国人的亚当式生活经历：生就的天真淳朴，面向现实生活，蒙受邪恶的诱骗，"不幸的堕落"和痛苦，以及现实和痛苦的磨炼带来的智慧和成长。詹姆斯笔下的美国人总是以一副天真无邪的面孔出现在诡诈奸滑的欧洲人面前，宛如亚当在元初时节立在撒旦面前任其摆布一般。他们在欧洲人的世故的捉弄下，总是失却天真，在绝望或死亡中获得真知。《美国人》里的主人公纽曼这个名字，意思就是“新人”，这是作者对新大陆的新主人的称谓。纽曼是一位美国富翁，他远渡重洋到欧洲文化的中心巴黎去接受古老文化传统的熏陶，寻觅一个合意的配偶。他同一贵族世家发生关系，婚事受到贵族传统势力的顽固阻拦和破坏，使他无限惆怅、愤慨，一筹莫展。最后出于无奈，只好心情沮丧地回到美国。纽曼同欧洲贵族及其文化传统的接触，使他在痛苦的经历中加深了对复杂的现实生活的认识。在詹姆斯的最后一部小说《金碗》里，亚当的题材已经成为作品的中心和关键。主人公的名字——亚当·维渥尔——便含蕴深邃。它在有心人的想象中立刻会引起生动而形象的反应。亚当，顾名思义，依照《圣经》，是人类的第一个成员。“维渥尔”一词的词源可从中世纪法文和古法文而追溯到拉丁语去，意为“绿色”。于是亚当生活在周围一片青葱的伊甸园的景象便油然浮入脑际。《金碗》的故事同《美国人》相较，具体情节虽各有异，但就类型而论却可归为一。马吉和父亲亚当是天真、热情和高尚情操的化身。他们到欧洲旅行，女儿马吉与意大利一王子热恋，父亲也同一个女人结婚。后来马吉痛苦地发现，丈夫和继母曾是昔日的情人，现在虽各有主，但是依然藕断丝连。意大利王子的行为不轨使父女经受了精神上的折磨和熬煎。作者虽然巧妙地转换“亚当神话”的模式，使王子接受“天真”的感召而改邪归正，但是经过这一番风波后的父女同他们刚踏上欧洲大陆时的状况相比，已是大不相同了。

19 世纪末叶，美国现实生活中的绝望情绪逐渐增长，美国思想的发展渐臻成熟。在资本主义垄断阶段出现的人的“无望”状态，使人们开始冷静地考虑问题，爱默生式的乐观情绪或惠特曼式的引吭高歌式文学，逐渐让位于反映绝望情绪的思想模式和文学题材。“美国的亚当”这一形象逐渐为世人冷待，似乎已失去其对文学创作的原动作用。但是这并非意味着“美国神话”业已寂灭，“新世界的新人”这一题材已从美国文学中消失。事实上，细读美国近几十年来严肃的文学作品便会发现，“美国的亚当”仍以某种形式影响着文学创作，它依然是美国现当代文学中伟大的永恒性作品的创作动力。菲茨杰拉德的名著《了不起的盖茨比》中的主人公盖茨比、福克纳的《熊》(*The Bear*)里的艾萨克·麦卡斯林、拉尔夫·埃利森(Ralph E11ison, 1914—1994)所著《看不见的人》(*Invisible Man*)里的“我”、J. D. 塞林杰(J. D. Salinger, 1919—2010)的名著《麦田里的守望者》(*The Catcher in the Rye*)的霍尔顿,以及索尔·贝娄(Saul Bellow, 1915—2005)的奥吉·马奇的形象,所有这些都具备一个共同特点,即他们的思想境界都高出周围世界一筹。他们的浑朴气质同他们的19世纪的文学前辈相似,并在客观生活的锤炼中不断成长。

(二)希腊罗马神话

人们的思维是以大量的知识为媒介来进行的,由于这种知识常为人所共有,于是他们便成了人与人之间沟通思想和相互交流的重要条件。恰如在我国一提起“牛郎织女”大家便不约而同地想到“两地分居”一样,在西方,“黄金时代”一词会唤起人们美好的记忆和憧憬。[16]它的内涵是那么丰富,梭罗在其名著《沃尔登湖畔蛰居记》形容春天之美时,只说一句“春天的到来……宛如实现了黄金时代一般”,读者便毫不费力地理解了他的用意,而马克·吐温(Mark Twain, 1835—1910)的《镀金时代》(*The Gilded Age*)则一语破的,让人们清楚地认识到19世纪后半期美国资本主义的发展是对“美国理想”的背叛这一无可争辩的历史事实。“黄金时代”一词在欧美可谓妇孺皆知,这足以证明希腊罗马神话在西方人的思维中所发挥的重大作用。这也是欧美历代作家喜欢使用神话故事进行创作的主要原因。

希腊神话的起源、演变和发展,经历了一个漫长的过程。古希腊人秉性聪慧,他们对自然的力量和自然界的现象,对大自然的雄伟壮丽和风云变幻充满了赞美、惊叹而又茫然不解的复杂心情。静谧的夜空里,时而繁星密布,时而皓月当空;广阔的大地上,奇花异草滋长,鸟兽虫鱼繁衍。昼夜交替,四季循环;一粒松子长成参天的大树,涓涓细流汇成奔腾的江河……早在几千年前,他们就开始对大自然的这些现象进行思考,并且朦胧地意识到,似乎天地之间,万物之上,有一种超人的精灵存在。他们把这种“精灵”称之为“神”。神开天辟地,主宰宇宙万物。自然界各种变化，都是神的意志的体现。在古希腊人的想象中，神的相貌秉性、思想感情以及举止言谈，都同他们自己大体相似。于是，自然的力量、自然界的现象，都被他们赋予了一定的人格和一定的形象。仰望给世界带来生命和光明的太阳，他们的头脑里就摹绘出一幅年轻英俊的太阳神的形象；望见夜空高悬的明月，想象中就浮现出一位婀娜多姿、姣柔秀丽的月亮女神。滋润万物生长的大地，被他们尊为“地母”；执掌珍花瑶草的百花仙子，被他们视为地母的女儿和助手。万顷波涛，有海神坐镇；阴森地府，有冥王主持。有挑动干戈的“战神”，有播种爱情的“爱神”。狂啸的北风被他们称为珀里亚斯（Boreas），轻秀的南风被他们称为泽弗洛斯（Zephyrus）。众神之上，又有一个最高的天神，就像他们自己族有族长、国有国君一样。这位天神就是无所不能、无所不知的主神宙斯（Zeus）。他们还觉得，众神应该住在不同于凡世的神的世界里，于是，矗立在希腊北方色萨利和马其顿之间的那座雄壮巍峨、高耸入云的奥林匹斯山（Olympus）的山巅，就成了主神宙斯和众神欢聚的天堂。古希腊诸神虽然以琼浆玉液为食，但他们并未断绝尘缘。他们同凡尘通婚的结果生出半人半神的英雄。其中，有不畏艰险、为民除害的赫拉克勒斯（Heracles），有顽强勇敢、不怕恶类的忒修斯（Theseus），还有骁勇善战、心地仁慈的阿喀琉斯（Achilles）等等。

如同其他各族的神话一样，希腊神话是古希腊人“用想象和借助想象以征服自然力，支配自然力，把自然力加以形象化”（马克思语）的产物。完全可以想象，最初的神话故事是一些支离破碎、东鳞西爪的片段，在民间广为流传，为人民所喜闻乐道，有的则成为民间艺人或游吟诗人讲述和演唱的重要题材。随着古代人口的迁移，这些故事又逐渐从希腊半岛传到爱琴海诸岛，传到小亚细亚、意大利和西西里。后经世代相传，情节愈来愈生动，内容愈来愈丰富，终于形成一个较为完整的神话系统。

在古意大利统一文化形成的过程中，古希腊文化的作用一直是极为重要的。考古学家和历史学家迄今为止的研究成果表明，即使在最早的时期，希腊和意大利两种文化也难以截然分开。在罗马建成以前的两三个世纪内，爱脱拉斯康人（Etruscans）从小亚细亚渡海移居意大利，把希腊文明的丰硕成果输入到新栖息地来。从公元前 8 世纪开始，意大利南部也出现了希腊移民，他们把故乡灿烂的文化艺术，经过北邻康盘尼亚（Campania）这一媒介，传送到罗马去，成了沟通两种文化的桥梁。在很长的一段时间内，希腊文化又处于一种罗马文化可望而不可即的优越地位上，古罗马人悉心吸取其精华为己所用。罗马民族是一个开明放达的民族，虽不富于想象力和创造性，但却有汲取先进文化的非凡才能。作为古希腊文化重要组成部分的希腊神话，就这样传入古罗马来。

在希腊神话传入罗马以前很久，罗马人就已在台伯河两岸定居，发展了自己的宗教和文化。就宗教而言，他们最初的信仰是朴素的，例如部落主神的象征是光和闪电，他们称之为朱庇特。他们的神仙多是有灵而无形的。例如，林中精灵，他们称之为玛尔斯（Mars）；园林女神叫维纳斯（Venus）；灶神叫维斯太（Vesta）等等。罗马人的神祇有时竟连名字也没有，通称为 Lares（意为“行善的神仙”）。后来，古希腊文化开始通过各种途径源源不断地输入，在相当长的时期内，统治罗马的爱脱拉斯康国王们，雇用大批希腊和爱脱拉斯康的工匠与艺术家，来装饰他们新建起的寺庙和殿堂。由于这些艺术家是以希腊神话为蓝本进行绘画和雕塑的，结果罗马和希腊两种神谱当中相似的神仙在艺术再现中融为一体了。于是，原来据说隐身在光和闪电当中的朱庇特，变成了一位面色红棕、满腮胡须、外表酷似宙斯的天神，在这位原来神圣尊贵的罗马主神身上，突然散发出了希腊主神的世俗气味。原为古意大利女神的朱诺（Juno），同希腊女神赫拉（Hera）合成一体，成为朱庇特的妻子，秀丽庄重之外又平添了一种善妒的品质。密涅瓦（Minerva）原来既非智慧女神，亦非朱庇特之女，然而经过希腊工匠们的艺术加工以后，她却变得同希腊女神雅典娜（Athena）相貌雷同起来。其他的神也同样具有了希腊诸神所具有的人形人性，相互之间的关系也相应地发生了变化。最初的罗马人很可能是从这些东方艺术家们那里了解到他们的神仙的相貌的。后代罗马人，自幼就对神像司空见惯，因而就完全忘记了他们的祖先所崇拜的神多是有灵无形的这个事实了。这种艺术加工之所以这样自然，罗马人接受起来之所以这样不费力气，究其原因乃在于希腊和罗马同属于印欧语系，两种文化传统发端相同之缘故。

此外，还有许多其他因素促使古罗马人接受希腊神话的某些成分。例如天灾人祸，就使无所适从的罗马人有神必求，有仙必拜。公元前 5 世纪末一次大饥荒年间，罗马人求救于希腊的五谷女神德墨忒耳（Demeter），随着时间的流逝，逐渐把她同当地的神色列斯（Ceres）合而为一体。在一次瘟疫流行的年间，他们问卜于阿波罗（Apollo），之后就尊他为太阳神。这样，两个民族、两种文化的交往日深，两种宗教系统渐渐糅为一体，罗马人朴素的有灵无形的信仰逐步过渡到人神同形同性的希腊神话体系。罗马神话当中本地成分和外来成分相互补充、相互衬托，终于成为一个有机整体。

希腊罗马神话故事诞生以后很久，仍然只是民间口头文学。在荷马（Homer）的史诗和赫希俄德（Hesiod）的作品中，都提到吟游诗人在民间咏唱神话故事，这是有关神话故事的最早的文字记载。相传荷马是一位生活在公元前 10 世纪至 8 世纪时的小亚细亚盲诗人。荷马史诗《伊利亚特》（*Iliad*）和《奥德赛》（*Odyssey*）是专门描述史前希腊同小亚细亚地区特洛伊国之间发生的一场神、人共同参加的传奇式战争的。《伊利亚特》所描写的是这场延续 10 年之久的战争当中的一个重要片段，即希腊军队总司令阿伽门农（Agamemnon）和主将阿喀琉斯之间为争夺一名女俘而发生的争吵。《奥德赛》描述战争结束以后，希军策士奥德修斯（Odysseus）扬帆回国，途中历尽千辛万苦，在海上漂流达 10 余年之久，最后回到故土与妻儿团聚的故事。由于荷马史诗中穿插了许多有关公元前几千年在希腊流行的原始宗教信仰的详细记载，因而享有“希腊圣经”的盛名。从情节凌乱、内容矛盾的神话里，初步整理出一个头绪来：这项工作被认为是荷马首先担当起来并尽力圆满完成的。继荷马之后，赫希俄德（约公元前 8 世纪）著《神统记》（*Theogony*）及《历书》（*Works and Days*），描述了希腊诸神的历史渊源和世界的发端。这两部书一向被誉为“有关希腊神祇和英雄体系的标准著作”。公元前 6 世纪和 5 世纪间，希腊文坛上出现了 3

位名震千古的悲剧诗人：埃斯库罗斯（Aeschylus）、索福克勒斯（Sophocles）和欧里庇得斯（Euripides）。他们在遗留给后世的30多部悲剧里，对希腊神话做了进一步整理和加工。他们除把荷马史诗里业已整理过的有关特洛伊战争的一些情节和侧面进一步充实以外，还把诸如伊阿宋（Jason）渡海寻金羊毛，俄狄浦斯（Oedipus）弑父娶母，以及其他一些天神与英雄的故事包括进去。在这以后，阿波罗德拉斯（Apollodorus）、阿波罗尼亚斯·罗底阿斯（Apollonius Rhodius）、坡舍尼阿斯（Passanias）及普卢塔克（Plutarch）等著名希腊诗人和作家都各有著述，从不同角度丰富了希腊神话故事的内容。公元前1世纪，罗马诗人维吉尔（Vergil）著长诗《伊尼德》（*Aeneid*，也作《埃涅阿斯纪》），以清晰的脉络，描述了拉丁族鼻祖埃涅阿斯（Aeneas）逃离特洛伊城的一片火海、远渡重洋、在意大利安身立国的冒险业绩。另一位诗人奥维德（Ovid）用巧妙的夸张，精练的文笔，写成《变形记》（*Metamorphoses*），把200多个神话故事贯穿起来，为后世留下了一部神话故事的权威性著作。至此，希腊罗马神话故事由民间口耳相传的文学到书面的文学过渡就基本完成了。

在欧美文艺史上，希腊罗马神话曾经发挥了重大作用。古希腊的艺术、史诗、悲剧、雕刻和绘画等，无不采用神话为题材，这一事实对欧美文坛巨匠的选材倾向颇有影响。在欧洲文艺复兴运动以后，希腊罗马神话在文学中的地位更加明显和重要。人们在拜占庭帝国覆灭时被拯救出来的古希腊语手抄本中，在从罗马的废墟里发掘出来的古代雕像上（其中最闻名的要推维纳斯的断臂半身塑像，它让人洞见到人自身的肉体美），突然惊讶地发现了一个全新的世界，一个体现人的美、尊严和理想的世界。对古代希腊和罗马的文化的兴趣又复活了。作为这种文化的重要组成部分的希腊罗马神话，又开始成为文学艺术家们所喜爱的创作素材。就英美文学而言，从乔叟到莎士比亚、19世纪早期的著名浪漫诗人、丁尼生（Tennyson，1809—1892）、朗费罗（Henry Wadsworth Longfellow，1807—1882）、梭罗、霍桑、史文朋（A1gernon Charles Swinburne，1837—1909）、叶芝、康拉德（Joseph Conrad，1857—1924）、艾略特、庞德（Ezra Pound，1885—1972）、奥顿等人，无一不从神话中获得灵感，撷取思想和题材。倘若我们浏览一下英美作家的作品内容，再回想一下但丁（Dante，1265—1321）的《神曲》（*Divina Commedia*）、歌德的《普罗米修斯》及《伊菲革涅亚在陶洛斯》、拉辛（Racine，1639—1699）的《安德洛玛刻》及《特洛亚妇女》、费纳龙（Fenelon，1651—1715）的《忒勒马科斯》、伏尔泰（Voltaire，1694—1778）的《俄狄浦斯》、巴尔扎克（Balzac，1799—1850）的《高老头》等欧洲文学巨匠们的巨著中的某些情节，我们便会感到，在姹紫嫣红的欧美文苑中用希腊罗马神话浇灌出的奇花异木的种类之多和数量之大，是令人瞠目的。

让我们讲些具体例子。在欧洲有一种鸣鸟，歌声婉转优美，尤其是在月光流泻、清风习习的夜色里，那歌声千回百转，更显得悠扬悦耳，动人心弦。这种鸣鸟就叫夜莺。1819年春，有一只夜莺落在英国汉普斯特德市一家的附近，夜来啼鸣不止，柔美的歌声安抚了一颗饱受生活创伤的年轻诗人的心。一天早晨，这位诗人在一棵李子树下的草地上，静静地坐了两三个小时，写诗共八节，这就是英国文学上著名的《夜莺颂》（“Ode To a Nightingale”）。这位年轻作者就是著名浪漫主义诗人约翰·济慈（John Keats，1795—1821）。他把夜莺看作富有诗意的理想世界的象征。柯勒律治（Samuel Taylor Coleridge，1772—1834）也写过一首关于夜莺的诗，名为《夜莺》（“The Nightingale”），里面有这么几句，颇动人遐思：

诗兴浓郁的少男少女
满怀温柔与同情，对菲洛米拉的哀戚的歌声，
必会长吁短叹。

“菲洛米拉的哀戚的歌声”一句暗含着一个富于包孕的神话故事。传说古雅典王有两个女儿，生得眉清目秀，玉态仙姿。有一次雅典城受到外藩的侵扰，幸亏色雷斯王特拉斯引兵前来救援方得脱险，转危为安。雅典王感激不尽，愿以一女嫁色雷斯王以报答救应之恩。特拉斯选中长女普罗克尼，择日完婚回色雷斯国去，留下次女菲洛米拉陪伴父亲。

光阴荏苒，日月递嬗，转瞬就是几年，普罗克尼已生一子，名叫伊蒂拉斯。她虽然贵为国母，万事如意，但究竟是在异国，一种凄清孤寂的乡愁羁思便不时涌上心头。最后她终于向国王提出要求，接妹妹菲洛米拉来色雷斯相见。特拉斯于是启程前往雅典迎接妻妹，在回国途中，他看到正在妙龄的菲洛米拉姣嫩艳丽，百媚千娇，便顿生歹念，欲火中烧，一时兽性发作把她奸污。为灭口计，又把她的舌头割下，将她囚禁在森林深处的一间幽寂破陋的小屋中。回到色雷斯后，他对妻子撒谎说，菲洛米拉已死。菲洛米拉在幽囚中度过了一年饱受熬煎的时光，但她并未失去报仇雪恨的决心。她把自己的悲惨故事织进一块罩毯，设法把它暗中送给还蒙在鼓里的姐姐。普罗克尼接毯后恍然大悟，急忙赶往林中，把妹妹救出。姊妹二人于是设计复仇，把小王子伊蒂拉斯杀死，将其肉做成筵肴奉献给国王享用。特拉斯发觉后勃然大怒，持剑追杀两姐妹。在她们的恳求下，上天的神仙发慈悲，把普罗克尼变做燕子，把菲洛米拉变做夜莺，而特拉斯也未保住人形，竟变成了一只戴胜。这样看来，诗人柯勒律治的“菲洛米拉的哀戚的歌声”是源于一种神话掌故的。

在英美文学上，夜莺和菲洛米拉经常是同义语，夜莺的歌声总能唤起人们关于菲洛米拉的丰富的联想和记忆，也最能引动诗人的雅兴，即景生情而抒发胸臆。19 世纪后半期的英国诗人马修·阿诺德（Matthew Arnold，1822—1888）的《菲洛米拉》（“Philomela”）就很有独到的地方。在这首诗里，诗人似乎把菲洛米拉当作母亲和姐姐，从揣摩她的心理出发，向这位满腹哀怨、热泪盈眶的姐姐提问，在事过无数个世纪以后，英格兰的如水月光，遍地清露的夜，以及静静的泰晤士河的潺潺流水，对于医治那宗旧仇宿怨遗留下的创伤是否有所补益。在诗人看来，夜莺的歌声是人类的感情和痛苦的体现。人在感情便在，欲壑便在，风流冤家的爱恨愁怨便在，代代相传，周而复始，因此诗的最后两句颇有画龙点睛之妙：

永恒的情欲！
永恒的痛苦！

阿诺德的喟叹正说明了神话具有历久而不衰的魅力。

用“鲁莽灭裂、心狠手辣”来评价普罗克尼，似乎有些太严厉了。但为妹复仇竟灭母子之情，毕竟不是值得褒扬和师法的。事实上，神话把她描写为燕子，就有明显的贬义。燕子报春，叽叽喳喳欢叫不停，春后就移栖他处，寻欢作乐，所以燕子缺乏坚贞不渝的精神。而夜莺则在漫长的黑夜啼鸣不止，对昔日的耻辱总有耿耿于怀之意，对被冤杀的小外甥又内疚于心，不能忘情，它似乎抱恨终天，实难再高兴起来。燕子和夜莺只是诗人喜欢的两种小鸟而已，它们大概没有什么贞节的观念，它们之间也没有什么往来。但是，远古时期的神话的编纂者却赋予它们以人格，而后世多情的诗人又驰骋想象，把它们视为姐妹而联结在一起。做妹妹的夜莺看到当姐姐的燕子的无情无义和健忘，心里极其不满，于是便和燕子交谈，嗔怪当中又夹杂有规劝的意思。这就是19世纪英国著名诗人史文朋所写的《伊蒂拉斯》（“Itylus”）一诗的基本构思。《伊蒂拉斯》全诗共分十节，每节或以“燕子啊，我的姐姐”开首，或以“姐姐啊，我的姐姐”为始。第八节则以“快活的迷路的姐姐啊，心情多变的燕子啊”起头，责怪的口吻显而易见，而第十节夜莺则索性芟夷枝蔓，以“姐姐啊，姐姐，你的头胎子”直言骨鲠，以孩子的亡灵的声音诘问“谁还记着我?谁已把我忘记?”夜莺又自答说：

> 夏天的燕子啊，你已经忘却，
> 而我的记忆要待世界末日才会寂灭。

这最后一句又把阿诺德的“永恒”的意味，清楚地体现出来。

史文朋的这首诗，以其妙绝时人的“燕子啊，我的姐姐，我的姐姐燕子啊”的诗句，在伦敦文坛广为传诵，伊蒂拉斯的名字和故事也盛传于世。这引起了一个在20世纪初风尘仆仆、从大洋彼岸远道而来的美国年轻诗人埃兹拉·庞德的浓厚兴趣。庞德后来在他的长诗中又以其独特而精妙的方式重述了这一故事。在《诗章》第四篇里，庞德描绘了一个老人坐在床前低声啜泣的情景：

伊丁！
三行老泪，伊丁，伊丁！

“伊丁”是“伊蒂拉斯”的拉丁名字。这两句诗是庞德从纪元前 1 世纪罗马诗人贺拉斯的《春天的快乐》一诗中节取来的。庞德运用这一故事的技巧又不落俗套。他不同于阿诺德的重点表现普罗克尼，也不同于史文朋的着眼于菲洛米拉，他把读者的目光引向迄今尚未被人发现的她们的父亲——古雅典王潘迪因的苦衷上。潘迪因在转瞬之间失掉两个女儿和一个外孙，诗人便设想他在闻讯之后一定是极度痛苦的。“三行老泪”就是说他在为失去的三个亲人而涕泗满面的情状。《诗章》第四篇的内容很多，但主题似乎是讲毫无节制的情欲及爱情中险恶一面所引起的残暴行为和后果。本篇一开始便向读者描绘出一幅令人骨寒毛竖的特洛伊城沦陷图：

王宫一片烟火氤氲
特洛伊只剩下一堆冒烟的城墙石头。

特洛伊战争是神话中的一个重要故事。这场战争在古希腊史上确有记载，发生的原因也极其复杂。但据神话记载，希腊人之所以渡海围攻特洛伊国，则是因为特洛伊王子拐走了斯巴达王后——绝代佳人海伦。常言道，一只巴掌拍不响。海伦也是喜新厌旧、同王子一见钟情的。她的美貌确是倾了人城又倾人国。好端端的一座特洛伊城，在希腊人的“木马计”得逞以后，竟变成了一片火海，特洛伊王被杀，王后和公主们都沦为奴隶，那惨状比我国的桀宠妹喜、纣宠妲已、幽王宠信褒姒的后果有过之而无不及。诗人还谈到法国一贵族出于嫉恨杀死妻子的情夫、以其心做筵肴奉献给夫人，女人羞怒之下跳楼自尽。诗中还提到其他一些类似的事例，有神话，也有传说，有褒扬，有贬责，也有揶揄，中心旨在谈儿女之情，强调指出非分的情欲的危害。由此看来，伊蒂拉斯的故事用在这里极为得体。

文学艺术家的魅力受制于他们独特而精妙的灵感和想象力。史文朋向读者描述了夜莺对燕子的谈话，庞德则刻画了老泪纵横的雅典王形象，而英国诗人罗伯特·布里奇斯（Robert Bridges，1844—1930）的《夜莺》（“Nightingales”）则更有别致之处。他像济慈一样，听到夜莺的美妙歌声，心神便被带到一个奇妙壮观的理想境界中去。但当济慈哀叹美的短暂与人生的苦痛，向往永恒的幻想世界的理想美的时候，布里奇斯却别有旨趣地向夜莺询问起她的故乡的模样来。那地方一定是当溪之滨，山清水秀，一定是林静谷幽，百芳争妍。那地方一定是天朗气清，夜莺一定是在这百态千姿的景色中，在淙淙清泉旁，学会唱这优美的歌的。诗人直接和夜莺交谈起来。诗人的想象和发问构成了这首三节诗的第一节的内容。第二、三两节是夜莺的回答。夜莺说，你说的都不对，在我们那里山是光秃秃的山，水是有气无力的水，我们的歌声在陌生人听来似乎悠扬舒缓，实际上我们却是愁肠百断，我们的希望无法达到，渴求不能满足，梦想难以实现。在惠风和缓的春天，在树木泛绿、嫩草散放出阵阵馨香的美好时刻，我们的凄婉的夜歌或许比“白昼无数声音的合唱”更能激励人们去追求，去憧憬，去斗争。由此看来，诗人不仅是在向读者表露自己听到夜莺歌声后的喜悦心情，更重要的是，他在借助于夜莺的形象使读者在感情和理智上接受他对人生的理解和诠释：布里奇斯意在表明，最伟大的美不是来自欢乐、快活和满足，而是源于痛苦、忧戚和期望。从某种意义上讲，它意味着战胜痛苦、忧戚和期望的斗争。倘若我们再把全诗细细推敲一下，我们便会发现，诗人在第一节里还表达了畅游夜莺家乡的愿望——这里所描绘的乃是一个没有变化、没有衰颓、具有永恒美的世界，是凡人所向往的充满静谧和快乐的仙界。诗人感到，倘若他能和夜莺一样居住在那个世界里，他便不必再像现在这样煞费苦心地写这么一首毫无味道的小诗，他会笔底生花，一蹴而就，写出的诗会和夜莺的歌声一样自然和完美。布里奇斯这首诗的韵味之浓，由此可见一斑。

其实，和夜莺交谈的诗人，布里奇斯并不是第一位。把夜莺的歌声与人的企求连结在一起的，文学史上也早有先例。我们读英国 16 世纪著名诗人菲力普·锡特尼（Philip Sidney，1554—1586）的抒情诗

《夜莺》（“The Nightingale”），便会有这种感觉。诗人在大地回春、生机勃勃的春天，听到夜莺凄切的鸣叫，联想到几千年前在色萨利原始森林的荫蔽下，雅典公主惨遭奸污的情景，表达出自己对夜莺的理解和同情。然后诗人望着啼鸣不止的小鸟，边安慰边规劝地说，美丽的菲洛米拉啊，你也高兴高兴吧，你的那桩冤枉，固然令人难以忘怀，可是你的大地又已复苏，你的苦恼已成为身外的东西，而我呢，我的企盼却每天都在侵蚀我的心灵，我的要求无法得到餍足。我有更充分的理由感到苦恼。此外，美国现代诗歌的奠基人之一的 T. S. 艾略特在其诗歌创作中也不止一次地运用这个故事。爱情的不贞及随之而来的残酷后果是艾略特借助于夜莺的形象所要表达的内容之一。《斯威尼在夜莺鸟群中》（“Sweeney among the Nightingales”）以及《荒原》第二章和第三章中都写到了夜莺和她的歌声，便是突出的例子。

神话故事如上所说多为口头文学，原为历代口耳相传，因此，同一故事而众说纷纭的情况并不罕见。就菲洛米拉的故事说，荷马史诗《奥德赛》第十九章把夜莺说成是孩子的母亲，阿诺德的《菲洛米拉》似乎沿袭了这种说法。但是史文朋、庞德与艾略特却都将夜莺视为被奸污的妹妹，而奥维德的《变形记》第六章则对此采取模棱两可的处理手段。谁是谁非都无关紧要，因为故事的内涵并没有受到什么影响。

“舍己为人”的高尚精神，在人类生活的原始时代就已存在。这种精神在希腊神话里的最高体现是不畏强权而为人类造福的天神普罗米修斯的形象。按照希腊神话讲，先知先觉的普罗米修斯最初用泥土造人，请智慧女神雅典娜赋予以灵魂，普罗米修斯本人则教给人用火的本领，使人类成为万物之灵。后来他一直惠顾人间，因而触怒了主神宙斯，这位专制君主便武断地剥夺了人间的烟火。然而普罗米修斯并未屈服，他设法从天国把火偷出，暗里送往人间，使万民又得以死里逃生。宙斯闻讯大怒，下令把敢同他抗衡的普罗米修斯锁在高加索山崖上，并派一只贪婪的秃鹫，天天啄食他的肝，而他的肝，又总是重新长出来。普罗米修斯在这种残酷的折磨下度过了三万年的漫长岁月，他视死如归，坚强傲岸，从未吐过一句求情告饶的话。几千年来，这一英雄形象一直活在人们的心中，是欧美作家心仪神往的理想题材。

古希腊悲剧诗人埃斯库罗斯曾经写过一出悲剧，名叫《被缚的普罗米修斯》（*Prometheus Bound*），把这段公案的始末交代得清清楚楚，唯一的缺憾是它的妥协的结局。19 世纪上半期，英国浪漫主义诗人拜伦和雪莱（Percy Bysshe Shelley，1792—1822）阅读了这个剧本，从中得到灵感，从而分别谱写出名垂后世的不朽诗篇。拜伦在学生时代就翻译了这个剧本的片段，普罗米修斯的形象从此便盘旋在他的头脑里。后来他写了《普罗米修斯》（"Prometheus"）一诗，说到这位天神为人类的幸福而饱受磨难的情景，叫人读了回肠荡气，肃然起敬：

巉岩，兀鹰，锁链的束缚，
高傲者万难忍受的凌辱；
强忍而不露声色的剧痛，
使人窒息的苦楚和不幸；
孤寂的时刻才能低诉，
还得留神，防天神窃听，
待到声响没半点回音，
才把叹息轻轻地吐出。[17]

诗人接下去以遒劲凌厉的笔触揭发了暴君宙斯的倒行逆施，以满腔热情颂扬了普罗米修斯的正直和刚毅，他的坚贞顽强与威武不屈，指出他的精神显示了人类的力量和命运，成为人民同灾难和恶势力进行不屈不挠的斗争的象征：

坚忍的意志，深邃的思想，
虽在含辛茹苦的时刻也能望见丰厚的报偿；
只要敢抗争，就攻无不克，
死亡会变成胜利的凯歌！[18]

在拜伦的作品里，普罗米修斯的名字先后出现过十七次。19 世纪早期，俄国文学评论家别林斯基称他为"我们这个时代的普罗米修斯。"拜伦同他所处的罪恶时代宣战，关怀着人民的苦难，他怀着悲痛，骄傲地战斗，为自由而献出了自己年轻的生命。

把普罗米修斯塑造为不朽的艺术形象的另一位浪漫诗人是雪莱。1818 年秋到 1819 年末，雪莱创作了一出诗剧，名为《被解放了的普罗米修斯》（*Prometheus Unbound*），显然又同埃斯库罗斯的悲剧《被缚的普罗米修斯》有着密切联系。雪莱沿用了埃斯库罗斯的故事情节，但改变了普罗米修斯和朱庇特（即宙斯）达成妥协的结尾，把原来的故事扩写成为一出阐述社会罪恶的根源和铲除社会罪恶的途径的象征性诗剧。尽管作者生活在欧洲反动封建势力极度猖獗的时期，象征资产阶级的反抗和自由的拿破仑正在圣赫勒拿岛苟延残喘，但诗人对人类的未来依然充满信心。他坚信，只要人类仿效普罗米修斯知难而进的精神，任何黑暗势力也逃不脱灭亡的厄运，就像第二幕中朱庇特被拉下宝座时的狼狈状所显示的那样。一切宝座、祭坛、法庭、监狱，一切朝笏、王冠、宝剑、锁链与典籍，都已成为历史，一个新的世界展现在人们面前：

> 令人厌恶的假面具已经撕下，人之上已没有王，人人自由，不受限制，人人平等，不分阶级，种族、国家，没有畏惧、崇拜、地位和头上的君主，人是公正的、温和的、有智慧的……[19]

雪莱在诗剧里又重申了他在《麦布女王》（*Queen Mab*）中表达过的信念，即不正义和苦难可以通过外部革命而铲除。同时他还暗示，罪恶的根源和实现改革的可能，都以人本身内高尚品质的战胜卑劣因素为转移，这是人自身的道义责任；社会混乱和战争是人内部精神世界失调的体现，倘若人以爱的感情取代仇恨的心理，政治改革便可胜利在望。雪莱对于人的发展潜力的信念，是 19 世纪欧美浪漫主义思潮的体现，也表现了他的世界观中唯心主义的一个侧面。

在莎士比亚的名剧《奥赛罗》（*Othello*）第五幕第二场的开首，洁白无瑕的苔丝狄蒙娜睡在床上，满腔怒火的奥赛罗走进屋里。在他心中，爱正在让位于恨，但依然做着最后挣扎。室内一盏灯正在发着融融的光。奥赛罗想先吹灭灯，然后再熄灭妻子生命的火焰，但还在犹豫不决。他望着安详的苔丝狄蒙娜自言自语地说：

> 可是你，造化最精美的形象啊，你的火焰一旦熄灭，我不知道什么地方有那天上的神火，能够燃起你的原来的光彩！

这句话里“那天上的神火”乃是一种意译，直译应是“那普罗米修斯的火”。普罗米修斯的火是人类赖以生存的火，是活力的源泉。这一点又在 19 世纪美国诗人朗费罗的《普罗米修斯，或诗人的先觉》（“Prometheus，or the Poet’s Forethought”）一诗中表现出来。朗费罗生活在超验主义思想盛行一时的美国，他对普罗米修斯的故事的叙述，便带有较浓厚的超验主义色彩。以爱默生为代表的超验主义者们强调诗人在人类生活中的作用，把诗人视为先知和预言家，爱默生在他的著名论文《论诗人》、梭罗在他的《沃尔登湖畔蛰居记》、惠特曼在他的《草叶集》1855 年版《前言》中都阐述过这一观点。朗费罗颇受超验主义思想的感染，承认诗人的独清独醒作用，他的《普罗米修斯》便着重说明了这种见解。在他看来，这位天神的盗火下凡，同世人休戚与共，为人类承受苦难的高尚品行以及这一流芳百世的美好传说，都是“诗人、预言家，先知”的象征：

> 虽然并非人人都被赋予
> 从事这种崇高事业的力量，
> 攀登天国的墙壁，
> 以火的酵母永远激励
> 所有的人的心灵；
> 然而没有气馁心灰的歌手，
> 尊重和相信这一预言，
> 高举起他们的点燃的火把，
> 把光明撒向幽暗，
> 将这一信息永传向前！

朗费罗把普罗米修斯描绘成赋予人类以活力、克服艰难险阻而奔向美好的未来的先知。就这样，一个神话的丰富的蕴含在历代诗人和作家的不懈努力下都被挖掘出来。普罗米修斯的形象一直活跃在英美文学里。1967 年，美国上演过一出名为《普罗米修斯》（*Prometheus*）的戏剧，作者是诗人罗伯特·洛厄尔，底本是古希腊悲剧《被缚的普罗米修斯》。这是神话的不朽魅力的又一例证。

在人类文化史上，有许多“异曲同工”的现象，关于阴曹地府的描述就是非常有趣的例子。在我国文学名著中，对地府的状貌进行繁实详尽的描绘的要推《西游记》。唐太宗李世民和小龙王把阳世的官司拖到阴间去，李世民应召到冥府对证，从而发现了一番新天地，惊恐之余倒也一饱眼福。在基督教文学中，但丁的《神曲》和弥尔顿的《失乐园》对地狱进行了历历具足的描绘，令人颇觉凄神寒骨。《西游记》里的冥王没有怎么露面，但丁和弥尔顿则根本没有提到他，三部作品都未给冥王后以应有的位置。这个缺陷在希腊罗马神话里得到了弥补。神话不仅勾勒出冥王的相貌和举止，而且用似乎更加细腻的笔触刻画了冥府王后的音容笑貌以及她那扑朔迷离的故事。

据希腊神话，谷物女神德墨忒耳（Demeter）有个年轻美貌的女儿帮她执掌花草。这个百花仙子的拉丁文名叫普洛塞嫔（Proserpine），希腊文名为珀尔塞福涅（Persephone）。每天工作结束以后，百花仙子便和伙伴们到西西里岛去玩耍，她们一起唱歌，跳舞，采集鲜花。有一天，普洛塞嫔正和女伴们采花，大地突然裂开，冥王普鲁托（Pluto）从地下探出身来，不容分说，把百花仙子拉进地缝里，大地又缓缓地合拢起来。百花仙子的随从个个惊得目瞪口呆，手足无措，急忙回报德墨忒耳。德墨忒耳呼天抢地，哀痛欲绝。她擅离职守，决心走遍天涯海角把女儿找回。万物因为失了主宰，立刻呈现出满目荒凉的景象，木叶零落，百卉凋零，连阳光也暗淡下来。后来遇喷泉仙子（Arethusa），方得知冥王已立百花仙子为冥府王后。谷物女神遂奔往天界见主神宙斯，诉说原委，恳请他裁夺。宙斯见下界已成荒野，饿殍遍地，怨声载道，也怪弟弟——宙斯和冥王为一母同胞兄弟——行为莽撞，于是派遣使者赫耳墨斯（Hermes）下地府进行调停。由于普洛塞嫔已食用地府果实，宙斯拟出一项双方都可勉强接受的妥协方案以解决争端。按照这项方案，百花仙子每年要在冥府居住三分之一的时间。德墨忒耳和冥王虽不满意，但也无可奈何。于是，每当普洛塞嫔离开地府，来到地面和母亲相聚时，大地便呈现一片明媚景象，充满生机。而当她返回地府时，萧瑟的冬季便开始了。这就是普洛塞嫔故事的始末。

在英美文学中，以优美的笔调原原本本地复述这个故事的大概要推丁尼生的《德墨忒耳与珀尔塞福涅》（"Demeter and Persephone"）了。此前雪莱写过一首名为《普洛塞嫔之歌》的小诗，副标题是"在安那原野采花时所唱"，"安那"指西西里岛上的安那草原，百花仙子据说是在这里采花时被劫持的。此外史文朋也曾写过两首关于冥府王后的诗，描述的重点和角度也颇别出心裁。第一首诗名为《普洛塞嫔颂》（"Hymn to Proserpine"），写成于1866年，在标题下面的括号中写着"在罗马宣布基督教后"，颇有副标题的意味。接下来是拉丁文的引语，意为"加利利人啊，你胜利了"。这句话传说为罗马皇帝朱利安公元363年死前对耶稣所讲。因为耶稣生在今日巴勒斯坦北部加利利地方，故称他为"加利利人"。公元313年，罗马帝国宣布基督教为合法宗教。在罗马皇帝君士坦丁时代，基督教有所发展。君士坦丁的侄子朱利安继位之后，企图恢复旧教，抵制基督教的蔓延，但是没有成功。史文朋的《普洛塞嫔颂》所表达的正是朱利安的观点。诗中的讲话人是一位罗马贵族和诗人，他和朱利安一样向慕昔日的多神教信仰，他的颂歌便是唱给冥府王后普洛塞嫔听的。他为希腊诸神的遭贬黜而鸣不平，对耶稣和基督教表示蔑视和讥讽。这首诗体现出作者的以反叛和颓废为基调的人生哲学。史文朋本人把这首诗和他的《人的颂歌》（"Hymn of Man，" 1871）称之为"精神衰颓的哀歌，信仰复兴的颂辞"。史文朋对基督教信仰的虚伪和衰颓极其不满，对以基督教伦理道德原则为准绳指导的维多利亚时代社会生活和文艺上喋喋不休的说教，厌烦至甚。1866年他发表了《诗歌及民谣》（*Poems and Ballads*），冲破维多利亚时代文学上清规戒律的禁锢，以动人的声色，富有性感的形象和词句，唱出了反抗与自由的歌。《诗歌及民谣》触怒了保守的评论界，酿成一场轩然大波。不足30岁的史文朋被正统派轻蔑地冠以"堕落的小鬼”的谑称，排列在“肉欲派”诗人中。19世纪末桂冠诗人丁尼生卒世后遗留下的桂冠，史文朋本来唾手可得，但也主要因为这组诗歌的缘故而旁落在他人头上。

《普洛塞嫔颂》一诗中透露出的死的愿望，在《普洛塞嫔的花园》（“The Garden of Proserpine”）一诗中得到更充分的发挥。据希腊神话讲，百花仙子做了冥府王后以后，在幽暗的地府里建了一个鲜花四季开放的花园。史文朋所描述的便是这座死一般静穆的花园的景状。这首共分12诗节的诗，充满了对生活的厌倦和对死寂的向往，其中尤以第十一节为最甚。在这里，诗人表达了从生活、冀望和畏惧中解放出来的心愿，他由衷地感谢神祇造就了一个没有永生的世界：

没有任何生命会永远延续；
死者永世不再复活；
便是最无气力的河水也会在某处安然蜿蜒入海去。

在这首诗发表10年以后，美国一位作家在旧金山一个破产农民家里出生，他自幼饱尝冻馁之苦，步履维艰地踏在坎坷的人生道路上。但他酷爱读书，悉心练习写作，所以到20世纪初，他已蜚声美国文坛。这位作家就是小说家杰克·伦敦（Jack London，1876—1916）。杰克·伦敦一生写了50部书，他的生活境况也有了改变，一下子从社会生活的最底层跃至美国社会的顶端。他对资产阶级上层社会生活的腐朽和堕落恨之入骨，但也同时蒙受到它的极度精神空虚的感染。他变得生活奢侈，饫甘餍肥，最后终于在绝望中结束了短短的一生。1909年，也就是史文朋去世的那一年，杰克·伦敦发表了他的代表作《马丁·伊登》（*Martin Eden*）。小说的情节虽属虚构，但它描述的却是作者本人发迹的故事。小说主人公马丁·伊登是生活在社会底层的水手。他拼命地做工和读书，一心想成名，步入上层社会。他坚持写作，虽屡次失败也不灰心，后来终于成为赫赫有名的作家。过去对他不屑一顾的人们都来百般地取悦于他；曾经同他一见钟情、但后来却同他中断往来的阔小姐罗丝也恳求同他恢复旧情。马丁一向所羡慕的上层社会生活顷刻间变得味同嚼蜡。他似乎看到了人生的乏味和虚渺，终于在绝望中自溺而死。小说的最后一章，写马丁坐在船上百无聊赖的时候，随意翻阅起床头的书，史文朋的《普洛塞嫔的花园》一诗突然引起他的兴趣，使他在绝望中看到了"希望"，在痛苦中寻到了"慰藉"。他不由自主地朗读起来："……便是最无气力的河水 / 也会在某处安然蜿蜒入海去。"史文朋为他寻到了打开他这把锁的钥匙。那无气力的河水不就是他吗?而他正航行在大海上。他感到诗的字字句句都在暗衬自己的境况。"死者永世不再复活"，于是沉海自溺的想法油然而生。无精打采的马丁最后一次振作起精神，向大海底部沉下身去。《马丁·伊登》情节曲折，语言形象而流畅，是一幅迄今依然为人喜欢的 20 世纪初美国社会风貌图。

在英美文学史上，像以上所列直接引用希腊罗马神话的例子比比皆是。克里斯托夫·马洛（Christopher Marlowe，1564—1593）写过一首长达 818 行的史诗，《希洛与黎安德》（"Hero and Leander"，1598），详细重述了希腊神话中两位男女青年的爱情悲剧。这个故事的梗概是：在小亚细亚达达尼尔海峡亚洲一边的阿比多斯地方，一位名叫黎安德的青年热恋着住在海峡欧洲那边的塞斯特斯城的少女希洛。黎安德每夜游渡过去同情人幽会，后来不幸在一暴风雨夜被淹死，次晨希洛寻获其尸，自己也投河殉情而死。《希洛与黎安德》的悲剧结局，使拜伦深受感动，1810 年 5 月 3 日在伊肯黑德上尉陪同下，拜伦用一个多小时逆古人夜渡的方向泅渡海峡，事后写下了抒情诗《由塞斯特斯游渡至阿比多斯后所作》（"Written after Swimming from Sestos to Abydos"）以志纪念。拜伦在该诗附注中说到海峡吸冰山融雪之水，温度极低，这又对比出面对寒冷阻隔时古人爱的热切。我们再说莎士比亚。他的长诗《维纳斯与阿多尼斯》（*Venus and Adonis*，1593）讲了爱神同她所钟爱的年轻猎人阿多尼斯的娓娓动听的故事，后世包括雪莱和庞德在内的作家也运用这一题材进行创作。伊丽莎白·芭蕾特·勃朗宁（Elizaboth Barrett Browning，1806—1861）的《已死的大潘》（"The Dead Pan"），描绘了畜牧神潘的故事；弥尔顿在《失乐园》中称潘为"世界之神"；当梭罗只身一人沐浴在沃尔登湖畔森林中和煦的阳光里时，他想到了哺育大地的地母和象征繁殖力的神大潘。但丁·迦百列·罗塞蒂（Dante Gabriel Rossetti，1828—1882）的《美杜莎》（“Medusa”）写的是一个蛇发女怪，谁见了她便变做石头。威廉·莫里斯（William Moris，1834—1896）的《北方的缪斯》（“The Muse of the North”）里的缪斯是司掌诗文的女神。“缪斯”这个词现在已成为“灵感”或“想象”的同义词，读一下亨利·詹姆斯的《小说的艺术》（*The Art Of Fiction*）便会清楚。倘若再回溯到威廉·布莱克，我们便会发现，他的小诗《致缪斯们》（“To the Muses”）实际上是对先辈英国诗人缺乏灵感这一点所发出的哀叹。爱默生写酒神的《巴克斯》（“Bacchus”）、王尔德关于狮身女面怪的长诗《斯芬克斯》（*Sphinx*）、叶芝的《丽达和天鹅》（“Leda and the Swan”）以及奥顿的《阿喀琉斯的盾》（“The Shield of Achilles”）等等，这种例子可谓俯拾即是。

以上谈的是古希腊罗马神话故事为英美文学家引用的例证，表现了这些神话故事同英美文学的渊源关系。如果从另一角度观察，我们则又发现，古希腊罗马神话对英美文学的影响不仅范围广，而且涉足深，就是说在同一作家作品中，有时要引用多个故事。

世界文学史的实践早已证明，伟大的文学家不一定是伟大的学问家；同样，学识渊博的学问家也不一定能写出传世的文学作品。文学家进行创作，除了要有一定的学识外，还要借助于灵感和想象。在这方面，英国诗人济慈就是一个很好的例证：济慈的“希腊腔”是很为人称道的，但济慈却并不懂古希腊语，也不能用拉丁文读书。他的神话故事的知识多是通过阅读英译荷马史诗而获得的。这种知识恰好激励了他的“灵感”，又接受它的驾驭，这就使他能得以奋发远举，写出天真洋溢、文采彪炳的诗歌。济慈运用和援引过的神话故事很多，其中包括大潘（Pan）、月神（Diana）、恩狄米昂（Endymion）、酒神（Bacchus）、叙佩里昂（Hyperion）、风神（Aeolus）、海神（Neptune）、主神（Jupiter）、爱神和灵魂女神（Cupid and Psyche）、安德罗米达（Andromeda）、柏修斯（Perseus），迈达斯王（King Midas）、缪斯（The Muses），冥王（Hades）、普洛塞嫔（Proserpine）、太阳神（Apollo）、锡西（Circe）、赫尔墨斯（Hermes）、瓦尔甘（Vulcan）、阿喀琉斯

（Achilles）、俄耳浦斯与欧莉迪丝（Orpheus and Eurydice）、七星神（P1eiades）、皮拉和杜加里昂（Pyrrha and Deucalion）、爱情女神（Venus）、特尔斐神殿（Delphic Oracle）、农神（Saturn）、母神（Cybele）等等，其中有些故事他做过详尽描述，有些则是在诗中说及。这充分证明希腊罗马神话已构成济慈诗歌的一个不可或缺的部分。

我们也有必要提一提美国作家霍桑对希腊罗马神话的兴趣。在他的著作中所出现的神话典故是很多的，他还曾兴致勃勃地以流畅通俗的文笔复述过一些神话故事，颇受读者欢迎。例如半人半马怪（Centaur）、侏儒、卡德摩斯（Cadmus）、女妖锡西、百花仙子进冥府、伊阿宋（Jason）渡海寻金羊毛等故事，他都发挥自己的丰富想象力，描述得有头有尾，活灵活现。他原意为儿童的娱乐而写，其作品后来竟成为老幼都喜闻乐道的读物了。

文学佳作之所以能传世，不朽作品之所以能不朽，一是因为它在内容上深刻地反映了社会和人生，真实地揭示出入与人之间的感情；二是因为它在表现技巧上有所创新，为社会大多数人所喜闻乐见。而且要做到内容和表现形式的高度统一。譬如我们熟悉的《秦香莲》一剧，就反映出部分人的喜新厌旧的思想感情，所谓"陈世美式的"人物迄今也并不罕见。在欧美连三尺童蒙也知晓的《灰姑娘》的故事又是一个例证。《灰姑娘》讲的是温柔而漂亮的辛黛瑞拉（Cinderella）终日遭受继母和两个姐姐的虐待，但后来在仙女的帮助下和钟爱她的王子结了婚。这个故事不仅以各种形式在不少国家的民间传说中再现过，[20] 而且更重要的是，它所体现的思想和模式还悄悄地影响着历代作家的创作。法国作家雨果的《悲惨世界》中主人公冉阿让的养女珂赛特，在小酒店主德纳第家里所忍受的便是这种待遇。读过这本书的人都知道，在小珂赛特做苦工的那个小酒店里有一个继母式的女人和她的两个娇生惯养的女儿在小"灰姑娘"头上作威作福。让我们再回顾一下《简・爱》中简姑娘寄居在舅妈里德太太家里的情形。简在那儿饱受欺凌，致使她小小年纪便心如死灰一般，只是由于这颗小心灵的不屈不挠，才得以在日后又枯木逢春。熟悉《简・爱》的读者一定还记得那位继母式的里德太太有两个娇滴滴的爱女和一个横行霸道的宠儿。希腊罗马神话中充满着这种反映人的基本感情和人生基本模式的故事。荷马史诗《奥德赛》里所叙述的奥德修斯的故事就是另一个很好的例子。

《奥德赛》的中心故事是讲奥德修斯战后回家的经历。他一路上和狂风巨浪搏斗，途经盛产忘忧果的安乐乡，力大无比的独眼巨人的岛及凶恶的食人国，经受了妖娆的女巫的挟持，温存的神女和公主的爱抚，水妖石怪的虎视眈眈以及阴森地府的幽灵的纠缠。但他始终不渝，归心似箭，最后终于重返故国，与妻儿团圆。奥德修斯故事的含义很多，但它体现出的“赶路——追求”的人生模式在文学上的影响最大。它可以是一首百余章长诗的主导思想，像庞德的《诗章》所表现的那样；它可以是一本文学巨著的结构蓝图，像爱尔兰作家詹姆斯·乔伊斯（James Joyce，1882—1941）的小说《尤利西斯》（*Ulysses*）所显示的那样；它还可以是联结一个作家的多部作品的中心线索，像麦尔维尔的著作所表明的那样。在这些例证中，神话故事常常不是作为作家直接引用的写作题材出现了。它以含蓄巧妙的方式，经常在不知不觉中去激励作家的“灵感”。这便是神话发生其影响的又一种形式了。

庞德的《诗章》同 T. S. 艾略特的《荒原》和哈特·克兰（Hart Crane，1899—1932）的《桥》（*The Bridge*）一样，是诗人寻求真理和秩序的记录。有人称《诗章》是庞德一生的“思想日记”，这是很有见地的。资本主义文明发展到 20 世纪初，业已显露出一派衰颓的景象来。它的突出特征是人对生活的支离破碎和零乱芜杂的感觉。精神失去了支柱，生活没有了指导中心。在知识界，尤其是在文学界，一种渴求真知、向慕秩序的愿望被强烈地表达出来，占据了支配地位。“追求”成为诗歌和其他文学形式的主题，站在西方知识界思想前沿的庞德，开始创作表现这种“追求”的典型现代史诗。在这样的背景下，《奥德赛》便自然地成为他的艺术表现技巧的张本。仔细阅读这首令人费解的长诗便会发现，它的基础结构取自于荷马史诗，诗的主人公是一个酷似奥德修斯的人物——奥德修斯—庞德。《诗章》第一章是对《奥德赛》第十一章前 104 行诗的一种改写，说的是奥德修斯去地狱见已故先知的情景。到第三十九章，诗的主人公和奥德修斯的身份就完全统一起来，这种统一则贯穿在长诗的120章里。

奥德修斯的目的在于回到故乡伊萨卡去同妻子团聚。庞德的目的在于寻求真知，发现自我，认识世界。诗人的庞德是一个流浪汉，到处漂移，寻求关于自我和世界的真面貌的答案。他尾随在奥德修斯后面，踏进现代文明的荒原和地狱：《诗章》的前50章把西方即现代冥府的状貌勾勒得清清楚楚。奥德修斯—庞德在地府从先知铁瑞西斯处听到的指教，乃是一切真知的基础或发端。据荷马史诗，奥德修斯去地狱见先知，是在听取女巫锡西的劝告之后所采取的行动。这一点在《诗章》第三十九章锡西段内表达了出来。这一章的构思非常精巧。它讲的是奥德修斯，但奥德修斯却未出场。前36行描述他的一个校尉埃尔彭诺（ELpenor），横卧在锡西的房顶上魂牵梦萦的模样；埃尔彭诺代表着奥德修斯性格中贪图声色的一面。第三十七至四十一行述说锡西对奥德修斯的劝告。值得注意的是，锡西讲的是希腊语，暗含有庞德未能全部理解其意义的意味。接下去25行所描述的是奥德修斯的另一个校尉欧里洛克斯（Eurilochus），他拒不接受锡西的招引，代表着奥德修斯性格里强悍高傲的一面。锡西的作用在于，在奥德修斯逗留的一年里，对他施加适当的影响，克服他的高傲，使他俯首帖耳地去聆听地府先知的指教；没有这种指教，奥德修斯便不会安然返国，而奥德修斯—庞德也不会寻觅到关于自己和世界的真知。本章最后50行描绘奥德修斯之妻佩尼洛普（Penelope）与丈夫久别重逢后的喜悦，从侧面透露出奥德修斯在锡西和铁瑞西斯为他指点迷津后获得成功而感到的欣慰。奥德修斯—庞德尚未尝到胜利的甜美，因为他还没有经过奥德修斯蒙受的磨难。这种磨难随着长诗的继续而逐步显示出来。

前面说过，在第三十九章里锡西的劝告用希腊文讲出，奥德修斯—庞德没有全部理解其内涵；至第四十七章他倾听铁瑞西斯的教诲时，先知的话有和第三十九章内容发生共鸣之处，并已译成英文，表明奥德修斯—庞德的理解业已加深。但是，直至第七十四章，他身陷囹圄，经历了切身的极度苦痛，他才真正认识到自己是“无名”之辈，就像奥德修斯曾告诉独眼巨人基克洛普斯（Cyclope）自己叫做“无名”那样。《比萨章》(*Pisan Cantos*，74—84 章)叙述奥德修斯—庞德在经历过奥德修斯式的磨难之后，像奥德修斯那样以谦卑的态度看待自己和世界，已完全成熟起来。在以后的 30 余章里，诗人从地狱走到现实世界来，对自己的经历和体会进行分析和总结。他可能未像奥德修斯那样苦尽甘来，但他经历了同样的锻炼，受到了同样的教育。诗人对世界有深刻认识后，失望的情绪在胸中油然而生："梦想发生矛盾 / 破灭了— / 我原想造就一个地上天宫"(117 章)。这种认识的获得便是奥德修斯—庞德业已成熟的标志。有评论家说，庞德的《诗篇》是现代的《奥德赛》，这是很有道理的。

庞德的诗的主人公，不论叫什么名字，多是一种奥德修斯—庞德式的人物。识别这个人物是理解庞德诗作的动机与技巧的关键。我们试读一下他的《休・塞尔温・莫博利》("Hugh Selwyn Mauberley")，便会发现其中有许多诗人自传成分。莫博利在现代英国文界漫游，又酷似奥德修斯的海上漂泊，因此可以称莫博利为奥德修斯—庞德式的人物。该诗的第一章便提供了有力的佐证。这一章的第二节中说到莫博利出生在"一个半野蛮状态的国度"，又提及锡西以魔术把奥德修斯的部下变做猪群后喂养他们的"橡子"。第三节则引用《奥德赛》第十二章妖女塞壬(Siren)的歌："我们知道特洛伊的一切事情。"第四节直接点出佩尼洛普和锡西的名字，从而把莫博利的身份最后确定下来。接下来便会看到莫博利在现代英国文界的旅行，也是一个奥德修斯式接受"教育"的过程。他看到在现代世界上文艺的商业化倾向和艺术家的可悲境遇。他认识到他与这个世界的格格不入，于是决定体面地退出。全诗给人一种奥德修斯在女妖岛旁搁浅或触礁的压抑感，仿佛塞壬们迷人心窍的歌声在耳边回荡着一般。

奥德修斯的故事又是现代文学巨著《尤利西斯》的潜在的结构蓝图。尤利西斯是奥德修斯的拉丁文名字。小说的情节很简单：它讲的是三个都柏林人在 1904 年 6 月 16 日这一天里的活动。这三个人一个叫布卢姆，一个是他的妻子莫利・布卢姆，一个是年轻人斯蒂芬。有人说这三个人是典型，代表人和人的两个侧面：斯蒂芬代表理智，莫利代表肉体，而布卢姆先生则把两个方面汇集于一身，所以他代表人。

我们讲过，奥德修斯（尤利西斯）的性格既有感情，也有理智。因此他是人的代表。这是布卢姆和尤利西斯在性格和素质上的雷同之处。在小说中，莫利躺在床上，是布卢姆的一切行动的目标。布卢姆同所有的人一样，清晨离家，晚上归来，每天都像在赶路。从早到晚，在街上，在酒吧或妓院中，他都在游荡，思想里时刻都在思念和寻找莫利，因为莫利是“家”的象征。这样看来，布卢姆的生活又遵循着一种“赶路——寻求”的模式。不言而喻，他和尤利西斯又有相似的经历。作者大概希望读者认识到，布卢姆便是“现代的尤利西斯”。斯蒂芬同时也在赶路，也在寻求。这是年轻人在发现自我，逐步成熟的典型。最初他似乎不知道自己的需要和愿望，但和布卢姆相遇以后，便突然对人有了了解，在思想上逐渐成长为和布卢姆一样的人。因此在斯蒂芬的经历中，布卢姆又具有父亲的意味。斯蒂芬发现自我的过程，在某种意义上讲，又具有忒勒玛克斯（Telemachus）离家寻父的意味。据荷马史诗，奥德修斯离家多年，他的妻子身处求婚者包围之中，儿子忒勒玛克斯出于无奈，只好外出寻父。

《尤利西斯》的结构颇似《奥德赛》。《尤利西斯》的三大部分和《奥德赛》的三阶段相吻合。荷马史诗的第一部分叙述忒勒玛克斯离家寻找在外多年的父亲，第二部分描写尤利西斯在海上流离转徙，寻路回家的情景，最后部分述说父子、夫妻大团圆的结局。这恰是小说《尤利西斯》的布局。全书以斯蒂芬外出为始，继以布卢姆赶路寻妻，最后以二人同莫莉·布卢姆“会面”收尾。不仅如此，更巧妙的是，《尤利西斯》的 18 章各章都在模拟《奥德赛》里的一个情节或事件，书中每个主要人物又似乎以《奥德赛》中人物为原版或模特儿。让我们逐章分析一下吧。[21]

表面上看，第一章没有发生什么举足轻重的事情。斯蒂芬·戴德拉斯住在都柏林湾附近一处自己租赁的住宅里，对同住的两位室友和自己的处境都很不满意，下决心离去。早晨八点钟，三人共进早餐，一位女人前来送牛奶。室友无忧无虑，心情轻松愉快，而斯蒂芬则一筹莫展。这些表面看来琐屑的细节，却使我们忆起《奥德赛》第一章的故事情节。在那里，忒勒玛克斯身处母亲的求婚者们的包围中，看着他们整日里弦歌醉酒，饫甘餍肥，祖传家业日渐缩减，而又手足无措，无计可施，因此像斯蒂芬一样感到沮丧和孤寂。斯蒂芬和忒勒玛克斯在思想上又有一致之处，他们考虑的都是关于父母、家庭与自己的事情。不付房租而心安理得地长住的房客——那个无挂无碍的医学院学生巴克，马利根以及那个过路的英国人海恩斯——颇似母亲的那群同恶相济的求婚者。在荷马史诗中，忒勒玛克斯在乔装做使者的女神雅典娜的指引下，离开母亲立誓找到父亲的下落。那么，谁又是斯蒂芬的“雅典娜”呢?或许，送奶的女人也扮演“信使”的角色，她被形容为样子卑贱的“神仙”。或许，马利根在扮演两种角色，又像是求婚者，又像是雅典娜乔装过的信使；马利根的教名为“马拉奇”，是意为“使者”的希伯来文；而他被叫做“墨丘利尔”，这显然又暗示出他与希腊神祇中的使者墨丘利（Mercury）的相似之处。马利根在谈话中几次提到希腊或希腊人；他的引语式的“oinopa ponton”（意“酒般幽暗的海”）是荷马史诗中常出现的叠句。马利根还称斯蒂芬在“寻父”，而斯蒂芬本人则经常考虑“父与子”的问题。所有这些以及其他不少内证都表明，《尤利西斯》首章是模拟《奥德赛》的。

上午 10 点钟，斯蒂芬在学校授课，同校长迪吉先生会晤，领取薪俸，聆听校长的指教，然后离开学校。这是《尤利西斯》第二章的内容梗概。荷马的忒勒玛克斯曾到内斯特老人处询问父亲的消息。内斯特是特洛伊战争期间希腊的一位贤明长老，他坐在儿子们中间，向前来求教的忒勒克斯特讲述了特洛伊战争的始末，讲述了诸如克莱滕内斯特拉（Clytemnestra）等淫秽诡谲的女人的故事，然后嘱他去见海伦的丈夫墨涅拉俄斯。在校长迪吉和长老内斯特之间，显然存在着某些相似之处。两个人都爱马、爱牛，都贬斥失节的女人；内斯特有儿子陪伴，迪吉则有学生在身边。

上午 11 点钟，斯蒂芬坐在堤边，望着潮水的起伏和沙滩的变幻，各种思想、想象、记忆及感觉穿流不止地出现在脑际，时而及此、时而触彼、彼此之间似乎没有明显的因果关系。心理学称这种现象为“自由联想”，作家描述这种思想活动的技巧被称为“意识流”。这一章的模拟对象不很明显，但很重要。斯蒂芬的思想活动变幻不定，难以捉摸，这使我们忆起荷马史诗里的小海神普罗秋斯（Proteus）。普罗秋斯是海神波塞冬（Poseidon）的牧人，他以预言的本领和身形的变幻不定而著称。若想听取他的预言，必须首先把他捉住；而他时而为雄狮，时而为烈马，时而又为枝叶茂密的参天大树，他总能挣脱来者的控制。但有一次他却未能逃过。海伦的丈夫梅纳雷阿斯从特洛伊归国，途中遇普罗秋斯，把他身形定住，从他口里了解到奥德修斯的消息，后来忒勒玛克斯前来问询时，告诉了他。在《尤利西斯》的这一章里，斯蒂芬的思想宛如普罗秋斯的身形一样变化和流动：眼所见的各种形状、耳所听的各种声音、时间、空间、宇宙的无休无止。时间与空间的世界没有固定形态，诗人应努力借助艺术的力量使流动静止，于无形中看到有形。小说中所言"节奏开始了，"或"从无到有的创造"，还有斯蒂芬在冥思遐想之余又生雅兴写诗，似乎都有这种意味。由此看来，斯蒂芬的思想酷似普罗秋斯，他的身份和面目（他视自己为"野鹅"、或"骗子"；他又像耶稣、卢息弗、哈姆雷特、莎士比亚、斯威夫特等）也极像普罗秋斯。斯蒂芬在本章里的思想和活动，恰似忒勒玛克斯或梅纳雷阿斯制服普罗秋斯一般，旨在认识自己和世界的过程中成熟起来。

布卢姆终于出现了。在小说第四章里，他坐在厨房内用早点。边吃边读女儿的来信和一杂志上的故事。饭后去浴池洗浴，参加朋友葬礼。时间是早上 8 点，妻子莫利尚未起床。靠床的墙上挂着一幅希腊神女画像。莫利卧在床上，思念着情夫。她同布卢姆已有 11 年未同房了。布卢姆虽在家中妻子身边，但却在思乡恋妻。望着希腊神女画像，他也脉脉含情，心头升起一股欲火。布卢姆思念家乡和妻子的心境，和《奥德赛》第二部分的开首相近似。在这里，荷马说到奥德修斯只身在海上漂泊 10 天，最后由神女克里浦素救起，神女苦留他同居 7 年，但因奥德修斯归家心切，雅典娜和主神宙斯命她放行。克里浦素无奈，只好遵命把他送走。史诗和小说之间有许多细节相类似。吊唁死友有暗指奥德修斯哀悼亡友之意；而克里浦素在奥德修斯离开以前曾为他洗浴。墙上的神女画和杂志故事里的"笑吟吟的女巫"可能是克里浦素的体现，莫利来自直布罗陀附近的阿特拉斯海峡，同克里浦素为阿特拉斯（Atlas）之女，显然有共同之处；她虽在丈夫身边，实际却把丈夫拒之门外，又似克里浦素的阻止奥德修斯回家。

上午 10 点，天气晴朗，但天空中却弥漫着一片懒洋洋的气氛。布卢姆懒散地在街上漫步，时而在邮局或教堂前，时而在杂货店或浴池处停下脚步。他从邮局取到一封女友玛莎的来信，在教堂里他考虑圣餐的含义，在杂货店中买了一块肥皂，然后到浴池去洗浴。布卢姆独自一人活动在熙熙攘攘的都柏林街上。这是小说第五章的情节。仔细阅读本章的内容，读者便会联想到《奥德赛》中忘忧岛的故事。这个岛的居民每日只食用忘忧果，在果子的魔力下，人们会忘记一切而陷入恍恍惚惚的昏睡状态，什么家、国和亲人，一切都置之于脑后了。奥德修斯和从人来到这里，险些被忘忧果的魔力迷住，他把随从从睡梦中唤醒，赶回船上去赶路。小说中的布卢姆处于沉睡与醒觉之间，似乎相当于奥德修斯及其伙伴的总和。或许，周围的都柏林人也是奥德修斯的水手的体现。教堂、邮局和浴池则为他们提供“忘忧果。”本章末尾最后一字“花”同“果”相互辉映，又加强了小说和史诗间的联系、与相似的性质。

有人把第六章称为地狱章，第七章为风神（Aeolus）章，第八章为食人巨妖（Lestryonians）章，第九章为石妖与女妖（Scylla aud Charybdis）章，第十章为漂流礁（The Wandering Rocks）章，第十一章为塞壬（The Sirens）章，第十二章为独眼巨人（The Cyclopes）章，第十三章为诺西卡娅（Nausicaa）章，第十四章为太阳神岛章，第十五章为锡西（Circe）章，第十六章为牧人章（Eumaeus），第十七章为伊萨卡章，第十八章为佩尼洛佩章（Penelope）。这些从小说的内证和作者本人提供的一些外证看，都是有道理的，因此，了解《奥德赛》中的有关情节，对理解通篇用典的《尤利西斯》大有裨益。

文学评论家 A. N. 考尔（A. N. Kaul）指出，美国文学是美国人在新大陆寻求理想社会秩序的努力的记录。[22] 这话说得颇有道理。赫尔曼·麦尔维尔的作品便是明显的例证。麦尔维尔年轻时代的生活很有和奥德修斯相似之处。麦尔维尔幼年家境清苦，成年后不安于生活现状，便出海谋生，在捕鲸船上度过了他一生的黄金时期。这是他追求理想生活的过程。在积累了丰富生活经验以后，他开始文学创作。他的作品，特别是他早期的著作，多是这种生活经历的反映。《泰比》（*Typee*）、《奥穆》（*Omoo*）、《马尔迪》（*Mardi*），《莱德勃恩》（*Redburn*）、《白外套》（*White Jacket*）以及他的代表作《白鲸》，都毫无例外地表现出一种脱离陈腐现状、寻觅理想人生的主题。以《泰比》为例。小说讲的是两个水手的故事。故事的叙述者及其好友托比，因不堪忍受“多里”号船上的非人生活，便毅然逃离该船，到一荒岛上寻找他们相信一定存在的“幸福的谷地”。他们翻山越岭，渡黑溪，踏荆榛，终于在泰比谷地找到了阳光、友谊和爱情。不难看出，在麦尔维尔笔下，“多里”号是旧世界的象征，而泰比谷地则是理想的福地所在。

《马尔迪》所描写的实际上也是航海者们寻求理想社会——“伊拉”（Yillah）——的故事。这些人经过艰苦的航程，正在痛苦、失望、徘徊之际，终于在斯里尼拉国（Serenia）找到了理想之地。麦尔维尔的传世之作《白鲸》的故事叙述者以实玛利，这个人物本身便象征着漂泊和追求。以实玛利这个名字的内涵就很丰富。《圣经・创世记》记载说，犹太人的始祖亚伯拉罕之妻撒拉妒恨其妾夏甲，逼迫丈夫把夏甲和她的儿子以实玛利逐出家门。夏甲和以实玛利于是在荒漠中流浪，后来被上帝救出。因此，“以实玛利”便有漂泊的意思。《白鲸》故事的叙述者之所以登上“皮克德”号捕鲸船，是因为他希图逃避使他痛苦的现状，到海外去寻找美好的生活。

麦尔维尔生活在弥漫着超验主义乐观情绪的时期。其时美国虽然处在资本主义发展的上升阶段，但是社会现实已暴露出让思想敏感者可以觉察得到的丑恶和腐败。霍桑和麦尔维尔便是站在时代发展前列的思想敏感的作家。麦尔维尔在《白鲸》中描绘一个没有目的、没有上帝的世界，在这个世界里，人不能掌握自己的命运，在冷漠的现实面前无能为力。丑恶的存在是不可否认的现实，基督教可以成为历史，但丑恶是永存的。麦尔维尔认为，欲登天堂，必先经地狱，人们只有正视外界和内部世界——即灵魂——里所存在的丑和恶，方能取得进步和完善。他的这种思想后来在19世纪末的自然主义作品里得到进一步反映，在20世纪则成为作家文学创作的主导思想之一。这也许是他在20世纪又亡魂再现、声名大振的主要原因吧。然而，当他在世时，由于他的思想超越了时代，因而被视为异端邪说，他本人也就在反对声中默默地离开了人世，但是他的奥德修斯式的追求并未遭到时间的吞噬，而是和其作品一起幸存下来。

我们所熟悉的英国剧作家萧伯纳（George Bernard Shaw，1856—1950）。写过一个脍炙人口的喜剧，名叫《卖花女》（*Pygmalion*），讲的是一位语言学家训练一个贫苦的卖花女的故事。语言学教授赫金斯认为，只要能讲上层社会的语言，熟谙上层社会的社交礼仪，任何人都能步入上层社会。基于这样的设想，他物色了一位培养对象，开始他的"精雕细刻"的工作。贫苦的卖花姑娘艾丽莎，虽然生得眉清目秀，身段苗条，但衣衫褴褛，经常是蓬头垢面，而且说话操一种地道的伦敦下层社会土腔，因而毫无"端庄典雅"的风度，绝无登上"大雅之堂"的资格。赫金斯从姑娘的语言下手，纠正其语音，改进其语调，又在生活上为她创造一个脱离冻馁之苦的环境。在他的精心培训和照看下，艾丽莎似乎经历了一种"脱胎换骨"的变化。她口齿清楚，声韵动人，不论是浓妆或是淡抹，都显露出一种鲜艳妩媚、袅娜风流的姿态，竟有一些上层社会女辈不及的地方，后来竟能参加皇宫舞会，受到女王接见。赫金斯也竟至爱上了她。

把剧名译成《卖花女》，乃是意译。萧伯纳原剧名音译应为《辟格梅连》（*Pygmalion*，也译作皮格马利翁）。这里有一个典故。辟格梅连是希腊神话里的一个人物。他原是塞浦路斯国王，也是一个技艺精湛的雕塑家。传说他雕塑了一个象牙美人，取名为加兰蒂亚。那塑像俊眼修眉，温柔沉静，他竟心生爱慕之情，非她不娶了。每天起来，他便给加兰蒂亚披金戴银，打扮得仿佛下凡的仙女一般。他拥抱她，亲吻她，但她依然是雕塑一尊，冰冷无情。辟格梅连于是到爱神庙去祈求帮助。常言道，精诚所至，金石为开。雕塑家的丰盛的献祭和满怀激情的请求终于感动了爱神。他回到家后，直奔雕塑室，刚迈过门槛，便发现塑像面额泛起红晕，双目开始转动而左右顾盼，双唇微启，露出一丝让人为之倾心的微笑来。辟格梅连终于如愿以偿。萧伯纳笔下的赫金斯的行动和神话人物的作为，大有异曲同工之妙，不言而喻，艾丽莎就是他的加兰蒂亚了。剧作家不用《卖花女》而用《辟格梅连》做剧名，足见他用心之巧妙，也说明神话故事的不朽魅力。

在奥林匹斯山的神祇里最受人崇拜的一位天神是太阳神阿波罗（Apollo）。他稳重、体面，是高尚、纯朴、镇静、庄严的象征，是理性、适中、自知和自制等品质的代表。他在古希腊文化中体现了上流社会的伦理和道德标准。我们阅读古希腊哲学家苏格拉底、柏拉图和亚里士多德的著作便会发现，在这里阿波罗传统占着统治地位：他们强调生活的正常与合理性，强调培养贵族式的自力更生的个人，强调理智和健康。同阿波罗形成鲜明对比的是酒神狄俄尼索斯（Dionysus），他的拉丁文名字是巴克斯。这位天神出身贫贱，是众神中唯一的母亲为凡人的神。他无忧无虑，和同伴们浪迹天下，整天价狂歌豪饮，是古希腊文化中达观享乐的象征。人的感情的发溢，思想里的非理性，反常和变异成分，头脑中的潜意识，这一切都由酒神体现出来。

在文学上，阿波罗和狄俄尼索斯又成为两种文艺思想和创作风格的代表。英国文学史上的文艺复兴时代便是狄俄尼索斯精神得以发扬的时代，后来在 18 世纪，阿波罗精神占据统治地位。19 世纪上半叶出现了对上个世纪理性主义的反动，在文学领域内掀起了一场波澜壮阔的浪漫主义文学的革命，狄俄尼索斯似又复位，不料接踵而来的却是阿波罗精神居上的维多利亚时代。然而，变化是无休止的。还在维多利亚时代的后期，欧洲便出现了“现代主义”的苗头。1876 年，英国文艺理论家沃尔特·佩特（Walter Pater，1839—1894）在一篇名为《狄俄尼索斯研究》的文章里就指出，阿波罗代表客观和向心的倾向，而狄俄尼索斯代表主观和离心的倾向。德国哲学家尼采（Nietzsche，1844—1900）在其《悲剧的诞生》（*Birth of Tragedy*）一书中指出，在狄俄尼索斯式的狂喜和敬畏里，墙壁已被推倒，人与人之间、人与自然之间的关系业已更新；艺术是为了阐明真理，而不是为制造幻象。詹姆斯·弗雷泽（James Frazer，1854—1941）在《金枝》（*The Golden Bough*）一书里以充分的论据表明神话传说同人的下意识之间的潜在联系。其后不久，瑞士心理学家卡尔·古斯塔夫·荣格（Carl Gustave Jung，1875—1961）也开始探索这一联系，提出了著名的“自由联想”

理论。但是，首先提出狄俄尼索斯下意识学说的，首次指出人精神中存在着意识或理性不能管辖的领域的学说的，还要推奥地利的弗洛伊德（Sigmund Freud，1856—1939）。他的《梦的解析》（*The Interpretation of Dreams*）一书不仅是心理学领域的里程碑，而且对 20 世纪的欧美文学也产生了深远影响。以上这几个人的研究成果，为狄俄尼索斯精神在 20 世纪初的东山再起，为现代派文学的发生和发展，在理论上进行了充分准备，这样一来，狄俄尼索斯——阿波罗的对立便成为我国读者了解欧美文艺评论和现代派文学的一个关键所在。狄俄尼索斯代表对传统和成规的反叛精神。19 世纪末和 20 世纪初，伴随着科学和现代机械文明的发展，在西方出现了精神危机。人们对上帝的信念发生了不可挽救的动摇，开始用新的目光看待世界和人生。维多利亚时代的那种舒服的安全感已不复存在，人们觉得似乎上帝已丢下他的造物走了一般。在文学领域内，对生活的混乱、脱节与支离破碎的感觉日渐强烈，冲破传统文学形式的羁绊，适应新时代要求的愿望日渐增长。康拉德、叶芝、庞德、艾略特、乔伊斯、伍尔夫夫人（Virginia Woolf，1882—1941）、哈特·克兰、劳伦斯、奥尼尔（Eugene O'Neill，1888—1953）、海明威、福克纳、金斯堡（A11en Ginsberg，1926—1997）、夏皮罗（Karl Shapiro，1913—2000）、洛厄尔、库尼茨（Stanley Kunitz，1905—2006）、奥尔森（Charles Olson，1910—1970）等人，都是狄俄尼索斯式的作家。对他们的某些作品稍做分析便可知其一二。

从根本上讲，叶芝认为自己是忠于阿波罗传统的。他曾说过：“我一向认为灵魂主要有两种运动，一是超越形式，另外是创造形式。尼采……把这些分别称为狄俄尼索斯式和阿波罗式。我觉得自己已在一定程度上对那位狂放不羁的神狄俄尼索斯感到厌倦，我希望这位浪游者能安顿下来。”[23]然而，叶芝的诗歌与剧作中也表现出强烈的狄俄尼索斯精神。早在 1904 年，他便在努力寻求一种“快活的、奇异的、放纵的……无所顾忌的”戏剧艺术。后来他的诗歌，如《青金石》（“Lapis Lazuli”）、“疯简”组诗、《从天上来的麒麟》（“The Unicorn from the Stars”）、《沙漏》（“Hour Glass”）、《复活》（“The Resurrection”）等都表明他对西方文明的批判乃至摈弃的态度。当然，“摈弃”并非叶芝的最后态度；他对人性和人的道德标准虽持严重怀疑态度，他的感情却充满矛盾、忧虑，翻阅一下诸如《再世》（“The Second Coming”）这样的诗，便可清楚地看出来。

我们看庞德的诗，里面弥漫着一种明显的反叛精神。在《休·塞尔温·莫博利》里，他哀叹耶稣战胜了狄俄尼索斯。从《诗章》的第二章起，狄俄尼索斯在长诗里扮演着一个重要角色：他主持变形和繁殖仪式。如果说庞德对这些仪式与活动的威力和神秘的认识，标志着他的宗教意识的话，那么狄俄尼索斯便是他的主神了。艾略特的《J. 阿尔弗瑞德·普鲁弗洛克的情歌》描写一个感情遭受压抑的——下意识的——世界；而他的《荒原》又是文明衰颓感的杰出体观：“群山那一边的是什么城市 / 在黯蓝的天空中裂开，重新形成而又崩裂 / 倾坍的塔 / 耶路撒冷雅典亚历山大 / 维也纳伦敦 / 缥缈”[24]。哈特·克兰是自觉致力于狄俄尼索斯式美学的诗人。这种艺术观在其《星期天早晨的苹果》（“Sunday Morning Apples”）里明显体现出来。克兰把另一首诗（《为浮士德与海伦结婚而作》）的结尾形容为“狄俄尼索斯式的”。在《基督的泪》（“Lachrymae Christi”）里，诗人探索了基督与狄俄尼索斯的联系，最后以欢庆复活的狄俄尼索斯的满面春风的笑而结束全诗。克兰和庞德与艾略特一样，同属 20 世纪初的“荒原”作家之列。

20 世纪内最突出的狄俄尼索斯式英国作家，或许应推 D. H. 劳伦斯。在《儿子和情人》（*Sons and Lovers*）一书内的沃尔特·莫雷尔这个人物身上，就有明显的狄俄尼索斯般的品质：他的舞姿，他的性感，快活的性格和陷于沉思的能力，而格特鲁德和米里亚姆两人的性格则恰恰相反，颇有体面、自持、自命清高、规行矩步等典型的阿波罗式人物性格的特点。威廉走上母亲指出的道路，做了她的理想的殉葬品，保尔也险些同样误入歧途。在这本小说以及他的一些散文和诗歌（譬如《蛇》）里，劳伦斯告诫人们注意，不尊重隐藏在内心的愿望便会导致灾难性后果。劳伦斯的作品也充分表现出所有现代艺术形式所共同关心的对人心灵深处意识的刻画，这同过去的强调表现自觉意志的艺术信条和实践形成鲜明对比。如果我们细读一下他的小说《恋爱中的女人》以及乔伊斯、伍尔夫夫人与康拉德等作家的小说，便会觉得，

20世纪小说同维多利亚时代及其后的爱德华时代相较，在内容和技巧方面都存在着本质的差别。

50年代中期的文学似乎又出现新的变化。人们又开始强调坦率、朴素，运用口语化语言。有些诗人常伪装成诗的叙述者，描述自己生活中最秘密、肮脏、令人难堪的细节，把自己在精神或感情上的痛苦乃至失常的情绪灌输到诗歌里。这种诗有“自白诗”之称，常给人一种“疯狂”的感觉。这些诗人的主神和灵感的泉源显然是狄俄尼索斯。他们之中最富影响的要算罗伯特·洛厄尔。他的名著《生活研究》（*Life Studies*）是战后最富影响的作品之一。他的诗以极坦诚的词句描述诗人的生活经历和痛苦的内心世界，其间还夹杂着长段的散文小品或特写，叙述诗人童年时代的生活、他的哀伤和无精打采的父亲、由于反战而遭受的系狱之苦，以及后来在精神病院的经历。这本诗集的最后一首，《臭鼬的时刻》，以其平淡的字句，不规则的节奏，深刻地表现出诗人极不平静的内心世界。这首诗貌似平庸，给人以“散文身子诗歌衣服”的感觉。细读一下，诗的精妙韵律，各诗节同第一诗节之间的关系，都表明诗人在布局上的周密考虑。所谓浅语皆有致，淡语皆有味，洛厄尔的诗是当代诗中语浅情深、平中见奇的典范。洛厄尔的这本诗集标志着“自白诗人”新诗派的诞生。它的深刻的自我反省、自我内心感情的暴露，给当代诗留下了深深的烙印。

洛厄尔的同代诗人斯诺德格拉斯（W. D. Snodgrass）的自白诗也很有特点。他的《心之针》（“Heart’s Needle”）发表后轰动一时，获得普利策文学奖（The Pulitzer Prize）。它的主题——思想和感情的痛苦，婚姻和家庭的破裂——酷似洛厄尔的题材。洛厄尔的学生在“自白诗”的创作上也各有建树。他在波士顿大学执教时（1958—1959）的两个学生后来也蜚声诗坛。西尔维亚·普拉斯（Sylvia Plath）的《艾瑞阿尔》（“Ariel”）及安娜·塞克斯顿（Anne Sexton）的诸如《赴疯人院及回来路上》（“To Bedlam and Part Way Back”）等诗作，把“自白诗”推向新的高度，标志着该诗派的发展业已进入全盛时期。如果我们以此为立足点，向后读一下西奥多·罗特克（Theodore Roethke）和约翰·贝里曼（John Berryman）的强调表现内心和潜在意识的诗作，再向前翻阅一下在 20 世纪 60 年代崭露头角的两位诗人——英国的特德·休斯（Ted Hughes）和美国的詹姆斯·迪基（James Dickey）的作品，我们便不难感到，狄俄尼索斯精神在 20 世纪的英美文学中占有无可置疑的主导地位。

在 20 世纪文学和哲学领域内所出现的一项引人注目的现象，是存在主义思潮的泛滥。存在主义思想并非产生于 20 世纪。细读近 500 年来的一些文学作品，我们便知它早已"潜伏"在其中了。这种哲学思想在 20 世纪的重要代言人之一是法国的萨特（Jean-Paul Sartre）。他曾说过，人生的意义在于"西绪福斯（Sisyphus）的从山顶又折回到山脚下来"；因为这意味着他做出了坚持生活下去、继续忍辱负重的抉择。萨特用西绪福斯的神话故事比拟现代人的生活，细细体味，很有意思。存在主义的主要思想之一是人永远在面临选择。面对现实，人生最重要的莫过于在生与死之间做抉择。人要活下去，便必须向自己索取生存的勇气和力量；力量的源泉在自身而不在外部。希腊神话中西绪弗斯的故事恰是现代人生活的这种状况的写照。在希腊神话的地府里，有一个罪孽深重的人。他被冥王判处服苦役，每日滚动一块沉重石头上山，一到山顶，巨石就又砰地从他手中脱落，一路滚下去。西绪弗斯欲求出路，便要拖着疲乏的身子下去，从头开始。西绪弗斯生活在地府的最底层，时刻面临着哈姆雷特式的"生存还是毁灭"的抉择：他决定坚持下去的勇气和力量完全来自他的自身。

作为一种哲学思想，存在主义源于欧洲大陆。存在主义小说也源于欧洲大陆。在英美两国，虽然也有存在主义哲学思想因素和文学现象存在，然而总的说来，这两个国家没有产生出存在主义的哲学和文学体系，这原因大概在于英美的经历总的说来是向前的，乐观的。尽管战祸不断，却从未蒙受过法国那种受人践踏与奴役之辱。英国的哲学史，从洛克（John Locke，1632—1704）到罗素，谈客观多，谈主观少，和主要论述主观因素的欧洲大陆哲学不同。英美没有产生像丹麦的克尔凯郭尔（Soren Aabye Kierkegaard，1813—1855）、德国的尼采或法国的萨特这样的哲学家。英国哲学家罗素有些思想同存在主义哲学思想颇接近。他在《自由人的信仰》一文中所阐述的思想，对欧美思想界影响很大。他说，现代人生活在一个没有意义、无法保持信仰的世界里，人必须认识到他在世界上的无足轻重的地位。没有什么东西可以使人的生命免于毁灭。在这样一个世界里，人要具备一种“绝望中的勇气”。罗素的思想在某种程度上可以说是20世纪存在主义思潮的先驱。用这种思想去分析海明威与福克纳的作品，阅读诺曼·梅勒（Norman Mailer，1923— ）的早期著作和拉尔夫·埃利森的《看不见的人》（*Invisible Man*），以及许多其他作家的小说和诗歌，便可以清楚地看到弥漫在这些文学作品里的存在主义思想的影响。倘再停下来回味一下美国现代文学中诸如圣地亚哥及乔·克里斯马斯[25]这样的类似存在主义主人公的文学形象，我们便会感到，萨特把现代西方人的生活比喻为西绪弗斯的“长日滚石上复下”的行动，实是再贴切不过了。

《第三版新编韦氏国际大辞典》对神话下定义说，神话一般起源不明，至少是部分的属于口头传说，它表面上通常是述说可以用来解释某些作为、信仰、风俗或自然现象的历史事件，它和宗教仪式与信条具有特殊的联系。这确实是一个包罗一切的中肯定义。利用人类元初时期遗传下来的神话与传说，来解释后世以及现代人的作为，这是历代欧美作家有意与无意之间一直在从事的工作。诚然，认为人的一切行为都是基于自有人类以来便存在的某种模式，而这些模式在不同时代、不同社会制度下都大体不变，这种设想是不能令人信服的。但是，如前所说，假如人的思想变化和进步确是缓慢得要以百年或千年为时间单位方可计算的话，那么神话所表现出的一些思想和模式无疑在今天依然有其作用，在阅读欧美作家的作品时，记住这一点就极有必要了。而且，值得注意的是，神话故事也在不知不觉间渗入我国文艺作品及我国人的思想意识。不仅在20世纪30年代、40年代的文学作品中，即使在今天的文艺作品里，我们也能洞见希腊神话之影响。1985年6月，中央电视台播出电视剧《爱神的眼睛》，片首便有小爱神丘比特张开双翅、背着弓箭的塑像。再如同年11月播出的电视剧《战神，爱神》，讲的是解放军战士回家相亲的各种饶有趣味，然而却发人深思的经历。该剧主旨在于，战士虽然可爱，但姑娘们爱起来并非没有顾虑。这就是说，爱神并非一定钟情于战神。细细品味，剧的内容似乎与希腊神话故事颇有差别，因为希腊神话中的爱神和战神是相爱的。但是，电视剧《战神，爱神》最后却有一个战神和爱神结合的快活结尾，又使我们佩服编导者们对希腊神话的体会之深透。同此也可看出希腊神话的影响之大。

（三）亚瑟王的故事

在多数历史学家看来，亚瑟王是一个神秘而虚幻的人物。但早期威尔士史书说到过他，公元7世纪的一首威尔士诗歌把他描写为一个勇敢的武士。9世纪的一位史家说他是和撒克逊入侵者作战12次皆获全胜的凯尔特军人。历史的证据似又表明，亚瑟王是一个真实的历史人物。他可能是凯尔特王，也可能是一位强悍的军事首领，公元5世纪或6世纪生活在康沃尔（Cornwall）。当时，他的国家日渐强盛。他在自己周围集结了一批骁勇善战的武士，并立志把他的野蛮、残暴的国家变成一个以真理、法律和正义的原则与理想为指导的王国。据传，他的圆桌骑士们个个勇敢、机智，而且彬彬有礼。他们主持正义，很有一股匡世济民的意气。这样，亚瑟王便能成功地遏制住不可一世的撒克逊人的嚣张气焰，征服和赢得丹麦及挪威的人心。后来，由于罗马皇帝劝他归顺罗马帝国而触犯了他的尊严，亚瑟王率军渡过英吉利海峡和罗马人交锋，在法国东部大败敌军。正当他率军直取罗马的时候，国内却发生了变故：原来亚瑟王东征期间，把国事交付侄子莫德里德（Mordred）执掌。不料莫德里德心术不正，长期觊觎王位，且对美丽的王后桂妮维尔垂涎已久。他趁国王外出的良机，篡位而自立，欲迫使王后忍辱就范。亚瑟王闻讯旋即班师回国，同叛军相遇，大败莫德里德，把他杀死。但是，亚瑟王本人也身受重伤，不久便死去了。王国于是开始分裂，至7世纪便灭亡了。

凯尔特人是一个命运多舛的民族。他们最早在英伦三岛定居，逐步发展了自己的文化。然而在盎格鲁—撒克逊人的胁迫下，只好退居到边远山区里去，其中有一部分不堪忍受他们的统治，逃至今日法国的布列塔尼地区。他们把亚瑟王视为凯尔特人的民族英雄，把自己渴求独立、自由和美好生活的热望同他的英雄形象联结在一起。随着时间的流逝，亚瑟王的形象愈益高大。他和他的骑士们的事迹，经过人们世世代代的整理、补充和不断的敷彩设色，便逐步具备了宛如荷马史诗人物般的神话传奇性质。在凯尔特人的想象中，亚瑟王没有死，他那些气概豪迈、心雄万夫的骑士们，连同他们所体现的轻生死、重然诺、崇尚义气的品德，也依然留在人们的心中。在整个中世纪，亚瑟王及其骑士们的传奇故事不断出现在史书或文学作品里。在中世纪欧洲各国的文学中，亚瑟王的形象是最突出的一个。关于这些英雄人物的传说也经人们世代口耳相传，愈来愈丰富多彩。有人说亚瑟王的王冠一直被存放在他的卡美罗特（Camelot）城堡中，直至 1284 年，诺曼底的安茹王朝（Plantagenet）征服者们才把它取走。即使在今天，有幸去温彻斯特市的人依然可以看到亚瑟王招待他的骑士的圆桌。有人说，圆桌并非当初的那一张宝桌。真可谓众说纷纭。就这样，亚瑟王由一名古代英雄，逐步演变成一位体现人们理想的传奇式人物了。

在凯尔特人退居山地或渡海逃至布列塔尼半岛以后，亚瑟王的传说在英国本土曾散失一时。逃至布列塔尼的凯尔特人把自己民族的口头文学带到法国，又通过吟游诗人及其他途径从法国逐渐传到欧洲各国去，在那里广为传播，逐渐完善。但在相当长的时间内，亚瑟王传奇故事依然停留在口头传说阶段，未能见诸文字。后来在 12 世纪，有一位法国诗人写过五个著名的亚瑟王传奇故事；在中世纪又有两位德国诗人为丰富和完善亚瑟王故事做过卓越贡献。但是，第一个把亚瑟王传奇故事收集起来，并使之初具某种系统的人，还要算杰弗里（Geoffrey of Monmouth，1100?—1154）。

在英国文学史上，我们发现有一个非常有趣的现象：某些伪装或冒名事件竟促进了文学的发展。譬如在理性高于一切的 18 世纪，有两个人竟斗胆冲破蒲伯（Alexander Pope，1688—1744）和约翰逊（Samuel Johnson，1709—1784）所树立与坚持的清规戒律，而敞开歌喉唱出清丽明朗的诗歌，为 19 世纪初浪漫主义诗歌的蓬勃发展起了鸣锣开道的作用。这两个人就是麦克菲生（James Macpherson，1736—1796）和杰脱顿（Thomas Chatterton，1752—1770）。他们都曾冒古人之名发表自己的作品，都曾名震一时，即使在今天，他们在文学史上也占有一页。麦克菲生是苏格兰一学校教师，他思想敏锐，很有文采。在苏格兰流行的凯尔特人传说引起他的兴趣，激励了他的灵感，于是他写了一些诗歌，假托古凯尔特诗人欧辛之名于1765年发表，取名为《欧辛诗集》（*The Poems of Ossian*）。这个集子文笔清新潇洒，字音宏亮悦耳，极富音乐性，而且感情充沛，粗豪而真挚，完全没有“古典”的味道。诗集一出版，便引起普遍的注意。多数人沉浸在诗歌新开拓的清新境界里，但也有人慧眼独具，从中看出了破绽。约翰逊就立逼麦克菲生拿出欧辛的原手稿，麦克菲生没有理睬他，照样出书。他的声名和影响随着《欧辛诗集》的传入欧洲大陆而日益增长，青年的歌德和普希金就深受它的感染。麦克菲生死后竟能安息在威斯敏斯特大教堂内的“诗人区”内。杰脱顿可以说是一个“小”天才，大骗子。说他小，是因为他年龄小。他开始写诗时，同年龄的孩子或许连话还讲不成句呢。这时他写了一些诗，假冒15世纪一位诗人——罗雷之名发表，使读者和批评界都感到震惊。他15岁来到伦敦，希望以卖文为生，然而事与愿违，无人赏识他的天才，最后穷困潦倒，以自杀结束了短短的一生，死时尚不足18岁。

讲这两个例子，绝无鼓励弄虚作假之意，只是想指出大千世界无奇不有。其实，这两个人的做法也不是前无古人的，说他们与古为徒也不是作践古人。早在12世纪，英国便出现过同样事件。公元1147年，威尔士的一位牧师杰弗里（Geoffrey of Monmouth）突然宣称，他发现了一部关于亚瑟王及其骑士事迹的威尔士史书，并已将该书译成拉丁文。这本书引起世人极大兴趣，赢得了普遍赞赏。《布列颠王史记》（*The History of the Kings of Britain*）应该说是英国文学史上第一部认真描述亚瑟王及其骑士的著作，说它是亚瑟王传奇故事的“摇篮”绝不过分。诚然，后代作家对杰弗里的文本又不断地进行扩展和修改，使亚瑟王传奇愈益完善，成为英国与西方文学的创作素材的一大源泉。但是，情节无论如何扩展，故事无论如何改进，若就其梗概和精神而言，后来的变动从未大幅度地背离过杰弗里的最初的说法。在亚瑟王的故事由口头文学到落笔于纸上，甚至到最后成为西方文学的源泉的全部过程中，杰弗里的功绩无疑是首屈一指的。可是，当初杰弗里所说的威尔士史书却是他的杜撰，他所说的译成拉丁文云云，更是构思精妙的骗局。人们当时那么轻信他，也是有原因的：杰弗里具有丰富的想象力。他也一定曾努力收集民间传说，阅读早期史书的有关记载。这样，原始的素材经过他的烈火般想象的熔炼，就变成了引人注目的文学珍品。人们喜爱这样的作品，欣喜之余肯相信作者的任何声明或言论，也就是自然而然的了。

此后，约在公元 1154 年，诗人韦斯（Wace of Jersey，?—1171）在杰弗里的影响下写出了《不列颠人的故事》（*le Roman de Brut*），全书以法文诗歌形式写成，在传奇故事里又进一步注入骑士精神。韦斯在杰弗里文本的基础上，也做了一番添砖添瓦的工作。他的法文文本半个世纪以后又成为诗人莱亚曼（Layamon）的长诗《不列颠人》（*Brut*）的张本。莱亚曼是一位牧师，他对韦斯的文本进行反复推敲，以此为基础写成他的长达 3 万 2 千行的英文史诗，内容有大量增加，某些故事有所扩充和改进。《不列颠人》比《不列颠人的故事》在内容和写作技巧上又进了一步。莱亚曼笔下的亚瑟王业已成为一个相当完美的文学形象。自此开始，亚瑟王已不只是威尔士人的英雄了，他成为英国人的骄傲。后来过了 200 余年，又有马罗礼（Thomas Malory，?—1471）作《亚瑟王之死》（*Morte Darthur*），莱亚曼的地位才开始发生变化。在这里应当补充一句，莱亚曼的著作很有历史意义：他大概是说法语的诺曼底人征服英国后第一位用英文写作的著名诗人。在他之后，英语又成为英国文学创作的主要媒介。

12 世纪后半叶，亚瑟王传奇故事又出现新的进展，增添了一大批新故事。其中有些故事显然是作家们的独出心裁的创造。也有一些是来自各种渠道的民间故事与传说，经过作家巧妙加工，融合到亚瑟王传奇的情节里来。这些新的故事在不同程度上反映了当时的各种社会影响，体现出人们的各种愿望与理想。其中最著名的故事有圣杯（The Holy Grail）的故事、梅林（Merlin）的故事、兰斯洛特爵士（Sir Lancelot）的故事，以及他同亚瑟的王后桂妮维尔（Oueen Guinevere）私通的悲剧性故事、寻求圣杯的故事，以及亚瑟王离世的故事。这些故事在亨利二世在位期间（约公元1154—1187年），由罗伯特·戴博伦（Robert de Borron）和沃尔特·梅普斯（Walter Mapes）收集编写而成。之后，亚瑟王传奇史里又出现了一位从来未露过面的骑士，他在圆桌骑士里占有一席极为显赫的位置。这个壮士的名字叫特里斯特拉姆（Tristram），是一系列新故事里的中心人物。

13世纪和14世纪，亚瑟王传奇故事极其流行，有诗歌供吟唱，有散文供阅读，从王公显贵到平民百姓，真可谓家喻户晓。亚瑟这位克尔特王成为诺曼底贵族和盎格鲁—撒克逊平民共同的文化财富。公元1470年，一位名叫托马斯·马罗礼的威尔士骑士以某些法国文本为底本，编写了《亚瑟王之死》一书。马罗礼做了大量收集和增删工作，《亚瑟王之死》使众说不一的零散故事终于规范化，从而形成一部记述自亚瑟王出世始至他遁居仙岛时止的完整故事体系。经过数世纪的发展与改进，亚瑟王故事成为英国文学创作的一个内容丰富的素材宝库。马罗礼的书成为后世作家引用的亚瑟王故事的"摇篮"。

今天，亚瑟王故事已被视为世界文学的不可或缺的组成部分。以英文、法文和德文写成的亚瑟王故事书，数以百计；以亚瑟及其骑士为题材而写出的各种形式的文学作品，就不计其数了。亚瑟王的故事曾是中世纪欧洲封建时代精神和原则的光辉体现，直到今天依然在继续打动人们的心弦，引起读者的共鸣。英、美历代作家都感觉到它的魅力，便是很自然的事了。著名诗人斯宾塞（Edmund Spenser，1522？—1599）和弥尔顿都曾严肃地考虑过利用亚瑟王的故事作为一首史诗的题材。弥尔顿由于种种原因所致，未能如愿以偿，但是斯宾塞却写成了《仙后》（*The Faerie Queene*）这部传世佳作。尽管斯宾塞受到英国文艺复兴时期人文主义思想的熏陶，对亚瑟王的形象进行了全新的处理，然而骑士的传奇精神无疑渗透入长诗的机体中去。据作者给其友瓦尔特·瑞理的信函讲，《仙后》拟包括12章，每章分作12节。每章拟将叙述一个武士的冒险故事，12个武士象征亚里士多德所提出的12种美德，而他们的敌人则代表12种丑恶。诗人希望通过亚瑟王来表现集所有美德于一身的完善的、理想的人的形象。仙后葛罗丽亚娜代表光辉，是亚瑟王在梦境中见到、因而全力追求的人。依照原定计划，在诗的结尾，二人当已结为伉俪。当然，诗人最后只写成6章多一点，仙后并未出现，但从内容讲，亚瑟王故事已担负起在新时代诗人期望它应担当起的任务，即成为表现人文主义理想的手段。

英国维多利亚王朝时代的桂冠诗人丁尼生（Tennyson）是“古为今用”的典范。我们说过，19世纪的英国，尤其是维多利亚时代，经历了罕见的历史转折。社会动荡，思想混乱，传统的观念——社会的、政治的、宗教的——发生动摇。这一切使生活在急剧变化的旋涡和急流中的人民感到惶恐不安，无所适从。他们迫切需要有人能为他们拨开迷雾，指点迷津。他们期望诗人，特别是桂冠诗人，能像一位态度镇定、和颜悦色、充满自信的医生，安慰和照料他们这些“发烧的病人”。当时有一家名为《全国评论》（*National Review*）的杂志撰文提出，国民期望他们的诗人能用诗歌把他们从令人心绪烦扰、思想混乱、或百无聊赖的现实生活中解脱出来，带领到一个全新的世界里去，以呼吸新鲜空气，享受安宁与静谧。思想敏锐的丁尼生，本身已先其同代人一步，深刻地体会到时代加在人们思想上的压力；他又先他人一步，看破了维多利亚时代这个“迷”，即它的长处和它的内在危机。他把自己的认识反映在自己的诗歌中，让同代人读来颇有茅塞顿开的感觉，从而起到“发聋振聩”的作用。丁尼生感到亚瑟王传奇故事是表达思想的最好的题材。他从19世纪40年代开始，惨淡经营近半个世纪，把亚瑟王传奇的主要故事从头至尾相率写出，陆续发表，于80年代末汇总起发表，这便是著名的《国王歌集》（*Idylls of the King*）。《国王歌集》共由12首诗组成，主要以马罗礼的《亚瑟王之死》为底本，有两首诗援引了威尔士的古代传说。丁尼生在写作过程中对原故事情节做了许多变动，以圆桌的兴衰沉浮为线索，把传奇故事纳入他的颇富象征和寓言性质的计划中，依照维多利亚时代的思想需要，借题发挥，达到自己进行抒情和说教的目的。所以，《国王歌集》又是一种关于社会伦理原则的研究，是维多利亚时代精神和文化传统的忠实记录。

作为桂冠诗人的丁尼生是维多利亚王朝的热情支持者和赞颂者。他对维多利亚女王及其丈夫艾伯特亲王推崇备至，礼赞不已。《国王歌集》通过对亚瑟王的歌颂而收到颂扬维多利亚王朝君主的客观效果。我们读《亚瑟出世》（“The Coming of Arthur”）一节，知道亚瑟王是一位具有高尚献身精神的国王。他心怀崇高理想，举贤授能，矢志把混乱的大不列颠铸造成一个统一的文明国家。在他的治理下，英伦三岛呈现出兴盛的景象来。亚瑟王是一位理想的君主；他的王国是乌托邦理想社会秩序的象征。我们知道，在维多利亚继承王位以后，英国社会逐步从法国革命、拿破仑战争、1832年议会改革、欧洲大陆革命风潮、宪章运动等历史事件的影响下解脱出来，渐趋稳定，经济日趋繁荣，社会风气也摆脱了乔治四世和威廉四世时代的放荡而变得严肃起来。在这种“太平盛世”里，丁尼生自然觉得应把女王及其丈夫作为英明君主倍加赞扬。这应该说是他把《国王歌集》的前四首献给艾伯特亲王、并以《致女王》为跋而结束全诗的基本原因。请看献辞中的这两行诗:“而的确在我看来他仿佛和 / 我的国王的理想骑士几乎一模一样”，便可清楚地了解诗人的意图了。

在维多利亚时代，人们的家庭观念非常强烈。稳定而亲密的家庭是最受人珍重的社会关系。产生这种情况的因素当然很多，但社会生活环境随着物质进步而变得日益冷漠和无情,应该是其最主要的原因。在物质文明逐渐发展、而人与人之间的关系却愈益疏远的情况下，人们把家庭视为避风港、安全岛。家庭的重要性在维多利亚小说中便有充分反映。狄更斯的《大卫・科波菲尔》、《远大前程》、《小多丽特》、夏洛特・勃朗蒂的《简・爱》、萨克雷（William Makepeace，Thackeray，1811—1863）的《名利场》（*Vanity Fair*）以及乔治・埃略特的《米玛镇》（*Middlemarch*）等小说，都以主人公的幸福家庭或美满婚姻为结尾，便是适例。这给维多利亚时代的读者带来无限欣慰。以上所举仅是几个较突出的例子而已。丁尼生的诗总是强调爱和家庭在生活中的崇高地位，所以他享有“家庭感情的桂冠诗人”之美称。他认为高尚的爱情赋予人生的意义，是人类文明赖以进步的精神基础，因此，爱是他的诗歌的主题之一。《国王歌集》可以说是一部关于爱情故事的诗集，又可以说是一本女子肖像画册。桂妮维尔、维维安（Vivien）、伊苔尔（Ettarre）可以说是“倾国倾城”式女人；而伊尼特（Enid）和伊莱恩（Elaine）则是坚贞不贰的女郎。丁尼生告诫世人把爱情置于高尚情操的基础上，纯肉体爱将会给家、国带来灾难。他认为，亚瑟王国的衰败，主要由于王后桂妮维尔的私通所致。亚瑟王忠于爱情，把自己和王后的结合视为国家复兴和繁荣昌盛的根本。但王后桂妮维尔却不安分，和国王的得力助手兰斯洛特关系暧昧。其他武士又仿效他们，因而圆桌骑士中伤风败俗的事迭次出现。且不说高文（Gawain）爵士这位凡夫俗子和伊苔尔的私情激怒了伊苔尔的恋人佩洛斯（Pelleas）爵士，使他竟自立门庭，和亚瑟王对立，就是亚瑟王国的支柱——“军师”梅林，也在一片乌烟瘴气中感到晕头转向，终于落入妖女维维安所设置的情网中而不可收拾。道德的败坏导致了兄弟阋墙，君臣反目，王国终于在同室操戈的惨局中走向衰亡。

维多利亚时代资本主义机械文明的发展和相应的物质进步，加之进化论思想由朦胧状态到达尔文（Charles Darwin）《物种起源》（*On the Origin of Species by Natural Selection*）的发表而日益深入人心，都是引起 19 世纪中期以后“信仰危机”的直接原因。物质主义、拜金主义思想的风靡导致可怕的精神空虚。细读《国王歌集》便可体味出这一点来。《歌集》把亚瑟王描写成精神和理想的体现、人类灵魂的化身，而王后却是凡世欲望的象征，是对国王所代表的理想的威胁和否定。维维安所代表的是尘世物质主义的腐蚀力量，她和梅林的较量是诡诈的肉欲巧胜智力权威的斗争。亚瑟王的高尚精神并未能阻止王后另有所爱，梅林的智慧和魔力并未能使他幸免落于维维安的圈套，亚瑟的精神王国在思想和智力方面都已无法抵制现实的物质主义欲望的进攻了。倘若我们把亚瑟王视为灵魂的象征，我们便不难想象，诸如兰斯洛特、高文及佩洛斯等圆桌骑士们则多是“欲望”的体现。灵魂虽然尽力约束欲望，恰如亚瑟王以誓言要求他的骑士们那样；然而，欲火最终还是愈燃愈旺，灵魂也只好退避，恰如亚瑟王负伤后只身隐居到阿发隆仙岛。尽管如此，诗人对未来并未失去信心：王国虽已解体，圆桌骑士虽已死亡或离散，但是国王尚在，理想仍在远处熠熠发光：“赶上去，跟着它 / 。跟着那光。”这又是维多利亚时代人们充满自信一面的逼真写照。

《国王歌集》的内涵丰富，耐人咀嚼。譬如对亚瑟王的事迹便有各种理解。亚瑟王立志通过造就尽善尽美的人来建立一个理想社会。圆桌骑士的誓言要求之高，连谋士梅林也觉得难以达到。亚瑟王一味追求理想，因而忘记了现实，把两者混同起来。岂不知理想是方向，是目标，是激励世人“更上一层楼”的动力，而在理想和现实之间却常常存在一种鸿沟，想要填充它绝非轻而易举。他没有认识到，这条鸿沟是因人对理想的抗拒所致，所以他的弄臣称他为“傻瓜”。亚瑟王求成心切，要把骑士们造就成合乎其理想的人。他没有料到，这么一来，他竟成为希腊神话里恶鬼普洛克鲁斯蒂斯（Procrustes）式的人物了。鲁迅在一篇文章中指出左翼批评好似这位恶鬼的床，“捉了人去……短了，就拉长他，太长，便把他截短，求全责备……”。[26]亚瑟王的床削磨棱角，要把一个个各有特点的骑士磨得“千人一面”，“千部一腔”这必然会引起反感，出现悖逆现象。亚瑟王本人最后也觉察到，他的理想无法实现。亚瑟王的处境是对维多利亚时代社会的暗喻。那个时代崇尚有机社会的威力，强调协调、顺从和一体，于是人便失了个性。这是维多利亚时代非人格化过程的一种反映。我们读这一时期英国哲学家约翰·斯图亚特·米尔（John Stuart Mill）的《论自由》（“On Liberty”）一文便可略知其端倪。维多利亚时期社会生活的这种特征，到70年代以后便开始走向反动，至于在现当代的英美，提到“维多利亚主义”，更是令人不屑一谈，其原因是显而易见的。

事实上，维多利亚时代貌似和谐一致的社会关系本身便孕育着尖锐矛盾。丁尼生在其《纪念哈拉姆》（“In Memoriam H.H”）一诗中对人类进步曾表现出的信念和热忱，在《国王歌集》中似乎减弱或竟消失了。他更加注意人在道德上的进步，并对人能否取得精神境界的完善，流露出一种怀疑情绪。《国王歌集》表明，从亚瑟王起到骑士止，人们都是相互利用，以他人作为达到自己目的的手段。通过他人而满足自己的欲望，就必然导致误解、矛盾、尔虞我诈，侵犯他人的独立与自由的现象便会成为居于首位的生活现实。我们从《国王歌集》中很容易发现，在其主要人物之间，几乎找不到一个推心置腹，以诚相待的例子。朋友、夫妻心怀隐私，最后一仗摧毁了一切可以称得上高尚和神圣的东西。丁尼生似乎在证明，人与人之间不可能达到息息相通、相互体谅，人们之间关系的本质是矛盾和斗争，而不是协调一致。

退步成为进步的伴随物——这又是对维多利亚社会的影射。《国王歌集》结尾虽有一轮红日升起，带来新的一年，在新的一天里也充满希望，但是它的不少部分却流露出一种悲观情绪。我们知道，英国资本主义的发展到19世纪末已矛盾重重，人们的自信让位于胆怯，希望让位于绝望，一个世纪的结束竟给人们带来一种“世界末日”到来的感觉。《国王歌集》便是这种感觉的先兆。

丁尼生在一个他称之为“古老的不完全的故事”上不惜花费几十年功夫，精雕细刻，推敲琢磨，目的是很明确的：他希望这些古人故事能够感动现代人的心，影响他们的举止和言行，以使他们在新环境中能随遇而安，好自为之。《国王歌集》一问世便受到热烈欢迎，除掉它是桂冠诗人的大作的因素以外，更重要的要算亚瑟王传奇故事的历久而不衰的魅力了。

1958年，一本名为《永不熄灭的蜡烛》（*The Once and Future King*）的书问世，极受读者欢迎。作者怀特（T. H. White，1906—1964），以通俗流畅时而又富于哲理的文笔重述亚瑟王的故事，不仅把史实和想象巧妙结合起来，而且又给亚瑟王和他的圆桌骑士头上加了一个引人注目的“现代”光环。这本书洋洋几十万言，但读来却饶有情趣。一位评论家说它“极现代化，极尖酸刻薄”，一语道出了作者的意图。怀特不是在重述故事，而是在评讲时事。在怀特看来，今人的言行举止，和古人的行动坐卧所差无几；今人极可能在想方设法地师法古人。他以古喻今的调子也算是尖刻了。

《永不熄灭的蜡烛》以亚瑟王传奇故事为线索，对历史、政治、社会生活以及人的七情六欲、是非善恶美丑等各种问题，假托亚瑟王及其骑士之口，进行全面、细密的评述。读者虽然有时会感到武士们的头脑过于现代化一些，对于他们内心活动的描写虽因过于细腻而稍嫌冗长一些，但是作者的具有高度逻辑性的思路及其颇富感染性的语言，总能把读者引至一处迷人的去处，让人有一种时而佳木茏葱、时而白石峻嶒，时而如青溪泻玉、时而又如喷火蒸霞的变幻无穷的美感。

作者尽管酣畅淋漓地剖析和鞭挞了人类社会的丑恶，然而全书充溢着一种乐观精神。在临近结尾处亚瑟王和小侍从的对话叫人读来极有趣味：

> "……从前有一个国王，名叫亚瑟王[即将去阿发隆仙岛的亚瑟王对尚不满十三岁的小侍从说]。那就是我。他在成为英王以后发现，所有的国王和诸侯们都在像疯人一般互相征伐……他们干了好多坏事，因为他们倚仗武力生活着。这位国王啊有一个想法，就是如果非用武力不可的话，武力应为正义服务，而不是为显弄力量……这就是国王的想法。"
>
> "我觉得这个想法好，陛下。"
>
> "也好，也不好，天晓得。"
>
> "后来国王怎么样啦?"孩子问道……
>
> "不知怎么搞的，出了差错，圆桌骑士分裂成派，发生了一场恶战，全都战死了。"
>
> 孩子胸有成竹地插话说：
>
> "不是，不是都死了。国王胜利了。我们会取得胜利的。"
>
> [接着，亚瑟王命令小侍从离开军帐和战场，把他未实现的理想告诉后世。]
>
> "……我的关于那些武士的想法乃是一种蜡烛……我用手为它避风，端着它已多年了。它经常地闪动。我现在把这支蜡烛交给你了——你不会叫它熄灭吧?"
>
> "它会亮下去的。"

后来小侍从果然遵照亚瑟王的嘱托，，离开战场，去传布国王的理想。这就是我们把该书书名意译为《永不熄灭的蜡烛》的原因。

在亚瑟王的圆桌骑士中，有一位武艺出众，屡建奇功的年轻武士，名叫特里斯特拉姆，是布列塔尼王子。这个人幼年丧母，曾备受继母虐待，成年后便到他叔父康沃尔国王马克的宫廷里任职。马克和爱尔兰公主绮索尔德（Isolde）订婚，要特里斯特拉姆前去迎亲。其时爱尔兰国王正处于敌人的围攻中，形势十分危急。特里斯特拉姆即刻参战，以其盖世无双的骁勇，终于把国王解救出来，从而博得了公主的爱慕。特里斯特拉姆在爱尔兰王宫中待了一段时间，和公主的感情与日俱增。王后溺爱女儿，愿她和未来的伴侣终生相爱，白头到老，因此在她登舟赴康沃尔国以前，暗里为她准备了一剂“相爱酒”交给使女，嘱她在女儿新婚之夜给新人饮，以使其相爱之火愈燃愈盛。在回康沃尔途中，公主和武士坐在甲板上情谈款叙，感到口干，不慎把“相爱酒”共同饮下，两人胸中的倾慕之心遂萌发为持久的爱情。回到康沃尔后，马克与新娘成亲，然而在一对情人之间仍存在着魂思梦萦的柔情，不免做出一些轻狂之事来，久而久之，事渐败露。一天夜里，马克率兵士偷袭正在幽会的情人，特里斯特拉姆慌忙迎战，他虽悍勇异常，但终究是寡不敌众，后来身受重伤而逃回布列塔尼。特里斯特拉姆危在旦夕，派人送信请公主前来一见。公主在他辞世以前赶到，二人一同死去。

回味这一段风流公案，其中有私通，有爱情，也有对包办婚姻的控诉。但是，最感人肺腑的要算一对情人之间的纯真爱情。英美历代文人多有以这段佳话为题而抒情或叙事的。英国维多利亚时代的诗人丁尼生、阿诺德、史文朋和美国诗人 E. A. 罗宾逊（E. A. Robinson，1869—1935）及 T. S. 艾略特等都是描述和引用这段故事的著名作家。他们多是以歌颂忠贞不渝的爱情为基调描写这个故事的。

20 世纪初的美国著名诗人 E. A. 罗宾逊是运用亚瑟王故事写诗的典范之一。罗宾逊的诗歌创作大体可以分做两个阶段。第一阶段他以描绘新英格兰的风土诗歌著称。在第二阶段，亦即在写过《米尼弗·奇维》（“Miniver Cheevy”）一诗之后，他对亚瑟王故事开始发生浓厚兴趣。米尼弗·奇维生活在拜金主义猖獗的 19 世纪后半的美国。他一方面贪欲金钱和物质，一方面又向往古人的高尚精神，因而成为这个浑浑噩噩时期尚有独清独醒特点的美国人之典型。他抱怨自己生不逢时，整日里怨天尤人，以酒浇愁。这首诗读来很有讽刺 19 世纪所风行的中世纪精神的意味。它是诗人对亚瑟王故事产生趣味的开端。如果说这首诗是诗人创作生涯新阶段的开首，那是不无道理的。在这一阶段，罗宾逊的诗变得古香古色，富于哲理性，他重述了梅林、兰斯洛特和特里斯特拉姆的故事。借题发挥，长篇议论，可谓滔滔不绝。罗宾逊除描述爱尔兰公主和特里斯特拉姆的故事外，还以浓艳的笔墨刻画了这个故事中另外一个痴情女性的忠贞。这就是特里斯特拉姆的妻子布列塔尼公主。她一心钟情于特里斯特拉姆，很有非他不嫁的悲剧女主人公的特质。后来虽表面如愿以偿，但始终苦于“得其身而未得其心。”岁月流逝，她安于生男育女。后来丈夫私通之事泄露，受伤死去。她虽青春丧偶，又居于膏粱锦绣之中，然而却如槁木死灰一般，唯知侍养亲子，思念亡夫。这段动人的故事，阿诺德在其《特里斯特拉姆与绮索尔德》（*Tristram and Iseult*）长诗中做了详述。

1865 年，德国作曲家、诗人理查德·华格纳（Richard Wagner）的歌剧《特里斯坦与绮索尔特》问世，并且风靡一时，基调也不外乎颂扬爱情的坚贞。歌剧的第一幕描写胸中爱情之火愈燃愈旺的一对情人同船离开爱尔兰到康沃尔去。其时天气风和日丽，船在平静的海面上快活地行进，一对情人坐在甲板上情真意切地交谈。一个水手触景生情，不由自主地唱起咏赞纯洁的爱情的歌：

风儿吹得轻快，
将我吹回家园，
我的爱尔兰小孩，
你为什么还留恋？[27]

这几句歌词原文为德文，50 余年后原封不动地出现在一首美国现代名诗中。T. S. 艾略特在其长诗《荒原》第一节《死者葬仪》里不仅原文援引了华格纳歌剧第一幕的这几句歌词，而且还借用了该剧第三幕内第二十四行：“凄凉而空虚是那大海。”在这一幕中，我们看到面色憔悴，业已垂危的特里斯特拉姆，在私通事发以后回到布列塔尼，等待绮索尔特渡海前来相会。他卧在床上，辗转反侧，面向茫茫大海，真是望眼欲穿。然而天色阴霾，白浪滔天，并不见任何船帆的踪迹，派去瞭望的忠实仆人也只好垂头丧气地回来向主人禀报：“凄凉而空虚是那大海。”

艾略特的《荒原》主旨在写现代西方世界精神的空虚和信仰的危机。这种空虚和危机的表现之一在于，在现代人中，纯真的爱情已不存在。人们宛如行尸走肉，像女打字员与其“情人”那样，唯知一时皮肉之快感，而不能像迦太基女王狄多（Dido）[28] 与奥莉维亚等古人那样发自内心地去爱，并不惜为爱情而献身了。艾略特在诗的第三节《火的布道》中暗引了英国 18 世纪作家哥尔斯密（Oliver Goldsmith，1730—1774）的《威克菲牧斯》（*The Vicar of Wakefield*）中的一首歌，那是被奸污的奥莉维亚唱的。歌词中说：“美丽的女人堕落的时候 / …… / 唯一能遮盖她罪行的办法 / …… / ——是寻死。”而现代女人——那位女打字员在同“情人”交欢之后想的却是：“好吧，这件事是完了，我高兴它算完了。”诗人接下来以奥莉维亚的失身之事为陪衬发议论说：

> 美丽的女人堕落的时候，又
> 在她的房间里来回踱步，一个人，
> 她以机械的手抚平她的头发，
> 又在留声机上放上一张唱片。

这不由得让我们联想到史文朋所写的关于特里斯特拉姆的长诗。这位英国诗人可能是一时心血来潮，诗兴横溢，挥笔写成长诗的《序诗》，褒扬爱情具有变天堂为地狱，改地狱为天堂的威力。大概正是因为现代社会没有了这种爱情，艾略特才哀叹西方业已成为一片“荒原”的吧。

《荒原》援引亚瑟王传奇远非局限于这一个故事上。作者在诗的原注中说，他这首诗不仅题目，甚至它的规划和有时采用的象征手法都深受魏士登女士（Jessie L Weston）的关于圣杯传说一书的启发，这本书的标题叫《从祭仪到神话》（*From Ritual to Romance*）。圣杯的故事在魏士登的书里又和渔王的故事紧密相连。据魏士登讲，渔王悖逆圣训、冒犯天规，上帝降罪于他，使他患上阳痿。国王阴虚，全国也随之遭殃，由于连日干旱不雨，土地焦裂而成为一片荒原。《荒原》一诗的题目便由此而来。为使国王恢复健康。大地重新肥沃起来，一批武士开始跋山涉水，冒险寻找圣杯。寻找者不必拿到圣杯，但他要到达某地，询问圣杯的性质。问题如提得正确，国王和他的国家便可得救。魏士登女士还说，圣杯的传说又和亚瑟王传奇故事关系紧密。“大地荒芜达千年之久，直到亚瑟王时代，他的武士出发去寻觅圣杯，以使荒野再变成为膏腴之地。”[29]他还指出，这些武士包括高文、珀西瓦尔、加拉哈德、兰斯洛特、特里斯特拉姆等人。读过亚瑟王传奇故事的人们知道，只有最纯洁的人才能见到圣杯，而上述几位中唯有加拉哈德符合这一条件，结果也只有他完成了这一任务。《荒原》既源于圣杯故事，因此寻找圣杯便成为诗的一条主导线索。该诗另外一个值得注意的特点是，和渔王一样，性生活的失意象征着寻找圣杯事业的失败，而这种失败又是双重性质的：它既是肉体的，也是精神的。这就是在现代荒原上，诗人竭力表现各种明的、暗的性和爱不能如意的现象的原因所在。

用渔王的故事的含义来理解海明威的著名小说《太阳照样升起》，我们便会发现，海明威在这部书里描绘的也是一片“荒原”。那一群侨居国外的美国人，战后回到生活主流中来，发现世界已变了样，生活也变了样，自己业已成为无法适应新环境的“局外者”，无能为力的人。他们感到精神空虚，生活漫无目的，表面以酒色为乐，实质却在无精打采地打发日子。他们代表的是现代西方人的困境。这种无能为力感，海明威运用性生活的失意巧妙表达出来。主人公杰克在战争中阴部受伤，失去性交能力。他在巴黎遇到一位英国女人，俩人一见钟情，但是他们慢慢地发现，他们无法得到满足。杰克便是渔王，而以巴黎为代表的西方世界便是现代“荒原”。这位主人公虽然颇具海明威力图表现的“绝望中的勇气”，然而终究于事无补。小说结尾时，杰克和其情人乘车在大街上漫无目的地兜风，表明精神世界依然是“荒原”一片。

罗伯特·弗罗斯特（Robert Frost，1874—1963）写过一首诗，名叫《指路》（“Directive”）。如同诗人的其他诗作一样，这首诗言简意深。它告诉世人要逆时代之潮流，克服精神上的支离破碎和零乱芜杂感，“回到源头的清水去”。用圣杯饮水，以求得身心完整，使空虚的生活获得其应有的意义，使混乱的现实变得有秩序。这种给现代世界（弗罗斯特在诗的开首称之为“不堪忍受”）带来意义和秩序的力量来源于人本身的完善。这一层意思诗人是通过圣杯的内涵表达出的：“我在水边古松 / 弯根的凹处藏着 / 一个状如圣杯的水杯 / 上有符咒因而非适合者寻不见 / 因而不能得救……”。诗中所言“非适合者”，显然，是指圣杯故事里“纯洁的人”或“加拉哈德式”的人。在现代社会，如同古时一样，人欲得救，必须力求修身正心。倘若在拜金主义和物质主义漩涡的裹胁下随波逐流，那便无法使精神的荒原变得肥沃起来。

一部文学作品一俟问世，人们便会从不同角度得出不同的理解。对于菲茨杰拉德的《了不起的盖茨比》，我们前面曾从其运用圣经典故的角度做过分析。如果把盖茨比视为一个浪漫式主人公，我们便会发现，作者又是把他作为神话传说中的武士来描绘的。盖茨比生活在失去的梦想的世界里，疯魔一般地致力于复活理想的过去时代。他一心不二，坚定不移，用长达 5 年的时间积财致富，以求重新赢得业已失去的爱情。他所追求的女郎戴西，被形容为“国王的女儿，金发女郎”，而盖茨比后来发现自己业已无可挽回地担负起“尾随圣杯”的重任。后来，他又终于同古时的武士一样，甘愿为自己的“女主”而献身。如此读来，书的字里行间又让人感到充溢着传说与童话的气氛，这气氛使《了不起的盖茨比》摆脱掉时间和地点的局限，而成为一个在西方人的内心里深深扎了根的故事。这又是它自问世以来一直为人喜闻乐道的一个原因。

多少世纪以来，亚瑟王故事的各个侧面和细节都被欧美作家用作创作题材。其间经过无数妙手的穿凿和雕琢，情节愈益完满，包孕也愈益丰富。一个故事的多种含义被发掘得愈益淋漓尽致，整个传奇故事也已成为西方人思维过程中不可或缺的知识手段。

二、英国文学史话

英国文学的发展历史悠久，源远流长。多少世纪以来，它犹如一条漫长的山脉，绵延舒展开来。其间既有耸向天际的峰巅，也有沟壑和坡路。太古鸿蒙时期的英国文化状貌，人们只能借助于揣测和臆想而略卜一二。一般认为，迄今依然完好无缺地屹立在英格兰威尔特郡索尔兹伯里平原上的一片巨石柱子，是英国文明遗留下来的最古老的痕迹。它有近3500年的历史了。这片石柱，每根高达4.5米，都削切成一定的形状，摆列成两个同心的半圆，结构同星辰日月的运转方向有着密切关系。这表明公元前1500年当地古人的工程技术和天文学水平已经相当高了。遗憾的是，经过无情时间的吞噬，古老的英国文化残存下来的已仅是只鳞片爪了。

英伦三岛最早的居民可能是凯尔特人。据传这些古人身材魁梧，头发金黄，生性强悍好战。他们当中的布里顿族，在公元前5世纪入侵大不列颠岛，生活了近500年，“不列颠”这个名字便来源于“布里顿”一词，意为“布里顿人的国度。”凯尔特人创造了丰富多彩的口头文学，内容多为神话故事和英雄传奇，亚瑟王的传说就是其中的一部分。公元前55年。古罗马的凯撒大帝的人马来到这里，在此呆了近5个世纪。他们把光辉灿烂的古罗马文明移植过来。他们修路造屋，立碑塑像，在巴斯城的温泉旁建造浴池，里面还有暖气设施。这些古浴室的遗址至今还依稀可辨，供人凭吊。罗马人和凯尔特人共同创建的文化传统到5世纪初又由于盎格鲁—撒克逊人的入侵而中道摧折。

盎格鲁—撒克逊人是原来居住在易北河口、北海岸边的日尔曼族的一个分支。他们渡海过来，把凯尔特人赶到北部和西部的边远地带，慢慢发展了自己的语言和文化。盎格鲁—撒克逊语便是古英语。“英格兰”便是“盎格鲁人的地方”的意思。7世纪后半期，英国的第一位诗人凯德蒙（Caedman）出世。又过了100年，第一首完整保留下来的古诗《贝尔武夫》（*Beowulf*）诞生。公元 9 世纪，艾尔弗雷德王击退来自北欧的又一次侵袭，天下大治，传说是夜不闭户，路不拾遗，文修武偃，物阜民安。他建学堂，修史书，鼓励文化发展。1057 年，苏格兰王麦克白斯卒世，他不会想到几百年后又亡灵再现，成为莎士比亚所作的一出悲剧《麦克白斯》（*Macbeth*）的主人公。1066 年，法国诺曼底公爵率军渡过英吉利海峡，征服英国，自立为王。法语取代了英语而成为官方语言，文学创作也多以法语或拉丁语为主。这种状况持续了 300 余年，直到英法百年大战以后，英语的地位才得到恢复。

（一）盎格鲁—撒克逊时期

英国盎格鲁—撒克逊时期的文学以长诗《贝尔武夫》为最重要，它一般被视为英国文学的起点。这部诗作长达 3 万余行，用古英文写成，讲的是发生在北欧的一个故事，和英国全无关系；“英格兰”这一词语也未在文中出现过，可见是盎格鲁—撒克逊人渡海过来时带来的，后于 8 世纪被人记载下来。《贝尔武夫》讲的是英雄贝尔武夫铲除妖怪、为民造福的传说故事，就内容说，和其他古代文明遗传下来的神话传说故事如出一辙。贝尔武夫从瑞典来到丹麦，帮丹麦人除掉海妖格兰德尔（Grendel）及其母，后来做瑞典王，老年又斩杀火龙，而受伤去世。《贝尔武夫》中有相当浓厚的基督教色彩，比如把格兰德尔说成是该隐（Cain）的后代。该隐在圣经《创世记》中是第一个谋杀犯。这首诗对后代文学创作影响颇大，它的艺术形式，像隐喻（kenning）及头韵（alliteration）等，后代诗人颇情有独钟。

在 1066 年诺曼底人征服英伦以后，有 300 年的时间英语曾处于非官方语言地位，但一直是普通人的语言，坚持不懈，顽强地存活和发展，到英法百年大战以后，终于又成为居主导地位的语言。我们在第一章中说到过，13 世纪，莱亚曼用英文写成《不列颠人》，其中记载了亚瑟王的传奇，也是英语重登大雅的一个重要标志。

14 世纪的英国经历了剧烈变化。在社会和政治领域内，城市中产阶级的出现动摇了诺曼底封建体制，加速了它的最后解体。这个阶级和乡村中小地主阶级下意识的结合，后来成为议会中众议院权力增长对抗王室与贵族院的关键所在。社会下层也开始要求改善生活条件，社会开始动荡，导致 1381 年的农民起义及农奴制的衰落。同时，基督教会聚财致富，愈益骄横、腐败、堕落，引起世人的强烈不满。加之毁灭性的黑死病，更使人失去了对全能的上帝的信仰。我们读这个时期的文学作品，很容易了解到这些情况。

（二）中世纪时期

把中世纪英文加以规范，并为现代英语奠定基础的重要人物之一，要算英国诗圣乔叟（Geoffrey Chaucer，1340—1400）了。乔叟性情温和，心地善良，熟谙世事人情。他以现代人所奇缺的宽容和忍耐，看待世间的一切。他运用现实主义手法，精炼、幽默的笔触，描绘他所处时代的生活状貌，故事娓娓动听，人物栩栩如生。他一生著述很多，其中尤以《坎特伯雷故事集》（*The Canterbury Tales*）为上乘。这本书寓意深刻，读起来趣味无穷。他笔下的人物虽然着古衣，行古事，可是他们的内心世界，他们的七情六欲和善恶标准，却和当代人相差不多。《坎特伯雷故事》是写 30 个到坎特伯雷教堂去朝圣的人，结队而行，为消磨时间，协议每人讲 4 个故事，去时与回路上各 2 个。如此应为 120 个故事。但作者后来只写出 24 个，其中 4 个是片段。便是这样，《坎特伯雷故事集》已把一幅 14 世纪英国社会全貌图展现在读者面前。细看这 30 个人，有社会上层，如骑士、神职人员，有社会中层，如各种制造业人士，也有下层，如磨坊主等，有男有女，有老有少，他们实际是当时社会的一个缩影，他们的故事实乃当时社会生活的忠实再现。乔叟了解生活，忠于生活，文笔流畅不说，幽默之妙笔常令人捧腹喷饭；他也偶尔放开一点，借粗人之口讲点粗话，算是一些调解。而且，他的某些思想有超越时代的特征，比如《巴斯妇的故事》就颇具女权思想。乔叟对人的透彻了解是他千古不朽的基本原因。

15 世纪发生了几件事，一扫中世纪欧洲的沉闷气氛，使欧洲的思想界和文化界面目为之一新。德国的马丁·路德（Martin Luther，1483—1546）发起宗教改革运动，得到法国的约翰·卡尔文（John Calvin，1509—1564）等人的响应，这一运动宛如荒原烈火，烧毁了人们思想和精神上的宗教枷锁，使欧洲从云烟氤氲的中世纪脱身出来，步入现代化的光明中来。1453 年，东罗马帝国随着君士坦丁堡的陷落而覆灭，希腊学者携带残存的文物典籍逃往意大利。古希腊古罗马的出土文物及艺术珍品，唤醒了人们对古文化所体现的人类理想的向往，引起人们对未来的憧憬。人们开始注重人的价值、人的生活、向往与追求，人文思想开始萌生与发展。欧洲于是翻开了它史册上的光辉的一页：伟大的文艺复兴时期开始了。还要提到活版印刷术的作用。当时活版印刷术已在意大利和德国使用，这对古典文学艺术的研究工作是一个促进。当时英国商人凯克斯顿（William Caxton）到欧洲经商，把这一技术带回英国，对英国的文艺复兴发挥了极深远的影响。

文艺复兴的春风吹到英国时，正是英王亨利八世在位的年代。亨利在位四十年左右，后来成为嗜血成性、恶贯满盈的暴君。但历史上歪打正着、恶人做善事的，古今中外都不乏其人。亨利八世因和妻子离婚而同罗马教廷反目，自立为英国国教的领袖，导致了英国的宗教改革，铺平了通向文艺复兴的道路，促使人文主义结出丰硕果实。从这一角度看，亨利八世在英国历史上似又有所贡献。但不管怎样，他杀了与己不和的托马斯·莫尔（Thomas More，1478—1535）则是历史和后人都绝难饶恕的。这是因为托马斯·莫尔是人类文明史上不可多得的人。他写的《乌托邦》（*Utopia*）一书，是人类文明史和思想史上的一大盛事。它在鞭挞当时社会弊端的同时，描绘出人类理想社会的面貌。所谓乌托邦实际是一个理想国度，一个位处赤道左近的岛国，地不大，人不多，但人人平等（也有奴隶），社会民主清明，物资富足，信仰自由，百姓安居乐业。全书分两大部分，第一部分多评述英国当时的现状；第二部分描述乌托邦国的状貌：它的地理位置、城市情况、官吏任免、百姓职业、日常生活、外出、奴隶、病残、婚姻、战争、宗教等等。这本书不单是给人类的语言增添了一个别有意味的词语，更重要的是它为人类描绘出一幅理想社会的动人画面。作者笔触所到，意蕴显豁，思想犀利，透过历史的迷雾，而洞察到未来的梗概。所谓乌托邦国全是光怪陆离的畅想，天才而精湛的虚构。

（三）伊丽莎白时期

“英雄造时世，时势造英雄”，这句话用来形容伊丽莎白时代是再恰切不过了。伊丽莎白女王可以说是一代英明的君主。她登极不久，便以精明干练的手段内息宗派纠纷，外和虎视眈眈的敌国，把羸弱不堪的英国身上的创伤医好，使它在弥漫着冒险和竞争精神的欧洲逐渐成为一霸。伊丽莎白本人略通文墨，时常吟诗弄文，还翻译了一些文字。在她的运筹下，英国慢慢爬上了权势、财富和文学的顶峰。仅以文学而言，那一派百花竞妍、万紫千红的繁荣景象，真叫人眼花缭乱，叹为观止。莎士比亚就是在这样的典型环境中顺乎时势，应运而生。

文艺复兴时期英国的诗歌史，最初是由 4 个人开创的：托马斯·魏阿特（Thomas Wyatt，1503—1542）把意大利十四行诗的格律形式移植到英国诗歌界，萨利伯爵（Earl of Surrey，1516—1547）则把这种诗的韵脚又做了一番改革，其后该形式在莎士比亚手中大体完善起来。萨利伯爵还把无韵诗体（blank verse）引进英国文学，无韵诗是无韵的五步抑扬格（iambic pentameter）。菲力普·锡德尼（Philip Sidney，1554—1586）是一个能文能武，多才多艺的人，他身份无数，但却能在宫廷斡旋，战地干戈之余，写出《诗辩》（*The Apologie for Poetrie*）这样第一篇古典主义文学批评理论著作和《阿卡底亚》（*Arcadia*）这样的田园诗般的罗曼斯体名作。《阿卡底亚》的内容日后成了莎士比亚的《李尔王》（*King Lear*）一剧中陪衬情节的张本。埃德蒙·斯宾塞（Edmund Spenser，1552—1599）一生坎坷，最后在冻馁中卒世。对这个人我们应多说几句。斯宾塞诗艺精湛，善于创新，他留给后人不少诗歌形式，所以他又有“诗人的诗人”之美称。他的诗作《牧人日记》（*The Shepherd's Calendar*）及《仙后》（*The Faerie Queene*）等，都是英国诗歌宝库中的珍品。前者由 12 首田园诗组成，一首写一个月份。这种田园诗多采取牧羊人间的对话形式，表达朴素生活中人们的感情、情绪及态度，但也常常评论和针砭时事。斯宾塞的《牧人日记》12 首诗分为 3 部分，分别写痛苦、娱乐及道德。比如道德部分内写 10 月的一首涉及了生活中诗歌的问题以及诗人的历史责任。斯比塞在这部诗作中运用了 13 种韵律，其中除三四种在当时流行外，其余都是诗人的独创。他在《仙后》里所使用的诗节，后来以他的名字命名，曰“斯宾塞诗节”（spenserian stanza），流传后世，供人师法。这种诗节由九诗行组成，前八行是五步抑扬格，第九行是六步抑扬格，最适于梦幻、沉思类的诗歌创作。《仙后》构思宏伟，计划写 12 部，每部由 12 诗章组成。12 部计划写亚里士多德阐述的 12 种美德，还有与美德对垒的 12 种丑恶。后来斯宾塞只写成 6 部以及第七部的几个诗节。但这已是鸿篇巨制了。

在 16 世纪最后几十年里，英国戏剧蓬勃发展。一百余位剧作家争相献艺，推陈出新，使英国戏剧日新月异。可惜的是后来这些作家的光辉大都被历史所淹没，有的连名字都未能传下来，更不用说剧作了。唯有几个“大学才子”值得在此一提。这一阶段中最重要的散文作家是约翰·李雷（John Lyly，1553—1606）。他的成名之作是《尤菲依斯》（*Euphues*）。李雷好雕琢刻画，语言绮丽婉媚。他善于运用比拟手法和排偶句式，喜好援用典故，因而他的作品具有独特的格调，人称“尤菲依斯体”。它对增强英语的精雅发挥过作用，但是由于章句过于雕饰，因此不免流于绮靡，影响了作品的浑朴和自然，这是李雷文风的缺陷。

罗伯特·格林（Robert Greene，1560—1592）在短暂的一生中，写了不少出色的散文、剧本和诗歌，这些大都已被历史吞噬掉了，但是他在去世以前说过的一番嫉妒莎士比亚的话，却无意中成了莎士比亚剧作生涯的历史见证，格林的名字也因此而逃脱了被历史遗忘的厄运。格林对“学识浅薄”的莎士比亚的突起，惊诧妒忌之余，不免还有一层“自己前途危险”的预感。因而死前特别叮嘱其他几位“才子”朋友，注意那只“用我们的羽毛装饰起来的风头十足的乌鸦”。不言而喻，他指的是莎士比亚。

值得我们书写一番的还有克里斯托弗·马洛，可以说他是伊丽莎白时代的天才和精力的象征。这个时代人文主义者的那种气吞山河的气概，在他的“[世间的一切]都将听我指挥”这一“雄伟的诗句”中表现得淋漓尽致。马洛 23 岁写成《帖木儿大帝》（*Tamburlaine the*

Great)，25 岁作《浮士德博士的悲剧》（*The Tragical History of Doctor Faustus*），28 岁写《马尔他的犹太人》（*The Jew of Malta*）。出自马洛之手的每一出戏的主人公都是要把地球当甜饼吃的形象高大、气概豪迈的巨人。比如浮士德这个中世纪德国的传奇人物在马洛笔下，就成为一个可为追求知识和威力而不惜把灵魂出卖给魔鬼的非凡人物。浮士德的故事也因此成为作家们喜欢的题材。例如 19 世纪德国文豪歌德花费几十年的时间写成《浮士德》，为世界文学宝库增添了一件无价珍品。他还写了《爱德华二世》（*Edward II*），对封建宫廷里奸佞专欲擅权的情况，进行了隐晦的批评。马洛还把素体诗熟练地运用到戏剧创作中来，语言也是字字珠玑，表现出作家所具有的英风劲气。马洛宣传无神论，主张共和政体，这自然会招来非议和当权者的迫害。据说他后来被政府的暗探杀害，死时只有 29 岁。

"大学才子"中还有托马斯·基德（Thomas Kyd）、托马斯·纳什（Thomas Nash）和乔治·皮尔（George Peele）等人。他们都是些很有才气的人。他们的剧作之所以多已被湮没无迹，其主要原因并不是因为它们缺乏生命力。这些人可谓"生不逢时"，遇到莎士比亚这个巨人，只好在他的阴影中销声匿迹，他们的作品也就失去了应有的光彩。有人说，倘若没有莎士比亚，他们会个个名高千古的。这番话已在某种程度上肯定了这些"才子"们对英国戏剧发展所做出的贡献。

威廉·莎士比亚是被世人所公认的戏剧文学的宗师。从莎士比亚在世时起到今天，治莎学者已不计其数，评论他的著作的文字也可车载斗量了。总的看来，自然是褒多于贬。托尔斯泰（Leo Tolstoy，1828—1910）曾鼓足勇气，对莎士比亚有所批评，但当批评所激起的涟漪渐渐舒缓后，湖面又恢复了平静。从评论界的大势看，如果今天还有人敢对莎翁提出意见，人们大约会把他当作不知趣的蠢货加以耻笑的。一个人但凡出名以后，不免会被当作神仙供起来，略有批评，便被认为是"亵渎"。其实莎士比亚本人不一定有过这种期望。诚然，他对自己的诗歌似乎非常欣赏，觉得这些有可能"垂辉映千春。"但对剧作，他并没怎么认真对待，告老还乡时手稿全都留在剧院里，只是在他逝世以后，他的两位好友才费力汇集成册出版，对他以示纪念。

天才和成功所需要的条件固然很多，但勤奋则是最重要的。莎士比亚在伦敦的20余年里，又要演戏，又要创作，工作是非常勤奋的，生活是十分紧张的。他上学不多，全靠如饥似渴地博览群书而自学成才。有人说他如着魔一样地致力于戏剧创作。他的神志经常处于白热化状态。他似乎有使用不完的精力，有无限的才智和技艺。在20年里他创作出37个剧本，每一个都具有不朽的内在活力，令人读起来回味无穷。这种艺术效果的取得，首先是他勤学苦练、力求精深圆熟的结果。可惜的是，由于莎士比亚多年积劳，身体严重亏损，因而退休后不足3年，便溘然与世长辞了。

柏拉图在谈到希腊人时说过，不管从其他种族那里继承了什么，他们最终总是把它造就得更加精美一些。把这句名言应用在莎士比亚的文学创作上，也是很合适的。莎士比亚的独创力不在于虚构故事和情节方面，而主要表现在他以非凡的智慧、丰富的知识去改写和充实旧剧本上。原来的剧本无论怎样干瘪乏味，一经莎氏之手，便奇迹般地变为体态丰润，生气勃勃了。比如《哈姆雷特》（*Hamlet*）一剧在莎士比亚以前就有3种底本，可是只有莎士比亚的妙笔才使它成为脍炙人口的艺术珍品而流传至今。

提到莎士比亚，人们总喜欢说“前无古人，后无来者”。但他的独到之处究竟在哪里？大概在于他对人和人生的深刻的认识上。读他的书是研究人生的捷径。莎士比亚的世界是人生大千世界的缩影。他笔下的人物，不论主次和出场时间的长短，见上一面，便再难忘却。比如我们日常同不少人见面、交谈，偶然间某人的某一句话透辟入里，深深地印在我们的脑海里，年深日久绝难消失。这句话可能会改变我们同讲话人的关系，从此或许喜欢，或许厌恶起他来。这是体现讲话人性格的话。莎士比亚耳聪目明，平时待人接物，善于捕捉这种言谈话语，把它们写进剧本里，于是人物就栩栩如生，跃然纸上了。所以又有人讲，上了年纪，阅历丰富的人才能读懂莎士比亚，这种说法是颇有见地的。莎士比亚的四大悲剧，即《哈姆雷特》、《奥赛罗》（*Othello*）、《李尔王》（*King Lear*）和《麦克白斯》（*Macbeth*），还有大家所熟知的《罗密欧与朱丽叶》（*Romeo and Juliet*）等剧，都应作为我们的必读作品。

被誉为“现代科学的奠基者”的弗朗西斯·培根（Francis Bacon，1561—1626），对丰富与提高人类的智慧曾有所贡献，在史册上应占一页。当然，他的品格和作为并非高尚。他一生污点不少，其中最令人不能容忍的，是他以怨报德：在他宦途坎顿的早年，埃塞克斯伯爵慧眼识人，对他很赏识，伯爵的惠顾和提携，是他日后扶摇直上的重要基础。不料后来伯爵因在统治阶级内部的派系斗争中败北而惨遭系狱之苦，培根为了保全自己的荣誉和地位，竟然落井下石，不唯不助他免受极刑，而且竟借机提高自己的声名，落得个为世人所指。再就是他假公肥私，贪得无厌，以至于一生的惨淡经营，竟闹了个身败名裂的下场，后来还算是走运，只在英王的监牢伦敦塔里蹲了四天。中国古语说：“塞翁失马，焉知非福”。培根失官退隐以后，把全部闲暇都用在著书立说上。他一生最后的五年，竟成为他文学和哲学创作的全盛时期。如果没有这几年的著述，培根或许早已默默无闻了。历史对培根青眼相待，随着时间的流逝，人们似乎只记住了培根的书，而忘了他的为人。18 世纪末以后一段时间，还有人说他学识渊博，文采华美，莎士比亚的剧本可能出于他的手笔，这已成为饭后茶余的笑谈了，但也说明培根才智的魅力是非凡的。培根在科学和哲学上的贡献是不容置疑的，马克思称他为“英国唯物主义和整个现代实验科学的真正始祖”。他一生著述颇多，就文学讲，他的《散文集》（*Essays*）可谓篇篇锦绣，对人生、友谊、人性等方面的论述可谓深刻透彻。其他著作有《论科学的价值和发展》及《新工具》等，都有较高的价值。

英国第一个桂冠诗人本·琼生（Ben Jonson，1573—1637）可能是人才济济的伊丽莎白时代的最后一个才子。他涉猎广博，通晓古今，是莎士比亚以后伦敦文坛上升起的一颗明星。有人说他在文学界主宰乾坤达 20 余载，这是事实。他和莎士比亚有过友谊交往，据说莎氏在琼生的成名剧作《个性互异》（*Every Man in his Humour*）中扮演过角色。琼生对莎氏钦羡推崇，在题为《纪念敬爱的师长莎士比亚》一诗中，对莎士比亚倍加礼赞，预言般地宣称莎氏不属于一个时代，而是与世长存。他的戏剧开创了英国风俗喜剧的先河。他还创造了有趣的

“气质论”，说人之所以各有特性，是因为每人体内的流质或活液或“气质”不同的缘故。他的理论和戏剧多已被人遗忘，但他的名作《福尔朋奈》（*Volpone*），以诗人和剧作家的笔触，对自私和贪婪做了鞭辟入里的揭露，至今读来还妙趣横生。琼生去世之后，被葬在威斯敏斯特大教堂南端的“诗人区”内。他的逝世标志着一个时代的结束，文艺复兴作为一个历史阶段业已过去，人文主义戏剧衰落下来。

（四）17 世纪文学

17 世纪的英国以动荡、混乱和变化而著称。足智多谋的伊丽莎白死后，詹姆士一世即位，他和掌握财权的国会发生冲突。到他的儿子查理一世继位后，矛盾终于激化到不可调和的程度，于是爆发了内战。国王最后战败，被推上断头台，国体由帝制改为共和。这是 1649 年的事情。内战期间国会军的统帅奥利佛·克伦威尔出任共和政府的首脑，号称“护国公。”他去世后由儿子继任，但这个人太优柔寡断，自知无力扭转纷乱的局面，遂引退。人心又思变，国会无奈，只好恳请寄居国外的查理二世回来登极，这就是史书上说的“王政复辟”，时间是 1660 年。查理二世这位“快活的国王”一方面淫逸放荡。另一方面又表现出乖巧识趣，不招惹国会。他的继任詹姆士二世却不安于醇酒美女，时而和国会争长论短，最后被迫出走异国，由荷兰的奥兰治亲王来任国王，通过“权力法案”，国会执掌财政、军事、宗教等事务。自此，国王实际上已是名存实亡了。这就是所谓的“1688 年革命”，或称“光荣革命”。

时代的混乱，新旧善恶相互攻讦的局面，导致了人们思想上矛盾重重，无所适从。这就是王政复辟时期英国戏剧创作的社会背景。轻浮、颓废、阴郁和悲观等特点在不少作品里表现出来。粗俗的写实手法把王族显贵那种花天酒地、荒淫无耻的生活情状毫无掩饰地摆到舞台上，严重地污染了社会道德风尚。几位有影响的喜剧作家如威彻利（William Wycherley）、康格瑞夫（William Congreve）、凡布卢（John Vanbrugh）和法奎尔（George Farquhar）等人，作品大都龌龊不堪。他们后期的剧作虽有所改进，但总的看来并未改变这时期内戏剧的特点。

约翰·屈莱顿（John Dryden，1631—1700）的剧作虽然也有美化宫廷贵族的内容，但他的著述丰富多彩，自有让后人称道的地方。屈莱顿中年成名，在近20年的时间内，同17世纪早期的本·琼生和后来18世纪的塞缪尔·约翰逊一样，左右伦敦文坛，成为“叱咤风云”的人物。屈莱顿的诗歌语言庄重、准确，富于音乐性。是19世纪以前英诗语言的规范。塞缪尔·约翰逊在总括屈莱顿对英诗发展的贡献时说，他接过的是砖，留下的是玉。屈莱顿的讽刺诗特别能表现他那卓尔不群的诗才。他的《亚布萨伦与阿琦图菲尔》（“Absalom and Achitophel”）一诗尤其闻名。屈莱顿在这首诗里有两项成就值得后人称道，一是他熟练地运用了英雄对偶句诗体（heroic couplet），使之成为成熟的诗歌表达手段。另外他还悉心琢磨，创造出一种后人递相仿效的诗歌语言，对英语的进一步雅驯做出不小的贡献。屈莱顿在英国文学史上的卓越地位，也由于他在文学批评方面的功绩不凡而决定。他通过一系列精心撰写的序言，阐述了文学鉴赏和评论的原则与标准，在毫无先例的情况下，透过纷杂的文学现象，选择出英国文学有史以来的优秀作家和作品，依照一定的美学原则加以评述，从而为英国文学批评奠定了基础。有人给他以“英国文学批评创始人”的称号，在他当然是受之无愧了。屈莱顿一生坎坷，王政复辟期间曾受封为桂冠诗人，但晚年因拒绝对“光荣革命”后的新国王宣誓效忠而遭贬谪。可聊以自慰的是，他的困顿使他在文学创作上却硕果累累。

17世纪的“玄学诗派”（Metaphysical Poetry）值得介绍一番。所谓“玄学诗”是指以堂恩（John Donne，1572—1631）为首的一些诗人的比喻蹊跷而别致、意向牵强而艰涩的诗作。“玄学”一词出于18世纪文坛大家约翰逊（Samuel Johnson，1709—1784）之口，本为贬意，后来到20世纪大诗人艾略特对堂恩情有独钟，使“玄学诗”东山再起，其魅力迄今不衰。这些诗人除堂恩外，还有赫伯特（George Herbert，1593—1633）、沃恩（Henry Vaughan，1621—1695）、克拉肖（Richard Crashaw，1613—1649）以及赫里克（Robert Herrick，1591—1674）等。堂恩的生平相当复杂而坎坷。他出身富商之家，就读于牛津与剑桥，后来成为伦敦圣保罗大教堂的主教，著名的布道者。他也曾锒铛入狱，也尝过贫穷的滋味。他的诗歌富于独创性：其诗作表现出暗中熠熠发光的火热般的想象，魔术般地照亮幽暗的思想深处，透露出既富性感又不乏沉思的美妙特征。他的名作如《虱子》（“The Flea”）是典型的“玄学诗”，把虱子和爱情同日而语，一边是污浊，一边是清纯，意象可谓怪诞得出奇，比喻可谓牵强得无以复加；但几百年过去了，人们读来依然记忆清晰、兴趣盎然，足见其魅力之不朽。堂恩的《沉思录》（*Meditations*）也极富哲理，比如他的《沉思录 17》就成为20世纪作家海明威（Ernest Hemingway，1899—1961）的名作《钟为谁鸣》（*For Whom the Bell Tolls*）书名的来源。

英国文学史上的著名诗人，在乔叟和莎士比亚以后要推约翰·弥尔顿了。诚然，说他和莎氏比肩齐名，也许不很恰当。但继乔叟、莎士比亚以后，称他是第三大诗人，还是符合实际的。弥尔顿自幼便有一种常人少有的使命感。他深信自己负有创作不朽诗篇的天职，对自己的天赋也毫不隐讳。他年轻时曾埋头苦读五年，涉猎古今，博闻强记，以待“羽翼丰满，举翅翱翔”。后来他又漫游欧洲。在意大利见到开创现代科学的伽利略。这次会见极其重要。有人说，没有望远镜，就没有弥尔顿的《失乐园》。这话颇有道理。《失乐园》内含天、地和整个宇宙，若没有此前伽利略的天文学让人开阔眼界，弥尔顿的想象实难那样地驰骋于天堂与地狱之间。这又令人记起斯威夫特（Jonathan Swift，1667—1745）的《格列佛游记》（*Gulliver's Travels*）。有评论说这本书同显微镜的关系密切，书里说，大人国里人的汗腺孔一个个都清楚分明。因而，说弥尔顿的想象力得到望远镜的启发，斯威夫特受益于显微镜，不算夸张。

弥尔顿青年时代的岁月宁静快活。父亲是虔诚的清教徒，对儿子体贴入微；母亲贤淑文雅，教子有方。弥尔顿中年恰值英国内战，他毅然放弃诗歌创作，投入反对英王的人民斗争热潮中。在革命的早期，他撰文陈述平民反对王室的正义性，激发民众的革命热情；在处决英王以后所出现的畏惧、混乱和精神不安的局势下，他奋笔疾书，指出这一行动的必要和正确，使全国镇定下来；他任共和政府的拉丁文秘书，位似宣传部长，由于夜以继日地操劳，最后竟双目失明。王政复辟以后，他离群索居，一度曾遭系狱之苦，后因双目失明方免受横祸。年轻时的凌云壮志又在胸中萌发，在穷困和孤独的逆境里，他不平静的内心在酝酿着伟大的诗篇。在朋友和女儿的帮助下，《失乐园》、《复乐园》（*Paradise Regained*）和《力士参孙》（*Samson Agonistes*）终于相继刊行问世，算是实现了他的夙愿。这几篇长诗，是清教派不屈不挠革命精神在文学上的再现，同王政复辟时期的戏剧内容形成鲜明对比。《失乐园》里的魔鬼撒旦敢于同专制的上帝比试高低，力士参孙虽失利而不气馁、最后复仇从而转败为胜的英雄形象，是弥尔顿借古非今的典型。弥尔顿后期的生活表面看去似乎是单调的，他每日坐在扶手椅里，偶尔在阳光和煦的天气在门口短坐一刻，或偶尔由人搀扶到街上走走。一只烟斗，一杯清水，一点音乐，此外别无消遣可言。但他的内心却极不平静。如同但丁作《神曲》一样，他的思想上达九天，下临地府。他的诗体风格浑朴而庄严，同要表达的思想完全谐和一致。《失乐园》读来颇有荷马、维吉尔的作品的味道，他字斟句酌，一丝不苟。有时夜半得诗，就迫不及待地把女儿从梦中唤醒，口述成篇。几篇长诗写成以后，弥尔顿顿觉如释重负，心绪平静下来，在一片安静中悄然离开人世。那时他已是名闻遐迩的大诗人了。

和弥尔顿一样在王政复辟时期为文坛吹来一股清风的作家，还有约翰·班扬。班扬是清教的虔诚信徒和热情的鼓吹者，因此在复辟期间曾坐牢十余年。他写的《天路历程》（*Pilgrim's Progress*）鞭挞了王公显贵的淫乱无度，揭示出社会生活中存在的浑浑噩噩，名缰利锁的现象。书中描绘了一个“名利镇”，镇里有个“名利场”，在这里，财产、地位、国家、夫妻，包括灵魂在内，都标价上市出售；一切丑恶，包括盗窃、奸淫等等，应有尽有。《天路历程》是对复辟时期社会风尚的批评，也是对人生存在的各种弊病的揭露和批判，这是它名垂青史的原因。19 世纪中期英国小说家萨克雷（William Makepeace Thackeray，1811—1863）的名著《名利场》（*Vanity Fair*），书名便来源于此。

（五）18 世纪文学

18 世纪是英帝国走向全盛的时代。资本主义冲破封建主义的束缚，蓬勃地发展。自由贸易的发展，商业上的革命，以及工业革命，使经济迅速增长。英帝国肆意向外扩张，逐渐统治了当时世界人口的四分之一，自称“日不落国”。中产阶级的财力愈益雄厚，在政治上咄咄进逼，王室及贵族的权力进一步削弱下来。资产阶级不择手段的积累资本，一方面使城乡人民日渐贫困，另一方面却为启蒙主义思潮的产生奠定了基础——一些有识之士认为要改造社会，为人类带来普遍繁荣，必须通过对人的启蒙和教育。这些人因此被称为“启蒙主义者”，这个时期则被称为“启蒙主义时期”。启蒙主义者推崇人的理性万能和至高无上，主张一切事都要经过理性的分析而决定取舍。宗教也要建立在理性而不是神启的基础上。因此，“启蒙主义时期”又有“理性的时代”的称号。启蒙主义运动不只是在英国，而且在全欧洲和北美也出现的具有资产阶级民主主义倾向的进步运动。英国的约翰·洛克，法国的卢梭和伏尔泰以及美国的富兰克林等，都是在这个时期涌现出来的著名哲学家和作家。

约翰·洛克（John Locke，1632—1704）在某种意义上可说是 18 世纪英国的理论家。他的名作《关于人的理解》（*Concerning Human Understanding*）是 18 世纪最重要的哲学著作之一。他提出感官的重要性，认为感官的经验是取得知识的途径。他实际上强调了理性在认识和理解世界过程中的重要。他提出，人降生世上，天真如白纸。他主张人性善。这和清教等的原罪说大相径庭。洛克的另一大理论是关于民政的。他的政治学观点是，人生来尚理性、无偏见，属我国常说的“人之初，性本善”概念。人有权利追求幸福，为己谋利，又为社会造福。人的自然状态是平和、宽容、自由、平等的，人们可以民约为保障自己的权益而组织在一起。他认为国家实乃一种契约形式，一种相互监督与制约的形式。这和封建制度南辕北辙。洛克的民政理论有助于议会制与资本主义的发展。美国的独立与建国应当说和洛克的理论有紧密联系。

18世纪的英国文学总的说来是启蒙主义的文学，是理性有余但感情色调不足的文学。人类社会的发展状况大抵是一出现极端现象，便有某种形式的反动接踵而来。比如英国文学，自伊丽莎白时代至17世纪，是感情冲破中世纪的压抑和限制而充分表现的时代。17世纪末18世纪初，从屈莱顿开始，英国文界开始冷静。生机勃勃的峡谷里的花团锦簇固然有其天然发溢之美，但进一步的人工培植也有必要。屈莱顿是这样想的，他的学生亚历山大·蒲伯则把这种思想在自己的诗歌创作中体现出来。在前半个世纪有蒲伯的倡导，在后半个世纪有塞缪尔·约翰逊的监督，而且有一批诸如库柏，克莱布等人的诗歌创作，这样一来，主张循规蹈矩的古典主义便蔚为风气。可是，花瓶上的山水花鸟虽美，但却缺乏生气。于是不到19世纪，新的诗风又初露锋芒。在詹姆斯·汤姆逊以后，杨格、葛雷、布莱克和彭斯又以自己清新别致的诗篇，为华兹华斯，柯勒律治、拜伦、雪莱和济慈等浪漫主义诗坛巨擘的崛起，起了鸣锣开道的作用。这是后话。

蒲伯是他同代作家中最有影响的人。这个精神强人身体却又病又弱。蒲伯幼时的重病使他腰弯背曲，身高只有四英尺，双腿枯瘦如柴，要穿三层厚袜方可。但他意志坚强，凭着字典和语法书自学了拉丁文、法文、意大利文和希腊文。这种锲而不舍的精神使他在文学上取得卓越的成就。蒲伯提倡古典主义，主张模拟古希腊、古罗马的作品，以这些作品所体现的原则和规矩指导写作，认为诗要描写高尚的，美的事物，要趣味优雅。他在《论批评》（“Essay on Criticism”）一诗中详述了古典主义诗歌的原理。他的诗作是古典主义在英国文学中的最高体现。他的哲理诗《论人》（“Essay on Man”）、滑稽英雄诗《卷发遇劫记》（The Rape of the Lock）以及译著荷马史诗，是英诗宝库中不可多得的珍品，但这些作品浸透了理性，极少感情的火花。蒲伯是启蒙主义的第一位优秀作家。他的天才是独特的，但也是相当狭窄的。他一生只用一种诗体写作，这就是英雄对偶句诗体。它要求两行对偶押韵，格律是五步抑扬格，即每行诗由5个音步组成，每个音步包含一短一长2个音节，短的在前，长的在后。这也就是英诗传统的格律。蒲伯使用英雄对偶句的娴熟和完善程度，在英国文学史上是空前绝后的。

库柏（William Cowper，1731—1800）的诗作从形式方面看，多数表现出古典主义倾向。他写了许多押韵对仗句，也写过许多精妙的四行诗，素体诗以及其他形式的诗。在他的作品中，既表现出古典主义格调，又洋溢着浪漫主义感情。库柏的名诗《任务》（“The Task”）开了英国自然诗的先河。在这首诗中，诗人对乡村田园生活的景色、声音和气味都做了惟妙惟肖的描绘。库柏也揭露了战争和暴政给人民带来的痛苦与灾难，唱出了人们盼望自由和正义的心声。无论在形式或内容方面，他对19世纪英国浪漫派诗人的影响都很大。

18世纪后期最伟大的古典主义诗人应推克莱布（George Crabbe，1754—1832）。这个一生都生活在英国贫苦农民当中的牧师，对英国的社会现实有着较深刻的了解。他一反古典主义只描绘田园牧歌式甜蜜生活的常规，巧妙地运用古典主义诗歌的旧形式来描写乡村生活的疾苦和灾难。《村庄》（“The Village”）一诗充满了农村贫民多灾多难的生活画面。诗人到济善堂去，告诉读者那里孤苦老人的辛酸身世；他到监牢里去，述说犯人的苦楚与哀伤；他还说到不幸的婚姻，凄惨的家庭悲剧等等，读后令人回肠九转，黯然神伤。克莱布是严格的写实主义者，在他的笔下，乡村生活的凄惨景象、贫苦农民悲郁不已的容貌，都显得栩栩如生。

古典主义诗歌原则的羁绊并未压抑住感情的漫溢。就是在蒲伯“专断”的18世纪前半叶，我们也听得到浪漫主义的歌声。一度是蒲伯的信徒的杨格（Edward Young，1683—1765）后来冲破了“英雄对偶句”式而师法弥尔顿写起素体诗来。他的《哀怨》（“The Complaint or Night Thoughts，on life，Death，and Immortality”）可以说是英国诗坛上的不朽之作。这个时期最勇敢的反叛者要算汤姆逊（James Thomson，1700—1748）了。从根本上讲，汤姆逊是比蒲伯或屈莱顿更伟大的诗人。这不仅因为他的诗体精妙；更重要的是他的诗中充满了一种热爱大自然风光的真挚感情。他最著名的诗《四季》（“The Seasons”）不仅是中学语文的必选之篇，而且是大学和研究生院的必设专题课。不少英美作家曾援引该诗为自己作品增加光彩。汤姆逊对后世的影响之大是人所共知的：19 世纪的伟大诗人，可以说全都蒙受过他的启迪或感染。

继汤姆逊之后的浪漫诗人葛雷（Thomas Gray，1716—1771）一生都在大学里度过，可能是他同代人中学识最渊博的人。他写起诗来，字斟句酌，绝不苟且，据说他在他那首著名的短诗《墓园挽歌》（"An E1egy Written in a Country Churchyard"）上便花费了 14 年工夫。这首诗描述了诗人在黄昏时刻凭吊乡村一处寂静墓地的悲悼心情。那贯穿全诗的凄楚悲切的气氛，往往令读者嘘唏感叹。并成为后世所称的"墓地诗人"诗歌的突出标志。葛雷对欧美浪漫主义文学的贡献很大。法国著名诗人拉马丁和夏多勃里昂都直接从《墓园挽歌》中取得灵感。19 世纪美国新英格兰诗人如布赖恩特（William Cullen Bryant，1794—1878）等都在不同程度上受益于葛雷的诗作。葛雷的诗作数量虽说不多，然而诗体却多种多样，再加上他的技巧的精深圆熟，因而堪称是在弥尔顿和丁尼生之间二百余年间卓荦冠群的诗坛巨匠。

18 世纪后半期，约翰逊博士和一个苏格兰的学校教师麦克菲生发生过一次有趣的争吵。麦克菲生出版了一部诗集即《欧辛诗集》，声称诗为古凯尔特诗人欧辛所作，他把它们收集起来并译成现代英文。诗作内容清新，形式秀美，充满浪漫主义情调。在古典主义沉闷气氛窒息下的英国诗坛上，这部诗集的出现，宛如酷暑之中偶得清风一般。这些诗实际乃是麦克菲生所做，所谓《欧辛诗集》者，只是伪托而已。约翰逊博士看出了破绽，催逼麦克菲生交出欧辛原稿，两个人打了一场笔战，结果不了了之，麦克菲生的诗无疑在一定程度上促进了浪漫主义诗歌的再起。

19 世纪浪漫主义诗歌的先驱布莱克既是一位诗人，又是一位很有造诣的铜板雕刻家。他边作诗，边设计。他的妻子为他的图案上色。布莱克觉得他的诗与画是上帝或天使或鬼魂赋予他以灵感的产物。他的诗确实表现出神秘主义色彩，他也的确受到瑞典神秘主义宗教家斯韦登伯格（Emanuel Swedenborg，l688—1772）的深刻影响，因此，他可能是英国诗歌史上第一位颇具独到之处的神秘主义者。布莱克的诗以其独创精神、内在的活力，深刻的寓意、古朴率真与温柔亲切的特点而著称。他的代表作有《天真之歌》（“Songs of Innocence”）和《经验之歌》（“Songs of Experience”）等。诗人运用儿歌形式，阐述深奥的道理。《天真之歌》旨在表现一种尚未经过生活痛苦的快活的童稚状态，而《经验之歌》则表明人类在经过生活的磨难以后的心理状况。两部诗作所描绘的很有《圣经》上亚当和夏娃失掉乐园前后状况的对比意味。布莱克还写过其他一些作品，他的优秀诗作是英诗宝库中不可多得的瑰宝。他主张人与大自然协调一致，谴责社会生活中的非正义，在写作技巧方面运用自由诗体，这些都促进了英国浪漫主义诗歌的发展。

我们还要说到彭斯（Robert Burns，1759—1796）。他是苏格兰的一个贫苦农民，幼年和青年时期是在极其贫困的状况中度过的。他上学不多，但是酷爱读书，常常利用吃饭时间阅读图书。在田间耕作时，他还喜欢哼曲作歌，之后利用稀有的空闲时间谱写下来。在生活愈益艰难，走投无路的情况下，彭斯第一次想到发表他的诗歌。结果出乎所料，他的诗集《苏格兰方言诗歌》（*Poems，Chiefly in the Scottish Dialect*）出版以后销路畅通，使他名噪一时，顷刻之间成为猎奇的爱丁堡上层社会的“崇拜”对象。然而好景不长。上层社会的偏见很快刺伤了他的自尊心。后来他又回到乡下，但是业已身心交瘁，37 岁便去世了。彭斯是英国诗坛上第一位用方言抒情的杰出诗人。他的诗歌充满生活、的气息。他的诸如《一朵红红的玫瑰》（“A Red，Red Rose”）、《穷得有志气》（“For A' That and A' That”）、《大麦粒约翰》（“John Barley Corn”）以及《我的心在苏格兰高原》（“My Heart's in the Highlands”）等等感情奔放的诗歌，在 18 世纪后半期为英国诗坛带来一种全新的抒情格调，不仅使英国抒情诗发生了一场深刻的革命，而且影响了欧洲其他不少国家文学发展的进程。

我们再来看看这个时期的英国其他文学形式，先从散文说起。18 世纪初的伦敦市容污秽，市民举止还有些粗野，生活习惯也庸俗，显得缺乏教养。英国这个民族在风度方面的文明化，大概首先要归功于 18 世纪的两位散文作家艾狄生（Joseph Addison，1672—1719）和斯梯尔（Richard Steele，1672—1729）。他们两人一起出版《闲话报》（*The*

Tattler），除揭露邪恶以外，主要是针对社会日常生活，探讨国民应该如何起居坐卧为好。后来他们又合办《旁观者》（*The Spectator*）报，虚构了一个监督、批评和指导市民生活的“旁观者”俱乐部。俱乐部的成员来自社会各个阶层，对社会生活中极其庸琐微细的粗俗言行也不放过。《旁观者》的文笔潇洒疏放，清新俊逸，人们争相购阅。《旁观者》在雅驯社会生活方面做出了巨大的贡献。

英国文学史上第一部小说出现在 18 世纪，它的作者是丹尼尔·笛福（Daniel Defoe，1660—1731）。笛福一生阅历丰富。他当过商人、士兵、新闻记者；接近过国王，有飞黄腾达之势，也有戴枷示众，陷身囹圄的体验。中年以后又以笔为武器，对腐朽而又高傲的贵族，对迫害异己的国教，对巧取豪夺、强奸民意的政府进行过尖刻和辛辣的批评。他是一个出色的启蒙主义散文作家。笛福写他第一部小说《鲁滨逊漂流记》时，已近 60 岁了。小说通过对鲁滨孙漂泊经历的描写，歌颂了劳动的伟大和个人拼搏奋斗的精神。不言而喻，鲁滨孙的进取形象是一幅资本主义上升时期的正面的资产者的形象。笛福的语言风格不同于这个时期流行的雕琢与拘谨的文风，他使用生动活泼的日常语言叙事和刻画人物，他声称这种语言可以使白痴和疯人除外的 500 个具有各种中等才能的人准确无误地明白讲话者的意思。笛福是一位多产作家，其著作还有《摩尔·佛兰德斯》（Moll Flanders）、《罗克萨纳》（Roxana）等冒险小说。他享有“英国和欧洲小说之父”的称号。

这个时期真正的文章巨公要推乔纳桑·斯威夫特，他是针砭时弊者中最刻薄无情的人。斯威夫特早年丧父，不得不寄人篱下，这种特定的生活经历造就了他那傲岸的性格。他文字犀利，笔锋所指，丑恶的东西便暴露无遗。《一个桶子的故事》（“Tale of a Tub”）无情地鞭笞了天主教、路德教和卡尔文教忤逆基督圣训的行为。《使爱尔兰穷人们的子女不成为父母的负担的温和的建议》（*A Modest Proposal for Preventing the Children of Poor People in Ireland from Being a Burden to the their Parents*）这本小册子，以表面温和，实质上却极其刻薄的口吻，建议爱尔兰人把子女养得又肥又嫩，宰割出售，作为逃脱冻馁而死的厄运的捷径，淋漓尽致地揭露了英国统治的残酷和暴虐。斯威夫特审时度势，写了不少旨在贬责时弊、改变人民生活状况的文章，他对爱尔兰人民争取独立和正义的斗争的支持，尤其令人难以忘怀。斯威夫特虽无官衔，但竟能左右伦敦政界达 4 年之久。他大概也是历史上第一个为自己写挽歌的人，当然这是他用来回顾一生，扪心自问，最后得出“于心无愧”的结论的手段。斯威夫特心地善良，临终还用自己一生的积蓄盖了一所收容疯人的场所，名叫“斯威夫特疯人院”，据说这所疯人院至今还立在都柏林。

斯威夫特的代表作是举世皆知的《格列佛游记》。它描写的是船长格列佛游历小人国，大人国、拉普特岛和智马国的荒诞无稽的故事。小人国的人身材难以置信的矮小，平均只有 6 英寸高。虽然如此，他们却也国有两党，即高鞋跟党和低鞋跟党；教有两派，大端派与小端派，以进餐时吃鸡蛋是从大端或是从小端打开为区分。侏儒们的举止言行同常人一样地可恶可憎。显然，小人国是 18 世纪英国的缩影。大人国的情状同样地令人惊诧不已。这儿的一切都高大得出奇。猫身有 3 条牛大，狗状如 4 只大象。田间小埂仿佛公路一般宽广。这儿国王贤明，法律公允，人民诚实善良，和睦相处。显然，大人国是理想之国，对英国文明是一种尖锐的批判。书中对人性的讽刺最刻薄的要算第四部分即智马国。在这里，作家似乎在说，人从精神到肉体，都比兽类低级；聪明而又会讲话的马却是最高尚的。这大概是有人称斯威夫特为“厌恶人类者”的基本原因吧。如前所说，斯威夫特有一颗善良的心。但由于他过于挑剔，话说得过于尖刻，人们不免会感到这种嘲讽业已变成仇恨了。《格列佛游记》出版后，顿时引起世人极大的兴趣。儿童读其故事情节，政客寻觅其中意蕴。游记纯属虚构，但当时信以为真的却大有人在。据说一位船长便煞有介事地说他曾见过格列佛其人；另一位老先生则抱怨书里的地图没有标明小人国的确切方位。这足见书的趣味和魅力远非一般。斯威夫特语言简明、凝练、易懂，但寄寓深邃。因此，斯威夫特的散文在英国文学史上占有一个颇富影响的位置。还要提到，他的讽刺独具一格，有“斯威夫特式讽刺”之称，英美作家里模仿者不在少数。

比较系统地提出现实主义小说的理论，并在自己的创作实践中体现出它的第一个英国小说家是亨利·菲尔丁（Henry Fielding，1707—1754）。菲尔丁是一位疾恶如仇、认真了解和反映人民疾苦的作家。他所描绘的多是18世纪英国社会生活的现实图画。读者欲知这个时期的英国社会实况，了解地主庄园里的风貌、城里旅店的摆设，杂货铺里的日用百货、阀阅世族家里人们的起居坐卧、流氓强盗的活动、离群索居的山中隐士的苦和壮浪纵恣的风流太太的乐，还有监牢、戏院、市集、贫民窟等等，最好读一下菲尔丁的名著《汤姆·琼斯》（*The History of Tom Jones，a Foundling*）以及《约瑟夫·安德鲁传》（*The History of the Adventures of Joseph Andrews*）、《阿米莉亚》（Amelia）、《大伟人江奈生·魏尔德传》（*The Life of Mr Jonathan Wild，the Great*）。菲尔丁熟悉社会的各个阶层，描述起来如同照相机一般准确而谨细，真可谓历历具足，繁实详尽。菲尔丁的故事大多构思精妙，情节曲折迷离，把人引入一个变幻错综的世界里。时而是清风徐徐，时而又是一番枯木寒林的景象，有痛苦和灾难，也有快乐和幸福，善和恶总是在交锋，常常给人一种提心吊胆的感觉。那运筹帷幄的菲尔丁，高高在上，俨然以造物主俯视世间万物所特有的骄矜的样子，把人物指挥得团团转。这种把作者提高到上帝的高度的做法，说起来也要算菲尔丁对现代小说的一大杰出贡献。笛福和斯威夫特总是自己充当主人公，是事件的直接参与者；菲尔丁则是用一种圈外人的口气描述事态的进程，这局外人自然有高出一切被描述的事物之上的情态。这样，菲尔丁便把小说创作向前推进了一大步。当然，菲尔丁对他刻画的人物和事件，绝不是冷眼旁观的。无论如何，美和善在他笔下总要战胜丑和恶。他的乐观主义情绪是很明显的。

在这个时期的小说家中，还要提到理查逊（Samuel Richardson，1689—1761）。有人曾称他为“英国小说之父”，这有些言过其实了。但是说他是书信体小说的创始人却不过分。理查逊应人之邀，准备写一本有消遣内容的书信集，供人做范本。他灵机一动，想到16世纪末期菲利普·锡特尼的田园生活传奇《阿卡狄亚》，于是便把其中一位公主的名字帕美拉借来做他的书信集的主人公。理查逊的帕美拉是一位贫穷的女仆，因其美貌和贤淑而受到女主人的儿子的追求，最后答应其要求与之结婚。这一故事的全部过程，都是通过帕美拉和父母与朋友的通信来叙述的。这便是《帕美拉》(*Pamela，or Virtue Rewarded*）问世的始末。书信集发表后轰动一时，作者兴奋之余又写成《克拉瑞莎》(*Clarissa，or the History of a Young Lady*)和《格兰迪生》(*The History of Sir Charles Grandison*)，然而皆未像《帕美拉》那样博得读者的欢心。

斯摩莱特（Tobias George Smollett，1721—1771）的小说属于“歹徒小说”一类。他的主人公如罗德瑞克·兰顿和柏尔葛伦·辟克尔，都是不择手段损人利己的人。斯摩莱特的小说具有叙事幽默、描写细腻的特点。他描绘的不少令人捧腹的场面、他运用的许多幽默手段、他对18世纪英国社会生活情景细节的翔实的记录、他的以主人公之冒险为线索，把一系列看似不相关的场面和故事联结在一个有机整体内的艺术模式，他对英国现实中所存在的丑恶现象的无畏而又无情的揭露与鞭笞——这一切都是读者难以忘却的。熟悉19世纪英国文豪狄更斯的作品的人一定会发现，斯摩莱特对其作品的影响极大。狄更斯在其自传里曾提到他幼年时期喜欢阅读的八部作品，其中前三部便是斯摩莱特著的《罗德瑞克·兰顿历险记》(*The Adventures of Roderick Random*)、《柏尔葛伦·辟克尔历险记》(*The Adventures of Peregrine Pickle*）和《汉弗莱·克林克历险记》(*The Expedition of Humphry Clinker*)，足见狄更斯对这位先辈的钦佩之心。但是在斯摩莱特的作品中，充溢在字里行间的残暴和凶狠的气氛，却反映出英国人性格中的缺乏人性与感情的一面，让人读了颇不舒服。英国文学史上并不乏揭露性作品，但多数都有关于人的美好情感的某种描写，给读者以希望和安慰。斯摩莱特不能跻身于不朽作家之列，这也许是一个重要原因吧！

大约和斯摩莱特同时写作的小说家还有哥尔斯密和斯特恩（Laurence Sterne，1713—1768)，这两个人也恰巧是狄更斯极敬佩的作家。哥尔斯密写过一首名为《荒村》(“The Deserted Village”）的长诗，描写一个村庄由繁荣到荒凉的可悲变化，揭露地主强占土地、使之变为牧场和猎场的残酷现实。哥尔斯密的传世之作要算《威克菲牧师传》（*The Vicar of Wakefield*），它描述善良的牧师一家遭受地主迫害的故事。牧师的女儿奥莉维亚被奸污和抛弃，痛不欲生，险些自尽，牧师本人也被投入监狱。后来正义终于得到伸张，牧师一家得以转危为安。哥尔斯密的作品具有一种感人的温柔和爱怜之情，这对狄更斯的影响颇大。《威克菲牧师传》内奥莉维亚对待贞节的严肃态度，又成为 20 世纪美国著名诗人 T. S. 艾略特在其名诗《荒原》里所歌颂的对象。

斯特恩（Laurence Sterne，1713—1768）的《特里斯特拉姆·闪迪的生平和见解》（*The Life and Opinions of Tristram Shandy, Gentleman*）是一部独具一格的书。作者不仅打破叙事时间先后的顺序，有时还不着边际地信笔由之，或索性留下空白供读者去想象。因此，读斯特恩的故事要有耐性。《特里斯特拉姆·闪迪的生平和见解》是一部多卷故事集，其中一多半是关于哲理和道德的论述或遐想。它的感人之处在于，作者能把粗俗甚至秽亵的玩笑和动人心弦的情节巧妙地结合起来，从而产生一种卓异的艺术效果。斯特恩所塑造的某些人物形象是令人难忘的。托比叔叔和伍长特里姆是两个外表滑稽而内心善良、柔和谦恭的人物；而小闪迪是否该换穿裤子一段故事，确实是英国文学里不可多得的艺术珍品。当然，我们同时也要指出，斯特恩的作品颇多淫猥的语言和场面，总的讲来不能算高雅。英国 19 世纪小说家萨克雷便说他的作品有伤风雅，他的书不时地透射出“淫荡的森林之神的目光。”

古典主义的 18 世纪，在其后半叶又出现了一位，也是最后一位文坛“盟主”——塞缪尔·约翰逊。这个人著述并不多，编辑过一本英语大辞典，但对当时英国文坛的影响却很大。他很健谈，说起话来纵横驰骋，如悬河泄水一般。在他周围集聚了一批著名文人聆听他的评论，在相当长的时间里，他的话颇具生杀予夺之威力。他对英国文学的影响总的看来是害大于益。他坚持保守的古典主义的清规戒律，强调形式而忽略感情，因而过分拘牵而羁勒了文学的发展。在“约翰逊博士俱乐部”里有一个约翰逊崇拜者，叫詹姆斯·博斯韦尔（James Boswell，1740—1795），写了一部《约翰逊传》（*The Life Of Samuel*

Johnson，*LL. D.*），详细记录了约翰逊的言行，颇有柏拉图的《苏格拉底的最后的日子》和孔子门徒的《论语》的味道，值得一读。

再说英国戏剧的发展状况：自从伊丽莎白时代戏剧发展到顶峰以后，英国戏剧开始衰落。王政复辟时期曾出现过某种复兴，但其内容多过于戏谑淫秽，有伤风雅。后来艾狄生和约翰逊博士都写过一些悲剧，虽各有所长，却称不上"伟大"。18 世纪的喜剧，有哥尔斯密和谢立丹（Richard Brinsley Sheridan，1751—1816）的剧作的推动，又有所发展。到了维多利亚时期，诗坛巨匠如丁尼生、勃朗宁和史文朋等，虽都曾涉足于戏剧领域，然而终未能写出可供人称道的作品来。只有到 20 世纪初叶，英国剧坛才又因萧伯纳的出现而有新的起色。

哥尔斯密的喜剧以《屈身求爱》（*She Stoops to Conquer*）为上乘。它情节近于荒唐，但绝不失情理，加之妙语如珠，不时令人捧腹。《屈身求爱》是反映 18 世纪社会生活的典型作品之一。谢立丹写过几出好戏，不仅情节引人入胜，而且对话妙不可言，作者在遣词用字上的造诣可谓深矣。他的《造谣学校》（*The School for Scandal*）尤其荡人心腑。它以诙谐却又尖刻的笔调，揭露 18 世纪英国上层社会的丑陋，抨击它的各种弊端，令人在笑过以后又能从中得到教益。剧中人物的名称仔细想来都有其含义。比如瑟菲斯（Surface）兄弟俩的姓，词义为"表面"，作者似乎在告诫观众和读者注意，在评价他们时不要只看其表面，因为那表面上规矩的约瑟夫其实是一个道貌岸然的伪君子，而那表面上的浪荡公子却有一副好心肠。还有巴克拜特爵士（Sir Backbite）、坎德尔夫人（Mrs Candour）、斯尼韦尔夫人（Lady Sneerwell）这些专喜飞短流长、搬弄是非的人的名字，又分别有"反咬""诚恳""讥讽"的含义，对这些人的性格颇具讽刺意味。这种手法又使我们忆起中世纪道德剧（Morality Plays）中以人的善恶品行为剧中人物起名的先例。

（六）浪漫主义时期

1798 年，一本名为《抒情歌谣集》（*Lyrical Ballads*）的诗集问世，宣告英国浪漫主义诗歌时代的到来。感情战胜了理性，而迸发出热情的火花。我们知道，从法国资产阶级革命到19世纪中期，浪漫主义成为具有国际主义性质的运动。在德国有歌德和席勒；在法国，拿破仑战争结束以后，出现了雨果（Victor Hugo，1802—1885）、拉马丹、夏多布里昂和乔治·桑（George Sand，1804—1876）；在俄国则有普希金和莱蒙托夫。美国的浪漫主义运动比欧洲迟到30余年，库柏、霍桑、爱默生、梭罗、麦尔维尔及惠特曼等人，都是出色的浪漫主义作家。浪漫主义在欧洲和英国出现的时代恰是“乱世”。就欧洲而言，在法国革命以后，欧洲出现了各国封建贵族的“神圣同盟”，专事镇压人民要求改革的运动。在英国，18世纪的表面稳定和繁荣让位于社会和政治的混乱。中产阶级的发展要求增加政治权力，他们利用人民的力量促成1832年的选举法修正案，从而在国会里进一步削弱了皇室和贵族的势力。随着工业化进一步深入，工厂在全国各地宛如雨后春笋般出现，可是人民却愈益陷入水深火热之中。改变现状的呼声愈来愈高，社会改革的热情和能量日渐增加。罗伯特·欧文在美洲建起乌托邦式的“公社”，倡导平等和大同。年轻诗人柯勒律治和拜伦都曾计划步其后尘。威廉·哥德温率先提出颇具社会主义意味的主张；玛丽·沃斯通克拉夫特发表了维护人权、特别是女权的声明。这个时期另外一个引人注目的发展是杰罗姆·本瑟姆首倡的功利主义哲学，阐发“为大多数人的最大幸福”的收揽民心的思想。人民群众也开始行动。工人开始破坏织机，著名的“鲁特党人”（以首次破坏机器的工人鲁特而得名）的活动便发生在这个时期。在曼彻斯特的彼得广场发生了政府军队屠杀集会群众的悲剧，诗人雪莱义愤填膺，辛辣地挖苦英国军队继滑铁卢战役之后又取得了另一辉煌战果——屠戮手无寸铁的人民群众的“彼得卢”之胜。英国政府不仅加强了高压政策，还通过谷物法等法令，把国家的经济危机转嫁到人民身上。在这种情况下，思想敏感的诗人挥笔疾书，否定资本主义文明，强调个性解放，提出令人向往的崇高理想。他们的作品表达出时代的精神和要求。我们读早期的华兹华斯、柯勒律治、拜伦、雪莱以及济慈的作品，这种感觉尤为强烈。

年轻时代的华兹华斯思想比较激进，同情法国革命，反对资本主义机械文明。在诗歌创作方面，他反对古典主义的金科玉律的羁束，主张诗人以日常语言描写日常生活；他主张回到大自然去得到神启。这些思想都表达在他同友人柯勒律治合写的《抒情歌谣集》和他早期的其他一些诗作中。华兹华斯的这些主张为英国诗坛吹来一股浪漫主义的清风。后来他转向保守，甚至做了桂冠诗人，因而受到拜伦、雪莱及后来维多利亚诗人勃朗宁的谴责，被戏称做“叛徒”或“堕落的领袖”。他后半生40余年，或在法国革命结束以后，再也未写出过伟大的诗篇。华兹华斯一生诗著颇多，其中最精妙的要推《永生悟颂》（“Ode on Intimations of Immortality From Recollections of Early Childhood”）、《廷腾寺院》（“Tintern Abbey”）、《水仙》（“The Daffodils”）、《我们是七个》（“We Are Seven”）、《远游》（“The Excursion”）长诗中的一些诗行以及长诗的《序曲》（“The Prelude”）等诗篇。华兹华斯描写自然的诗充溢着一种自然崇拜，是英诗中把自然视为圣灵的体现的最高艺术表现。他从花草、禽鸟、落日等自然景物中体会到人生的有机和谐，这是在他之前描写自然的诗中所未曾有过的。华兹华斯迄今在英、美诗坛影响依然如此之大，其根本原因之一大概在这里。

一个作家能青史留名，不必一定因其多产。柯勒律治便是适例。他一生诗著不过2000余行，并且几乎多数不是完整的，然而他对英诗的发展却有着巨大影响。这个人自幼性格乖僻，善于冥想，似乎他的灵感源于天赋。成年以后，又吸上鸦片，生活多仰仗亲朋的支持。但是他富于想象，诗才横溢，头脑很少有成规的约束，因而写出的诗文采炳蔚，独具匠心。柯勒律治的诗，如《克里斯塔贝尔》（“Christabel”），甚至包括《老水手之歌》（“The Rime of the Ancient Mariner”）或《忽必烈汗》（“Kubla Khan”）在内，由于浓郁的神秘主义色调及其晦涩的象征主义手法所致，内容倒也没有什么过于引人入胜之处；但是这些诗的新颖的诗体却引人注目。柯勒律治从古代不同种歌谣和民间小调的格律里提炼出其精华，对英诗格律，从音步、诗行到诗节，都进行大胆的改革性尝试，改进了英诗的音乐性和节奏感，增加了表达感情的准确性和灵活性。无怪乎他的《克里斯塔贝尔》一问世，司各特（Walter Scott，1771—1832）和拜伦便视如奇珍，竭力心摹手追。柯勒律治的诗有些得之于梦。据说有一天夜里他做梦吟诗，醒来后便即刻追记，写到50余行时忽然有人求见，灵感于是中断。这便是《忽必烈汗》的由来。这五十几行竟成为字字珠玑了。柯勒律治曾做过关于莎士比亚的讲演，写过文学传记，对英美文学评论有过贡献。他曾同好友华兹华斯在英国西北部湖区呆过，那里是华兹华斯蛰居的地方，后来桂冠诗人骚塞（Robert Southey，1774—1843）也来盘桓过一段时间，故三人又有“湖畔派”诗人之称。他们在思想上同属于保守的浪漫主义之列。

在世界文学史上，常有在短期内骤然出现天才簇聚的时代。我们阅读这种阶段的历史时，常有一种“天把清明灵秀恣意赐人”的感觉。就欧洲文学史而言，古希腊自埃斯库罗斯至柏拉图的时代（公元前 6 世纪至 4 世纪末），英国的伊丽莎白时代、法国的 16—17 世纪文学以及意大利自但丁至阿里奥斯多的时代（公元 13 世纪末至 16 世纪初），便是这种人才荟萃、文学空前繁荣的时代。19 世纪初英国浪漫主义文学时代就给人一种生气勃勃，满园春色的盛极之感。我们在前面说到华兹华斯、柯勒律治和骚塞，现在我们又要提起 3 个名垂千古的名字——拜伦、雪莱和济慈。他们在不足30年的时间内，宛如暴风骤雨闯入英国诗坛，又急若流星一般逝去，给世人留下一笔永恒的精神财富。

拜伦是在一夜之间便闻名天下的。那是在他 24 岁发表《查尔德·哈洛德游记》（“Childe Haro1d’s Pilgrimage”）第一、二两章后发生的。他当时名震一时，颇有感触地写道：“我早晨醒来发现自己成了名。”拜伦自幼聪颖灵秀过人，14 岁便开始写诗。后来继承爵位而在国会任议员时，曾慷慨陈词，支持工人的革命行动，因而触怒了统治阶级，上层社会便借其与妻子不和一事大做文章，极尽诽谤和诬陷之能事，迫使年轻的诗人愤然离国而去。他到了意大利，支持那里的烧炭党人。后又到希腊，参加并领导希腊人民反对土耳其统治的民族革命，不幸染疾丧生，年仅36岁。

拜伦一生著作很多，真可谓落笔千言，咳唾成珠。这个时期有两个人能即兴成诗，拜伦是其一，司各特（Walter Scott，177l—1832）为其二。拜伦生性疏放，富于感情，向往美好的事物。他的诗是其善良和高尚本性的最好表现。几乎没有别人能像他一样运用那么多种诗体，创作出那么多作品。而且一旦落笔他便很少重读自己的诗著，更不用讲修改了。拜伦给英国诗坛带来一种全新的精神，即反叛精神。他反对颓风陋习、成规戒律，反对暴政和非正义，主张改变现状，取消旧的社会伦理道德观。他号召人们为正义和自由、为美好的生活和未来、为美好的感情和事物而战。在一定意义上说，他的诗的主人公都是拜伦主义者，故人称之为“拜伦式主人公”。

拜伦对欧美文学和世界文学的影响是非常之大的，可以说欧洲各国文学无一不受益于他的诗作。德国的海涅和歌德、法国的整个浪漫主义文学、俄国的莱蒙托夫与普希金、美国19世纪的“新英格兰文艺复兴”，以及拜伦之后的其他英美作家，都曾从拜伦的诗里汲取创作的灵感或素材。对于现实主义和革命民主诗歌的发展，拜伦都做出了杰出的贡献。

倘若把近千年来的英国诗人画像排列在一起，我们会发现，雪莱的面孔最引人注目。那是一张最迷人的、具有女性美的面孔。倘再研究一下他的生平和诗作内容，我们又会发现，雪莱是一个天性善良、豁达，主张博爱的人。他自幼心爱正义，反对残暴，还在伊顿公学念书时便对正统的基督教义提出质疑，提出“爱为世界之本”的原则。当时激进的政论家哥德温抨击现行社会和宗教，主张个人自由的言论，对他的思想影响极大。后来他因与哥德温之女私奔，导致妻子投河自溺，因而被迫离开英国，寄居意大利，同在那里的拜伦结为好友。1822年在同友人出海畅游时，不幸遇风暴被淹死。

雪莱的第一首引起世人注意的诗作是《麦布女王》（“Queen Mab”）。在这首长诗里，他提出“爱”的福音，反对基督教的不正义。和拜伦一样，他的诗充满了反叛的热情。他的《阿拉斯特》（“A1astor”）、《伊斯兰的叛变》（“The Revolt of Islam”）、《希腊》（“Hellas”）等都是极好的例证。雪莱还写了诸如《解放了的普罗米修斯》（*Prometheus Unbound*）和《沉西》（*Cenci*）等诗剧。他的理论著作《诗辩》（*A Defence of Poetry*）为英诗提出了追求真理和美的创作原则，表达了诗歌应为社会及人类的进步服务的美学观点。

雪莱的更加杰出之处体现在他的描写自然和爱情的抒情诗里。《云》（“The Cloud”）、《西风颂》（“Ode to the West Wind”）及《云雀颂》（“To a Skylark”），都堪称神品绝唱。

如果说拜伦在社会改革领域内有所作为的话，那么雪莱则在思想、宗教和哲学的革新方面有其独特的建树。他以勇敢的精神，为后代诗人开辟了一个可以无所顾忌地在诗中表达自己对社会道德、宗教或哲学的独立见解的局面。而在其之前，这样做是会招惹祸灾的。

在古典主义的 18 世纪，蒲伯诗派过于拘泥，把希腊神话等古典题材弄得毫无生气，令人厌倦不堪。因此，浪漫派诗人华兹华斯、柯勒律治、骚塞、拜伦及雪莱等人，一般都不采取古典素材写诗，这就在客观上把古希腊世界的美拒之于英诗门外了。济慈的伟大首先在于，他通过自己的创作实践，扭转了这种不利于英诗进一步发展的局面。

济慈出身贫贱，没有受过良好的正规教育。他仅有的古典文化知识，都是通过阅读得来的。《查普曼译荷马》（Chapman's Homer）和朗波里耶尔（Lempriere）编的《古典文化辞典》（*Classical Dictionary*）便是他的古典知识的全部“源泉”。朗波里耶尔的辞典里印有许多古希腊人的生活图画，这给济慈丰富的想象供应了必需的精神食粮。年轻诗人的非凡目光，透过这些珍奇的窗孔洞见到古希腊人温柔而美丽的灵魂、他们的高尚精神境界以及美妙的自然界。诗人拨开时间的迷雾和细节的纷扰，毫发不爽地触摸，进而领会到古希腊精神。一只刻有浮雕的希腊古瓮，上面虽然有酒神祭司及信徒的狂欢景象、年轻的情人你追我逐、气喘吁吁的情状，在春光明媚的树荫下安闲自得的笛子手，以及村人去神殿献祭时的静穆气氛，但是那毕竟仅是一只古瓮，常人见过也不会为之动心的。然而济慈不是常人。他望见的乃是一个碧空如洗、风和日暖的古希腊世界：在这里，伴随着优雅的笛声、美妙的曲调，绿荫下的美少年在竭力去吻少女的脸，春天繁茂的枝叶永远不会凋落，火炽般的爱情永远不会冷漠，狂欢永远不会停止，人们的虔诚永远不会减弱……。诗人那带有浓厚浪漫主义色彩的想象力使被古典主义困得僵化了的古希腊又复活了！济慈在《希腊古瓮颂》（“Ode on a Grecian Urn”）一诗的结尾还提出“美即真理，真理即美”

的著名美学观点。此外，济慈还写了诸如《恩迪米昂》（"Endymion"）、《海坡里昂》（"Hyperion"）等以希腊神话为题材的长诗，使英国诗人重新认识到古典题材的重要性。说他造就了丁尼生及所有其他伟大的维多利亚诗人，影响了其后的所有英美作家，的确是有道理的。济慈的许多抒情诗，如《夜莺颂》《秋颂》（"To Autumn"）、《蝈蝈与蟋蟀》（"On the Grasshopper and Cricket"），还有他以丰富想象而写作的《伊莎贝拉》（"Isabella"）和《圣亚尼节的前夕》（"The Eve of St. Agnes"），都是掷地有声的传世之作。他也写过直接表达进步思想的十四行诗，如为好友李·亨特出狱、为和平、为波兰爱国志士所写的诗，除表现出诗人在十四行诗写作上的造诣之外，还表达出他热爱进步、自由和正义的思想。

有人曾说，英国小说家的一个共同特点在于他们多数也能吟诗，这不无道理。但是笔者觉得他们当中却没有一个能像司各特那样诗歌散文并茂。司各特酷爱民歌，他不仅收集苏格兰山区的歌谣和小调，而且收集并翻译欧洲各国的民间歌谣。他的《苏格兰边区歌谣》（*The Minstrelsy of the Scottish Border*）使他崭露头角。司各特能出口成章，下笔如有神。他不满足于收集和翻译，自己也动笔写出诸如《最后一位吟游诗人的歌》（"The Lay of the Last Minstrel"）、《玛米恩》（"Marmion"）、《湖上夫人》（"The Lady of the Lake"）、《岛的领主》（"The Lord of the Isles"）以及《罗克比》（"Rokeby"）等反映古代生活、充满浪漫主义色调的诗歌。司各特的歌谣在19世纪最初10年里首先受到世人的欢迎，后来他之所以又转向小说创作，据传是因拜伦蜚声欧美文坛后，司各特自视不可与之争雄的缘故。尽管如此，司各特在使民间文学影响英诗的发展方面所做的贡献，在英国文学史上迄今仍列榜首。

司各特在英国小说史上占有独特地位。他是英国甚至全欧洲历史小说的鼻祖。司各特不仅喜读古代文章典籍，而且常到博物馆去参观。他还喜欢聆听老人讲述代代口耳相传的故事。这些大大丰富了司各特的浪漫主义的想象，古人的衣、食、住、行及举止坐卧，都栩栩如生地显现在他的脑际。他书中的那一幅幅令人难忘的画面，那叫读者如临其境的景，那让我们如闻其声、如见其貌的人，便是这么产生出来的。司各特的历史小说内容很广，有取材于古苏格兰高原的《威弗利》（*Waverley*）小说集，描写上层各派的兴衰、人民的揭竿而起、无休止的边界战争及清教徒时代的生活；有取材于英国历史的《埃文侯》（*Ivanhoe*）、《皇家猎宫》（*Woodstock*）等小说；有描述十字军东征的《十字军英雄记》（*The Talisman*）、《巴黎的罗伯特伯爵》（*Count Robert of Paris*），以及描写欧洲大陆历史的《昆丁·达维尔特》（*Quentin Durward*）等。如果说拜伦在欧、美诗歌中影响深远的话，那么司各特则在小说领域中和他并肩齐名。只说一句：没有司各特或许便没有美国的浪漫主义文学，便足可说明他在文学史上举足轻重的地位了。

在这一时期内，英国有几位女作家在文坛崭露头角。安妮·拉德克里夫（Ann Radcliffe）、玛利亚·埃奇沃思（Maria Edgeworth）、罕娜·穆尔（Hannah More）等人，都以其精妙的作品吸引着读者，在文学史上赢得应有的位置。拉德克里夫夫人的作品以情节惊险离奇而著称。玛利亚·埃奇沃思对爱尔兰生活的绘声绘色的描写，据说使司各特领悟到创作苏格兰传奇小说的可能和必要。而罕娜·穆尔则多才多艺，吟诗、写剧、写小说，无所不能。在这一女作家群中，甚至有一位业已以其不朽之作而跻身于英国文豪之列，为勃朗蒂姊妹、加斯克尔夫人和乔治·埃略特等女作家的崛起做了必要准备。她就是我国读者熟知的《傲慢与偏见》（*Pride and Prejudice*）的作者简·奥斯汀（Jane Austen，1775—1817）。

简·奥斯汀出生在一个牧师家庭。她幼时因受社会的、宗教的约束，活动范围极狭窄。她没有菲尔丁和萨克雷那样丰富的阅历，没有拜伦和雪莱的潇洒疏放，也没有司各特那样的通今博古，但是她自有其独特之处：她的细腻的笔墨着意描绘她所熟悉的常人常事。她笔下的人虽无奇才异能，倒也颇具令人荡气回肠之处；事虽不震古烁今，倒也有耐人寻味的余地，读一下她的《傲慢与偏见》便能体会到。奥斯丁小说的现实主义内容和当时风行的神异故事形成鲜明对比，在一定意义上说，她把英国小说拉回到现实主义的轨道上来。这是她对英国小说发展的贡献。

（七）维多利亚时期及20世纪初年

英国文学在发展过程中，曾出现过3个高峰时代。我们已说到过伊丽莎白时代和浪漫主义阶段。此外自19世纪30年代起至该世纪末的维多利亚时代，可谓文学发展的第三个高峰。自从1814年拿破仑战争结束以后，英国在百余年内未经历过大的战乱，随着工业技术革命的日渐深入和对外掠夺而获得的财富源源不断地流入，国家经济得以高速发展。国民生活水平亦有所提高，但是贫富不均的两极分化也在加剧。正如后来一位小说家回顾时所说，英国业已分成两个世界，即富人的世界和穷人的世界。轰轰烈烈的宪章运动便发生在这个时期。1859年达尔文的《物种起源》一书的发表，震撼了宗教的基础。接踵而来的关于进化、人和社会的本性、科学与宗教的关系等根本问题的激烈争论的风暴席卷了全国。西方的信仰危机以及由此而衍生出的虚无主义、存在主义等悲观思想，便从此开始。就文学讲，进化论思想影响了整个维多利亚时代的所有作家。另外，在思想和理论领域内还有一个引人注目的现象，这就是功利主义哲学的产生和发展。这一哲学思想的始祖是杰罗姆·本瑟姆，后来他的信徒詹姆斯·米尔及其子约翰·斯图亚特·米尔（John Stuart Mill 1806—1873）又对它有所发展和改革。它讲求务实，主张个人发展和社会改革，提倡民主政治和发展教育。显然，它有其进步的一面。19世纪前期所有的立法改革，包括1832年的议会选举法改革和1870年的教育法案，几乎都和它的影响有关，工人运动也带有它的色彩。它又有为“自由贸易”资本主义发展鸣锣开道的一面，因为它强调个人利益和个人发展的自由。功利主义哲学对19世纪英国人思想的影响是深远的，它基本上反映了维多利亚时代中产阶级的思想和要求。

维多利亚时代又是一个社会道德要求相当严格的时代。维多利亚女王的先任乔治四世是一个狂歌豪饮、放荡不羁的浮浪之辈，女王对他在位时自上至下所弥漫的轻浮和龌龊空气极其厌恶。传言在她登基后不久，前朝老臣在皇宫议事时仍有口出戏言之举，女王便板起面孔，严肃地说：“维多利亚并不觉得好笑！”（她不称孤道寡，却习惯以“维多利亚”这种第三人称自称）随着时间的推移，道德标准愈益严厉。后来颇有“假正经”的味道了。女人的衣服要长到遮住脚面，有人竟连钢琴的腿也小心地盖起。说“腿”不雅，讲“胸”粗鄙，“鸡胸”也成为忌讳。可是读过《法国中尉的女人》（*A French Lieutenant's Woman*）一书的人知道，这一时期的英国娼妓甚多。一个男人竟平均每天进两次妓院！即使是表面上的道德对文学也产生了巨大影响，几乎所有作家都遵循“说教的美学”原则。萨克雷便哀叹人们再不能像18世纪那样随心所欲地描写“人”了。随着物质主义的发展，功利主义的影响，道德伦理的约束，“美”渐渐从社会生活和文艺中减弱而近乎消失了。常言道，物极必反。于是自六七十年代开始，文学中“美”的伏流又逐渐上升，至世纪末又发展成王尔德（Oscar Wilde，1854—1900）“为艺术而艺术”的唯美主义极端。

19世纪80年代以后，英国社会开始发生重大变化。在社会、政治、经济、文化与思想领域内都埋伏着严重危机。国家经济开始出现不景气，社会贫困日益加剧，宗教信仰受到科学的严重威胁，社会和思想领域内的混乱自此开始，并延续到20世纪来。在有些人看来，世界末日似已来临。90年代初，有一位牧师预言，末日降临的具体时刻1896年便可知晓。这反映出人们惶惶不可终日的变革感。[1]维多利亚文学便以其小说、诗歌和散文等特有的形式，反映了这个长达60余年的阶段的生活状况。

维多利亚时代是英国进入现代的转折阶段，人们处于一种思想混乱、无所适从的状态中。他们期望从“伟人”那里得到启示，于是英雄崇拜成为风气。著名作家的作品，在没有现代娱乐手段（如电视、电影、收音机等手段）调节生活的时代，常常一书分做3册，父母子女饭后茶余轮流阅读，或竟全家围坐在壁炉旁听一人诵读，因而家喻户晓。人们在消遣中也能学会看待和处理生活的思想方法。作家在那个时代常常被视为“先知”。比如狄更斯便是提倡同情心和慈善行动的先知，卡莱尔（Thomas Carlyle，1795—1881）主张勤奋工作，丁尼生劝告世人以“爱”为最高美德，阿诺德则推崇文化教养至上，而乔治·埃略特则被视为社会生活中一支不可小觑的扬善抑恶的精神力量。

狄更斯生活在维多利亚时代的早期。这是一个社会开始变化，但原有的道德标准尚未受到严重威胁的阶段。资本主义的机械文明业已带来灾难，然而尚未到达人们啼饥号寒，悲观绝望的地步。所以，在他的作品中，一方面有对社会现实的淋漓酣畅的揭露和鞭笞，一方面又表现出他的"世界是好的、可以变得更好"的信念。狄更斯所描绘的是整个英国社会。其中有负债者的监牢、险恶的大法官庭、饥寒交迫的贫民院、无家可归的孤儿、扫烟囱的孩子，还有骗子和盗贼等等。说他的作品也是社会史绝不过分。事实上，引用狄更斯作历史见证的史学家大有人在。[2]伦敦在狄更斯的笔下成为英国社会的缩影：在其早期作品如《匹克威克外传》（*The Posthumous Papers of the Pickwick Club*）这部滑稽小说里，描写了伦敦的马戏、猎人、酒馆和市井的喧哗、店铺的百货、泰晤士河上供人游览乘坐的小汽艇等，显示的是一个"快活的伦敦"。可是在像《董贝父子》（*Dombey and Son*）等中期作品里，快活的伦敦已进入火车的时代。这是工厂烟囱林立，贫民窟大批出现的伦敦，是丁尼生和卡莱尔一起夜步时所咒骂的时代的伦敦。狄更斯没有怒骂，但是他笔下的伦敦却变得阴暗、萧索起来。而到了《荒凉山庄》（*Bleak House*）、《艰难时世》（*Hard Times*）、《小杜丽》（*Little Dorrit*）、《远大前程》（*Great Expectations*）和《我们的共同朋友》（*Our Mutual Friend*）等后期作品里，伦敦业已变为荒凉、泥泞、凄苦，宛如监狱和垃圾山一般的"人间地狱"了。伦敦是狄更斯的创作灵感、素材和生命所在。伦敦的变化反映出狄更斯的世界观逐渐悲观起来的过程。虽然如此，从根本上说，他对人和社会的进步仍持乐观态度，相信世界会因人的进步而渐臻完善。狄更斯的人物形象多有夸张之处，但是并不失真。读过《大卫·科波菲尔》（*David Copperfield*）的人不会忘记尤利亚·希普那一副半人半鬼的可恶形象以及米考伯夫妇的善良而滑稽的举止言行。狄更斯的故事情节有时显得怪诞和戏剧化，不同的人物、不同的情状、不同的社会等级和背景的并列或杂糅所产生的不协调，不匀称、不连贯的效果，叫人在啼笑之间深刻认识到人生的真谛。狄更斯业已成为英国文化传统的一个重要组成部分，他的作品在今天也依然为人们所喜爱。

如果说狄更斯的作品充满象征性夸张的话，那么和他同代的萨克雷所遵循的创作原则却是严格的社会现实主义或写实主义。他的代表作《名利场》为我们描绘出 19 世纪初期英国社会生活的一幅广阔的画面。在这里有发家的，有破产的，有成婚的，有离散的，人在生长、老死，事在兴衰、沉浮。人生的春荣秋谢，尘世的悲欢离合，在这里都可见其一斑。你看那蓓基·夏普的机关算尽、枉费苦心，爱米利亚·塞德里的温柔和顺、一片真情，那见异思迁的纨绔子弟乔治·奥斯本，那情真意切的都宾上尉，伦敦上层社会的争名逐利，滑铁卢古战场的宏伟壮阔——这一切都是英国社会状貌的逼真描写，也显示出作者对人的深刻了解。正如有的评论家所说，只有托尔斯泰的《战争与和平》方可与此书相媲美。

萨克雷注重写实，对狄更斯的夸张手法颇不以为然。他在一书的前言中曾说过："本人著书，旨在写实，舍此便无意义了。"他主张小说应该描述真人真事。萨克雷又是维多利亚时代小说说教的典型。他的小说绝无冒犯大雅之处。他疾恶如仇，竭力通过其作品劝善。正如他的崇拜者，小说家夏洛特·勃朗蒂所说的，"他是这个时代第一个社会改革家——是要使歪邪的世态重入正道的一群工作者的领袖。"[3] 这听来有点言过其实，但是萨克雷口虽否认，实际确是在把写作视为"圣职"，是把书桌变做"布道者的讲坛"。萨克雷在小说写作技巧方面的贡献之一，是使人物在不同小说里连续出现，叙述他们的身世来历，从而增加一种奇特的真实感。他的另外一个崇拜者小说家特罗洛普（Anthony Trollope，1815—1882）显然学习并继承了这种方法。萨克雷在小说内常以一种近似造物主上帝的身份出现，小说的人物酷似一群木偶，这是英美小说中通晓一切的第三人称叙事者的典型。萨克雷在世时，曾一度和狄更斯并驾齐驱，后来他的声名便逐渐下跌，今天除却《名利场》外，他的书读者不多了。

英国小说家的地位，以其作品对读者的魅力言而，可能要以狄更斯、哈代（Thomas Hardy，1840—1928）和劳伦斯为最高。倘若以某部小说的读者多寡计，勃朗蒂姐妹的两部小说——《简·爱》（*Jane Eyre*）和《呼啸山庄》（*Wuthering Heights*），恐怕迄今仍要独占鳌头。

夏洛特·勃朗蒂（Charlotte Bronte，1816—1855）与其妹艾米莉·勃朗蒂（Emily Bronte，1818—1848）在灵感和想象力方面，有着明显的区别。夏洛特的小说自传性极强。我们读她的四部小说，《简·爱》、《雪莉》（*Shirley*）、《维耶特》（*Villette*）及《教师》（*The Professor*），深感她是在取材于自己的生活经历。有人说，夏洛特逝世前业已用尽了自己的素材，倘未去世也不会写出什么精妙的东西了。这种提法似乎已被文学评论界所接受。不过应当指出，她的未竟之作《埃玛》（*Emma*）又已显露出新的令人鼓舞的潜力。夏洛特虽然否认简·爱酷似她本人，然而她也不止一次地哀叹自己缺乏诸如狄更斯、萨克雷及盖茨克尔夫人等同代小说家的丰富阅历。应该说，多数作家的作品都有不同程度的自传性质，狄更斯、马克·吐温和劳伦斯都是明显的例子。夏洛特作品的自传性只不过更明显一些罢了。有评论家认为，这种完全发端于本身经历的灵感是较低一等的天才的表现。这种提法虽有道理，但也不能一概而论。如果《简·爱》自问世以来一直这样扣人心弦，在其近140年的艺术生命中，读者愈来愈众多，评论文章和专著愈来愈增加，那么我们便要仔细研究它的魅力源于何处了。

一般地说，坚强的性格总是具有强烈的吸引力。《简·爱》的威力在于，它所塑造的一对人物不仅具有坚强的性格，而且容貌丑陋，态度严峻，有时还冷语冰人。慢慢地，他们逐渐相互靠拢起来。原来在这一双冰冷的外表下埋藏着炽热的感情。他们每人似乎都有双重性：冷漠的高傲的理性在同隐藏的温柔的感情进行激烈斗争。后者要爱，前者反对。两个人在这场争夺战里饱受熬煎。读者不由得把自己摆在他们的位置上，和他们一起痛苦，一起欢乐。《简·爱》便是这样以其内在的感情强度激荡着读者的心。简·爱几乎是英国文学上第一个容貌丑陋的女主人公。从理查逊的帕美拉讲起，到狄更斯的艾格尼丝和艾斯黛拉以及萨克雷的爱米利亚，女主人公多为仪容修美，袅袅婷婷。唯独夏洛特不落俗套，开创出描写貌丑的主人公的文学传统。乔治·埃略特笔下的“丑小鸭”马吉便是继简·爱之后的另一个感人的女主人公。

艾米莉·勃朗蒂的《呼啸山庄》从内容到技巧又别有一番风味。

夏洛特是典型的维多利亚作家，她对社会、家庭、道德、爱情、责任的看法，都未超越她所处时代的局限。艾米莉则不同，她所描写的男、女主人公之间的感情是违反维多利亚时代的道德标准的。这种感情“破坏”了维多利亚时代的家庭观念、伦理结构和社会基础。这大概是《呼啸山庄》曾蒙受误解和嘲讽的原因所在。就连夏洛特也曾带有恶意地说，妹妹刻画出“迷途和堕落的”人物形象，是因为她不能控制自己的创作才能所致。但文学和社会的发展证明，《呼啸山庄》的伟大之处恰在于，作者越出时代的限囿，以精湛的文学技巧戏剧性地表现出后来弗洛伊德所说的人的本能冲动。她发现了人心理上存在的隐私——人们自己还未意识到的精神和活力源泉，并通过男主人公希刺克利夫与女主人公凯瑟琳的近乎疯狂的形象表达出来。这部小说的精妙而匀称的构思、奇特的性格塑造手段、怪异的情节发展过程，是夏洛特的艺术所不及的。文学作品的不朽性常表现在它对不同时代、不同的人，总能提供新的启示。《呼啸山庄》自问世以来，历代批评家曾力图把它干脆利落地划入另类而存放进文学档案中，然而都未获成功。它的内涵还远未挖掘净尽。就这一点来说，《简·爱》又要低于《呼啸山庄》一筹了。

维多利亚时代的人对女性创作小说的能力多持怀疑态度，因此有才能的女作家为避免落入“又一个愚蠢的女小说家”之列，竟有以男人名字做笔名发表作品的。上面说的《简·爱》，作者最初便以“柯勒·贝尔”之笔名出版。现在我们要说的乔治·埃略特，原来是女作家玛丽·安·伊万斯的化名。有人说，法国著名女作家乔治·桑的名字“乔治”，给了伊万斯小姐以灵感，极可能是事实。乔治·埃略特是文学史上少有的多才多艺的作家。她的作品风格之多，不同风格间的差别之大，大概只有同代小说家布尔沃—利顿（Bulwer-Lytton，1803—1873）可以与之相比。她早期以纯朴而优雅的文笔描绘英国乡村的景色与生活，写出诸如《弗洛斯河上的磨坊》和《织工马南传》（*Silas Marner*）这样反映普通农民、织工和其他手工业者生活的伟大作品。而在这之前的作家则多以绅士淑女和中产阶级为素材。后来乔治·埃略特又写出《米玛镇》等反映中上层社会生活状貌的小说，书中颇多心理描写，因此她又有“心理小说”开创者的美称。乔治·埃略特是命定论者，认为“善有善报、恶有恶报”。人有选择自由，但在做决定时受到各种因素的制约：这是她与稍后一些的作家哈代的不同之处；在哈代看来，人没有自由意志可言。在乔治·埃略特的小说里，很少有一无可取的恶棍。她虽然对其人物不时讥刺嘲讽，但同时又善容忍和宽宥。乔治·埃略特被认为是维多利亚时代中期以后最伟大的小说家，在英美文学评论界占有很重要的地位。

心理描写在梅瑞狄斯（George Meredith，1828—1909）的作品中又得到进一步发展。梅瑞狄斯擅长描写上层社会人物的生活，在描写人的内心世界活动方面有很高的造诣。可惜的是他的后期创作过于侧重文笔的雕饰，措辞过于考究，每字每句都似有象征意义或深刻的内涵，结果事与愿违，读者一见那晦涩的文字就望而生畏了。梅瑞狄斯在世时，尤其在小说《利己主义者》（*The Egoist*）出版之后，声望很高，曾任英国作家协会主席，受到诸如哈代、詹姆斯、王尔德和史蒂文森（Robert Louis Stevenson，1850—1894）等作家的拥戴。19 世纪末或 20 世纪初，曾有评论家称他为当时“在世的最伟大的小说家”。然而，时间对梅瑞狄斯并不友善。今天即使他的成名作《利己主义者》，读者也寥寥无几了。

我们前面说过，英国第一个桂冠诗人本·琼生曾预言莎士比亚不属于一个时代，而是与世长存。但是，经得起时间考验而永不失其艺术魅力的作家和作品是太少了。一般情况是作家的声名随着时间或沉或浮，时荣时枯。比如我们现在要说到的特罗洛普便是一直默默无闻，只在 20 世纪声誉才愈渐高涨的一个作家。这个人不论何时何地都能进行写作，每日清晨必先写作 3 小时，每刻钟必要写出 250 字。外出必携带一轻便小桌，供写书用。在人声鼎沸的旅馆客厅里，特罗洛普可以做到听人谈天和写小说两不误。有一次，几个喜欢文学的同店客人抱怨特罗洛普让一个人物在其几部小说中连续出现的手法，当时他正坐在旁边低首创作。他窃听到后便挪过身来，并不通报姓名，严肃地对客人们说不用担心，下星期那个人物便会死去的。果然在那以后一周的创作里，他安排了这个人物死掉的情节。亨利·詹姆斯一次曾和特罗洛普同船渡大西洋，看到后者在海浪滔天，船身摇晃不停的情况下依然坚持写作，感到无限钦佩。还应指出，特罗洛普直言不讳说他写作目的旨在赚钱。他颇为得意地告诉世人说，到1879年，他已获笔资7万英镑，并公布费用的记录。他的同代人及后辈，都说他没有灵感便创作，而且金钱观点过重，所以瞧他不起。特罗洛普在后期写过《自传》，关于他的创作和收支情况，都是他本人在这本书里透露出的。特罗洛普善于抓住时代精神。他写作的年代正是英国稳定繁荣的阶段，他的作品反映出"秩序和安宁"的精神。这种精神正是现代，尤其是第二次世界大战后人心渴望安定的英国所需要的。特罗洛普的作品于是为人喜闻乐见，今天他的读者之众多大概仅次于狄更斯。特罗洛普是多产作家。他最受人欢迎的作品要推 6 部巴塞特郡系列小说（*The Barset Series*），其中尤以《教区委员》（"The Warden"）和《巴塞特郡的最后史记》（"The Last Chronicle of Barset"）最为闻名。

在英国文学史上集中描述某一地区风土人情的"系列小说"作家，特罗洛普不是唯一的一位。我国读者所熟悉的哈代有几部作品描写的是英国南部农村的生活，作者自己称这一地区为威塞克斯。这几部小说，如《绿荫下》（*Under the Greenwood Tree*）、《远离尘嚣》（*Far from the Madding Crowd*）、《还乡》（*The Return of the Native*）、《卡斯特桥市长》（*The Mayor of Casterbridge*）、《德伯家的苔丝》（*Tess of the D'urbervíles*）和《无名的裘德》（*Jude the Obscure*），常被称为"威塞克斯小说"（*Wessex Novels*）。哈代在其创作的初期，曾以维多利亚早期作家威尔基·柯林斯（Wilkie Collins，1824—1889）的扣人心弦的写作模式为张本。柯林斯曾有一句名言："叫他们等，叫他们笑，叫他们哭"，这儿的"他们"是指读者。他认为小说要制造一种引人焦虑的气氛，创作一种感人肺腑的故事。我们读哈代的"威塞克斯小说"，确在时刻悬揣故事的发展方向，确是不时为主人公牵肠挂肚或伤心落泪，但很少能"笑"起来。这和哈代所处的时代有关。

19 世纪 70 年代以后，狄更斯和乔治·埃略特小说里所描写的那种乐观的世界上空突然出现乌云，维多利亚时代早期社会生活中业已孕育着的各种危机，开始激化和表面化。人在这个世界上的地位变得轻如鸿毛，在命运面前显得无能为力。生活已成为痛苦的挣扎，等待着他的只有失意和绝望。这种状况同时也在欧美出现。法国有一个名叫左拉（Emile Zola，1840—1902）的作家提出了人们称之为“自然主义”的美学原则，把人看作受到遗传和环境两种力量左右的物体加以描写。这种自然主义作品充满悲观和绝望情绪。哈代虽非自然主义作家，但其作品中所表现出的悲观与绝望情绪则是显而易见的。

哈代的《还乡》里描绘过一片一望无际的爱敦荒原，人在上面行走宛如一个小小的黑点。荒原长在，人却倏忽即逝，仿佛用荒原荆榛生的火堆一般；自然和宇宙显得那么冷漠无情，甚至恶毒。人若像荒原上农夫那样愚蠢和驯服，尚能被允许勉强生活下去；倘然有头脑、有理想，他们便会遭受无情的摧折、侮辱和践踏，像克莱姆、韦迪和尤斯塔丝那样。苔丝姑娘一生辗转、困顿，完全不能掌握自己的命运；望一眼卡斯特桥市外的罗马建筑废墟，我们便会揣测出市长将要蹈袭古人悲剧道路的结论。在这个世界上，命运和偶然性剥夺了人的自由意志，决定他的生死、沉浮。比如克莱姆的母亲如鬼使神差一般，定要去看望正和韦迪交谈的儿媳，因此怀疑儿媳变节，而回来路上又偏巧让毒蛇咬上，促成家庭悲剧的产生。又如尤斯塔丝的绝命书又凑巧被压下，就像苔丝的自白信偏被塞到地毯下去一样。而“时间老人”又偏偏那么早熟，那么敏感，竟把苏的孩子杀死后又自尽。哈代的作品给人一种“灾难无法避免”的直感。

哈代处于英国由维多利亚时代向现代过渡的阶段，他的小说被称为过渡性小说。裘德和苏的爱情观和生活观现代色彩极浓。在许多方面业已脱离了维多利亚时代思想的范畴。苔丝姑娘应该说是异教的女神或古希腊悲剧的女主人公。哈代以犀利的笔锋无情地向传统宣战，因而触怒了传统的卫士们。《无名的裘德》出版以后，竟被一主教当众烧毁，哈代一怒之下便转而写诗。在其一生最后 20 余年里写出了不少不朽诗篇，其中最著名的要算《过去和现在诗集》（*Poems of the Past and the Present*）和《列国》（*The Dynasts*）。哈代的诗所表达的思想同其小说相差不远，也是传达时代精神的“先知书”。哈代的诗随着时间的推移愈益受到评论界的重视，他已成为英国诗坛一名举足轻重的巨匠。

哈代笔下的苔丝是一个温柔而善良的姑娘。她那一副举止优雅、思想境界高尚的状貌触犯了与哈代同代的一位作家莫尔（George Moore，1852—1933）的美学原则。莫尔认为，一个农家姑娘，不会在怀孕以后还四处游荡，成为一个伟大的女主人公。苔丝作为一个挣扎在生死线上的农村姑娘，她的形象很有失真之嫌。在莫尔看来，像苔丝那样的穷家姑娘，原是无暇享有多愁善感、儿女情长的。对于她们来讲，生活是冰冷的，她们很难得那样“堕入情网”，很难过得那样富有诗意。莫尔于是灵机一动，写成《埃丝特·沃特斯》（*Esther Waters*）一书，着意刻画出一个和苔丝遭遇相似、然而举止完全不同的苦姑娘形象埃丝特·沃特斯。埃丝特也被人奸污，不婚而孕并生子。她在穷困、苦难和侮辱面前，没有非分之想，心如槁木死灰一般去做奶妈，进贫民院等；没有像钟情于苔丝的少爷安吉尔·克莱尔那样的人出现在她面前，给她带来爱情、笑容和希望，叫她枯木逢春。就文学魅力来讲，莫尔的书很难和哈代的《苔丝姑娘》相比；就真实感讲，埃丝特也未必比苔丝更具典型性。我们说两本书各有千秋，虽然哈代的作品无疑要伟大得多。

有人讲，18 世纪的英国满足现状，而至 19 世纪，发展和进步却成为社会生活的基调。这种说法有些道理。就拿进化论给英国文学所带来的巨大变化说，几乎没有一个作家不受到它的影响。法国博物学家拉马克（Chevalier de Lamarck，1744—1829）在阐述环境对人类进化的作用的同时，指出人在进化中的主动性。而达尔文认为，生物自元初便一直在进化，其中唯有善于适应外界变化者方可生存和发展起来。这就是他所说的“适者生存”。塞缪尔·巴特勒（Samuel Butler，1835—1902）对达尔文的这一学说持有异议。他认为达尔文学说没有考虑到人的思想在进化中的主动作用，因而作为哲学很有欠缺。于是他又回到拉马克的观点去，提出“非意识记忆”说，认为人的习惯是代代经历后传的表现，人的“非意识记忆”是遗传来的。他写了几本关于进化学说的书，阐明这些论点，这在他的小说《众生的道路》（*The Way of All Flesh*）中也体现出来。在这本小说里，作者表明后代人通过“非意识记忆”和祖先相连，而又通过本身的经历和欲望，丰富这种记忆，然后再传给下一代。比如主人公埃内斯特和其曾祖、祖父、父亲有极相似之处，但遗传的能力显然不足以使他在新条件下应付自如。他通过实践，在失意和挫折中在感情和理智上成熟起来。《众生的道路》和巴特勒的其他小说又是以辛辣的笔锋讽刺和指斥19世纪后期英国资本主义社会现实的杰出作品。

前面说过维多利亚时期的英国文学带有浓厚的社会和伦理说教色彩。久而久之，作家们开始感到自己正在成为为社会和伦理道德服务的工具，“美”在从文学艺术中逐渐消失，“美”在经历着严重的危机。19世纪后半叶，物质主义愈益蔓延，国家精神生活愈益空虚，世人的趣味愈益庸俗，就是人们的衣着、城乡的建筑物也越来越丑陋不堪。把“美应当成为人类全部生活的有机构成部分”作为口号提出的第一人是拉斯金（John Ruskin，1819—1900）。他的《近代画家》（“Modern Painters”）的发表标志着英国文坛为美而奋斗的暗流开始升涨。1848年，以罗塞蒂为首的几个致力于反对物质和精神之丑的年轻人组成“拉斐尔前派协会”（The Pre-Rapha-elite Brother hood），在美学观上和拉斯金相呼应。不久，包括威廉·莫里斯在内的一伙牛津大学学生宣布拉斯金为传布新福音的“先知”，反拉斯金便是“亵渎神圣”。50年代末，史文朋和佩特（Walter Pater，1839—1894）也加入“美”的队列，尤其在佩特的作品中，唯美的色调开始变浓。到19世纪末期王尔德和多布森（H. A. Dobson，1840—1921）的作品里，唯美主义业已成为风行一时的颓废文学运动。后来，伴随着王尔德的入狱和去世，这一运动也便告一段落。这便是维多利亚时期美学运动的简单的来龙去脉。

“美学主义”强调美的作用，主张文学艺术不受社会需要的牵累。随着时间的流逝，“美学主义”又发展为提倡艺术独立，把对美的崇拜奉为一种宗教，使文学艺术美高于一切。当文学艺术离开社会生活时，它就必然颓废下去。倘然仔细追溯一下历史便会发现，文艺和生活的相脱离现象，首先出现在19世纪初期的浪漫主义时期。布莱克、柯勒律治、华兹华斯、拜伦、雪莱及济慈，都感觉到资本主义的现实生活对文艺进步所产生的威胁。桂冠诗人丁尼生，是以诗歌表达伦理和哲学原则的典型的维多利亚时代的歌手，但是他也觉察到社会、道德对文艺的过分要求，期望能自由地生活在自己想象的世界中。细读他的诗歌，我们总有他在“一心二用”的印象：既有适应社会生活要求的一面，又有个人感情迸发的一面。“两种声音”，两种用途。这一点在他早期作品表现得尤为突出，1832 年诗集便是一例。比如《沙洛特夫人》（“The Lady of Shalott”）一诗里的罩毯和镜子显然象征着文艺创作的想象力，但两者却都因现实生活的闯入而遭破坏。《食忘忧果者》（“Lotus-Eaters”）一诗描述忘忧果令人如临梦境，内心的声音开始放开喉咙歌唱。《艺术馆》（“The Palace of Art”）一诗的写法颇有其独特之处，它有明显的劝善和说教目的：它表明人的思想与感情，其本身无论如何高尚，但只有在和他人共享或沟通时方能显示出崇高来。然而细味这首诗的内在艺术魅力，我们又会发现，这艺术馆又是艺术想象力离群索居，独享诸如自然美、神话、艺术珍品、文学等瑰宝的去处，诗人完全沉浸在美的享受中。后来灵魂变得失望，颓然走出馆来，这便是诗的暧昧所在。丁尼生的 1842 年诗集是“文学为社会服务”的典范。诗人和华兹华斯一样，决心或做世人的向导，或者一无所为。1842 年诗集是诗人对维多利亚时代精神的颂歌集。因此有评论家说，这是丁尼生“为一碗肉粥而卖掉长子继承权”的记录。然而即使在这里，我们也可看到诗人时而遁世求清闲的倾向。在诸如《纪念哈拉姆》（“In Memoriam H. H.”）、《毛黛》（“Maud”）、《公主》（“The Princess”）、《洛克斯利厅》（“Locksley Hall”）及《国王歌集》（“Idylls of the King”）等诗中多次出现的梦境、疯狂、冥想与寻求等主题，便有力地说明了这一点：灵魂在精神恍惚时最能自由地表达自己。

丁尼生虽有唯美主义思想，但他不是唯美主义者。他认为“为艺术而艺术”学说是“真正的魔鬼”。他作为桂冠诗人，对女王及其时代倍加歌颂和理想化，以诗作“指导”世人为人处世，在把维多利亚时代价值标准规范化方面起过很大作用。丁尼生是他同代人公认的“诗圣”。他的诗格律工整、音韵谐和、辞藻华美，可谓集英诗传统之大成，有“丁尼生式”之称。因此，在 20 世纪初英美诗坛的革新运动里，“丁尼生诗学”便首当其冲了。丁尼生一生诗著颇多，对同代和后世的诗歌创作影响极大。史诗《国王歌集》是诗人以亚瑟王故事为素材花费40 余年苦功写作而成，堪称他的代表作。

拉斯金的艺术评论著作，如《近代画家》、《建筑的七盏明灯》（*The Seven Lamps of Architecture*）及《威尼斯的石头》（*Stones of Venice*）等，对资本主义机械文明表示失望，向往中世纪和文艺复兴前的艺术创作自由。“拉斐尔前派”的美学主张和拉斯金的观点有极相似之处。拉斐尔（Raphael，1483—1520）是意大利文艺复兴高潮时期和达·芬奇、米开朗基罗两位艺术大师并肩齐名的画家，所谓“拉斐尔前派”，是指文艺复兴以前的时期。因此，在推崇中世纪的艺术美方面，“拉斐尔前派”诗人、艺术家和拉斯金有着共同主张。拉斯金对日渐猖獗的物质主义抱着警惕和批判态度，认为机械文明在抹杀人的主动性的同时，也摧残了艺术。他提出，“艺术便是道德、艺术便是生活、艺术便是人的整体的最高表现”。

“拉斐尔前派”的首要人物之一罗塞蒂既是画家，又是诗人。有人称他为英国美学运动“无可争议的代表人物”，提法欠妥，虽然后来他确曾被王尔德等人奉为“新艺术的先驱”。对他来说，世上唯有艺术才具有意义，艺术家是人类的标尺。他悖逆当时盛行的艺术创作标准，强调作品的肉体感、形式和技巧美。他擅长运用细节雕琢诗、画，以引动人们的美感。他的诗以充满肉欲的形象，鲜明而清晰的脉络、绚丽而流畅的辞藻，由首至尾，步步逼向高潮，给人一种珠走泉流、浑然天成的美的享受。我们读他的《幸福的女郎》（“The Blessed Damozel”）或《生命之家》（“The House of Life”），都有这种感触。罗塞蒂和“拉斐尔前派”曾被冠以“诗歌的肉体派”的谑称，与他们着意表现肉体感颇有关系。

这个时期崇拜拉斯金、接近“拉斐尔前派”的一个诗人是莫里斯。为着实现拉斯金的中世纪手工业生产方式的理想，莫里斯建立工厂，使工人发挥主动性，生产式样美丽的家具和装饰品。他办杂志，刊登“拉斐尔前派”诗人的作品。1858 年，他的处女作《为桂妮维尔辩护及其他诗歌》（“The Defence of Guenevere and Other Poems”）问世，立刻引起文界的普遍注意。诗集成为美学运动的推动力量。拉斯金的学说和莫里斯的产品与诗作给人们的生活增添了美的因素，在世人的趣味和鉴赏力方面引起一场革新。莫里斯还写过长诗《地上乐园》（“The Earthly Paradise”）和一些乌托邦小说，《地上乐园》曾轰动英国诗坛。自 70 年代起，他积极参加社会主义运动，主张社会革命，是这一时期内著名的社会主义诗人。

史文朋是“纯美”的虔诚崇拜者。他的生活或创作的动力在于对美的炽烈的爱。他厌烦现实的平庸，一心想创作出不同凡响、一鸣惊人的诗歌来。他的《阿塔兰塔》（“Atalantain Calydon”）以其动人的感情和藐视一切成规的内容，唱出了资产阶级评论家所说的“发自一个从阴沟爬出的龌龊而热烈的小鬼的声音”。他的《诗歌及民谣》（“Poems and Ballads”）运用轻佻的语句，尽情描述近似“淫猥”的行为，无情地触及了维多利亚社会的“体面”和“端庄”。它字里行间燃烧着的一种癫狂的欲火以及对于如胶似漆的热恋所进行的穷形尽相的描绘，“简直是对宗教、道德和风雅的赤裸裸的冒犯。”[4] 史文朋的诗作已显露出“颓废”之状，为整个美学运动增添了“光彩”。后来随着年龄的增长，史文朋也逐渐冷静下来，晚期也变得“体面”和“庄重”起来。至 70 年代末，他似乎已体会到——恰如后来著名诗人托·斯·艾略特评论他时所说的——倘然他“对恶或罪曾有所认识，他便不会从中得到那么大乐趣了”。史文朋幡然悔悟了，他一变而成为资产阶级评论家的“红人”。他对王尔德的唯美主义宣言毫无兴趣；他攻击唯美派画家惠斯勒（J. A. M. Whistler，1834—1903）的名作《十点钟》（Ten O'Clock）；他以轻蔑的目光看待法国象征派诗人波德莱尔（Charles Baudelaire，1821—1867）的追随者们，而几十年前他还承认自己同这位异国诗星血脉相通。史文朋后来多次声称，伟大的诗篇必须有主导精神方可成其伟大。他曾写诗支持意大利革命党人，反对暴政和天主教会。他晚年也曾写过颂扬英帝国和女王登极 60 年的作品。综观其一生诗著，应该说史文朋是英诗史上一名不可多得的伟大诗人。

整个 70 年代，唯美派文学有了长足发展。但是，在唯美派文学中有相当影响的“拉斐尔前派”却从未成为有机整体，而且至六七十年代，他们多已积财致富，失掉了“纯真的艺术灵感”。给唯美主义文学运动以真正美学理论的是佩特。1873 年，佩特出版了《文艺复兴》（*Renaissance*）一书，提出“为艺术而艺术”的美学原则。《文艺复兴》颂扬高级形式的美的享受，指出人们能从艺术中获得这种最高形式的享乐。佩特的理想与拉斯金或史文朋不同。他视美为短暂、纯真、完美之物，不受人的感情的污染，同道德伦理也无关。他认为，艺术家的职责不是说教劝善，不是激发人们去为实现高尚的目的而努力，而是使思想暂时脱离生活的纷扰，去充分地欣赏和享受美的韵味。他的这些主张即刻被一些主张艺术至上的年轻唯美主义者奉为至宝，他也就自然地做了他们的“先知”。

说到“为艺术而艺术”的美学观，我们不得不谈到法国浪漫主义文学，因为只有了解了法国文学，才能清楚英国唯美主义文学运动的诞生过程。以佩特的“为艺术而艺术”原则为例，这并非他的首创。那是由他直译法国浪漫诗人戈蒂埃（Theophlle Gautier，1811—1872）的“L'art pour L'ats”一词语而来。戈蒂埃主张艺术脱离社会要求而独立，认为艺术高于一切。他的诗的肉体感显然是史文朋创作的灵感源泉。在法国小说家伊斯曼斯（J. K. Huysmans，1848—1907）的作品中蕴藏着英国唯美学派的文学纲领，他的小说《违迕》（*A Rebours*）则是王尔德的《格雷的画像》（*The Picture of Dorian Gray*）一书的张本。王尔德和多布森也多受益于波德莱尔的诗作。此外，法国诗人魏伦（Paul Verlaine，1844——1896）和马拉梅（Stephen Mallarme，1842—1898）都对英国唯美派作家产生过影响。由此可知法国浪漫主义文学对 19 世纪后期英国文学的影响不同一般。

英国唯美主义作家之中最闻名者要推王尔德，他把唯美文学运动推向最后的发展阶段——颓废主义阶级。19 世纪末期，在伦敦大街上常有一位身穿丝绒上衣、翻领衬衫，系着色调奇异、随风飘荡的长领带的纨绔子弟模样的人，头披蓬松长发，手持一枝百合花，这就是王尔德。他风度翩翩，常故作姿态；在晚宴上可见到他伫立一处，貌似狂喜，好像他看见了其他肉眼愚眉不能见到的景象一般。他对一切平凡、简朴的东西都显露出一种轻蔑态度，宣称美是他的战斗口号。不过，他的美乃是一种特殊、有限的美，一种纤弱、单薄、病态的美，其中颓朽有余而生气不足。王尔德派的诗讴歌憔悴的面额、深陷的眼睛、绵软的四肢，描绘坟墓、尸体、骷髅间的爱情、罪孽的美妙和疾病的欢乐，故人称之为“病态文学”。据说王尔德派唯美主义的善男信女都竭力把自己装扮成如百合花一样灰白，表现出一派颓废之态。王尔德认为，真正的美的精神，不应以粗俗、平庸的技巧去表现，不应受传统道德的羁束，文学作品未有思想好坏之分，只有技巧优劣之别，艺术家的唯一职责在于表达自己对美的感受。他的诗，如《印象 I：廓影》（Impressions I：Les Silhouettes）、《愿灵安息祷词》（Requiestcat）、《烟花巷》（Harlot's House）、《济慈的墓》（The Grave of Keats）、《辩白》（Apologia）以及一首歌颂枯萎的百合花的十四行诗等等，处处充斥着死亡、病态、腐朽的形象，是他希冀的凋谢的百合、血红的芙蓉、枯槁的面容，作为把自己从市侩味十足的社会里拯救出的象征。

王尔德虽在口头上标榜“为艺术而艺术”，然而艺术毕竟不能脱离生活，因而他的作品也在一定程度上反映出他的时代的状貌。他的《快活王子童话集》（*The Happy Prince and Other Tales*）和诸如《温德米尔夫人的扇子》（*Lady Windermere's Fan*）、《一个无足轻重的妇人》（*A Woman of No Importance*）、《理想的丈夫》（*An Ideal Husband*），以及《认真是重要的》（*The Importance of Being Ernest*）等喜剧，便接触到现实生活的许多侧面。他的喜剧所描写的虽然多是上层社会那种舒绅缓带、轻佻风骚的生活，但也揭露了上流社会的卑鄙与无耻。这些喜剧时而有些生动的清词妙句夹杂于其间，让人听了很可意。王尔德的个人生活可谓悲惨。他把唯美主张运用到个人生活上，曾被指控为有碍风化而入狱。在身陷囹圄、妻离子散的境况下，他写出《惨痛的呼声》（*De Profundis*）这一表示忏悔的作品，把生活看得暗淡无光。他的最后一部诗集《累丁狱中歌》（*The Ballad of Reading Goal*）也未越出死亡、犯罪的颓废主义内容。王尔德出狱后侨居法国，不久便在孤独、悲痛和耻辱中离世。

和王尔德同时的唯美主义者还有奥肖内西（Arthur O'Shaughnessy，1844—1881）、多布森（Henry Austin，Dobson，1840—1921）、道森

（Ernest Dowson，1867—1900）、约翰逊（Lionel Johnson，1867—1902）及西蒙兹（Arthur Symons，1865—1945）等。奥肖内西认为世上唯有纯美的形式是永恒的，也唯有这种形式美可以赋予冷酷的现实以活力和意义。他一生追求永不消逝的美，崇拜坚不可摧的形式美。多布森酷爱人为的格式，向往优游自在的过去，暗叹美的旋踵即逝。道森的哀惫委顿的对偶句表达出19世纪80年代那种不可名状的颓唐状态。约翰逊的诗充满了孤苦、失意的基调，而西蒙兹则哀叹艺术家不得其志，面临个人毁灭的厄运。

80年代末，唯美主义运动因其过分与极端行为已成为世人的笑柄。不仅诸如丁尼生、史文朋、拉斯金等作家贬斥它的孟浪不规，就是平民百姓也多有笑其迂腐的。至90年代初期，当新的文学风格兴起时它便销声匿迹了。唯美主义文学运动是对维多利亚时代市侩社会风气的反动，在英国文学史上也有过积极作用。它使"艺术家为专门家"的思想深入人心，使艺术美成为一支不可小觑的力量，这不仅在文艺创作领域引起一场革新，而且提高了整个社会对美的鉴赏能力。自此以后，美成为文学创作中的首要因素。

维多利亚时代的英国文坛还有几个名字不容忽略。这个时代的第二大诗人要算勃朗宁（Robert Browning，1812—1889）。如果说丁尼生描写的多是尤利西斯或亚瑟王及其骑士那种史诗般的人物，那么勃朗宁则对过去鲜为人知的人和事兴致极高。你看那遭遇悲惨的中世纪学者巴拉塞尔士（《巴拉塞尔士》["Paracelus"]），那贫苦但善良的意大利姑娘比芭（《比芭过去后》["Pippa Passes"]），被士兵捉住的、午夜还在闲荡的15世纪佛罗伦萨画家孚拉·里波·里比（《孚拉·里波·里比》["Fra Lippo Lippi"]），还有那发明了自动风琴的德国音乐家佛格勒（《艾卜特·佛格勒["Abt Vogler"]》）等等，不一而足。勃朗宁长期侨居意大利。有一天他在街上游逛时，在一家旧书摊上偶然看到一本谋杀案的审判记录，买回细阅，觉得其中诗意颇浓郁。后来据此写成2万余行的长诗《环与书》（*The Ring and the Book*）。诗的女主人公便是母为妓女的"低贱"女子庞比利亚。

勃朗宁生活在英国资本主义上升阶段，他的诗洋溢着一股热情和乐观情绪。在他看来，这个世界的生活是热烈而美好的。“让我们高喊，‘一切美好的事物 / 都属于我们……’”“生活、学习、多美好啊!”“既然时光在流逝，一切都在变化；过去已成为过去，要抓住今日!”勃朗宁劝告世人对生活要充满信心，从奋斗中获得生活的乐趣。现实中有邪恶，但上帝俯视人间，天网恢恢，疏而不漏，对善恶自有分明的奖惩。因此，勃朗宁的诗突出的主题之一是“困境——奇迹”：人在痛苦之余，救星会突然奇迹般出现，使正义得到伸张，邪恶受到惩处。我们仍以《环与书》为例：这首长诗讲的是古意大利一个年老贵族杀害年轻妻子的故事。伯爵吉多贪图平民少女庞比利亚的家财而娶她为妻，后来发觉妻子是一文不名的养女，因而萌发杀妻之心。在紧急时刻，年轻牧师加蓬沙吉冒险把庞比利亚救出火坑。吉多贼心不死，又设毒计，杀害庞比利亚。在对吉多进行审讯、庞比利亚有含冤九泉的危急时刻，教皇力排众议，主持正义，判处吉多死刑，终于使真相大白。

勃朗宁自幼饱读诗书。他性格疏放，不拘守绳墨。勃朗宁夫人、女诗星伊利莎白·芭蕾特·勃朗宁（Elizabeth Barrett Browning，1806—1861）说过，“我们需要新思想，也需要新形式。老神仙们已被废黜了。”这道出了勃朗宁本人在诗歌领域里的革新意图。勃朗宁在《和吉拉德·戴莱里斯的谈话》（“Parleying With Gerard de Lairesse”）中说，我们已把古希腊人超越过去，现代诗人不应换酒不换瓶。他对英诗创作的贡献之一在于在自己诗中运用了“戏剧独白”。勃朗宁善于剖析和表达人物的内心，表达方式便是第一人称的独白。勃朗宁的诗便是几百个人向读者披露自己内心秘密的“灵魂画集”。这些人中有已死去几千年的古希腊人、古罗马人，有从沙漠来的阿拉伯人，有为君殉职的英国绅士，有表情严峻的清教徒，有“放下屠刀”的歹徒，有玩弄女人的男人、毒杀对手的女人，有俄国的“绿林好汉”、法国的爱国者和英雄——这些以及其他许多人都来向读者吐露真情。因此，勃朗宁不愧为心理描写的大师。对于“戏剧独白”的定义，一向众说纷纭，我们不好妄加议论。我们也无须武断地说，这种艺术形式源于勃朗宁。但是，诗的叙述者剖白自己内心的技巧，无疑在勃朗宁手里变成一种完善的写作方法。这种方法对 20 世纪诗歌创作的影响尤其大。美国诗人似乎很偏爱这一形式。T. S. 艾略特、埃兹拉·庞德、罗伯特·弗罗斯特、艾米·洛厄尔、罗伯特·洛厄尔等人，都擅长运用它。仅以艾略特为例，他的名作如《J. 阿尔弗瑞德·普鲁弗洛克的情歌》《一个贵妇人的画像》《吉隆辛》《圣人的旅行》及《玛丽娜》等，无一不是运用"戏剧独白"的佳作。而《荒原》则提供出这种形式发展的新可能性。说艾略特是继勃朗宁后对此形式发展贡献最大的人，并不夸张。我们还应说到爱尔兰诗人叶芝，他也酷爱使用"戏剧独白"写诗。

随着时代的变化，作家的艺术价值也在变化。例如丁尼生，他在世时人们把他视为导师和先知，期望从其作品中学到人生的哲理，处世的准则，然而在今天，人们却把注意力多放在他那精美的抒情诗上了。勃朗宁亦有类似际遇。在相当长的一段时间内，世人曾从勃朗宁诗里吸取到生活的勇气和奋斗的精神；而在当代，评论家似乎对其内容已兴味索然，而对其技巧却津津乐道。他们把他视作新的心理描写诗歌的先驱，说他的现实主义和心理剖析促使现代诗人发现和使用形象和神话，说他的《谈话》（"Par leyings"）是一篇关于现代象征手法的杰出论文。勃朗宁写诗不受拘束，很有"心血来潮，随心所欲"的风格，因此诗中颇有晦涩难解之处。

如果说勃朗宁是位快活的诗人，那么阿诺德便是孤寂的歌手了。在这方面，阿诺德反映出维多利亚时代精神面貌的又一个重要侧面。维多利亚时代中期以后，随着科技文明的发展，古老的、宗法的农业英国已不复存在，旧的和谐关系遭到破坏，社会变成为己奋斗的个人的集合体，正如历史学家和散文作家卡莱尔（Thomas Carlyle，1795—1881）在其著名小册子《过去与现在》（*Past and Present*）中所抨击的那样，金钱关系已成为"人与人之间唯一的关系"。社会关系只是兑现法定合同，此外便是隔绝和冷漠。在这种社会及文化背景下，人的孤寂感便油然而生。敏感的阿诺德首先觉察到这种情绪，并在诗中淋漓尽致地表达出来。我们读《肯辛顿公园有感》（"Lines Written in Kensington Gardens"），感到诗人只身立在喧阗的闹市中，一颗孤独的心渴望能逃脱无情的竞争世界，祈求能享受到伙伴般的友情。《访沙特勒兹修道院所作》（"Stanzas from the Grande Chartreuze"）一诗竟把疏远作美德加以咏赞。诗人处在与世隔绝的卡尔特教士中，深感自己和他们一样远离尘嚣。在《多佛海滩》（“Dover Beach”）一诗里，我们看到诗人忧伤地立在世界的边缘，孤独一人，冷漠的大自然的寒风吹着他的脸。在他面前呈现出的乃是一个“没有真正的欢乐、爱情或光明 / 没有坚定信念，安谧及镇痛的外援”的世界。而在长诗剧《埃特纳山上的恩庇多克里兹》（“Empedocles on Etna”）里，阿诺德又把公元前的希腊诗人、哲学家恩庇多克里兹描绘成流放到西西里东岸埃特纳山上的孤独的人。因此，阿诺德有“维多利亚孤寂诗人”之称。此外，阿诺德对因物质主义蔓延而产生的浓厚的市侩风气极其厌恶。他在《文化与混乱》（“Culture and Anarchy”）中指出，中产阶级的沉湎于物质追求、对文学艺术美的毫无兴趣与欣赏力、生活目的的粗俗、生活方式的秽亵——这一切都是混乱的根源。他主张通过提高国民的文化素养来克服社会上流行的庸俗作风。

我们还要说到霍普金斯（Gerard Manley Hopkins，1844—1889）。霍普金斯注重表达人或物的独特性质，即人物、感情与自然中的新奇、稀少、怪异之处，这些他称之为“内景”；内景在他心目中所引起的反应，他称之为“内应”。虽然他运用的谐音和脚韵颇似史文朋和拉斐尔前派诗人，但他的节奏却与众不同。霍普金斯的诗的节奏仅以重音为基础，步的音节数目由一至四个不断变换，其间又杂以内韵和头韵等手法，诗人以为这样便可捕捉住日常语言的节奏，他称之为“跳跃式节奏”。霍普金斯的诗多有省略式句型、杜撰的词语、复杂的比喻。这一方面产生出扣人心弦的富于诗意的感情，给人一种力量、强度和压力，但另一方面又因内含过于丰富，意境太不显豁，使一般读者望而生畏、敬而远之。令人啼笑皆非的是，恰在这方面，他对英美现代诗人，如艾略特和奥顿，产生了巨大影响。不言而喻，他的声名和伟大也由此而来。霍普金斯的佳作多表现出失望和痛苦情绪，一般认为他的代表作是长诗《德意志号的沉没》（*The Wreck of the Deutschland*）。

我国不少读者都熟悉《宝岛》（*Treasure Island*）这本浪漫主义小说，它的作者是史蒂文森（Robert Louis Stevenson，1850—1894）。史蒂文森自幼患病，身体虚弱，连上学都极困难。但是他的坚强意志和生的欲望，使他不仅生活下来，而且积累了渊博的学识，写出了卓尔不群的作品。史蒂文森迫于健康原因，一生不停地旅行，寻觅合适的气候和居住地。但他从不虚度光阴，实在的生活、丰富的想象和一支勤快的笔不停地协调运作。他的书总能唤起读者的想象力，不断丰富人的精神生活。史蒂文森不仅是一位小说家，而且也是散文家、诗人和剧作家。他对文学充满了纯真的感情，他的多数作品表现出鲜明的是非感和善恶感。生活快乐的福音回荡在他的艺术世界的上空，给人以生的勇气和乐趣。

英国的维多利亚时代就其作家之多，作品之丰富而言，是世界文学史上罕见的文学繁荣的时代，我们在这里只能漫谈少许。

细读这一时代的文学作品，我们不难发现两个突出的特点：一是它的现实主义倾向，二是它的明确的社会目的。这个时期的主要作家，特别是小说家，非常重视描写真实生活。萨克雷、乔治·埃略特和特罗洛普等写实作家固然如此，即使狄更斯、勃朗蒂姐妹、哈代的作品，尽管其中不乏浪漫主义色彩，但基本上也未越出现实主义的范畴。唯有史蒂文森算作例外。他们创作的目的除娱乐外，更重要的则在于教育国民。后来虽有王尔德唯美主义运动出现，但并未改变这一时期文学的主流。

在英国这个文艺花朵盛开的时代，戏剧之花却萎靡不振。诗人丁尼生、勃朗宁、史文朋以及王尔德等人，虽都写过戏剧，但都未取得舞台上令人满意的成功。直到19世纪90年代，萧伯纳方又挥笔振兴剧坛。萧伯纳对英国剧院里外国戏剧霸占剧场、本国现代剧目数量小，质量差的状况很不满意，立志创作反映英国现实生活的剧本。萧的笔锋犀利，擅长风趣的对话和插言，字里行间还充斥着一种内在的哲理，所以他在剧坛一露头角，便轰动一时。英国观众为这位现实主义喜剧大师的出现而感到欢欣鼓舞。萧伯纳是一位多产作家。他先后出版了《不愉快的戏剧集》（*Plays：Unpleasant*），《愉快的戏剧集》（*Plays：Pleasant*）、《给清教徒的三剧本集》（*Three Plays for the Puritans*）以及《人与超人》（*Man and Superman*）、《巴巴拉少校》（*Major Barbara*）、《卖花女》（*Pygmalion*）、《伤心之家》（*Heartbreak House*），《武器与武士》（*Arms and the Man*）、《华伦夫人的职业》（*Mrs Warren's Profession*）、《苹果车》（*The AppleCart*）与《真相毕露》（*Too Good to be True*）等著名剧作。在这些作品中，萧对生活的各个侧面都进行了探讨和剖析，表达了他对社会。政治、经济、战争以及人本身的深刻见解，对英国资本主义和帝国主义的社会现实进行了鞭辟入里的揭露和批判。萧是主张改良的费边社成员，是英国共产党的同情者，也是苏联十月革命的热情支持者。在30年代，他曾访问中国，同鲁迅、宋庆龄等人会见，表达了对中国人民的友谊。

1901年维多利亚女王去世，其子爱德华七世继位，英国女作家弗吉尼亚·伍尔夫所说的“爱德华时代”于是开始。在这为期十年的阶段里，前后有几位作家闻名，他们是吉卜林、威尔斯、贝内特、高尔斯华绥、康拉德及福斯特。吉卜林（Rudyard Kipling，1865—1933）出生在印度，熟谙英国殖民主义者在那里的作为，因而他的大部分著作是以印度为背景的。他没有进过大学，曾作为记者周游过世界不少地方，熟悉社会各阶层，尤其是下层人的生活和语言，这些是他能从事创作的先决条件。他擅长写短篇小说。应当说，这种文学体裁在他以后才变得流行起来。吉卜林的小说内容很广泛，就地区论，其中有描写印度的、南非的、南美的、伦敦的，几乎包罗世界各地；就故事讲，有对各地风土人情的描绘，有对强暴欺凌弱小的揭露，有冒险、侦探故事，有魔力、迷信传闻，可以说无奇不有。迄今依然为人所喜闻乐道的要算他的《莽林之书》（*The Jungle Book*）及《莽林之书续篇》（*The Second Jungle Book*）。在这里，他写的是一个狼孩子莫格利的故事。莫格利幼时在狼群中长大、和狼、熊、虎、猿、象等在一起生活，后来终于返回人间。书的每一章都可以说是对人生的比拟。作者描述这一故事时的生动文笔和丰富想象力使这本书成为不朽的文学名著。《莽林之书》及其续篇，儿童可做寓言读，成人可做哲理故事读，而学者和哲学家又能从那个活生生的弱肉强食、强权即公理的动物世界里悟出一番关于人生的道理来。但也需看到，在吉卜林的作品中存在着浓厚的英帝国主义及沙文主义的气息，其中不少是歌颂英帝国的扩张和侵略、贬低殖民地人民文化素养的东西。

在这个时期最多产的作家之一是高尔斯华绥（John Galsworthy，1867—1933）。他自 1906 年发表成名作《有产者》（*The Man of Property*）至去世的 20 余年间，每年都创作一部小说和一个剧本。高尔斯华绥是英国文学中现实主义传统的优秀继承者。他虽生活在现代派文学诞生和发展的时代，但是他坚持了传统的创作方法。这位作家所描写的主要是富裕有产者的生活情况，他们的自私和市侩习气，表现了资产者和贵族之家的腐朽与没落，也揭示了劳资之间的尖锐冲突与斗争。高尔斯华绥的文笔流畅，绝少晦涩之处，故事情节荡人心腑，读来津津有味，妙趣横生。其最闻名的著作应算他的第一组三部曲《福赛蒂世家》（*The Forsyte Saga*），它包括《有产者》、《进退两难》（*In Chancery*）和《出让》（*To Let*）三部小说。

康拉德（Joseph Conrad，1857—1924）是一位天赋非凡、悟性惊人的小说家。他祖籍乌克兰，父母为波兰人。他 17 岁开始在一艘法国船上谋生，在海上度过了 20 个年头。他刻苦学习英语，后来加入英国国籍，37 岁时退休，专门从事写作。1895 年出版第一部长篇小说《阿尔梅亚的愚蠢》（*Almayer's Folly*），此后又先后出版了《岛上的流浪汉》（*The Outcast of The Islands*）、《纳西萨斯号船上的黑人》（*The Nigger of The Narcissus*）、《吉姆爷》（*Lord Jim*）、《台风》（*Typhoon*）等 10 余部长篇小说及一系列诸如《黑暗的心》（“The Heart of Darkness”）等中、短篇小说。此外还写有一部自传。康拉德的故事多反映海上和偏远地区颇富戏剧性的生活经历，具有描绘诸如海上台风、林间秘密等情景的非凡本领，故事既洋溢着浪漫主义情调，又有现实主义逼真的细节。康拉德的作品内容及创作方法有浓厚的现代派文学的特征。他善于把几个人从不同角度叙述的故事穿插在一起：故事里面套故事，无休止的离题漫话——这种手法给人一种间断或脱节感。他运用这种技巧来表达生活内在的神秘及思想的变幻，很有美术界印象派的意味：素材不是通过直接分析，而是通过它在瞬间给人留下的印象表现出来；艺术家的变幻不定的情绪使他能在不同时刻洞察真理的不同侧面。在康拉德的笔下，人物总是感到孤寂的侵袭，他们最迫切的需要是友谊和同情，而具有讽刺意味的是，在生活中谅解或机遇又总是姗姗来迟。

康拉德在英国文学史上占有特殊重要的地位。他是由维多利亚时代向现代派文学转向时期一个过渡性人物。康拉德的作品很多，一生写出 30 余部小说。这些小说主题大致可分为航海、森林及社会性 3 种。其中《吉姆爷》及《黑暗的心》都是脍炙人口、影响深远的杰作。《吉姆爷》说的是一个轮船大副吉姆在海上临危脱逃，后来终于在东方一处海岛上自我批判而灵魂获得再生的故事。这部小说的特点是叙事打破时间顺序，情节支离破碎，读者读后所得实乃一个个单摆浮搁的印象，说《吉姆爷》是印象主义小说绝不过分。小说的另一特点是对心理的刻画与挖掘。康拉德在这方面继承和发展了乔治·埃略特及詹姆斯的这一尚不为人注意的传统。《黑暗的心》在某种意义上说更为著名，“黑暗的心”一词已经成为现当代文学界不可或缺的用语，现当代文学创作的一个中心主题。《黑暗的心》是个中篇，写的是叙事者的非洲之旅。非洲大陆形状酷似人的心脏，而大陆的心脏地带是刚果。书中所写的刚果之行不仅指通常的旅行，更重要的是探讨自我、发掘内心的精神之旅。所谓黑暗，它真正存在于人的内心深处。叙事者发现，欧洲人的心里充满了黑暗。这一点主要通过科兹这一人物表现出来。殖民主义者科兹阴狠、自私，剥削、压榨非洲人民，坏事做绝，他的心中充满了黑暗，代表了欧洲白人黑暗的心。当然科兹同时也是殖民主义制度的受害者，他死时深感到黑暗的可怕。康拉德所说的这个“黑暗”含义是很深邃的，是多年来人们努力探讨和挖掘的一大课题。

福斯特（E.M.Forster，1879—1970）是一位嗅觉敏感的作者。他意识到，小说不能再沿袭传统，一成不变地写下去。他的文学批评观点使他得到现代派作家的赞同。弗吉尼亚·伍尔夫在其著名的《贝内特先生和布朗夫人》（“Mr. Bennet and Mrs. Brown”）一文中就指出，E. M. 福斯特与劳伦斯、乔伊斯等人，皆属反对爱德华时代文学传统的小说家。这一评价值得商榷。福斯特在其《小说概论》（*Aspects of the Novel*）的讲演里曾说：“是啊——哎呀，是啊——小说是讲故事……这是所有小说共同的最高因素所在，但我希望不是如此，希望能是一种不同的样子……不是这种低级的返祖形式。”这一“小说不讲故事”的主张，显然同伍尔夫对爱德华时代小说的批评不谋而合。当然他基本上算是个过渡性人物。他写内心、异化及人与自然的关系等具有强烈的现代性的题材。他的名著《通往印度之路》(*Passage to India*)以创作方法说基本上属传统类，但它表现和挖掘了人的心理世界。他主张人与人之间通过“联系”便可在无望中看到生的希望。他又似乎在说，东方和西方不可“联结”，没有从英国通往印度去的道路，在生活热闹的表层下实乃茫茫一片虚无。这是20世纪初叶所弥漫的虚无主义精神的反映。值得一提得的是小说运用的突出的象征手法。小说的三部分，清真寺、岩洞及寺庙，巧妙地把东西双方相连的可能、障碍与对立的情节表现出来，还给人留下一线渺茫的希望。另一方面，福斯特又是惯用扑朔迷离的故事情节撑持局面的小说家。他作品中的作者评述和说教常常令人记起菲尔丁和萨克雷。

在这一时期，我们还要提到准确预测了两次世界大战爆发的科学幻想小说家威尔斯（H. G. Wells，1866—1946）、描写英帝国东方殖民地异国情调的毛姆（Sommerset Maugham，1874—1965）等等。特别值得一提的是小说家贝内特（Arnold Bennet，1867—1931）和他的“五镇小说”(*The“Five Towns” Stories*)。贝内特以陶器工业生产的5个城镇为背景，描绘了一处处丑陋而污秽的生活环境。他的最大乐趣似乎在于描写细节，但讲起故事来却不动感情，也不加评论。他的这种写作方法遭到女作家弗吉尼亚·伍尔夫的尖刻批评。

在这一时期的诗坛上，有几位被称为“乔治时代诗人”的作者颇享盛名一时。所谓乔治时代是指英王乔治五世在位的年代，约在1911年至30年代中期。就“乔治时代诗人”的成名时间而言，乔治时代的含意还短一些，大约为第一次世界大战前的那几年平和、繁荣的日子。这些诗人主要以写田园生活、大自然与爱情等题材为主，写的是抒情诗，在风格上也焕然一新，一扫世纪末颓废、纯艺术的文风，折回到英诗传统去寻张本。他们以柔和的口吻、浅近的笔墨、精湛的技巧描绘英国乡间生活的温馨，颂扬平稳、宁静的生活氛围，给战争的灾难所笼罩的国家吹来一般安抚的和风。这是这些诗人的引人注目之处。不料战后风气变化，时代精神迥异，“乔治时代诗人”开始失宠，被批评有浪漫、粉饰、循规蹈矩之嫌。自20年代开始，诗坛又出现全新的景象、全新的面孔，意象派新诗运动渐成气候，现代派大师们也宣告登场，田园式文体遂消失数载。到20世纪中期，风云又变，新一代又举起反叛旗帜，宣示重视传统，欲从18世纪、19世纪英诗宝库中汲取营养，“乔治时代诗人”们于是也借机卷土重来，又着实风光了一阵子。从历史发展角度看，“乔治时代诗人”的文体已在史册驻足，它的印迹是抹杀不掉的。只要时机适宜，它仍会粉墨登场。这是适用于一切思潮、传统、人或事的道理。

“乔治时代诗人”首次闻名于世应归功于爱德华·马什（Edward Marsh）所编的《乔治时代选集》（*Georgian Anthologies*，1916—1917）。这些人的创作高峰在1910年至1920年间。这批诗人包括有约翰·德林克沃特（John Drinkwater）、D. H. 戴维斯（D. H. Davis）、瓦尔特·特拉麦尔（Walter de la Mare）、W. W. 吉本（W. W. Gibbon）、爱德华·托马斯（Edward Thomas）、鲁珀特·布鲁克（Rupert Brooke）、罗伯特·格雷夫斯（Robert Gravas）以及埃德蒙·布伦登（Edmund Blunden）。D. H. 劳伦斯（D. H. Lawrence）的一些抒情诗也被选入文集里，但劳伦斯作品的品味与格调显然与众不同，高妙胜出不止一筹。马什的选集问世前后，美国诗人罗伯特·弗罗斯特（Robert Frost）恰在英国，也跟着热闹了一番。他大概是“乔治时代诗人”中的最优秀而闻名的了。我们在这里简略介绍其中几位佼佼者。

鲁珀特·布鲁克（1887—1915）是集中表现“乔治时代诗人”独特风格与感情的诗人。他赴欧作战，沙场丧命，实属一战的罪恶之一。他的两卷诗集《诗作》（*Poems*）及《1914及其他诗作》（*1914 and Other Poems*）分别于1911年和1915年问世，特别是《1914及其他诗作》在战后十年尤为风行一时。布鲁克先以其几首“无与伦比的战争十四行诗”而著称。他对战争的看法和我们下面要说到的几位“战时诗人”迥然不同。他视战争为纯洁剂，视死亡为英雄行为。他的诗中充溢着天真的热情与感受。比如他的《士兵》（“The Soldier”，1914）一诗表现出诗人满腔喜悦，视死如归，毫无畏惧、遗憾、踌躇，心目中除祖国外别无他物；祖国的花朵、厚爱、空气、河川、太阳、思想、见闻、梦想、欢笑等一切一切，都包容在他的胸襟中，他为之牺牲心甘情愿，爱国之心、感恩之心溢于言表。他认为祖国使之纯洁，战争与死亡使之高尚，一切个人安危都置之度外了。布鲁克的诗会让克兰（Stephen Crane）、海明威（Ernest Hemingway）或海勒（Joseph Heller）便在九泉之下也不会心安的。

最受人青睐的“乔治时代诗人”当推爱德华·托马斯（1876—1917），他的自然诗后来对大诗人奥顿（W. H. Auden）及后世他人产生过影响。托马斯出生于伦敦，就读于牛津大学，一生以写书评、编书、写书为生，生活拮据，常露捉襟见肘之窘状。为家人计，他应征参战，不料于1917年血溅沙场。他的诗歌创作始于1914年，其时他诗兴大发，下笔如神。他主要写大自然的安慰、调解作用，也写出一些讴歌对祖国之爱的“战争诗”。他的诗作的基调是低沉的。比如他的《埃德尔站》（“Adle Stop”，1915），写六月末的一天诗人坐在车站里，火车轰鸣而至，但周围却毫无动静，无人上下，火车离去，丢下一切于静寂与孤独中。这时他忽然听到一只画眉的美妙歌喉，顿感神清气爽，又意识到周围众鸟的合唱，寂寞孤单之情遂为之一扫。托马斯的《猫头鹰》（“The Owl”，1915）描写诗人对战争和贫困会给人类带来的失落、死亡和痛苦所感到的畏惧心情。他虽然自己在彻夜奔波劳顿之后得到了温饱和休息，但户外猫头鹰久而不息的凄鸣，令他想到那些依然匍卧在星空之下的人们如士兵与穷人的境况，心便惴惴不安起来，这表现出诗人的深厚的同情心。托马斯的《雨》（“Rain”），写午夜雷雨令人内心纷扰，有面对黑暗和死亡的荒凉，也有既然如此孤苦、死亦属极乐的感觉。但诗人笔锋一转，说到他不希望他人像他这样死去。夜雨对他仿佛是战争或令人失望的生活的代名词，他虽死而无憾，但依然愿为完美的事情去献身。他笔下的“完美”极可能指祖国或某种高尚的事业。

在“乔治时代诗人”中，罗伯特·格雷夫斯（Robert Graves，1895—1985）占有独特的位置。他的创作生涯漫长而复杂。20世纪初叶他以“乔治时代诗人”的面目出现，中年以后稍染现代主义气质，后期又返回“乔治时代”的文风去。他的早期作品迷漫着“乔治时代”的乡间田园宁静纯朴的气息，以古凯尔特传说为铺垫，用浪漫主义风格去表现事物，不少诗作被收入“乔治时代诗人”的文选中。他赴欧参战，受伤生还，噩梦般的经历成为他诗歌创作的重要题材。20 年代以后诗风骤变，意象派、艾略特、庞德以及后来的新批评派等现代主义巨浪一波接一波地触及诗人们的心境和创作意识，格雷夫斯也同路游逛了一番，但所受感触肤浅。50 年代“运动派”诗歌风行，“乔治时代”诗风与 18、19 世纪诗歌传统一同受到尊崇，格雷夫斯的声名又显豁了一阵。自 40 年代末以后，格雷夫斯热衷于他的“白色女神”神话，他的一首名诗《白色女神》（1953）和他的同名书《白色女神》（*The White Goddess*，1948）一样，阐述了他对女神的信仰。他认为白色女神就是伟大的母亲，代表世间的女性原则，诗人唯有借助女神的威力方能恢复诗歌已丧失的活力。格雷夫斯的诗歌也体现出 17 世纪玄学派诗歌的深刻影响。

这一时期描写战争的诗歌作品繁多，其中出类拔萃的不少。第一次世界大战是人类历史上的一次大劫难，它夺走了许多人的生命，其中包括着许多春秋正富、前途无量的知识人。比如仅以和我们此处所谈有关的诗人就有五六位：休姆（T. E. Hulme，1881—1917）、索尔利（Charles Sorley，1895—1915）、欧文（Wilfred Owen，1893—1918）、罗森堡（Isaac Rosenberg，1890—1918），此外还有我们上面已说到的布鲁克和托马斯。这些人写掠走他们生命的战争，作品很有一股亲临其境的真切感，情绪激越，字字铿锵。他们的诗作简短有力，生气盎然。他们当中多数人认识到，现代战争残酷，现代技术剥夺了人的创造历史的能力，使人经历了罕见的非人格化过程，因而战场上已无英雄人物和英雄主义可言。诗歌也无荷马式的史诗面世了，这是时代的悲剧。

在分析了几位著名战时诗人的作品以后，我们发现，几位诗人描绘战争的态度和手法又不尽相同。前面我们说到布鲁克的浪漫态度，那属于传统的一类。索尔利的诗作则呈现出一种基督教逆来顺受、听天由命的无奈情绪。我们读他的《这，这就是死亡》（“Such，Such Is Death”）、《回来》（“Return”）以及《高山低谷一路来》（“All the Hills and Vales Along”）这些作品，这种感觉尤其明显、深刻。这个时期能活下来有充裕时间用史诗格式描写战争的士兵诗人大概只有一位，他就是大卫·琼斯（David Jones，1895—1974）。这个人写了一首长诗《在括号里》（*In Parenthesis*），表达他对战争的回顾与沉思。他从 1929 年构思下笔开始，历时 8 年之久，在战争结束近 20 年后的 1937 年终于发表。《在括号里》是一部现代主义味道浓重的诗作，它把第一次世界大战放置在威尔士—亚瑟王传奇的框架内，并赋予它一种带普遍性的历史性含义，行笔有诗歌有散文，诗人的史诗观是显而易见的。诚然，琼斯深感这场战争缺乏史诗所需要的重要因素。如果说荷马笔下的奥德修斯等人物堪称英雄的话，那是因为他们是自己命运的主宰，是历史的创造者。琼斯深切地意识到，现代战争中的人已是棋盘上任人摆布的棋子，在他视野中时进时退的士兵们不知内情，举止被动，死亡的恢恢巨网正疏而不漏地朝他们撒下。琼斯并不像克兰、海明威、冯尼格特（Kurt Vonnegut）等人那样贬责战争，他的处理手法有些超脱于其外的意味。这也难怪，他隔了时空，一帧帧情景多次显示于脑际“屏幕”之上，原汁原味经过折腾也就所剩无几了。

欧文、萨松（Siefried Sasson，1886—1967）和罗森堡等诗人对战争的写法则又不同了。他们身处枪林弹雨之中，死神就虎视眈眈地立在咫尺之内，深谙战争的毫无意义和毁灭性，这种意识具有情真意切的紧迫感。萨松刚正不阿，在前沿上写信给上司，抗议政府改变为卫国而参战的初衷，拖延战争，导致年轻士兵们无故伤亡。他的诗写战场的情景就脆快了当，无暇委婉、扭捏，令人读时有身临其境之感。萨松的诗有一股火气、怨气喷放出来。罗森堡的诗作也有类似的特点。比如他的《战壕拂晓》写到一只田鼠跳过他的手背，他心潮澎湃，感慨万千，说田鼠的存活能力比人要强得多，它不用去面对任意杀害人的炮火与子弹。口气之悲，催人泪下。

欧文（1893—1918）是一战中出现的最出色的战争诗人。他 1917 年入伍参战，受伤后住院，痊愈后再赴杀场，不幸于停战一周前丧生。欧文的诗以其浓郁的人情味著称。他称自己的诗为挽歌，为后代而不是为当代留下一种安抚的记忆。他谴责战争，挥起诗笔尽情地控诉战争的残酷无情。《奇怪的会面》一诗便是一例。两个士兵在地狱会面，其中一个曾在战场上杀死另外一个。现在二人同卧九泉之下，杀人的士兵说，现在大家已半斤八两，同在阴曹，没有值得悲伤的缘由了。被杀者似有异议，说虽然讲也无济于事了，但仍值得谈谈令人遗憾的真相。他年轻丧命，已无望再生，但事情的真相不可不告知世人，否则战争将会继续，生灵仍会涂炭，聪明、勇敢的人们仍会朝地狱走来。他要以自己的遭遇喻世、警世，让世间不再抛洒无谓的鲜血。诗的言外之意实乃告诫世人，战争是毫无意义的互相残杀；然而人们却执迷不悟，这是“战争的遗憾”。欧文写诗的目的就在于揭露出文明社会的这个鲜为人知的一面。《奇怪的会面》在技巧上也有独到之处。欧文发明了“半韵”押韵法，即行尾字辅音相同、元音各异，如“groined”对“groaned”，“hall”对“hell”等等。“半韵”给人的印象是：事欠完美，意犹未尽。这恰与诗的内容相吻：战死沙场，而未能警告后人，人们似未学到什么，将会重蹈覆辙，实在令人遗憾。《奇怪的会面》算是诗人亡羊补牢之笔吧。欧文的佳作多数写于1917年8月他首次被派往欧战西部前线到他1918年9月战死这段时间之内。他英年早逝，死时才二十五岁。他的叱责战争的诗风以及他首倡的“半韵”对30年代和以后的诗歌创作产生了不小影响。

（八）20世纪20年代的小说

至19世纪末与20世纪初，科学的发展和工业机械文明在西方的建立，给社会和精神生活带来巨大变化。英国著名哲学家罗素对西方的精神状态做了精辟分析。他指出，科学使世界成为一个没有生活意义的世界。人必须认识到，他在世界上是无足轻重的。人的生命是短促而无力的，等待他的是无情的、黑暗的毁灭。[5]这是西方有识之士对垄断资本主义阶段各种社会矛盾激化后的社会现实的哀叹，是人们的信仰发生危机、精神苦闷、悲观绝望、心理变态等思想实际的反映。敏感的人们，包括作家在内，开始以全新的目光看待人与社会、人与人之间，人同自然之间、人的自身等方面所呈现出的新关系。特别是作家们感到苦闷、悲观，认识到社会生活的荒诞、人与人之间的冷漠和隔阂、大自然的可恨与可恶以及人的自我存在的危机等。悲观主义、虚无主义以及稍后一些的存在主义，渗透在这一阶段的文学作品中。

在这个时期内的哲学与心理学领域内，还有两项引人注目的发展对文学创作产生了深远影响：一是法国哲学家柏格森（Henri Bergson，1859—1941）的新的时间观念，一是奥地利心理学家弗洛伊德的心理分析学说。柏格森独辟蹊径，提出关于时间、记忆和意识的哲学理论。他指出，时间不单纯是传统的空间计算单位，真正的时间不能仅以时、天、月、年来计算，它是“延续”的，不可分的质变的“持续”——内在意识的不断流动。换言之，人们必须承认“心理时间”的存在，真正的现实——人的自我——存在于心理时间中。自我在记忆中持续存在；典型的记忆是“无意识的记忆”，它是过去和现在最完善的结合，是灵魂的本来面貌的表现。人欲认识自我，便必须透过“表面自我”的厚幕，铲除现实和意识间存在的多层障碍，而披露处于流动中的初生意识、思想和感情，把事物的内在关系揭示出来。在柏格森看来，传统小说的最大缺憾在于其依照时间先后顺序描述外部现象，因而未抓住事物的真正本质，未表现出“真正的现实”。[6]柏格森学说无疑是“意识流”文学传统的理论基础之一部分。

心理分析学的鼻祖弗洛伊德的主要贡献在于首先系统地提出“下意识精神状态”的思想，并以此解释人的非理性行为。他指出，人的心理或精神结构有两个组成部分——“自我”和“本能冲动”。“自我”既是意识，又是下意识，而“本能冲动”则是人的各种基本冲动的贮藏所，是人本身中最朦胧不清、无法接触的部分。本能冲动属于纯下意识范畴，它受到遵循逻辑和秩序的意识和自我的压抑。弗洛伊德对梦的临床观察和分析证明，人们受到抑制的欲望常和性的欲望有关，性意识的增长是人成长的重要方面。他认为，睡梦是人思想深处潜在意识层活动的过程，是“心理的自我”抛弃外界限制而表观自己的过程（即使在梦中，这种表现也受到一定抑制），是对下意识欲望的某种伪装形式的满足。梦有自己的语言及语法，它们是下意识和意识妥协的产物。[7]“梦意识”概念引起世人尤其是文学家的极大兴趣，它为作家提供了表达下意识状态的新可能性，成为认识人的本性的一种有效手段。难怪弗洛伊德的《梦的解析》（*The Interpretations of Dreams*）

一问世，便产生巨大影响，迄今依然被人津津乐道，成为某些诗歌、小说和美学理论的基础。弗洛伊德学说对文学的影响大体可从三个方面表现。首先，诸如现代派及超现实主义等文学派别的基本思想，源于打破禁区、无限制地表现意识和下意识中的非理性因素的原则。再者，文学评论界常以心理分析为手段评论作家和作品，效果有时虽挟荒谬之嫌，但不能否认这一实践充实了文学批评的内容。更重要的一点在于，小说家、戏剧作家和诗人情不自禁地以弗洛伊德学说指导其创作，尤其在性格塑造、作品布局方面，表现更加明显。“意识流”作品便是适例，但绝不限此一种。因此读者也须知弗洛伊德学说之一二，否则读书便出现困难。自 20 世纪以来，由于弗洛伊德及其追随者荣格（Carl Jung）、阿德勒（Alfred Adler）以及布里尔（A. A. Brill）、琼斯（Ernest Jones）等人的努力，心理分析学说遂日渐深入人心，为人们提供了自我认识的新途径，为 20 世纪初叶文学领域内的革新运动创造了条件。

弗吉尼亚·伍尔夫说过，“在 1910 年 12 月前后，人的性质改变了。”1910 年 12 月前后发生了许多有重大意义的事件。伍尔夫的朋友弗赖（Roger Fry）和麦卡锡（Desmond MacCarthy）在伦敦举行后印象派画展，向英国人介绍荷兰画家梵高（Van Cogh）、法国画家塞尚（Paul Cezanne）和高更（Paul Gauguin）及西班牙画家毕加索（Pablo Picasso）等大师的杰作。契诃夫（Anton Chekhou）的小说 1909 年首次被译成英文，陀斯妥耶夫斯基（Feodor Dostoevski）的小说 1912 年也被译成英文。弗雷泽（James Frazer）的空前绝后的 12 卷本《金枝》（*The Golden Bough*）在 1911 年至 1915 年间问世，产生深远影响，当然其一、二两卷自 1890 年以来业已引起世人注意。但最重要的恐怕还要算弗洛伊德与荣格 1909 年在美国所做的心理分析学讲座，以及弗洛伊德的《梦的解析》于 1913 年出版一事。

在这段时间里，英国文学界的思想异常活跃。一批年轻、自负、不畏权威的作家，如文学家詹姆斯·乔伊斯、伍尔夫、劳伦斯、多萝西·理查逊、凯瑟琳·曼斯菲尔德及美国作家埃兹拉·庞德和 T. S. 艾略特等，在文学创作方面开始了一场意义深远的革命。他们打破描写事物表面的传统手法，强调下意识、非理性、具有神秘色彩的一面，指出现实存在于迄今为人所忽略的表面以下。现代派文学由此诞生。

现代派文学大师弗吉尼亚·伍尔夫在其《现代小说》（"The Modern Novel"）一文中评论坚持传统写作技巧的爱德华时代小说家的弊病。她说："作家似乎不是出于其本身的自由意志，而是听命于某位强大而又无所忌惮的暴君，必须写出情节，写出喜剧、悲剧、爱情故事，整个故事要沉浸在一种合情合理的气氛里，无懈可击，因而，倘然他的所有人物变做真人，他们会发现自己的穿戴，包括大衣纽扣也在内，都极合时宜。听从了暴君的旨意，小说写得极为得体。可是当我们一页页翻阅以传统方式写出的书时，有时候，而且随着时间的流逝愈益经常地，出现一种倏忽即逝的疑念，一股反叛性冲动。"伍尔夫情不自禁地提出诘问："生活是这样的吗?小说一定要这样写才成吗?"接着，伍尔夫自答道："洞察一下内心，生活仿佛远非是'这样的'。检查一下平凡的一天的生活吧。头脑接受无数的印象——庸琐的、荒诞离奇的、瞬刻即逝的或犀利钢刀雕刻上般的印象。它们来自四面八方，宛如亿万原子，势若滂沛，无休无止。当它们降下，形成星期一或星期二的生活时，降的重点可不同于从前了；重要时刻的到来，不在此处而在彼处。因此，作家倘然是自由人而不是奴仆，倘能以自己的感情而不以传统为其作品的基础，那么可能便不存在情节、喜剧、悲剧、爱情故事或传统意义的结局了，可能没有一只扣子缝得符合邦德街裁缝的心意。生活不是一系列匀称排列的车灯；它是一个明亮的光环，一个把我们在醒觉着的全部时间内包围起的半透明外壳"。[8]这竟是20世纪初一代年轻作家对上一代传统表示反叛的宣言了。这些作家注重描写生活中非理性的、下意识的因素。他们的作品常常不是遵循由甲及乙、由此及彼的逻辑因果关系，描述重点不在外界事物的状貌，而在揭示人物的内心世界，似乎在复制人的意识时而及此、时而触彼的流徙不止之状的原版，复制它的所见、所思、所感，它的判断、"自由联想"和记忆。他们常用的技巧之一便是"意识流"。当然，这种描述也并非任凭意识去"流"，作家也有选择，否则艺术就不存在了：事实上，现代派作家艺术创作的目的之一，便是想通过艺术手段寻求现实生活中所不存在的生活意义、目的和秩序。现代派作家的创作态度是很严肃的。

说到“意识流”，似乎需要指出，这种手法并非源于 20 世纪 20 年代。17 世纪英国诗人堂恩讲过，他在祈祷时不能全神贯注，总有诸如对昨日快乐的回忆，对明天的危险的畏惧，一种妙想、一种幻梦等一系列想法穿越过脑海。这段话就有“意识流”的意味。堂恩祈祷时所想的不仅是对上帝的虔诚一事，表明了人的头脑活动的一般特征。感觉与印象穿流不息地通过脑际，不由自主地留下痕迹，它们有时同人在那一时刻的主要思想全不相关，有时则是违禁的、秘密的、不能公之于世的。英国哲学家洛克（John Locke，1632—1704）的学说里亦包含“联想心理学”的意思，他的这一想法在 18 世纪英国小说家劳伦斯·斯特恩的名著《特里斯特拉姆·闪迪》一书里有所表现。1887 年法国作家埃多瓦尔·杜加丹（Edouard Dujardin）所写《我们不再去树林啦》（*We'll to the Woods No More*），用的便是“意识流”手法。“意识流”一词首次出现在美国哲学家威廉·詹姆斯 1890 年出版的《心理学原理》一书内。一般说来，欧美文学评论界认为，“意识流”技巧的首次成功而系统的运用是在詹姆斯·乔伊斯所著《尤利西斯》一书中。和乔伊斯大约同时的英国作家弗吉尼亚·伍尔夫、德国作家托马斯·曼（Thomas Mann）以及法国作家马塞尔·普鲁斯特（Marcel Proust）都擅长运用这一技巧。我们在后面还要提到美国作家福克纳和康拉德·艾肯（Conrad Aiken，1889—1973），他们也是使用“意识流”创作的大师。

如前所述，现代派艺术大师詹姆斯·乔伊斯的《尤利西斯》是一部运用“意识流”手法最完善、最彻底的现代小说。对这部书我们在本书第一章里做过一些介绍。在这儿我们细说一下该书最后一章。此章可谓集“意识流”手法之大成。这一章是莫利·布卢姆的“内心独白”，莫利作为一个正式人物单独出现，便在此章里。她躺在床上，界于梦境和醒觉之间，神情恍惚，浮想联翩。她想到第一个情人，想到布卢姆，想到斯蒂芬和狗，想到“我们女人是一大群母狗”，想到上帝，大自然及其繁盛富足等等。她的思绪畅流无阻，对爱情的记忆，对布卢姆和斯蒂芬的推测和设想，她的充满性欲的幻想，总之，作者把她的思想全部公之于世，任人观览。全章40余页，共8句话，段落、句子、大写、小写及标点符号都不很清楚，有些代词如“他”所指也不分明。显然，作者对莫利的意识采取的是忠实记录方法。对于布卢姆的意识，作者采取提示法。布卢姆比莫利思想活跃。当他走在都柏林大街上时，各种思想宛如游鱼一般掠过他的脑海，做的事、见的人、闻的味等，都能引起他的联想。但这些感想总能和一直待在他的脑海深处的某些想法相关联，而这些想法又时时伺机浮到表面来，诸如儿子夭折留下的空虚、父亲的自杀、因妻子不忠而产生的自卑感、犹太人的局外感等。对斯蒂芬的意识的表现法又不同了。他的思维理智性强，落在纸上时就充满深奥的拉丁词根的词语。作者意在写其思想流动，力图把他的思想翻译成书面文字。

乔伊斯花费18年时间所写的《芬尼根的觉醒》（*Finnegans Wake*）已不是传统意义上的小说。它表明，“现代”小说重点已不在于讲故事。这一点可从不少“现代”小说里反映出来。这大概是一般读者对这些小说“敬而远之”的原因之一。《芬尼根的觉醒》是“现代”小说这一特点的极端表现。作者本人曾说此书是写给“患一种理想的失眠症的理想读者”的。这部书无头无尾，诚如有人所说是“圆形的”。它所描述的是一个睡梦世界，即表现都柏林一家酒吧老板及其家人睡时做梦的情景。乍读此书，读者可能不易确定谁在做梦，是老板呢，还是作者自己。这场梦共经历17个阶段（也就是书的17章），每阶段又有无数转折与变化，梦的内容时刻都在变化，在每项内容上停留的时间都不长。这本书对过去、现在与未来无所不包，对人类起源迄今所存在的各种基本关系，例如男女、老幼、生死、爱恨等无所不容。熟悉心理学的人会发现，作者写梦的技巧是完美无缺的。但是这本书内涵幽深，要读懂实属不易。就其文字而言，作者使用的确是英文，但在英文以外还运用了许多其他语种的字、词，全书充满双关语、文字游戏，再加上杜撰的字，难度就更大了。有人讲，要对这本书做出注释，需要一所评论家学院对它逐字逐句反复推敲，注释的长度也许会如《大英百科全书》一般。这种提法并非耸人听闻，因为已有一位评论家，对书内一段文字潜心研究后做的注释便有50页之长。乔伊斯的《尤利西斯》写的是都柏林的白天；而《芬尼根的觉醒》所写则是都柏林的夜晚，故事自傍晚开始，到破晓为止。

乔伊斯在英国文学史上的地位大概可谓前无古人，后无来者。他的独特思想境界和文风决定他的门徒不会众多。自他去世迄今 60 余年，明显模仿他的作家也许只有一位，即美国小说家康拉德·艾肯，我们在这里要提前说到。艾肯的小说《蓝色的航行》(*Blue Voyage*)在许多方面都以乔伊斯的《尤利西斯》为底本。主人公德马雷斯特有些像斯蒂芬，商人西尔伯斯坦有些像布卢姆。而小说的风格和整个结构也和《尤利西斯》雷同。它的故事是这样的：德马雷斯特乘船去英国会见未婚妻辛西娅，当他发现辛西娅也在船上并对他态度冷淡以后，他便陷入不可名状的沉思中。小说此后的部分乃是记录主人公的意识如何挣脱这种无知觉状态，回到对现实的充分理解阶段的过程。其中出现过一种荒诞离奇的想法，他设想自己在和一个朋友争论他的生活与艺术价值；还出现过一种幻象，见到他的同船旅友一起镇静地、肆无忌惮地、然而又是敏锐准确地谈论他的一生。小说的风格和题材都富有弗洛伊德分析梦幻世界的意味。艾肯对弗洛伊德所开创的心理分析学说称赞不已，认为这是20世纪内对了解人及其意识所做出的最大贡献。他在小说中运用心理分析目的在于剖析人的神经质状态。

在弗吉尼亚·伍尔夫的作品中，我们可以发现现代派文学的不少特点。在她看来，现实世界没有协调、秩序和连贯性，没有意义和稳定性；混乱、脱节和支离破碎感使人产生一种痛苦、绝望与无能为力的忧郁心情。生活本身如此充满矛盾，如此具有讽刺意味，以至唯一出路竟是死了。了解这位女作家生平的人知道，她一生也未找到适应生活现实的满意途径，最后乃以自尽结束一生。她刻画的一些人物，例如《达拉韦夫人》(*Mrs. Dalloway*)里的塞普蒂默斯及《波浪》(*The Waves*)里的罗达，结局都是悲剧性的。弗吉尼亚·伍尔夫不满足于“死是唯一的最后的出路”这一格局，她孜孜不倦地寻找自我隐退而享受协调、秩序、稳定可带来的快乐的世界。她同其他现代派作家一样，认为通过艺术创作可以造就出“人为的天堂”。文学作品便是以语言为工具捕捉和反映生活当中理想的时刻，“妙悟的时刻”，或如伍尔夫说的“存在的时刻”。在充满忧郁和愁闷的生活里，唯有这些“时刻”能给人以喜悦与快活。这样的“时刻”使伍尔夫在杂乱无章中洞见到“秩序”，使她透过表面现象而把握在某种本质特征。因此，有人讲伍尔夫的作品便是这种“时刻”的记录。《到灯塔去》（*To the Lighthouse*）一书里的拉姆齐夫人一天傍晚沉思的情景就是醒目的例子。你看她在夜幕即将降临、海水拍打海滩的时刻端坐在窗前，思绪突然脱离尘世的烦恼，无意间飞抵另外一个世界——远处灯塔所在的地方，在这儿一切都纯真、明澈，充满天堂般的快乐。拉姆齐夫人在那一瞬间体会到极乐和至福的味道，自我与世界结合为一体，孤独感、疏远感顿时消失，她感到无限满足，增强了生活下去的信心。灵魂在那一“宁静的瞬间”所经历的这种“超脱感”和“满足感”是伍尔夫的，也是不少现代派作家的作品的特征之一。他们在自己作品的艺术世界里找到了可与丑陋的现实相抗衡的理想境界。

这又正是现代派文学的美学危机所在。某些现代派作家对生活和现实采取的旁观者常有的否定和回避态度，只是拖延而无益于问题的解决。文学艺术家最终依然应正视客观存在的生活现实。我们不妨仍以拉姆齐夫人的梦界中心——灯塔为例。现实中“光秃而直挺挺”的灯塔及海滩的灰暗海水，在拉姆齐夫人的眼中突然显得异常美妙、静谧起来。这是拉姆齐夫人的艺术想象与代表现实世界的灯塔及海水相互作用、相互依赖的结果。前者没有后者显然无法驰骋。现代派文学的美学危机在于，作家不愿承认现实生活的价值及其在文学创作中的作用，因而对生活的认识无法深化，文学创作源泉日渐枯竭。到了30年代，包括伍尔夫在内的老一代现代派大师开始认识到自己的局限，对生活采取了吝惜的接受态度。年轻一代作家则毅然放弃上代人的传统，以积极参加者的态度大胆正视和描写生活。这其实就是后现代派的开端。伍尔夫本人在 30 年代及其以后的作品便已有后现代派的意味。30 年代初发表的《波浪》便已出现“生活是愉快的，生活是可以忍受的”、“生活是好的”等肯定生活的语言，表明作者已开始认识到生活的杂乱无章本身即是协调和秩序，恰如波浪的无休止的起伏是正常状况一样。在《岁月》（*The Years*）一书中，伍尔夫终于从“空中楼阁”降到地面上。她有意识地描绘外界，而不再雕琢内心。在日记中她承认外界存在许多宝贵的东西，决心抵制“内心”的诱惑。在这本书中，外界大千世界的一切吸引了作者，伦敦的粗钝的轰鸣、法庭、戏院、赤着臂膀的少女、在公共汽车上咀嚼三明治的老头等等，生活的美好与丑陋两面都表现出来。这里的人们已不像伍尔夫以前刻画的拉姆齐夫人、达拉韦夫人或罗达一样生活在天端或海底，生活在幻境中，他们脚踏着硬实的土地活动在这个世界上了。伍尔夫在《岁月》里“落地”了。

伍尔夫是写作技巧的大胆革新者。在作品中，她尽力减少事件和性格分析的篇幅，而重点描述某些孤单的“时刻的经历”。她还排除作者在书中作为叙事者或评论者的作用，她的作品享有“散文诗”的盛誉。伍尔夫又是一位具有独立见解的出色评论家，她的评论文章能以独到的见解征服读者。西方评论界对伍尔夫及其作品一直非常推崇，足见她在英国文学的转折阶段所处的举足轻重的地位。

在西方文化史上，有时出现名人生前遭受误解、甚至迫害的情形，20世纪初叶英国作家D. H. 劳伦斯的坎坷际遇就是一例。劳伦斯是一位多产的天才作家。在20余年的创作生涯里，他写出长篇小说12部，中短篇小说集9部，9部游记、评论及散文著作，3个剧本，还有近千首诗，在20年代曾蜚声文坛。他的《白孔雀》（*The White Peacock*）、《儿子与情人》（*Sons and Lovers*）、《虹》（*The Rainbow*）、《恋爱中的女人》（*Women in Love*）、《亚伦之杖》（*Aaron's Rod*）、《袋鼠》（*Kangaroo*）及《查泰莱夫人的情人》（*Lady Chatterley's Lover*）等小说，都曾令人赞不绝口。劳伦斯的小说的基本主题是写“性”，例如《儿子与情人》写恋母情结，也写男女情爱，《虹》和《恋爱中的女人》写受压抑的性欲望，而《查泰莱夫人的情人》则露骨地描写了人物的性生活。因此，他的某些作品，如《虹》和《查泰莱夫人的情人》曾严遭查禁。《查泰莱夫人的情人》一书至1960年方被伦敦法院解禁。劳伦斯本人也饱受冷待而浪迹天涯，最后在苦闷和失望中病死在法国。他在欧美文坛的“复活”，即所谓的“劳伦斯热”，也只是在近四五十年的事情。

劳伦斯是受弗洛伊德学说影响较大的现代作家之一。他注重描写内心，推崇非理性，主张解放“内心的我”。但另一方面，劳伦斯和弗洛伊德又有争议。他曾写过两篇著名的论文，《心理分析与无意识》（“Psychoanolysis and the Unconscious”）和《无意识的幻想曲》（“Fantasia of the Unconscious”），表明他对心理分析学说的观点。劳伦斯一生最恨理智或理性在现代生活中的专横作用。他认为，伟大而美好的东西源于人的内心，而不是来自社会和科学进步。现代机械文明的罪恶在于它无情地残害人的心灵，使之依附于社会、经济或政治责任，使人失去那“本来的虔诚的机能”——“纯真地”爱的本能，因而也便失去了本来的人格。弗洛伊德学说中让劳伦斯最厌恶的因素莫过于它的“实验室气味”。劳伦斯怒不可遏地指出，弗洛伊德的现代科学竟把人的爱情领域也理性化；真正的爱由于弗洛伊德的高谈阔论而从生活中消失了。他认为这是现代科学对生活的无法容忍的亵渎。[9]人在现代机械文明的腐蚀和压力下，发展了酷爱理性的倾向，人的关系呈现出隔膜、冷寂状态，非人格化的过程加剧了。由此可见，劳伦斯相信意志，而弗洛伊德则相信理智，他们的争论在某种意义上讲又是西方文化史中一直存在的唯意志论和唯理智论之争的继续。当然，既然两人都强调下意识和非理性，尽管角度不同，他们的争论终归并没有什么根本的分歧。

面对现代资本主义文明的威胁，劳伦斯主张人应恢复自我本来面貌，返回精神的“纯真境界”。他大声疾呼，“做一个完善的稚子。”他像柏拉图以来许多人一样，提出爱的重要，认为神圣的东西从根本上说是爱情，神圣的东西是在男人与女人的性爱中实现的。只有在个人爱情关系中，人才能恢复自我的真正的感情面貌。性是人的个性的最高表现，现代人的悲剧在于把性视为兽欲的满足，因而压抑爱的非理性威力。他奉性为宗教，认为宗教经历的核心是自我体验，真正的宗教信仰应脱离神学的概念而独立存在，真正的使人成之为人的感情应独立于代表传统和社会的良心与责任感而存在。显然，劳伦斯强调性自由是对现代科学文明的一种批评。1927年，劳伦斯发表了《死去的人》(*The Man Who Died*)。在这里他实际是描写耶稣死后被放入坟墓，做为基督的耶稣已亡故了，然而作为人的耶稣却未死。这个耶稣承认自己曾变做基督的错误。故事中这个没有姓名的人来到埃及生育女神的圣殿，直接从女神的一位金发信女那里学到性的秘密，发现了自己的“人的爱情”，恢复了意识的天真状态，明白了自己把人类领入歧途的错误。他认识到，灵魂的得救存在于亲密的生活中。于是基督复活而成为耶稣。

《查泰莱夫人的情人》一书是劳伦斯对性的最全面的声明。它要求人从虚伪的拘谨中完全解放出来。查泰莱夫人处于一种无法忍受的境况中：同情和记忆的纽带将她和在战争中受伤后下体全部瘫痪的丈夫联结在一起，而当她欲从婚姻中逃脱时又碰到一位视性爱为儿戏的现代人。后来她终于在护林工麦洛斯身上寻觅到生命的源泉，于是毫无顾忌地抛弃自己的一切——丈夫及其财产。这一否定态度表现出劳伦斯的生活观：只有摈弃象征理性的丈夫和代表现代社会一切桎梏的财产，查泰莱夫人才能成为真正的人。粗犷的麦洛斯是典型的劳伦斯式主人公，他像亚当一样生活在大自然的怀抱中，远离现代工业化的喧扰与压抑，又同查泰莱一伙所体现的理智保持着安全的距离。他的一副原始人的形象从另一角度表明，工业社会是造成生活失败的主要原因之一。

全面阅读劳伦斯的著作——小说、诗歌和书信——便会感到，劳伦斯的笔锋一直是针对着西方现代社会的。他预言西方文明的末日即将到来，主张采取原始的生活方式，新生应从性自由开始。不言而喻，这些思想中既包含先知般的卓见，又反映出20世纪初叶手足无措的知识分子的颓废情绪。不可否认，尽管《查泰莱夫人的情人》一书感情激扬、真挚，文字流畅而富诗意，然而它的大段有关性关系的描写，那样不遮不盖、肆无禁忌，在许多人看来是其明显的缺憾。劳伦斯的影响今天仍在增长，他的地位日益提高。在他去世55年之后的1985年，伦敦威斯敏斯特大教堂为他竖立起一块纪念碑。这一富有意义的纪念碑同拜伦、刘易斯·卡罗尔的并列而立，表明劳伦斯终于登上了文学宫殿的大雅之堂。

20年代的英国文坛英才云集，杰作层出不穷。以运用“意识流”

技巧而闻名的多萝西·理查逊的小说，利用现代手法表现19世纪传统小说里常见的那种主人公的心理状态，给人一种“骑驴穿马褂”的不协调感。她的名著《朝圣》(*Pilgrimage*) 1918年出版后，有一位名叫梅·辛克莱（*May Sinclair*）的作家读后进行评论时，从威廉·詹姆斯的著作里借用了“意识流”一词，归纳其写作特征，“意识流”这一概念于是问世。温德姆·刘易斯（Wyndham Lewis）是画家兼作家。他作为画家在第一次世界大战以前曾同诗人埃兹拉·庞德等一起组织“旋涡”画派运动（Vorticism)。作为小说家，他是同代人中出色的“能工巧匠”，同时又是不落俗套的批评家。福特·马多克斯·福特（Ford Madox Ford)是20世纪初年英美文学界相当活跃的人物。他曾创建《英国评论》月刊，发表著名作家D. H. 劳伦斯的初作，接受哈代、亨利·詹姆斯、高尔斯华绥和威尔斯等人的文稿。他还和康拉德一起创作过两部小说，同埃兹拉·庞德等人过从亦甚密。他的作品着重描绘英国上层社会的温文尔雅及其濒临崩溃的状貌。他的最成功之作要推《好兵》(*The Good Soldier*)。

在20年代，奥尔德斯·赫克斯利（A1dous Huxley，1894—1963）以其流利的文笔和引人入胜的故事，表现出这一时代的气氛及其变化。在思想上他和20年代是紧密相连的，他的几部重要作品发表在这一时期。在30年代他也写出了不少很有分量的讽刺作品，曾经激荡过读者的心。不过赫克斯利的人物常似木偶，故事的格局也如出一辙，在风格上又有模拟前人之嫌，这是他作品的缺憾之处。活跃在这一时期文坛上的还有以对话为基本技巧的罗纳德·弗班克（Ronald Firbank)，复活了会话文体的诺曼·道格拉斯（Norman Douglas)，以写幻境或寓言著称的大卫·加尼特（David Garnett）和T. F. 波伊斯（T. F. Powys)，通过神话传说解释人生的J. C. 波伊斯（J. C. Powys)；有喜剧作家威廉·格哈迪（William Gerhardi)，有写离异主题的斯蒂芬·哈德逊（Stephen Hudson)，还有L. H. 迈尔斯（L.H. Myers）和丽贝卡·韦斯特（Rebecca West）等，这些作家多在20年代成名，而他们的创作生涯一直延续到50年代、60年代甚至70年代。

（九）20世纪20年代的诗歌

这一时期独步诗坛的要数叶芝。叶芝是爱尔兰人，在爱尔兰这块土地上，数世纪以来孕育了不少文豪。仅以19世纪末及20世纪初的几十年为例，王尔德与萧伯纳、叶芝与乔伊斯都是明显的例子。20世纪初叶的英美诗坛曾先后出现两代著名的“现代”诗人。叶芝生活及创作的时期在艾略特和史文朋之间，算是转折时期。他和艾略特俩人一起闻名20世纪英美诗坛，和美国诗人庞德等堪称现代派第一代，而奥顿（W. H. Auden）等人则是后起之秀。叶芝的创作生涯可谓长而多变。1908年，当他43岁时，就已经是名满天下的文坛巨匠了。那时他已发表百余卷诗歌、戏剧、散文及其他编选的著作，业已出版8卷著作全集。他的素材多取自克尔特神话传记，描写的多是爱情童话等浪漫性内容。在这方面，《当你老了时》（“When You Are Old”）、《谁随佛格斯走？》（“Who Goes with Fergus”）、《高尔王的疯》（“The Madness of King Goll”）及《梦到仙境的人》（“The Man Who Dreamed of Fairyland”）等等，都是很好的例子。1908年，23岁的年轻诗人庞德从大西洋彼岸前来向他学习写诗，从而产生了文学史上老少相互提携的一段佳话。庞德的“现代”气息感染了叶芝，叶芝开始在选材、处理手法及遣词用字方面表现出浓郁的意象主义新诗的特征。20世纪20年代前后的时代状况，第一次世界大战前的气氛，爱尔兰的民族斗争等等因素，使诗人思想发生重大变化。他的诗歌从内容到形式都出现了明显的不同。“浪漫的爱尔兰业已逝去”，叶芝在《1913年9月》（“September，1913”）一诗中写道，显然是向浪漫诗歌写作阶段告别。

1917年，叶芝开始以新的神话体系为创作指导。这一体系内既有星相学内容，又体现出德国哲学家斯宾格勒（Oswald Spengler，1880—1936）的影响深远的名著《西方的衰落》（*The Decline of the West*）里的某些思想。它包括月亮的28个变相阶段，将它们同人的不同性格及文明历史联系起来。它表明西方历史的每一周期，无论古典文化时期还是基督教时期，都以凡女怀育“伪装为鸟的神”的“圣子”而开始。希腊神话中的半人半神女丽达和圣母玛利亚、宙斯和上帝、天鹅与圣灵、特洛伊的海伦和耶稣便是适例。在叶芝看来，以2000年为一周期的“巨轮”的轮回，开端总是伴以暴力和流血。著名的十四行诗《丽达与天鹅》（“Leda and the Swan”）的丰富内涵，便来自诗人的神话体系。这首弥尔顿式十四行诗取材于希腊神话中天神宙斯诱奸古希腊王后丽达的故事。宙斯化作天鹅，从空中降下，以其无比的神力抓起弱女子，毫无顾忌地把她奸污了。暴力生出暴力，丽达的双生女儿后来都成为悲剧的根源，其中一个，克莱滕内斯特拉，帮着杀了亲夫——特洛伊战中希腊军队统帅阿伽门农。而另一个，美女海伦，则引发了旷达10年的特洛伊战争，导致了一个古文明的毁灭——古特洛伊城的陷落及被夷为平地。诗的口吻近乎谴责神圣，而同时又悲叹人的无力与无可奈何。这首诗和诗人的神话系统很吻合。叶芝的另一首名诗，《再世》（“The Second Coming”），可从多层面加以理解。一种是单从字面与读后总印象看，诗的意思是说世界混乱，没有信仰，充满暴力与邪恶，急需拯救，神示待现。但是即将到来的却是一只可怕的巨鸟，它将危及包括人类在内的一切物种。假如我们从社会及历史角度阅读，便会发现此诗写成于1919年，恰值诗人祖国处于战乱的水深火热之中，而欧洲也正饱受一战的痛苦折磨，世人信仰危机日益加剧。倘然再考虑到诗人本人的神话体系，我们又会发现，巨轮的这次轮回将如以往一样，导致新旧交替。诗中所说的“再世”，实际是指基督时代即将结束，一个毁灭一切的罪恶时代即将到来。可见情绪悲观到了极点。叶芝在这个时期内写过几首极其出色的诗，其中包括《到拜占庭航行》（“Sailing to Byzantium”）、《拜占庭》（“Byzantium”）及《自我和心灵的谈话》（“A Dialogue of Self and Soul”），表达了诗人欲寻出路、获得永恒的强烈愿望。《到拜占庭航行》明确地显示出，诗人认为，艺术——不朽的智力的标志——是通达永恒与不朽的途径。

1928年后，叶芝的创作风格又有变化。他开始仿效民谣体式，不事修饰，写一些简朴、清爽的诗段。八首《疯简》（*Crazy Jane*）诗便是适例。此外，《青金石》（“Lapis Lazuli”）和《长足苍蝇》（“Long-legged Fly”），同《疯简》一样，肯定生活，表达出赋予悲剧以意义、乱世以秩序的自豪感。在叶芝看来，创造和破坏都是保持文明永存之所必需的，因而是紧密相连的。像《疯简》中的一首，《疯简和主教谈话》（“Crazy Jane Talks with the Bishop”），就很有代表意义。年轻时曾追求过简姑娘的主教，现在对年老的简已再无以往的兴致了，于是对她的灵魂得救发生了兴趣。但疯简自有主张，表示生活中良莠相连，最美丽高尚的爱情却发生在排泄废物之处。这首诗有些诗行竟有点粗俗，但话由疯简说出，又不失自然、得体。

20 世纪 20 年代的英国诗坛和欧美文坛息息相关。影响波及欧美的意象派诗歌风格，事实上首先发端于英国。1908 年至 1909 年间，英国诗人休姆在伦敦发起诗歌讨论俱乐部，研讨新时代诗歌创作。他敏感地提出，新诗歌要有一个主导意向，形式要自由，语言要简洁，以表达“瞬间的印象”为目的。这是后来意象诗运动的开端。后来成为这一运动主帅的美国诗人庞德当时来英国后，就参加了一些这样的讨论会，并如上所言，影响了老资格诗人叶芝。关于这个诗歌革新运动，我们在后面讨论美国 20 年代文学时，还要仔细介绍。这个年代欧美诗坛闻名天下的领袖人物是 T. S. 艾略特。这个人出生在美国，读完哈佛大学以后移居英国，后来入籍，所以英国人写文学史，总把他算作英国人，这也难怪。美国人当然说他是美国诗人。所以我们把他放到后面美国文学章节里去详谈，此处不再赘述。

（十）20 世纪 30 年代

20 世纪 30 年代是“危机与痛苦”的时期。美国的经济大萧条正从大洋彼岸波及过来，社会和经济正发生动荡和脱节，现行制度似在瓦解。纳粹德国虎视眈眈，西班牙内战如火如荼。人心思变，马列主义和俄国风靡一时。弗洛伊德正方兴未艾，在文学界产生深远影响。新时代要求新的表达方式。作家们欲与大众交流的社会目的性显而易见。世纪末的唯美论及前时期的现代主义文风都让位于新时期的新风格了。

30 年代及其以后的英国诗歌和奥顿（W. H. Auden，1907—1973）的名字紧密相连。他是继艾略特之后最重要的英国诗人。30 年代诗坛的领袖人物。当时有几位思想相近的诗人，如斯彭德、戴・刘易斯、麦克尼斯等人，都很受他的影响，几个人的作品很相似，在当时有“奥顿派”之称。他们都有左的倾向，有人加入过共产党，但后来都感到失望，思想转向保守，诗作也情随事迁，改弦易辙了。我们首先谈谈奥顿。

奥顿是一位无往不利的现代作家。他写诗、剧、社会评论，也写游记、战地报道等等。当然，他的主要成就表现在他的诗歌创作方面。奥顿学识渊博，还在牛津就读时，他便涉猎广博，对古希腊文学、古英诗及冰岛神话传说等有所研究。后来对弗洛伊德学说及马克思的学说也曾产生过浓厚兴趣。这个人阅历丰富。他曾站在左翼一面参加西班牙内战，目睹萧条的西方和战火弥漫的欧洲。他游历过比利时、冰岛和中国，后来客居美国，曾在几所大学任教。他的诗是他一生各个阶段思想与经历的记录，也是30年代及其以后英诗发展的一段简史。他早期的诗歌重点描写社会和个人问题，充分体现出他对政治现实的忧虑与关心。诸如《1929》（“1929”）、《西班牙1937》（“Spain 1937”）及《1939年9月1日》（“September 1，1939”）等诗作的政治倾向是显而易见的。我们读《1929》的第二部分便会发现马克思学说对他的明显影响。后来他对马克思学说及弗洛伊德学说开始失望，《1939年9月1日》便是极好的佐证。奥顿的后期作品的基调是怀疑与讽刺，偶尔呈现出半宗教性色彩。有人说他在第二次世界大战爆发后便失去了主题和感情动力，其实这种提法并不确切。浏览奥顿40年代以后的诗作便会感到，他的主要诗歌对人的弱点进行了透彻分析，表现出他对正确——虽然有局限性——的生活理想的追求。后期作品虽然不似早期那样充溢着激昂的感情和跌宕的气势，但字里行间所体现出的柔缓的人情味也不无动人之处。奥顿的诗歌情调不古板，有时热烈，有时悲哀，有时严肃、清醒，有时则悠扬甚至轻浮，情境不同，感触自异。他的重要著作有《诗集》（*Poems*）、《演讲家》（*The Orators*）及《焦虑的时代》（*The Age of Anxiety*）等。阅读奥顿，有如阅读艾略特，深有面对天才的敬畏感。

让我们读两首奥顿的诗吧。他的著名短诗《美术馆》（“Musee des Beaux Arts”）值得一读。他主要写诗人对一幅名画的观后感。这幅画是比利时画家布罗吉尔（Pierter Breughel，1520—1569）所作，名为《伊卡拉斯之死》（*The Fall of Icarus*）。伊卡拉斯的故事取材于罗马神话作家奥维德的名作《变形记》（*The Metamorphoses*），讲伊卡拉斯因违背天意而由天上降下、落水而死之事。奥维德的原作写伊卡拉斯落水时，旁边的农夫、牧羊人及渔夫都向湖中投去同情的目光。然而布罗吉尔的画却有所不同，他画中的人物都似视而不见，依然继续做自己的事情。奥顿似对大自然也不放过，他指责太阳照旧闪烁，颇有美国女诗人迪金森（Emily Dickinson，1830—1856）的诗《显然是冷不防地》（"Apparently with no Surprise"）里面所说的那样。诗人似在揶揄世人的缺乏爱与同情，认为这是人生痛苦的根源之一。此诗用诗人著名的口语风格写成。我们要读的另一首诗是《傍晚散步有感》（"As I Walked Out One Evening"），这首诗可称为诗人晚期作品风格的开端。一向怀疑、讥讽成性的奥顿晚期变得有些虔诚，语调亦富抒情味了。诗人说一天晚间他出外散步，听到两首歌曲，一是热恋中的情人的歌，一是钟楼传来的钟的歌，提醒人们时间在滴答地走，死神在逼近，时间一到，一切都会无影无踪的。诗人并非对生活悲观，他似在说，自然法则无法抗拒。诗中对人性也笔锋旁骛，人性既然不好，还是照基督教义，爱你的邻居吧，罗曼蒂克只能以毁灭为终结。诗里宗教、政治、社会几条线索交织，体现出奥顿艺术的绝妙之处。

斯彭德（Stephen Spender）、麦克尼斯（Louis MacNeice）及刘易斯（C. Day Lewis）等是活跃在30年代及其以后英国诗坛的几位著名诗人。在30年代，他们有"奥顿派"之称。他们环绕在奥顿周围，受到他的诗歌威力的"震撼"，嗅到了"变化的气息"，洞见到充满希望的未来。这些年轻有为的诗人们，个个都有崇高的使命感，也有些自命不凡，愿把自己的艺术创造力贡献给新事业、新生活。他们拥护左派观点，有的如斯彭德和戴·刘易斯则加入了共产党，后来都因大失所望而在30年代末退出。在艺术形式上，他们一起致力于开拓新路，放弃现代派第一代大师们的写作手法，把诗歌从曲高和寡状态中解脱出来，使之能为大众所欣赏。"奥顿派"首次扬名于世，是通过两部名为《新签名》（*New Signatures*，1932）及《新国家》（*New Country: Prose and Poetry by the Authors of New Signatures*，1932）的文集。所谓“奥顿派”实乃一张标签而已，这些人虽然相识，但一起会面却是在 1947 年，其时早已时过境迁，他们从人到诗都已今非昔比了。

关于他们的诗歌，斯彭德的抒情诗清雅秀气，具有一种酷似雪莱式的神妙、轻扬以及对友爱和美的热烈追求。在他的诗里所表现的纯真同情心或高雅与庄重，又与奥顿不同。麦克尼斯和刘易斯很有古典气息，他们以其不同方式写出一种浑厚的诗歌。麦克尼斯对外部世界充满热情，他诗中优美的口语具有独特的爱尔兰风味。刘易斯则以其动人的爱情诗而著称。[10]

当然，应当指出，这几位诗人和奥顿有突出的相同之处。30 年代的政治气氛使他们陶醉，并为他们提供了丰富的创作素材。以斯彭德的《不是宫殿，一个时代的王冠》（“Not palaces，an era’s crown”）为例，这简直是一首主张建立没有饥饿和不平等的世界的马克思主义内容丰富的诗。这些诗人又逼真地描述了经济危机时期的心理状态，绘出了一幅幅工业崩溃的“荒原”画面。以麦克尼斯的《风笛乐》（“Bagpipe Music”）为例，全诗充溢着讽刺意味。他们清醒地意识到人的孤立与变异，觉悟到建立社会机体、恢复谐调生活的必要。然而，他们的思想又矛盾重重。D. H. 劳伦斯的极端个性发展主张业已碰壁，而马克思主义和共产主义又未能使他们满足。他们那种不尴不尬、进退失据的心理，在刘易斯的《两个世界在我心内对垒》（“In me two worlds at war”）一诗中表露得淋漓尽致。

迪伦·托马斯（Dylan Thomas，1914—1953）在 30 年代的出现，令人感到新浪漫主义诗歌业已诞生。30 年代的文坛是错综复杂的。奥顿虽然反对现代派第一代大师们的写作模式，他的现代派味道极浓，被认为是现代派的第二代代表人物。他的早期诗歌政治性强，有浓郁的说教特点，对诗歌想象产生某种局限作用。当时英国诗坛还有个颇有名气的诗人，就是燕卜孙（William Empson），他的新批评派味道纯正的诗歌自成一体，在诗坛已开始产生非同小可的影响。面对这种局面，一些年轻诗人开始感到不安，他们要走新路，一种新能量又在爆发。这就是 30 年代中期以后所出现的新浪漫主义的复活。开始时有些举棋不定，但到了40年代就成了气候。这些人以托马斯为最出名，其他还有巴克尔（George Barker）、雷恩（Kathleen Raine）、瓦特金斯（Vernon Watkins）等人。

托马斯是一个著名的爱尔兰诗人。他出生在威尔士，自幼天资聪明，富于想象，对文字的魅力充满浓厚兴趣。后来对乔依斯、霍浦金斯、D.H.劳伦斯、艾略特、奥顿、弗洛伊德及玄学诗都有所研究，获益匪浅。他20岁成名，30岁之前业已写出大量诗作。托马斯早期的诗形象奇异复杂，常出人意表，他是一位极重技巧的诗人。托马斯的主题是生命的一体性，即生、死与新生的继续过程。在他看来，生命的力量让人从母体降临，又在那生的同时开始他的死亡进程。由此他从人与自然、过去与现在、生与死的统一中得到慰藉，“拒不为一婴儿的夭折而哀伤”。他的不少杰作巧妙地把圣经、威尔士传说和弗洛伊德学说中的形象交织在一起，有效地表达和突出这一主题。在这些诗作中，他还把他的惊人的精力贯注在声音、句法、形象的雕琢上。他的感情激扬、内涵深刻的语言，无疑是他扣人心弦的魅力所在。托马斯的诗有浓郁的尚古味道。他纵声歌唱原始的欲望，把它们强力推到人的意识区内。诗歌内在的某种绝望和命定论因素，有时又让人认识到诗人的“哲学”的宗教性质。托马斯的许多名作还体现出反复无常和感伤的情绪，表明他是一位能沉醉于幻想和回忆的现代浪漫诗人。托马斯健谈、好饮，性格倜傥不羁，情绪时起时伏。50年代曾到美国朗诵已作，听众为之倾心一时。他经常到纽约格林威治村这个文学艺术家狂歌豪饮的所在去。后来酒醉突然死去，其时仅有三十九岁。托马斯遗下的脍炙人口的诗作很多，诸如《望约翰爵士山》（“Over Sir John's Hill”）、弗恩山（“Fern Hill”）、《不要轻易朝夜行》（“Don't Go Gentle into That Good Night”）等等，不一而足。

托马斯的名作之一是《不要轻易朝夜行》（今译作《不要轻轻走入那美妙的夜晚》）。这首诗讴歌人在逆境中所表现的勇往直前不低头的精神，因而令人百读不厌。据说诗人创作此诗时，他的老父因患口腔癌而身心交瘁，昔日他任教师时的威风让病魔折磨得所剩无几。《不要轻易朝夜行》旨在鼓励老父振作精神，不可轻易放弃而向舒服的黑夜与长眠让步。全诗一唱三叹，叠句余音绕梁，读来令人感叹不已。也有人说，该诗亦可能是诗人自况之作。他酗酒成性，很有以己身试死神的味道。

让我们再来读一首他的比较容易读懂的诗，《弗恩山》。弗恩山是诗人幼时玩耍的一处农庄。这首诗实际是成年的诗人在回首往事。全诗共六节。诗一开始便以浓重的笔墨描绘农庄的田园之美：房屋、果树、青草、大麦、水光。诗人是快活的王子，仿佛是无忧无虑的牧羊人。中间两节将农庄描写为伊甸园，孩子在那儿尽情玩耍，身心融入大自然中。如果在前几节中，诗人虽注意到但尚未意识到时间的存在，那么在最后两节中，这种意识业已洞烛其奸，视它为将农庄变成"无稚子之地"、将孩子置于成年与死亡枷锁中的十恶不赦的歹徒了。托马斯的这首诗没有沉思和说教，它直截了当表达出天真必失、死亡必到的人生至理。诗人引吭高歌，目光向内审视自己成长的奥秘。

托马斯的诗歌总的说来不易解读。有些诗作在长时间内令读者及评论家蒙头转向，如坠迷雾。究其原因，不是他的题材新颖，也不是他的词汇量大，搅局的是他独特的思维和表达方式。我们在阅读他的作品时应特别给予注意。

人们经常说，20 世纪 30 年代及其以后的英国小说大不如前，没有一位作家再能写出康拉德小说所表达的精神迫切感，没有一人能同乔伊斯精湛的遣词用字的才能相比美，或同 D. H.劳伦斯的充沛活力与可毁灭一切的痴迷心相较量。人们还说，现代英国小说业已不再描述人情与伦理，它的衰落是无法挽救的。这些提法都有其道理。[11] 但是这并非意味着人们有什么充分理由可以无视诸如格拉姆·格林（Graham Greene）、贝克特（Samuel Beckett）、亨利·格林（Henry Green）、康普顿—伯尼特（Ivy Compton-Burnett）、鲍恩（Elizabeth Bowen）、伊夫林·沃（Evelyn Waugh）等人的卓异著作。英国作家对这一时期所出现的严重国际危机，采取了一种与前期作家完全不同的态度。前一阶段的精神兴奋似乎只传染了 30 年代及其后的诗人，而小说这一体裁在格林、斯诺（C. P. Snow）、奥维尔（George Orwell）与卡里（Joyce Cary）等人的手里，则呈现出一种有趣的"返祖"现象，即恢复曾被现代派大师们鄙夷和几乎抛弃的传统情节和人物。换言之，尽管年轻一代仍沿袭上一代的某些写作技巧，然而他们绝非“现代派”作家。这显然是对上代革新的一种反动，一种应被视为健康的反应：年轻一代越过老一代作家的影响，重返 19 世纪维多利亚作家的传统去。比如斯诺更接近于乔治·埃略特、高尔斯华绥和阿诺德·贝内特的文风，卡里像在模仿斯特恩、菲尔丁和狄更斯，而格拉姆·格林则仿佛是柯林斯、斯蒂文森与早期康拉德的近亲。说到康普顿—伯尼特，她的脚步没有迈过 1910 年一步，而奥维尔又去求教于吉辛（George Gissing，1857—1903）和左拉的自然主义写作方法。这时期的作家似乎一致认为，20 年代的创作尝试业已过时，现在最稳妥的做法是退却。技巧、尝试、方法——这些提法几乎已消失，“艺术性小说”已经无人崇拜了。

发生这种变化的原因既多而又复杂。经过第一次世界大战和第一次世界性经济危机严重冲击的英国，在国际事务中的举足轻重地位日渐由美国代替，这在一定程度上影响了英国小说发展的机势。英国小说家多着重于表现英国社会生活的状貌与理想，而极少关心“国际性”或欧洲大陆的文学状况。倘然乔伊斯、伍尔夫、D. H. 劳伦斯和康拉德讲话的对象不仅是英国，如果小说在他们手里由主题到技巧都倾向于“国际化”，那么，斯诺、格拉姆·格林，卡里、伊夫林·沃等人则偏于“英国化”、“乡土化”了。这些人的作品构思规模较小，内涵也不求过于丰富，篇幅短得多了。当代最成功的小说家之一格拉姆·格林很少写过超越八万字的小说，而他却是同时代作家中最关心人同自我、人同上帝的关系等重大主题的作家。格林小说的人物为数不多，结构简单，表达直截了当。

外部世界的变化愈大，压力愈大，小说便愈“内向”。当代小说家似乎觉得，完全陷入生活便会导致毁灭，安全的路子在于避开生活的重大课题。在 D. H. 劳伦斯以后，似乎无人能完全相信，人能如凤凰一般死后又能获新生。在康拉德以后，似乎无人能接受幻影那种暂时的拯救精神的作用。而在 E. M. 福斯特以后，则没有什么人再那么乐观地宣称，人通过“联系”便有生存下去的希望了。对 30 年代的国际纷争，战争年代的混乱与喧嚣，以及这些变乱所带来的失意和绝望情绪，战后的紧张气氛及世界可能毁灭的前景等等举世瞩目的题材，小说家们却取回避态度。他们多退避到“个人”的领域内。在鲍恩、康普顿—伯尼特、劳伦斯·杜洛尔（Lawrence Durroll）、亨利·格林、伊夫林·沃等人的著作里，对当代事件讲述得很少。在主要作家中，只有斯诺认真考虑并表现出对社会、政治矛盾的关心，但他表现人物和情节的深度与强度，又因其较广泛的题材范围而受到一定影响。格拉姆·格林和塞缪尔·贝克特大概是不多的既写“个人”又写社会的作家。

英国文学在 20 世纪初叶的一二十年内发展到一个新的高峰后，现当代作家面临着一个全新的世界。在这个世界里，一切价值标准都已受到怀疑。在这种情况下，写悲剧固然已无可能，即使写一些严肃的喜剧，也是相当困难的。这个时期作家的创作似乎没有随着时代的前进而发展。鲍恩的写作技巧尝试，伍尔夫先她 15 年早已做过；卡里的语言功夫，同乔伊斯似有云泥之别；杜洛尔对爱的论述，与 D. H. 劳伦斯相较，显然如皮相之谈；而当格拉姆·格林以宗教为基准谈论伦理道德时，他大概已料到，19 世纪小说家已在这方面有过难以超越的建树。当然，这绝不是说现当代作家未表现出自己的独创活力。阅读这一时期的各类作品，便能发现不少颇为动人的东西。

康普顿—伯尼特小姐的《丈夫和妻子》（*Men and Wives*）、鲍恩的《心的死》（*The Death of Heart*）、格拉姆·格林的《权力与荣耀》（*The Power and the Glory*）和《布赖顿石》（*Brighton Rock*）、伊夫林·沃的《衰亡》（*Decline and Fall*）及《一把土》（*A Handful of Dust*）、亨利·格林的《生计》（*Living*）、安东尼·鲍威尔（*Anthony Powell*）的《下午的人们》（*Afternoon Men*）和《时间的乐曲》（*The Music of Time*）、奥维尔的《动物农场》（*Animal Farm*）及《1984》（*Nineteen Eighty-Four*）、伊舍伍德的《诺里斯先生换火车》（*Mr Norris Changes Trains*）及《告别柏林》（*Goodby to Berlin*）、卡里的《做一名朝圣者》（*To be a Pilgrim*）及《马嘴》（*The Horse's Mouth*）等等，都是值得一读的好作品。

在 30 年代的小说家中有几位很值得我们提一提，比如奥维尔、格拉姆·格林、康普顿—伯尼特、伊夫林·沃及伊舍伍德等。乔治·奥维尔（George Orwell，1903—1950）一向主张艺术与政治有紧密关联，他的主要题材是政治性极强的。在危机的30年代，奥维尔深受社会主义思想的影响，参加过西班牙内战，但后来又深感失望。他一向主张个人自由，认为社会主义与共产主义威胁这种自由。他的名作《动物农场》及《1984》（1949）便是适例。前者是以动物社会喻讽人类社会的政治寓言，显然是映射苏联的状况的，读者可从动物庄园上所发生的事件中，容易地辨认出苏联的状貌来。《1984》这部小说虽然反对所有极权制度，但矛头依然主要指向苏联。书中极权的代表人物被称呼为"大哥"，一般人的典型人物名叫温斯顿。人在书中所描绘的社会与政治制度下，完全丧失了自由，不能有思想，不能有日记，不能对异性表示兴趣和爱情。温斯顿就因违反这些戒条而遭逮捕，饱受折磨，最后以克服自我、向"大哥"的权势屈服而告终。奥维尔的作品曾被译成多种文字而风靡一时。

伊夫林·沃（Evelyn Waugh，1903—1966）一生主要写讽刺作品。这些作品的结构大体如出一辙：一个天真的年轻人在尔虞我诈的罪恶世界里沉浮。诸如《衰亡》（*Decline and Fall*，1928）中的保罗，《罪恶的躯体》（*Vile Bodies*，1930）中的亚当，《一把土》（*A Handful of Dust*，1934）中的托尼等等。年轻人的经历为作者提供了鞭挞社会的良机。从某种意义上讲，沃的第一部小说是阅读他的其他所有作品的关键。《衰亡》这部书读起来有点黑色幽默的感觉。小说以牛津大学的一次晚宴为始，保罗因被误解为行为不端而被驱出大学，到北爱尔兰一所学校中当教师，后因偶然机会和一贵妇人玛格特相恋，富翁梦还未做上就替原来是人贩子的玛格特作牢。后来这个情人另嫁一高官，保罗方得以获狱外就医，"死"于手术台上，然后又鬼使神差，改头换面，更名换姓，神不知鬼不觉地回到大学继续上学。很明显，在保罗任人宰割的世界里，玛格特如鱼得水，游刃有余，而普通人则只有由人摆布的份儿。这是既可笑又极可悲的。伊夫林·沃要表现的恰是这样的世道。

格拉姆·格林（Graham Greene，1904—1991）的创作生涯长达多半个世纪，他的不少作品写成于30年代。虽然他和30年代紧密相连，他的主要主题却自始至终是一致的：他是描写现代人尴尬处境的最出色的作家。表面看来，他的作品题材庞杂：罢工、政治谋杀、国际金融、西班牙内战、越法战争、革命前的古巴、独立前的刚果、宗教、社会主义、马克思主义等等，不一而足。但细细读来便会发现，格林无论描写何地、何人、何事，他关心的却总是人，堕落的人的处境、他的心理矛盾、恶的诱惑力、生活的污秽和无意义等。格林的手法总是通过局部表现整体，让读者透过具体望到一般。格林最成功的小说之一是他的《权力与荣耀》（*The Power and the Glory*，1940）。这本书出色地刻画了两个貌似不同，然而本质却相似的人物。一个是神父，一个是警官，二人都具有非凡的悲剧气质。这个神父几乎是遥远的墨西哥在查封教堂、驱逐神职人员以后所剩下的唯一神父。他有一私生子，在包括他本人在内的所有人的眼里，他都是一个坏人。面对逆境，他胆小如鼠，整日以白兰地浇愁。然而他内心笃信上帝，深知自己的圣职责任，所以能在关键时刻挺身而出，做出不愧为殉道士的英雄行为来。小说中的警官也异乎寻常，他有一种凡人的执着。他和神父一样，内心充满了爱，也为爱所感动。二人虽会面短暂，但内心相通的典型体现是神父的一句“你是个好人”，警官的一句“你也不是坏人”，其中所表现出的理解和友谊实确是动人心弦。

我们还要说到卡里（Joyce Cary，1888—1957），他在30年代开始发表作品，成为二战前后的重要作家之一。卡里的独特之处在于，他既保留了传统小说的重视情节和人物刻画，又接受了现代派的形式革新特点（例如意识流等技巧），两者在他的作品中被巧妙地结合起来。卡里所描绘的是一个不公平的世界，这里有对殖民主义统治的揭露和抨击，如他名作《约翰逊先生》（*Mister Johnson*，1936）里所写得那样，也有个人与世俗、传统之间的矛盾与争执，如他的另一名作《马嘴》（*The Horse's Mouth*，1944）中所描绘的。《马嘴》很值得一读，它的情节令人感到可笑又可悲。书中的画家与社会之争实乃他的创作个性和对他既不理解也不支持的社会之间的尖锐冲突。社会对他冷漠无情，或置之不理，或横加迫害，让他觉得可恨、可恶。他对社会也毫不客气，所用手法之滑稽和荒诞，令人想来也觉有缺乏章法、不得要领之嫌。《马嘴》是对当时英国社会的一幅很好的写照。

在这一时期内，一些女性作家享有很高的声望，康普顿—伯内特（Ivy Compton-Burnett，1884—1967）便是其中的一位。康普顿—伯内特的作品开始发表于20世纪20年代，但她成名于30年代。从内容讲，她的小说写的多是19世纪后半叶与20世纪初的英国社会状貌，所描绘的阶层多属乡下士绅家庭的生活。这是一个从道德到经济都处于没落状态的阶层。在这个既封闭又狭小的圈子里，他们的生活充满了专制、罪戾、暴力、乱伦等怪诞和乖谬现象。康普顿—伯内特的人物有时比生活里的真人显得大一些，他们的行为有时有夸张之嫌，常给人一种属敢想而不敢做的感觉。她的语言严谨，遣词用字考究，尤其是她的对话组织缜密，环环相扣，稳健地把故事推向高潮，在叙事和人物塑造上发挥了关键作用。我们还要说到鲍温（Elizabeth Bowen，1899—1973）。她的题材虽广，但主要表现年轻女人的生活与心态；在小说技巧上，鲍温基本遵循传统手法，但她受现代派革新的影响颇大，如表现人物的内心世界时笔触细腻，不乏新颖的表现形式。鲍温在小说技巧方面也写过一些评论文字。

塞缪尔·贝克特（Samuel Beckett，1906—1989）的创作生涯很长。他起步于30年代，跨度直到战后，作品具有现代与后现代味道。贝克特的作品包括荒诞戏剧和小说，他的喜剧性小说是对社会所进行的成熟的、颇富哲理的批判。他像现代的梭罗，对个人无力安排自己生活的现象感到痛心。这位客居英国和法国，用英、法两种文字写作的爱尔兰人，认为混乱是滑稽的，他的反叛既针对天，也指向地。贝克特的基调和现当代生活经历比较合拍。他把现当代人的堕落视为具有宇宙性的玩笑，拒绝给其人物以固定姓名，以嘲笑现当代人的无根底、无希望状态。他的主人公，像他的《归宿》（“The End”）故事里的人物那样，无法活，也无法死，整日等死，常是一个非人格化的流浪汉式人物，否定和拒绝参与生活，经常躲在一个社会让他吃、喝、撒、睡的黑角落里，希冀在冻馁和堕落的愚蠢中证明自己的存在。贝克特的人物不是罪犯，不代表邪恶力量（虽然他们有反社会的表现）；他们常常处于社会约束之外，忠于“自我”，从自身而不是从上帝或社会那里寻觅生的哲学。贝克特的名剧《等待戈多》（*Waiting for Godot*）主要表现依靠上帝恩典获救的主题。剧中所描绘的乃是一个没有信仰、自我意识产生危机的世界。戈多实际是上帝的缩影，等了半天他也未露面。上帝是否存在，人们已无法核定。他便是在，对人也已漠不关心，没有了感情，和人已无法沟通。他实际上已无故把人类诅咒并推向痛苦的深渊了。这出荒诞剧语调很低沉。

（十一）二战后的诗歌

第二次世界大战后的英国诗坛，除迪伦·托马斯的诗歌外，普遍弥漫着一种“业余”精神。战前伟大的一代现代诗人的革新活力似乎已消失，“福利国家”使诗人眼界变得狭隘，思想和感情渐趋“岛国化”。到50年代中期，一批年轻诗人和评论家感到有必要复活传统的艺术形式、重振西方人文主义传统。在诗歌创作方面，他们既不接受T. S. 艾略特式的古板和僵硬，也拒绝极端存在主义者的虚无主义，而主张走自己的中间道路。这些人逐渐成名，人称“运动派”。该派的主要旗手之一唐纳德·戴维（Donald Davie，1922—1995）认为散文诗不无优点，主张言简意赅、形象清晰、词语优雅庄重。他指出，伟大的诗歌必须有泥土气息和人情味道。“运动派”的著名诗人拉金（Philip Larkin，1922—1985）擅长叙写个人的自怨自艾、自惭形秽而又不愿从中解脱的心理。读拉金的诗有时也会发现，在诗人喋喋不休的自我剖析后面，隐藏着一种文明即将毁灭的极度痛苦感。自50年代以来，英国诗坛虽然尚未出现如叶芝或艾略特般举足轻重的巨匠，但论其作品也是姹紫嫣红，论其作家也是人才济济。60年代、70年代新人新诗不断出现，诗的种类也有增无减，从与爵士乐相关的通俗诗歌到精巧优雅的传统诗歌，可谓无奇不有。随着时间的推移，神话因素也渗入新诗的机体中。今天的英国诗人面对愈益复杂与惊人的资本主义技术文明的残酷、暴力、非理性现实，不少人开始认识到，用反文化主流的反非理性予以对抗，尚不如以怀疑的、但合理的态度，镇定地摧毁恐怖的机器、组织体面的社会生活更加有效。他们之中不少人感到，重要的事情在于不失去控制，运用其艺术反对（而不是体现）现代生活的混乱。我们读莫利·霍尔登（Molly Holden）、汤姆·甘恩（Thom Gunn）、泰德·休斯（Ted Hughes），杰弗里·希尔（Geoffrey Hill）等人的诗，就有这种明显的感觉。以上所言算是对诗坛的粗线条的勾勒吧。下面介绍几位重要诗人。

先说“运动派”诗人。战后的英国诗人不易分类，当代诗人尤其如此。这一时期的诗坛充满不同内容和风格。一方面现代派大师们仍在享有盛誉，T.S. 艾略特在 1946 年获诺贝尔文学奖后正声名大震。玄学诗依然风行。另一方面，迪伦·托马斯等浪漫派诗人仍在继续创作。而在同时，如上所言，新的一代正在崛起，颇具反叛的精神，其中有几位独具一格的诗人被称之为“运动派”诗人。

运动派诗人成名在 20 世纪 50 年代。“运动派”这个名称首次出现在一家杂志评论战后诗人的文章中，原为玩笑之语，然而却广为流传；后来在 1955 年和 1956 年又连续出现了两部诗选——《50 年代诗人》（*Poets of the 1950s*，1955）和《新诗》（*New lines*，1956）。之后人们突然意识到，反映战后英国面貌的新诗风已经出现。比较闻名的运动派诗人包括艾米斯（Kingsley Amis）、拉金、戴维、甘恩以及约翰·温（John Wain）等。这些人的诗风和战争年代的截然不同，他们不喜欢迪伦·托马斯和他的同代人所使用的浪漫风格，不喜欢他描写性与暴力以及对童年天真的怀旧，不喜欢他放弃传统的表达形式。二战中的残酷现实及战后政治、社会生活的巨大变化要求他们以现实的态度加以审视。他们也偏爱像 18 世纪某些诗人所使用的艺术形式。此外，他们感到极有必要满足广大社会读者的欣赏口味。运动派诗人把艾略特和庞德等人视为外来影响，他们更崇尚本国 18 及 19 世纪的文学传统。50 年代的诗人或为运动派诗人，或与他们持相近的观念。运动派诗人的诗歌具有明显的共同特征，诸如感情丰富、擅长自我表达、富直觉感、有预言性、内容艰涩等。他们注重理性、传统、艺术，形式考究。他们的语言平易，内涵隐约。运动派诗歌语调倾向低沉，这和他们的心理状态有关。一方面他们喜欢战后英国工党执政的具有社会主义性质的一些想法，却同时又对这些缺乏信念。运动派诗人当然不是铁板一块，他们在思想观念及创作实践方面都有自己的独特之处。他们有的也写小说及文学评论。

我们首先要说到拉金，这个人在英国文学史上应为一个里程碑。他和他的同代人一起开创了 50 年代的新诗风。他反对迪伦·托马斯的浪漫风格，善于描写平凡人的平凡生活，语言平顺简明，攘括虽窄，但处理充分得当，读来颇有味道。他描绘生活的色彩一般是灰暗的，表现出浓郁的不满、怀疑及失望情绪。拉金的诗歌个人意味浓，颇有自白诗的特点。他的写作模式也引人注目。他通常以外界的某事某人或某物为起点，开始他的沉思与默想。拉金的威力在于他个人的体会常能反映公众的感觉。例如他的《高窗》（"High Windows"）一诗，就以诗人望见两个年轻恋人厮守于某处为引子，进而揣测二人正在做爱、分享热烈性爱的极乐。年逾花甲的诗人于是浮想联翩、心潮澎湃了。他告诉我们，这种极乐乃是老人们梦想的天堂所在，在黑暗中大汗淋漓，气喘吁吁，忘却了上帝，忘却了禁忌，只有自由自在、兴高采烈，这才是生活。这时诗笔突然旁骛，写诗人想见到教堂的高窗、玻璃、蓝天以及在那些之外一望无垠的虚无。诗人突然想到了自己，所面临的唯有死亡了。于是诗开首处的欢乐骤然转为面对永恒的那种强烈的畏惧感。阅读拉金的诗会发现，诗里总迷漫着一种伤感，究其原因，可能是诗人在经历信仰危机（如他的《去教堂》["Church Going", 1955]等诗所示），亦可能是因畏惧死亡所致（如他的《晨曲》["Aubade", 1977]等诗所示）。

唐纳德·戴维是 50 年代运动派诗人中很有影响的一位诗人、评论家。他强烈反对迪伦·托马斯、奥顿及玄学派诗歌的风行于世，"重新发现"了 18 世纪诸如库柏（William Cowper）、哥尔斯密（Oliver Goldsmith）及克莱布（George Crabbe）等诗人的诗歌遗产，使之成为运动诗所主要遵循的原则。他推崇 18 世纪"奥古斯丁诗歌"把道德伦理内容与其艺术形式紧密相连的特点，对现代派和自白诗等诗作很反感，虽然他对庞德颇富同情，认为世人误解了这位大师。他的评论著作如《论英诗语言的纯洁性》（*Purity of Diction in English Verse*，1953）等为运动派诗歌敲定了主弦音。戴维倾向保守，尊崇传统。他认为战后英国庸俗、混乱、缺乏道德观，所谓希望实乃“一场病态的幻梦”。诗人应是道德家，诗歌应发现真理，教育公众。他虽抨击伦敦为堕落的典型，但他并不自诩清高，认为自己内心亦有污垢存在。戴维的题材主要是英国现实生活，他写地理、历史；他的语言“纯洁”，形式讲求格律、押韵，句型完美无瑕。他认为语言的纯洁化有助于社会、道德、法律的改进。他的诗歌并不易懂。戴维作为诗人与评论家的重要性总似未得到充分肯定和认识。他晚年对此很有感触。他说自己写作旨在弘扬上帝的荣耀，余者他就无暇顾及了。戴维是他的时代文学界勇气和诚实的楷模。

运动派中最年轻的诗人是汤姆·甘恩（Thom Gunn，1929—2004）。他作为运动派的一员开始创作生涯，后随时间的推移，特别是在50年代中期移居美国之后，他的诗歌从内容到形式都发生了明显变化。他和50年代许多作家一样，推崇18世纪“奥古斯丁诗歌”的道德责任感及严谨的艺术形式，玄学诗和美国诗人威廉斯对他亦影响匪浅。甘恩在创作模式上颇似拉金，观察、思考，进而剖析出生活的真谛，其间参与的紧迫感常被沉思所带来的审美距离而间断，从而产生一种微妙的艺术感染力。比如他的《考虑蜗牛》（“Considering the Snail”，1956），写一只蜗牛彻夜竭力穿越一条湿草叶“隧道”，周身湿透，精疲力竭，然而意志坚定，百折不挠。诗人行笔至此，感慨不已。蜗牛在雨夜形单影只，没有友谊和同情，一路坎坷，然而却不停脚步。是什么力量支撑它一往如前呢？诗人突然由此及彼，想到了现代人及现代人生，两者相较，何其相似。蜗牛与人都是孤单的，但他们的坚韧不拔为他们带来尊严和希望。同样的思想也体现在他的名作《在行进中》（“On the Move，” 1957）。该诗描绘一队摩托车队员自成一体，一路行进，途经一镇又一镇，往前看茫然一片，四周围无所关联。他们似无目的，也无归属，唯知沿自己的路线一路寻寻觅觅地行进。他们显然是心怀不满，也迷惑不堪。他们的追求或许徒然，但不断的追求可以克服疑虑，界定自我，有助于在混乱和否定中生存下去。甘恩的这种观点自70年代之后有所改变。他的诗作如《来自波浪》（“From the Wave”）便是适例。诗中的滑浪者虽依然保持自己的思想，但他们已不似摩托车骑手那样独立于自然界和人类群体以外了。他们丢掉了一点自我，在滑浪中和环境已融为一体。诗人似乎在说，自我只有在与自然和人的融合中才具有真正的意义。

20 世纪 60 年代和 70 年代的诗歌又换新的面貌。这一时期的诗人的诗作有明显的共同之处。他们都表现出对运动派诗歌的某种反动，对外部影响如庞德、威廉斯、史蒂文斯及自白诗也不再拒之门外。在他们的诗作中，英国文学传统与欧美影响之间所产生的张力，给诗歌创作带来了必要的活力和能量。在这一阶段的诗人中，我们将简介一下休斯（Ted Hughes，1930—1998）、希尔（Geoffrey Hill，1932—2016）以及汤姆林森（1927—2015）。自六七十年代以后迄今，英国诗坛又人才辈出。这其中有描绘个人及家庭生活经历的哈里森（Tony Harrison，1937— ），有描述自己在柬埔寨战争经历的芬顿（James Fenton，1949— ），有运用出人意表的比喻的雷恩（Craig Raine，1944— ），等等。我们还要说到号称“自叶芝以来最优秀的爱尔兰诗人”谢莫斯·希尼（Seamus Heaney，1939—2013）。英国当代诗坛的绚丽烂漫，由此可见一斑。

休斯是这一时期的佼佼者。他出生在约克郡，父亲是一战的老兵，这两点成为他诗歌创作生涯中的两个重要因素。约克郡的地貌粗犷，气候多变，战争的残酷和险恶，在很大程度上感染了诗人的想象，决定了其诗作的基本内涵。休斯主要描写人求生存的搏斗及随之而来的痛苦与折磨。休斯的人世宛如丁尼生所说的“尖牙与利爪所血染”的世界，失意多，希望少，充满凄苦与煎熬。比如《狗鱼》（“Pike,”1959）与《遗骸》（“Relic,”1960）就是醒目的例证。狗鱼生性残忍，在海洋世界中堪称一霸。诗人在玻璃缸中放入 3 只，很快有两只便无踪影了。原来狗鱼不仅杀戮、吞食他人，他们连同类也不放过，不歼灭不觉快活。《遗骸》的内涵也大体相似。诗中写到海底寒冷而黑暗，没有友谊，只有吞噬，或吃人或被吃，其他则别无选择。诗人在海滩望见一块遗骨，心有所感，他悟出一番道理来：那是一块腭骨，之所以漂上水面而被弃于海滩之上，是因为他无法让敌手吞食、消化。它的主人曾吞食他人，最后遭此厄运，原也无可厚非。它生活的世界本来如此。读者会突然意识到，诗人在暗示，人类世界与自然界实际是相去无几。休斯的观点始终如一。他后来的名作如《乌鸦》（*Crow*，1970）及《莫尔镇》（*Moortown*，1979）所描绘的都是这样一个生存乃似一场苦战的图画。值得一提的另一件事是休斯和著名美国女诗人西尔维亚·普拉斯（Sylvia Plath，1933—1963）的关系。两人婚后生有一子一女，后因休斯有外遇而感情离异，不久普拉斯自杀，其中原因虽多，但休斯也似难脱干系。

希尔诗作的主旨在于表现人生的痛苦和人心中的恶。他认为，恶源于人心。人心的背叛和迫害导致人生的不幸。希尔虽然富有同情心，但他的语气一般说来是尖刻的。他在对人性大加鞭挞时，并不放过掠笞自己。他的诗歌在文体方面体现出新批评派及玄学诗的影响，行文客观，韵律整齐。希尔有强烈的历史观念，力求把目前与传说、神话性的往昔联结起来，以表明人性和人的作为始终如此，变化微乎其微。我们读他的《论商业与社会》（"Of Commerce and Society"）、《送葬曲》（*Funeral Music*）、《迈斯颂歌集》（*Mercian Hymns*）及《查尔斯·佩圭的慈善的奥秘》（*The Mystery of the Charity of Charles Peguy*）等诗作，这种感觉会油然而生。希尔在60年代的重要著作当推《送葬曲》里的八首十四行诗系列。这些诗记录了中世纪时被处决的人们的言论，以浓厚的笔墨和色调表达了痛苦、绝望、自我牺牲以及崇信上帝等主题。他的《迈斯颂歌集》（1971）则具有一种影射当代的神话层面，耐人寻味。希尔的名诗之一应推《9月之歌：生于32年6月19日——被逐于42年9月24日》（"September Song *born 19.6.32—deported 24.9.42*"），其底蕴之深，语调之悲，实在荡人心腑。诗里所讲是令人发指的纳粹集中营毒气室内的残酷虐杀行为。被毒死的人中有一个是生于1932年6月19日的孩子。孩子短短一生的不幸皆由他所属的人类所造成。先是生为多余的人，父母并不期望他来到人世。再就是纳粹党人，他们在执行其罪恶计划时并没有放他一马。他们点到了他，把他从此生中也"放逐"了。于是，金黄的9月杀气腾腾，绚丽的玫瑰花翻脸无情。诗人对孩子厄运的感触如此深刻，他竟觉得是自己倒在毒气室了。"我为自己撰写了挽歌，"他悲痛欲绝地写道。我们知道诗人是1932

年6月18日出生的。诗虽就事论事，语调平平，但读者却时刻感到诗人在怒火中烧，是在有意识地压低调门，令人在平淡中见奇绝，体会孩子惨死的蕴涵。他似乎在说，人对人何其毒狠至此，必灭其身才觉得快活。

在题材和文体方面，托尼·哈里森在其同代人中都自树一帜。哈里森的文风主要由两个因素铸成：一是他的工人家庭背景，一是他读大学时所接受的古典文学教育，前者决定内容的激进，后者导致形式的保守，二者相互辉映、对立，为他的诗歌平添了一种动人的张力。以题材论，哈里森是工人阶级诗人，倾向大众化，富挑战性，而在形式上他的抑扬格、对偶句、十六行诗等皆规律、平整，无懈可击。他最著名的诗作要推他的长系列诗《雄辩学校》（*The School of Eloquence*，1976—87）。哈里森对自己的出身颇感自豪。他的名诗之一《遗传》是有力的佐证。这是一首由两个对偶诗句组成的四行诗，前两行发问，后两行回答。问题问得奇巧：你怎么会成为诗人的真是一种奥秘，你是从哪里获得你的才干的？回答答得高明，说我有两个伯伯，一个口吃，一个哑巴。诗人复杂的心理显而易见：有些许的自卫，也有更多的骄傲。哈里森是有浓厚的阶级意识的。他深知工人阶级之苦，没有一个压迫他们的绅士受到过法律的惩罚。工人没有文化，无力为自己申辩。诗人表示作为学者的他要成为工人阶级的喉舌和声音。哈里森在诗中也表达了对自己父母的深厚的爱。《长途》（"Long Distance，" 1981）细腻地描绘了老父思亡妻，感情虽形于色却拙于表达，字里行间充溢着对父母亲的深情，为有他们做父母而无比自豪。在这首诗里，哈里森还打破戒律，引进工人阶级的口语式语言，并不理会由此为他规则的格律所带来的形式上的尴尬。一般地说，哈里森的内容与形式是谐调的。

在英国当代诗坛上曾有几位作家以"火星诗人"而著称于世。"火星诗人"一词源于最著名的"火星诗人"雷恩所著《火星人寄回明信片》（*A Martian Sends a Postcard Home*，1979）这部诗集。后来雷恩的文风风靡一时，他的同代诗人芬顿就把这些人统称为"火星诗人"。"火星诗人"在诗意表达上很别开生面。他们所描写的仍是这个人间凡世，但他们通过遣词用字及意象的搭配组合，把地球装扮得仿佛外星一般。我们阅读雷恩等人的诗要全神贯注方有所得，来不得半点懒散。尤其是雷恩的诗有浓重的玄学诗特色，一个谜语可耗时终日而依然是一头雾水。雷恩的诗有时显得滑稽、甚至荒唐，但一旦读懂了它的章法，进而悟出了它的妙谛，便有一种豁然贯通之感油然而生，那种补偿感确是妙不可言。以他的名诗《火星人寄回明信片》为例，诗中写的是一个外星人来到地球上把他的所见所闻写成明信片寄回火星家里去。它对地球上人与事的形容很古怪，乍读不可思议，细味则妙趣横生。比如它对书籍既感兴趣，又觉陌生。它把书说成是一堆“卡克斯顿”（Caxtons）。我们知道威廉·卡克斯顿（1422—1491）是英国第一位进行活字排版印刷的人。它说书是“多翅膀的机械鸟”，这儿的“翅膀”可能是指书页吧。它说书里印着的字和行是“鸟的踪迹”。这位外星客显然不知如何表达书可让人捧腹或落泪，它只好说书可令眼睛融化或让人发出不是因疼痛而发的尖叫。这些鸟不会飞翔，它们停落在人们的手上。这个外星人不会讲“黄昏”或“黑夜降临”，于是他把这个时辰说成是“一切颜色消失”之时。诗中还说到雾、雨、汽车、钟表、婴儿、做爱等，它的形容确是五色缤纷、光怪陆离的。雷恩也颇受乔伊斯的影响，自称有一种“描绘欲”，在另一首名诗《洋葱，记忆》（The Onion，Memory，” 1978）中有把青草喻为阴茎之说，令人印象深刻。

芬顿的诗和他所命名的“火星诗人”的诗在风格上就大不相同了。芬顿有“少而精”之美称。他的诗作量小，但文风奇特，感染力强。他的诗一般是“讲故事”，只摆出事实，但不做评说，他让读者自己去消化、理解。芬顿曾于 70 年代到越南、柬埔寨和德国采访，80 年代又到过远东，这些地区的剧烈争斗和动荡，令他深刻认识到世界与人生的负面景况，感受到其黑暗的可怕与可悲。这是芬顿诗作的魅力的源泉。芬顿的诗歌艺术已达精深圆熟境界。他的自由体和格律诗都写得无懈可击。他的某些诗作艰涩难懂，读时要倍加注意。芬顿的一首名诗《风》（“The Wind”，1983）就很令人深思。诗分四节，韵律整齐。诗中说到“禾田里的风”，开始给人的印象只是禾田里的风而已，但几节读完之后，人们会突然悟出风与禾田的内涵来：原来风是比喻人力所不能控制的灾难性威胁的，而人则宛似任由风力左右的庄禾。不仅如此，读者会在掩卷沉思之后又意识到，风乃人心，人性所致，而人心与人性是不会变得好些的。芬顿的《风》是对人类痛苦的根源——人性——的强有力的鞭挞。

我们还要说到谢莫斯·希尼。这个人被评论家视为“叶芝以来最优秀的爱尔兰诗人”。希尼的诗歌歌颂乡下人的手艺、技能以及他们对村镇生活的贡献，描述成为他灵感源泉的祖国的漫长历史，寻找拯救祖国和自我的道路。希尼对在自己的故土上生活的普通国民充满了真挚的爱和热忱。他从开始便决心成为不声不响、受苦受难的人们的喉舌。在这点上他和哈里森有异曲同工之美。希尼写起平民来，用笔细密、考究，一片真心跃然纸上。比如他的《铁匠作坊》（“The Forge”，1969）一诗，写一位铁匠在炉旁躬身劳作，使用锤子、砧子和水打造马蹄铁的情景。火花四迸，美如鸽翼，蹄铁蘸水，声似音乐。铁匠通过劳作把自己融化入各式各样、形状不一的产品中，看到车水马龙，川流不息的情景，自己感到无比的心满意足。在诗人看来，这普通的作坊却具有不同寻常的含义：它酷似一座圣殿，砧子立在中间像座圣坛；它又似一扇通往黑暗去的大门，供我们凭借，以探讨人生的根本和奥秘。

所以对希尼说来，最重要的是寻找“一扇通往黑暗去的大门”，以拯救人类和自己。他仿佛找到了这个大门，他称之为“移位”。自我放逐是达到自由境界的一种移位形式，恰如华尔华兹和乔伊斯所做的那样。不过，希尼的“移位”有所不同。他寻求的不是空间意义上的“移位”，他把自我放逐到时间和想象中去。于是他到祖国漫长的动乱史中去寻觅可运用的历史因素，期望把往昔用作今日的前车之鉴。我们读他的《海岸线》（“Shoreline”）、《海洋对爱尔兰之爱》（“Ocean's Love to Ireland”）以及《挖洋薯》（“At a Potato Digging”）等多篇诗作，感到希尼在始终如一地揭示着有史以来人生境况的恐怖，以达警世与醒世的崇高目的。在不少诗篇中，希尼讲述起人生永恒的悲剧性质来，三番四复，不厌其烦。

（十二）二战后的小说

二战以后的英国发生了巨大变化。大英帝国的地位大大下降；价值观在改变，社会在富足，“福利国家”在形成；阶级差别在缩小，人们的注意力渐渐集中到日常生活上来。所有这一切都对文学创作产生了微妙的然而却直接的影响。老一代作家深切感到了创作氛围的差异，灵感因而枯竭，战后几年的文坛颇露荒凉景象。20 年代乔伊斯与伍尔夫等大师的现代文学技巧似已过时，大家的目光又折回到 18 世纪、19 世纪去寻求样本，对传统的、熟悉的文学形式又产生了浓厚的兴趣。在小说创作方面，故事情节又受到重视，内容再度成为首要考虑的因素。

在当代小说中，喜剧性小说位居首位，但有时缺乏质量和生气。战后仍然继续创作的伊夫林·沃可谓笔锋犀利的幽默家，但却不能算有力的讽刺作家。在其作品的光滑表面下隐藏着多愁善感的情绪和缺乏系统的信念，这无疑降低了作品的内在力量。亨利·格林的滑稽人物与世隔离，虽然遵循了狄更斯的幽默模式，但幽默效果却逊色得多。格林对待生活的态度并非乐观，但他似乎相信，人们只要一起好自为之，世道便会好转。50 年代所出现的“愤怒的年轻一代”的作品更进一步表明，喜剧在当代已丧失其锋芒。小说家艾米斯（Kingsley Amis）、布雷恩（John Braine）、约翰·温（John Wain）及剧作家奥斯本（John Osburne）等的作品虽对某些社会现象有所触及，但常给人一种范围太窄、分析欠透彻、主人公亦缺乏责任感和目的性的感觉，因而作品常有一种低级滑稽剧的味道。到了 60 年代以后，这些人已功成名就，原来的一点怒气也消失了，于是他们的反抗声音也降低到无力的窃窃私语。当然这不是说，战后小说光彩不足。相反，这个时期出现了不少很有品格的作家与作品，值得世人重视，这其中包括诸如莫德克（Iris Murdoch）和她的《铃》（The Bell）、戈尔丁（Willam Golding）和他的代表作《魔鬼》（*Lord of the Flies*）、艾米斯（Kingsley Amis）的《幸运的吉姆》（*Lucky Jim*）、杜洛尔（Lawrence Durrell）的《亚历山大四部曲》（*Alexandria Quartet*）、莱辛（Dorris Lessing）的《草在歌唱》（*The*

Grass is Singing）及《安娜的札记》（*The Golden Notebook*）、斯诺（C.P. Snow）的《陌生人与弟兄》（*Strangers and Brothers*）及《院长们》（*The Masters*）、威尔逊（Angus Wilson）及托因比（Philip Toynpee）等人的作品。下面我们选几位做简单介绍。

前面说过，在20世纪50年代崛起的作家当中，有一些人以“愤怒的年轻人”而著称于世。这些人多来自中产阶级下层，靠奖学金而受教育，不满现状，踌躇满志，颇具一股打破偶像的反叛精神。在技巧上，他们对现代派大师们的创作尝试不以为然，文笔长于幽默、讥讽，甚至低俗。他们笔下的人物常似他们的心神的体现，很有偏激，狭隘的特点。“愤怒的年轻一代”原为报刊形容这些年轻作家时用的一个时髦词语，不料广为传用，也常用来描绘他们笔下的主人公。“愤怒的年轻一代”作家一般包括金斯里·艾米斯（Kingsley Amis，1922—1995）、威廉·库柏（William Cooper，1910—2002）、布莱恩（John Braine，1922—1986）、拉金（Philip Larkin，1922—1985）、艾伦·西利托（Alan Silitoe，1928—2010）、威尔逊（Angus Wilson，1913—1991）、温（John Wain，1925—1994）以及奥斯本（John Osborne，1929—1994）等人。奥斯本的名剧《愤怒的回顾》（*Look Back in Anger*，1956）的主人公吉米·波特成为集“愤怒的年轻人”形象特点于一身的文学人物，这出剧作也成为“愤怒的年轻一代”一词的主要来源。

让我们先谈谈约翰·奥斯本和他的名剧。奥斯本之所以一举成名，是因为他敏锐地觉察到时代的精气神，并及时地以其独特的笔触把它淋漓尽致地表达出来，令人有同感，肯于认同。在这点上他和同代人威廉·戈尔丁、美国作家 J. D. 塞林格极有相似之处，他们都准确地表达出了自己时代的气息。奥斯本在《愤怒的回顾》中成功地刻画了一个愤怒的年轻人吉米。他来自工人家庭，有思想，有精力，也有满腔的怒气。他唇枪舌剑，对社会不满，对来自中产阶级富裕家庭的妻子不满，让妻子无地自容而出走、流产，后又回到他身边。吉米认为妻子不知生活之苦，故不能脱离自我，同情他人。他自己充满生气，富于憧憬和追求人生的真谛，讨厌虚伪的伦理道德。他有一股男子汉的气势。《愤怒的回顾》在表现手法上也极有巧妙之处。比如吉米家住的那个小单元就酷似一间单人牢房，令人窒息，与世隔绝，既无希望逃出，亦难洞见外界的状貌。这正是对吉米处境的逼真写照，也为他的怒火做了注脚。又如吉米之妻的变化，剧中暗示与萧伯纳名剧《卖花女》对女主人公剧变的刻画很有异曲同工之妙。吉米虽对妻子不满意，但他是很爱她的；他对她的刻薄也确有阶级偏见，但他极希望妻子能体谅他人，抛弃积习而实实在在地生活。他的妻子经过生活的锤炼而尝到了人生的苦涩，终于成为一个全新的人。奥斯本的吉米确有萧伯纳笔下赫金森教授同样的高妙。此外，该剧幽默、诙谐，妙语连珠，情节起伏、跌宕，丝丝相扣，善于捕捉、吸引观众。难怪50年代中期一经问世，便举世瞩目，红遍英伦不算，又饮誉欧美，日久不衰，实乃剧坛史上一盛事。

这一时期非常出名的小说家当推金斯里·艾米斯。他也是一个名声不菲的诗人。金斯里·艾米斯大概是当代英国文坛最能让人捧腹的滑稽作家。他虽滑稽，但决不乏严肃，他是以滑稽的手段探讨人生严肃的课题，令读者在消遣中洞见人生的真味。他令人在笑声中体味所笑的失望者的痛苦所在。艾米斯头脑敏锐，能准确地选择让人笑而获益的目标。他能肆意夸饰、渲染，又不失情理与可信度。这是艾米斯的高超之处。他的名作是《幸运的吉姆》（*Lucky Jim*，1954），这是一部讽刺喜剧性小说。主人公吉姆·狄克逊出身于中产阶级下层，一心想着有朝一日能出人头地。他在一所学院任中世纪史讲师，但对该领域缺乏兴趣。他的职业生涯操纵在威尔奇教授手里。这位教授出身上层，为人奸诈、机巧。他欲在全校一次节日庆典盛会上让吉姆演讲，宣扬自己的学术观点，以达到美化自己的目的。吉姆的感情生活也不如意，年轻的女同事玛格丽特神经质又工于心计，缠得他心烦意乱，手足无措。此外还有伯特兰——威尔奇的儿子——和他在感情与工作上比试、竞争，叫他如芒刺在背，惶惶不安。所以吉姆总是怒火中烧，且怒形于色，是“愤怒的年轻一代”的典型代表。细观吉姆其人，他其实也和其他人一样“虚伪”。他不爱玛格丽特，可又和她拉扯以填补内心的空白。他恨威尔奇，可又答应为他张扬。他爱率真纯朴的克里丝婷，可又因传统的羁绊而违心地和她分手。吉姆做得出不光彩的事来，他的言行常近乎荒唐。但他心地稍好，也能自嘲，这是他能获得自我认识的关键所在。他知道自己并不高明，对此深感不安，在内心深处波涛汹涌，不断地做自我批判，因而能保留一点人的可贵的纯真天性。吉姆善于思考，对社会有洞察力，能一针见血地抓住要领。他在全校“快活的英格兰”庆典上的演讲很有大刀阔斧、指点江山的意味，听来貌似非僧非俗，实乃满篇真知灼见之言。因而那一场表演成为作者艾米斯的传世之笔，也是近些年来文学史上令人难忘的一幕滑稽戏。

在描写“愤怒的年轻一代”人物形象的作家当中，艾伦·西利托很有独特之处。这个作家的题材很专一，就是描写工人阶级的生活。他接过的是 30 年代无产阶级文学的传统，但他不同于他的前辈。30 年代左翼作家有格式化写宣传品的倾向，西利托则从深入剖析生活开始，抛开条条框框的金箍，把宣传品提升到艺术品的层面上来。他笔下的年轻人来自工人家庭背景，多在工厂做工，他们对生活对社会不满，内心怒气不打一处来，很有“愤怒的年轻人”的风貌。可是西利托的年轻人和艾米斯或奥斯本所刻画的年轻人又截然不同了。他们不是一个模子里倒出来的人。西利托的人物不向上爬，不求闻达。他们苦闷、彷徨，行止乖戾，但他们的出路不在于在社会上出人头地，而在于摈弃自我、回归到自己所属的阶级中来。所以他们的成长道路是从无所归属、六亲无靠开始，在落寞、凄苦中摸索，阶级意识逐渐增强，最后回到阶级大家庭的怀抱中来。西利托赞扬工人阶级以及这个阶级的友爱、团结、热爱工作的优秀品质。他的代表作应推《周六之夜与周日上午》(*Saturday Night and Sunday Morning*，1958)。它的主人公亚瑟·比顿在一家工厂做旋工。亚瑟的心路历程在小说的两个组成部分中被详尽地描述出来。第一部分，《周六之夜》，说到年方 21 岁、身强力壮的亚瑟，对社会、雇主、传统一味逆反，对一心爱他的多伦姑娘不屑一顾，却热衷于和已婚少妇私下约会，终于招致祸端，挨了其中一位少妇的丈夫的毒打，他的周六之夜就这么在他鼻青脸肿、周身伤痛的情景中结束了。他降到了人生谷底，双脚已踏在零点上，他的周日上午在自我谴责、自我否定中开始了。他忆起祖父作铁匠的村庄生活，到大自然中去垂钓、反省，和多伦确定爱情关系，到象征阶级大家庭的姑妈家造访，等等。亚瑟不再形单影只，他找到了自己的归宿，他已稳健地站在人生的起跑线上。西利托在英国当代小说领域颇具影响。他独树一帜，全神贯注，是一位不可小觑的小说家。

当代小说的特点是不拘一格，内容和风格都多彩多姿。“愤怒的年轻一代”固然地位显赫，可是同时也有不少其他作家在文学园地里辛勤地耕耘，收获了丰硕的果实。比如威廉·戈尔丁（William Golding，1911—1993）、劳伦斯·多雷尔（Lawrence Durrell，1912—1990）、多丽丝·莱辛（Doris Lessing，1919—2013）及爱丽斯·默多克（Iris Murdoch，1919—1999）等。限于篇幅，我们在这里只能蜻蜓点水，略微向读者介绍一下。

戈尔丁是这时期作家中唯一一位荣获诺贝尔文学奖的。他一生致力于描写人性的黑暗面。他的名作《蝇王》（*Lord of the Flies*，1954）便是醒目的例证。依情节论，这个故事很简单。一伙 6 至 12 岁的天真孩子因飞机失事而流落于一处荒岛上，在没有成人监督的情况下开始了自我管理。几个人分成几派，有的主张建立法律和秩序，有的主张狩猎和杀戮。两派对立，出现暴力、死亡。后来一派纵火烧岛，以将对立者赶尽杀绝。不料大火引起过路轮船的注意，终于把孩子们救出孤岛。戈尔丁称自己的故事为“寓言”。寓言是寓喻人生的，不受具体时空的拘囿。《蝇王》讲的是人性。孩子们受天性左右，在不经意中重演了人类史上最丑恶的表现——自私、固执、对抗、暴力乃至相互残杀。他们忘却文明教化，返回野蛮、原始状态，贪图权力，喜好专权，为达目的而无所不用其极，包括原始仪式和迷信。他们的表现恰好显现出人类灵魂深处的黑暗地带，称之为“原罪”亦罢，或简而言之曰“恶”也罢，总之人性当中存在着这一罪恶根源，一俟情势适宜，它便迸发出来作怪。小说的题目“蝇王”就是它的象征。“蝇王”在《圣经》中是撒旦的别名。《蝇王》的人物塑造也耐人寻味。孩子们分别代表人的不同类型和特点。拉尔夫是理智的化身，杰克是原始冲动的体现，皮吉象征道德意识，而西蒙则标志着良知和思考。这么一来，孩子们在荒岛上人数虽少、年龄虽小，却暗示着人类社会在运作，人们随着原始冲动的上升，理智和伦理的下降，而返回到元初的昏昧状态去。皮吉之死是幸存者们返归野蛮状态的信号，西蒙的遇害则预示着良知的泯灭、人性中黑暗的统治的开端。这预言般的景象虽然可怕，但《蝇王》一书并不悲观。它讲出发人深省的道理，意在告诉世人时刻警觉，并非要贬低人类，丑化人生。事实上，小说结尾给人以希望和信心。孩子们终于获救，他们被赐予生存和学习做人的机会。读者可以想象，他们一旦融汇到文明的环境里便会抑恶扬善、良心再现的。戈尔丁一生写过几部题材相似的小说，这些作品的故事背景很引人注目。他的故事都发生在远离文明的地方。《蝇王》讲的是一处荒岛，其他则有的在大西洋中，有的在原始时代的一处地方，有的则在中世纪一座小城内。戈尔丁的观点始终如一，坚持不懈地对人的弱点进行精辟的剖析。这是他的伟大之处。

莱辛是英国当代最成功的多产作家之一。她出生在伊朗，在罗德西亚（今日的津巴布韦）生活多年，1949 年定居英国。在写作技巧上，她基本属现实主义范畴，虽然在 70 年代曾对神话型表现手法发生过兴趣，进行过尝试，80 年代以后又回归现实主义，偶尔在作品中也有幻想的痕迹。进入 90 年代以后，莱辛写了不少优秀的短篇小说。总的说来，她的作品以长篇为主。莱辛的主题囊括面广而丰富多样，诸如社会问题、政治题材、种族分歧、女权对爱情和生活的基本观点等等，都在她的描写范围之内。莱辛对种族关系及女人在以男人为主宰的社会中的地位尤感兴趣。她对生活对社会有强烈的责任感和参与欲。她的名作有五部曲的《暴力之子》（*Children of Violence*）系列、《金色的笔记本》（*The Golden Notebook*）、《下地狱前的通报》（*Briefing for a Descent into Hell*）及《简·索莫斯的日记》（*The Diaries of Jane Somers*）等等。

莱辛的最出名的著作是她的《金色的笔记本》。这部小说主要描述一位中年妇女在男人的社会中的际遇。安娜·弗里曼·乌尔夫是从非洲来的单身母亲，带着 13 岁的女儿简，相依为命。安娜是一个作家，她坚持写日记。她同时写四本日记，其一写她在非洲的生活，二是她当共产党员的年代的记录，在另一部日记里，她刻画出一个名叫埃拉的文学人物，做自己的替身，还有一本写她目前的经历与思想活动。安娜的挚友叫莫莉，一个犹太裔女演员，也是单亲，带着她的儿子过活。两个女人过从甚密，虽然也难免龃龉，但总的是齐心在男人的世界里拼搏，努力从社会工作和与异性的关系中寻找生活的意义和目的。莱辛对安娜的刻画实是妙不可言。作家的高超之处在于利用四本日记的广阔空间加上莫莉这一人物的映衬。四本日记正面地介绍了安娜的历史、性格，莫莉则敲边鼓、跑龙套，配合默契，丝丝相扣，再加上埃拉的形象的反射效果，《安娜的札记》就成功地把一个活脱脱的安娜放置在读者面前了。这部小说结构奇绝，小说家写小说家、故事当中套故事，小说当中有小说。每部日记又各分4节，分合得体，联结细密，不愧为当代一部杰作。

说到达雷尔（Lawrence Durrell，1912—1990）必想到他的《亚历山大四重奏》（*Alexandria Quartet*）。对于此书，众说不一，但它的重量及地位是无人可以小觑的。《四重奏》包括四部系列性小说，《贾斯汀》（*Justine*，1957）、《巴尔沙泽》（*Balthazar*，1958）、《蒙特莱夫》（*Mountlive*，1958）及《克莉》（*Clea*，1960）。几部前后联系、呼应，人际复杂，情节跌宕，情欲横流，再加上埃及的美丽、堕落的亚历山大城的多彩多姿的映衬，令人读来兴趣盎然，爱不忍释。小说的主旨之一是写性爱。作家自己声称此书旨在探讨当代爱情的原委。于是《四重奏》中到处是男女交欢、乱伦、变态，性爱的多个侧面都表现得酣畅淋漓，确是无所不包，无奇不有。一个男人同母女有染，一个女人与多个男人上床，丈夫允许妻子有外遇，兄妹乱伦，还有当时尚为人诟病的男女同性恋等等。人们读后确有亚历山大乃当代俄摩拉和所多玛之感，其沉沦之深，难以形诸笔墨。这或许是作者所始料未及的效果吧。达雷尔书中的人物的性爱经历无一能产生肯定的结果，其原因主要在于他们人人自我为上，他们所爱的只有他们自己。以贾斯汀为例，这个人自幼饱受冻馁之苦，幼时遭人强暴，少年时又沦落在烟花巷，曾偶生一女又不知其下落。因此她在性生活上有“障碍”，即没有任何感受。于是她多方觅友，希冀通过交媾恢复感情强度。她的滥交未能拯救她的命运，因为她以他人和性爱为手段以求自救，到头来仍是竹篮打水。作家似在暗示，肌肤之欢乃皮肉之交，人欲求救，应当努力寻找其他途径。所谓其他途径，可能是指艺术之路。书中确有几位小说家或艺术家力求通过艺术手段以寻求真知。比如贾斯汀的前夫试图通过描写她而探查她的心理创伤，另一位年轻小说家达利也满腔热情地写，但他时常不能理解自己所描写的事物，小说家珀斯沃登的札记表明他在经历“自爱”的痛苦之后已能摈弃自我，洞见真知，而达到超越艺术的境界。而艺术家克莉通过与贾斯汀及珀斯沃登的联结，在爱情与艺术之间取平，把两者相连，从而获得新层面上的超越。她可能是作者情有独钟的典型人物。达雷尔似在提示读者，艺术能使灵魂净化，心理成熟，实乃渐臻圆满境界的唯一途径。

爱丽丝·默多克是当代英国主要小说家之一。她的作品很多，包括多部小说和散文，语言脆快了当，行文笔触稳健，表现出卓越的小说艺术水平。她所描绘的世界充满暴力、色情及变更，但也不乏秩序和宁静。她的小说有时具有一种维多利亚时代气息，给人一种隔代的距离感。有人说她缺乏“时代的风格”，有人则持不同的看法，也算是仁者见仁、智者见智吧。但对默多克的举足轻重的地位，人们是普遍认同的。默多克的最著名的小说应推她的《钟》（*The Bell*，1958）了。这部小说描写一个名叫迈克·米德的中年人在自己祖产上建立起一个宗教性集体，其成员多为心灵受挫或与世不合的人。比如二十几岁的尼克与凯瑟琳兄妹，尼克多年前曾是米德的学生，米德因受尼克诱引而表现出同性恋心态，从而失去当牧师的良机；而凯瑟琳正在准备入修道院，但巧遇米德，患了单相思，情真意切不可收拾。又如少妇多拉，饱受中年丈夫的冷待，逃走之后无奈又来和已加入米德社团的丈夫相会，等等。米德的社团为振作精神起见，准备安装一台新钟，以替代 14 世纪时修道院失去的钟。据传说讲，14 世纪院中一位修女私会恋人，修道院遂遭诅咒，院内的钟因而堕落湖中。米德等人正紧锣密鼓，架设新钟，不料多拉等偶然发现旧钟，欲取新钟而代之。在他们的计划败露之后，新钟也因尼克的从中作梗而堕入湖中。米德的社团于是解体。尼克自尽，凯瑟琳自杀未遂，米德担负起对她的责任，多拉终于摆脱不顺心的婚姻而开始新生活。这部小说的主旨是说，只有爱才能拯救灵魂。以米德为例，他不能正视自己的性倾向，不能给予尼克所渴望的爱，他的自我否定和否定他人导致了他人的悲剧，也令他的灵魂长期处于病态。多拉和修道院的教长帮助和影响了他，使他能对人对己坦诚相待，对生活采取肯定与拥抱的态度。小说在技巧上也别具一格，传说与现实巧妙交融、烘衬，给情节提供了丰富的底蕴。

总的说来，当代英国小说家依然存在一种从喧攘纷乱的大世界退避到安谧的小天地里去的倾向。既然在紊乱的外部世界，艺术家已无力如先知般提出安邦济世的妙计，那么他们自卫性地走下大舞台，在小舞台上活动，也是事态顺乎情理的发展。他们观察和描写生活中的次要问题，固然难以成为如莎士比亚、狄更斯、托尔斯泰般的大手笔，难以写出彪炳千古的鸿篇巨制。但这绝不是说，现当代文坛便无逸品佳作出现。相反，精雕细刻、小巧玲珑之作却是很多。或许这是今后文学创作发展的趋势。以人生为题材的《神曲》、《失乐园》、以世界为对象的《战争与和平》等鸿篇巨制，也许已随着那特定时代的结束而成为过去，而由整化零的新世界的生活仅能为“微观”精细之作提供适宜的素材。我们当然不能排除“长江后浪推前浪”的可能，或许现当代的这几十年正位处两大巨浪之间。倘然如此，我们尚难卜测前浪的规模和时间。人类生活在前进，反映它的文学也必然不断发展，这是肯定无疑的。

三、美国文学史话

（一）殖民地时期的文学

美国文学的历史较短。17 世纪初，一批英国人主要出于宗教的原因，开始向北美洲移民。最初的移民多是具有某种宗教狂热情绪的清教徒。看到北美沃野千里，长林丰草，他们便觉得上帝派自己来是有一番深奥意图的。这些清教徒们联想到《圣经》的《创世记》和《出埃及记》的故事，感到北美是"乐土迦南"，是伊甸花园。这种认识加强了美国移民的理想主义和使命感。后来他们无视土著印第安人已在北美建立起的悠久文化传统，残杀这些曾经帮助过他们在北美安身的人们，原因之一便在于他们认为印第安人不是上帝"选定的人"。美国的清教主义传统是美国文化和文学的主导因素。它由两个侧面组成：一是它的颇有宗教狂意味的虔诚和理想主义，认为上帝创造了世界万物，是宇宙的主宰；二是它的务实以奉上帝的思想，认为人所做的一切工作都是信奉上帝的表现，上帝愿人人成功，愿帮助一切自助的人。前一方面的代表人物应推乔纳森·爱德华兹（Jonathan Edwards，1703—1758），而后一方面则在本杰明·富兰克林的思想中充分体现出来。爱德华兹自幼生活在浓郁的虔诚气氛中，内心深深感受到宗教信仰所带来的欢愉。他经常独自到林中祷告，从上帝的造物认识他的万能和荣耀，在精神上同上帝融为一体，把自己的一切都奉献给他。爱德华兹相信，上帝通过把自身扩散到时间和空间中而创造了世界；山石、树木花草、飞禽走兽、以及人，都是上帝自身的体现；人做为上帝的一部分而具有神圣性质；在人的灵魂和大自然中，神圣的上帝无所不在、无所不容；世间的一切都是精神的体现。爱德华兹显然是 19 世纪美国超验主义的先驱。他的主要著作有《自述》（*Personal Narrative*）及《神圣事物的形影》（*Images or Shadows of Divine Things*）

等。

美国的文明史常由一系列风格迥然不同的同代人的对比，而戏剧性地表达出来。爱德华兹和富兰克林大概是美国文化中连接最紧密，但思想和作风又迥然相异的两个人。富兰克林在其印刷厂内所做的一切，和爱德华兹在布道坛上的作为，本质是相同的：两者都体现了美国清教主义的潜在活力。英国史学家托马斯·卡莱尔曾称富兰克林为务实的“扬基佬”的祖先。富兰克林出身贫贱，但是他自强不息，艰苦创业，终于积财致富，成为美国和世界名人。他在他的《自传》（*The Autobiography of Benjamin Franklin*）中详细而又风趣地叙述了自己的奋斗过程。富兰克林认为，美国是一个机会极多的国家，只要兢兢业业、经营适当，便能成功。他指出，一个具有中等能力的人，可以为人类做出一番轰轰烈烈的事业。美德是成功的先决条件。《自传》中详细记载了他严格要求自己的事迹。他的成功是多方面的：他不仅是实业家，而且是科学家、政治家、哲学家、政治经济学家。他开创的许多事业，如图书馆、消防队、街道照明及取暖设施等，迄今为其国人所铭记。众所周知，他对电学颇有研究，是避雷针的发明者。富兰克林像拥有希腊神话里的迈达斯王的点金术一样，所做之事无不成功。英国作家 D. H. 劳伦斯说他唯一的缺憾在于，他不是诗人。富兰克林的故事是典型的“美国成功故事”，是“美国梦想”实现的雄辩证明。他的《自传》是“生活与时代的故事”，是 18 世纪美国的历史。

真正意义上的美国文学产生于 19 世纪。美国独立以前的殖民地时期的文学，多由日记、札记、书信、游记、稗史等各种原始文字组成。早期的诗歌，如《海湾赞歌集》（*The Bay Psalm Book*）、《末日》（*Day of Doom*）及《新英格兰的危机》（*New England Crisis*），不仅内容宗教气味浓厚，便是形式也多模仿英国。早期诗人如安妮·布莱德斯特里特（Anne Bradstreet）和爱德华·泰勒（Edward Tyler）实乃“上帝的仆人”。后来到 18 世纪后期，美洲掀起独立革命风潮，一批革命文人以笔为武器，写出了激励人民热情的杰作。托马斯·潘恩（Thomas Paine，1737—1809）的《常识》（*Common Sense*）及 16 篇刊载在《美国危机》（*The American Crisis*）杂志上的文章、菲利普·弗瑞诺（Philip Freneau 1752—1832）的铿锵有力的诗歌以及杰弗逊（Thomas Jefferson，1743—1826）所起草的《独立宣言》（*Declaration of Independence*），都是令人难忘的突出例证。

（二）浪漫主义文学

自19世纪初至20世纪初的100余年间，美国文学蓬勃发展，经历了浪漫主义、现实主义和自然主义等几个明显的阶段。独立以后的美国在政治与经济领域内发生的迅速变化，杰克逊时代的政治平等的理想产生出的乐观气氛，大批移民的突然涌入，工业化的逐步普及以及开拓者们手持板斧把边界不断向西部推进的现实，这些都加强了"美国梦想"的魅力，增强了对国家物质进步和光明前途的信心。这是浪漫主义文学必然产生的前提。加之彭斯、司各特及拜伦等欧洲浪漫主义大师对美国文学的日渐扩大的影响，以及美国杂志如雨后春笋般的出现，美国浪漫主义的文学创作遂蔚然成风。华盛顿•欧文（Washington Irving，1783—1859）是第一个得到欧洲承认的美国作家，是美国文学的奠基人之一，故有"美国文学之父"的称号。欧文性好咏史怀古，对欧洲文明遗留下的残垣断壁和文物典籍怀有深厚感情。他旅居欧洲十七年，对旧世界（特别是西班牙）的历史有极大兴趣。现实生活和历史传说经过他的丰富想象和精妙加工，融汇成一幅幅不朽的图画，为其作品增添了魅力和光彩。欧文受英国作家司各特影响颇深：司各特作品中引人入胜的传奇精神以及他把当地所能提供的素材加工成艺术珍品的热情，都感染和激励着欧文。欧文是美国文学史上第一个发掘与表现美国历史和风土人情的作家。他的第一部重要作品《纽约外史》（*History of NewYork to the End of the Dutch Dynasty by Diedrich Knickerbocker*）是历史真实和艺术虚构的巧妙结合，它对荷兰殖民者的统治的描述，既有褒扬，又不乏揶揄，很受美国广大读者欢迎。这本书的作者署名"尼克尔包克尔"业已成为纽约人的绰号。欧文的声誉主要建立在他的传世佳作《见闻札记》（*The Sketch Book of Geoffrey Crayon，Gent.*）这部散文、随笔及故事集上。该书的刊行问世使他名震欧美文坛，它在短期内被译成多种文字，确立了欧文在美国文学史上的地位。其中的《瑞普·凡·温克尔》（*Rip Van Winkle*）和《睡谷的传说》（*The Legend of Sleepy Hollow*）已成为人们百诵不厌之作。欧文虽然蜚声欧洲，而且美国人也认为这标志着美国文学的诞生，但是他认为美国缺乏文学创作的素材，因而面向欧洲。所以真正反映美国生活、具有民族特色的美国文学，还需要至少一代人的努力才会出现。

詹姆斯·费尼莫·库柏是一位名副其实的多产作家。他写过以美国独立战争为背景的长篇小说，又写过关于英国田园式生活的作品，还有十余部航海小说及札记、政论、美国海军发展史和哥伦布传。但是，使他生前名闻遐迩，死后名垂青史之作要算他描写边疆生活的《皮袜子五部曲》（*The Leather Stocking Tales*）。《五部曲》写的是绰号为“皮袜子”的猎人纳蒂·班波（Natty Bumppo），在 18 世纪后半叶到 19 世纪初近 60 年内在边疆地区生活的故事。如果说美国的建国历史，在某种意义上讲，是最初的移民手持板斧把边界逐步向西推移的历史，库柏的五部曲如《开拓者》（*The Pioneers*）及《最后的莫希干人》（*The Last of the Mohicans*）等，则通过描绘开拓者的形象和印第安人的境况，细腻而逼真地记录了那一段史实。《五部曲》把边界西移过程中英、法殖民主义者的争夺斗争，白人殖民主义者对印第安人的暴行、以及“欧洲文明”的丑恶面目，暴露得淋漓尽致。在库柏笔下，人们也看到“现代文明”的步步进逼，原始荒野的节节后退，以及在人的作为和大自然的统治地位之间存在着的微妙的平衡。库柏以其敏锐的感觉认识到西部边界对美国小说的重要性。他一度认为美国自然景色单调，人民性格天真，历史短暂平和，因而缺乏文学创作所需要的素材。他指出，弥补这种缺憾的途径之一是到历史中挖掘寥寥无几的宝藏。《皮袜子五部曲》就是以刚刚结束的历史为背景而写成的。有人说库柏在无意识中发现了边疆生活这一地道的美国题材，也许并不过分。他是美国“西部文学”的开创者之一。库柏的文笔有时欠雅，情节有时失真，人物尤其是妇女形象有些呆滞。马克·吐温（Mark Twain，1835—1910）曾在《费尼莫·库柏的败笔》（“Fenimore Cooper’s Literary Offences”）一文中列举过库柏的十八条“罪状”。然而，这些缺陷同其作品的充实内容、丰富想象与内在活力相较，显然是次要的。

19世纪是美国独立文学的炼铸成形时期。在截止到美国内战以前的浪漫主义时期，美国文学家的创作似乎表现出两种截然不同的倾向。包括曾在19世纪美国文坛名震一时的“新英格兰诗人”在内的一些文人，对欧洲和英国的文学传统亦步亦趋，运用的多是英国传统诗歌语言，写的多是关于家庭、儿女、爱情和自然方面的题材，而对美国的民主、西部边界及时局却不很关切。他们的写作技巧精湛，善于用词造句，音韵优美，节奏性强，为人所喜闻乐道。评论界称他们为“保守派”，“模仿派”作家。[1]这些人，如朗费罗、布赖恩特、惠蒂埃（John Greenleaf Whittier 1807—1892）、赫姆士（Oliver Wendall Holmes，1809—1894）和洛厄尔（James Russell Lowell，1819—1891），他们曾在美国文化形成时期起过相当重要的承启作用，曾对19世纪的“美国文艺复兴”做出过贡献。当然，也应指出，他们由于作品内美国的乡土气息不浓，表现美国生活不足，因而在20世纪声名下跌。

另外一些包括爱默生（Ralph Waldo Emerson，1803—1882）、埃德加·爱伦·坡（Edgar Allan Poe，1809—1849）、麦尔维尔、惠特曼和迪金森（Emily Dickinson，1830—1886）在内的作家，则致力于创建独立的美国文化。爱默生是19世纪新英格兰超验主义的杰出代表。他提出，宇宙间存在着一种无所不容、扬善抑恶的力量，他称之为“超灵”。他强调精神第一、直觉第一，主张发挥人的超验作用，认为人要自信、自助，只要潜心修养，洁身自好，便可成为完人；而个人的完善则是世界进步的基础。爱默生提倡超验主义，是对美国资本主义上升时期物质主义、拜金主义的否定；他主张个人发展，是对当时非人格化过程的针砭。他提出美国作家要自立标志，要求他们认识自己，观察自然，撷取他人之长，创造新大陆的新文化，歌颂美国的风土人情，写出自己时代的书。他反对怀古咏史，追摹欧洲，主张摆脱传统格律的羁束，强调诗人的“先知”作用，认为诗歌创作要内容决定形式，语言要浑朴、形象、凝练、隽永。爱默生的思想对同代人的影响颇大。有人把他比拟为一只母牛，虽然有些人并非喜欢他的“奶”。爱默生的文艺思想与美学观点对著名诗人惠特曼与迪金森影响尤深。他的著作多为讲演和散文，其中以《论自然》（“Nature”）和《论美国学者》（"The American Scholar"）最为闻名，前者被认为是新英格兰超验主义的"宣言"，后者有美国"思想独立宣言"之称。爱默生是乐观主义者，这是他在充满悲观情绪的今天受到冷遇的原因之一。

爱默生的挚友梭罗也是一位著名的超验主义者。在资本主义发展、金钱和物质财富成为人们的奋斗目标的时代，梭罗和其他同代有识之士预见到，物质主义必然导致可怕的精神空虚。在周围争名夺利的一片喧嚣声中，他悄悄地离家到爱默生在森林中的一块土地上，一个名叫沃尔登的湖边，搭起一间简陋小屋，并在四周开荒种地，自力更生，维持生计。他每年用六个星期忙于生产自己生活的必需品，其余时间，他便随心所欲地做他认为人应当做的事情，如读书、写作、欣赏自然、静观默想，等等。在沃尔登湖畔，他这样度过了两年多的时间，回到家后，写了一本书，记述他在林中离群索居的生活和感想。这就是美国文学史上著名的《沃尔登湖畔蛰居记》（*Walden*）一书的写作原委。这本书自首至尾讲的全是做人的道理。梭罗指出，美国的现代文明正在加速人的堕落，社会道德标准正在解体，人自降生之日起便开始为自己挖掘坟墓。他希冀找到一种新的生活方式，帮助人们从浑浑噩噩的生活中解脱出来，即如他自己所说，他想做一只"金鸡一鸣天下晓"的雄鸡。梭罗的批评有时虽然尖刻，但是他的字里行间却洋溢着一种信念，相信人的天性纯洁，人可返璞归真，达到完美境界。梭罗在世时曾受冷待，但在 20 世纪，他的声誉渐高。1969 年他的塑像被正式移入纽约的"伟人馆"。

霍桑和麦尔维尔都是出色的浪漫主义小说家，前者直觉地探讨灵魂的内部世界，后者则在人的冒险中寻求人生与宇宙的意义。霍桑一生悉心考虑，仔细描写的，用一个字来概括之，就是"恶"，即人内心中所存在的"恶"。他认为，"恶"是人的本性的自然组成部分，是一切不幸的根源。因此，霍桑不像爱默生与梭罗一般乐观。他的作品表现出一种他们所缺少的对世界的"悲剧观"、"黑暗观"。比如他的一篇最出色的短篇小说《好小伙子布朗》（"Young Goodman Brown"）所揭示的便是人人皆有的隐私——恶。他的长篇小说《红字》（*The Scarlet Letter*）及《七个尖角阁的房子》（*The House of the Seven Gables*）所描写的也是生活中所存在的罪恶。这两部小说据说是作者为其祖先赎罪所写——霍桑的先人中有一名殖民地长官，曾迫害过教友派；另有一名清教法官，1692 年曾判处过“妖巫”死刑。他对此长期感到歉疚不已。霍桑的文艺思想和美学观点多体现在他的作品以及为《红字》、《七个尖角阁的房子》和《玉石雕像》（*The Marble Faun*）等作品所写的前言中。他和欧文、库柏一样，认为美国“没有阴影，没有文物古迹，没有神秘的事物，没有美妙而幽暗的冤孽，只有光天化日之下的枯燥乏味的繁荣”等，也没有适合作家创作的气氛。因此作家必须发挥想象，到过去中寻找有价值的东西，以创造出一个“在现实世界和神话世界之间，现实与想象可以相会并相互濡染的中间地带”，“以把过去了的年代与我们面前一瞬即逝的现实联系起来。”他的《红字》便体现了这种思想。小说的背景是 17 世纪清教主义的美国，从古时所发生的事件说起，又达到以古说今的目的。《红字》又证明霍桑是美国浪漫主义的典型代表：他不描写通奸的“犯罪”过程，而在“罪”对人的各种影响上加重笔墨，这是美国浪漫主义受到清教主义的制约而表现出浓郁道德色彩的特点。霍桑的伟大正在于他能以表面温和但实质却犀利的笔锋去暴露和讽刺邪恶，揭示真理。他的作品还有《故事新编》（*Twice-Told Tales*）、《古屋青苔》（*Mosses from an Old Manse*）及《福谷传奇》（*The Blithedale Romance*）等。

同梭罗一样，麦尔维尔在世时并未受到赏识，而只有在 20 世纪才得以“复活”。麦尔维尔年轻时曾在海上度过，后来写过几部关于异国与海上历险的故事而成名一时。但是这些作品并非传世之作，不久便被人忘却，作者也随之销声匿迹了。后来，当麦尔维尔又从事一项关于南太平洋捕鲸故事的创作时，结识了霍桑，读了他的《古屋青苔》等著作，深受其“悲剧观”的影响。麦尔维尔认识到，在超验主义乐观气氛弥漫的美国，至少有霍桑一人能独具只眼，看到美国生活本质里的“恶”的存在。麦尔维尔的世界观发生了巨大变化，这在他的成名作《白鲸》（*Moby-Dick*）中体现出来。《白鲸》的基本内容是海上捕鲸的惊险故事，但在新思想的指导下被写成为一出悲剧。该书的主人公阿哈卜船长因白鲸曾吞去他的一只腿而决心复仇，在海上同它进行过殊死搏斗，最后与之同归于尽，船员当中只有一人——伊什梅尔死里逃生。《白鲸》是世界文学巨著之一。它具有多层含义。它本意讲的是令人惊心动魄的捕鲸故事，但又具有深奥的象征性。《白鲸》的神秘色彩很浓。它是人和命运与宇宙相抗争的一场噩梦：人在宇宙中可以观察，甚至能谨慎地操纵世事，但他不能从根本上影响和改变自然的进程。如果人不去设法征服自然，自然还是乐于让人生存的。阿哈卜船长的悲剧在于，他胆敢向自然挑战。《白鲸》的世界里没有上帝，生活里没有目的和意义。麦尔维尔的描述超越了时代的认识水平，在正统的基督教和超验主义看来，是违反主流、亵渎神圣的。这是《白鲸》在当时受到冷遇的基本原因。麦尔维尔还写过《泰比》（*Typee*）、《奥穆》（*Omoo*）、《马尔迪》（*Mardi*）、《莱德勃恩》（*Redburn*）、《比利·巴德》（*Billy Budd*）等长篇小说，以及中篇小说《巴特尔比》（*Battleby*）与《贝尼托·切莱诺》（*Benito Cereno*）等。

埃德加·爱伦·坡是引起世人激烈争论的美国作家。爱默生、马克·吐温及亨利·詹姆斯等人对坡的评价多贬责。他在美国本土得到承认已是20世纪之初了。但是，坡在大西洋彼岸的声誉却一直很高。英国、德国及俄国一些作家对他的天才和成就礼赞不已。德国19世纪著名象征派诗人波德莱尔（Charles Baudelaire）等人则将他奉为至圣。今天的欧、美评论界一致认为，坡在西方文学中占有一席不朽的地位。坡在小说、诗歌和文学评论三个领域内都取得了卓越成就。坡的短篇小说独具一格，他着意描写人的内心世界，探讨当时依然被人所忽略的人的精神状态，对表现人的病态思想尤感兴趣。他致力于描绘现实和梦幻两者晦明交界地带的状貌，从而扩张了文学表现的广度和深度，对西方现代文学的发展做出了很大贡献。坡的短篇小说大体可以分做三类，这同他的思想发展密切相关。最初，他的故事“分析性”强，如《被盗的信》（“The Purloined Letter”）、《莫格路上的暗杀》（“The Murders in the Rue Morgue”）以及《在瓶子里发现的手稿》（“Ms. Found in a Bottle”）等，情节生动别致，富于推理，表明作者头脑冷静。这些小说对后来侦探小说的发展颇有影响。后来，他的小说分析成分减少，气氛开始紧张、恐怖，如《椭圆形的画像》（“The Oval Portrait”）、

《反常的小鬼》（“The Imp of the Perverse”）及《威廉·威尔逊》（“William Wilson”）等。坡的后期小说充满一种令人毛骨悚然的恐怖气氛，情节阴森古怪，感情炽烈可怕，让人觉得作者精神极度紧张和兴奋，似乎已失常。这些故事，例如《厄舍古屋的倒塌》（“The Fall of the House of Usher”）、《红色死亡的化装舞会》（“The Masque of the Red Death”）、《一桶酒的故事》（“The Cask of Amontillado”）及《莉吉娅》（“Ligeia”）等，一方面对死亡、复仇、转生等题材恣意描写，充满了明显的颓废情绪，表现出作者的精神病态；另一方面，美国文学评论界也认为，这是他的创作天才的最高表现。坡对文学上心理描写的贡献多体现在这些故事里。

坡在诗歌创作方面也注重描绘灵魂深处的状态，直接而形象地表达忧郁的心情。他强调运用谐调的形式和鲜明的视觉形象，把音乐的图画、节奏和形象两者统一起来。他的诗歌一般情调低沉、含蓄蕴藉，色调时而浓丽，时而浑朴。他的诗歌理论和成就对西方诗歌的发展产生了相当持久的影响。他的一些诗作，如《献给海伦》（“To Helen”）、《乌鸦》（“The Raven”）及《伊斯拉菲尔》（“Israfel”）等，形式优美，节奏性强，迄今依然为世人传诵，被视为美国抒情诗中的上乘佳作。

坡在文学理论方面也有独特的建树。他认为宇宙是上帝创作的一首圣诗，地球是堕落的世界，人因受到物质主义和理性主义的影响而失去欣赏“神圣的美”的机缘，人必须摆脱物质世界和肉体的束缚，到神妙的梦境中去领略这种美的精粹。坡反对把文学作为社会和宗教的附庸，提出小说要表现“真理”，诗歌要写“美”的唯美主义美学原则。坡关于小说和诗歌创作的理论集中表现在《诗歌原理》（*The Poetic Principle*）《创作哲学》（*The Philosophy of Composition*）及《评霍桑的〈故事新编〉》（*Review of Twice-Told Tales*）等著作中。

从内容到技巧，惠特曼和迪金森都是地道的美国诗人。在内容方面，两位诗人都歌颂正在兴起的美国，它的发展，它的个性和“美国味”。他们的诗歌是“美国文艺复兴”的一部分。在技巧方面。两位诗人都挣脱英诗五步抑扬格的传统，表现出一种前所未有的形式自由。他们是美国诗歌的开拓者，是庞德与意象主义诗歌、威廉·卡洛斯·威廉斯（William Carlos Williams，1883—1963）、华莱士·史蒂文斯（Wallace Stevens，1879—1955）及现代美国诗歌中其他一切传统的先驱。事实上，理解现代美国诗歌的捷径大概在于从惠特曼和迪金森这两股泉水中寻找其源泉。

惠特曼生于纽约长岛一工人家庭，幼年只上过五年学，做过办公室杂役、印刷厂学徒、小学教师、报社编辑和记者等。1848年，他沿俄亥俄河与密西西比河旅行到新奥尔良，经芝加哥、湖区，顺哈德逊河返回。他的沿途所见所闻为他的史诗《草叶集》（*Leaves of Grass*）提供了创作素材和指导思想。1855年，《草叶集》第一版问世，内含诗12首。诗的形式标新立异，诗的语言粗俗而独特，在内容上也不乏性的描写。这是该书当时受到世人鄙夷的基本原因。有人称它为“毒草”，还有人称它为“一堆愚蠢的污秽之物”。唯有爱默生如获奇珍，写信给惠特曼，称赞《草叶集》是美国人迄今所写的最不寻常的幽默和智慧之作。惠特曼是受爱默生思想影响最大的一位美国作家。“我正在冒泡”，他曾说，“爱默生使我沸腾起来了。”事实上，有人称他是理想的爱默生式诗人。细读《草叶集》1855年版序言便会发现，它的基本观点酷似爱默生的《论诗人》（“The Poet”）一文。两人都认为美国本身便是一首长诗，认为诗人应是理解和热爱生活的“先知”，诗歌应摆脱传统诗律的影响等等。不言而喻，《草叶集》首先体现出这些思想和主张。

惠特曼以自己独特的方式歌颂新生的美国的生活。对于美国的个性发展与民主的理想，普通人的尊严、快乐、自助的精神等，诗人都满腔热情加以颂扬。《我听见美国在歌唱》（“I Hear America Singing”）刻画出一个自豪、健壮、欢快的富有个性的美国人在新世界用自己双手开创新生活的生动景象，读来令人振奋。若读他的《自我之歌》（Song of Myself）便会从那小巧的意象诗，小故事中提炼出城乡写生画，格言警句、说教劝善、滑稽的事件、坦率的自白以及富有诗意的妙观逸想，你可以在这有机整体中，洞察到美国生活的全貌，你会感到美国人正像亚当的子孙一样在齐心协力“恢复”已失去的伊甸花园。惠特曼面对当时边界西移日益扩展的美国感到无比的欢欣鼓舞，《自我之歌》乃是美国成长的一种艺术反映。《开拓者啊，开拓者》（“Pioneers, O Pioneers”）向朝气蓬勃的美国致敬，《一个孩子出发了》（“There Was a Child Went Forth”）是生根、发芽、成长的新国家的象征。惠特曼对平等、民主、创造、发展进行讴歌的诗太多了。

惠特曼的“自由体诗”是美国独立文学的一个重要标志。他善于使用一长列内涵深刻、发人深思的形象词语。他的《草叶集》以其独特的长句把所描写的事物、事件及人交织在一起。整部诗集如他自己所言乃是“一次语言尝试”。《草叶集》共出了12版，最后增加到400余首诗。起初，惠特曼及其诗集并未得到承认，直至1871年出第五版时，英美著名诗人如丁尼生、史文朋等方开口称赞。惠特曼对现代诗的影响是深远的，他的诗已成为西方文化的有机组成部分。美国、英国、法国、意大利及拉丁美洲的许多诗人都受惠于他。诚然，他的乐观主义在20世纪并未受到赏识，但读过他的《到印度去》（“Passage to India”）、《我坐而眺望》（“I Sit and Look Out”）及《民主展望》（“Democratic Vistas”）等作品的人知道，惠特曼并非盲目乐观和毫无“悲剧观”。20世纪的诗人庞德（Ezra Pound）、艾略特（T. S. Eliot）、克兰、洛厄尔（Robert Lowell）以及奥尔森（Charles Olson）的创作生涯，倘然没有惠特曼在，会是一番迥然不同的状貌。因此，在美国文学史上，人们把惠特曼比做一座山。你不喜欢可以绕过它去，但是倘若装作没有看见，那就像掩耳盗铃一般愚蠢。

迪金森是美国最伟大的抒情诗人之一。这位老处女几乎是在同一所房子、同一个院子里度过她的一生的。她性格孤僻，个性强韧，思想敏锐，具有独特的幽默感。这位女诗人一生共写诗1800余首，但生前只发表过7首。迪金森和惠特曼有许多不同之处。惠特曼注视外部世界，迪金森却着意探讨人的内心。惠特曼的“美国味”来自他对“全国”的认识，迪金森则以新英格兰“地区”为出发点。在技巧上两人截然不同。惠特曼以其无休止的、无所不包的“事物、地方与人的清单”式诗句而著称，而迪金森所采取的却是准确、直接、简明的短小精悍的句型。她曾说，她未读过惠特曼的诗。

迪金森是她的时代的产物。她认真阅读爱默生的散文和诗歌，受其影响颇深。这位直觉的艺术家强调灵魂的重要性，抨击对物质主义和商业化倾向的过分重视。她虽深居简出，但对日渐发展的美国也并非一无所知，我们读她描写铁路的诗便可知道。迪金森的诗除表现出加尔文教思想的影响以外，也带有时代的气息。19 世纪 80 年代，随着资本主义的发展以及达尔文进化论的传布，人们对上帝、人和人生的观念也发生了变化。世界愈来愈冷漠无情，人的地位愈益无足轻重。迪金森的一些诗便朦胧地反映出这种状况。她的某些诗的基调同 90 年代的自然主义和 20 世纪初的现代派文学如一脉相承。这是迪金森的现代性的表现之一。

在迪金森看来，诗人的责任在于运用突出的具体的意象表现抽象的思想。她的诗句简短，表达直截了当，善于赋予最平凡的词语以出人意料的含义。19 世纪末有一位名叫斯蒂芬·克兰的小说家兼诗人，在一场合偶然听到她的诗，顿时心内如有所感，写了一些和她的诗风相似的诗歌，把她的特点传给后世。于是，她和克兰一同成为 20 世纪初意象主义新诗运动的先驱。

社会和政治事件对作家的创作影响很大。战争可以改变国家的面貌，又可使文学改观。一般说来，在一场战争之后，没有一个国家的文学在内容和技巧上能保持原封不动。对美国文学影响最大的事件莫过于美国内战（1861—1865）了。它使许多美国人从超验主义的赞歌声中清醒过来，开始对超验主义者和浪漫主义者们对人性、人生、自然和上帝的乐观主义观点与态度提出疑问，开始认识到人性并非那么善，人生并非那么美，大自然和上帝并非那么和蔼、慈悲。随着资本主义工业化的发展，贫富不均日趋严重，广大劳动人民日渐贫困。到 19 世纪后半叶，随着边界逐步西移，移民的前景也日渐暗淡，人们不得不停下来更清醒地考虑和认识人生。大家所盼望的黄金时代终于未出现，代之出现的却是“镀金时代”。人们的注意力遂从“超灵”而转移到人间。到 70 年代末，“新英格兰文艺复兴”业已失去发展态势。霍桑、坡和梭罗已死；爱默生、朗费罗及其他新英格兰文学界名流已衰老；麦尔维尔已停止出书；迪金森尚未在文坛扬名，唯有惠特曼如一位后人所称的“孤独的歌手”在那里歌唱。至此，浪漫主义和超验主义阶段已基本结束。当年轻一代作家，如豪威尔斯（William Dean Howells，1837—1920）、马克·吐温和亨利·詹姆斯登上文坛时，美国文学上的现实主义阶段便开始了。

（三）现实主义文学

现实主义作家主张写人生，写平庸的人和事，写生活的卑贱、低微、阴暗的侧面，主张揭穿伤感主义的“谎话”，正视人生，讲出真相。有评论家指出，现实主义文学一般具有三个特点。第一是细节的真实性，这是仔细观察与记录生活的结果。其次是人物情节与背景的代表性，即反映一般的、普通的生活。再次便是对人性和人生的客观评价，而不是加以理想化。通观 19 世纪 70 年代和 80 年代所出现的现实主义的主要作家和主要作品，我们发现符合第一、二两条的颇多，但是这些作家却多有美化生活的倾向。90 年代美国生活愈加暗淡，又有一批年轻作家出现，对曾提携过他们的老一辈现实主义作家的温文尔雅表示不满。他们的作品虽然具有现实主义的特点，然而却更强调世界的冷酷，人的无能为力、人生的痛苦。他们接受法国自然主义作家左拉的影响，作品中有“悲观命定论”特征。有人称他们为现实主义作家，近年来，评论家又倾向于把他们单独列为一个流派，曰“自然主义”。

美国现实主义文学的倡导者和奠基人之一是豪威尔斯。他曾担任当时在美国文坛颇有影响的《大西洋月刊》的主编，激励同仁，奖掖后辈，颇有文坛长者的风度。1909 年美国文学艺术协会首创时，他自然地被推举为第一任主席。豪威尔斯批判脱离现实的“腐朽”的伤感主义文学，鲜明地提出“只有在现实之中才有真实”的思想和“朴素、自然、真实”的现实主义创作原则。他指出，作家要清楚地倾听自然的声音，到生活中去精心选择明显可见的，触摸得到的东西，描写平凡的、卑微的、普通的人和事，在艺术画面上真实地再现生活。他的挚友詹姆斯说，豪威尔斯只写他那一双肉眼能够看得见的东西。关于文艺批评，豪威尔斯提出以反映生活的真实性和准确性作为评价标准。[2] 豪威尔斯的局限性在于，他认为美国生活的主流是“健康、快乐、成就、幸福”，是它的“微笑的一面”，现实主义作品应“永远忠实于”这些生活事实。随着资本主义的发展，他的主张成为 19 世纪末叶崛起的年轻作家认识和反映生活真实状貌的障碍。这是他在 20 世纪声望下跌的原因之一。

豪威尔斯是个多产作家。他一生出版了近 40 部小说、4 卷诗歌，此外还有戏剧、文艺评论、游记和自传若干卷。小说中《现代婚姻》（*A Modern Instance*）和《赛拉斯·拉帕姆的发迹》（*The Rise of Silas Lapham*）是他最成功的作品。他的文艺批评主要集中在《评论和散文》及《文学与生活》两书里。《塞拉斯·拉帕姆的发迹》是美国文学的经典作品之一。它通过主人公拉帕姆在经济上的兴衰故事，向读者展示出美国内战以后资本积累时期的社会风貌。拉帕姆是依靠自己的惨淡经营而“白手起家”的波士顿油漆厂主。他不惜耗费巨资，精妙地设计和建起一处富丽堂皇的住宅，希冀挤进他垂涎三尺的波士顿上层社会。后来在竞争中失利，又在无意间烧毁住宅，处境困顿不堪。这时有人出高价购买他的业已无益的产业，帕拉姆不愿损人利已，拒绝了这笔生意，因而破产。他在经济上虽一败涂地，但在道德上却“发迹”了。小说还安插了扑朔迷离的爱情情节，巧妙地衬托了帕拉姆寓胜于败这一中心主题。豪威尔斯擅长风物描写，语言优美柔和，文体温文尔雅。晚年对美国现实生活中的丑恶现象有所觉察，感到美国文明到头来弊端百出，因而感到非常失望。帕拉姆的楼房可谓美国经济上涨，道德堕落的象征。但总的看来，他对美国文明的批评仍属一种“情人之争”。近年来，他的作品已陆续再版，声望开始回升。

我国人民所熟悉的马克·吐温是 19 世纪美国现实主义文学的奠基人之一。他在现实主义小说理论和语言风格方面，都为美国文学的发展做出了卓越贡献。马克。吐温幼时上学不多。后来他曾当过报童、印刷厂学徒、排字工，在密西西比河上做过水手和舵手。“马克·吐温”这个笔名便来源于水手测水深时的一句习语。他多样而复杂的生活阅历使他对社会和人民的生活与思想具有广泛而深刻的了解，为他以后的文学创作提供了丰富的素材。内战以后，他开始从事新闻报道，并撰写幽默作品。1865 年，他发表了根据传说写出的短篇小说《卡拉韦拉斯县驰名的跳蛙》（“The Celebrated Jumping Frog of Calaveras

County”），文笔轻快，情调诙谐，顿时引起文坛瞩目。后来结识豪威尔斯，在他的鼓励下，创作并发表了长篇小说与游记，逐渐成为驰名国内外的作家。马克·吐温提倡创作具有乡土气息的文学作品。他主张作家从自己所熟悉的地区开始，运用人民的语言，描写人民的生活，刻画他们的性格和灵魂。[3]他认为，倘若作家都遵循这一原则进行创作，美国人民和美国生活的全貌便会如实地展现在世人面前；也只有这样，才会写出“伟大的美国小说”。马克·吐温的两部杰作，《密西西比河上》(*Life on the Mississippi*)和《哈克贝利·费恩历险记》(*The Adventures of Huckleberry Finn*)，从根本上讲，是两幅杰出的美国风物风情画。他以幽默的文笔，再现出自己早年在南方的所见所闻，把自己生活的浑金璞玉，雕琢成精美的文学珍品。他的卓尔不群之处在于，他通过描写具体的、局部的人与事，而反映出人类普遍的思想状貌。

马克·吐温的传世佳作《哈克贝利·费恩历险记》是美国现实主义文学的杰作，脍炙人口的世界文学名著。它讲的是19世纪中期美国内战以前南方生活的一段故事。白人流浪儿哈克与黑人逃奴吉姆乘小筏在密西西比河上飘荡。起初哈克因受“白人优越”思想的影响，对吉姆怀有偏见，认为袒护逃奴是犯罪。后来他们生死与共，经历了残酷生活的磨难，终于成为好友，哈克帮助吉姆逃出苦海。小说所刻画的人物和所描述的事件多在南方现实生活中有底本可言。哈克与他的醉鬼父亲、吉姆、骗子、舍伯恩上校以及醉汉博格斯，都有真实的生活原型。奴隶制、富室大户间的宿仇与格斗、小城的流氓瘪三，“文明”和“野蛮”两种状态在南方的并立，这种种现象，都是南方生活的真实写照。小说还着重人物心理状态的刻画，例如哈克对黑人的观点与态度的转变，他对社会成规、积习的认识过程，他的决心悖逆宗教训诫和社会道德规范、宁下地狱也不出卖朋友的行动，小说都以活泼圆转的语言，生动而形象地刻画出来。作者熟练地运用南方的几种方言，寓尖锐讽刺于轻松调侃之中。这为美国文学语言的革新产生了意义深远的影响，奠定了美国文学口语化风格的基础。他的作品句法简洁、朴素，语言准确、简明，极少有长句，有时甚至不惜背离语法规范。又因经常用一些并列短句或重复句，文字显得生动活泼。

马克·吐温的风格开创了美国小说口语化的先河，对后世作家产生了巨大影响。[4]著名小说家舍伍德·安德森（Sherwood Anderson，1876—1941）、海明威、福克纳和 J. D. 塞林杰等，都是马克·吐温的后继者。海明威说过："全部现代美国文学起源于马克·吐温的一本名叫《哈克贝利·费恩历险记》的书……这是我们所有的书里最好的一本。"福克纳也说："我认为，马克·吐温是第一个真正的美国作家。我们大家都是他的继承人。我们是他的胄裔。"他们精辟地说明了马克·吐温在美国文学上的地位。美国著名诗人 T. S. 艾略特、庞德、E. E. 卡明斯（E. E. Cummings，1894—1962）、威廉斯及弗罗斯特等人的诗歌所表现出的明显的口语化特点，同马克·吐温的文风也有密切关系。

马克·吐温一生著述丰富。他先后写了《艰苦岁月》（*Roughing It*）、《镀金时代》（*The Gilded Age*）、《汤姆·索亚历险记》（*The Adventures of Tom Sawyer*）等多部作品。其中《镀金时代》虽为与他人合作所写，技巧也欠精深圆熟，但它描写了美国人重建伊甸园的梦想的破灭，因而结束了浪漫主义时期，而成为现实主义文学的发端。它是美国内战后一个时代的写照。马克·吐温早年作品幽默，文笔轻捷，充满了对上升时期美国生活的憧憬；中期以后色调逐渐暗淡低沉，对美国社会表现出不满和失望；晚年则随着资产阶级民主理想的寂灭以及个人生活悲剧的影响，作品中明显地流露出悲观与绝望情绪，颇有命定论的倾向。马克·吐温的作品不仅已成为美国和西方文化传统的一个重要组成部分，而且也是世界文学宝库里的璀璨明珠。他的著作有些已译成中文，为我国读者所喜爱。

詹姆斯既是小说家、剧作家、散文家，又是文学评论家。他和欧文、库柏及霍桑一样，向慕欧洲的古老文明，认为美国缺乏伟大文学作品所需要的"素材"，对美国社会生活的物质主义的粗俗和精神上的缺乏典雅与修养感到厌倦。因此 1876 年他决定移居伦敦，并于 1915 年加入英国国籍，接受英王乔治五世颁发给他的特殊勋章。詹姆斯对祖国的批评也招致了他的国人对他的批评。詹姆斯是一个多产作家。他一生都在不停地写作，他写的小说、故事、文艺评论、剧本、传记等，总数不下 100 余卷。此外还有大量信件与札记。

詹姆斯的文学创作生涯，大体可以分做三个阶段。在第一阶段（1865—1881），他开创了“国际小说”（the international novel）和“国际题材”（international theme），刻意描写美国和欧洲新老世界不同的素质，并加以对比。他颂扬美国人的“天真”和“纯洁”，不满欧洲人的世故和颓废，并指出由此而产生的精神及心理影响。这个时期的代表作是使他获得国际声誉的《苔瑟·密勒》（*Daisy Miller*）、《美国人》（*The American*）和《贵妇人的画像》（*The Portrait of a Lady*），《贵妇人的画像》里的心理分析和叙事的角度为他后来文学创作的题材和技巧确立了方向。在第二阶段（1882—1895），詹姆斯除写作如《波士顿》（*The Bostonians*）等表现出其政治保守态度的小说外，还曾搞过 5 年戏剧创作。他的作品舞台效果虽不佳，但这一创作尝试对他后来的创作却产生了深刻影响。在第三阶段（1895—1916）的前 5 年中，詹姆斯写了一些关于青少年意识的小小说和故事，其中尤以《梅吉的见闻》（“What Maise Knew”）为上乘。20 世纪初的前四年，詹姆斯接连创作出 3 部长篇小说，《鸽翼》（*The Wings of the Dove*）、《使节》（*The Ambassadors*）和《金碗》（*The Golden Bow*）。在这些小说中，对人物的心理分析更加细致，表现手法上的单一的叙事角度更为突出。文笔细腻精妙，但欠轻捷；遣词用字用心良苦，但有拐弯抹角、晦涩难解之处。对于这些作品，美国文学评论界毁誉参半。不少人认为，它们代表詹姆斯的创作艺术的顶峰，构成他文学创作生涯的“主要阶段”。但也有人指出，他的国际题材不能自圆其说：美国人的“纯真”却是建立在以不纯真的手段而获取的金钱上面；小说的人物是想象和虚构的产物，缺乏现实生活的基础。但是人们一致认为，詹姆斯是心理分析小说的开创者之一，是 20 世纪小说弗洛伊德式心理描写的先驱。

詹姆斯是 19 世纪美国现实主义文学的三大倡导者之一。他同豪威尔斯、马克·吐温一起，为美国现实主义文学的发展做出了积极贡献。詹姆斯指出，小说存在的理由是它努力表现生活；艺术的领域包括所有的生活，所有的感情、所有的见闻、所有的见解；现实的气氛是小说的最大优点。他强调内容和形式的一致，把它们之间的紧密关系比做针和线一般的不可分离。他还提倡洞察和描写人的内部思想世界，劝告作家“抓住心理原因的复杂性”，指出只描写外部细节是不够的。因此有人称他的作品是“心理现实主义”。詹姆斯关于心理描写的理论和创作实践，丰富了现实主义文学的内容，对 20 世纪初叶的现代派文学也有相当的影响。他对现代小说理论也有卓越的贡献。他的著名的《小说的艺术》（*The Art of Fiction*）所阐明的许多理论和观点，迄今依然被广泛地认为是无懈可击的经典之作，现代文学评论的许多术语，也源于他的文学评论著作。

在这一时期的乡土文学作家中，我们还要说到哈特（Bret Harte，1836—1902）。他的魅力在于他能幽默、逼真地表现丰富多彩的边疆生活，塑造出令人难忘的人物形象。他善于捕捉当时西部边疆生活的特点，把一个包括淘金者、探矿工、赌徒，强盗和妓女在内的社会底层，绘声绘色地描述出来。他的短篇小说《喧腾露营地的拉克》（“The Luck of Roaring Camp”）1868 年发表后，曾轰动全国。次年《波克的零落人》（“The Outcasts of Poker Flat”）问世，使他蜚声海外。后来他又相继发表过几篇思想充实、语言幽默清新的故事，写过一首极为读者所喜爱的诗。但在 1871 年迁居纽约后却走了下坡路。他除又写过一些诸如《田纳西的伙伴》（“Tennessee's Partner”）等故事外，再未见什么大作出现。他的成功推动了 19 世纪后半期地方文学的发展，在那个时期里，美国各地具有浓厚地方色调的文学宛如雨后春笋般出现。比如加兰（Hamlin Garland，1860—1940）便在目睹西部边界生活的艰难和痛苦以后，奋笔写成《大路》（“Main Traveled Roads”）这个故事集。他以凌厉的笔触，描写他最熟悉的地区里最熟悉的生活，把美国中西部农民的真实状况，用素描笔法如实地揭示出来。一张张憔悴的苦丧的面孔，一个个可怜龌龊的身影，伤心的日子，绝望的情绪，从《大路》的字里行间展现在读者面前。画面颇有印象主义的特点；在题材、人物塑造以及社会决定论的观点方面，又有自然主义的倾向。加兰在 19 世纪现实主义文学反对伤感主义的斗争中，是豪威尔斯的得力助手。他强调写实的重要性，自称是“写真主义者”。他作为一个作家的悲剧在于，他的第一步书也是他一生所写的最精彩的书，后来的创作都给人一种“高潮后”的感觉。

1862年，当林肯总统和斯托夫人（Harriet Beecher Stowe，1811—1896）第一次会面时，他称她是“写了一本书而酿成这场大战的小妇人。”这场大战指的是美国内战，这本书便是斯托夫人的《汤姆叔叔的小屋》（*Uncle Tom's Cabin*）。斯托夫人在辛辛那提居住时，了解到南部黑奴的悲惨遭遇，亲耳听到黑人的血泪控诉和从南部旅行归来的白人的叙述，亲眼看到了“地下铁路”这个组织帮助黑人逃出火海的活动情况。她也广泛阅读了反对蓄奴制的书刊，并几次到肯塔基州庄园做实地调查。这些都使她对残酷的奴隶制有了深刻体验。几年后，她随积极反对蓄奴制的丈夫返回北方，在教堂里一次圣餐时，她说她得到了写书的灵感，回家后在厨房的餐桌上逐章写出。这就是举世闻名的《汤姆叔叔的小屋》诞生的过程。这本书是19世纪美国反蓄奴制运动中最伟大的宣言书。它使北方振奋起来，决心以武力对付坚持蓄奴制的南方。该书出版后立即引起人们的极大兴趣，第一年便销售30余万册，印了100多版，在国外也被译成多种语言，为在美国和世界范围内取消奴隶制进行了广泛的舆论准备。无论在左右美国社会历史的进程方面，还是在树立她的时代的社会风尚方面，斯托夫人都起过不可低估的作用，到90年代，美国生活愈加暗淡。随着经济危机的到来以及西部边界的封闭，“美国梦想”骤然破灭。城市出现了贫民窟，西部移民受到铁路公司等垄断机构的控制。达尔文的进化论和斯宾塞的社会达尔文主义，在美国风行一时，动摇了人们对基督教的信仰。大家感到，上帝对人漠不关心，宇宙对人冷漠无情，人在世界上无足轻重，生活失去了意义。在80年代、90年代风靡美国的法国自然主义作家左拉的影响下，一批年轻作家开始冲破现实主义的传统，开始反映人在环境和遗传两种力量的支配下毫无自由意志，宛如狂风里的一片羽毛任凭摆布的状况。这些人便是美国文学史上的自然主义作家。他们不顾恩师与老友豪威尔斯的“你生在美国对美国要公平”及“要写这个快活的大陆”的主张。决心把“家丑”外扬出去，把人民贫苦、绝望的真实情况讲清楚，把两个世纪交替时期的信仰危机、精神贫乏、空虚之状描绘得淋漓尽致。这种反叛精神也冲破了美国清教主义的含蓄与收敛的主张，大胆运用自然主义的写作技巧。美国自然主义文学为20世纪文学题材与技巧的革新铺平了道路。

（四）自然主义文学

无情地撕碎文雅假面、大胆讲出时代真情的作家之一是斯蒂芬·克兰（Stephen Crane，1871—1900）。他在纽约作记者时，了解到有关该市鲍厄里区的贫民窟的第一手材料，写出了感人的《街头女郎玛吉》（*Maggie：A Girl of the Streets*）这部小说。它讲的是在贫民窟中长大的玛吉，对生活充满美好的憧憬，但污秽的家庭环境及将人作机器使用的工厂使她大失所望。在忍无可忍的情况下，她终于从家里逃出，不料她的情人竟对她的处境无动于衷，致使她流落街头，在没有奔头的情况下，最后投河自尽，成为环境和命运的牺牲品。《街头女郎玛吉》在暴露丑恶方面的痛快淋漓、百无禁忌，触怒了“文雅的”上层社会，因而没有一家书局与出版社敢于接受这部书稿，克兰只好自费出版。它被后人称为“美国第一部自然主义文学著作”。克兰不是乐观主义者。他深切感到世界的冷漠，在作品中充分表达出人生的毫无意义、人的失败和绝望等思想情绪。

1895年，克兰发表《红色英勇勋章》（*The Red Badge of Courage*）。小说一经出版，便立即引起著名作家豪威尔斯、康拉德及詹姆斯等人的注意。克兰一举成名。《红色英勇勋章》写的是美国内战中的一段故事。克兰对战争和死亡的描写，同传统的浪漫主义笔调截然不同。小说力图表明，现代战争是毫无意义的大屠杀；人在战争这一恶魔的控制下，只有向命运屈服，做暴力的牺牲品。在这里没有个人选择的余地，没有个人自由意志，没有勇气或英雄主义的行动。作者以犀利的笔锋，一扫过去掩盖真相的文风，把战争和生活中的丑恶直言不讳地暴露在读者面前。他的这种自然主义文风对20世纪的战争小说影响很大。海明威、多斯·帕索斯（John Dos Passos，1896—1970）以及后来的梅勒（Norman Mailer，1923—2007）和冯尼格特（Kurt Vonnegut，1922—2007）等人，都是遵循克兰的模式描写战争的。克兰也写过一些为后世称道的诗。他用字节俭，诗句无韵，但意象清新独特，又多格言警句，读来朗朗上口。所以他被视为20世纪初意象主义新诗的先驱之一。他的诗集有《黑色骑手》（*The Black Riders and Other Lines*）等。此外，克兰还写过一些很有影响的短篇小说。

弗兰克·诺里斯（Frank Norris，1870—1902）是以笔为剑，对社会的丑恶和不公平进行无情揭露和批判的另一位自然主义作家。他的头两部小说，《麦克提格》（*McTeague*）及《凡陀弗与兽性》（*Vandover and the Brute*），都是受了左拉的影响而写成的自然主义作品。《麦克提格》描写一个身强力壮的牙医，在他平静而有秩序的生活环境遭到破坏以后，思想和行为又很快返回到人的原始野蛮状态去的故事。小说在强调环境作用的同时，还以巧妙的笔法，描写出遗传对人的影响。《麦克提格》在美国文学史上被称为"美国自然主义的宣言"，常被作为自然主义文学的教科书。诺里斯生前计划写作关于小麦的生产、销售和消费过程的三部曲，第一部《章鱼》（*The Octopus*）1901年出版；第二部《粮食交易所》（*The Pit*）1903年他去世后刊行，第三部《狼》（*The Wolf*）还未写成，他便于1902年患腹膜炎卒世。《章鱼》是诺里斯的代表作，写的是美国加利福尼亚州种麦的农民同运麦的铁路公司之间所发生的严重冲突。"章鱼"指的便是专横跋扈的铁路运输公司。这是一场生死搏斗，涉及许多农民家庭的命运，使许多人绝望、堕落、丧生，在经济和精神上遭到毁灭性打击。小说旨在表明，在不同社会力量的支配下，人的努力是无济于事的；人受社会环境条件的约束，在世界上的地位微不足道。《章鱼》把小麦和铁路描绘成两种基本社会力量，任何人也无法操纵它们，人的命运则取决于它们之间抗衡的结果。这是19世纪末20世纪初美国文学中自然主义基本理论的反映。诺里斯的小说结构有时松散，但文字富于包孕，宛如诗歌。他对后世作家的影响不小，福克纳对污秽细节的描摹、海明威的刚劲无情的笔锋、斯坦贝克和托马斯·乌尔夫（Thomas Wolfe，1900—1938）的语言的精炼和富于诗意，都同诺里斯的作品内容与风格的影响有关。

美国自然主义文学创作在德莱塞（Theodore Dreiser 1871—1945）的作品中趋于成熟。德莱塞的幼年是在极端贫困的境况中度过的，成年后开始记者生涯。他在克兰的《街头女郎玛吉》的影响下写成《嘉莉妹妹》(*Sister Carrie*)，但是由于笔调过于尖刻，对社会不正义的揭露过于无情，小说所描绘的世界过于残酷，因此书稿辗转于出版社之间几年之后方得出版。这位饱受孤立和嘲讽的年轻作家曾因一筹莫展而感到绝望，险些自杀。但他终于活了下来，并成为20世纪初美国文坛的主要人物，被20年代的作家视为“向导”。后来他又写了《金融家》(*The Financier*)三部曲及《一场美国悲剧》(*An American Tragedy*)等作品。

德莱塞所描述的是一个没有上帝、没有道德的世界。这个世界的“强权便是公理”的特点，由《金融家》开首所写的鱼市情况突出表现出来。在这个鱼市的一个水槽内有一只鱿鱼和龙虾。年轻的主人公弗兰克·库柏伍德每日由此经过，见到鱿鱼在龙虾的吞食下日渐衰弱。库柏伍德突然觉悟到，在人的世界上生活也是如此。于是他决心做强者，去无情地吞并弱者。在德莱塞所描述的世界里，人又如羽毛一样任凭风吹，任凭环境和遗传等力量的摆布。《嘉莉妹妹》中嘉莉的生活悲剧便是最好的说明。嘉莉这个天真的姑娘从乡下来到大城市芝加哥，希望能找到美好的生活。不料姐姐的贫困的工人家庭竟无法让她住下，在冻馁疾病四望无告的情况下，她同意和一位推销员同居。后来一位店铺经理赫斯伍德盗款后逼她一同私奔，他们先到加拿大，后又辗转来到纽约。在这里，嘉莉做了演员，但赫斯伍德却因不能自食其力而在绝望中自尽。嘉莉先后经历过三种生活环境：姐姐的工人家庭，推销员在芝加哥的住处、在纽约的困顿与艰难。她受到环境力量的摆布，随波逐流，毫无选择的余地。自由意志、道德观念等等，对她都是陌生的。直到小说的结尾处，我们依然看到她坐在摇椅里，无所适从。而赫斯伍德的悲剧则是达尔文的“适者生存”说的典型体现：赫斯伍德理智不足，本能有余，摇摆于人与兽之间，因而不宜生存下去。

德莱塞是位左翼作家。他访问过苏联，写过《德莱塞与俄国》(“Dreiser Looks at Russia”)及《悲惨的美国》(“Tragic America”)，以表达他的观点。他同情共产主义，去世前不久加入美国共产党。德莱塞在文学上是有争议的人物。有人说他文笔欠雅，但他的作品的威力是不容置疑的。他的关于“美国已变化、有关旧传统、旧价值的陈词滥调已不适用”的立场，曾激发了20年代作家斗争的勇气。

在20世纪初美国文坛颇有名气的杰克·伦敦（Jack London，1876—1916），在作品中描写劳动人民的疾苦和资本主义制度的残酷，表现出他对劳动人民的同情和要求改革的愿望。著名的《小城畸人》（*Winesburg*，*Ohio*）的作者舍伍德·安德森（Sherwood Anderson，1876—1941）对资本主义制度下人的心理变态做了细微描述。女作家伊迪丝·沃顿（Edith Wharton，1862—1937）的作品是社会批评的典范；而以厄普顿·辛克莱（Upton Sinclair，1878—1968）为代表的一批作家则发起了“揭发黑幕运动”（Muckraking Movemen），专事揭露社会黑暗。诗人罗宾逊（E. A. Robinson，1869—1935）的诗歌格律虽旧，但内容颇新：他的诗很有自然主义的色调。在我们讲到著名的20年代文学以前，特地作此提示。

（五）20世纪20年代

概述

20世纪20年代是美国文学史上伟大的10年。它在史书上占有独特的地位。这10年内出现的大量而出色的文学作品，充分反映出时代的精神面貌，值得后世传诵。归结起来，是两个重要因素把这个阶段变得不凡的。一是第一次世界大战，一是20世纪初年的精神状况。第一次世界大战当中，美国发了一笔战争财，战后出现了经济膨胀，带来一种假繁荣，一时之间好似到处是钱，因此对1929年末华尔街股市的大崩盘完全没有思想准备。人们突然意识到科技取得了长足进展，汽车和收音机突然出现了，人们的眼界突然开阔了，知识突然增加了。电影、音乐尤其是爵士乐的普及影响，改变了人们的思维方式。一种新的工业经济开始发展，国民生活日趋城市化。随之而来的是大规模生产、大规模消费和娱乐，国家经济文化生活模式开始变化。一场社会变革在发生，原有的道德伦理观念在改变。比如妇女的地位在发生变化，与之相连的传统也开始嬗变。在经济方面，一系列新工业项目业已出现，以满足她们的需要。又比如有些年轻女郎冲破传统束缚，穿短裙，饮威士忌，疯狂地跳舞。尽管如此，有些头脑清醒的人们也深切感到，那是一个悲哀的时期，梦想业已化为泡影，国家经济问题严重，正向灾难滑去。这个年代里人们对法律似不如以前那么尊重，如引起人们不满的戒酒法，有些人便乘机违法走私。对于这一切，我们读菲茨杰拉德（F. Scott Fitzgerald）等人的作品，比如《了不起的盖茨比》（*The Great Gatsby*），这种感觉尤为深刻、强烈。

第一次世界大战之后，不少人普遍强烈感到失望。许多年轻人曾满腔热情奔赴前线，为保卫民主而战。然而战争的残酷现实令他们头脑清醒起来，于是什么英雄主义，爱国主义，以及对民主的热情，这些都已失去魅力而烟消云散了。人们对战争的浪漫概念已无兴趣，剩下来的只有失望了。上个世纪末克兰在其名著《红色英勇勋章》中描绘战争的负面情况的模式，在20年代成为年轻作家描写战争所遵循的张本。我们读海明威（Ernest Hemingway）等人的作品，如《永别了，武器》（*A Farewell to Arms*），对此会有清楚的了解。

20年代也是信仰危机加剧的年代。自从达尔文的进化论问世以来就日渐严重的信仰危机，到20年代更变本加厉。昔日人们从神话和幻想中得知生活的意义，到了现代科学发展的时代，神话已消失，幻想已破灭，现代人已不能接受那些无法令人相信的东西了。德国哲学家尼采（Nietzsche，1844—1900）宣布上帝已死；英国哲学家罗素（Bertrand Russell，1872—1970）宣称，宇宙已变得没有目的，人们不能再指望有慈悲的上帝伸出援手，一切努力、热情和憧憬到头来都会化作乌有，欲活下去，唯有在绝望中鼓起自己的勇气。没有信仰，人便无法使思想和感情保持一致，于是产生生活混乱、脱节以及支离破碎的感觉。没有信仰，人便失去安全感，于是产生忧郁、绝望情绪。到本世纪头十年末，一切似乎都在分裂，上帝似已丢下他的造物离去，宇宙没有了中心，生活没有了意义。现代西方成为一处空虚的精神荒原。20年代的诗歌、小说和戏剧精确地描绘了这种现实。我们读艾略特的名诗《荒原》（*The Waste Land*）等作品，便可窥见其中之端倪。

新的不同的经历要求新的不同的表现方式。文学艺术界感到旧瓶不能装新酒了。尤其是年轻一代都在摩拳擦掌，改革热情空前高涨。欧洲热气蒸腾，巴黎似已成为中心。各种新款式都在出炉，可谓万紫千红，目不暇接。印象主义、达达主义、表现主义、象征主义、超现实主义等等，竞相媲美，极大丰富了文学艺术的表达力度。在老一代作家如叶芝（William Butler Yeats）、罗宾逊（E.R. Robinson）及德莱塞（Theodore Dreiser）等人继续创作紧跟时代步伐的同时，现代主义大师们开始登场，不朽的文学巨著在迅速出现。比如英国的乔伊斯（James Joyce）与伍尔夫（Virginia Woolf）、法国的普鲁斯特（Marel Proust）以及德国的托马斯·曼（Thomas Mann）等。在美国文坛上，也是一时人才济济，所谓"迷惘的一代"业已出现。这些人当然不"迷惘"，这个词语是说他们生活在那个特殊时代，旧的价值似已逝去，新的观念正在形成，他们头脑清醒，正努力上下求索。庞德（Ezra Pound）一马当先，扮演着开路者的角色。艾略特（T. S. Eliot）的《荒原》诗雄鸡破晓，呼唤出一大批"荒原"作家来共襄盛举。比如小说界的海明威、菲茨杰拉德和福克纳（William Faulkner），诗歌界的卡明斯（E.E. Cummings）、弗罗斯特（Robert Frost）、桑德堡（Carl Sandburg）、莫尔（Marianne Moore）及克兰（Hart Crane），还有威廉斯（William Carlos Williams）和史蒂文斯（Wallace Stevens）两员主将，虽然和庞德及艾略特在某些方面存在分歧，他们无疑亦在竭尽全力，表现时代的精神。还有戏剧界的奥尼尔（Eugen O'Neill）、赖斯（Elmer Rice）及格莱斯贝尔（Susan Glaspell）等人，我们下面辟专章谈戏剧时会做详细介绍。此外还有一些作家，他们的辛勤及历史作用不可忽视。像安德逊（Sherwood Anderson）、斯泰因（Gertrude Stein）的坚持不懈的革新精神、凯瑟（Willa Cather）、刘易斯（Sinclair Lewis）的锲而不舍的创作实践，都极有令人称道之处。尤其值得一提的是黑人文学的"哈莱姆文艺复兴"运动，它不仅表示出非裔美国人的觉醒，在更长远的层面上标志着美国多文化多种族文学的开端，在 60 年代及其后将产生深远的影响。当代美国文学的再界定、文学史及文学作品的再评价趋向，皆始于此。

20 世纪 20 年代的诗歌

以其名诗《荒原》（*The Waste Land*）奠定这一时期文学的基调的 T. S. 艾略特，1923 年评论乔伊斯的《尤利西斯》一书时说，现代作家应当通过古今对比，赋予无能和混乱的当代生活的巨幅全景以形式和意义。这一著名论述提出三点值得注意的看法。首先，诗人敏锐地感到现代生活经历的徒劳无益与零乱芜杂。谁也没有艾略特对现代社会的可怕、可憎的污秽面貌看得更真切。诗人麦克利什（Archibald Macleish）说，艾略特的五六十行诗比所有社会批评家对现代混乱的刻画都深刻得多。其次，既然现代人的生活混乱无常，支离破碎，那么诗人的任务就应该是以不同的经历为素材，写出给人以整体感的作品来。换言之，现代诗人的创作便是将性质各异的因素融合为一的艺术形式和秩序的过程。艾略特认为，以艺术形式表达感情的有效途径是运用"客观相关物"，即以具体的客观存在表现抽象的主观思想。[5]第三点则关系到"以古喻今"，诗人应利用过去和传统的材料丰富想象，描绘今天的状貌。艾略特认为，现代生活的否定性特征唯有通过和古代的肯定性特点相比较，才能令人突出地感觉出来。熟悉现代美国诗史的读者知道，艾略特的这一论述是欣赏和理解现代诗及其他现代文学作品的最好钥匙。

让我们首先分析一下英美现代诗史上的重要革新运动——意象主义诗歌运动。美国这个民族向来有一种革新精神。他们不满足于维持现状。亨利·詹姆斯为其《美国人》一书的主人公命名为克里斯托弗·纽曼，纽曼意即"新人"，大概就有形容美国人革新精神的内涵。至于"克里斯托弗"一名，由于它又是发现新大陆的哥伦布的教名，故蕴含着"开拓"的精神。20世纪初叶，一代年轻诗人发现，传统诗学已不能充分表现新的时代，诗歌创作急需革新。英国诗人休姆指出，诗歌已不再主要表现英雄行为，而应着重表达诗人思想中倏忽即逝的念头，诗的技巧也应能巧妙地记录一瞬间的印象，而最有效的表达方法是运用外界物体的形象作为诗的"主导意象"。意象主义新诗运动便由此而得名。可惜休姆的诗才未能得以施展，便在第一次世界大战中丧生，但他生前几年的活动已足以使他获得"意象主义诗歌理论家"的称谓。休姆的所谓"倏忽即逝""一瞬间"都是现代生活缺乏秩序和整体感的反映，而他的"意象"则很有"客观相关物"的意味，区别在于他要求一首诗内只有一个"主导意象"。

意象主义诗歌运动的实际领导者是美国著名诗人庞德。这个人思想敏感而活跃，精力充沛。他曾影响过比他大 20 岁、业已功成名就的爱尔兰诗人叶芝，曾“发现”和扶持过现代作家艾略特、弗罗斯特、乔伊斯等人，故有现代诗鼻祖之称。庞德为“意象”所做的简括定义是：“描绘一瞬间出现在脑际的复杂的思想与感情。”1912 年，他和美国女诗人希尔达·多利特尔（Hilda Dolittle 或 H. D.，1886—1961）等人发表意象派诗歌三原则，主张描述直接、表达凝练、不照节拍顺序写作。3 年后，美国女诗人艾米·洛厄尔（Amy Lowell，1874—1925）把三条扩充为六条，但基本精神未见大变。[6]意象派诗歌通过“意象”——即客观的具体事物—的排列，重叠或穿插，收到相互映衬的效果，使内心外现，抽象变具体。它要求诗人摆脱五步抑扬句的传统的羁束，运用自由体。诗句可不合辙押韵，可以长短不齐，以给诗人更多的表达自由。庞德早年写的名为《在巴黎地铁站上》（“In a Station of the Metro”）是意象诗的佳作。1910 年某天，诗人从巴黎的潮湿而幽暗的地铁里走出，突然在忽明忽暗的光线里，在熙熙攘攘的人群中看到几张漂亮的女人和孩子的脸。这一情景给他留下极深刻的印象，他决心把这一内涵丰富的意境表达出来。这便是这首诗的由来。他几番努力都未成诗，后来终于找到一个恰切的“意象”，写出了这么一联：“人群里几张脸若隐若现；/阴湿的树枝上几片花瓣。”显然，诗人以阴湿的树枝比拟潮湿幽暗的地铁，而以鲜艳的花瓣形容娇艳的脸，寥寥数笔便勾勒出一幅气氛融洽的影像。

在英美诗歌发展史上，意象主义新诗运动占有相当重要的位置。除意象派诗人希尔达·多利特尔，理查德·奥尔丁顿（Richard Aldington）、艾米·洛厄尔等人以外，英美在 20 世纪的重要诗人如艾略特、史蒂文斯、D. H. 劳伦斯、卡明斯、乔伊斯、麦克利什及卡尔·桑德堡（Carl Sandburg，1878—1967）等人，诗风虽各有异，但从他们身上都能看出意象诗的影响。美国著名诗人克兰（Hart Crane，1899—1932）的长诗《桥》（*The Bridge*）也呈现出该诗派的烙印。因此可以说，意象主义诗歌是诗坛革新的表现，又是推动革新的力量。诚然，它的美学原则也含有一定局限性，如要求诗人运用一个起主导作用的形象贯穿全诗等，注定它不能产生伟大诗篇及伟大诗人。在上述著名诗人的创作生涯中，“意象主义”仅是其创作的一个阶段，一个迈向伟大的境界的跳板。但是意象主义创作原则对英美诗歌的发展已产生过、并仍在继续产生着影响，这一点是毋庸置疑的。

面对以混乱和支离破碎为特点的现代生活的挑战，现代诗人在其诗作中都表现出一种寻求秩序和意义的强烈愿望。有不少诗篇具有史诗般的长度，由许多在形式上并无联系、但内容却统一的独立部分组成，每部分都表现某种凌乱的经历、事件或情景，其效果宛如交响乐一般。“寻求”的主题在各部分反复出现，给混乱带来秩序，使支离破碎状态呈现为新的整体。此外，现代诗的突出特点还在于借用过去和传统来烘托和加强“寻求”的气氛。例如庞德的长诗《诗章》(*The Cantos*)，便由120章组成。人们称这首耗费掉诗人大半生的长诗为庞德的“1915 年后的思想日记”[7]，它记录了诗人在长达半个世纪的时间里的经历和见地。恰如交响乐内的乐章一样，它可分成不同诗组。前6章确定诗中讲话人的身份为奥德修斯—庞德；第七章似为过渡章。第八至十一章为“文艺复兴章”，第十四至十六章为“地狱章”，把现代社会比作腐败、肮脏的地府。第十三章援引孔子关于“秩序”的论述，使前面诸章内的污浊空气为之一扫，让读者抬首望到天堂般的光辉与安谧气氛（第十六至十七章）。此后10余章总结、强调已谈到的主题，为后来阐述诸如约翰·亚当斯等美国开国元老的社会、经济原则（第三十至四十一章，第六十二至七十一章或“亚当斯章”）埋下伏笔。这些章是一组现代资本主义经济活动的特写镜头。第四十九章引用中国古典诗歌与古代舜帝时的《卿云歌》，第五十二章为《礼记》的意译，而第五十三至六十一章则是著名的“中国章”，简述自古至清代乾隆帝时的中国历史，都表现出诗人渴求天下大治的愿望。《比萨章》（第七十四至八十四章）与《石钻章》（第八十五至九十五章）把读者首次带入现当代生活，为诗人在极度苦痛、并经深思熟虑之后的基本态度的总结。《列王章》（第九十六至一百零九章）及《草稿与片段》（第一百零九至一百二十章）在对现代荒原的巨画做进一步描绘之后结束长诗。庞德谙练古今，善旁搜博采，撷取各国古文明之长以为己说的佐证。他援引古希腊、古意大利、古英国诗歌及法国普罗旺斯诗歌传统等都能运用自如。他还是中国古代文明的歌颂者，对孔子学说非常崇拜。他从中国文明中似乎看到了现代西方所急需的理智和理想。庞德在40年代曾失足一时，信奉过墨索里尼的学说，在战时意大利电台做过反美演说，战后曾在美国坐牢、受审，后来由于艾略特、弗罗斯特等著名文人的力保而获释，后客居意大利至死。随着时间的推移，人们渐渐忘却他的罪过，对他对英美现代诗歌发展做出的贡献给予愈来愈高的评价。甚至有人称他为现代诗歌的"主任"(艾略特为其副手)，或"现代主义的泰斗"，这似乎有些过分了。

以下要谈到艾略特及其作品。T. S. 艾略特的《荒原》形象地刻画出20世纪西方文明的状貌。这首长诗和庞德的《诗章》一样，有很强的史诗意味。《荒原》写成以后，曾经庞德修改，删去三分之一的篇幅。艾略特见后深为叹服，故在诗的开头写道："献给埃兹拉・庞德 / 最卓越的匠人"，以示钦佩。在这首长诗里，诗人运用渔王与圣杯的传说作为全诗结构的统一手段。这个故事源于古代繁殖礼仪。说渔王因触犯天颜而遭阴部受伤的惩罚，国王的阳痿致使全国干旱不毛而变做一片"荒原"。《荒原》一诗便由此而得名。国内武士出发寻找圣杯，以医治国王之伤，改变荒原的面貌。由此可见，《荒原》具有丰富的宗教和情欲的内涵。诗中写到不少性爱事件或场面：诗人欲使读者认识，性爱的失败便意味着精神的失意，性爱的不满足便象征着精神上的贫乏。《荒原》共分成5个形式独立但内涵相关的部分，各部分间的转折经常十分突然：《死者葬仪》("The Burial of the Dead")、《弈棋》("A Game of Chess")、《火的布道》("The Fire Sermon")、《水里的死亡》("Death by Water") 以及《雷霆所说的》("What the Thunder Said")。每部分又由不同诗节组成，各诗节间的过渡也很突然。细读该诗会发现，在句法上诗人又多用并列结构，给人一种脱节之感。所有这些都旨在赋予读者以现代生活经历的凌乱与零碎感。

《荒原》的潜在线索是骑士寻找圣杯。诗的突出特点之一是性爱的失意，这是寻杯努力已失败的标志，是荒原人精神贫乏的体现。《荒原》由一系列宛如诗画的幻景和短叙组成，语言遒劲而优雅，感情充沛而强烈。季节的更替，过去的回忆，无能的女相士，地狱般的普鲁弗鲁克式（Prufrockian）的伦敦城，酒吧的闲话，无精打采的女打字员与“满脸疙瘩”的青年人的交媾等等画面，透过预言家铁瑞西斯（Tiresias）的意识，投射在读者的面前。泰晤士河水，载着它的污秽的漂浮物及其历史的记忆，在城内流过。伫立在岸边的诗人仿佛哈姆雷特（Hamlet）一样，在观察和沉思，迦太基在火中被夷为平地的历史又浮现在他的脑际，他用抒情的诗笔以水的乐声为被淹死的腓尼基水手弗莱巴斯作挽歌。之后传来雷的神秘声音，出现标示世界与灵魂荒原的枯朽和死亡的各种可怕形象，同时又闪现出祈求雨水和永恒安定的希望。这些相互之间似乎不关联的内容，恰好反映出西方现代人的思维特点：他们缺乏信仰，对生活已失去整体感，世界呈现出一片混乱、脱节、支离破碎之状。上帝似乎已丢下他的创造物而离去，宇宙没有了中心，生活失掉了意义，人已失去安全感，绝望情绪便油然而生。《荒原》正是20世纪初西方这种精神状貌的逼真写照，是欧美有识之士运用艺术手段解救西方精神危机的努力的重要体现。

《荒原》诗具有划时代的意义。它的精神与风格影响了不止一代人。在他的同时与以后，有相当一批作家描绘西方现代荒原的面貌，评论界对他们有“荒原作家”之称。《荒原》逼真地刻画了20世纪初叶西方的精神危机与绝望情绪，艾略特便无形中成为这派作家的“领袖”。但是1927年后，艾略特逐步转向宗教和保守主义，如同晚年的华兹华斯一样，被人斥骂为“垮掉的领袖”。艾略特一生著述很多。他的名诗有《J. 阿尔弗雷德·普鲁弗洛克的情歌》（*The Long Song of J. Alfed Prufrock*）、《吉隆辛》（“Gerontion”）、《空心人》（“Hollow Man”）、《四个四重奏》（*Four Quartets*）及《圣灰节》（*Ash Wednesday*）等。艾略特又是出色的文学批评家。他的理论具有独一无二的权威性。比如他的“非个人化” 及“客观对应物” 的理论影响英美文坛长达四分之一个世纪之久，直到50年代诗坛刮起改革之风时。艾略特1948年获诺贝尔文学奖，他是英美文学史上最杰出的诗人之一。

《荒原》的发表激怒了美国著名诗人威廉斯。他立即直觉地意识到这首诗的传统抑扬格形式及其悲观情绪将对美国诗歌发展产生不利影响。威廉斯对生活持基本乐观的态度，在诗风上竭力排斥英诗传统的影响，主张推进自由体诗和“重音节”诗的发展，因此他认为《荒原》是倒退，是“我们文学的大灾难”，它“会把美国诗歌赶回到学校课室去。”威廉斯反对艾略特及其好友庞德旁征博引的“国际主义”，曾称庞德是“美国诗歌最好的敌人”。他提倡“地方主义”，主张发展扎根于地方环境、条件的新艺术，主张并致力于在“我们本地条件下”发现一切艺术的原动力及基本原则。他提出，美国是美国诗人的“源泉”和“地方”，诗人必须追本溯源，从“我们的周围世界”取材创造“美的东西”。威廉斯的这些美学观点在散文集《美国的精神》（*In the American Grain*）及5卷长诗《佩特森》（*Paterson*）里充分表达出来。在《美国的精神》中，威廉斯指出，埃德加・爱伦・坡的最大成就在于，抛弃模仿英诗传统的朗费罗所代表的一切，而面向美国本土。威廉斯一生只去欧洲短游过两次，大部分时间在故乡新泽西州行医、作诗；他的《佩特森》便是具有浓厚乡土气息的长诗，以其“地方主义”同艾略特的“国际主义”相抗衡。威廉斯忠于客观现实，认为“思想仅存在于事物中”，他一生孜孜不息地进行自由诗体和重音节诗体的尝试，以求表达这种现实的最佳形式。他认为，若充分表现树木、花草、鸟兽、城堡与溪流、号角与长矛、人物等具体事物，诗的形式必须高度灵活、自由。《佩特森》一书诗文并茂，诗行有长有短，显示出诗人决心以不落窠臼的方式表达对祖国的一切的热爱和激情。不仅那日夜喧闹的巴塞克河瀑布，那百花争妍的秀媚风光吸引着诗人，即使雨后小白鸡在红轮车旁咕咕啄土的景象也引起诗人的雅兴。《红轮子手推车》（“The Red Wheel Barrow”）简直是一幅静物写生画：“多少事都取决于 / 红轮子手推车 / 雨水滤过亮晶晶 / 立在白色雏鸡旁”。诗人认为，客观事物本身就寓有诗意。不用雕琢和刻画，不必引经据典，浑金璞玉自有其独特的瑞彩仙气。这大概是首句中唯一的抽象词“多少事”的蕴含吧。此诗自问世起一直为人传诵，赏玩多次犹感意趣盎然。所以威廉斯又有“红轮车诗人”之称。威廉斯对艾略特的《荒原》的强烈反应并非“杞人忧天”，对其效果的预言后来果然被证实：美国不少诗人直至60年代一直处于艾略特诗风的影响之下，威廉斯本人生前的声名也受到一定忽略。但是，他的美学观点和通俗的文体使他成为美国诗坛上一支不可小觑的力量。二战以后，美国诗坛风云又变，威廉斯发表长诗《佩特森》，庞德在比萨牢笼的经历之后写出《比萨诗章》，在美国获奖，两个人的自由体、自传内容、口语化语言、沉思型风格等，开后现代之先河。于是艾略特的影响开始下降，威廉斯和庞德的影响便日益增长，成为许多新诗派的“泰斗”。

现代美国诗坛的另一位巨匠华莱士·史蒂文斯强调想象在人类知觉与知识中的作用。在他看来，世界一半是人自己制造的：我们造就了我们目睹的秩序，世界作为我们的思维对象而存在。如爱默生在其《论诗人》（“The Poet”）一文中所说的，史蒂文斯认为诗人是人类认识力所赖以存在的创造力的典型代表。诗人的重要性在于他赋予生活以“最高虚构”，没有这种虚构，人们便无法理解生活。“我是大地的必需的天使，/ 因为你们通过我的目光重见大地。”想象是诗人思维的工具，诗人不仅能借此看到现实世界，而且能洞悉它的本质、它与宇宙秩序的关系。现实是混乱的，没有给人以安慰的神圣主题和神圣人物，诗人的任务是寻求和找到欢乐与秩序。诗和艺术是从混乱世界里造就出秩序的手段。史蒂文斯的诗作便是他努力以诗解释现实、确定人在现实中的位置的记录。例如《在基韦斯特海边想到秩序》（“The Idea of Order at Key West”）一诗中，女孩子在无形的、流动的海的现实面前歌唱，诗人写道：“那里原来从未有过一个世界为她存在。/ 她歌唱的、通过歌唱而创造的那个世界除外。”换言之，人能认识的唯一世界是他在有意或无意间通过想象而理解的世界，其余皆为动荡、无形状、毫无意义的存在。艺术家便是通过把想象的结构强加在这种存在之上而造就出新的、有秩序的世界。《世界与默想》（“The World as Meditation”）中的女主人公佩内洛普便生活在她自己建立的信仰的世界里，正如《风琴》（“Harmonium”）的女主人公造就自己的世界那样。《坛子的故事》（“Anecdote of the Jar”）一诗说到，一只放在田纳西州山丘上的坛子为四周混乱一片的自然界带来秩序。倘把坛子视为艺术的象征，这首诗显然又是史蒂文斯美学思想的一个体观。诗人和其他现代派大师一样，把艺术作为造就秩序、控制凌乱的现实的有效手段。

1947 年诗人发表著名论文《相似物的王国》（“The Realm of Resemblances”），进一步论述艺术和现实的关系，在一定程度上纠正了以前过分强调想象的作用的偏颇。他指出，诗歌是以现实为其中心和基准的，现实世界和想象力都在不停地创造着，然而前者是控制性因素，因为它限定艺术的范围。再以《坛子的故事》为例。如果说坛子以自身的存在为四周荒野带来某种格局或秩序，那么荒野也为它的发挥作用提供了条件。史蒂文斯的美学观点集中包括在他的《关于最高虚构的笔记》（*Notes toward a Supreme Fiction*）中，具有相当强的浪漫主义色彩。他的《星期日早晨》等诗作，探讨生与死、今世与来世、人间与天堂等严肃课题，思想深沉，文笔细腻、优美，堪称他的代表作之一。他的认识和描绘世界的方式、他的语言和文风都影响了诗坛上的后来者。他成为当代沉思型诗歌的先驱性人物。约翰·阿什伯里（John Ashbury）及阿蒙斯（A. R. Ammons）便是醒目的例子。

罗伯特·弗罗斯特大概是美国在 20 世纪最受欢迎的诗人。他的诗歌生活气息浓郁，形象鲜明活泼，语言简朴生动，读来朗朗上口，加上富于哲理性以及洋溢在某些诗中的轻快气氛，让人百诵不厌。比如他的《未走过的路》（“The Road Not Taken”）意象虽简单，但道理却深邃。诗人在讲人生的选择，细细品味亦有选择余地太少的抱怨等层面。另一方面，弗罗斯特的诗歌和海明威的小说一样，具有一种“骗人的朴素”。他的世界也可使人骨寒毛竖。诗人善于透过现实中的点滴现象深入浅出地说明深刻的哲理。比如，一天清晨，诗人漫步时，见到一只肥大的白蜘蛛正抓着一个小白蛾，伏在一朵白花上美滋滋地准备用早餐，这景象使他慨叹不已。他诘问道，那路边天真的小花为什么一定要呈白色？是谁把白蜘蛛带到那样高的地方？又是谁指点小白蛾夜游到那里去送命？诗人自答道，那一定是“恶的意图”在作孽。这便是他的《意图》（“Design”）一诗的大意。诗人从自然界的琐细现象觉悟到“宇宙是冷酷的”这一具有强烈现代意味的道理。现代社会人们相互疏远的状态，以及由此而产生的心理变态，也在弗罗斯特的诗中表现出来。《家葬》（“Home Burial”）里因孩子夭折而神经质的母亲、《畏惧》（“The Fear”）中不由自主地掩藏自己欲望与痴想的女人、

《仆人们的仆人》（“A Servant to Servants”）里可怕的疯人等，都是心理变异的典型。在《补墙》（“Mending Wall”）一诗中，诗人说：“好墙造就好邻居”；《几代人》（“The Generations of Men”）则更突出了关系疏远的主题。即使在《雪夜林驻》（“Stopping by Woods on a Snown Evening”）这种描写人忙里偷闲欣赏自然之美的诗中，也有那雪夜又是一年之中最阴暗的夜的诗句。

弗罗斯特敏锐地觉察到现代生活的混乱与支离破碎的性质，他的诗又有强烈的向艺术寻求整体和秩序的特色。《白桦树》（“Birches”）里孩子手攥树枝摇到空中、再摆回地面的游戏，在诗人看来具有艺术美。孩子双足荡在空中的那一刹那的形象，体现出人同自然的关系，那是实现和谐、完美而克服了混乱的一刻。《柴堆》（“Wood-Pile”）中那摆列整齐的一堆柴，像史蒂文斯的坛子一样，给变幻莫测、冷漠凄寂的森林添上一层人的天才与智慧的色调。《指令》（“Directive”）的结尾更是爽快：“喝下去，超越混乱重新变成整体”。[8] 足见诗人欲以诗做“对抗混乱的短暂支柱”。弗罗斯特虽是新英格兰诗人，但他的重要性绝不局限于此。他把乡村与城市、地方与世界、人与自然等因素并列、对比与糅合，令人通过一地、一时、一人、一物而领悟到人世间的普遍真理。弗罗斯特晚年声名大振，成为一个受人尊重的师表。1961年应邀在肯尼迪总统就职仪式上朗诵诗歌，很似没有桂冠的“桂冠诗人”。

尽管艾略特的影响冠绝时辈，惠特曼的传统也依然在继续着。把惠特曼的“歌颂”传统继承下来并加以发展的唯一伟大诗人要算桑德堡。桑德堡的诗歌和惠特曼的诗歌颇多相似之处。他和惠特曼一样包罗“一切”。他也看到了现实生活中的丑恶现象，然而桑德堡又如惠特曼一样没有因此情绪消沉。他的写作目的在于给人民带来希望。他最了解人民大众的重要性。人民是创造者，他们终有一天会成为自己命运的主人。桑德堡的诗作《我是人民群众》（“I Am the People, the Mob”）及《人民，是的》（*The People, Yes*）充分表现出他的这种信念。因此，桑德堡是乐观主义者。他对美国工业机械文明的态度也有别于其他人。钢铁与机器虽然给人带来痛苦，但这些既是人民生产的，就最终会为改善人的境遇服务。他热爱生活，认为最平凡的人或事，如棒球比赛、城镇妓女、草原农夫、勤劳的工人及狂歌狂舞的黑人，都富有诗意。他歌颂芝加哥的喧嚣、阳光照耀的草地、平凡的人，从这里诗人看到了“明天”的美国的状貌。桑德堡创作《烟与钢》（“Smoke and Steel”）的灵感显然来源于惠特曼的《献给冬天的机车》（“To a Locomotive in Winter”），而只有将《人民，是的》同惠特曼的《现代的年月》（*Years of the Modern*）一起阅读方可充分体会到它的意味。桑德堡是20世纪“上帝祝福美国”诗歌传统的创始者，继他之后，诸如麦克利什、安格尔（Paul Engle）及鲁凯泽（Muriel Rukeyser）等人，都写过惠特曼—桑德堡式的诗。桑德堡要“为朴素的人民写朴素的诗”，成为“人民的声音”，以诗来表达普通人的思想、感情和愿望。他是二三十年代最受读者喜爱的诗人之一。桑德堡对民歌也极感兴趣，20年代他在旅行中注意收集牛仔、流浪汉和黑人的歌曲，并登台演唱。这些歌曲后来被他收集在《美国歌集》（*The American Songbag*，1927）中。

卡明斯的诗以其古怪和不落俗套而著称。诗的异乎寻常的印刷形式，字词的别具一格的拼写法，以及独出心裁的语法、句法、隔行、大写小写与标点安排，都是前所未有的。卡明斯显然希望取得视觉和听觉的双重效果，以刺激读者的内心，激发他们的想象。以其《沉默》（“Silence”）一诗为例：它把沉默说成是一只张望的鸟，是生活的转动刃。这首短诗内鲜明的形象，给人一种蕴涵深奥的感觉。标点与诗行的排列控制着这种蕴涵明朗化的速度。首先，“沉默”一字由下面的空白与第二行的标志过渡的句号的衬托而孑然独立。句号后面的“是”自然成为桥梁，与“张望的”相连。“张望的”与上接时为动名词，而与下连时又是分词，“张望的鸟”颇有“嘲讽的鸟”之意。至诗的结尾，读者业已跨过主观意识与客观存在之间的许多限界：沉默好似基标总在变化的两种状态的对峙。最后一行只有半个括号，行尾亦无句点，让人突然感到，沉默是一种神秘的经历，它标志着在头脑清醒、不甘示弱的观察者与事物无法探测的性质之间所存在的张力关系。倘然读一下《不谢谢》（*no thanks*）诗集中的《蚂蚱》一诗，我们便会感到，全诗的排印方式、书写方式、标点用法等等手段，都旨在表观一只蚂蚱躬身欲跃的情景，便会觉得，诗简直成为一幅图画了。卡明斯是浪漫主义爱情诗人。他歌颂家庭、父母、子女、乐趣及老式价值标准。他羡慕青春、春天，以及一切自然的事物，他憎恶理性，痛恨科学技术的缺乏人性。一切现代生活手段他都拒绝使用。电、收音机、电视机等，都在他的诅咒之列。他酷爱写诗，日出和明媚的春天使他的诗具有一种奇异的抒情味道。但是他的诗中也有深暗的色彩、深沉的曲调、欲望和爱情的悲欢，对一去不复返的文化的苦笑等，使读者感到自己在阅读着一位严肃诗人的庄重诗作。

克兰的传世作是《桥》(*The Bridge*，1930)。克兰希望通过此诗对美国经历进行一种现代性、神话性综合，以期彻底了解这种经历，指出现在与过去的紧密关系以及未来的希望。他把布鲁克林桥视为“肯定的未来”，从机械文明中看到未来。这首长诗由一首序诗和 8 部分(共 15 首诗）组成。序诗《献给布鲁克林桥》（“To Brooklyn Bridge”）提出长诗的主题，提出希望和存在的问题。《万福玛利亚》(“Ave Maria”)为第一部分，写哥伦布发现新大陆后回西班牙途中的思想活动。第二部分《坡哈坦的女儿》(Powhatan’s Daughter)，共包括 5 首诗：《海港的黎明》(“The Harbor Dawn”)、《凡·温克尔》(“Van Winkle”)、《河》(“The River”)、《舞蹈》 (“The Dance”）及《印第安纳》(“Indiana”)，把印第安首领坡哈坦的女儿坡科杭塔丝（Pocohontas）视为激励着美国人前进的美洲大地女神。第三部分《卡蒂·沙克》(“Cutty Sark”）中心是诗人和一位老水手的谈话。在第四部分《哈特拉斯角》(“Cape Hatteras”）中，诗人反对悲观思想，使自己成为新世界的代言人。第五部分《三支歌》(Three Songs）—《南方的混血女人》(“Southern Cross”)、《国家冬季花园》(“National Winter Garden”）及《弗吉尼亚》(“Virginia”)，组成一支关于女人的插曲，实际是坡科杭塔丝主题不同形式的表现。第六部分《魁克山》(“Quaker Hill”)，谈及美国生活的庸俗化，诗的情绪突然低沉下来。第七部分《隧道》(“The Tunnel”)，写地铁中的情况，全诗的情绪达到最低点，读者宛如置身于地狱之中。长诗以《亚特兰提斯》(“Atlantis”）为结尾，把亚特兰提斯视为未来的希望。《桥》是克兰努力写作的一首民族史诗，是诗人对《荒原》的一种回击，诗人认为《荒原》过于悲观，忽略了“精神方面的事件及可能性”。当然，《桥》也体现出艾略特的诗风痕迹（其中《三支歌》、《魁克山》、《隧道》等部分回旋着艾略特的《吉隆辛》、《J. 阿尔弗雷德·普鲁弗洛克的情歌》、《贵妇人的画像》及《荒原》等诗的回响）。它是20世纪诗坛对惠特曼的最高敬意的表示。克兰在诗中表现出的超脱丑恶现实、变物质为精神的愿望，用一首英雄史诗般的诗表现“美国的神话”的努力，把机器视为现代人的救星等乐观情绪，都源于惠特曼的《草叶集》。惠特曼是克兰度过20年代精神危机“地狱”的神圣、神秘的精神向导。《桥》结构严谨，语言精练，充满意象和象征，有的地方艰涩难懂。

美国南方曾被视为文化落后之邦，内战使之遭受剧烈打击，农业经济和与之相连的传统，因工业化日益发展而面临着毁灭的暗淡前景。20世纪20年代，一批南方有识之士敏感地觉察到时代的变化，一种过去和传统即将逝去的忧虑袭击着他们的心。兰生（John Crome Ransom）、塔特（Allen Tate）、戴维森（Donald Davidson）等南方诗人与批评家，在范德比尔特大学相会，出版《逃亡者》（*The Fugitive*）期刊，传布他们的主张与美学观点，故世人称之为“逃亡派运动”。后来，著名诗人、小说家、评论家沃伦（Robert Penn Warren）也加入其行列，加强了“逃亡派”的阵容。1930年，“十二位南方人”发表《我要坚持我的立场》（*I'll Take My Stand*），在介绍该书的“原则声明”中指出，他们欲以南方的即农业的生活方式，同美国的即工业的生活方式相抗衡。他们把独立的农场主视为亚当式人物，把过去的、美丽的南方庄园视为失去的伊甸，而北方的科学家——工业家在他们眼中成为货真价实的撒旦，现代城市成为有名有实的地狱。他们认为现代主义摧毁了快活与有意义的人生的存在条件，提出坚持传统理想的极端必要性。“逃亡派”的思想激励了包括福克纳、波特（Katherine Anne Porter）、格拉斯哥（Ellen Glasgow）及戈登（Caroline Gordon）等小说家在内的南方一代文人的灵感，是造就20年代及其后“南方文艺复兴”的基本动力之一。诗人兰生后又成为“新批评”的创始人之一。我们在谈到30年代时将辟专章介绍“新批评”的起源与主张。塔特与沃伦又是一流的文艺批评家、出色的小说家。他们的思想和主张渗透进美国文化界，在美国文化和文学发展中发挥了举足轻重的作用。

20 世纪 20 年代的小说

在艾略特一代“荒原作家”中，影响最大的小说家要推海明威、福克纳及菲茨杰拉德，这三位作家在 20 年代先后发表成名作，他们从不同角度不约而同地描绘了西方现代“荒原”的面貌。“先锋派”作家海明威所描述的是一个基本上没有上帝主宰的世界，一个如他在短篇小说《一个干净、光亮的地方》（“A Clean，Well-lighted Place”）中所说的“一切都是乌有”的世界，一个如他在短篇小说集《在我们的年代里》（*In Our Time*）中所描绘的暴力和死亡统治的世界。海明威有严重的虚无主义情绪。在他看来，以流血、混乱、黑暗、背信弃义为特点的现代战争，是现代生活的空虚状态的最高体现。海明威和同代中不少作家一样，对战争充满好奇心，曾以莫名其妙的热情投入到战火中，目睹了第一次世界大战的残酷和不义，大失所望而归。他的著名小说《太阳照样升起》（*The Sun Also Rises*）、《永别了，武器》（*A Farewell to Arms*）、《钟为谁鸣》（*For Whom the Bell Tolls*）等作品，都是通过描写战争而表现现代世界的。在这个世界上，人单枪匹马同他不能理解的力量对抗，最后注定以失败告终。但人要遵照“荣誉的准则”，依靠自己生存，表现出自己的“大丈夫气概”，要具有英国哲学家罗素所说的“绝望中的勇气”。失败或胜利并不重要，斗争就是一切，在斗争中，人才能体现出自己的“人格”。这是海明威的主人公的突出特点。他的短篇小说《没有失败的人》（“The Undefeated”），写一个斗牛士，虽身负重伤，耳边响着观众的讥讽声，但他不屈不挠，泰然自若，几进几出斗牛场，终以胜利告终，后虽丧命也不失其斗牛士“身份”。这个独立在莽牛面前、决胜全凭本身的勇气和力量的形象，是一个存在主义色彩很浓的形象。海明威的成名作《太阳照样升起》的主人公杰克在战争中阴部受伤，不能爱其所爱，不能接受他人之爱。他形单影只，内心一片空虚、凄凉，欲活下去，必须依靠自己神志清醒和自我控制。在杰克周围的人，多处于一种病态中，性生活的失意是现代人精神绝望的标志。杰克在极度痛苦中学会正视人生的处世之道，是一个“失败的胜利者”的形象。《永别了，武器》里的亨利上尉只身奋斗，后来终于认识到世界的冷漠无情和命运的变幻不定。他在经历过战争的绝望以后，又受到失去情人、失去新生婴儿的打击，但在小说结尾处，读者见到的仍是一个在凄风苦雨中毅然向前迈去的人。《钟为谁鸣》的主人公罗伯特·乔丹及《老人与海》（*The Old Man and the Sea*）中的老渔翁都是敢向生活挑战的强者，老渔翁的名言：“人生下来不是服输的……人可死而不可屈”，便是极好的佐证。随着时间的推移，海明威也逐步认识到人的集体的力量，于是乔丹和老渔翁不再茕茕孑立、势单力孤了。乔丹有地方游击队做其助手，有对他人的爱做精神支柱，而老渔翁最初虽然一叶孤舟独来独往，后来也对小镇、邻居、大自然等事物都产生了感情。这标志着他们的思想发展已超越了存在主义阶段。

海明威的典型人物多为百折不挠的血性汉子，他们不动声色，但临危不惧，又能随遇而安。他们年轻，经常面临死亡或失败，身后总有一道毁灭的阴影接踵。他们渴望得到现代生活无法提供的某种秩序或安全感，因而心头都有一种绝望情绪。但是，他们又多在令人兴奋的感性生活中吸取到对空虚的补偿。于是典型的“海明威场面”不是暴力、运动、犯罪、混乱与残酷，便是醉饮暴食，或偷情做爱、尽情寻欢作乐。海明威的文笔简朴、凝练，表达准确、直截了当，具有一种貌似单纯、实则内涵深邃的文风。他的文风已经并依然在产生着影响，这也许是他名载史册的主要原因。在《太阳照样升起》一书前的引语里，海明威曾引用他的写作启蒙老师、美国女作家斯泰因（Gertrude Stein）形容第一次世界大战后寄居巴黎的美国文人的一句话：“你们都是迷惘的一代。”不料“迷惘的一代”竟成为20年代相当一批有才华的作家的统称。菲茨杰拉德、庞德、多斯·帕索斯、艾略特及卡明斯等人都在其行列中。这些人多出身于中产阶级，因战争而失去传统的价值标准，在信仰危机的现代又感到孤寂，新旧价值观的交替使他们感到“迷惘”，行动也流露出反叛的迹象来。但是，他们的反叛多表现在文学艺术上，而不是在政治方面。

福克纳的作品多以美国南方的历史为题材。他对探讨过去的兴趣时常达到入魔的程度。印第安人的时代、白人的出现、资本主义制度和奴隶制的建立、以剥夺红色人种、压榨黑人为基础的南方特殊文化的形成、白人的梦幻的破灭等等，都在福克纳的作品中有所反映。自1929年至1962年，福克纳创作出十几部长篇小说及多篇短篇小说，描绘假设的“约克那帕塔法县”的进化过程，再现出南方的历史。平凡的史料在福克纳的笔下突然具备了一种神话性质，令人感到故事业已超出美国南方的范畴。他讲述的是人的梦想、勇气、成功与最后失败的故事，表现的是人生内在的格局或模式。其目的似在利用南方历史谈论过去和今天人与生活的关系等重大问题，因而，读者有时不由自主地意识到，他笔下的美国南方历史是人类经历的一个缩影。这是福克纳的作品耐人寻味的基本原因所在。

福克纳的作品所描述的多是发生在南方的悲剧故事。如沙特里斯家族、康普森家族、沙特潘家族及麦卡斯林家族的白人移民，在暴力、流血、压迫、乱伦、不义的基础上建立起一个没有人性的社会，并竭力维护它，妄图使之永久不变。这个社会的罪恶根基受到美国内战的震撼，战后一切复辟努力都以惨败告终。“现代工业文明”长驱直入，南方于是衰颓下去。这是福克纳全部作品的故事梗概。福克纳认为，现代人已失去爱和感情，失去人的同情心，生活因而失去意义，世界已成为精神枯朽的虚无之地。恰如《喧嚣与愤怒》（*The Sound and the Fury*）一书中的康普森先生所说，给生活强加上一层道德信仰的色彩是无补于事的，这不仅因为现实生活无法达到这些标准，而且这种标准本身就没有意义。童贞没有意义。人的一切价值标准也都无意义。生活中的一切，包括人、人的梦幻与理想，都不稳定，都会在钟表的小齿轮的咔嗒声中消逝。抗拒时间的威力是徒劳无益的。时间将吞噬一切，人的痛苦也不例外。康普森于是以酒浇愁，而他的理想主义者的儿子昆廷则企图以自尽来阻止时间的前进，以保持他的年轻的理想世界原封不动。虚无主义和绝望情绪弥漫着“喧嚣与愤怒”的整个世界。《去吧，摩西》（*Go Down，Moses*）向读者揭示出麦卡斯林家的丑恶家史。老麦卡斯林同黑奴尤妮斯生一女托梅，20年后他又奸污托梅生一子名叫托梅的特尔，于是麦卡斯林家族的一切基本都建立在一种不道德的基础上面。麦卡斯林的两个儿子比较开明，解放了一些黑奴；而他的孙子艾克·麦卡斯林则最终决定放弃继承权，以示忏悔。福克纳认为，现代人的通病在于理性有余而感情不足，因而生活呈现出虚无的荒诞状态，医治的良药在于恢复人的自然状态。在《去吧，摩西》中，艾克的转变发生在“自然人”萨姆培育他成长的森林中。在这里，他同自然融为一体，学到了正义、怜悯、勇敢、爱等人类的基本道德。《喧嚣与愤怒》里的黑人女管家迪尔西的力量源于她的人性、她对生活的自然反应。而《八月的光》（*Light in August*）中唯一对生活持肯定态度的人则是相信上帝、相信人的感情与爱的莉达。在福克纳笔下，现代人多已非人格化，他希望人们返璞归真，恢复老的真理、感情的真理、普遍的真理，舍此，一切都是倏忽即逝、厄运难逃的。

以自身经历为创作素材的20世纪美国作家，当首推菲茨杰拉德。出身贫贱的菲茨杰拉德年轻漂亮，对生活充满美好的憧憬。他虽曾两度失恋，但并未气馁。他刻苦从事创作，终于在24岁时一举成名，和第二个情人结为夫妇。两人在20年代初踏入纽约，成为美国人所向往的年轻、富有、美貌和幸福的象征。菲茨杰拉德夫妇到法国后，又一时成为巴黎文界的中心人物。这位年轻小说家在得意之余妙笔生花，巨额稿酬源源不断，年轻夫妇挥霍无度，豪放不羁。常言道，乐极生悲。后来终于出现失望和家庭悲剧。菲茨杰拉德本人似乎失掉了创作灵感，而妻子则因精神失常而住进精神病院。他的《崩溃》（*Crack-Up*）一书，记录了这一向往——成功——失败的过程。菲茨杰拉德的伟大在于，他本能地把本身经历同美国的经历等同起来，于无意中反映出时代的气质和面貌，做到了把个人的真理与公众的真理熔于一炉。他生活在20年代国家经济膨胀时期，既体验到“爵士乐时代”的繁荣，又预感到它的好景不长。这种认识贯穿在他的作品中，使它成为“爵士乐时代”的代言人。细读他的故事，便会发现一种基本格式：开首总有梦想，随之便是奋斗，到头来却是失意和绝望——这正是“现代美国神话”的格调。到20世纪初，“美国梦”业已破灭。《天堂的这边》（*This Side of Paradise*）描述他本人在普林斯顿大学期间的功败垂成之感，同时也揭示出爵士乐时代年轻一代成人以后发现“一切神仙都已死去，一切战争都已打完，对人的一切信心都已受到震撼”的失望与灰暗心理。《轻佻女郎与哲学家》（*Flappers and Philosophers*）写的是以菲茨杰拉德夫妇的形象为代表的美国战后年轻一代的“摩登”形象，而《美丽的和该死的》（*The Beautiful and the Damned*）则透露出这一形象的颓朽的一面。他的最后一部未竟之作《最后的巨头》（*The Last Tycoon*），表达出他对西方业已腐朽的敏锐感觉。

菲茨杰拉德的代表作《了不起的盖茨比》（*The Great Gatsby*）所遵循的也是同一格局。《了不起的盖茨比》和马克·吐温的《哈克贝利·费恩历险记》一样，实际乃是关于美国国情的一种寓言。盖茨比的故事包含着至20世纪初的全部美国经历。盖茨比是个有理想的年轻人，他心中的情人戴西便代表着他对生活的憧憬。为了取得这位富家漂亮小姐的爱，他不惜用五年时间积财致富，耗费巨资买下一幢豪华别墅，他挥金如土，不断地举行丰盛的酒宴，热切地期待着业已结婚的戴西前来相会，希望复活他们之间已失去的旧情。戴西最后果然露面，她的俗不可耐的举止言谈使盖茨比大失所望，盖茨比的期望落空了。梦想破灭、百无聊赖的盖茨比最后成为自私的戴西的牺牲品。美国人曾幻想新世界能成为新伊甸园，能出现新的黄金时代，至20世纪初资本主义机械文明的高度发展，使这种梦想成为泡影。在这个意义上讲，《了不起的盖茨比》是关于美国的一种文化—历史性寓言故事，菲茨杰拉德还写过《温柔的夜》（*Tender is the Night*）等作品。有人在谈论他与海明威的异同时说，海明威的年轻人对20年代炫目耀眼的经济繁荣多持鄙弃态度，而菲茨杰拉尔德的忧伤的年轻人通常受到财富和倜傥不羁生活的引诱。然而，如果前者以鄙夷开始，那么后者却以失望——有时竟是对成功的失望——而结束其一生。

20年代的美国小说家人才济济。比如斯泰因、安德森、凯瑟、刘易斯及托马斯·乌尔夫等都值得一说。斯泰因20年代以后常住巴黎，她的沙龙曾是许多志在革新的艺术家和作家的集聚场所，她本人则有“艺术惠顾人”之美称。我们大家所熟悉的毕加索、海明威等都是她的常客。斯泰因思想敏锐，意识到时代精神的变化以及文学艺术应必然发生的相应变化，她的著作反映出她的这种强烈认知。她是多产作家，包括小说、诗歌等形式，曾享誉欧美文坛。她的一大发明是通过连篇累牍的重复来表达字与词的抽象关系。现在读来有时令人不以为然，在20年代却起到过启迪作用。她是海明威的启蒙老师之一。后来她对此有点宣扬，海明威也似有看法，但她的确起过启蒙作用。海明威的另一启蒙老师是安德森。他人到中年已经结婚成家、事业有成，但突然改弦要当作家。他写出不少好作品，比如他的《小城奇人》（*Winesburg，Ohio*），描绘机械文明所带来生活的荒诞与人的畸形，读来很有感人之处。他的文笔也独具风格。他是继马克·吐温之后发扬美国文学中口语化风格的关键人物之一。从题材到文体，安德森都影响了海明威、福克纳等人。他为人热情，好提携后生，在文学史上占有重要位置。

凯瑟属于被夹在两个历史时期当中的人物。她的价值观是传统性的。她似乎拒绝接受现代生活，力图逃避到过去的日子去。她的主要作品都是她生活中这种矛盾心情的写照。她要说明西部乡镇的精神总比堕落的城市来得高尚。她的名著《啊，拓荒者!》（*O Pioneers!*，1913）、《我的安东妮亚》（*My Antonia*，1918）等，传递的都是这个信息。说到刘易斯，这个人一生兢兢业业，忠实反映美国中产阶级级的生活，文字细腻，画面逼真，取得可观的成就，获得诺贝尔文学奖。导致他在文坛失宠的原因之一是，他的写作技巧趋于保守。他对周围所发生的轰轰烈烈的现代文学革新运动似乎无动于衷，因而引起文坛他人的看法与不满。他有点像伍尔夫夫人在其《现代小说》中批评的英国爱德华时代的作家贝内特。刘易斯的名作包括《大街》（*Main Street*）等。托马斯·乌尔夫很有雄心壮志，他要表现他的时代的美国生活的全貌。他的经历丰富，作品自传性强。据说他写起来文思敏捷，下笔口若悬河，洋洋万言。最初对形式与结构注意不足，编辑帮了大忙。但他的内容引人注目，读着感人肺腑，所以很受读者的青睐。他的名作有《天使望家乡》（*Look Homeward，Angel*，1929）等。

20世纪20年代的戏剧

20年代的美国剧坛也不甘落后，奋起直追。由于后面我们要辟专章介绍，故在此从略。

（六）20 世纪 30 年代

概述

菲茨杰拉德说过，在 1929 年 10 月，20 世纪 20 年代“提前结束”了。华尔街的总崩盘在欧美引起一系列灾难性连锁反应。以恐慌、苦难、大规模失业、法西斯主义的日益猖獗和世界大战迫在眉睫的阴影为特点的 30 年代开始了。诗人奥顿的著名问题，“你觉得我们那个无人感到舒服的英国怎么样?”在 30 年代的文学创作中屡屡引起共鸣。经济的萧条和灾殃使现实生活发生根本变化，一切传统价值概念好似在一夜之间被荡涤无遗。惊恐是这个时代的基调。社会经济危机对文学的影响尤其强烈。一种新的文学敏感性出现了：自然主义似乎在抬头。对社会问题入魔般的关心成为新文学的基本内容，感情上的抗议成为新作家的基本社会态度。下面我们对这十年再多说几句。

人们常说 30 年代与金光闪闪的 20 年代相比有些黯然失色，这种提法不太全面。首先两个时期之间存在着明显的连续性，在 20 年代成名的大家如艾略特、海明威、菲茨杰拉德等仍然在创作。但是应当承认，两个时期确有许多不同之处。比如在创作氛围方面，30 年代自一开始便截然不同。1929 年 10 月 24 日纽约华尔街证券交易所“掉穿了盘底”（如当时一位评论家所言），在其后长达十年的时间里，美国经济一蹶不振，人民生活苦不堪言。银行关门，工厂倒闭，农业凋敝，生存本身变为一场不折不扣的搏斗。艾略特笔下的精神荒原变成为货真价实的人间地狱。罗斯福总统入主白宫后推行“新政”，局势有所改善，但真正的变化要等二战爆发后才开始出现。从某种意义上讲，二战帮着救了美国。所以，30 年代的文学和 20 年代相较是理所当然的天悬地隔了。但是，30 年代的文坛却毫无小猫三四只般的衰竭之状，从种类到气势都表现出人欢马叫的勃然生气。[9]

以小说而言，德莱塞的自然主义风格东山再起，成为 30 年代“大萧条小说家”们模拟的张本。海明威、菲茨杰拉德、福克纳及托马斯·乌尔夫等虽然仍在创作，并发表了重要著作，但是，30 年代总的说来已不是他们叱咤风云的年代。多斯·帕索斯和斯坦贝克已成为文坛的新星。与此同时，有所谓“大萧条之子”之称的年轻一代如法雷尔、考德威尔、凯恩、约翰·奥哈拉及麦考伊等人也已拿起笔来，对现实加以口诛笔伐。我们还要说到像戈尔德（Michael Gold）、康罗依（Jack Conroy）及约翰·里德（John Reed）等无产阶级作家，他们和同代文人一起，忠实地记载了当时社会底层人民生活的状况以及他们的心愿与需求。30 年代的小说界又是多彩多姿的。当时有些作家如米勒（Henry Miller）、罗斯（Henry Roth）以及韦斯特（Nathaniel West）等人在自己的田园里默默耕耘，所谓生不逢时也罢，超越时代也罢，总之创作成果并不为世人赏识。然而在战后年代风云又变，他们终能时来运转，颇为后人景仰和效法。米勒的描写性变态的小说在遭受多年的封杀之后终于得见天日，成为 60 年代“垮掉的一代”的作家的先驱；罗斯在 60 年代也一改无声无臭之态而名噪一时；而韦斯特的四部小说则被奉为 60 年代黑色幽默的渊源之一。

这一时期的戏剧也是丰富多彩的。诚然，30 年代没有出现如奥尼尔般的大手笔，但是许多有才学之士都竭尽全力，为时代的舞台献技。奥德茨（Clifford Odets）是当时的大家，他的一些作品不仅适应时代的需要，而且时间已证明其具有某种持久的魅力。其他还有安德森（Maxwell Anderson）、赫尔曼（Lillian Hellman）及怀尔德（Thorton Wilder）等为 30 年代的舞台的多彩多姿贡献了力量。安德森的《苏格兰的玛丽女王》（*Mary Queen of Scotland*）、《伊丽莎白女王》（*Elizabeth the Great*）等剧作迄今仍为人所喜闻乐道。赫尔曼的《儿童的时间》（*The Children's Hour*）及《小狐狸》（*The Little Foxes*）不仅当时风靡一时，而且超越时空，今日仍能唤起人们的热烈呼应。说到怀尔德的《我们的小镇》（*Our Town*），那风味又不同凡响，它把美国小城风光搬上舞台，实为美国戏剧传统又添加了新枝新叶。这一时期的著名小说家斯坦贝克把他的小说《鼠与人》（Of Mice and Men）改写成戏剧搬上舞台，是一个很成功的创作尝试。

30 年代的诗歌，可能是因为有诸如艾略特等大师们的遮掩之故，这一时期没有新的大作出现。老一代的诗人如弗罗斯特业已荣获普利策奖两次；艾略特发表了又一主要著作《圣灰星期三》（*Ash Wednesday*）

及《四重奏》（*Four Quartet*）的一部分；庞德的《诗章》（*Cantos*）仍在继续增长；史蒂文斯自具一格，写着他的不受时空限囿的名著；莫尔（Marianne Moore）和威廉斯正处于创作高峰期的过渡时期；桑德堡的诗歌为充满晦气的国度吹来一股乐观的风；说到克兰（Hart Crane），虽然他的大作《桥》是在这个时期出版的，但其精气神应属于 20 年代，这点我们在上面已提到。在年轻一代里，费林（Kenneth Fearing）的激进诗歌和麦克利什（Archibald MacLeish）鼓动性作品算是值得称道的。除此之外，这一时期的诗歌算无咎无誉，位属平平。

20 世纪 30 年代的小说

约翰·多斯·帕索斯（John Dos Passos）、詹姆斯·T. 法雷尔（James T. Farell）、约翰·奥哈拉（John O'Hara）、厄斯金·考德威尔（Erskine Caldwell）等作家的毫无保留地转向自然主义，决定了本时期内社会小说的基本特性。30 年代的年轻作家文笔犀利、咄咄逼人，其激烈程度反映出美国小说家在困厄时代的传统反叛态度。他们相信命定论，视生活为压迫和苦难的经历，把自然主义作品的词汇与技巧作为表达抗议态度的最佳手段运用到文学创作中。他们以激烈的文笔抨击社会的丑恶和不正义，他们的作品是当时严重社会危机在文学上留下的深刻痕迹。

约翰·多斯·帕索斯是联系战后 20 年代和经济萧条时期危机性小说的直接桥梁。“迷惘的一代”的失望情绪和失败主义，在多斯·帕索斯的作品中已从个人转移到社会整体。他在 30 年代最初几年中先后发表的三部曲《美国》（*U. S. A.*），是发自一个敏感的民主主义者肺腑的抗议声音的记录。社会的专横与丑恶，工业资本主义机器的阻碍人的完美发展，激起他的满腔怒火，他以笔为枪向社会发起反叛性攻击。多斯·帕索斯是美国资本主义的叛逆。他的《美国》描绘出一幅压迫、无望与恐惧的可怕画面。他的三部曲追溯了美国资本主义经济和社会机器自内战至 20 世纪初的发展过程，记录了“镀金时代”播种后的苦难“收获”。多斯·帕索斯对人同“机器”的关系尤感兴趣。三部曲生动地描述了人屈服于环境压力的悲惨状况。资本主义社会机器对人采取不折不扣的“顺我者昌、逆我者亡”的方针，而不论在昌者或亡者的上方，死神都时刻在虎视眈眈地准备攫取猎物。《美国》是无济于事的挣扎的历史，是不可避免的失败的历史，是最后绝望的历史。读着这几部书，人们会不由得感到德莱塞的明显影响。多斯·帕索斯是这一时期内出现的第一位自然主义作家，《美国》是在30年代占主导地位的社会小说。多斯·帕索斯又以令人眼花缭乱的技巧尝试而著称。他的作品结构独具一格。《美国》利用立体派手法，同时从不同角度观察和反映生活。书中时而有文件摘录与传记小品，时而有散文诗般的“照相机眼”。这最后一种体裁忠实地反映了作家本人对困扰国家的社会和经济问题日益加强的理解和认识。多斯·帕索斯是一名多产作家，他的激情和洞察力一直贯注在他的作品中。

这个时期里最出色的左翼自然主义作家要推考德威尔和法雷尔。他们孜孜不倦地“记录”资本主义的衰颓。考德威尔的作品充满残忍和暴举：诸如佃户被动物生吞、幼女被贱卖入娼、贫穷白人的性行为的变异等不堪设想的景状屡见不鲜。考德威尔似乎从这种描写中取得无穷的乐趣，他的暴力场面常给读者一种又难堪而又滑稽的感觉。法雷尔所描写的是芝加哥的历史，一个生活从根本上受到毒害的地方的历史。在芝加哥这个毫无意义但却具有毁灭性的环境中，人的愿望无法实现，人际间的关系似乎只能通过暴行来表达。法雷尔的小说忠实记录了美国在经济萧条年代生活的野蛮的病态，是当时美国人精神状态的痛苦标志。他同其他自然主义作家一样，对于文体并不讲究，然而他的文笔虽然不似弗兰克·诺里斯的雄深雅健，但较之德莱塞却劲健有致一些。他的作品的感情强度和扣人心弦的威力令人不由得忆起老一代自然主义作家的巨大影响。

约翰·奥哈拉及其他一些百老汇—好莱坞式小说家，本能地崇拜暴力，津津有味地描述生活的猥琐鄙陋，以惊人的准确在作品中再现现实世界的丑恶。他们宛如一群舞文弄墨的花花公子，一伙受到刺激的生活的旁观者，他们的虚无主义只给他们留下了感性生活的乐趣和雕砌文字的情致。奥哈拉具有一双锐利的眼睛和敏感的耳朵，他的作品显示出他的奇异的观察力。你看那圣诞夜在客栈闲坐独酌的走私者，那舞步的节奏，晚餐的乏味，乡下会社的假文雅，情人幽会时的假端庄……这一切都在他笔下逼真地再现在读者面前。奥哈拉对其所写并非真正完全理解，因此他的观察常以滑稽的描摹而结束。以他为代表的这批作家，作品虽也偶然触及生活的本质，但多流于浮浅的表面写实主义。随着时间的流逝，它们也便失却了曾经一时显示过的魅力。

30年代可说是约翰·斯坦贝克（John Steinbeck，1902—1968）的年代。在萧条时期自然主义作家们把生活视为一个庞大的芝加哥屠宰场、一场残酷的战争，或一连串永不休止的大轰炸的时候，唯独斯坦贝克能够看到生活中依然存在的人的友谊及勇气，并为之感到无限欣慰。他对人充满信心，接受生活的节奏，在以高度热情与无限温柔描写家乡加利福尼亚州山谷生活的过程中，加深了对生活的认识，享受到同代作家很少品尝过的精神稳定感的镇静滋味。斯坦贝克的代表作《愤怒的葡萄》（*The Grapes of Wrath*）在叙述生活的辛酸、人所经历的难以言尽的贫苦和灾劫的同时，又喷放出一股沁人心脾的爱与新生的馨香，令人在绝境中看到希望，在郁闷中得到安慰。《愤怒的葡萄》以对四望无告的不幸者的反叛性同情，描绘了中部草原农民破产之后离乡背井、长途跋涉去加利福尼亚寻觅生活出路的悲惨景象。以汤姆·乔德一家为代表的贫苦农户扶老携幼，经过旅途悲惨的磨难之后到达加州，找到的不是"天堂"和"乐土"，却是当地富足而贪婪的地主们的冷遇和虐待。全书自首至尾字字含着辛酸，页页透出悲苦。作者以满腔义愤发出预言般的警告说："当大多数人身处冻馁之中时，他们会强力夺取他们所需的一切的。"愤怒的日子或许尚未到来，但美国人的忍耐和驯服并非可以永不枯竭。全书对罪恶社会制度强加在人民头上的苦难进行酣畅淋漓的描述后，发出令人毛骨悚然的喟叹说，生活中存在着控诉和谴责也于事无补的罪行。在人民的心灵中，愤怒的葡萄在膨胀。这便是30年代这部最佳社会小说的内涵。斯坦贝克对生活并未失去信心。他相信友爱和同情是新生的起点。乔德一家终于有了安身之地、找到工作，是作者对人生的信念的突出表现。小说的结构也令人深思。它有些像《圣经》的《出埃及记》的三部分——出埃及（难民离乡背井去加州求生）、迦南外流离（赴加州途中）以及到达迦南（抵达加州）。小说中包括背景介绍章节以及叙事章节两大部分，相互辉映与补充，艺术效果极好。《愤怒的葡萄》是这十年中唯一一部既把危机戏剧性地表现出来，而又不渲染暴力和仇恨情绪的小说。斯坦贝克一生写出很多好作品，1962 年或诺贝尔文学奖。

在三四十年代不少南方作家享誉文坛。比如波特（Katherine Anne Porter，1890—1980）、韦尔蒂（Eudora Welty，1909—2001）及麦卡勒斯（Carson McCullers，1917—1967）等人都是很有建树的作家。波特以写短篇小说著称。她的一些作品，以她熟悉的美国南方为背景，展现南方家庭的历史和南方社会的风貌。波特的作品力图表现新旧秩序的冲突、传统与变革的矛盾以及人的理想与现实的矛盾，揭示现代“荒原”中存在的问题，即人无法按照自己的梦想去生活。波特作品的主人公多为女性，她们受到男性统治社会的不公正待遇，或隐遁，或抗争。她唯一的长篇小说《愚人船》（*Ship of Fools*）是一部深刻的作品。它通过众多的人物揭示了 20 世纪西方社会中人的劣根性，并指出这正是滋生纳粹主义的土壤。她强调说她的小说讲的是西方文明逐日衰落的情况。波特善于细致地描写和分析人物的内心活动和感情变化，在一些作品中还成功地运用了意识流手法。她的文笔简洁优美，表现力强，没有丝毫斧凿的痕迹。她有优秀的文体家之称。她著名的短篇小说集有《开花的犹大树》（*Flowering Judas*，1930）等。尤多拉·韦尔蒂于 1936 年发表第一篇短篇小说《旅行推销员之死》（“Death of a Traveling Salesman”），后又发表过许多短篇小说和几部中、长篇小说。她虽是北方人，但长期居住在南方，故其作品多以南方为背景，乡土气息浓重。传统南方社会的家族观念和家庭关系是她的重要题材。她的重点在于探索人物的内心世界，表现人与人之间的亲疏关系以及爱情的力量等。人物通过内心独白进行的自我探索和对生活意义的追求成为她的作品的突出特点。韦尔蒂孜孜不倦地革新写作技巧，手法有时古雅，有时怪诞，善寓讽刺于令人解颐的诙谐之中。说到麦卡勒斯，她 1940 年发表《心是孤独的猎人》（*The Heart Is a Lonely Hunter*），开始了她成功的文学创作生涯。她的主题是异化、暴力和恐怖。她对生活有一种“哥特式”的观点。她擅长描写身心方面的怪异人物，如驼背、聋哑、双性人、无性人、或难于正常地爱与生活的年轻人等，描写他们充满恐怖与异化的生活，以期表现生活中的怪诞和不协调状况，及导致人生苦难的力量。麦卡勒斯的小说的重点在于描绘孤独的人、被社会抛弃的人，反映他们无所归宿之苦楚。她的最佳作品是《伤心咖啡馆之歌》（*The Ballad of the Sad Café*，1943/1951）。

新批评：概述

在三四十年代影响与日俱增的新批评派，影响大而时间长，值得在这里多说几句。

新批评作为诗歌批评和创作的一个流派在美国立定脚跟，成为一种颇具学术权威性“正统”学派，那是20世纪40年代的事情。时至今日，它依然是文学界和大学课堂里一种不可小觑的存在和影响。这个流派源于20年代，在三四十年代得到诗歌创作与评论界的认可，占有某种统治地位。到战后五六十年代引起新一代的反弹，慢慢地失去它作为一个正统性流派的地位，但是它的影响是深远的。它的一些诗歌评论及创作原作已烙入人们的脑际，将作为一个不可抹杀的事实记入史册。从历史发展角度看，新批评是作为对“旧”批评的反动而出现的。所谓“旧”批评是指长久以来人们把诗歌评论焦点放在内容上的批评做法。“旧”批评家注重从道德伦理、社会政治、作者身世以及心理方面去剖析诗歌作品，而忽略作品文本本身的结构、韵律及遣词用字等方面的特点。这种评论理论和实践常会导致对某些作品的很不公平的评价。于是到20世纪20年代有人开始发表不同意见了。在这些人看来，一首诗首先是一首诗，评论家的责任是以文本为基础，发现它的形式与技巧特点。于是，新批评又被称为一种新形式主义的批评理论。

这一新的诗歌批评概念甫一问世，就很快得到广泛响应，仿佛产生了一种运动。其实，新批评并不是什么有宣言、有组织的运动，只是不同的人从不同方向同时发出了相同或极相似的声音，得到三四十年代文学评论界、特别是年轻一代的广泛认可，给人一种印象，似乎某种运动出现了一般。到1941年，兰生（John Crowe Ransom）的著名的书《新批评》（*The New Criticism*）在指导或误导人们的思维方面起了不小作用，于是新思潮有了自己的名称。新批评的独特之处之一是，它把评论与社会及道德的考虑分离开来。它影响美国文学批评长达二十余载。在主张新批评的评论家中，有不少人是诗坛或评论界的大家。比如艾略特、理查兹（I.A. Richards），还有兰生、塔特（Allen Tate）、华伦（Robert Penn Warren）、燕卜荪（William Empson）、布莱克莫尔（R. P. Blackmur）、利维斯（F.R. Leavis）以及温特兹（Yvor Winters）等。

我们前面说到，新批评发端于 20 年代。当时现代派正登场，艾略特正猛烈抨击浪漫主义的感情色调，正在宣扬 17 世纪诗人堂恩（John Donne）等的玄学派诗歌，艾略特本人也在发表自己的"非个人化"（Impersonality）及"客观对应物"（Objective Correlative）的批评理念，这些思想后来都成为新批评的基本组成部分。为新批评奠定理论基础的另一位评论家是理查兹。他认为一首诗可供人们做理性分析，诗的文本结构比其题材来得更重要，评论的重点应是文本本身，而不是"时期"特点或作家本人的背景。理查兹还搬出了浪漫主义大师柯勒律治（Samuel Taylor Coleridge）的《文学传记》（*Biographia Literaria*）作后盾。柯勒律治在这部经典著作中主张，一部文学作品可有多层内涵，因此仔细阅读文本非常重要。他的《文学传记》于是又得以再版，在 20 年代至 40 年代的长时间内发挥了深远影响。到 30 年代，著名评论家如利维斯（F.R.Leavis）、兰生、燕卜荪等人也为新批评鸣锣开道，燕卜荪的《七种类型的含混》（*Seven Types of Ambiguity*）以及华伦与布鲁克斯（Cleanth Brooks）合编的《诗歌赏析》（*Understanding Poetry*, 1938）先后问世，为新批评推波助澜。特别是后者，直接把新批评的观念灌输到大学课堂里去，其影响迄今依然可清楚地感觉得到。再加上几家有影响的杂志如艾略特的《标准》（*Criterion*）、兰生的《评论》（*Review*）等，大力传播新理念，新批评的势头愈来愈高涨。

新批评也提倡其独特的诗歌创作主张。这些主张保留了现代派的基本特点，如简练、幽默、运用反语、非个人化、注重形式等等，但同时注意了弱化现代派文体的其他突出特征，如零乱、省略、结构脱节、象征与神话的运用、多文化多语言的出现以及通篇用典等等。新批评诗歌遵循传统，下笔谨慎，意象鲜明易懂，不似现代派诗歌那样艰涩、令人不知所措。对年轻一代说来，写作也变得容易了些。新批评诗歌像是古希腊一个精心做成的瓮，形式、意象、典故、韵律、诗节等都考究、整齐而连贯，也有“非个人化”等特点。新的形式立刻受到欢迎，得到广泛运用。到40年代，新批评不仅它的批评理论已居统治地位，它的诗歌创作原作也决定了40年代整代人的创作方向，诸如洛威尔（Robert Lowell）、毕肖普（Elizabeth Bishop）、威尔伯（Richard Wilbur）、阿什伯利（John Ashberry）等人，被称为新批评的第二代。当然战后诗风又变，出现对现代派和新批评风格的反弹，不少人又改变创作风格，美国诗歌于是步入后现代阶段。回顾过去，应当说明，新批评作为批评理论在历史上已占有一席重要地位。至于新批评诗歌，它虽有过辉煌，但终究没有写出什么传世之作来。新批评在今天仍然是实在的存在，说明它的不可小觑的持久性。

（七）二战后的小说

概述

40年代及战后这几十年是美国文学蓬勃发展的年代。在老一代作家，如海明威、福克纳、菲茨杰拉德、多斯·帕索斯及斯坦贝克等人仍在从事创作的同时，年轻一代已作为一支举足轻重的力量出现在文学领域中。20年代欧美现代派文学大师对小说、诗歌和戏剧所进行的大胆革新与尝试，在很大程度上改变了文学创作的传统内容和技巧，而两次世界大战使现代人的生活与心理发生了亘古未有的变化。面对着这个纷扰、复杂的世界，文学创作的领域空前广阔宏博，体裁和种类也便丰富多彩起来。仅就战后小说而言，便有战争小说、南方小说、犹太人小说、黑人小说、颓废小说、讽刺与风俗小说之分。倘把60年代以后的作品也进行硬性的分门别类，我们便会发现其中又有梦幻与超现实主义小说、科学幻想小说、黑色或荒诞幽默小说、模仿与通俗小说、实验小说、以及非虚构小说之分。名目之多，种类之繁杂，是前所未有的。[10]

先说战争小说。现当代文学描写战争的传统在20世纪可追溯到海明威、多斯·帕索斯和卡明斯。从40年代始至50年代初，我们看到约翰·赫西（John Hersey）的《阿丹诺之钟》（*A Bell for Adano*）、诺曼·梅勒的《裸者和死者》（*The Naked and the Dead*）、约翰·霍克斯（John Hawkes）的《食人者》（*The Cannibal*）及詹姆斯·琼斯（James Jones）的《从这里到永恒》（*From Here to Eternity*）等描写战争各个侧面的小说先后问世。50年代以后，托马斯·伯杰（Thomas Befger）的《柏林的疯狂》（*Crazy in Berlin*）、约瑟夫·赫勒（Joseph Heller）的《第22条军规》（*Catch-22*）以及库尔特·冯尼格特的《第五号屠宰场》（*Slaughterhouse-Five*）又从不同角度反映了战争状貌及其给人的心理产生的影响。

南方小说作为一个独立部门的出现，大概应归功于福克纳、艾伦·格拉斯哥（Ellen Glasgow）、罗伯特·潘·沃伦（Robert Penn Warren）、尤多拉·韦尔蒂《Eudora Welty》及卡森·麦卡勒斯（Carson McCullers）等人的创作活动。仅在40年代后的二、三十年间，便有杜鲁门·卡珀提（Truman Capote）的《其他的声音，其他的房间》（*Other Voices，Other Rooms*）、威廉·史泰伦（William Styron）的《在黑暗中躺下》（*Lie Down in Darkness*）、弗兰纳里·奥康纳（Flannery O'Connor）的《智慧血》（*Wise Blood*）及《好人难寻》（*A Good Man Is Hard to Find*）、沃克·珀西（Walker Percy）的《电影迷》（*Moviegoer*）以及雷诺兹·普赖斯（Reynolds Price）的《久长的幸福生活》（*A Long and Happy Life*）等长篇小说，把内战以后美国南方的面貌清晰地勾勒出来。南方作家已作为一支生力军驰骋在美国文坛。

在美国现当代小说发展史中，一个相当引人注目的现象是，许多优秀小说家是犹太人。我们似乎无须在这儿探讨犹太人作家的数量和重要性突然增加的原因。记住一点就达到我们的目的了：这些作家写出了战后一些最使读者欢心的作品。诚然，在此之前，诸如30年代的亨利·罗斯（Henry Roth）和纳撒尼尔·韦斯特（Nathaniel West）等人也曾写过一些令人称道的作品，但是要和索尔·贝洛、诺曼·梅勒、艾萨克·巴谢维斯·辛格（Isaac Bashevis Singer）、伯纳德·马拉默德（Bernard Malamud）及菲利普·罗斯（Philip Roth）等人相较，无疑低了不止一筹。贝洛的作品从《晃来晃去的人》（*Dangling Man*）、《奥吉·马奇历险记》(*The Adventures of Augie March*)、《受害者》(*The Victim*)、《只争朝夕》(*Seize the Day*)、《雨王汉德森》(*Henderson the Rain, King*)、《赫尔佐格》(*Herzog*)到《洪堡的礼物》(*Humboldt's Gift*)都是令人爱不忍释的佳作。我们还要说到马拉默德的《装配工》(*The Fixer*)和《店员》(*The Assistant*),菲力普·罗斯的《放手》(*Letting Go*)、《再见,哥伦布》(*Goodby, Columbus*)、《波特诺依的抱怨》(*Portnoy's Complaint*)以及爱德华·刘易斯·沃伦特(Edward Lewis Wallant)的《当铺老板》(*The Pawnbroker*)等作品,这些都是美国现当代生活惟妙惟肖的反映。

50年代,美国文学中出现了一种对社会不满、逃避现实的年轻流浪汉形象。这一类人物强调表现自我、创造自我,对50年代美国战后的社会繁荣感到厌恶,因而远离现实,立在社会边缘,在以流浪、吸毒、爵士乐为主旨的颓废生活中寻找补偿,填充内心的空虚。他们寻求的乃是一种具有浪漫或颓废色调的原始生存方式。他们好似嬉皮士颓废者在文学作品里的先驱。这一类人物在小说、诗歌和散文作品中都有所表现。仅就小说而言,约翰·克莱伦·霍姆斯(John Clellon Holmes)的《干》(*Go*)、杰克·凯鲁亚克(Jack Kerouac)的《在路上》(*On the Road*)、威廉·巴勒斯(William Burroughs)的《毒品贩子》(*Junkie*)与《刀尖上的午餐》(*Naked Lunch*)、劳伦斯·弗林盖提(Lawrence Ferlinghetti)的《她》(*Her*)、肯·克西(Ken Kesey)的《飞越杜鹃巢》(*One Flew Over the Cukoo's Nest*)、赫伯特·塞尔比(Hubbert Selby)的《布鲁克林的最后出口》(*Last Exit to Brooklyn*)以及杰克·盖尔伯(Jack Gelber)的《在冰上》(*On Ice*)等,大体都是描述这类人物的作品。

战后美国社会面貌发生了巨大变化,社会生活、人与人之间的关系、以及与此紧密相关的人的内部世界,也随之出现多种多样的变化。旨在反映美国生活全貌、并对其进行赏析与讽刺的小说也便应运而生。女作家琼·斯塔福德(Jean Stafford)的《波士顿历险记》(*Boston Adventure*)、玛丽·麦卡锡(Mary McCarthy)的《学院小树林》(*The Groves of Academe*)及《美国人》(*Birds of America*)、约翰·契弗(John

Cheever）的《韦普肖纪事》（*The Wapshot Chronicle*）及《韦普肖丑闻》（*The Wapshot Scandal*）、约翰·厄普代克（John Updike）的《双双对对》（*Couples*）及《兔子，跑》（*Rabbit，Run*）、凯瑟琳·安·波特的《愚人船》（*Ship of Fools*）、杰奎琳·苏珊（Jacqueline Susan）的《玩偶的山谷》（*Valley of Dolls*）以及乔伊斯·卡罗尔·欧茨（Joyce Carol Oates）的《他们》（*Them*）、《奇境》（*Wonderland*）及《随你拿我怎么办》（*Do With Me What You Will*）等大部分著作，都反映了形形色色的美国风貌。波特的《愚人船》写的虽是30年代的一次沉船事件，但这部作者自40年代动笔至60年代初方脱稿的小说，显然是将乘客、船员及水手等做为20世纪西方文明堕落的代表而描写的。而欧茨这位多产的女作家则几乎把美国社会的各个方面都视为她想要表现的领域。

现代西方世界的丑恶和阴暗是战后许多作家所描述与揭露的对象。他们虽对时代情势迷惑不解，或具有一种恐惧心理，但能较清醒地注意到美国社会的黑暗、人生的黑暗、整个宇宙的黑暗，认识到现代生活的荒诞、混乱与可笑。他们在黑暗与荒诞中有一种“在残忍中寻求乐趣”的幽默感，认为这是打发人生、减少荒谬的快活途径。在60年代，有不少作品较集中地表现出这种特点。例如，约瑟夫·赫勒的《第22条军规》、弗拉基米尔·纳博科夫（Vladimir Nabokov）的《罗丽塔》（*Lolita*）、库尔特·冯尼格特的《第五号屠宰场》、托马斯·品钦（Thomas Pynchon）的《V》（*V*）及《引力之虹》（*Gravity's Rainbow*）、唐纳德·巴塞尔姆（Donald Barthelme）的《白雪公主》（*Snow White*）、约翰·巴思（John Barth）的《烟草代理商》（*The Sot-Weed Factor*）和《牧羊童子贾尔斯》（*Giles Goat-Boy*）以及肯·克西的《飞越杜鹃巢》等著名作家的著名作品。还应提到J. P. 唐里维（J.P.Donleavy）的《赤发人》（*The Ginger Man*）、特里·沙瑟恩（Terry Southern）的《有魔力的基督教徒》（*The Magic Christian*）、布鲁斯·泽伊·伏里德曼（Bruce Jay Friedman）的《母亲的吻》（*A Mother's Kisses*），以及托马斯·伯杰的《小大人》（*Little Big Man*）。在70年代以至今天，我们依然看到这种作品不时出现。

对于生活的荒谬和混乱，不同作家所采取的态度并不相同。相当一批有才华的作家转向写作某些评论家委婉地称之为“实验小说”、“准小说”（metafiction）、“前卫（avant-garde）小说”等。约翰·巴思认为传统手法业已过时，作家需要重新创造世界。他的《迷失在娱乐场中》（*Lost in the Funhouse*），乃是一种标准的文体上的做作。在唐纳德·巴塞尔姆的《白雪公主》中，文字似乎没有了意义。威廉·加斯（William Gass）的《威利·马斯特的孤独的妻子》（*Willie Master's Lonesome Wife*）、纳博科夫（Vladimir Nabokov）的《灰火》（*Pale Fire*）、品钦的书皮印刷也古怪的《V》、威廉·巴勒斯的《刀尖上的午餐》以及杰克·克鲁亚克的《在路上》这些使用拼贴手法的典型作品，都属于寻觅新路的作品。他们当中有些人有时给人一种过于自我放任的感觉。

当代模仿体小说为数也很多。这类作品大体说来有两种，一是作者出于对前人的推崇，再则便是讽刺或诋毁性模仿。美国现当代小说有对神话、历史小说及西部小说的各种模仿，多属后面一种。模仿西部小说旨在破除关于美国西部的神话。有的作品模仿套模仿，对神话进行戏弄，有些又荒唐地调侃自嘲。这些小说似乎也在嘲讽历史。读一下约翰·巴思的《烟草代理商》、唐纳德·巴塞尔姆的《白雪公主》、E. L. 多克托罗（E. L. Doctorow）的《拉格泰姆》（*Ragtime*）、托马斯·伯杰的《小大人》、诺曼·梅勒的《美国梦》（*An American Dream*）及库尔特·冯纳库特的《猫的摇篮》（*Cat's Cradle*）等作品，便可对此种体裁有所了解。讽刺性模仿是后现代小说的突出特点之一。

除此以外，还有詹姆斯·珀迪（James Purdy）的《马尔科姆》（*Malcolm*）、约翰·霍克斯的《第二层皮》（*Second Skin*）、罗伯特·库弗（Robert Coover）的《宇宙垒球协会有限公司》（*The UniverSal Baseball Association，Inc.*）及菲利普·罗斯的《乳房》（*The Breast*）等幻梦与超现实主义小说；杜鲁门·卡珀提的《冷血》（*In Cold Blood*）、威廉·史泰伦的《纳特·特纳的自白》（*The Confessions of Nat Turner*）、诺曼·梅勒的《夜晚的军队》（*Armies of the Night*）及《月球上的火光》（*Of a Fire on the Moon*）、汤姆·乌尔夫（Tom Wolfe）的《电力儿童饮料酸性试验》（*The Electric Cool-Aid Acid Test*）等“非虚构小说”，还

有库尔特·冯尼格特的《泰坦的海妖》(*The Sirens of Titan*)、威廉·巴勒斯的《新星快车》(*Nova Express*)、R. A. 海因兰（R. A. Heinlein）的《异乡异客》(*Stranger in a Strange Land*）等科幻小说。近些年来，文坛出现很有前途的年轻作家如贝蒂（Ann Beattie，1947— ），以简明的笔触描写市郊中产阶级的生活，评论界很看好。总之这几十年中美国文坛可谓五花八门。

以上所说实乃对美国当代小说五彩纷呈的情状所做的鸟瞰式回顾。下面我们再特别介绍一下美国的后现代小说。自从20世纪60年代以来，美国在社会、政治及艺术各领域内发生了不小的变化。越战不得人心，政治暗杀不断，民权运动方兴未艾，女权主义的进一步发展，大众媒体及计算机的消息传播，等等一切都发人深省，反映生活的文学艺领域也在出现令人深思的变化。一个重要的标志是有些作家开始感到，传统的文学形式及表达方法业以过时，不足以表现新的现实生活。巴思（John Barth）在一篇文章《枯竭的文学》(“The Literature of Exhaustion”）里宣称，传统小说已死，一切传统小说所提供的资源业已用尽，必须寻觅一种全新的写作方法，小说这个艺术种类才能继续存活下去。与此同时，文学艺术领域内出现了各种大胆的革新形式，变化在即，已经成为不可避免、不可小觑的事实。后现代文学时代到来了。

后现代文学有多种表现形式，例如荒诞派小说、准小说以及前卫小说等。荒诞小说主要在表现当代生活的荒唐。这些小说家认为，世界已无上帝为中心，人的状况已不可理喻。这种观点虽然由来已久，自20年代、30年代以来不少作家也努力表现过，但60年代的一批小说家运用其独特的技巧，把荒诞题材集中表现得淋漓尽致，其中有的如海勒（Joseph Heller）的《第22条军规》迄今为止依然可以说是前无古人、后无来者。在这一时期内还有一个明显的发展，那就是准小说（Metafiction）的问世。所谓准小说者，实乃以小说形式又讲故事又谈创作的一种小说。准小说在讲故事的同时时刻告诉读者，他们所读的故事乃是编造的故事，而不是像现实主义作家所说的是真实的事情。准小说家的基本目的在于反现实主义之路而行之：如果现实主义作家力求把虚构变为真实，那么准小说家则努力把真实描绘成虚构。他们旨在说明，现实是无法准确无误地表现的。我们读巴思的短篇《迷失在娱乐场中》（“Lost in the Fun House”），这种感觉会油然而生。准小说的基本特点包括故事里面套故事、故事含义无定论等。这一时期著名的准小说家除巴思外，还有品钦、巴塞尔姆、纳博科夫、多克特罗等人。说到前卫小说，它的基本特点是完全脱离小说创作的一般规则，基本没有故事情节，枯燥无味，令人不满足，或甚至对一般人的趣味有所冒犯。作品表现出这种特点的作家有霍克斯（John Hawkes）、库弗、阿比什（Walter Abish）、加斯、达文波特（Guy Davenport）以及米勒霍泽（Steven Millhauser）等人。巴思和品钦的某些作品也有同样的倾向。

二战后重要小说家

下面让我们突出介绍几位比较著名的作家。

先说贝娄（Saul Bellow，1915—2005）。他是美国当代资格最老、最闻名的小说家。半个多世纪来坚持创作，写出了很多内涵深邃的好作品。他于1976年被授予诺贝尔文学奖。贝洛的作品总结起来有三个特点：当代社会威胁人的生存和人格；人物多患有某种神经病；主题总包含对真理和价值的追求。他主要反映在物质生活十分优越的现代社会中的人际关系，描述人们在精神上的压抑、心理上的挫伤与生活中的孤独感，指出人与人之间的同情和理解的必要性，倡导情感的复苏，爱的回归和人道、人性。他的小说中的主要人物几乎都是犹太人。贝洛所最关心的问题是人类的生存问题。他认为今天的人类像一个病人，不过不是不治之症，人类只要振作起来，前途就充满希望。贝洛在作品中表现出丰富的思想、尖锐的讽刺、与强烈的同情心。他塑造了一个个努力求生存的现代非正统的人物形象。比如《赫尔佐格》（*Herzog*，1964），这是贝洛的力作之一。小说以主人公在人生旅程中所遭到的严重挫折为线索，发展故事情节，描述心理活动。主人公赫尔索格在婚变的打击下，精神恍惚，开始经历人生危机。他给一些死去的亲戚、朋友、名人甚至国家总统写信，对现代的一切提出质疑、抨击，认为自己一人肩上担着拯救世界的责任。后来终于在生活中认识自己、认识世界，从爱和大自然中汲取感受和力量，对生活开始持有肯定的接受的态度。《赫尔索格》在艺术上很有特点。它的前半部分很有现代主义味道，多内心描写，情节发展慢，后半部分则行文加速，故事性强，小说代表了美国小说由现代主义向后现代主义的过渡。

诺曼·梅勒（Norman Mailer，1923—2007）是当代最有雄心壮志的小说家之一。他 1944 年从哈佛毕业后不久，入伍参加第二次世界大战，要写一部关于战争的小说。在菲律宾，他每周给妻子写回四五封长信，内容极其丰富，心想纵使他不能活着回来，他的小说也能问世。他的愿望实现了。1948 年，他的处女作《裸者与死者》（*The Naked and the Dead*）出版，立即轰动一时。但人们对梅勒的热情不久便冷却下来。后来他又写出多部作品，多次获奖，但终不尽可人意。他六七十年代写的如《夜里的军队》似的“非虚构小说”，算是他的历史贡献之一。《裸者和死者》是梅勒的处女作，一般也被认为是他的最佳作品。小说描写的是一个由 14 人组成的美国侦察队二战期间在日军占领区内进行活动的故事。书中主要人物来自美国各地，表明作者企图勾画一幅美国社会的缩影图。小说颇有自然主义的倾向。它描绘的是一个冷漠无情的世界，人在这里的努力不是徒劳，便是导致无谓的死亡，而上帝对人的命运是毫不关心的。在写作方法方面，作者在正常叙事中间，巧妙地加入了“合唱”（chorus）及“时间机器”（the time machine）两种穿插或倒叙文字。“合唱”是战士谈话片段的记录。“时间机器”是书中主要人物的简历，对小说故事是重要的注释和补充，在语言上也为小说带来一种活泼的气氛。《裸者和死者》被认为是描写第二次世界大战的最佳小说之一。

在犹太作家里，伯纳德·马拉默德（Bernard Malamud，1914—1986）的作品犹太风格最浓郁。他最优秀的故事都是描绘犹太人生活的世界的。《天生有才能的人》（*The Natural*，1952）、《店员》（*The Assistant*，1957）、短篇小说集《魔桶》（*The Magic Barrel*，1958）、《基辅怨》（*The Fixer*，1966）等。以《店员》为例，这部小说是马拉默德的主要作品之一，它描写的是典型的犹太人的生活及性格特点。年轻人弗兰克在店主莫里斯·鲍伯的影响下，改弦更张，浪子回头。小说出色地刻画了一个心地善良、富于同情、忍受生活煎熬的诚实的犹太人鲍伯的形象。他有感人的"犹太人气息"。鲍伯是犹太受苦者的典型，受苦是他的生活的主要特点之一。他在为人类赎罪而受苦。《店员》巧妙地运用了犹太人的幽默及民间素材。鲍伯极像犹太民间文学中那种一再跌倒但总是努力站起再试运气的傻瓜式人物，他明知自己命乖运蹇，却又不失信心和希望。另一个"犹太人气息"浓郁的作家是罗斯（Philip Roth，1933— ），他的作品多为自传性的，把他自己的不少经历写到小说中去。他的成名作是他的第一部小说《再见，哥伦布》（*Goodbye*，*Columbus*，1959），获全国图书馆奖，迄今依然被认为是他的最佳作品。书中的故事都是关于犹太人以及他们之间的冲突方面的，因此引起犹太社团的愤怒谴责，说他反犹太人。他于是一连写了两部非争议性小说，以期安抚众怒，也未奏效。罗斯感到失望，于是写出《波特诺伊的抱怨》（*Portnoy's Complaint*），更引起社会哗然。此书写一个犹太青年在成长中的困扰，性压抑、手淫、性交、母亲的控制等经历，被认为是淫书，而且他对犹太母亲的攻击许多犹太人都难以原谅。罗斯随着时间的推移，精神和语调都已经缓和多了。至今已写小说 20 余部，成为当代主要作家之一了。

曾在 50 年代初期激起人们的热情、但后来又出人意料地"自我放逐"的神秘人物 J. D. 塞林杰（J. D. Salinger，1919—2010），在其迄今仍被人称颂的小说《麦田里的守望者》（*The Catcher in the Rye*，1951）中，描绘了一个感人的青少年的形象——霍尔登·考尔菲尔德，也是反映美国现代社会中人的颓废与落寞的上乘佳作。中学生霍尔登因成绩差而被开除，在家长没有得到学校正式通知以前不敢回家，流荡在纽约街头。在近 3 天的时间里，历尽艰辛，险些丧命。小说以动人笔墨勾勒出一个天真少年堕入颓废荒唐的成人世界中的可怕画面。成人世界的颓废和堕落在霍尔登的少年心灵上留下了深刻创伤。生活在这个世界里，他感到孤独和绝望。他痛苦地认识到，成长和变化是不可抗拒的，他和纯真的妹妹都要长大，到令人窒息的成人世界里去生活。于是他产生了拯救天真孩子使之免受堕落之苦的念头：这是书名《麦田里的守望者》的寓意所在。小说有力地表明，西方青少年在成长中的痛苦和消沉，主要是因西方文化本身的颓废性而引起的。小说是对青少年悲观厌世及生活空虚等情绪的极好写照。这部小说有较强的自传成分。比如主人公因不及格而离开中学、在那里当过击剑队队长、他的一个同学被开除、另一个同学跳楼自尽等等，都可在作家的经历中找到张本。小说在运用青少年语言方面极有建树。近几十年来，塞林杰行动古怪，几乎与外界隔绝。

当代擅长描写社会风尚的小说家当推厄普代克（John Updike，1932— ）及契弗（John Cheever，1912—1982）。厄普代克是一位多产作家。他的作品包括小说、短篇小说及诗歌。他最著名的作品是“兔子”五部曲：《兔子，跑》（*Rabbit，Run*，1960）写外号叫“兔子”的主人公离家出走；《兔子回来了》（*Rabbit Redux*，1971）写他回来；《兔子阔了》（*Rabbit Is Rich*，1981）写他步入中年，继承岳父产业，家境富裕了；《兔子死了》（*Rabbit at Rest*，1990）写他死于心脏病突发；《回忆兔子》（*Licks of Love*，2000）写他在家人与朋友回忆中复活的情形。“兔子”五部曲约每10年出一部，以文学形式记录美国几十年来的变迁，通过主人公哈利及其周围人物的视角，展现在读者面前。因此“兔子”业已成为战后以来的一种传奇。厄普代克的作品常以中产阶级白人的生活为题材。他深感当代社会道德沦丧，对美国社会的极端物质主义深恶痛绝。厄普代克善于描写人际关系，展示人物的内心活动，后来的作品颇重性描写，尤其对性反常状态的描写，笔墨浓重得有时令人尴尬。厄普代克是一位文体家。他长于观察，文笔细腻、典雅，给人一种缜密、具体的感觉。

契弗主要描写美国城郊富裕中产阶级的生活、人际关系、心理状态和道德观念。他的主人公一般缺乏明确生活目的，精神空虚，醉心享乐。在丑恶的社会现实面前，他们常表现得沮丧失望、精神苦闷。契弗常把老一代人的价值观念和自信心作为背景，以衬托当代人的迷惘和失意，表现出当代人命运的关注。他善于从日常琐事中探微索隐，对生活和人物进行真实刻画。他针砭社会，其淋漓尽致常令人忍俊不禁。因此契弗被誉为社会批评家和“美国的契诃夫”。契弗的突出特点是简洁规范的语言和优美生动的文笔。他的著名短篇小说是《游泳者》

（“The Swimmer”，1964），篇幅不长，故事含蓄，寓意极深刻。作品中现实主义与象征主义手法的巧妙结合，给人留下充分回味的余地。契弗作品很多，除短篇外，还包括五部长篇，如《韦普肖特纪事》（*The Wapshot Chronicle*，1957）及其续集《韦普肖特丑闻》（*The Wapsot Scandal*，1964）等。他的主要成就是在短篇小说方面。

南部文学在当代的辉煌成就不可小觑。比如奥康纳（Flannery O'Connor，1925－1964）、史泰伦（William Styron）及卡珀提（Truman Capote，1924－1984）等人，都很有令人称道之处。先说奥康纳，他的作品充溢着浓郁的南方气息。她擅长描绘奇异而荒诞的现象，对描写笃信教义的乡下人的生活尤感兴趣，她的作品常出现迷信宗教的贫穷愚昧的南方人形象。奥康纳注重探索这些人的内心世界。他们是她作品的主人公、表达她思想认识的媒介，痛苦和死亡是她的基调和主题。古怪的人物、异常的事件、骇人的暴力，以及这些所表达出的浓重的宗教信念，令人感到奥康纳既是一位哥特式（Gothic）小说作家，又是一位宗教作家。奥康纳常以富有喜剧性和戏剧性的细节引人入胜，冷静地、以不介入的态度描写突发的、意想不到的事情，把人性中觉察不到的东西挖掘出来，作品具有很大的震撼效果和讽刺意义，有较明显的荒诞倾向。她的作品包括长篇小说《智慧的血》（*Wise Blood*，1952）、短篇小说集《好人难寻》（*A Good Man Is Hard to Find*，1955）及长篇小说《强暴者抱走了它》（*The Violent Bear It Away*，1960）等。《好人难寻》（“A Good Man Is Hard to Find”）是作者的一篇杰出短篇。它把日常生活的琐碎细节同令人发指的暴行巧妙地结合在一起，从而收到奇妙的艺术效果。奥康纳认为，作家的责任是让读者认识到现代生活中的怪诞现象，要通过异常剧烈的手段使他们震惊。《好人难寻》对暴力的描写便是适例。

以主题论，卡珀提属于南方作家。他的大多数作品以南部路易斯安那等州为背景，所描绘的是一个充满暴力的哥特式世界。他在不少作品里呈现出自传性倾向，比如他幼年父母离异、跟亲戚长大的经历，在他的作品中常表现为少年寻父的题材。《其他声音，其他房间》（*Other Voices，Other Rooms*，1948）等便是实例。就是他的名著《冷血谋杀》

(In Cold Blood，1966）也不例外。其中一个杀手派里少时就因父母的冷待而流离失所。《冷血谋杀》在主题和技巧上都堪称佳作。作者称之为“非虚构小说”，把实际报道与小说的想象巧妙结合，表达出多层面的含义：美国社会的暴力、美国梦的失败和对罪犯行为的研究等。

多年来坚持现实主义传统的社会小说家欧茨（Joyce Carol Oates，1938— ）是美国现当代文学中最多产的作家之一。自1963年发表首部作品以来，她已出版短篇小说集、长篇小说、诗集、戏剧及散文多部，其中诸如《他们》（*Them*，1969）、《奇境》（*Wonderland*，1970）及《随你拿我怎么办》（*Do With Me What You Will*，1973）等作品均为脍炙人品之作。欧茨描写现代社会生活中普通人的恐惧和不安。他们受到社会的、命运的、以及自身心理上的种种折磨，生活中充满暴力、谋杀、自杀、强奸、纵火等事件。这是一个充满恐怖和荒唐的“哥特式”世界，颇具华盛顿·欧文、埃德加·爱伦·坡、弗兰纳里·奥康纳及福克纳作品的韵味和气氛。欧茨认为她的作品是现代生活的真实写照。她的暗淡笔调使她获得“美国文学的可怕女人”之称。文学批评界在相当长时间内对她注意不够。这种状况近年来已开始改变，欧茨的文学地位也日益提高。

上面说过，自60年代以来，美国社会经历许多变迁，美国文学的后现代味愈来愈浓，荒诞小说、准小说及前卫派作品迭次登台。就荒诞小说而言，海勒的《第22条军规》、凯西的《飞越杜鹃巢》以及冯尼格特的《第五号屠宰场》等都是上乘佳作。这些作家在60年代如同一个流派一般活跃，批评家称之为“黑色（或荒谬）幽默作家”。在70年代以至今天，我们依然看到这种作品不时出现。

海勒（Joseph Heller，1923—1997）是“黑色幽默”文学的杰出代表。他的《第22条军规》以其内容和形式的创新而成为美国小说史上的一个里程碑：它开创了美国60年代荒诞小说的先声。这部小说是战后出现的一部最佳“反战”作品，其魅力历久不衰。小说描写美国一个飞行大队在二战期间驻扎在地中海某岛上的故事。它力图通过对空军官兵之间、上下级之间荒诞滑稽的人际关系的描写，展示军队内部的专制和腐败，从而揭示当代美国社会生活中的各种怪诞现象。作者运用“黑色幽默”的手法塑造了一群怪诞人物形象和一系列荒诞情景，透过滑稽的表面揭露了一个极端自私、残酷无情，草菅人命的世界，成功地描绘出当代人的困境。读者在阅读中常情不自禁地笑出声来，细想又突然发现引人发笑的事情却是某个人物的悲剧故事。小说不论在结构和语言上都与传统小说不同。在结构上，它大胆打乱时间概念，抛开故事发展的时间顺序这一线索，把过去事件和现在事件放在同等重要的位置上加以描述。有些情节表面貌似互不联系，实际上内容相互贯通，都在不同时间层次上再现被扭曲的人物形象，以突出小说立意反映荒诞现实的效果。在语言上，作者运用许多语言手段，尽力表现荒诞主题。如“循环式谈话，”问答极其滑稽并出人意料；“套语”的运用，即把俗语中关键字眼换成能产生荒谬效果的字词；谈话语气的突然变化，即由严肃话题到琐细话题的突然跳跃和转换，令人啼笑皆非，等等。总的艺术效果是，这部小说迄今依然是空前绝后的。海勒本人后来又写过不少作品，但始终未能达到《第 22 条军规》的水平。“第 22 条军规”（catch-22）一语也已被收入英文字典。[11]

60 年代“黑色幽默”风格的另一主要代表是冯尼格特（Kurt Vonnegut Jr.，1922—2007）。他和同代作家海勒等人一样，从现当代生活悲剧的“黑色”中看到幽默，又用幽默来讽刺“黑色”，以期读者在无可奈何的苦笑之后加深对现实生活悲剧性的认识。他的代表作《第五号屠场或儿童十字军：与死神共舞》（*Slaughterhouse-Five or the Children's Crusade：A Duty-Dance with Death*）以 1945 年盟军对德国德累斯顿城的大轰炸为背景，基于作者的亲身经历，是揭露战争罪行的一部力作。该书也描写了当代美国社会的庸俗不堪，以及一些心灵敏感的人为摆脱这种生活所做的努力。小说的自传性强。主人公比利·皮尔格林同作者一样，参加过二战，当过战俘，目击了德累斯顿从城市变为火海和瓦砾。他的这一经历始终像梦魇一样困扰着他。战后他生活优裕，结婚成家。但过去的经历使他精神恍惚。有一件事使他刻骨铭心：德累斯顿城被夷为平地，13.5 万人葬身火海，他的伙伴德比因藏起一只在废墟中挖到的茶壶而被就地正法。这是贯穿于全书的线索。比利精神开始失常，开始滔滔不绝地讲述他的“时间旅行”，以及被飞碟劫持到特拉法马多星球上的经历。主人公皮尔格林——正像他的名字（Pilgrim）所代表的那样——是人类寻求超越死亡和战争的代表，作者在书中常把他同耶稣相提并论。冯尼格特对战争深恶痛绝，在本书中，战争意味着恐怖和死亡，没有半点英雄主义色彩。冯尼格特还是一位讽刺大师，他对战争以及美国社会的讽刺极为尖刻。"黑色幽默"这一创作技巧在这里得到了绝好的应用。该书的结构也别具一格，迥异于传统的叙述方法。有些情节近乎荒诞，但如作者所说，关于一场屠杀，没有多少理智可言。

凯西（Ken Kesey，1935—2001）的作品多为描写"心理上的罪犯"（"psychic outlaw"），自传成分极浓。他的代表作是《飞越杜鹃巢》（*One Flew Over the Cuckoo's Nest*）。小说所描写的是在一所精神病院里发生的事。在那里，在护士拉其德的管理机器和以麦克墨菲为首的精神病人之间发生了一场反控制的斗争，最后麦克墨菲被捉住，头部被动手术而瘫痪。他的病友、书的叙述者布朗顿——是一位印第安人部落首领的后裔，为结束他的痛苦，使其窒息而死，尔后自己逃出。他已在麦克墨菲的帮助下克服了自己的心理障碍。麦克墨菲虽然已死，但他的精神依然活着，他已搞垮了护士所代表的专制权威。书中的精神病院代表着整个美国社会。自然、个体、情感与高度机械化的伪善社会的对立和斗争构成本书的主题。《飞越杜鹃巢》的叙事结构亦独具匠心。小说的真正主人公是叙述者布朗顿。他从麦克墨菲的生与死的事迹中不断汲取经验和教训而逐步成熟，最后把自己的潜力和朋友的长处集于一身，从而避免了朋友的遭遇，满怀信心地正视生活。随着麦克墨菲力量的减弱，布朗顿的性格渐臻成熟。这种结构可使作家同时享有第一人称和第三人称两种叙事角度的优势。人物性格被塑造得饱满酣畅，给人一种栩栩如生的立体感。凯西和"垮掉的一代"过从甚密，他的作品是当代反主流文化的重要组成部分。

巴思（John Barth，1930— ）对小说艺术的最大贡献是他的大胆革新。他认为，小说这门艺术在 20 世纪五六十年代面临一种困境：小说形式已被 19 世纪和 20 世纪的大师们发展得尽善尽美，无以复加了。当代作家应另辟蹊径。他一反当代作家信奉弗洛伊德和 D. H.

劳伦斯的常态，转向西方小说起源时代的巨作和大师塞万提斯（Cervantes，1547—1616）、费尔丁（Henry Fielding，1707—1754）、斯特恩（Laurence Sterne，1713—1768）乃至东方阿拉伯的《天方夜谭》（*The Arabian Nights*）中，去寻求创作灵感。同时，贝克特（Samuel Beckett，1906—1989）和阿根廷作家勃吉斯（Jorge Luis Borges，1899—1986）的创作手法对他影响也极大。他的尝试在客观上具有一种肢解和破坏传统小说形式的后果。在思想上，巴思与当代其他作家如冯尼格特等接近，认为世界荒诞，没有意义和目的可言，因而批评家把他归入荒诞派作家一类。他的作品情节离奇，夸张成分较多，玄学成分也很强。《流动的歌剧》（*The Floating Opera*，1956）及《路的尽头》（*The End of the Road*，1958）等都有浓郁的虚无主义味道。《烟草代理商》（*The Sot-Weed Factor*，1960）的全新创作手法令人震惊，它在形式上虽然模仿 18 世纪作家菲尔丁《汤姆·琼斯》（Tom Jones），内容上却并非表现秩序和协调思想。它用 18 世纪小说的外壳包装的 20 世纪的荒诞现实的内涵。该书标志着巴思与传统小说技巧的分裂。《牧羊童子贾尔斯》（*Giles Coat-Boy*，1966）在标新立异方面更是登峰造极。在该书中，作者表达了他的宗教思想，广泛运用了象征手法。他的《迷失在娱乐场中，（*Lost in the Funhouse: Fiction of print*，*Tape*，*Live Voice*，1968）是“准小说”的杰作。他的《妄想》（*Chimera*，1972）包括了对书信体小说的新尝试。关于巴思的小说，人们众说纷纭，褒贬不一，但他是当代一位富有特色的作家。

另一位大胆革新作家是巴塞尔姆（Donald Barthelme，1931—1989）。他以短篇小说而著称，也写长篇小说和儿童文学。有人说，他在“后现代”一词语通用前就是后现代作家了。他认为现实主义手法已过时，必须寻找新的表现技巧。巴塞尔姆所进行的后现代乃至前卫派尝试包括他表达的喜剧性超现实主义观点、对荒诞及支离破碎现实的描绘、对拼贴及视觉效果的尝试以及对传统小说形式的讽刺性模仿等。他是 20 世纪后半促进短篇小说复兴的首要人物。他的著名短篇包括《机械时代终结之时》（“At the End of the Mechanical Age）及《学校》（“The School”）等，都是很有影响的作品，其中不少表现出明显的“反小说”倾向。比如《机械时代终结之时》所描写的是一个不信奉上帝的人们居住的没有上帝的世界。在这里，生活没有味道、没有意义、没有秩序；理想与常识、人与人、人与上帝、现实与超现实等等糅杂铺陈。小说的表现技巧也很独特，表现了一个荒诞世界。作品的4个部分连接突兀，传统叙事策略和结构已经失灵，嘲讽式模仿在几个层次上出现：对生活、对传统叙事形式、对人物、对圣经、对大诗人密尔顿的《失乐园》的模仿等等，不一而足。巴塞尔姆的长篇小说如《白雪公主》等，都是后现代派的出色作品。

在后现代派作家中占显赫地位的还有品钦（Thomas Pinchon，1937— ）。他所致力表现的同样是一个荒诞的世界。在创作中，他借用了一些科学理论，如平衡信息论（entropy）及量子论（the quantum theory）等，作为他的作品的内涵铺垫。他用平衡论来表达他对当代社会的非人格化倾向的认识，用量子论来表现生活的惊人的模棱两可及不可知性。他的名作如《第四十九组邮票的拍卖呼唤》（*The Crying of Lot 49*）、《V.》（*V.*）、《万有引力之虹》（*Gravity's Rainbow*）等，都是醒目的例子。他的作品因而都包含有某种追求模式，追求真理的努力最后不是失败便是含混不清。品钦认为造成这种结局的原因是人所无法控制的力量的左右。以《万有引力之虹》为例。作品的主人公在寻找火箭及其发射地点，他在战时找，战后还找，但终未成功。归根结底，主人公始终未能得知他的任务的全部真相，一种毁灭性的非人格化力量在左右他。书中充满人物人格的解体现象。主人公本人便逐步丧失能量和人格，最后落个不了了之。这部情节盘根错节，人物多达400余人，风格不断变化，叙事手段新颖，在技巧上有“后现代小说的一个里程碑”之称。它也以其“历史准小说”风格而闻名于世。他的幻想式叙事方法、不可靠叙事人、文本的支离破碎等，打破传统手法，增加作品的悬疑及迷惑性。再者，作品虽然不乏历史真实，但也不断提醒读者，小说只是虚构而已。此外，小说语言层次多而杂，亦增加读者的混乱感。《万有引力之虹》是后现代时期最有影响的小说之一。

我们现在要说到的纳博科夫（Vladimir Nabokov，1899—1977）

应该算是“领养的”美国作家。他本是俄国人，在那里出生、长大，后因“十月革命”而逃往欧洲，1940 年移居美国。此前他已创作 20 余年，写出多部作品，已有相当名气。到美国后，他创作了《洛丽塔》（*Lolita*，1955），遭法国和美国一些州的禁止，由此声名反而大振，名利双收。后又写出《灰火》（*Pale Fire*，1961）等书，成为后现代文学中一部力作，年轻作家如巴思和品钦等人都深受他的启发。纳博科夫是典型的“准小说”家。他有意识地颠覆传统现实主义的叙事策略，认为这些业已不足以表达后现代经历。他擅长运用诸如破坏结构、强调阅读、故事里面套故事等“准小说”手段。所谓破坏结构，就是混淆事实与虚构（或虚构的虚构）之间的界限，从而打乱正常叙事结构，造成读者手足无措，不知作家之所云。传统的读书策略如寻找书里“真正的故事”等，用来读纳博科夫就不适用了。纳博科夫称有些人为“老式”读者，在书中和他们玩耍，不为他们写出肯定无疑的故事，而代之以变化不定。他所谓的“强调阅读”是说把写作视为一个阅读过程。如《灰火》中，诗人的长诗由其朋友编注，编注和诗歌成为两个又关联而又不同的独立作品。于是也就出现故事当中套着故事。纳博科夫通过创作向世人表示出几种新的叙事策略，用以代替他认为业已枯竭的现实主义手法。他的努力启发了六七十年代的作家，促进了后现代小说的发展。

（八）二战后的诗歌

概述

二战后的美国诗歌与战前相比，两者之间存在着惊人的不同。现代派大师如艾略特等，或风靡诗坛多年的新批评派诗歌风格，似对战后年轻一代诗人失去了魅力。50 年代及 60 年代诗坛的新人似都相信，那些都已不再那么适用，新的现实需要新的表现手法与风格。他们决定要叛离过去，走自己的路。1950 年奥尔森（Charles Olson）发表他的著名的《投射体诗》（“Projective Verse”）一文，50 年代中期金斯堡（Allen Ginsberg）写出那首引起文学界及社会一片动荡的诗《嚎叫》（“Howl”），再加上洛威尔（Robert Lowell）火上加油的新作《生活研究》（*Life Studies*，1959）的问世，这一切都标志着，美国诗歌的后现代时期到来了。

后现代主义诗歌和小说一样，是因战后情势需要而应运而生的。核武器的威胁、麦卡锡主义的疯狂、民权运动的高涨、越战所引起的民情激愤、女权运动及性解放、嬉皮士现象、当代的信息爆炸及人们自我意识的提高、环保、臭氧、太空，加上经济的发展与社会的富足，等等，都在对人们看待生活与世界的态度以及价值观念方面产生着深刻的影响。生活经历与体验的个别性在加强，文学表达的方式更具独特性。而且，50 年代的文坛也令人不满。现代派和新批评已盘踞文坛几十载，旧模式已开始束缚思想，人心开始思变。以新批评论，自 40 年代末起，它向大学课堂长驱直入，经过多年的惨淡经营，已在诗坛成为一霸，从诗歌创作到文艺评论，它的一套原则已经变为金科玉律，对后起之秀颇有金箍的作用。年轻一代于是揭竿而起了。其实，埃略特自己也已感到了变革的必要。他在 40 年代发表的《四重奏》就很有后现代气息，比如它的沉思特点及个人口气等。当然他在这些方面已不能和庞德及威廉斯相媲美了。庞德在比萨铁笼吻过地狱以后所写的《比萨诗章》一扫现代派的客观、具体、片段式的表达作风，而变得自发、自由、富自传性和浮想联翩。长期以来处于艾略特阴影里的威廉斯，于 1946 年开始发表他的六卷长诗《佩特森》，形式开放，畅想自由，把条条框框扔在一旁。这两个人为新一代树立了榜样，奥尔森称新一代为他们的继承人。

以连续性而言，40 年代后的诗歌是二三十年代诗歌传统的直接继承或反动。直至 50 年代末期，艾略特在美国诗坛的举足轻重的影响是无可置疑的。这种影响所产生的保守性倾向又因著名诗人叶芝、弗罗斯特、史蒂文斯和奥顿的创作而得到加强。40 年代、50 年代的一些“学院派”诗人们便在不同程度上继承了他们的传统。[12] 在这些诗人中，有战前已成名的罗伯特·潘·沃伦、斯坦利·库尼茨（Stanley Kunitz）、以及理查德·埃伯哈特（Richard Eberhart）；有战后第一代诗人德尔莫尔·施瓦茨（Delmore Schwartz）、西奥多·罗斯基（Theodore Roetheke）、兰达尔·贾雷尔（Randall Jarrell）、约翰·贝里曼（John Berryman），还有伊丽莎白·毕肖普（Elizabeth Bishop）、理查德·威尔伯（Richard Wilbur）、卡尔·夏皮罗（Karl Shapiro）、霍华德·奈默洛夫（Howard Nemerov）等人。这些人，还有50年代把自白诗发展到新阶段的罗伯特·洛威尔（Robert Lowell），似乎组成了一个新的美国“学院”。他们不仅和大学及学院有联系，而且在其同代中被普遍承认为诗坛的佼佼者。

50年代后期，强调描写美国生活、打破五步抑扬格的威廉斯成为美国诗歌的不同传统的代表者。这以后，新的诗派接连出现，诗坛呈现出一派异常活跃的局面。在旧金山，《旧金山评论》和劳伦斯·弗林盖提的城市之光出版社突然成为“垮掉的一代”诗人的喉舌。艾伦·金斯堡的《嚎叫》成为这一代诗人绝望情绪的证明。这批以金斯堡和加利·斯奈德（Gary Snyder）为代表的年轻诗人，崇拜个人完全自由、吸毒者文化、东方宗教与群居生活等，是传统的典型叛逆。与此同时，查尔斯·奥尔森在北卡罗来纳的黑山学院领导了“黑山派”文艺运动。这个反学院派的学者，继承了威廉斯和庞德的传统。如前所言，1950年发表了《投射体诗》，决心抛弃旧形式、旧句法、旧格律。“黑山派”诗人中著名的还有罗伯特·邓肯（Robert Duncan）、罗伯特·克里利（Robert Creeley）和丹尼斯·莱弗托夫（Denise Levertov）等人。克里利的《黑山评论》在传布黑山派美学观方面发挥了重大作用。

到60年代，超现实主义倾向出现在美国诗歌中。W. S. 摩温（W. S. Merwin）、罗伯特·布莱（Robert Bly）和约翰·阿什伯利（John Ashbery）等人的诗作首先表现出这种影响。摩温曾客居法国多年，翻译过不少现代诗，受到超现实主义和后现代主义诗的影响。他善于通过神话、传说和寓言体裁使经验神话化。布莱的诗体现出美国超验主义。他竭力运用直接、简练的语言表达对内在的自我超验时刻的理解。“内在人”是他要表达的对象——“内在的人在睡眠、梦境、充满光明的时刻和……无意识的原型的认识中说话。”布莱的诗艺通过事物形象，即深度意象，表达他的意见。摩温和布莱在传布超现实主义方面对美国诗人产生过较大影响。这些诗派以及其他如路易斯·辛普森（Louis Simpson）、詹姆斯·迪基（James Dickey）和 A. R. 阿蒙斯（A.

R. Ammons）等人的独树一帜的创作，是美国这个民族不满足于现状、勇于开拓新途径的精神历史的体现。

二战后主要诗人

这一时期出现了几个新诗派。评论家艾伦（Donald M. Allen）1960年编辑出版一部诗选，名曰《美国新诗 1945—1960》（*The New American Poetry 1945—1960*），别具只眼，把新诗人分成几组，诸如黑山派、纽约派、垮掉的一代等诗派，覆盖面相当广泛而准确。由于自白派诗尚在登场，诗选没有收入他们的诗歌，情有可原。随着时间的推移，沉思型诗歌也浮上台面，谈论新诗不包括他们，就有失偏颇。当然如前所说，后现代诗是五彩纷呈的；便是一个诗派、某个诗人也不是一成不变的。比如阿什伯利开始是纽约派一员，后来逐渐倾向于写沉思型诗歌。又如斯奈德（Gary Snyder）先与垮掉的一代过从甚密，而后则写出了自己独特的风格。但总的说来，评论界迄今依然乐于遵循艾伦的分类法讨论当代诗歌，间或有些悖逆，也相去不远。我们在下面的介绍也大体沿着这个线索进行。

让我们先说说自白派诗歌。从广义上讲，这个诗派包括许多人。他们的共同特点是无情地暴露自我、分析自我，包括自己的隐私、愿望、幻想以及自己的背景、传统等等，字里行间表露出一种“我将告诉你一切”的冲动。代表人物有罗斯基、施瓦茨（他重点表现在“意识的伤口”）、库尼茨（他重点表现无拘束的“一伙个人魔鬼”）、贝里曼、斯诺格拉斯（W.D. Snodgrass）、金斯堡、洛威尔、普拉斯（Sylvia Plath）及塞克斯顿（Anne Sexton）等。自白诗并非源于当代，惠特曼、庞德、艾略特等人都写过这种诗歌。比如艾略特的《J. 阿尔弗雷德·普鲁弗洛克的情歌》的自我分析性独白，后来在施瓦茨和夏皮罗的诗中表现为自白情调。然而洛威尔写出的独具一格的自白诗，在战后那样异常风靡，使之成为一种显赫的独立风格。他的自白诗后来在他的学生安妮·塞克斯顿（Anne Sexton）和西尔维亚·普拉斯的诗作中得到继续。

洛威尔（Robert Lowell，1917—1977）出身于波士顿的名门世家，先辈中有许多人是美国政治和文化界的显赫人物。他本人自幼深受家中严格的清教传统熏陶，但是对于这种家族遗风，洛威尔并不以为然，而且经过一系列反抗，终于成为它的叛逆者。战后的美国诗歌，同20年代的现代派诗歌相比，具有两个突出的特点。一是诗人逐渐成为参与社会与政治活动的公民（citizen-poet），诗歌的内容也因而带有强烈的政治色彩；二是诗歌中的个人成分愈来愈浓。当代诗人则开诚布公地将自己的亲身经历公之于世。上述这两点重要特色，均在洛威尔的诗作中有突出体现。洛威尔对美国诗歌的主要贡献，在于他为其注入了一种强烈而又深沉的自白成分，大大缩短了诗人与读者之间的距离。他不但反省自己的历史及内心世界，而且袒露他的家庭传统对个人精神及心理所产生的各种微妙影响与扭曲。在他的作品中，诗人与长辈、妻子及后代的复杂关系及本人的精神失常与抑郁情绪均暴露无遗，因此，有人称他为“最真实的历史学家”。洛威尔的创作使“自白体诗”（confessional poetry）在美国诗坛风行，许多诗人都从他的作品中吸取养分。

洛威尔的名作是《生活研究》，由四部分组成。第一部分包括四首诗，主要写诗人似乎失去信仰，双足已立在人世，面对和关心人生。第二部分是散文，题目为《里维尔街91号》（“91 Revere Street”）。这个部分属自传，反映出诗人对以其父为代表的新英格兰文化的堕落而忧心忡忡，其中他对父亲的剖析是无情的。第三部分由4首诗组成，旨在探索艺术作为逃避与存活的途径的可能性。第四部分叫《生活研究》，由两小部分、共15首诗组成。这一部分是诗人对家族、对自己的无情剖析。其中最闻名的是最后一首《臭鼬出没的时候》（“Skunk Hour”）这一篇，里面写人已堕落到不如臭鼬的地步，应当学习臭鼬的求生欲望，振作起来。所以《生活研究》不是以悲调结尾的。《生活研究》（*Life Studies*）揭示自我内心，描绘迷惘自我的尴尬和惊骇之状，把自我和世界的病态清晰地表现在读者面前。它糅合了个人经历与公众意义，是战后诗坛的重要诗作。洛威尔的另一代表作是《献给为联邦阵亡的将士》（“For the Union Dead”），其魅力历久不衰。

另一位著名自白诗人是普拉斯（Sylvia Plath，1932—1963）。她的名声不亚于她的老师洛威尔。普拉斯性格敏感，精神紧张，常有孤独、恐惧和死亡感。她觉得自己如生活在钟形坛下的稀薄空气中一样压抑和窒息，感到生活的混乱脱节，感到悲观绝望。内心和外部世界的极不协调曾使她精神失常，在医院进行过短期而集中的治疗。她唯一一部小说《钟形坛》（*The Bell Jar*，1963）是自传体，其中写到一个女大学生企图自杀后被救起的事。普拉斯和英国诗人泰德·休斯（Ted Hughes，1930—1998）1956 年结婚，生了两个孩子。然而她内心并不平静，终于在 1963 年 2 月 11 日用煤气自杀。普拉斯的自白诗许多都收入她死后出版的《阿丽尔》（*Ariel*，1965）诗集中。这些诗的创作速度快，作者似在急忙写信一般。内容多来自诗人自己的生活，如同诗人在把自己内心的极度痛苦公之于世，因而成为"自白派"诗歌的上乘之作。诗人写到孤独、暴力、压抑、恐惧和死亡，写到自己的父母、他们的态度和性格，写到自杀。有人称她的诗作是"最长的自杀曲"。《爸爸》（"Daddy"，1963）是诗人的名作之一。诗人把父亲写成虐待狂式人物，或专横的上帝，或似疯狂的希特勒一般，极可能是把父母作为摧残人性的社会的象征来加以抨击的，恰似另一位自白诗人罗伯特·洛威尔以自己的父亲作为传统的象征加以否定一般。从这个角度看，《爸爸》一诗的社会意义是显而易见的。《拉撒路女士》（"Lady Lazarus"，1963）是诗人的又一代表作，是一个自杀成功者的自白。女自杀者年届 30，已自杀过 3 次，最后一次终于成功，在诗中，她叙述了自己自杀的经过，想象到自杀成功后人们的反应，警告人、上帝和魔鬼都注意，她会死而复生，恢复原形，向她的敌人报复。诗里富有女权主义的蕴涵，自白者喊出的乃是女人反抗的声音。普拉斯遣词用字考究，意象清新明了，擅长运用象征手法，诗技精湛、娴熟。

说到"垮掉的一代"人们就联想到金斯堡（Allen Ginsberg，1926—1997）。他是 50 年代感到失望和不满的战后一代——"垮掉的一代"（the Beat Generation）——的代表人物和发言人，他的声音成为当时反叛美国所代表的主流文化的主要声音。金斯堡对于他所处时代的美国进行了猛烈抨击，无情披露了美国社会对美国最杰出的一些人的疯狂摧残，揭示出美国工业文明所产生的精神痛苦和绝望情绪。他将作为"垮掉的一代"的桂冠诗人和代言人载入美国文学史册。他的诗集《嚎叫及其他》（*Howl and Other Poems*）奠定了他在当代美国诗坛的重要地位。他与小说家杰克·凯鲁亚克（Jack Kerouac）、威廉·巴勒斯（William Burroughs）一起成为“垮掉的一代”的代表人物。

《嚎叫》（*Howl*）1956年出版以前就已以其激动人心的魅力被人所传诵。它问世后，由于它思想“偏激”，语言粗野，曾被指控为“淫猥”而受到审判，但是这更增加了它的知名度和销售量。《嚎叫》是针对摧毁了战后一代最杰出人物的美国社会而认真写成的一篇流利的诅骂檄文。这首诗由三部分组成。第一部分表现的是一个从地狱经过的金斯堡和垮掉的一代。嚎叫是发自这些人内心的痛苦的声音，有力地表达了战后一代那种受到欺骗和摧残的痛苦感觉。这一部分表现出这些人的反主流的言行，他们的雄心壮志及历史使命感。诗的第二部集中抨击美国的机械文明，说它如异教的火神一样吞食民族的精英，是一切孤独、污秽、痛苦、绝望的根源。诗的第3部分是诗人献给他的朋友卡尔·所罗门的，表示诗人与受难朋友共甘苦的心情。这首诗的风格不同一般。它那散文诗长句显然受惠于惠特曼，它的声调和节奏显然学习了威廉斯。典型的金斯堡作品有充满个人激情的抒情短诗，也有表达妙悟、寻觅灵感及意识扩张的长段狂想曲。他的作品常有一种神秘主义的幻想成分，其中包含着布莱克（William Blake）的神秘主义、希伯来文化中的幻景和佛教的理想境界。

50年代中期，金斯堡在旧金山当众朗诵《嚎叫》引发了美国西岸一场文学创作的运动，后人称之为“旧金山诗歌复兴的高潮”。朗诵会于1955年10月举行，当时“垮掉的一代”的主要人物都在场。“垮掉的一代”的坚决支持者、诗人雷克斯罗斯（Kenneth Rexroth，1905—1982）主持，凯鲁亚克、斯奈达以及几位“垮掉的一代”的诗人出席。当时群情激昂，泪水汪汪，全场一片“嚎叫”声。自此诗歌朗诵在西岸普遍开来，诗歌闯入咖啡馆、博物馆及水族馆等地方。此后5年时间内，“垮掉的一代”无论是诗歌或是小说创作都获得长足进展。“旧金山诗歌复兴”不仅在美国、而且在国际上引起轰动和共鸣。著名人物除金斯堡、雷克斯罗斯以外，还有诗人斯奈达、韦伦（Philip Whalen）、拉曼提亚（Philip Lamantia）等，小说家有巴勒斯和凯鲁亚克等。值得一提的还有弗林盖提（Lawrence Ferlingetti），他是个出版家，兼诗人、小说家、翻译家。他对“旧金山诗歌复兴”的贡献是巨大的。

在这里我们要说到斯奈达（Gary Snyder，1930— ）。此人在五六十年代和“垮掉的一代”过从甚密，在精神上和他们紧密连接。他生长在俄勒冈州，自幼酷爱大自然，后来在日本学习佛教禅宗，长期住在加州山脚下，对印第安人传说及原始神话情有独钟。他对中国和印度哲学思想极感兴趣，还学习中文、中国文学、翻译唐代诗人寒山的诗歌等等。他在森林中做过各种体力活计，和大自然保持经常的联系。他认为，大自然对人宛如强心剂，人应当到大自然中寻觅活力，强化身心。我们读他的《八月在苏尔都山上》（“August on Sourdough: A Visit from Dick Brewer”）、《八月中旬在苏尔都山瞭望点》（“Mid-August at the Sourdough Mountain Lookout”）或《卵石路》（“Riprap”）等诗作，对他这种思想认识会很深刻。比如《八月在苏尔都山上》这首诗，是写一个名叫狄克的朋友从旧金山到纽约去，途中到山里来访，受益匪浅。狄克虽然由一个城市到另一城市去，但和大自然的短暂连接，令他身心焕然一新，能更好地认识和应付生活。斯奈达的这首诗读来很有弗罗斯特的《雪夜林驻》的意味。

黑山派诗人的领袖是奥尔森（Charles Olson，1910—1970）。他 50 年代在北卡罗来纳州的黑山学院（Black Mountain College）担任校长期间，学院发展达鼎盛期，许多刻意求新的艺术家云集于此。他们的创作活动，尤其是通过《黑山评论》（*Black Mountain Review*）杂志所提出的抑艾略特之拘谨、扬威廉斯（William Carlos Williams）之自由等艺术主张，对 20 世纪五六十年代美国诗歌的发展产生了重要影响。1950 年奥尔森发表的《投射体诗》（“Projective Verse”）被认为是黑山诗派的宣言书。所谓“投射体诗”，即放弃传统诗歌中的形式安排与韵律节奏，尽可能直接地体现诗人创作时的具体心境与“气韵”（breath）；诗歌应将作者从自然或社会中获得的“能量”（energy）生动地传达给读者；诗不是对某一具体心境的总结与描述，而是对这一心境的“符号记录”（notation）。“投射体诗”为诗人真实地记录自己的片刻感受提供了良好的形式，而这些片刻感受的组合，恰好构成了当代诗人孜孜以求的“心灵成长的画卷。”所以此文在许多诗人中产生反响。奥尔森的代表著作是《麦克西姆斯诗集》(*The Maximus Poems*, 1960)。《诗集》分为三个部分，第一部分说到麦克西姆斯观察现代故乡，到故乡及美国历史中寻找价值观。第二部分再现古代世界的某些神话与寓言。最后一部分的中心主题是，借助古代价值以再造已被现代生活商业化改变了的故乡。《麦克西姆斯诗集》自传性强，结构松散，是作家在20年里逐步写出的，很有庞德的《诗章》的意思。奥尔森的诗作比较艰涩。

黑山派诗人中较闻名的有克里利（Robert Creeley，1926—2005）、莱弗托夫（Denise Levertov，1923—1997）和邓肯（Robert Duncan，1919—1988）。克里利的主要题材是爱情、婚姻、复杂的人际关系等。他的诗作貌似简明，实则蕴含深邃。比如《谜》(“The Riddle”)、《绝望丈夫之歌》(“Ballad of the Despairing Husband”）或《我认识一个人》(“I Know a Man”）等。这后一首诗，乍读是两个人的简单谈话，细味则发现实乃是关于生活的悲剧看法的。他的另一首诗,《嗯不啦》(“Oh No”)，初读仿佛是说远游会友之事，认真琢磨则悟出一番新天地。一种理解是，“你”到的地方是地狱，“你”的拒绝表明“你”在逆境中坚持不懈的精神。求生、不屈不挠，表现出一种悲剧观。女诗人莱弗托夫出生在英国，后随美国丈夫来美，深受威廉斯及美国新诗的影响，和黑山派同路一段时间，后来发展了自己的风格。莱弗托夫有很强的使命感，她认为诗歌应有明确的社会目的性。她的诗歌有时有一种宗教感情强度。莱弗托夫对妇女的生活经历极关心，她的一些诗作有女权主义色调。例如《婚姻之痛》(“The Ache of Marriage”)、《艾贝尔的新娘》(“Abel’s Bride”）及《永远离开》(“Leaving Forever”）等，都是适例。邓肯是奥尔森投射体诗观点的积极支持者。他对诗歌也有自己的看法。他认为诗歌可为生活带来活力，语言具有再生的能力。诗歌是生活的灵魂，是赋予及接受爱的手段，生活是最完美的爱的形式。所以邓肯是爱情诗人。邓肯非常重视神话及古代文化，对神秘主义很感兴趣，认为这些是他的诗歌的基础所在。邓肯对各种文学传统与风格极敏感，并巧妙地拿来为己所用。他是一个多产作家，他的名诗包括《根与枝》（“Roots and Branches”）、《鸽子》（“Doves”）、《以品达诗行开始的诗》（“A Poem Beginning with a Line by Pindar”）等。这最后一首是典型的邓肯诗作。这里有神话，用的是希腊神话中丘比特与普赛克（Psyche）的爱情故事，说的是对爱的追求，诗中把诗歌视为改善人的命运的手段。

“纽约派”诗人包括奥哈拉（Frank O'Hara）、科克（Kenneth Koch）以及阿什伯利（John Ashbery）等人。这些人都受到法国诗歌和绘画影响，对超现实主义曾表现出很大兴趣，以至于给人一种印象，即纽约派是一伙超现实主义者、达达主义者。时至今日，这种误解还很有市场。事实上，他们也在短时间内确实写过试验性、富超现实主义色彩的作品，但以后就各奔前程，写出了不少独具特色的作品。当初他们一起在纽约时，还表现出其他一些共同特点，比如对政治和社会问题不像洛威尔或金斯堡那么关心，对神话不像奥尔森那么感兴趣，也不像斯奈达那样有什么宗教感觉。他们有自己的艺术追求。他们的艺术风格虽各有特色，但都反对新批评派诗风，都把大众化的、较低俗的表现形式如通俗歌曲、喜剧、好莱坞电影等引进诗歌中，也都有浓郁的幽默感，作品中不乏粗俗或感伤成分。

纽约派为首的诗人是奥哈拉（Frank O'Hara）。这个人喜欢广交朋友，除诗人外，他还认识了不少富于革新的艺术家，他们对他的感染力不可小觑。奥哈拉写诗的方式值得一提。他的许多诗作属于“即景生情“类，例如为某人生日所作，或写在表示感谢的明信卡上，等等。有些则是趁午餐时忙里偷闲写出的，他有部诗集就命名为《午餐诗集》（*The Lunch Poems*）。写后也不注意保存，写在碎纸片上，丢入纸箱里，或写在给人的信里面，后来他因车祸去世后，朋友与同事费九牛二虎之力才把他的诗作收集成册，这就是他的长达五百余页的《诗集》（*Collected Poems*）的来由。奥哈拉也以他独特的“我干这干那”式诗歌而闻名。在这些诗里，诗人以平淡的口气罗列一大堆他在某日所做的无关紧要的事情，细节逐渐堆积，令人摸不着头脑，突然又眼前一亮，顿时悟出一番道理来，深感不虚此行。奥哈拉的《我为何不是画家》（“Why I Am Not a Painter”）或《白日妇人去世之日》（“The Day

Lady Died"）都是很好的例子。

阿什伯利（John Ashbery）应算作当代美国最深沉的诗人之一。他开始时属于“纽约派诗人”之一，后来他风格独具，成为当代最出色的沉思型诗歌的代表人物。他多年在纽约和巴黎处于先锋派绘画的中心，欲通过模仿而表明过去艺术的荒诞和不相连贯，创建一种自治的反艺术，建立一套新的关于艺术和现实的关系的理论。他以出人意表的方式把人们所熟悉的形象并列在一起，从而发现一个自创的宇宙。他的作品一般晦涩难解，对读者的反应要求过高，许多人敬而远之，不少评论家自己一头雾水，评论也就无的放矢了。阿什伯利的诗的难懂并不是因为他的表层语言晦涩。就语言而论，他的字词和语法大都不会构成理解性障碍。他的玄妙来自他的表达方式：人们所熟悉的语言和语法到他手里一过，其含义就“眼睛一眨，老母鸡变鸭”了。这种艺术效果的出现和诗人独特的思维方式有密切关系。阿什伯利有其独到的观察世界的角度以及思维模式，他很少把一个想法和盘托出，而让人感到有一点东拉西扯，说鬼谈禅，所以有人评论说他惯于在连篇废话中透出真言。其实不然。这种说法或是误解或是未读懂。如果静下心来仔细推敲，便会发现阿什伯利的诗歌结构严谨，用字恰切，便是在几百行的长诗中也绝无什么废话。比如他的长达 552 行的《凸镜里的自画像》（*Self-Portrait in a Convex Mirror*）就句句字字都和诗的主题紧密相连，没有一行走题跑辙。这首长诗表现了诗人的一个重要思想，那就是他对现实及对艺术表达力的观点。在他看来，现实无时无刻不在变化，包括艺术家本人在内，所以所谓完整而真实的表达乃无稽之谈，有史以来所有的艺术表现形式，现实主义也好，形式主义也好，都是片面的，歪曲现实的。阿什伯利的这种观点虽不无道理，也有其偏颇之处。他似乎忽略了一个重要事实：现实虽时时在变，但不是瞬息万变，它也有相对稳定的特点，否则生活会变得云谲波诡、不可思议了。阿什伯利的作品语言精练，构思奇绝，如真能深入其内，一定会得到极好的艺术享受和教益。

战后美国诗坛上还有许多诗人，他们不属于什么派别，但他们的诗歌很有特色，介绍战后诗歌忽视他们是不妥帖的。限于篇幅，我们就只谈谈毕肖普（Elizabeth Bishop，1911－1979）、威尔伯（Richard Wilbur，1921—2017）、贝里曼（John Berryman，1914—1972）、贾勒尔（Randall Jarrell，1914—1965）及梅里尔（James Merrill，1926—1995）这几个人吧。近年来毕肖普的声名渐增，她的诗作愈来愈受评论界重视。她不仅描写外部世界，而且让读者洞察事物本质。她的描绘细腻、具体，技巧精湛，诗的包孕丰富，耐人寻味捉摸。比如她的名诗《鱼》（"The Fish"）便是适例。诗人说她钓到一条大鱼，向读者描绘它的外观，先是不动声色，逐渐开始产生钦佩之情，忽然发现鱼的口中插着五个大鱼钩，诗人突然肃然起敬，觉得这鱼不同寻常，其勇敢和智谋算得上一个英雄，于是诗人进而探讨、发现自我，在顿悟后的感情激动中，把鱼放回水中去。这首诗当代气息很浓。它显示出人对现实的循序渐进的认识过程。毕肖普虽然不像奥尔森或阿什伯利或我们下面要说到的威尔伯那样认为现实难以认识，但她也不把现实当作已知数。毕肖普的诗歌多体现出人的认识论的这个特点。我们读她的诸如《加油站》（"Filling Station"）、《两千多幅图解》（"Over 2000 Illustrations and a Complete Concordance"）等诗，就可以深刻感受到这点。毕肖普诗技精深，自由体或传统形式，都运用自如。她的《一种艺术》（"One Art"）及《六行诗》（"Sestina"）等都是醒目的例证。

威尔伯（Richard Wilbur）在当代美国诗坛当算独树一帜。在当代诗坛对新批评诗风一片喊打时，唯有他我行我素，坚持运用传统诗歌形式，其状貌和20年代的弗罗斯特相去不远。威尔伯诗技纯熟，他的诗作很受读者欢迎。从诗歌主题看，威尔伯和当代诗坛同步，在反映时代精神方面做出了杰出贡献。威尔伯和同代诗人一样，认为现实是不可人意的；读他的《爱呼唤我们重视此生》（"Love Calls Us to Things of This World"）及《边缘》（"Marginalia"）等诗便可了解。威尔伯认为，现实并非总能完全认识。他的短诗《认识论》（"Epistemology"）把现实视为模糊、神秘。他的《作家》（"The Writer"）一诗将认识现实视为作家的"生死攸关"的大事，认为它是作家的绝望、奖赏、折磨及快乐之所在，口吻很像亨利·詹姆斯。现实的不可知性又在他的《地板上的洞》（"A Hole in the Floor"）一诗里进一步表达出来：我们对现实的了解只是“管窥”之见而已；地板之下还“埋着”许多我们感到“陌生”的事物。既然如此，艺术能做些什么呢？这是威尔伯很关心的关键问题。他的《戏法师》（“The Juggler”）似要做出某种回答。这首诗似乎说，生活是“沉重”的，艺术可以发挥某种缓解作用，如戏法大师可以通过魔术让人暂忘烦恼一样，然而我们终归要面对现实，设法存活下去。威尔伯忠于实际，注重表述细节，诗作中不乏具体的画面及形象。

诗歌评论界对贝里曼（John Berryman）似乎重视不够，其实他的诗作很值得琢磨。这个人年少时目睹父亲自杀，深受刺激而一生不能自拔。在某种意义上说，他的一生和整个创作生涯都是在对此事做出某种了断，以求生存下去。然而事与愿违，他最后跳河自尽了。这件事1972年发生在明尼苏达州首府。贝里曼的传世作是《梦之歌》（*Dream Songs*），共包括380多首诗。这部诗集有点像惠特曼的《自我之歌》，但没有惠特曼的乐观精神。贝里曼停停写写达15年，其间精神饱受煎熬。过去搅扰现在，两者又与未来关联。他的头脑宛如银幕，梦幻景象摩肩接踵地掠过。这些都记录在他的诗歌里。《梦之歌》从内容到艺术可读性都高。它所描写的是一个黑暗、混乱、奇异的世界。里面的主要人物是亨利，一个酒鬼，心情压抑、绝望，厌倦生活而又渴望爱情与性爱，心里想的唯有“死”字。《梦之歌》形式规则，每首都由3个诗节组成，每诗节含6诗行。词语用得贴切，表达情真意切。

贾勒尔（Randall Jarrell）的命运和贝里曼有相似之处。他幼时父母离异，失母之情伴他一生，他的死实乃精神失常所致：他直朝公路上行驶的一辆汽车走去。他的诗作都有某种思母或寻母的意味。比如他描写战争的诗《枪手之死》（“The Death of the Ball Turret Gunner”），把枪手描绘成一个尚未出世的胎儿，在飞机里宛如在母体内，飞机被击中后他也跟着丧了命。贾勒尔的名作是《失去的世界》（*The Lost World*）。其中有一部分叫作《失去的世界》，充满了缅怀往昔、唏嘘不已的惋惜之情。贾勒尔又是一个受人尊重的评论家。他一丝不苟，公允无私，他的评论多准确无误，一语破的，令人心服口服。他的评论文字考究，读来常有手不忍释之感。

现在我们要说到的梅里尔（James Merrill）是美国当代诗坛最优秀的诗人之一。这个人的传世之作是他70年代写出的三部曲诗集《桑多弗的波光》（*Changing Light at Sandover*）。梅里尔的诗属沉思型。《桑多弗的波光》主题线索包括爱与家庭、对过去的追念以及科学摧毁人生的可能等等。三部曲包括《伊夫雷姆书》（*The Book of Ephraim*），长达90多页；《米拉贝尔》（*Mirabell*），180多页；第三部《神谕录》（*Scripts for the Pageant*）篇幅最长，240多页；此外还有一部分，《高调》（*The Higher Keys*），40余行，算作收尾的话。梅里尔说，他的诗集是他和仙界人物，如公元1世纪罗马皇帝的宠臣伊夫雷姆等，长期通过维加神谕盘（Ouija Board）交谈而记录的成果。这部诗集结构严谨，说明诗人眼界开阔，考虑缜密。比如第一部分又由28部分组成，各部分按英文字母顺序排列。这部分作为全书的前言，多为诗人叙述，总结讲话人伊夫雷姆的教导内容。这部诗作的重点主题之一是对生命的思索和遐想。《伊夫雷姆书》里以字母C开始的部分的内容很有画龙点睛之意。在这里伊夫雷姆说，生命分9个阶段，人类这群活着的野蛮小灵魂，连第一阶段尚未达到。人类是其惠顾人——仙人的代表，需要在不断托生的过程中一步步向上升级。这个信息让人听来玄而又玄，读者可以掠过。令人惊奇的是诗人的连篇累牍，口若悬河，貌似以仙人为托词，实则源于作家令人瞠目的想象力。这是梅里尔的伟大之处。

（九）美国戏剧

为使读者获得一种整体印象，我们在此辟专章谈一下美国戏剧。人们常说美国戏剧始于1916年普罗文斯顿剧团演出奥尼尔第一出戏《东航加的夫》（*Bound East for Cardiff*）之时。这虽然有道理，但也有不够全面之处：把19世纪一些戏剧家的努力就这么轻轻地一笔勾销，当然有欠公允。19世纪确无戏剧大师问世，戏剧界没有声名如麦尔维尔或詹姆斯那样的大手笔，但是不能由此而忽视，在戏剧领域内有不少人在辛勤耕耘，为20世纪20年代美国戏剧的复兴而进行着铺砖铺瓦的工作。比如19世纪末的现实主义戏剧家穆迪（William Vaughn

Moody，1869—1910）就做了把现实主义戏剧搬上舞台的大胆尝试，而瓦尔特（Eugene Walter）和麦克伊（Percy Mackay）在世纪交替的那些年也进行了很有意义的戏剧革新。其时欧洲文艺与文学界弥漫着浓郁的革新气氛，自然主义、象征主义以及批判性的戏剧充斥剧坛，为美国带来一股清新的激励的风。与此同时，美国诗歌与小说界业已巨匠林立，在客观上有一种挑战意味。于是美国戏剧开始异军突起，要迎头赶上了。试验剧团开始出现，欧洲剧坛大家如易卜生、斯特林伯格及萧伯纳等的剧作被搬上了美国舞台。美国自己的剧作家也开始引人注目。剧院协会上演了赖斯（Elmer Rice）的《计算器》（*The Adding Machine*），而奥尼尔的《天边外》（*Beyond the Horizon*）竟上了百老汇。此外还有安德森（Maxwell Andersen）、凯利（George kelley）、霍华德（Sidney Howard）等人的剧作从旁助兴，美国戏剧于是声势大增，在20世纪20年代形成一股空前繁荣的局面，和美国诗歌与小说等文学体裁相互映衬和媲美。[13]

30年代大萧条时期的美国剧坛并不萧条。这个时期的戏剧和其他文学部门一样，对社会问题极其关注。奥尼尔和安德森仍在继续创作，新一代如奥德茨等开始登上舞台。在这期间出现的名剧中，奥德茨（Clifford Odets，1906—1963）的《等待莱夫提》（*Waiting for Lefty*）及由斯坦贝克的小说《人与鼠》（*Of Mice and Men*）改写而成的戏剧，赢得了广大观众的热烈称赞。除此之外，一直到40年代乃至战后，美国剧坛不断涌现新剧作家和新剧作。如果说奥尼尔在20年代戏剧界独占鳌头的话，战后的剧坛就要数威廉斯（Tennessee Williams，1911—1983）和米勒（Arthur Miller，1915—2005）两个人了。威廉斯的《玻璃动物园》（*The Glass Menagerie*）1945年在百老汇上演是战后美国剧坛的一件盛事。其后米勒的《推销员之死》（*Death of a Salesman*）及50年代英奇（William Inge）的剧作都深深打动了观众的心。50年代后半剧坛稍显冷清，但在60年代新人新作又如雨后春笋般浮出台面。阿尔比（Edward Albee）、科皮特（Arthur Kopit）、玛迈特（David Mamet）以及谢波德（Sam Shepard）等人先后活跃在剧坛，美国戏剧呈现出一片生气勃勃的发展景象。随着时间的推移，百老汇逐渐失去其剧界唯一的老大地位，不少戏剧开始在百老汇外的剧场演出而得到广泛的认同。自从60年代以来，各少数种族剧作家也不断露面，剧坛百花争艳，为美国戏剧带来空前的活力。新的声音开始在耳际萦绕，美国的经典剧作有待重新界定与排名。在众多的新面孔中，人们看到了威尔逊（August Wilson）、吉奥加玛（Hanay Geiogamah）、黄（David Henry Hwang）以及瓦尔德斯（Luis Valdez）等。我们还要提到女权戏剧家如汉利（Beth Hanley）、诺尔曼（Marsha Norman）及豪（Tina Howe）等人。战后时期仍在继续，年轻一代正扬名剧坛。以上所说算是戏剧介绍的开场白吧。

下面让我们介绍美国剧坛的一些重要剧作家。

首先要讲到奥尼尔，这个人有“美国的莎士比亚”之称。他一生写出了大量让人喜闻乐见的剧作，比如《天边外》（*Beyond the Horizon*，1920）、《琼斯皇》（*Emperor Jones*，1920）、《毛猿》（*The Hairy Ape*，1922）、《悲悼》（*Mourning Becomes Electra*，1931）、《啊，荒野》（*Ah, Wilderness!*，1933）、《卖冰的人来了》（*The Iceman Cometh*，1946）及《进入黑夜的漫长旅程》（*Long Day's Tourney into Night*）等等。奥尼尔擅长写悲剧，探索人的复杂心理。他的写作题材相当广泛。他关心社会问题，也为现代社会的冷酷、残暴和现代人没有归宿的境地所困扰。他感觉到他的时代的“毫不协调、支离破碎、没有信仰的节奏”，于是努力发掘人的欲望及失意的根源。关于现代人无能为力的悲剧意识贯穿在他一生所有作品中。《毛猿》里的司炉“扬克”为寻找“归宿”，在人的社会或集体中竟无法觅到立足之地，最后来到一处动物园，看到笼里的毛猿，似乎终于发现了“同类”。就在他向笼子迈去“认亲”的时候，毛猿却突然伸开双臂，扬克以为它在欢迎自己，实际它却是要把他打死。这让他最后认识到，便是在动物园中，一种毛猿也不容许另外一种同类存在。全剧由始至终迷漫着一种绝望的悲剧气氛：在这个冷漠孤寂的世界中，人原无归宿可言。《卖冰的人来了》所描写的乃是一些失意者的心境。这些人从幻想中汲取到生活下去的勇气。幻想一旦破灭，他们便会随之堕入漫长的黑夜中去。奥尼尔最著名的戏剧是《进入黑夜的漫长旅程》。这是奥尼尔的自传性作品，被一些评论家称为“美国最好的悲剧”。他在这出剧中倾注了对自己家庭全部的爱、怨和理解。它表现了他对人生的悲观认识，以及他对人类悲剧处境的深切同情。它表现的不仅是一个家庭的悲剧，而且是现代人孤独无助、无所皈依的困境。奥尼尔似乎在告诉观众与读者，人本身软弱，无力反抗社会的压力，因而只能无休止地痛苦和绝望下去。我们阅读他的《遥天外》(*Beyond the Horizon*)、《安娜·克里斯蒂》(*Anna Christie*)等剧作，这种感觉有增无减。

奥尼尔的声誉又建立在他的无穷尽的艺术尝试上面。他一生坚持不懈地革新戏剧艺术。他善于借用各种各样新的想法、技巧与手段，又富于独创精神。例如风行于20世纪初欧美文艺界的表现主义极大地影响了敏感的奥尼尔的创作。表现主义戏剧的目的在于通过运用舞台的设计、道具、灯光等现代手段，通过场景风格的变幻、非现实主义的结构及象征性人物，尤其是戏剧本身富有规律性的风格，达到表现人物内部思想状态的目的。奥尼尔的《琼斯皇帝》便具有浓郁的表现主义风格。它通过一系列象征性场面，表现出一个现代黑人的内在意识。黑人逃犯琼斯原是个铁路工人。因赌博失手打死一个黑人而入狱，后又因在狱中打死狱卒而逃至西印度群岛。在这里，他利用土著黑人的愚昧与迷信而逐步爬上皇帝的宝座，对人民进行残酷统治，终于被赶入荒山野林，后被打死。在这出剧里，奥尼尔通过布景和道具等外部手段表现人物的内心活动。隆隆的鼓声，收到烘托人物情绪的效果。在漫无天际的森林中所出现的一幕幕扑朔迷离的梦幻景象，表现出琼斯神凄骨寒、四面楚歌的心境，描绘出他的生活及其苦难深重的民族的历史。《进入黑夜的漫长旅程》也是利用阳光、雾气等外部手段表现内心的杰出作品。奥尼尔在某些剧作中也运用了“意识流”技巧。例如在《奇异的插曲》(*Strange Interlude*)中，他便巧妙地插入旁白和独白来揭示人物内部心界的状貌。奥尼尔的精湛技巧可使观众的精神自始至终处于兴奋状态。他的艺术风格以多种多样和精深圆熟而著称。他的表现手法和技巧还有许多精神分析、自然主义、浪漫主义、神秘主义、象征主义等等的印记。奥尼尔一生4次获普利策奖(1920，1922，1928，1957)，并于1936年获诺贝尔文学奖。

与奥尼尔同期驻足美国剧坛的是赖斯（Elmer Rice，1892—1967）。他享誉美国剧坛长达 40 余载，是美国戏剧界不可小觑的人物。他的一些剧作迄今依然动人肺腑，引起观众的共鸣。他的名剧叫《计算器》（*The Adding Machine*），讲的是一个名字叫"零先生"的人在一家商店工作已达 25 年之久，工作很单纯，就是日复一日、年复一年的加数字。在戏开场时，零先生正殷切期待着老板给他涨工资。可是出乎他的意料，老板却把他辞掉，说自己已买到售货机，不用再雇人加数了。零先生一气之下，用刀杀死了店主。他于是被捕、受审、被处死刑。有意思的是，零先生死后仍继续受奴役。他永远是现代机械文明的一个"废品"。这出戏剧的矛头直指现代机械文明。机器将人替代，叫人失业，使之毫无选择地走向毁灭。现代生活将人变为机械、傻瓜。零先生便是很好的例子。他 25 年来"没有缺工一天、一小时、一分钟"，天天与数字打交道，头脑里除数字外已别无他物。就是在法庭上为自己辩护的生死关头，他也无法让头脑理性思维，无法避免罗列出一长串毫不相关的数字来，让人悲叹而哭笑不得。零先生自己已经变成一架计算器了。《计算器》把机器的威力描绘得淋漓尽致。它自动化，效率高，一个小中学生就能操作而增加效益。人必须从"过时的计算器"变成为"高级高级的高级计算器"。零先生死掉，以变成一个这样的"高级高级的高级计算器"，一个机械准确度更高的高级奴隶。这出戏旨在表明，现代文明不断地奴役人的灵魂。人没有了名字，都被标上了数码：零先生，一先生，二先生等等，恰似对待机械零件一般。零先生已被非人格化，他几乎没有感情反应了。这是他作为现代人一生最大的悲剧所在。说到技巧，这出戏也很有独到之处。作者运用回忆手法，巧妙地控制提供信息的数量与时间，此外还最大限度地利用舞台道具的陪衬作用，还有音乐、声响及表现主义手法等等，成功地烘托了剧作的氛围。

20 年代女权运动高涨，女权主义戏剧也在舞台上出现。当时闻名的女作家中有一位叫格拉斯佩尔（Susan Glaspell，1982—1948），她和丈夫一起于 1915 年建立普罗文斯顿剧团，上演剧坛新秀如奥尼尔等的试验性剧作，为美国现代戏剧的发展做出了很大贡献，可能是出于这个缘故，格拉斯佩尔有“美国戏剧之母”之称。格拉斯佩尔自己也写戏剧和小说，她的戏剧被视作为美国女权主义戏剧的先驱。她的短剧《鸡毛蒜皮》（*Trifles*）至今读来还很有意思。它说的是一家夫妻反目，妻杀夫入狱，检察官和警官在邻居陪同下前来取证，男人们忙上忙下、煞有介事地在做“大事”，而女人们则躲在厨房里忙些鸡毛蒜皮的小事。然而就是在厨房里，两个女人却发现了重大线索。可是她们出于对姐妹的同情，也鉴于死者的无情行为，于是决定隐瞒实情，以保已受伤害的姐妹无恙。这出短剧意味深长。它的重点不在侦探，而在于两位女人鉴于实际情况做出正确的决定。格拉斯佩尔要向世人说明，女人不是只做鸡毛蒜皮的小事情的。短剧一波三折，把男女之间、女人之间以及女人自我本身这三个层次上的张力表现得惟妙惟肖、酣畅淋漓。

30年代的剧坛群星闪烁，奥德茨成为其中的佼佼者。他的一出名剧是《等待莱夫提》，说的是出租汽车司机罢工的事情。司机们在开会，讨论是否罢工，他们等待着他们的同事莱夫提回来做决定。他们争先恐后上台诉说生活之苦。与此同时，工会的头头在吸烟，烟雾不断地向大厅里飘散，表明他才是罢工的决定者。这时突然有人闯入会场，说莱夫提已经找到，他在一个胡同里已遭人暗杀。会场于是群情激昂，一致决定立刻罢工。这出戏的表演技巧颇别出心裁。演员们有些分散到观众当中，他们不断地立起身来，和台上的演员相呼应。观众有时会发现坐在自己身旁、和自己一样的一个观众，突然兴奋地站起，一边嚷着一边朝台上奔去，自己忽然意识到，他原来竟是一个演员。这种表演艺术感染力很强，尤其在情绪极易兴奋的30年代，具有不可小觑的煽动力。观众常常身心投入，如身临其境，加入合唱，整个剧场宛如沸腾起来一般。这当然是宣传，然而也无疑是精湛的艺术。今天的读者仍然可从剧中出租司机们的讲话里得知 30 年代生活的真实细节。《等待莱夫提》是30年代艺术威力最强的戏剧之一。

战后美国剧坛面目又焕然一新。1945年田纳西·威廉斯（Tennessee Williams，1911—1983）的《玻璃动物园》上演成为美国戏剧发展史上的一个里程碑。当代美国戏剧以此为发端。威廉斯写了许多脍炙人口的作品如《欲望号街车》（*A Streetcar Named Desire*，1974）、《热铁皮屋顶上的猫》（*Cat on a Hot Tin Roof*，1955）、《鬣蜥之夜》（*Night of Iguana*，1961）、《玫瑰刺花》（*The Rose Tattoo*，1951）、《牛奶车不再在此停留》（*The Milk Train Doesn't Stop Here Anymore*，1962）等。威廉斯剧作中突出的人物是一个孤独的、脆弱的女人，她的生活毫无安全感，因而常生活在幻想中，而这种幻景又常被一位代表现实的闯入她生活的男人打破，剧情随之步入高潮。此外剧作中常出现的人物有迥异于周围其他人的"局外人"、对可怕的生活看得最透彻的人、身心畸形的人、精神不正常的人、艺术家或伪艺术家、害人者和受害者、外国人或陌生人等等。在威廉斯的人物中不乏逃避现实者，他们面对世界的冷漠无情而感到惶恐。这些萎缩的男人或女人竭力通过游荡或远走高飞来逃脱生活的折磨、时间的吞噬以及衰萎的命运，但是始终无法成功。威廉斯在描写美国生活时擅长"出奇制胜"，他对谋杀、强奸、吸毒、同性恋、酗酒、拜物主义、色情狂等现象的描绘有助于打破禁区，从而促进了美国戏剧的发展，为勒鲁瓦·琼斯及爱德华·阿尔比等后辈剧作家的创作开辟了道路。

威廉斯的代表作是《玻璃动物园》。其故事情节相当简单：在一处下等中产阶级集居的公寓大楼里，住着一家 3 口人。阿曼达的丈夫已离家出走，女儿自幼跛脚，在家闲居，儿子在一家厂仓库工作，全家生活相当清苦。这 3 个人生活在只有"永恒黑暗"的神秘宇宙里，所以都以其不同的方式逃避现实。阿曼达的逃避途径是遁入时间轨道，从对美好的年轻时代的回忆中汲取生活勇气。汤姆是逃向空间，从电影的世界里或随轮船的漂泊里寻求某种满足。劳拉是威廉斯笔下典型的女主人公，孤独、脆弱，极端内向，竭力躲藏在自己造就的理想世界——小玻璃动物的世界里，逃避痛苦的现实生活的侵袭。她潜入想象中求安宁。剧中唯一讲求实际的人是吉姆。他的到来结束了一家三人的幻觉，使他们回到现实中来。这出戏以生活为牢狱的意象开始，以个人（通过记忆）为牢狱的意象结束，说明人生是无法逃脱的牢狱，人应当回归和面对现实。在最后一场中，阿曼达开始克服失落感，恢复勇气，劝慰感情上受到打击的女儿，劳拉也动人地把低垂的头抬起，终于面对母亲露出了笑容，母女怀着信心，挺起身迎向严酷的现实。

所以，该剧并不是以绝望告终的。

1949 年 2 月，阿瑟·米勒的话剧《推销员之死》（*Death of a Salesman*）公演，立即引起轰动，连演 742 场仍盛况不减，赢得了纽约剧评家奖和美国文学最高奖——普利策奖。《推销员之死》被公认为二战后美国的重要剧作之一。这是一部现代悲剧。此剧通过旅行推销员威利·洛曼一家在一天两夜间的生活场景，展现 20 世纪三四十年代美国社会中一个普通人的悲剧。年过六旬的威利像许多美国人一样坚信：人可以靠自己的品格和魅力以及不懈的努力赢得众望，获得成功。然而他为一家公司辛苦工作了 34 年，不但没有发财，反因年老体弱、推销不力而遭解雇。他生活拮据，精神恍惚。尽管如此，他仍天真地相信，通过自杀可以给儿子留下一笔人寿保险金，自己企盼成功的梦想就能在儿子身上得到实现。于是他撞车自尽。威利的悲剧在于他受"美国梦"的戕害又执迷不悟，一直生活在自欺欺人的幻梦之中，没认识到人必须正视现实，不能生活在幻想和虚假的价值中。作者创造性地使用了意识流手法，将威利的回忆和幻想呈现于舞台之上，造成现在与过去、现实与想象交相呼应的局面，深刻地揭示了威利的内心世界。

米勒其他作品包括诸如《炼狱》（*The Crucible*，1953）、《堕落之后》（*After the Fall*，1964）、《维希事件》（*Incident at Vichy*，1964）等多部戏剧。米勒是和田纳西·威廉斯齐名的战后美国戏剧大师，1965 年被选为国际笔会的第一任美国主席，1984 年获得华盛顿肯尼迪艺术中心奖。1979 年米勒夫妇在访华后出版了摄影集《中国见闻》（*Chinese Encounters*）。1983 年米勒又亲自来北京执导话剧《推销员之死》，获得极大成功。

60 年代的名作家是爱德华·阿尔比（Edward Albee，1928—2016）。他是第二次世界大战后成长起来的著名剧作家，以奥尼尔和威廉斯的后继者自诩。50 年代末期及整个 60 年代是他创作的高峰期，他的代表作《谁害怕弗吉尼亚·沃尔夫?》（*Who's Afraid of Virginia Woolf?*，1962）业已成为当代美国文学的经典作品，奠定了他在美国剧坛的重要地位。这部剧作是 50 年代和 60 年代风靡美国的荒诞派戏剧的代表作之一。阿尔比的剧作多是对现代社会及现代人心理问题的精妙的荒诞性分析。《谁害怕弗吉尼亚·沃尔夫?》巧妙地运用了荒诞派戏剧的技巧，出色地描绘了一位历史教授与妻子之间相互伤害而又和解的游戏，显示了现代生活的痛苦和空虚。乔治和玛莎是一对没有子女的中年夫妇。没有子女使他们感到生活空虚，但他们没有勇气正视现实，于是便在逃避、幻想中寻觅慰藉（如二人假设20余年前曾生有一个儿子等）。他们邀请一对年轻夫妇来家，四个人同病相怜，喝得酩酊大醉，做出许多可笑又可悲的事情。在剧的结尾，幻象破灭以后，他们终于领会到自己生活的真相，承认自己害怕正视现实，剩下的只有绝望和对继续生活下去的畏惧心。在这一剧作中，没有孩子这一事实被作者用来象征生活荒诞和精神空虚。这个剧在形式和技巧上也是极有特点的作品。“谁害怕弗吉尼亚·沃尔夫”这首已经由作者改词的歌曲自始至终回荡在人们的耳际，起到画龙点睛的作用。在剧中“弗吉尼亚·沃尔夫”（或与之谐音的“这只大恶狼”）象征着生活的真实面目，害怕它就是害怕面对现实。本剧的 3 个部分，“玩笑和游戏”、“狂欢”及“解除符咒”，代表阿尔比剧作的典型结构模式，即正常的开始，逐步移向感情和心理的崩溃，快速的结尾。作者匠心独具，以悬念紧扣观众的心弦，使他们也慢慢地从迷雾中钻出，恍然大悟，继而回顾全剧，意味无穷。

当代富有影响的剧作家当推谢波德（Sam Shepard，1943—2017）和玛迈特（David Mamet，1947— ）两位。谢波德擅长探讨人的下意识，挖掘人的被压抑的精神世界。他对诸如乱伦及暴力等题材极感兴趣，失败的家庭关系是他的主题之一。在他看来，世上人们经历痛苦的异化过程，压力和紧张主要来自人的自身。谢波德惯于把西部神话化，创造一种牛仔神话，虽已不似当初的美国神话，但依然比当今快餐式美国生活来得高大一些。多年来谢波德已写出不少剧作，他的生活观是始终如一的，这很难得。他的名作之一是《埋掉的孩子》（*Buried Child*）。剧中说到年轻的文斯带女朋友回家探亲，家里祖父、祖母和父亲都似缺乏热情。三个人都好似心事重重，相互之间没有任何沟通。祖父坐在电视机旁闷闷喝酒，祖母一身黑衣，在为失去的孩子伤心不已。而父亲则在忙着从后院里向屋内搬蔬菜。屋外埋着死去的孩子。剧情暗示，孩子是祖母和父亲的乱伦产物。孩子象征着对目前影响深重的过去的罪孽。读完剧作人们会得到一种印象，即家庭与家人是痛苦的根源。家人宛如路人。孩子们离去，可又被吸引回来，在没有感情与理解的氛围中挣扎。代表神话般西部的沙漠业已不似理想中那样给人以活力与新生。人们努力寻觅生的意义，但始终未能成功。他们一方面感到信仰的必要，然而又信不起来。于是他们代代重复历史直至最后解体。文斯似乎明白了这一点。

玛迈特是 70 年代出现的最重要的剧作家。他认为当代美国在社会、经济以及人际关系等方面都已陷入一种难以自拔的窘境。这种悲观的观点反映在他的不少剧作中。确定他的主要剧作家地位的《美国水牛》（*American Buffalo*）便是一个很好的例子。这出戏既是对美国商业道德的批判，也是对美国人际关系的逼真描写。戏中写三个小偷计划偷盗的事情。这些人都是社会渣滓，一无所长。所计划的罪行到头来仅是纸上谈兵而已，因为他们都不知道如何下手，也都缺乏那种勇气。他们内心充满畏惧，行动宛似一伙精神病人。他们的谈话很有意义，因为这些暴露了美国商业道德准则。根据他们当中的一个人说，所谓美国的“自由企业”精神，实乃为人提供一种为达目的而不择手段的自由而已。就像以美国进步为理由而杀绝水牛一样，他们的偷窃也是很顺理成章的。这种制度本身混淆了罪行与营业之间的界限。在另外一个层面上，这出戏也暴露了当代美国人际关系的一个重要侧面。三个小偷与其说在计划做事，不如说在一起神聊以打发时光。他们生活空虚，需要伙伴，需要驰骋想象，为自己找个哪怕是臆想的角色扮演一下也好。有时三个人像是家人，有父亲形象，有兄弟来头，但终究不是一家，到头来还是孤家寡人一个。

近些年来，相当数量的剧作家活跃在百老汇内外，大量的多种多样的戏剧得以上演，使美国剧坛出现了百花齐放的局面。在科比特一代剧作家后，年轻一代在茁壮成长，每个人都在竭尽全力，为美国戏剧的进一步发展做出自己的贡献。在 60 年代浓郁的政治气氛以后，70 年代趣味与价值又有所变化。荒诞派戏剧逐渐让位于现实主义的表现方式。现实主义或甚至自然主义的反映生活的手法似又东山再起，特别是社会底层的实际生活情况引起了不少作家们的关注。印诺瑞托（Albert Innaurato）的《双子座》（*Gemini*，1977）、汉利的《心之罪》（*Crimes of the Heart*，1979）以及威尔逊的《乔·特纳的来去》（*Joe Turner's Come and Gone*，1988）等都是这个时期剧坛的典型剧作。这个时期女权主义剧作也发挥了自己最大的影响。诺曼的《晚安，妈妈》（*'night, Mother*，1983）以及豪的《刷教堂》（*Painting Churches*，1983）都是以现实手法描写妇女生活的优秀剧作。自80年代以来，剧坛格调又变。试验性剧作又卷土重来，象征、幻想及荒诞风格与现实主义、自然主义杂糅、交融。例如：黄哲伦（David Henry Hwang）的《声音之响》（*The Sound of a Voice*，1983）、邱吉尔（Caryl Churchil）的《高级女郎》（*Top Girls*，1982）、库什纳（Tony Kushner）的《美国的天使》（*Angels in America*）以及桑彻兹—司各特（Sanchez-Scott）的《古巴游泳者》（*The Cuban Swimmer*，1984）等都是醒目的例子。

最近几十年来美国剧坛的鲜明特点是多种族剧作的出现。非裔美国人（黑人）、印第安人、亚裔美国人、美籍墨西哥人以及其他少数种族等，都似已感到通过戏剧这一艺术形式表达自己的必要。在非裔美国剧作家中，威尔逊可能是最受推崇的一位。其他还有索尼娅·桑彻兹（Sonia Sanchez）、柴尔戴里斯（Alice Childress）及肯尼迪（Adrienne Kennedy）等。关于印第安人剧作家，60年代末他们的戏剧开始上演，引起世人注意。到70年代，“本土美国人剧团”成立，后来改称“艺术中的印第安人”。与此同时，其他戏剧组织亦出现，如“四枝箭”等，印第安人表演艺术公司也建立起来，以帮助印第安人戏剧发展与成长。吉奥加玛1980年率先出版了他的戏剧集。就亚裔美国剧作家而言，叶（Laurence Yep）和黄都很出类拔萃。此外，1980年《世界之间》（*Between Worlds*）这部亚裔美国剧作家剧作选集问世。美籍墨西哥人剧坛也是人才辈出，比如我们前面提到的瓦尔德兹、桑彻斯一司各特等，此外还有阿尔沃里兹（Lynne Valverez）等人，都争先恐后为表现自己人民的生活状况与对未来的憧憬而创作。这一切都说明，美国戏剧在发生着很大变化，再界定、再评价已势在必行。这是一条使美国戏剧空前发展的康庄大道。

（十）多种族文学

最近几十年来，美国文学与文化界开始非常重视文化与文学表达的多样性，把它视为美国文化的一个强项。对多元化的这种兴趣当然不是平白无故的，它和60年代的民权运动以及其后各种族的觉悟的逐渐提高有密切联系。先是黑人族群一马当先，民权运动成绩卓著，而后其他少数民族步其后尘，结果引起了美国社会与文化的大变革。比如说各族群的名称吧，黑人已被尊称为非（洲）裔美国人，继而就有了本土美国人（亦即印第安人）、亚裔美国人、西班牙裔美国人（亦即美籍墨西哥人）等等。随之美国白人也有时被叫做英裔（或安格鲁）美国人。正名是承认多元存在的象征。以现在的美国文学为例，它已不是过去的白人一统的实体了。现在谈论美国文学，只提到霍桑、惠特曼、艾略特、海明威及贝洛已经不够了，其他少数民族作家如艾里森、莫瑞森、沃克、莫玛戴（Scott Momaday，1934— ）、西尔科（Leslie Marmon Silko，1948— ）、埃德里奇（Louise Erdrich，1954— ）、汤亭亭（Maxine Hong Kingston，1940— ）、谭恩美（Amy Tan，1952— ）以及美籍墨西哥作家等都已写出杰作，在文坛立足，不说他们，就很欠公允、恰当。显然，美国文学界在重新考虑美国文学的界定，在重新安排作家及作品的定位，这种再思考业已进行数年，业已产生了把“主流”与“支流”间的距离拉近的积极效果。一部更恰切、全面的美国文学史，一部没有“主流”与“支流”之分的美国文学史，正在书写当中。

美国文学界的再思考早在20世纪70年代就初露端倪了。当时有几部文选相继面世。比如由费希尔（Dexter Fisher）所编辑的《少数民族的语言与文学》（*Minority Language and Literature*）、由巴克尔（Houston A. Baker）所编辑的《三种美国文学》（*Three American Literatures*）、由艾伦（Paula Gunn Allen）所编辑的《美国印第安人文学研究》（*Studies in American Indian Literature*）以及由费希尔和斯代浦托（Robert B. Stepto）二人合编的《非裔美国文学：教学的重新安排》（*Afro-American Literature:The Reconstruction of Instruction*）等等，可谓发聋振聩、其味无穷。[15]

非裔美国文学（黑人文学）

非裔美国文学已经历了一个漫长的发展过程。这是一种很有自己特点的文学，因为它和一个很有自己特点的民族的独特成长过程紧密相连。非裔美国人有其自己的历史。他们在非洲的生活情况，他们被运来美国途中的地狱般经历，被卖做奴隶后牛马不如的生活，奴隶解放及美国内战，移向城市及其后的两极分化，与主流文化的融合、黑人权力运动及民权运动——这一切都决定了非裔美国文学和主流文学相比将会迥然不同。长久以来，非裔美国人在主流文学中以被歪曲的形象出现，便是确无偏见的马克·吐温也难免偏见的出现。比如《哈克贝利·芬历险记》中吉姆的形象就很滑稽，是为衬托哈克的成长而描绘的。我国不少人所熟悉的《飘》一书中写一些奴隶快活地生活在奴隶主的庄园里，那是一种明显的歪曲。福克纳的名著《去吧，摩西》、奥尼尔的《琼斯皇帝》以及举世闻名的《汤姆叔叔的小屋》也有类似的描写。并不是说这些作家有意歪曲，他们描写自己未经历的生活时难免出现这种情况，应当说情有可原。

非裔美国作家所创作的非裔美国文学就迥然不同了。美国主流作家创作有一个共同点，那就是他们自一开始就受到圣经中伊甸园神话的启迪，但非裔美国文学却以圣经的另外一个故事为发端，即《出埃及记》。这个故事说，古以色列人到埃及求生，在那儿生活了400余年后，沦为奴隶，受到埃及法老的迫害。上帝体恤他们的境况，派先知摩西前去，率领他们逃离埃及。《去吧，摩西》是19世纪在黑人中流行的一首圣歌，20世纪著名作家福克纳以它来命名自己的一部小说。所以逃离奴役、向往自由是非裔美国文学的主旨。

非裔美国文学的历史相当漫长。先是口头传说、歌曲、民谣、圣歌等各种形式的民间文学。而后于18世纪，黑人诗歌出现了。非裔美国诗人如哈蒙（Jupiter Hammon，1720—1800）和惠特利（Phyllis Wheatley，1753—1794）唱出了非裔美国人的心声。废奴运动及美国内战为非裔美国文学带来发展的新机遇。诗人邓巴（Paul Laurence

Dunbar，1872—1906）及约翰逊（James Weldon Johnson，1871—1938）创作都果实累累，饮誉北美。19 世纪中叶，非裔美国小说开始问世，布朗(Williams Wells Brown)的小说《克洛苔》(*Clotel;or, The President's Daughter，A Narrative of Slave Life in the United States*）1853 年在伦敦出版了。第一位在美国出版自己小说的是威尔逊（Harriet Wilson），她的小说《我们的尼格》（*Our Nog;or，Sketches from the Life of s Free Black*，1859）重点表现了种族与阶级之间的关系。19 世纪末与 20 世纪初，不少非裔美国作家出版了小说或传记，主人公多为混血儿，出身于中产阶级，主题多在于表现种族压迫，目的是在现有体制内争取平等地位和权利。

废奴以后的重要事件是“大移民”运动，其高潮发生在 1890 至 1920 年间。当时城市里工业迅速发展，极需劳动力；而在农村，自然灾害、土壤贫瘠以及农业的机械化等因素，把大批农民赶出乡村。这些人在万难之中只有朝城市移动。一时之间，成千上万的人潮由南方向北部城市汹涌奔流而去。这就是历史上的“大移民”运动。随之而来的是多数人的贫民窟生活，一些人的开始富足，以及受教育的机会的出现等等，这些因素都为文学的发展铺平了道路。在所有非裔美国人集居的地方当中，纽约的哈莱姆区位居第一。他们从各地、各阶层积聚在此，于是哈莱姆成了黑人生活的中心，吸引了许多文化人、作家及艺术家云集这里。第一次世界大战以后，非裔美国人中开始出现知识分子阶层。其中不少作家与艺术家处于当时纽约这个文学艺术革新的中心，又在格林尼治村这种前卫地区的左近，四面又有爵士乐声充耳不断，他们的价值观发生了变化，他们开始发掘自己种族的传统。这一切发展的总成果是非裔美国文学创作活动的空前高涨，形成了历史上闻名的“哈莱姆文艺复兴”。其中最著名的当然是休斯（Langston Hughes，1902－1967），我们下面还要详细说到他。此外还有以诗歌和小说形式讴歌非裔美国人传统的麦凯（Claude McKay，1889—1948）、以其口碑载道的小说《甘薯》（*Cane*，1923）而闻名的诗人、小说家图莫尔（Jean Toomer）及著名诗人卡伦（Countee Cullen）等人。当时出名的非裔作家还有赫斯顿（Zora Neale Hurston）等，这位女作家后来有点被时间所淹没，近年来她的小说《他们的眼睛在望着上帝》（*Their Eyes Were Watching God*，1937）颇受文学评论界的青睐。1940年赖特（Richard Wright）发表他的名著《土生子》（*Native Son*），这标志着非裔美国小说渐臻成熟。到 50 年代非裔美国小说获得空前发展，艾里森（Ralph Ellison）及鲍德温（James Baldwin）先后出版他们的经典著作，这些我们下面还要细谈。

20 世纪 60 年代对非裔美国人民来说是一个非凡的年代。非裔美国人民多年来争取自己权益的斗争终于火山般地爆发，民权运动如火如荼达到高潮，非裔美国文学也顺时应势获得长足进展。一大批非裔美国作家做出了杰出贡献。诸如里德（Ishmael Reed）、吉林斯（Oliver Killens）、凯利（William Melvin Kelley）、福特（Jesse Hill Ford）以及威廉斯（John A. Williams）等人，都以其出色的文学作品获得了评论界和广大读者的高度评价。这些包括威廉·梅尔文·凯利（William Melvin Kelley）的《民主主义者》（*Dem*）和《邓福兹到处旅行》（*Dunfords Travels Everywhere*）、约翰·A. 威廉斯（John A. Williams）的《叫喊我存在的人》（*The Man Who Cried I Am*）、伊什梅尔·里德（Ishmael Reed）的《黄色背面的收音机出了故障》（*Yellow-Back Radio Broke Down*），以及 70 年代后期轰动美国文坛的亚历克斯·哈利（A1ex Haley）的《根》（*Roots*）等等。《根》追溯了美国一黑人族系自 18 世纪中至目前的苦难史，标志着黑人自我认识所达到的新高度。20 世纪以来黑人知识分子所寻求的黑人传统、黑人性格及黑人美学，正在人们的意识中生根与成长。

近些年来，非裔美国文学又出现了大手笔。莫瑞森（Toni Morrison，1930— ）1993 年荣膺诺贝尔文学奖；沃克（Alice Walker，1944— ）业已多次荣获多种文学大奖；非裔美国文学的后起之秀亦大有人在，如安吉洛（Maya Angelou）及泰勒（Gloria Taylor）等人，都是不可等闲视之的文学家。说到非裔美国剧坛，60 年代亦见可观的进步。鲍德温与巴拉卡（Amiri Baraka）的剧作为民权运动的发展与胜利竭尽了自己的全力。[14] 总之，非裔美国文学需要说的名家与名作可谓不计其数。限于篇幅，我们下面只能挑选重点之重点做一介绍。

让我们先从道格拉斯（Frederick Douglass，1819—1895）说起吧。他生为奴隶，亲身经历了、亲眼看到了他的种族所遭遇的压迫与剥削。后来他逃到波士顿，先做码头工，后来逐渐受到某些白人的注意，这些人为他找到好一些的工作。他讲演，编辑三种报纸，努力提高人们对黑奴的悲惨境遇的了解和认识。他做的一件大事是反驳南方白人关于黑人过得快活的歪曲性宣传。他成为废奴运动中一员主将。后来他到英国，那里有一些人集资，以 700 英镑为他赎身，这样他就不用为安全担心了。道格拉斯成为 19 世纪后半美国文化界的重要组成部分。内战期间，他竭尽全力帮助在黑人中征集兵员，确保北方军队在前线的胜利。他的声音成为 19 世纪美国黑人的最响亮的声音。他的自传性名作《我的枷锁及我的自由》（*My Bondage and My Freedom*）叙述了他的典型的黑奴的故事：从残酷、暴虐的白人奴隶主逃向自由的动人经历。这是一部历史的忠实记录。道格拉斯说自己，也是叙说自己种族的苦难、感受及向往。此书自问世以来一直为人喜闻乐道，从未滞销过。后来又增篇幅，把作者内战时期的经历也包括进去，书名改称为《弗雷德里克·道格拉斯的生平及时代》（*The Life and Times of Frederick Douglass*）。

在道格拉斯以后的一代中，黑人领袖人物是华盛顿（Booker T. Washington，1856—1915）。他的影响主要是在 19 世纪最后 20 多年以及 20 世纪初年。内战之后，奴隶制已废除，华盛顿努力对抗种族歧视。他的路线和道格拉斯的不同。道格拉斯要自由和平等，华盛顿选择的是妥协道路。他在 1895 年的一次著名演讲中说，黑人不要选举权，不要社会平等和政权；他们要工作，虽然不是高级工作；他们要教育，虽然不是高等教育；他们要挣钱活命。这就是后来杜波依斯（William E.B. DuBois，1868－1963）所讥笑的“做工与赚钱的福音”。虽然如此，当时这一讲话的确风靡一时，白人立刻表示欢迎，不少黑人也支持，华盛顿被承认为黑人领袖。白人对他尤其欣赏，因为讲话似承认黑人的二等公民地位，只要给予黑人以某种经济利益便可避免制度本身的大变革。华盛顿因此能在白人中有不少有钱有势的朋友，也能募捐为黑人子弟办起一所技艺学院。但黑人族群本身对他的讲话却反映不一。年轻一代称他为“叛徒”，对他群起而反之。总而言之，华盛顿的历史地位是模棱两可的。

带头反对华盛顿的年轻人是杜波依斯。他当时是黑人反抗的思想领袖。杜波依斯就读于哈佛，成为第一个黑人博士。他是社会学家、历史学家，著作颇丰。他的名著之一是《黑人的灵魂》（*The Souls of Black Folks:Essays and Sketches*，1903），主旨之一是针对华盛顿的。杜波依斯还帮着建立起“全国有色人种发展协会”，为争取民权而斗争。后来从 20 年代开始，他觉得在美国争民权是无望的，于是他开始发展泛非运动，1961 年加入共产党，94 岁时入籍加纳。他的名字是和非裔美国人的争取自由的斗争紧密相连的。

在 20 年代“哈莱姆文艺复兴”时期，非裔美国作家走到一起，不受传统的约束进行创作，讲自己要讲的话，不受白人压迫，甚至不必见到他们。一开始时，似乎有些尴尬，几乎所有非裔美国作家都有白人做惠顾人，作品由白人出版社出版，内容也似为白人而写，稿酬也很可观。但这些作家很快意识到，这不是他们的本意，他们的归宿也不在此。他们是属于非裔美国人民的，于是便转向他们，为他们写作。结果他们成功地创造出一种反主流文化，一种战斗文学，一种有效反映自己种族的感情、经历、历史以及自己人民的理想的文学。在这个大框架内，许多很有价值的作品问世了。其中一个醒目的例子是图莫尔的小说《甘薯》。图莫尔就写了这一部小说，可它是非裔美国文学史上一部了不起的书。这部书从内容到试验性技巧都不乏令人称道之处。它表明作者深谙自己人民的生活及历史，在技巧上也和当时的文学巨匠如艾略特及乔伊斯等保持步调一致。这部小说实际取材于作者本人在佐治亚州一所学校任校长时的经历，有点自传性质。全书共分三部分，其中第一及第三部分写佐治亚州的事情，第二部分写华盛顿特区的事情。书里有 15 首诗，6 段散文特写，7 个故事，外加一出戏剧，说的全是 20 年代非裔美国人民的生活情况。作者经过佐治亚的经历，发现了自己种族的遗产，恢复了对自己民间传统及传说的信念。就内容讲，小说的覆盖面很广：黑人的性爱、种族混血以及奴隶制等。在阐述历史与文化的同时，小说有效地回答了关于非裔美国人的身份问题。在技巧方面，这部小说很难分门别类。一部书内多种文体巧妙穿插连接，叙事策略出人意表，人称与视角变幻无常，艺术构思别具一格。它对当代非裔美国文学的影响非同一般，知名作家如休斯、沃克及泰勒等都曾受益于此书。

我们要说到的另外一个非裔美国作家是卡伦（Countee Cullen，1903—1946）。卡伦年纪轻轻就一举成名，是哈莱姆文艺复兴运动的一个前奏。1924 年他的一首诗《色罩》（“Shroud of Color”）被著名批评家门肯（H.L.Mencken）的知名杂志采用，后来他又在短短的 3 年内出版 3 部诗集，于是名噪一时，成为当时妇孺皆知的非裔美国诗人。卡伦擅长运用传统诗歌技巧，对民歌、十四行诗、四行诗节等都精深圆熟，用来游刃有余。他的诗歌技巧精湛，具有一种感人的威力。从内容看，他以严谨的态度表现非裔美国人的生活经历，经常赋予这种经历以浓郁的宗教彩色。他去世以后作品很长时间处于默默无闻的状态，但是近年来人们对他诗歌的兴趣又剧增，他的诗作又再版以飨读者。他的一首名诗《然而我却感到惊讶》（“Yet Do I Marvel”），说自己是黑人，上帝却让他能写诗，使他能和其他人、包括白人在上帝面前平起平坐，他对此感到高兴与骄傲。诗所表现的模棱两可的心情跃然纸上。从另外一角度读来，此诗可能也有呼吁白人同情与理解的一层内涵在内。

在哈莱姆文艺复兴运动中扬名天下、后来成为非裔美国文学上堪称第一位主将的作家是休斯（Langston Hughes，1902—1967）。他是美国现代优秀黑人诗人、小说家和剧作家。休斯是一个多才多艺的作家，他一生创作大量各种体裁的文学作品，包括十几部诗集，长篇小说《不是没有笑声》（*Not Without Laughter*，1930），短篇小说集《白人的行径》（*The Ways of White Folks*，1934），讽刺小品集三部曲《辛普尔倾吐衷情》（*Simple Speaks of His Mind*，1950）、《辛普尔的高明》（*The Best of Simple*，1961）、《辛普尔的山姆叔叔》（*Simple's Uncle Tom*，1965）。辛普尔三部曲塑造出美国文学中一个令人难忘的可爱的人物形象。休斯还写了自传《大海》（*The Big Sea*，1940）、《我徘徊，我彷徨》（*I Wonder as I Wander*，1956）。以及一些剧本和儿童文学作品。晚年他编辑了大量黑人作家的作品。他一生以极大的热情讴歌黑人的觉醒及充满活力的美国黑人文化，同情描写美国黑人的苦难生活和悲惨命运，抨击白人统治者的种族歧视政策，启发黑人群众的觉悟和自豪感。他的诗发出了黑人要求自由、平等和民主的呼声，在启蒙黑人觉悟方面发挥了重要作用。休斯反对种族歧视的坚定立场以及他在文学创作上的卓越成就，使他早在20年代就荣获"哈莱姆桂冠诗人"的称号。在美国黑人斗争史上，休斯的影响是很大的。在某种意义上，五六十年代在美国蓬勃兴起的"民权运动"是以休斯、杜波依斯等作家为中坚的"哈莱姆文艺复兴"运动的继续和发展。休斯作品的主题远远超出种族问题的界线。他向往十月革命后的苏联，颂扬新的苏维埃政权；他同情中国革命，写过战斗号角般的诗篇，号召被压迫的中国人民起来争取自由；他到过内战时期的西班牙，用大量事实揭露弗朗哥反动政权勾结法西斯势力，对西班牙人民所犯下的罪行。休斯的诗歌朴实清新，体现了惠特曼、桑德堡和黑人诗人邓巴的自由体诗歌的特色。他继承了黑人民歌和爵士乐的优良传统，作品节奏明快，很多诗被谱上乐曲，广为传唱。休斯的文学创作为美国黑人现实主义文学的发展开辟了道路。他的诗作如《黑人谈河》（"The Negro Speaks of Rivers"）及《我长大的时候》（"As I Grew Older"）等都是广为传颂的作品。后者中所表现的诗人对光明、自由与欢乐的憧憬，直接影响了五六十年代美国黑人民权运动。1963 年 8 月 28 日，当黑人民权运动领袖马丁·路德·金率领 25 万人的游行队伍向首都华盛顿挺进，发表著名的演讲时说："我有一个梦，我梦想终有一天偏见与隔离的罪恶会被消灭。"他的梦和休斯的梦一脉相承。

继兰斯顿·休斯之后又一个获得广泛承认的黑人作家理查德·赖特（Richard Wright，1908—1960），是非裔美国人"抗议"文学的开拓者之一，。他童年饱尝艰难生活的辛酸，受尽种族歧视的凌辱。但他不屈不挠，如饥似渴地读书，立志将来当作家，以文学为武器，向不合理的社会宣战。自 1938 年至 1945 年，赖特先后发表中篇小说集《汤姆叔叔的孩子们》（*Uncle Tom's Children*）、长篇小说《土生子》（*Native Son*）和自传《黑孩子》（*Black Boy*）。这些作品曾轰动美国文坛，受到文学批评界的好评。特别是后两部作品，以空前深刻的笔触和充满激情的描述揭示出生活在白人社会里黑人紧张、恐惧和仇恨的复杂心理，愤怒声讨了种族歧视现象和种族隔离政策。《土生子》的出版标志美国黑人文学的成熟。他的作品为后来黑人文学现实主义的发展铺平了道路。赖特以其生动、洗练的艺术手法创造了众多鲜明有力的艺术形象，并以他的文学创作成就影响了包括拉尔夫·艾里森（Ralph Ellison）和詹姆斯·鲍德温（James Baldwin）在内的一代黑人作家。

轰动美国文坛的长篇小说《土生子》发表于 1940 年。全书分 3 部：《恐惧》《逃跑》和《命运》，以 30 年代的芝加哥为背景，描写一个名叫比格·托马斯的黑人青年，因无意中杀死白人小姐玛丽·道尔顿，最后被判处死刑的故事。比格·托马斯这一人物具有极不寻常的意义：他以一个完全崭新的形象出现于现代美国文学史上。当白人社会的残酷统治发展到极点、被奴役的黑人再也无法忍受时，他们就要反抗。比格·托马斯的暴力行为就是一个先兆。他单枪匹马向整个白人社会发动了一场战争。他杀死的虽然只是一个白人小姐，但他的行为却震撼了全芝加哥、全美国，使白人统治者惊慌、害怕、手足无措，瞻望前景，不寒而栗。他为此而感到高兴和自豪，因为他终于发现了自我，一个在白人眼里不是人、而只不过是一个“畜牲”的他，终于找到了自身的价值。此时的比格·托马斯已不再是白人的奴隶，他已经变成了自己的主人、自己的上帝。比格是美国现代文明的产物，他的行为和结局是美国社会及其歧视黑人的法律造成的，在这个意义上，他是美国本乡本土的土生子。《土生子》向黑人弟兄说明，他们应当争取平等的有尊严的生活；它向白人说明，他们应当尊重黑人的人权，否则他们是要起来反抗的。

二战以后非裔美国文学蓬勃发展，出现了不少杰出作家与作品。我们先说拉尔夫·艾里森（Ralph Ellison，1914—1994）。这个人一生就写了一部小说《看不见的人》（*Invisible Man*），可这部书就足以使他能青史留名。他写作这部小说，历时七载，足见其创作态度之严谨。该书于 1952 年出版时，立即轰动美国文坛，荣获当年全国图书奖，艾里森也相继获得一系列奖励和学术头衔。1965 年，美国著名评论杂志

《每周书评》(*Book Week*) 召集200名评论家、作家和编辑，推荐自第二次世界大战以来“最出色的一部作品”。《看不见的人》被公认为佼佼之作而夺冠。这本书自问世30多年来，一直被视为当代美国文学的一部杰作，受到广大读者的喜爱。小说描写一个无名无姓的黑人青年，躲在纽约一家白人住宅的地下室里，叙述自己从种族歧视和种族压迫根深蒂固的南方来到工业发达的北方大城市，为了寻求自我反而进一步失去自我的经过。小说揭示了存在于人与人、人与社会以及种族之间的种种不正常关系，因而是对不合理社会关系的深刻阐述。艾里森要谈的是“寻求自我”，这是美国文学的重要主题。社会的本质是不允许人们知道自己是谁。小说的主人公也说过，“你时常会怀疑自己是否真的存在。”主人公在地下室里打开1369个灯，在证实他是一个活生生的人的同时，也对个人与社会的关系进行了深刻的考虑与分析，认识到人既要为社会服务，又不要忘记自己的个人身份，两者之间的兼顾与必要妥协才是处理这一关系的准则（如主人公所说，“蛰伏是为公开活动做秘密准备”）。这是《跋》画龙点睛的重要性所在，也是小说的高明之处。这部小说的结构颇具特色，书的首尾相呼应，前言是跋的继续。小说的写作手法也随着情节的发展而变化，当主人公在南方时，作者运用自然主义手法；当他来到纽约，作者运用表现主义手法；当主人公掉进地下室，经过思索对种族问题和人与社会的关系有了领悟时，作者运用超现实主义手法。小说从结构到内容都受到黑人爵士乐特别是布鲁斯音乐的影响。此外，运用民间传说和黑人口语也是这部小说的一个突出特点。

詹姆斯·鲍德温（James Baldwin，1924—1987）是美国小说家、散文作家、剧作家。1944年冬，他和理查德·赖特会面，赖特鼓励他坚持文学创作。鲍德温日后成为赖特的“土生子”继承人。鲍德温的文笔遒劲，见解深刻，通过自己的作品，使美国认识到自己在种族问题上的可耻行为。鲍德温的名著《向苍天呼吁》(*Go Tell It on the Mountain*) 有些自传性质。它描写一个男孩子的信仰的形成过程。主人公约翰·格兰姆斯是一个14岁的黑人少年。他虽自幼生活在贫困、污秽的哈莱姆黑人区的环境中，但对未来充满憧憬，决心过一种不同的生活。故事自始至终在黑人饱受煎熬、感到窒息的氛围中发展。小说着重刻画了继父子之间的关系，可能旨在说明，美国这个父亲在把他的黑人土生子视为“继子”，就像书中继父从不喜欢继子约翰一样。小说也很有见地地指出，小约翰的痛苦主要由两个因素造成：种族压迫和歧视杀害了他的亲生父亲，这是主要根源；此外，他的继父的冷待构成了他的不幸的迫在眉睫的原因。所以这部小说对白人和黑人都有意义：它警告白人要善待自己的黑人成员；它也告诫黑人加强责任感，认真反省，对自我作贱承担一定的责任。《向苍天呼吁》是一部艺术价值很高的作品。小说的3部分相互咬合，丝丝相扣，结构极为严谨：第一部分把故事的脉络勾勒出来，在第二部分中加以充实，第三部分再返回第一部分的结尾处，把前面松散的线索收拢起来，使故事成为一个有机的整体；而故事的发展虽横跨半个世纪的时空，但却集中到主人公14周岁生日这一天来写。小说集中写格兰姆斯一家，却据此收到了以点带面的艺术效果。作者运用的重要艺术手段，是通过自然援引《旧约全书》的有关情节为故事渲染气氛，《旧约·出埃及记》尤其有力地烘托出黑人的苦难遭遇及其寻求解脱和拯救的强烈愿望，小说的语言也极富《圣经》的语言格调。这部作品的另一特色是它的意识流技巧，这在第二、三部分里表现尤其明显。小说的讽刺性显示出作者艺术技巧的娴熟。鲍德温是一位严肃的艺术家。他所关心的并非只是“黑人问题”；他关心的是人的状况。如果说理查德·赖特是一位著名黑人作家的话，那么，鲍德温和艾里森一样，业已从“黑人”的分类中超脱出来，而成为美国当代一位主要作家了。

继休斯、赖特和艾里森之后美国黑人文学的重要作家是托尼·莫瑞森（Toni Morrison，1931— ）。她多年来已创作出多部脍炙人口的作品，如《最蓝的眼睛》（*The Bluest Eye*，1970）及《所罗门之歌》（*Song of Solomon*，1977）等。她的第五部长篇小说《爱娃》（*Beloved*，1987）是她文学创作生涯中新的里程碑，在文学界和读者中引起强烈反响，获1988年普利策文学奖。1993年莫瑞森获诺贝尔文学奖。《爱娃》（*Beloved*）是一部历史性小说，通过非裔美国人民的民间文化传说，运用魔幻现实主义手法，重新组合历史，让人民通过“再回忆”而面对历史，以摆脱精神包袱，以全新的面貌面对现实生活。这部小说讲的是一个非裔美国女人年轻时杀死女儿的事情。瑟丝 19 岁时，在逃离奴隶主魔爪的过程中，于绝望中杀死两岁的女儿，以免她长大之后遭受奴隶生活之苦。十几年后，女儿阴魂不散，回来搅扰她。她的名字叫爱娃（如她墓碑上所刻）。阴魂先是无形，然后索性现出人形，寸步不离地搅得瑟丝无法安生，后来在村民的帮助下，经过仪式，把阴魂赶走。瑟丝得以心地安宁地生活下去。这貌似一个鬼怪故事，其实不然。鬼魂出现，是魔幻现实主义的表现，故事本身是现实主义的故事。爱娃的形象具有深刻的象征性，她实际上是瑟丝内心伤疤的外现。瑟丝长期以来无法忘却痛苦的过去，她内怀歉疚，心神不安，无法正常生活。这种情况，瑟丝并非是唯一的。在某种意义上，这是整个非裔美国人种族的共同经历。他们不能回避过去，他们需要痛苦的“再记忆”过程，解决内心深处难以应付的“难言之隐”，以和过去做一了断，振作起精神向前看。这部小说淋漓尽致地揭露了白人奴隶主“教师”等人的非人的残暴，在客观上为白人也提供了深思的机会。他们应能借此自我反省，认识到不可忘记历史的道理，并能以此为现实生活中的借鉴。托尼·莫瑞森常把黑人的神话和民间传说融进作品当中，她熟练地运用黑人语言和对话，她的创作道路代表了美国黑人文学发展的新方向。

沃克是当代最引人注目的黑人小说家之一。她写了许多反映黑人生活的作品，写作手法也不总是现实主义的。她最著名的小说是《紫色》（*The Color Purple*）。这本小说从内容到技巧都有令人称道之处。先讲技巧，全书以书信体写成，前半部为小说主人公写给上帝的信，读来很别出心裁。小说语言又有黑人口语与美国普通话之别，主人公未受过多少教育，故语言属黑人口语，没有什么语法概念，拼写也不规范，不熟悉这种地方性语言的人读着会遇到不少理解性障碍。而另一方面，主人公的妹妹给姐姐写信所用语言则属规范化的普通用语。两者相互对照辉映，为表达小说主题增加了一个技巧层面。小说的象征手法也令人印象深刻，比如紫色的象征性就发人深省。在内容方面，《紫色》在反映黑人凄惨生活的同时，也提出了一个令人深思的问题：

黑人的这种生活状态，从根本上讲，要由种族歧视的白人主流社会负责，但黑人本身是否也有一定的责任？比如小说主人公希莉的痛苦，究其根源，是因白人杀死她的父亲，故而她母亲再嫁，又导致她的继父先是把她奸污，而后又把她强嫁给恶煞般的丈夫等一连串不幸的发生，使她在长时间内生活在人间地狱中。小说把描写重点放在她继父与丈夫对她的折磨上，而白人的罪行是作为小说的"包袱"藏在其中，给读者以惊醒的效果的。当然，书中也不乏对白人罪行的直接揭露，如对主人公的儿媳索菲娅的遭遇的描绘便是适例。总的看来，这种写作手法表明，作者要说，黑人的痛苦在某种程度上，在某个阶段里，黑人自己也要自我反省，负起当负的责任的。这是黑人觉醒达到新阶段的标志，沃克洞见症结，为自己的族人指出了前进的方向。《紫色》已拍成电影，与小说一样，其魅力历久不衰。

当代非裔女作家特别引人注目。比如安吉洛（Maya Angelou，1928—2014）、泰勒（Gloria Taylor，1950— ）、班巴拉（Toni Cade Bambara，1939—1995）以及达夫（Rita Dove，1952— ）等人，都是出类拔萃的人物。安吉洛多才多艺，在许多领域内卓尔不群。这个人自幼经历了苦难生活的洗礼，深谙人生的真谛，下笔如神，作品感人肺腑。她的主题是爱。她认为人的最高责任是爱，爱是解决人的一切问题的钥匙。她的五卷自传和多部诗集在美国和世界范围内产生了很大影响。安吉洛 1993 年应邀参加克林顿总统的就职典礼，并当场朗读自己的诗作，是继弗罗斯特之后获此殊荣的另一诗人。说到泰勒，她自 80 年代初开始发表作品以来，已经成为当代美国文坛的一颗新星。她对非裔美国女人的感情和她们生活中的问题尤其敏感，描写她们为生存而进行的斗争时，充满发自内心的认知与同情。她的名作、也是她的处女作《布鲁斯特地的女人们》（*The Women of the Brewster Place*，1982），便是一个极好的例子。这部小说描写背景、年龄都不同的七个非裔美国女人，因不同原因走到一处，面对痛苦、悲凄的人生，而一起打拼的动人故事。书一出版即获当年美国图书奖，也获得全国图书奖。迄今泰勒已经发表多部小说。另一位作家班巴拉一生为非裔美国人、非裔美国妇女及美国其他少数族裔的权益而奋斗。她的作品坚持反对种族歧视，表现非裔美国人的尊严和独立身份，反对同化，反对依附。她的作品很多，有短篇小说、长篇小说、诗歌、剧本及散文等。此外她还编辑了非裔美国作家的作品选集。这几个人当中最年轻的是达夫。她是当代著名非裔美国诗人。她写非裔美国人的生活，也写其他少数族群的处境。她认为诗歌存在于日常生活中，诗歌语言存在于日常语言里。达夫也写短篇小说、戏剧及长篇小说。1994 年她成为美国第一位非裔美国人桂冠诗人。

本土美国文学（印第安人文学）

我们在前面已经说到非裔美国文学。非裔美国人是美国的“土生子”，他们的文学活动较之其他少数族群历史要长得多。现在我们要说的本土美国人文学是当今美国文坛上一支不可小觑的生力军。这些作家异军突起，一改本土美国人在传统美国文学里的形象，真实地反映出自己民族的历史与现状，道出了自己人民的愿望与希冀，喊出了他们心中淤积多年的声音。回顾历史，人们会发现，美国文学里所塑造印第安人形象很有失真甚至歪曲之嫌。他们的好和坏都是由白人作家的笔杆所决定的，距离真相有时有千里、万里之遥。例如库柏的《皮袜子五部曲》中所描绘的印第安人，好的就都站在英国人一边，而恶的则总是替法国人卖命。我们不是说库柏故意如此，他自己也承认他未见过印第安人，仅仅听人讲起或阅读过有关他们的故事而已。所以一位本土美国作家就说过，印第安人的形象曾在美国人的心目里僵化了。近些年来，本土作家开始拿起笔来，从自己的视角讲自己的故事，印第安人的艺术形象于是变得真实而充满活力，原有的固定脸谱开始发生根本变化。

我们知道，欧洲人到北美殖民时，北美大陆有 300 多种印第安文化存在。印第安人不同部族都已发展了自己的独特文化及传统。刚开始是内容丰富的口头传说。基督徒们来后开始有了文字，一些皈依基督教的印第安人开始用英文写作，比如奥卡姆（Samson Occom）1772 年写的《处决印第安人摩西－保罗时的布道词》（*Sermon Preached at the Execution of Moses Paul，an Indian*）就是很著名的一个例子。其后随之而来的是著名印第安人的传记及一般人的传记文字。自 19 世纪中叶至20世纪初年，《黑鹰传》（*The Life of Ma-ka-tai-me-she-kia-kiak, or Black Hawk*，1983）、《木腿》（*Wooden Leg: A Warrior Who Fought Custer*，1931）及《黑榆树如此说》（*Black Elm Speaks*，1932）等三部重要传记著作问世。时至今日，这依然是本土美国文学的一种重要文学形式。像莫玛戴的《名字》（*The Names*）及西尔科的《说书人》（*The Storyteller*）都是醒目的例子。第一部印第安人小说《乔昆—穆里叶塔的生平及历险记》（*Life and Adventures of Joaquin Murieta*）1854年问世以后，印第安人的想象性创作随时间的推移而改进，到20世纪初，小说家奥斯基森（John Milton Oskison）的作品已经风靡一时。到30年代，又有两位作家马修斯（John Joseph Matthews）与麦克尼科尔（D'Arcy McNickle，1904－1977）一举成名，为后来60年代印第安人文学的复兴打下了坚实的基础。前者的《日落》（*Sundown*，1934）及后者的《被包围者》（*The Surrounded*，1936）深深影响了后代印第安人作家的文学创作。及至1968年，莫玛戴（N.Scott Momaday，1934）出版了他的《晨曦之屋》（*House Made of Dawn*），荣膺普利策大奖，于是乎出现了60年代末的“本土美国文学的复兴”。一大批印第安人作家脱颖而出，印第安人文学作品于是风行于世。最近几十年来，有几个大家如莫玛戴、西尔科及韦尔奇（James Welch）等人业已口碑载道，在他们周围旋转的大小“星球”叫人眼花缭乱。如韦赞诺（Gerald Visenor）、埃德里奇（Louise Erdrich）、多里斯（Michael Dorris）、艾伦（Paula Gunn Allen）、鲍尔（Susan Power）、亚力克希（Sherman Alexie）、霍根斯（Linda Hogans）、潘恩（W.S.Penn）、亨利（Gordon Henry）及欧文斯（Louis Owens）等，不一而足。我们下面挑选几位作家的名作加以简略介绍，算是管中窥豹吧。

让我们先说印第安人文学。

60年代印第安人文学复兴的第一个奠基人当属麦克尼科尔。这个人是混血，印第安人母亲，白人父亲。他年轻时抛弃了本族群的传统，后来又浪子回头，真诚地接受过来，而一生兢兢业业为自己的族群的福祉奋斗。他的作品很多，其中最闻名、影响最大的是他在1936年发表的小说《被包围者》。这是一个悲惨的故事。年轻的阿奇尔德是一个混血儿，他离开印第安人保留地，到城市里像白人一样生活。其间他回乡探亲，不料身不由己地被卷入一场事端，终于不可收拾，落了个不能自拔的悲剧结局。故事听来并不复杂。阿奇尔德回到家后，听说他的哥哥因偷马而藏身在山里。他的母亲要他陪她同到山里去打猎，在那儿他见到哥哥，一起打猎时哥哥射杀一只鹿，引来环保人员史密斯盘问，哥哥欲拔枪相抗，被史密斯打死，母亲遂枪杀史密斯。阿奇尔德掩埋史密斯，携哥哥尸体回家，后遭短暂拘留。多年不和的父母终于未能破镜重圆，现在又相继离世。阿奇尔德和伊莱丝相爱，姑娘劝他和她一起逃往山里，以免史密斯的遗体被发现而遭牢狱之苦。他听了她的劝告，但在山里遇到乡警来捕，姑娘射杀了乡警。最后阿奇尔德在四面楚歌中束手就擒。小说淋漓尽致地揭露了印第安人文化解体的痛苦现实：主流文化长驱直入，本土传统文化无以阻挡、节节败退。技术文明如枪支、宗教信仰如基督教，改变了本土人的传统生活方式，使之最终难免灭顶之灾。走路害怕踩死蚂蚁的阿奇尔德，到头来竟成为主流文化所引进的暴力的替罪羊。小说的笔锋是直接对准白人的侵入的。应当指出，在阿奇尔德的形象里，我们可以清楚地看到作家本人的身影。

近些年来最富影响的印第安人作家是莫玛戴。这个人是小说家，也是诗人。他在本土人保留地上长大，在墨西哥大学及斯坦福大学就读。他的名作是获奖小说《晨曦之屋》。它写的是一个名叫艾贝尔的印第安年轻人，生活在本土与主流两种文化传统的冲突当中、因而上下左右都不搭界的尴尬经历。艾贝尔自幼不知其父，母亲又过世，由祖父养育成人。他参战回乡后觉得一切都陌生得格格不入。后来他和一个白女人有过关系，与一印第安人斗殴并杀死了他，又和一警察发生矛盾，被打得半死。几经磨炼之后他认识到，他的最佳选择是回到祖父身边去。其时祖父已奄奄一息，在最后的六天里，老人将本土人传统的精华传授给孙儿。艾贝尔于是受到再教育的深刻震撼，精神面貌发生根本变化，从思想上回到了印第安人世界中来，积极参与本土人生活以及诸如拂晓竞赛等传统仪式性活动。《晨曦之屋》在艺术形式方面也极有独到之处。比如叙事时间的安排就很别致。全书四个部分相互犬牙交错，充满倒叙与回忆，读一遍怕难得个中要领。另外，小说本土色彩浓郁，各种竞赛、会餐、一年一度的猎鹰赛、印第安人的夜合唱以及拂晓长跑赛等等，都被描述得绘影绘神，叫人如见如闻。《晨曦之屋》把印第安人在现代世界里竭尽全力保全传统、保全自我的顽强搏斗之状，成功地真实地表现出来。

下面我们要说到的著名印第安人作家是韦尔奇（James Welch，1940—2003）。他出生在蒙大拿州，蒙大拿的大平原于是成为他作品的素材及灵感的源泉。他的小说主要表现现代与传统两种生活方式之间所存在的矛盾与张力。韦尔奇的故事的基调是悲观的，这和他所说的"印第安人问题"密切相关。在他看来，印第安人一旦被拘囿在保留地上，他们就不可避免地丧失其传统生活方式。韦尔奇总是从印第安人的视角看问题的。《骗乌鸦族的人》（*Fools Crow*）是他的第三部、也是最出名的一部小说。这是一部历史小说，写的是主人公在暴力、死亡及毁灭的环境中逐渐成长的过程。小说的背景是1870年对黑足族印第安人进行种族灭绝的事件。小说的历史性侧面诉说白人的到来，通过威士忌、棉毛毯及火枪等物腐化、征服本土人，以及对他们所进行的大屠杀罪行。欧洲白人在书中代表黑暗的力量，印第安人在与之搏斗中求生存。白人要达到的目的是导致本土人从肉体到精神的全面解体与火绝。最初印第安人对白人的"礼物"没有免疫力，也未认清他们本来的狰狞面目。于是天花蔓延，北部平原被抢掠，玛利亚族印第安人惨遭屠戮。《骗乌鸦族的人》就是从印第安人角度描写这次杀戮的。书中有一幕场景令人难以忘怀。主人公在遇到一小批残杀的幸存者后，亲眼看到白人给印第安人世界所带来的毁灭性灾难：在一个部族的营地，房屋被夷为平地，亡人陈尸雪野，煳臭令人心悸。主人公无限悲伤地意识到，虽然有人幸存下来，但这个族群业已灭绝，因为没有一个孩子能够逃脱这场劫难。主人公通过这些及一系列惊险和痛苦的经历，身心渐臻成熟，深切感到自己部落传统生活的崇高价值，以及自己对本族及其生存的沉重责任。他把自己和集体的命运连接在一起，在绝望中看到了希望。冬去春来，幼儿出世，人们期望着复活与新生。我们还应注意到，韦尔奇熟谙本土人文化传说以及他们的观察与思维模式，书中一再出现的梦境就充满本土文化色调，实乃一突出例证。此外，韦尔奇语言简练，却蕴含深邃，这是他出色之处之一。

我们还要说到本土美国文学作家的年轻一代西尔科（Leslie Marmon Silko，1948— ）和埃德里奇（Louise Erdrich，1954— ）。西尔科是混血，有印第安、墨西哥及白人血统。她自幼受本土文化熏陶，两耳听惯了祖母滔滔不绝的传说故事，心灵受到震撼与洗涤，思想升华，灵感充足，为日后文学创作奠定了雄厚基础。她在墨西哥大学先修法律，后觉得美国法律有欠公道之处，于是转向文学创作。她的处女作《仪式》（*Ceremony*，1977）使她即刻立足于本土美国文学主要作家之列。小说讲的是一个名叫塔尤的二战老兵，回乡后整日呕吐不止。与此同时，他的部族土地遭大旱，颗粒无收。塔尤的祖父请来一位神巫为他医治，塔尤稍觉好转，神巫便遣他出外，寻觅叔父乔赛亚的花牛。这就是可以恢复他的健康、为他的部落祈雨的“仪式”。他照做了，完成了使命，自己药到病除，部落也迎来了豪雨。小说不乏妙不可言之处。比如主人公的呕吐不止，具有深刻的象征意义。塔尤在二战中听到许多关于暴力与战争的谎话，又目睹了战争的凶残与暴虐，他的心灵饱受创伤，因而战后久病不愈，必须把所“吞下”的一切污垢全都吐净，方可心安理得地过平静日子。小说里所说的仪式其实是主人公逐渐把自身与部族融为一体的过程。它所描述的一人出外、众人受益的模式，熟悉艾略特的《荒原》一诗的读者会发现，两者之间颇有相似之处，细味则会看出幽妙的差别来。例如帮助塔尤完成使命的女人是位神人，她的名字意为“山泉”，她和塔优的交媾起到破除天咒、带来雨水的神奇作用。塔尤和她的相会具有浓郁的神话因素。又比如塔尤受命出发以前，神巫曾告诉他说，路上他需遇到4个人与物才算已抵达目的地：头顶上有明星，眼前有花牛，外加一个女人及一座大山。西尔科通过小说巧妙地把印第安人文化遗产呈现在世人面前，令人有幸领略这一古老文化传统的精湛与伟大。西尔科著作颇丰，除长篇小说外还有诗歌、短篇小说、散文有自传等。

埃德里奇是新生代中很年轻的一位作家。这个人生于明尼苏达州，在北达科他州长大，父亲是德籍美国人，母亲是印第安人。她的处女作《爱之药》（*Love Medicine*）1984 年一问世就让她一举成名，荣获多种大奖，使她小小年纪就荣登大雅之堂，跻身于主要作家名人之列。后来埃德里奇又于 1993 年在首版基础上增加了 5 个故事，成为当前流行的版本。在这之后，埃德里奇又出版著作多种，包括几部诗集和散文。埃德里奇作品描写的重点是印第安人的文化遗产以及它的普遍意义。《爱之药》便是适例。这部小说写的是印第安人家族之间的恩怨与宽宥、和解的故事。时间跨度为四代人的相处经历。虽然主流社会的阴影笼罩其外，小说的情节重点始终没有离开印第安人的生活现实一步。其中不少悲剧和大环境有关，但以本土人之间的互动作为故事的主线，总牵动着读者的心弦。《爱之药》写了印第安人生活的酸甜苦辣、悲欢离合，令读者能有一睹印第安人风采的机缘。比如第一代的老妈妈就面临着一个严重的选择：两个儿子根据法律必须入学接受教育，然而她心里明白，一旦进了学校，儿子的本土传统就必丢无疑了。于是她把长子送去，而将幼子藏入林中。果然，多年以后便出现了两种结果：大儿子具有城里人的一切恶习，而二儿子却为人厚道、诚朴。这也在客观上有力地揭露了主流文化的腐蚀性。《爱之药》在艺术形式上也独具一格。例如它的叙事角度就很别致。除了第一章用的是第三人称叙事以外，其余各章都是第一人称，而且是一章出现一个新人讲述。这就意味着有 6 个主讲人，其中有 3 个人各讲 2 节，述说自己年轻与中年两个阶段的生活情况。各章又纵横交错，头绪纷繁，有点愈理愈乱的意味。这样的叙事法必然导致时间概念的紊乱。虽然作者已有远见，将各章都标出时间，但读者依然目迷五色，一头雾水。作家的意图就在于叫读者回过头去，再读几遍，以便理出个所以然来。小说另一注目之处在于它的大架构：它以其中一个人物的死于风暴当中开始，以此人的灵魂回家结尾，以此人穿针引线，把多条线索连接成一有机整体，这种艺术效果实在是妙不可言。埃德里奇后来还写了北达科他四部曲，《爱之药》中的人物有些还继续出现，给人一种意味深远的史诗感。

我们还要说到印第安人的诗歌创作。特别值得一提的是，所有主要印第安人小说家也同时是一流的诗人，比如莫玛戴、艾伦、韦尔奇及埃德里奇等。此外多个著名诗人云集美国本土诗坛，其中包括肯尼（Maurice Kenny，1929—2016），他的《妈妈诗集》（*Mama Poems*）1984年获美国图书奖；里瓦德（Carter Revard，1931— ），以其运用俄克拉荷马当地方言而闻名；奥提兹（Siomon Ortiz，1941— ），他语言平易，笔触犀利；汉森（Lance Henson，1944— ），他相信印第安人的神秘力量会为美国带来希望；哈玖（Joy Harjo，1951— ），她以其抒情风格而著称于世；以及以其幽默和诚恳着实感人的彭斯（Diana Burns，1957— ）等人。我们还要说到诸如罗斯（Wendy Rose，1948— ）和怀特曼（Hill Whiteman，1947— ）等人，他们都在本土美国文学诗苑里辛勤耕耘经年，竭力充实和丰富对印第安人经历的文学表达力度。由于印第安人作家的集体努力，印第安人文学作品业已走出默默无闻的状态，在书店里占领了属于自己的显赫位置。

亚裔、拉丁裔及其他族裔文学

亚裔美国文学的初露端倪可追溯到20世纪初叶或更早一些时间。当时有关亚洲或亚裔美国人的书籍多是由非亚洲人写的。像赛珍珠（Pearl Buck，1892—1973）就是适例，她的《大地》（*The Good Earth*，1931）当时就红极一时，还拍成电影，在一定程度上为她后来得诺贝尔奖铺平了道路。亚裔美国文学作为一个单独的实体自立门户，那是20世纪70年代的事了。那时如火如荼的民权运动已经深入人心，美国各少数种族的自我意识空前高涨。美国大学里开始开设讲授少数民族作家作品的课程，开始设置关于亚裔美国人的研究项目。60年代中期所通过的新移民法，鼓励大批受教育程度高的移民源源流入美国，进一步改善了文化环境，在客观上促进了亚裔美国文学的发展。70年代早期出现了一些亚裔美国作家作品的选集。1976年汤亭亭（Maxine Hong Kingston）出版她的举世瞩目的《女勇士》（*The Woman Warrior*），一时名扬天下，后来又推出《中国人》（*China Men*，1980），使世人对亚裔以及其他少数民族作家突然刮目相看了。接着，更多的亚裔美国作家涌现出来，尤其是在美国居住时间较长的一些民族，如华人、菲律宾人、日本人等，在70年代和80年代文坛非常活跃。他们作品的选集开始问世，例如《亚裔美国作家选》（*Asian American Authors*，

1972）、《哎咿咿！亚裔美国作家选集》（*Aiiieeeee! An Anthology of Asian American Writers*，1974）以及《亚裔美国文学：作品及其社会背景介绍》（*Asian American Literature:An Introduction to the Writings and Their Social Context*，1982）等。

1989 年华裔作家谭恩美（Amy Tan，1952— ）发表她的著名小说《喜福会》（*The Joy Luck Club*），这是亚裔美国文学发展的重要分水岭。这部作品引起美国文坛的极大轰动，使主流出版社对华人及亚裔文学顿时刮目相看。《喜福会》出现之前，纽约的有头脸的出版社平均每一两年发一部亚裔作家的作品，但在《喜福会》问世之后，情况就有霄壤之别了。1989 年以后每个月在书店的书架上都能到两至三本亚裔作品。与此同时，亚裔作家文选也开始迭出不穷，例如《亚裔美国文学：简介与文选》（*Asian American Literature: A Brief Introduction and Anthology*，1996）等。

迄今在亚裔美国作家中最闻名的要算汤亭亭（Maxine Hong Kingston，1940— ）。她 1976 年发表的《女勇士》（*The Woman Warrior: Memoirs of a Childhood among Ghosts*）荣获当年美国全国书籍评论节奖，使她一跃而成为当代美国知名作家。汤亭亭的父母于 30 年代移民美国，所以她生长一个双重文化环境里，中美两种文化的矛盾与交融就成为她生活中一个让她非常焦躁不安的因素。身份、种族等问题于是成为汤亭亭的创作主题。《女勇士》及其后的《中国人》等作品里反复所谈的就是这个问题。以分门别类论，很难给备受评论节青睐的《女勇士》插上合适的标签。它是一部传记，可读起来又似自传与虚构的合二为一。全书共由五篇既是事实又是虚构的札记性文字组成。第一章讲述作者的姑姑未婚生子被迫自尽的故事，作者的同情心显然是向着惨遭男人至高无上的封建社会迫害的姑姑的。第二章前面说的是在我国家喻户晓的花木兰的故事，说花木兰出征获胜、班师回朝、盛怒之下杀死迫害她父亲的皇帝。这一章后半部分讲到作者自身饱受种族与性别歧视的痛苦成长经历，表示要拿起手中之笔当花木兰的剑来使用。第三章讲的是作者的母亲和作者本人在美国所遇到的身份问题：母亲难以接受美国文化，而作者自己却在两不相靠中饱受熬煎。第四章写作者的姨妈遭丈夫抛弃、移民美国、再遭抛弃、又因文化风俗上的“水土不服”而疯癫至死的悲惨遭遇。在最后一章里，作者决心师法古人，以笔为枪，做女武士，申明自我，扬眉吐气地立于天地间。《女勇士》的写作技巧精湛，象征比兴恰切，语言简明流畅，英文地道而富浓郁的中文韵味，实在是锦心绣口、笔补造化，让人读来兴趣盎然。

下面我们要说到的华人作家谭恩美的《喜福会》在不少方面酷似《女勇士》。它所描写的实际也是关于文化撞击、发现自我的故事。小说共4章，由两代、四母四女8个人所讲的16个故事组成。这些故事的叙述方法很有意思。几个妈妈在旧金山1949年组成喜福会，一起打麻将、吃点心、搞投资、谈过去。她们的故事出现在书的第一和第四章里。她们的女儿们也不甘冷漠，她们的故事出现在其他两章内。母亲们讲的是她们在中国时的痛苦经历，而女儿们说的是她们在美国的生活。经历不同，代沟就不可避免，而且显而易见。母亲要女儿坚持中国文化，女儿却南辕北辙，讨厌自己的出身；母亲要女儿出人头地，女儿却置若罔闻，逆反心极强。对具体事情，双方的看法也大相径庭。比如对喜福会一事，妈妈是殷切期冀在动乱中求快乐和幸运，女儿们对中国的传统麻将本身就很不以为然，认为它是令人感到羞耻的中国风俗。母亲和女儿们通过讲故事，最终使两代人达到相互了解，帮助在美国出生的女儿们理解和接受自己民族的文化。在这些故事中最重要、最感人肺腑的要数金梅母女的经历。金梅的母亲是喜福会的发起人。她多年前在中国时，在日本侵华时期，就曾组织过一个同名俱乐部，希望在毁灭与死亡的包围中能有欣喜和幸运降临。她在战乱中不幸失去一双女儿，后来移居美国后多次联系打听，皆不得要领，到头来仍是杳无音信。她在美国生下的女儿金梅对她很不理解，母女长时间内龃龉不断。后来母亲过世，金梅才开始觉悟，在诸位长辈的帮助下，和中国联系，并前往与失而复得的姐姐会见，终于理解并完成了母亲的心愿，她自己也在这个过程中认清了自己的归宿，从感情到理智都成熟起来。

《喜福会》的技巧也很精湛。16个故事皆由第一人称叙事，8个人物除金梅外一人讲两个，金梅讲四个，自己的两个再加上替过世的母亲讲的两个。这么多人说话，有似七嘴八舌，故事让人眩目如雾里看花。然而线头杂而不乱，最后都被作者精巧的笔触收拢到一起。究其原因，也很简单：在这些故事之间有一可称之为“同类项”的因素，使不同的故事相互连接、辉映。母亲们的“同类项”是她们所依附的“往昔”的阴影，而女儿们的“同类项”则是她们发现和界定自我的痛苦斗争。这种叙事方法并非谭恩美的独创。前面说到的印第安人作家埃德里奇的《爱之药》，或者再往前推一点，福克纳的《去吧，摩西》，都有类似的叙事特点。当然，具体做来，就又各有千秋了。

南亚裔美国作家穆赫吉（Bharrati Mukherjee，1940—2017）的主题则迥然不同。穆赫吉认为，美国是个新地方，她在那里可脱胎换骨，成为全新的人，为此便是抛弃传统也在所不惜。穆赫吉坚持认为自己是美国作家，而不愿让人标上什么“多种文化”或“南亚美国人”等标签。穆赫吉的所有作品都是探讨文化碰撞与融合的主题的。她认为，在一个如美国这样的外国环境中，文化融合意味着改变和再创造自我。她几乎总是从女人的角度看这个问题的，她的主人公迄今都是印度妇女。比如《老虎的女儿》（*The Tiger's Daughter*，1972）中的塔拉，《妻子》（*Wife*，1975）里的迪姆蒲，《茉莉花》（*Jasmine*，1989）里的茉莉花，还有《把握世界的人》（*The Holder of the World*，1993）里的罕娜，都是努力在新世界里寻求自己的新位置的主人公。比如塔拉，她15岁到美国，先是想家想得发疯，后来和一外国人结婚，后又回到印度。她在自己的国家里却经受了一次“文化冲击”：她举目四望，一片陌生；那里的腐化、贫困、痛苦、上层朋友的醉生梦死，等等，让她失望了，担心了，她放弃了传统的观点，迫不及待地要回美国。穆赫吉目前是最闻名的南亚美国作家。

在诗歌创作方面，亚裔美国诗人中最多产的当属美籍日本诗人鸿构（Garret Hongo，1951— ）。鸿构在夏威夷出生、长大，后随家迁居南加州，成人后又遍游日本。作为诗人，他对寻觅种族、家庭的“根”极感兴趣，注重文化认同，强调诗歌创作的灵感。他深感想象力的重要性。随着他的创作生涯的发展，他愈来愈被自己所熟悉的素材所吸引：日本、夏威夷及南加州等地的风景、人情以及社会情况，都成为他诗歌创作的源泉。写作对他说来乃是他的手段，借以在他称之为“旋风”的现代生活中，使自己的文化与道德价值规范保持不变并加以有效运用。此外，还有许多亚裔美国作家在兢兢业业地进行着创作，写出了不少令人赞不绝口的上乘佳作。这些作家中包括索恩（Monica Sone）、休斯顿（James D. Houston）、莫利（Toshio Mori）、戴安娜·张（Diana Chang）、黄哲伦（Henry Huang）等等，不一而足。亚裔美国文学作品与日俱增，业已成为当代美国文学的一个非常重要的组成部分。

美国多种族文学的另外一支生力军是西班牙裔美国作家，或曰墨西哥籍美国作家。对这些作家来说，种族意识是至关重要的思考因素，描写墨西哥籍美国人在美国的生活经历是他们创作的头等素材。多少年来，墨西哥籍美国作家一直坚持这个文学传统，但人少声小，直至20世纪60年代民权运动以后，墨西哥籍美国文学才引起世人充分注意。墨西哥籍美国文学的基本主题是墨西哥籍美国人家庭、墨西哥籍美国人社团以及墨西哥籍美国人争取自身权益的斗争。墨西哥籍美国文学在60年代至80年代异军突起，蓬勃发展，曾有“墨西哥籍美国文学复兴”之称。其时墨西哥籍美国作家文选相继问世，其作品进入大学教室之大雅之堂。墨西哥籍美国作家写的小说近几十年来获得了长足发展。既然其主题主要是寻找或申明墨西哥籍美国人的身份，这就必然牵涉到抵制主流、坚持自我、反对同化等题材。多数作品表现出墨西哥籍美国人的独立意识以及他们捍卫自己传统价值的决心。墨西哥籍美国早期小说家如维拉里尔（Antonio Villarreal）、巴里奥（Raymond Barrio）以及瓦斯奎兹（Richard Vasquez）等人的作品都是极好的例子。之后便是三大小说家的突起：里夫拉（Tomas Rivera）、阿纳亚（Rudolfo Anaya）及希诺胡萨（Rolando Hinojosa）。此外还有著名的小说家曼德兹（Miguel Mandez）、里奇（John Rechy）、阿考斯塔（Oscar Zet Acosta）、穆洛（Amado Muro）、沙肯（Eusebio Chacon）、索图（Gary Soto）以及卡斯蒂罗（Ana Castillo）等等。有些小说家业已荣获全美小说图书奖。

这些年来，墨西哥籍美国诗人的诗歌创作也取得了空前的成就。诗人们主要关心的课题和小说家们一样，旨在表现墨西哥籍美国人的生活经历以及他们确保传统万无一失的艰苦卓绝的斗争情况。墨西哥籍美国诗人的作品，有许多和政治及社会生活有极密切的关系，和墨西哥籍美国人民的争取平等和承认的努力紧密相连。这些诗人看问题的角度和主流传统诗人不同，他们的形象和比喻取之于他们自己的现实生活，他们的语言有时是英语和西班牙语的混合。墨西哥籍美国诗人对本族人的贫困处境、他们所面临的被同化的危险以及他们渴望变化的迫切心情，有深切的感受，对他们的民族自豪感、他们的尊严、诚朴及自爱、以及他们对公理的热爱等等，有铭心刻骨的了解。所以他们写起来总是下笔如神，力透纸背。近年来闻名诗坛的墨西哥籍美国诗人为数不少，其中包括诸如萨林纳斯（Luis Omar Salinas）、加西亚（Richard Garcia）、戴勒加多（Abelardo Delgado）、庞斯（Miguel Ponce）、蒙大加（Jose Montaga）、安奇兹（Richard Anchez）、塞万提斯（Lorna Dee Cervantes）、西斯奈罗斯（Sandra Cisneros）以及阿路里斯塔（Alurista）等人。

促进当代墨西哥籍美国文学发展的先驱人物之一是里夫拉（Tomas Rivera，1935—1984）。他出生于得克萨斯州一家墨西哥移民家庭，对移居的农民的生活了如指掌，他的描写总是一针见血，感人肺腑。他的名著是他的小说集《而大地未离开》（*And the Earth Did Not Part*）。这部集子包括 14 个故事，不同的叙事线索由一条主线，即出没于这些故事中的主角——一个无名的孩子统摄起来。这个无名的孩子是一个移民农业零工，他的思路和感想组成不少故事的中心情节。小说集的主题是显而易见的。墨西哥籍美国人生活在一个外国文化环境里，四顾无亲，步履维艰。这些人对这种文化氛围的反映及态度又因人而异，有些接受了它，有些竭力反抗，还有些则如同书内主角一样，无可奈何，唯有祈求上天赐予好运。人的异化现象严重而比比皆是。作者里夫拉从自身的经历出发，把自己民族在异国生活的窘境与绝望表现得纤悉无遗。他知道自己人的文化特长，他们的生活方式，他们的悠久传统。但他同时也清楚主流文化及生活方式虎视眈眈地同化异己的严重倾向。他写作的目的就在于警醒自己种族人民提高觉悟，以在实际生活中加强应变能力。里夫拉入大学前一直在讲西班牙语的学校就读，后来获博士学位，在大学任教，终于1969年出任加州里弗赛德大学校长，并任此职至去世。里夫拉博采众长，内外兼修，除墨西哥民间传说外，他对美国主流文学作家如安德森（Sherwood Anderson）及福克纳（William Faulkner）等人的风格也有浓郁的兴趣。

我们还要说到萨林纳斯（Luis Omar Salinas，1937— ）。他是很有名气的墨西哥籍美国诗人，在“墨西哥籍美国文学复兴”中占有一席重要地位。萨林纳斯的诗歌具有强烈的社会批评味道，表现出深刻的悲剧意识。比如他的名诗《阿兹泰克天使》（“Aztec Angel”）标示出墨西哥籍美国人生活的真正情况：异化严重，生活困苦，饱受压榨。墨西哥籍美国人在生存线上挣扎。阿兹泰克天使是个局外人，由此而能洞眼观火，深谙社会上一个阶级或种族压迫另一阶级或种族的现实。他经历了生存危机，失去了自我信念，但最后又成功地恢复了自我的认知。他承认自己是一个肺痨女人的儿子，但这个女人是“美丽”的。“美丽”一词，诗人用得极妙。从主流观点看，墨西哥籍美国人身上“印第安人”成分极浓，“美”的因素少得可怜，萨林纳斯宣称自己“美丽”，实际上是申明自我的存在，实在是一个高尚而富尊严的行动。从诗歌创作技巧看，萨林纳斯深受诸如智利诗人聂鲁达等人的超现实主义的影响。超现实主义是他诗歌里一个主要的结构手段。萨林纳斯的意象及比喻多有一种梦幻的意味。

（十一）20世纪80年代后的美国文学

20世纪七八十年代，美国进入后民权运动时代，社会和文化发生了巨大变化。一方面，新时期的美国增加了它的包容性和自由度，少数族群获得了相当程度的话语权。人们开始认识到，“美国不属于一个种族或群体……美国人从在弗吉尼亚海岸落脚的那一时刻开始，就一直在重新界定他们的民族属性。”新时期的美国文学也显示出新面貌。它不再是白人作家位居主导地位的一家之言，多种族、多文化、少数族群的多元化文学表达形式如雨后春笋般出现，开始得到美国评论界和美国大众读者的认知和赞赏。美国乃至世界高等学府的文学教学与科研重点也不再仅聚焦于T·S·艾略特等白人作家，不再只器重美国文学评论界精英评论家们所推崇的“严肃文学”。文学界和社会读者已经开始对文学经典进行重新界定。20世纪80年代以来，美国文坛开始出现一种新局面。文学界的主流在继续蓬勃发展，创作活动非常活跃，包括英裔（或曰白人）美国文学、美国本土（或印第安人）文学、非裔美国文学、墨西哥裔美国文学、亚裔美国文学等在内的众多作家都在认真耕耘，在新时期创作出大量的在内容和形式上都可圈点、道德水准高的优秀作品。

在这个时期里，文学作品的多元主义特点极其突出。有些作品以其骇人听闻的内容引人注目，不少作品体现出大众媒体的明显影响，在信息时代，拥抱媒体和网络，包容一切，拿来主义，不拘一格，显现出典型的多元主义，在构思、情节走向、遣词用字等方面，显示出超越后现代主义作品的特点，开拓了世人的眼界，打破了传统设置的古板疆界，扩宽了文学表现的范围。有些作品表现出鲜明的先锋派特点，以其在内容、形式、语言、结构等方面的独特创新吸引读者和评论界，表现出一鸣惊人的创新姿态。作品的实验性强，反叛传统形式多。例如在形式及技巧方面，有些作家的写作形式出现了令人惊异的变化。有些人的写作不再像传统读者期望的那样：作品有章节标码、标点符号、大小写、字体相同、行行横平竖直、段落相连、全部印刷等传统书刊的编辑和刊印特点。他们在作品里随意运用不同型号的字体、黑体字、斜体字、斜黑体字等，作品里出现各种图表、画面（有时是极猥琐、不堪入目的画面），一页上只有一个字、或几个词语的组合，甚至是空白页。有手写体，有些段落在页面上呈现一路歪斜状等等。有评论家说，这些形式上的特点反映出作品的内容特点，或作家写书时的情绪对作品内容所发生的影响。这里有两点值得注意：一方面，这反映出作家对创作的处心积虑、细针密缕；另一方面也说明，某些作家在自我放纵，或以出奇制胜来弥补才气的不足。这些人的作品会在一段时间内迫使或培养读者适应新的态势，或引起一时的骚动，或许这些革新手法对未来的文学创作将会产生一定影响，但从长远来看，这些不会成为主流。

20世纪80年代迄今的文学作品明显表现出现实主义的特点，尤其在叙事和描写方面。这个时期的许多作品呈现出基本属于现实主义范畴的叙事与各种形式的创新，实际上采取了"拿来主义"，把现代主义与后现代主义手法、20世纪以来各种文学理论、近些年来网络的科技进步等等在内的各种可用因素都据为己有，把它们巧妙地熔为一炉。这些年轻作家的文学功底是不容怀疑的。他们的作品表现出一种新型的现实主义。

下面对20世纪80年代后的美国诗歌、小说和戏剧领域内的一些创作情况略作评介。

80年代后的美国诗歌

20世纪80年代后的美国诗坛出现了新方向、新趋势。读者听到了多种声音，体验到了多种风格。这个时期的多种族诗人的创作多倾向于现实主义传统。例如印第安人作家乔伊·哈玖（Joy Harjo，1951— ）、非裔美国作家洛娜·迪·塞万提斯（Lorna Dee Cervantes，1954— ）、美籍华人诗人李立扬（Li-Young Lee，1957— ）、亚裔美国诗人凯西·桑（Cathy Song，1955— ）、印第安人作家舍尔曼·阿莱克西（Sherman Alexie，1966— ）等。墨西哥裔美国作家阿尔伯托·利奥斯（Alberto Rios，1952— ）的作品显示出魔幻现实主义的特色。近30年来文学领域的焦点人物还包括菲利普·莱文（Philip Levine，1928—2015）、莉塞尔·缪勒（Lisel Mueller，1924— ）及卡尔·菲利普斯（Carl Phillips，1959— ）等。莱文的诗作《灰》（*Ashes*，1980）及《何为工作》（*What Work Is*，1991）都荣获国家图书奖，他的《简单的真相》（*The Simple Truth*，1995）荣获普利策奖。缪勒的诗作《稳住的必要性》（*The Need to Hold Still*，1981）荣获国家图书奖，她的《一起活着：新旧诗选》（*Alive Together: New and Selected Poems*，1997）荣获普利策奖。卡尔·菲利普斯是多项奖项获得者，他已获得洛杉矶时报图书奖、美国笔会诗歌奖、金斯利·塔夫茨诗歌奖等大奖。

在这个时期诗坛上的独辟蹊径者之一是迪恩·扬（Dean Young，1955— ）。他有超现实主义的后人之称。迪恩·扬生于宾夕法尼亚州的哥伦布市，在印第安纳大学获得文学创作艺术硕士学位。他现在是美国诗坛最具活力、影响最大的诗人之一。迄今他已经出版多部诗集，包括《X 设计图》(*Design with X*，1988)、《可爱的异教徒》(*Beloved Infidel*, 1992)、《向任何地方出击》(*Strike Anywhere*，1995，已获克拉拉多诗歌奖)、《骚乱第一课》(*First Course in Turbulence*，1999)、《滑行》(*Skid*，2002)、《现成的花束》(*Ready-Made Bouquet*, 2005)、《不谙世故的导师》(*Primitive Mentor*，2008) 及《狂欢：新诗及诗选》(*Bender: New and Selected Poems*, 2012) 等。迪恩·扬的诗作被多次收入《美国最佳诗歌》(*Best American Poetry*)。他被美国文学艺术协会授予文学协会奖，他的诗作被称作如在 3 个场地同时演出的马戏一般有趣，如怪诞派画家耶罗尼米斯·博斯的油画一样富有想象力。2008 年迪恩·扬担任得克萨斯大学的威廉·利维斯特顿诗歌教授一职。2010 年迪恩·扬发表有关诗歌的《鲁莽的艺术》(*The Art of Recklessness: Poetry as Assertive Force and Contradiction*, 2010))

迪恩·扬的诗歌显示出明显的纽约派诗人——约翰·阿什贝利、弗兰克·奥哈拉及肯尼思·考克的影响，有"第二代纽约派诗人"之称。他对法国超现实主义诗歌很感兴趣，认同法国超现实主义诗人安德烈·布里顿（Andre Breton，1896—1966）及保罗·艾鲁阿德（Paul Eluard，1895—1952）的思想，认为超现实主义更能反映想象力的本质，除掉现实与非现实之间的界限。迪恩·扬的诗作表现出他的独特的声音、语言、构思、想象力及突出的幽默效果。他让人体会到，生活中最严肃的事情莫过于开玩笑。迪恩·扬是一个令人捧腹、表达悲观思想的诗人。迪恩·扬的表达方式独具一格。他的诗歌逻辑跳跃突兀，形象奢侈，腔调多变。他运用超现实主义技巧（如拼凑），创作出一种包罗一切的诗歌。他曾表示他想把一切都放入诗作里。这种包罗有时会出现内容上的脱节，从而引起误解。迪恩·扬认为，把含义与理解联系在一起会导致误会，人们阅读时会不得要领，创作过程比作品本身更重要。他实际在说，他的诗作只给人们一种感觉，而感觉和含义并不尽然相同。迪恩·扬的作品多为展示，而不是解释。他有时把一些科技杂志里的引语放在一起，产生一种拼凑效果，各种腔调互作陪衬。

《我说是我意为否》（“I Said Yes I Meant No”）是典型的迪恩·扬的诗作，特点是只罗列，不解释，初读给人一种胡言乱语的感觉。诗作说到，人们不分良莠不得不生活在一起。你已经说好和那对地质学夫妇一起去捕虾，你如果对其中一个的喜欢度到 85%，对另一个到 35%，那就不错了。你需要喜欢一个至少达 70%，另外一个不少于 25%，否则就会像没有宗教意义地被推上十字架一样的痛苦和没有意义。平均数有误导作用：我喜欢那对夫妇 110%可能意味着喜欢每位 55%，那不会置你于死地，可是睡在你自己的尿水里也不会置你于死地。一个人对自己的喜欢度要在 60%和 80%之间，少于 45%，自己就成为一个负担了，易患饮食失调，当众哭泣，包不了礼物，跑不了接力赛。高于 85%说明你是一个关注自我的讨厌鬼。我不管你在电子方面获得诺贝尔奖或在狗拉雪橇比赛中得胜。当然，一天里变化很大。早晨刚醒你可能感觉为 0，但那是因为你还不知道你存在着，这是婴儿研究一直低迷的原因。之后你起来去烧水，自我感觉可能骤升至 90%，嘿，我会烧水！而这又可能即刻被你打开的电子邮件给抵消掉。切记不要让变化过于剧烈，限度在 40%，超过此限度，就会像暴风雨降在干旱的土地上，也就是，发生泥石流。糖、退休计划、即将服刑都是发生影响的因素。一般地说，大部分关于提高百分比的资料都已收集起来，人们说现代世界充满负面效果的机会。油船破裂，岸上的鸟变黑，失去其漂浮能力。有时候需要好好搓搓身子。换换衬衫。休克疗法从未被轻视过，人们曾在远方的高耸之处背着背包，情致极高，给家里打电话。可是同样的情况也会适得其反。砰，砰，直升机降下急救人员，电话砰地关掉。每种情况在细节上极其不同，就像荷兰的锁头系统一样。有些，老实说，是没救的，但是如果你是身材高挑的女人，那你就穿让你更高的鞋吧！玉米糖，谁不喜欢？告诉 70/35%的舞伴们你不能来，你忘记了你的击剑课，你的猫生了小猫，你的舌苔发绿了，你要死了。

这样的诗作并不艰涩，但也难读明白。一般不求甚解的人会感到作家在胡说八道。诗作先说对人的看法，然后说到对己的看法，都以百分比为标准，不无道理，但给人一种荒谬感。至此，人们虽然尚不清楚诗作的内涵，但对前因后果明白了一些。之后诗作说到可能会引起百分比升降的原因时，人们会突然觉得所说之事有些风马牛不相及，诗行之间失去了必要的连接，对全诗的意义就更不得要领了。

《我说是我意为否》象征性强。它堆积起一大堆事实，一大堆数字，把人们的注意力引向一方。诗人很可能是在和读者玩脑筋急转弯游戏。换言之，诗作似在说此，实在言彼。仔细琢磨，人们可能会超越诗作罗列的现实，而触摸到杂乱表面下的本质。这首诗给人的感觉是生活不很如意，多变、无序，似是而非，人无定见，无肯定感。它会给读者以不同的印象；其中一种印象或内涵可能是，人不是自己的主宰，不能确知是否、真假，只能见机行事，不断自调，或随波逐流。诗歌的调子虽然调皮、诙谐、腾跃而活泼，貌似轻松、调侃，但总的说来，诗作的主调是悲观。

80 年代后的美国小说

20 世纪 80 年代后的小说领域人才济济，作品繁多。不少在六七十年代已在文坛显露头角的作家依然在继续创作。这些包括罗伯特·库弗（Robert Coover，1932—2005）、唐·戴利洛（Don Delillo，1936— ）、雷蒙德·费德曼（Raymond Federman，1928-2009）、汤姆·罗宾斯（Tom Robins，1932— ）、雷蒙德·卡弗（Raymond Carver，1938-1988）、亨特·汤姆森（Hunter Thomson，1937-2005）等。活跃的女权主义作家有玛格丽特·阿特伍德（Margaret Atwood，1939— ）、艾瑞克·荣格（Erica Jong，1942— ）、凯西·阿克尔（Kathy Acker，1947—1997）等。在主题上与女权主义相近的作家有写变性人的凯特·博恩斯坦（Kate Bornstein，1948— ）、写出《卡罗来纳的私生女》（*Bastard Out of Carolina*，1996）的多萝西·阿利森（Dorothy Allison，1949— ）、写出《女男人》（*Female Man*，1975）的乔娜·卢斯（Joanna Russ，1937—2011）、写出《红果林》（*Rubyfruit Jungle*，1973）的丽塔·梅·布朗（Rita Mae Brown，1944— ）等。沿袭玛丽·雪莱（Mary

Shelley，1797—1851）和 G·H·威尔斯（G. H. Wells，1866—1946）等人的科幻小说传统的作家在新时期也硕果累累。这些作家包括格里格·拜尔（Greg Bear，1951— ）、大卫·布林（David Brin，1950— ）、奥尔森·司格特·卡德（Orson Scott Card，1951— ）、亚瑟·C·克拉克（Arthur C. Clarke，1917—2008）、珀特·凯迪根（Pat Cadigan，1953— ）、塞缪尔·R·德兰尼（Samuel R. Delany，1942— ）、菲利普·迪克（Philip K. Dick，1928-1982）、威廉·吉布森（William Gibson，1948— ）等。有些通俗作品的作家也进入评论界的视野，例如詹姆斯·米彻纳（James Michener，1907-1997）、迈克尔·克里科顿（Michael Crichton，1942-2008）、斯蒂芬·金（Stephen King，1947— ）等。在这个时期，有几位小说家可谓文坛新手，诸如乔纳森·莱萨姆（Jonathan Lethem，1964— ）、阿莱克桑德·赫蒙（Aleksander Hemon，1964— ）以及亚瑟·诺尼申（Arthur Nernesian，1958— ）等。他们自 20 世纪 90 年代开始写作，其中阿莱克桑德·赫蒙起步晚些，现在都仍然活跃在文坛上。他们的作品已显示出突出之处，其内容令读者赏心悦目。下列小说家及其作品也都表现出自己的独特题材和写作技巧：杰奎琳·伍德森（Jacqueline Woodson，1963— ）的《出奇的男孩们》（*Miracle Boys*，2000）、丹尼尔·伍德瑞尔（Daniel Woodrell，1953— ）的《宝贝之死》（*The Death of Sweet Mister*，2001）、露西·简·布莱德索（Lucy Jane Bledsoe，1957— ）的《细窄而光亮的路》（*A Thin Bright Line*，2016）等。现在活跃在文坛的闻名的短篇小说家包括安·瑞夫（Anne Raeff）的短篇小说集《我们四周的森林》（*The Jungle Around Us*，2014）、克斯丁·瓦尔迪兹·克德（Kerstin Valdez Quade）的《狂欢节之夜》（*Night at the Fiestas*，2016）、克里斯丁·舒特（Christine Schutt）的《万灵》（*All Souls*，2008）、戴安·威廉斯（Diane Williams，1946— ）的《激动》（*Excitability*，1998）等，很值得一读。

这里介绍几位 80 年代后在小说领域显露头角的作家。

威廉·T·沃尔曼（William Vollmann，1959— ）是一位极富独创性的后现代主义作家，沉湎于描写历史和侵略行为。他是一个很有耐力的作家，他的作品多属于令人望而生畏的冗长类。比如他的北美殖民史长达3300页，他的《欧洲中部》（*Europe Central*，2005）长达811页。沃尔曼以其作品的覆盖面广、知识丰富、文体革新等特点而闻名，他的作品很受评论界的青睐。沃尔曼的文字冗长，这是他的缺点之一。他的某些书就像肥胖病患者一样，如果稍动些小手术，就会变成一个体型适中的人。沃尔曼的读者不多。

这个时期一个出色的小说家是里拉·阿斯纠（Rilla Askew，1951— ）。她是一个获得多个奖项的小说家。她的处女作《仁慈的座位》（*The Mercy Seat*，1998）获得俄克拉荷马图书奖及西方文化遗产奖，她的另一部作品《布拉的大火》（*Fire in Beulah*，2001）描写1921年发生在俄克拉荷马州塔尔萨市的种族骚乱，以巧妙的笔触描写种族关系，受到评论界好评，荣获美国图书奖及迈尔斯图书奖。她的其他小说作品《竖琴歌》（*Harpsong*，2008）、《亲人》（*Kind of Kin*，2011）也都是获多项奖项的作品。

《仁慈的座位》描写19世纪后期美国西部的风貌和生活，读后令人信服，给人留下在脑际萦绕的久而挥之不去的印象。小说的主要叙事人是11岁的女孩玛蒂。故事主要讲她的家庭的毁灭过程。1888年他的叔父因从事犯罪活动，她们全家只好逃离故土——肯塔基，而来到荒野茫茫的印第安人居住点——俄克拉荷马。在他们安定下来时，马蒂的母亲和妹妹已经死去，她的哥哥头脑受伤，父亲则陷入沉默不语状态。父辈兄弟二人观点不同，兄弟间开始争吵，马蒂竭力保住一家，但最后还是促成了家庭悲剧的发生。

小说里充满圣经典故。小说的基本框架来自圣经的该隐—亚伯兄弟杀戮的故事。作者下笔巧妙，把印第安人和基督教的信仰精细地编织到故事里。福音派教士的活动，印第安人的西移，奴隶获得自由但依然受到歧视，白人逃离实施法制的东部等等，皆在书中有所表现。

另外一位小说家丹·布朗（Dan Brown，1964— ）以其恐怖小说闻名。主要作品是他的“罗伯特·朗顿”故事系列，包括《天使与魔鬼》（*Angels and Demons*）、《达·芬奇密码》（*The Da Vinci Code*）、《失落的秘符》（*The Lost Symbol*）、《地狱》（*Inferno*）以及《根源》（*Origin*）等。他常写的主题有密码学、标志物、代码、艺术等，也包括历史和基督教题材。他的小说已经被翻译成56种语言，自2012年以来，已经售出 200 多万册。《天使与魔鬼》、《达·芬奇密码》以及《地狱》已被改编成电影。丹·布朗的作品曾引起争论。布朗自己说，他的作品不是反基督教的，他本人在“不断的精神的行程中行进”，他的《达·芬奇密码》只是一个促进在精神方面讨论和争论的有趣的故事而已，可以促进自省和对信仰的探讨。

值得注意的是，后民权运动社会的“包容和自由”也释放出不少不可小觑的负面能量。这在美国文坛上的反映尤其明显。一些反主流价值的思潮甚嚣尘上，一些反文化的文学流派浮出水面。在 20 世纪 80 年代后的美国文坛，一些颇具影响的年轻作家初露锋芒。他们当中不少人在富足中长大，受到良好教育，但缺乏理想与信念，写出了一些逾越人文价值底线的作品，肆无忌惮地冲击传统的“禁区”，其颓废性及堕落性已经冒犯了起码的道德尊严及最低底线。这些作品渐渐形成具有独特风格的流派。它们具有一些共同的特点：（1）主人公：多为负面人物，多为年轻人，生活优裕，缺乏方向及奋斗目标，颓废、堕落；（2）内容：主要描写消费文化对人生的负面影响，年轻人生活空虚，心理变态，寻求暴力、色情、吸毒的刺激；（3）写作技巧：主要采用现实主义手法，不少采用写真主义技巧。这些作家的某些作品不仅不能给读者以美的享受，而且常常产生令人作呕的效果 。

这些流派和作家的不少作品表明，美国文化的糟粕因素在膨胀，在为社会生活提供负面刺激，而且在对世界文坛产生不良影响。这是在后民权运动时代美国文坛上出现的一股逆流，是对美国和西方文坛主流价值的一种反动。20 世纪 80 年代以后迄今几十年的不少小说作品在内容、形式、技巧和词语运用等方面，都表现出“后现代主义”这一标签无法涵盖的特点。它们显然已经超越了后现代主义的范畴，背离了后现代主义的革新方式，而显示出回归现实主义的迹象。或许后现代主义时代已经结束，一个呈现出多元的现实主义的时代已经萌生。这值得人们进一步研讨。

接下来要介绍的是 20 世纪 80 年代后在美国文坛活跃的几个小说流派，它们的某些作品内容很不健康，在形式上，虽然表现出一些革新手法，但都未远离现实主义。它们当中的某些作家及某些作品虽然已经受到美国和西方文学评论界的青睐，但是它们不能代表当代美国文坛的主流。这几个流派包括庞克与硬核类（Punk and Hardcore）、先锋—通俗派（Avant-Pop，以下简称“先—通”派）以及“X代人”派（Generation X）等。

1. 庞克与硬核类小说

庞克与硬核类文学创作的灵感来自20世纪60年代末至80年代里流行的多种非文学性美学表现形式。这些形式被统称为“青年文化”，包括庞克摇滚乐、硬核色情及低级电影、以及鲜明表现暴力、色情的视觉艺术作品。庞克与硬核类文学在它们的影响和激励之下问世。此类文学在主题上存在逾越文学艺术的倾向，而摇摆于文学表达和其他媒体形式之间。庞克美学的特点之一是颂扬痛苦、暴力、色情和死亡，把死亡浪漫化。它的另一特点是把童稚和色情联系在一起。庞克与硬核类小说惯用的技巧之一是戏仿经典作品。这一流派的代表作家包括丹尼斯·库柏（Dennis Cooper，1953— ）、凯西·阿克尔（Kathy Acker，1947—1997）、多娜·哈拉韦（Donna Haraway，1944— ）等人。

丹尼斯·库柏生于加州一个富商之家，深受法国作家萨德（Marquis de Sade，1740—1814）、让·热内（Jean Genet，1910—1886）、以及美国作家威廉·伯洛斯（William Burroughs，1914—1997）的影响。他熟悉庞克摇滚乐美学，对恐怖电影及“硬核”色情文化情有独钟。这些是他写作灵感的主要源泉。库柏受到当代文学评论界的相当重视。迄今已有两部关于他的作品评论文集问世—《自己冒险进入》（*Enter at Your Own Risk*，2004）及《丹尼斯·库柏的边缘性写作》（*Dennis Cooper: Writing at the Edge*，2008）；后者题目中的“边缘性”主要指同性恋、双性恋或变性等而言。库柏探讨人生的界限，以及性行为对人生的主导作用，被视为表达性行为和性心理的首要作家。他描绘同性恋经历中的极端情景，表现性心理世界，表达在美国世纪末思潮里隐藏的或受压抑的极端现象，显露他的令人忐忑的世界观。他的小说主要描绘同性恋世界里存在的各种可怕情景，诸如系统而规范的虐待狂与受虐狂、恋尸狂、恋童癖、极端的性侵犯、对人身的侮辱以及无故的杀害。库柏的主人公多是心情郁闷的同性恋男孩、吸毒者以及侵犯成性的恋童癖及鸡奸者。

库柏的代表作是“乔治·迈尔斯系列”小说（George Miles Cycle，1989—2000）。这个系列包括 5 部作品—《更近些》（*Closer*，1989）、《搜索》（*Frisk*，1991）、《竭力》（*Try*，1994）、《指导》（*Guide*，1997）及《结尾》（*Period*，2000），都是描写青少年同性恋、吸毒、暴力、具有虐待狂和自虐狂的幻想与幻觉性作品。关于这一系列小说，库柏在一次访谈中说，他在 9 年级时遇到他的挚友乔治·迈尔斯。迈尔斯存在严重的心理问题，库柏就开始照顾他。多年之后，库柏 30 岁时，曾和 27 岁的迈尔斯有过一段简短的同性恋情经历（卢卡斯）。这是他一直念念不忘的创作题材。库柏的这部系列小说意在深刻探讨他对性爱与暴力的迷恋以及他对迈尔斯的感情。例如第 1 部《更近些》，描写几个十几岁的男孩之间的关系，主要讲同性恋年轻人和一个男孩的故事。小说细腻地描写了一些百无聊赖、无事生非、没有方向的青少年所从事的色情和暴力行为。他们伤害自己，伤害他人，有些人则表现出强烈的死的欲望。此书语言污秽，表达直截了当，几乎无法翻译。在第 2 部《搜索》所描绘的世界里也同样充满同性恋人物—色情商品贩子、男妓、吸毒者、性瘾者等，找不到一个在性取向方面所谓的正常人。故事叙事人丹尼斯的头脑里充满杀害他的一个男伴以及取出他的内脏的幻想。书中暴力情节是否属实，让读者很有揣测的余地，但对杀人的研究却很令人震惊。这至少反映出在作者及其同类人的头脑中存在着严重的暴力倾向，反映出西方文化的糟粕一面对于青少年的恶劣影响。《搜索》描写生活的非人道一面，悖逆了文明的基本价值。它的语言猥亵，肮脏得不能长段援引。

库柏的作品很让人讨厌，但也有很大的吸引力及感染力，尤其是对年轻一代。一般读者的感觉是，他的书很有可读性，但读完之后应当扔到窗外去。他的作品已被译成 17 种文字，在美国、瑞典、芬兰、丹麦、挪威、荷兰、法国、德国、西班牙、葡萄牙、英国、意大利、克罗地亚、匈牙利、 以色列、日本及立陶宛等国发行，影响了不少美国的年轻作家，如特拉维斯·杰皮森（Travis Jeppesen，1979— ）、托尼·奥尼尔（Tony O'Neill，1978— ）以及诺亚·西塞罗（Noah Cicero，1980— ）的等人成长和创作。他的作品据说在我国也有译本。

这个流派另一个代表人物是凯西·阿克尔（Kathy Acker，1947—1997）。此人是美国当代文坛一位颇有争议的先锋派人物。她反主流，反权威，一生致力于传布非主流文化，与同样性质的庞克音乐界过从甚密，在庞克派里是一个偶像人物。阿克尔的作品抨击男权至上的资本主义社会，探讨和针砭资本主义尤其是男权统治的法西斯主义性质，旨在推翻现存社会的传统。这值得说道，无所非议。但她擅长写乱伦、受虐狂、虐待狂、受虐狂的苦痛、强暴、以及各种性苛待场面。她坚持表现被男权禁区边缘化的题材，包括性变态、堕胎、自杀、恐怖、色情等。

阿克尔的代表作——《中学时的血腥暴力》(*Blood and Guts in High School*, 1984）—被《洛杉矶时报书评》称为近30年来出现的最大胆、最出色的小说之一。这部作品涵盖了政治、权力、写作、色情和极度痛苦等各种题材。它与阿克尔的其他作品一样，已被划入后庞克色情作品（或后庞克女权主义作品）的范畴，有“后庞克色情宣言”之称。它被列入2006年英国出版的文学参考书——《你死前必读的1001本书》（*1001 Books You Must Read before You Die*）里，书里所列皆为编者称为“最佳作品”。德国和南非宣布《中学时的血腥暴力》为禁书。

《中学时的血腥暴力》讲乱伦、恋童癖及女人在社会上所受的蹂躏。它探讨性行为和暴力，把禁忌与天真并列，反映父权社会对妇女的极不公平。故事的女主人公是简妮·史密斯，小说开始时她10岁。这部小说主要讲述她从幼年到14岁死去时的悲惨经历，其中主要是她的性生活经历，其中包括她与父亲、阿拉伯皮条客及法国作家让·勒内等人的关系。她先是受到父亲的性虐待，后来她父亲结识另外一个女人，就把她送到纽约的一所中学去。简妮有许多性生活伙伴，曾加入一个称为“蝎子队”的流氓团伙，曾被卖给一个波斯奴隶贩子，被迫做妓女；之后患癌症，非法进入摩洛哥的丹吉尔市，遇到法国作家让·勒内，不久便死去，时年14岁。

小说描绘了一个充满痛苦的世界，多次讲到死或死的愿望。它通过描述简妮的可怕经历，抨击男权主义的资本主义社会对女人所进行的无情压榨。但书中描写性爱行为、性场面（性虐待、性羞辱等）很多，充斥着脏字与脏话，显示出作者欲给读者以强烈色情刺激的动机。有评论家说，阿克尔之所以出名，可能就是因为她的作品的这种“刺激”价值。阿克尔的写法很奇特，例如戏仿（或糟蹋）诸如《红字》、《麦克白斯》及《威尼斯商人》等文学经典，话题的不停跳跃，书的一部分是女主人公的日记，在书页上画上不堪入目的男女生殖器等图画，等等。这本书以出奇制胜的“革新”方式征服了英美评论界的一些精英，但并不适宜翻译到我国来。

2. 先锋–通俗派小说

“先锋—通俗”（缩写为“先—通”）一词源于马克·阿美利卡（Mark Amerika，1960— ）1993 年发表的《先锋—通俗【先—通】宣言》（“Avant-Pop Manifesto”）。在这一宣言里，马克·阿美利卡宣布，后现代主义已死，正在被埋葬，一种新现象正在吸引人们的思想。他把这种新现象称为“先锋—通俗派艺术”。先锋—通俗派虽然显现出各种主义（诸如后现代主义、现代主义、结构主义、后结构主义、超现实主义、西方马克思主义等）的影响及痕迹，但它是一个独特的文艺派别。他的代表人物是马克·阿美利卡。此人深受美国文化中糟粕因素的影响，对人生没有明确认识，他的所谓“宣言”很有点不甘心落于平淡而妄自尊大的年轻人所发出的狂言呓语的味道。

先—通派文学属于通俗作品，是美国“青年文化”现象的一个类别。先—通派文学受到主流通俗文化的影响，但又表现出先锋派作品的突出特点。它和二者之间存在着不同之处。首先，先—通派文化彻底改变通俗文化的关注点，而聚焦于一种更流行的晦暗、富于性感、超现实、具有巧妙讽刺特点的表达方式。其次，先—通派和先锋派之间的区别在于，二者对于大众媒体的认识不同：先锋派拒绝承认大众通俗媒体文化的存在，拒绝承认这种文化对人们的支配性影响，而先—通派文学则和大众通俗媒体紧密相连。一些先—通派作家的创作充分利用信息时代大众媒体和网络这一传播信息的捷径，并对媒介进行操纵。这也是先—通派与后现代主义的区别之一。活跃在 20 世纪 50

年代至 70 年代的后现代主义文学艺术家们对当时新兴的巨大的媒体现实缺乏认识，采取疏远的态度，在创作中不够顺乎潮流，与时俱进，因而不能充分表达新时期生活现实的突出特点。

先一通派的代表人物是马克·阿美利卡。他生于迈亚米州，在布朗大学获艺术硕士学位，现任科罗拉多州立大学艺术系数码艺术教授。他探索媒体为文学和叙事学提供的新可能性。1993 年他开始在网络上出台数码艺术及文学网址。他在创作出版了先一通小说《卡夫卡纪事》（*The Kafka Chronicles*，1993）及《性血》（*Sexual Blood*，1995）之后改弦更张，致力于创立网络艺术，创建多学科艺术互联网，在英国、希腊、日本、美国等地进行作品国际展览。阿美利卡代表了美国当代年轻一代中的许多人，他们依靠着国家的富足混日子，过着缺乏方向和传统价值观念、自甘堕落的生活。阿美利卡不代表美国文化的优秀价值。他的一些作品极其污秽，无法译成中文。

马克·阿美利卡的主要著作之一是《性血》。这是一部疯狂的网络色情小说，描绘一个常人所不能想象的崇尚暴力、色情泛滥、吸毒成瘾、毫无爱心与人性可言的可怕世界。尽管书中时而出现谈及创作和想象力、谈论艺术、艺术创作及批评现实的冠冕堂皇的语言，但这方面的描写很少，其主要内容在于描写吸毒和性交，由一幕幕令人恶心的色情画廊组成，是一部地道的黄色作品，是污染社会生活、腐蚀青少年身心的地道的春宫图画册。它运用感性语言，把垃圾摇滚乐、暴女派庞克音乐、现实黑客派及街道艺术等融为一体，描写一个充满暴力、色情、性变态的残酷世界的真相，表现在美国年轻一代中存在的堕落状态。它反映出受到媒体左右的美国人意识的黑暗面，是一个颓废“艺术家”的颓废之作。

《性血》不仅说明了吸毒文化的恶劣后果，也点明先一通派作品里包含的色情泛滥的内容，代表美国文化的糟粕一面，说明它对美国人、尤其是年轻一代美国人的思想可能造成的恶劣影响。《性血》以污秽的语言描写性变态的各种表现形式（例如在《欲望啃着充满欲望的意识》里的性表现、《可恶富人的阴谋诡计》里与苏珊·夏皮罗的关系、在《冲刺垫》里与霍滕的关系等）。作品充满了对做爱场面的直白描绘，如与女友夏皮罗的做爱举动便是典型例子。小说赤裸裸地表现性虐待狂、受虐狂以及暴力行为，反映出美国及西方社会生活的颓废与变态。

此书的语言也值得注意。一方面，它充满网络术语，作者似乎故意以此模糊读者的视线；这在一定程度上也反映出大众媒体、网络、吸毒等因素对当代文学语言的影响，增加了作品的晦涩程度。在另一方面，作品在不少处，所用文字污秽到不可言传的地步。这本小说虽也受到一些蹩脚文人的称赞，但从根本上讲没有什么可取之处。从整体上看，它不值得、也无法翻译成中文。

3. X 代人

“X 代人”（“Generation X”）在 20 世纪 70 年代是一个庞克乐队的名称。后来到 90 年代，加拿大作家道格拉斯·库普兰德（Douglas Coupland，1961— ）写出《X 代人：一个加速的文化的故事集》（*Generation X: Tales for an Accelerated Culture*，1991），使之成为一个历史阶段的代名词。这个词语的含义很多，但库普兰德用它专指出生在 20 世纪 50 年代末及 60 年代的那一代年轻人，他们是在电视机前长大的第一代，大众媒体严重影响了他们的思维和生活以及处理问题的方式。他们所受教育水平较高，讨厌乏味的生活现实，对现代世界的贪婪、压迫及节奏感到失望，对未来感到暗淡但无可奈何，只有接受。这个时代没有战争，没有真正的危机，但人们对核战争的威胁感到迷茫。“X 代人”极度渴望发现生活的意义。这些都在他们的作品中表现出来。“X 代人”文学中的一些作品对暴力和色情用笔浓重，触犯了文学表达的道德底线。他们的代表人物除道格拉斯·库普兰德之外，还有凯瑟琳·哈里森（Kathryn Harrison，1961— ）以及布列特·伊斯顿·艾里斯（Bret Easton Ellis，1964— ）等。

道格拉斯·库普兰德（Douglas Coupland，1961— ）是加拿大人，出生在德国，4 岁上回到温哥华。他最初学习艺术和设计，曾到夏威夷、到意大利米兰市的欧洲设计学院及日本札幌市北海道艺术与设计学院学习。他曾在日本有些地方报纸做写作工作。他的工作经历以及他在日本的生活经历后来都被写入他最出名的著作《X 代人：一个加速的文化的故事》。库普兰德迄今已经写出16部作品。此外，他经常为《纽约时报》、《新共和国》及《艺术论坛》等报刊供稿，进行设计试验，也写戏剧。

《X代人：一个加速的文化的故事》出版后即刻成为畅销书，有新《麦田里的守望者》（*The Catcher in the Rye*，1951）之称。道格拉斯·库普兰德也曾被视为他那代人里的“垮掉的一代”作家杰克·凯鲁亚克（Jack Kerouac，1922—1969），他极不情愿地成为他那代人的代言人。他曾说，“我为自己说话，不是替一代人说话，从来没有那样做过。我只是写我自己的生活，但是我的生活让人难受的普通。存在一些相似，我并不吃惊。”

《X代人》叙述3个年轻人在几天里的生活的故事。三个人来自不同地方，都在加州的棕榈泉镇落脚。故事叙事人是安迪·帕默尔，其他两个主角是戴格玛尔·贝灵奥森（以下简称“戴格”）及克莱尔·巴克斯特。作品分3部分，第一部包括11章，第二部有12章，第三部有8章。在第一部分，三个朋友野餐，安迪介绍一些关于戴格、克莱尔以及他自己的情况。第二部分的故事发生在一天之后，戴格消失，那一周晚些时候托拜厄斯和埃尔维萨露面。戴格毁车事件发生。在第3部分，安迪回波特兰市，克莱尔去纽约，戴格和安迪照看酒吧，最后3个人奔向沙漠。

安迪来自俄勒冈州波特兰市一个有7个孩子的家庭，家庭关系不紧密。他是学语言的，日语说得流利，在日本工作过。他参加过不露姓名酒鬼会，到过米兰，服用过镇静剂。现在和戴格在一家酒吧工作，管理3处平房。他讲过一个故事，题目是《一个急迫欲遭雷轰的年轻人》，说的是一个年轻人极想遭雷击，于是不顾一切，事业、未婚妻等，离家去寻找暴风雨。但是他没有找到，现在依然在外，祈祷能有奇迹发生。安迪后来说，那个年轻人就是他本人。

戴格来自多伦多，在那里他做广告工作。他不招人喜欢。白天开着敞篷跑车，戴着棒球帽去金融区，晚上听另类摇滚乐，在附庸风雅的市区闲逛。他在办公室里挂着一幅木船在南极冰里遇难的画作，想象真正陷入绝境的人所感到的绝望。后来他因和同事们争论，便愤然离开，变成与世隔绝，之后又患上“二十啷当岁精神病”，服用镇静剂以驱逐“邪恶思想”。后来他突然明白了一个道理，即他需要清静和清白，于是就开车来到沙漠，遇到安迪和克莱尔。他梦想在巴哈地区的圣费利佩市开一家旅馆，只招待古怪人和朋友，把钱币钉在墙上，大家一起讲故事。

克莱尔幼时患病一直住院。她身材矮小，黑短发，书法极差，但品味很高，她的家人称她为“老处女”，以前在洛杉矶作辅助采购。她和安迪邂逅后也来到棕榈泉，二人一见如故。安迪和戴格对克莱尔到沙漠来非常钦佩。

这 3 个人都厌恶那些“雅皮士”们。“雅皮士”是“怨气冲天的老嬉皮士摇身变为资本家们”的上一代人，现在住在价值百万美元的全新豪宅里。可是他们 3 个人却拥挤在又脏又小的“鞋盒”里，几乎连卡夫店的三明治晚餐都吃不上。他们生在这个国家，它已经不是充满机会的国度，在这里，过去敞开的门都已关闭，一切值得拥有的东西都已有主。因此，他们为逃避这个充满约束的地方，得到渴望的自由，就都辞去没有前途的工作，来到棕榈泉这个沙漠绿洲镇。在这里，他们住在平房里，做些低薪而无前途的工作，竭力过着没有个人财产的生活，通过旅行、梦想和讲故事打发日子。

故事的情节简单。3 个年轻人加上安迪的两条狗在一处 50 年代土建项目的废墟上吃野餐，讲故事。之后，戴格消失五天，接着克莱尔的朋友埃尔维萨来访，她为寻找冒险刺激也把工作辞掉。克莱尔在纽约的情人托拜厄斯也来了。他长得英俊，算个雅皮士，虽然他不愿人们这样称呼他，他说自己不够富有。戴格和安迪对他心怀疑虑，因为他们不明白他为何要和克莱尔在一起，也因为他们一不小心便会变成他那样的人。几个人待在游泳池边讲故事消遣。之后，托拜厄斯离去，埃尔维萨搭他的车，到一处尼姑庵去开始一种没有财产的生活。一天之后，在酒吧做招待员的戴格下班回家，看到一辆车的保险杠上贴着一张愚蠢的标签，心里厌烦，就起了破坏心，意外地使一辆车起火。他和安迪逃走。安迪回家过圣诞节，克莱尔到纽约去看她觉得和自己已经结束的托拜厄斯。当她到达托拜厄斯的住处时，发现他和埃尔维萨在一起。她不顾托拜厄斯的解释，一气之下离开。

安迪家里 7 个孩子只有他和弟弟泰勒回家过节。其他兄弟姐妹不再像家里墙上挂的全家福那样回家团圆了。安迪回到棕榈泉后，见到克莱尔给他留的纸条，邀请他到墨西哥一处沙漠，与她及戴格一起开旅馆。于是，新年伊始，安迪驾车去墨西哥，寻觅自由，远离现代文明。

这部作品表现出人们对生活、对世界没有自信与把握。他们只了解一些片段，对整体、对未来所知甚少。此书本身也是一个片段，只讲了 3 个人在圣诞节前后几天里的活动，而且他们最后到沙漠去结果如何，是否开起旅馆等事，结尾皆无交代。最后一章说到，安迪看到了远处的核热能云，此章的题目是《2000 年元月 1 日》（“Jan. 01, 2000”），这可能暗示，未来是有希望的。

书里的主要象征物是沙漠。它代表脱离社会、没有财产的乐土。在这里，安迪享受到无条件的爱，他对未来有了信心，觉得生活可能会变得神奇。书里的图画和新词语充分说明媒体对 3 个人的深刻影响。作品暗示出的问题是，他们逃到沙漠深处去，希望能够逃脱他们的文化、他们的问题和失望。但是他们的文化已经成为他们身心的一部分，已经融入他们思维和观察事物的方式中。在这种情况下，他们能够逃脱掉吗？作家没有提出答案，读者也无从得知。

《X 代人》的一个特点是人物聚在一起讲故事。这是安迪的建议。安迪认为，朋友聚在一起，感情交流不足，通过讲故事，说出自己的想法，一为发泄感情，一为评论当今的消费社会生活。其中一个故事是克莱尔讲的。故事的题目是《得克萨拉荷马》，讲述一位宇宙飞船飞行员与 3 个姐妹的爱情故事。另外一个故事是安迪讲的，题目是《爱德华的故事》。安迪没有与女人恋爱的经历，但他明确表示，他不愿孤身一人度过此生。他的故事表明了他的这种心态。

小说是对当代美国社会生活的强力针砭。这表现在他们和太阳的关系上。在小说的开首，安迪说到他在 15 岁时看到了日全食。当天空黑暗下来时，他感觉到一种黑暗，一种必然，一种心神着迷感。这种感觉一直存在，他从未能完全摆脱过。这可能是他苦苦寻找暴风雨以被电击的目的。3 个朋友在沙漠里看到太阳的全貌，感到它不可依靠，所以他们不信任任何人、任何事。这也影响了他们的爱的能力。3 个人都不能真心地爱。安迪和克莱尔努力相爱，未果，戴格和克莱尔也没有堕入爱河。爱情是社会现象，它是脱离这个痛苦世界的关键，但社会不可信，人际间没有信任。当然，小说也表明，3 个人又都不甘于寂寞，都想建立一座“人际关系的城市”。

接下来主要介绍一下X代文学作品里两部逾越道德底线的代表作—凯瑟琳·哈里森的《吻：一部回忆录》（*The Kiss：A Memoir*，1997）及布列特·伊斯顿·艾里斯的《美国精神病人》（*American Psycho*，1991）。

凯瑟琳·哈里森的主要作品是《吻：一部回忆录》。凯瑟琳·哈里森出生在洛杉矶市，由外祖父母抚养成人。她毕业于斯坦福大学，之后完成了她在艾奥瓦大学作家培训班的学业。她的作品种类较多，包括小说、回忆录、传记以及描写真实犯罪案情的非虚构文学作品。她在纽约市亨特学院的艺术创作硕士专业任教，经常为《纽约时报》撰写书评。她被评论界视为美国当代最优秀的年轻作家之一。

《吻：一部回忆录》是哈里森最闻名、最畅销的著作，《纽约时报》的畅销书，评论界对它评价甚高。有评论家称之为“骇人听闻但文笔美妙……在时间上前后跳跃但把人无法抗拒地引向一种大恶的中心去”；也有人说，“每一句话都击打、烧灼、留下疤痕，宛似心中最黑暗的暴风雨里的闪电一般。”《吻》讲述一个违禁的故事，主题为“我”、母亲与父亲之间的“三角恋爱”关系，详尽暴露出“我”在成长中的生活与感情经历。“我”自幼与母亲关系紧张，父母离异，20 岁时和父亲团聚，之后父女间开始长达 4 年之久的乱伦“爱”，此事对母亲伤害严重，“我”在此过程中对自我的作为有所认识，感到内疚。故事主要涉及“我”本人、“我”父亲以及“我”的年轻母亲，其间也说到外祖父母及“我”自己后来组成的家庭。顺便提一句，这种乱伦关系在作家前三部小说——《浓于水》（*Thicker Than Water*，1992）、《毒药》（*Poison*，1993）和《暴露》（*Exposure*，1995）的情节与主题里都有表现。

此书的非道德性首先表现在它的主题上。“我”做了乱伦之事，在书中详细叙述乱伦的一些过程和细节，把乱伦作为一个主题用文字记录在案，在客观上使描写乱伦合法化。另外，“我”虽然有罪恶感，但对父亲的态度却自始至终非常暧昧。“我”对父亲的客观描写说明，“父亲”是一个地地道道的人渣。但“我”在描写父亲的字里行间却透露出好感，相信父亲的爱是真的。由此看来，她对她们父女之间的乱伦是负有责任的。

《吻》的突出特点是，它充满激情，也不乏淡定，虽然写乱伦，但字里行间透露出自我意识、自我评判以及随之而来的罪恶感。全书文字优美，诗意浓郁，读来宛似一场大胆而可怕的梦，对读者常有催眠效果。这一切反倒加强了此书对读者的恶劣影响。

说到布列特·伊斯顿·艾里斯，此人的主要著作是《美国精神病人》。艾里斯生于洛杉矶的一个中产阶级家庭，父母在他成年后离异。在谈到他的性取向时，他表示愿意人们把他视为同性恋者、异性恋者及双性恋者。他的主要著作包括《格莱默拉摩》（*Glamorama*，1998）、《美国精神病人》（*American Psycho*，2000）、《吸引的规则》（*The Rules of Attraction*, 2002）及《告密者》（*The Informers*，2008）等。艾利斯认为自己是说教作家，但评论界有人把他归类为虚无主义者。他作品里的人物多为思想贫乏的年轻人，他们知道自己在堕落，但乐意为之。艾里斯是“X 代人”派的主要作家之一。他的作品已经被翻译成 27 种语言。

迄今为止，人们一般认为他最闻名的、也是 20 世纪美国文坛最受争议的作品是《美国精神病人》，一家出版社曾预付给他 30 万美元，但之后又因妇女组织对此书内容的抨击而拒绝出版，改由阿尔弗雷德·A·诺夫出版社出版，面世后他曾接到不计其数的死亡威胁及仇恨信件。此书后来被拍成电影。

《美国精神病人》描写一个杀人惯犯的思想和作为。故事发生在 20 世纪 80 年代后期的纽约市曼哈顿区，恰值华尔街的繁荣时期。主人公是帕特里克·贝特曼，他是一个“化身博士”式的人物：白天是一个富有而年轻的投资银行家，晚上是一个杀人惯犯。贝特曼二十四五岁，是故事的第一人称叙事人，用现在时态、意识流的方式述说他的日常生活。他的日常生活包括周五晚上在纽约华尔街的精英圈里的吃喝说笑、他日常的性糜烂生活以及晚上进行的谋杀行动。他和朋友谈话有时透露关于他的暴力和谋杀行为的信息，但是他们并不认真听他所讲的内容，不相信他会做出那些事情。贝特曼杀死他的同事保罗·欧文、两个女友以及一个妓女。他的谋杀显示出虐待狂特征，他折磨、强暴、甚至肢解受害者。他的双重人格间的界限变得越来越模糊不清。在一次街道枪击“狂欢”中，他杀死了几个行人，迫使特殊武器与战术单位不得不空降下一队警员来应对局面。贝特曼逃至办公室，打电话给律师哈罗德·卡恩斯，在后者的留言机上坦白了他所犯的一切罪行。之后某天他去见律师，谈他在留言机上说过的事情，却发现律师非常开心。律师觉得他的留言是一个令人捧腹的玩笑。律师对他说，他胆子太小，做不出那些坏事，而且他不可能杀死欧文，因为几天前他在伦敦曾和欧文两次共进晚餐。小说以贝特曼如往常一样和朋友们吃喝玩乐的情景为结尾。《美国精神病人》对暴力和色情的描绘表现出明显的崇尚倾向。作品的题目定为《美国精神病人》，表明作者描写的对象一贝特曼一是一个精神病人，但小说的题目却没有任何冠词，说明贝特曼并非个案，他是当代美国人崇尚暴力和色情的象征。即便书中所描写的暴力和色情行为没有发生，它也表现出在当代美国存在着这样一种明显的心理和社会倾向。

此书在德国、澳大利亚、格陵兰、新西兰、加拿大等地被视为“少年不宜”，或引起争论，其销售与借阅皆受到限制。在美国，2000 年此书被拍成电影，2009 年出版了音频版，2013 年伦敦上演了此书的歌剧版。近年来，美国和西方评论界出版了被称为“指南”的小说作品介绍系列，旨在向美国和世界读者介绍美国和西方评论界认为最受欢迎、声名最高、影响最大的一些小说作品，《美国精神病人》（*American Psycho*）被列入这一系列指南之内。

文学传统的基本道德底线是“教人做好人”。文学创作向来发挥警世、醒世与抑恶扬善的社会作用。文学表达的这一道德底线已在世界文学与文化的传统中清楚地表现出来。除个别情况外，很少有人具有冲破这个道德底线的勇气。上面提到的一些作品是当代美国文学发展中出现的一些另类，这些作品所呈现出的倾向，也可能预示着西方文化、美国文化及人类文化发展的潜在危机，即物质生活愈益优厚，精神可能会愈益贫乏，人可能会愈益倾向堕落。这个前景足可令人担忧，人们不可掉以轻心。

80 年代后的美国戏剧

在 80 年代后的戏剧领域内，出现了不少优秀的剧作家和剧作。在剧坛影响较大的剧作家有道格·莱特（Doug Wright，1962— ）、约翰·帕特里克·闪利（John Patrick Shanley，1950— ）、玛格丽特·埃德森（Margraet Edson，1961— ）、拉吉夫·约瑟夫（Rajiv Joseph，1974— ）、特雷西·莱茨（Tracy Letts，1965）、托尼·库什纳（Tony Kushner，1956— ）及艾米·赫佐格（Amy Herzog，1979— ）等。

道格·莱特描写现实与观察、性取向及书刊审查等题材，他的名作有获得多种奖项的作品，如《辣刺》（*Quills*）及《我是自己的夫人》（*I Am My Own Wife*，2004）。《辣刺》获美国凯瑟尔林最佳新剧作奖，后者获普利策奖和托尼最佳剧作奖。他也为百老汇创作音乐剧。在写作技巧方面，他认为当代所有剧作家都深受田纳西·威廉斯（Tennessee Williams，1911-1983）的影响。

约翰·帕特里克·闪利是一位多产的剧作家，他的多部剧作受到好评。他的最出色的作品是《怀疑：一个寓言故事》（*Doubt: A Parable*，2004）。故事发生在 20 世纪 60 年代中期纽约北部的布朗克斯区一所天主教学校里。因为尼姑怀疑教区一个神父与一个学生之间存在正当的性关系。自始至终怀疑一直是剧作的主线，观众（或读者）会处于五里雾里，不得真相。这部剧作获 2005 年普利策奖及托尼最佳剧作奖。闪利的其他一些剧作包括获奖作品《海员之歌》（*Sailor's Song*，2004）等。

玛格丽特·埃德森的经典作品是她的独幕剧《才智》（*Wit*,1991）是一部获得普利策奖及其他多种奖项的作品，还被拍成电影。它描写一位酷爱约翰·堂恩诗作的英文教授（薇薇安·贝阿林）发现自己患了晚期卵巢癌，开始如何有生之年度过。她开始问自己做了什么错事，之后会发生什么事情。她经过各种治疗，包括痛苦的化疗，在和护士交谈得知无救之后，便和院方签署文件，要求失去意识后医院不要采取抢救措施。最后她因心脏病发作而死去。值得注意的是，病人相信语言的力量，通过阅读约翰·堂恩的十四行诗而确定神圣力量的存在。此外，病人一生做学问，没有亲朋，这为观众和读者指出，只注重知识和智慧会导致灵魂的孤单和贫乏。

拉吉夫·约瑟夫的剧作《巴格达动物园里的孟加拉虎》是一部探讨战争的奇特的作品。它描写一只老虎的鬼魂在伊拉克战争时的巴格达大街上游荡，寻找存在的意义，以及它的杀害者。这部剧作显得奇异，但很动人，内涵深刻。这是当代洞悉战争的优秀作品之一。

特雷西·莱茨的悲剧性喜剧《奥萨奇县的八月》描写一个老妇人维奥莱特·韦斯顿在她的俄克拉荷马家里服用各种处方药品，和口腔癌做斗争的故事。在她丈夫去世以后，家里突然出现一群各种人物，其中有性格奇异的亲戚，也有毫无干系的奉迎者，出现了一系列的阴谋诡计、爱恨关系及讨价还价。作品把人际间的复杂与丑陋表现得淋漓尽致。

托尼·库什纳是当代美国剧坛获得多项奖项的剧作家。他生长在路易斯安那州，在哥伦比亚大学获得学士学位，在纽约大学完成研究生学业。20 世纪 80 年代早期开始戏剧创作和排演工作，并成立了一个剧团。他的作品的突出特点是加重对话环节，紧缩动作部分。他的写作风格经常脱离典型的现实主义。他的最受大众欢迎的作品是《美国天使》（*Angels in American*,1991，1992），剧中不乏壮观的场面和非凡的时刻，加强对剧作主旨的表达力，提高作品的趣味性。这部作品荣获普利策奖、托尼最佳剧作奖等。《美国天使》通过描写纽约曼哈顿区的一对同性恋人的生活，表现 20 世纪 80 年代美国的艾滋病和同性恋状况。剧里出现一些神奇人物（天使）和已过世者（鬼魂）。剧作也涉及其他一些偶尔相互关联的故事情节。剧作分作两部分，2003 年拍成电影。库什纳的其他作品还包括《暗杀者的时代》（*Age of Assassins*，1982）等。他也是出色的散文家。

艾米·赫佐格的作品多以其家庭生活经历为背景。她的第一部剧作《革命之后》(*After the Revolution*，2010)探索她的家庭历史，特别是在 1999 年透露出她的继祖父曾在二战期间向苏联提供过政府机密一事，全家人所面临的困境和挑战。2012 年她的剧作《4000 英里》(*4000 Miles*)荣获奥比美国最佳新剧作奖，2013 年入围普利策奖。在这部作品里，她同样从家庭经历中汲取素材。21 岁的利奥在自行车越野旅行中失去好友，就到他的 91 岁的祖母家里小住，以求获得某种安慰。两个不同年龄和经历的人在一个屋檐下生活了一个月，经历了相互理解和磨合的感人肺腑的过程。此剧描绘生活的琐碎细节，表现人之常情，如爱、怒、善良、热心肠等，以及人际间的复杂关系，这些都发挥了理解和解脱的作用，剧作效果幽默而感人。

如前所说，美国文学史正在经历着再思考、修改与补充的过程。主要作家与作品的排列在与现实中的多种生活经历逐步吻合起来。愈来愈多的少数民族作家进一步认识到本族群生活的重要性，他们的声音愈来愈加响亮。这一发展的必然结果是，文学作品的品种与数量与日俱增，令人目不暇接。美国各文学大奖委员会需要放开眼界，注意发现新书和新人，鼓励后起之秀，提携"无名之辈"。这一切都已经在进行当中。多种族作家在得到应有的承认。美国文学名副其实地充分反映美国多元现实的日子愈来愈近了。这种发展无疑将影响文学史的撰写及文学课程的开设，牵涉到美国文学作家与作品的重新估量与布局。当"主流"与"支流"间的分界最后消失时，"多种族"的提法也就会失去其本意。这种情况的出现当然需要时间，但已经开始显露迹象了。

回想当初詹姆斯(Henry James)写《美国人》时，他把他的主人公称作为克里斯托弗·纽曼。以詹姆斯的深思熟虑，他这个命名绝非偶然。克里斯托弗可能意指发现北美新大陆的哥伦布，这个人的教名是克里斯托弗，此名随着时间的推移已经获得"探讨未知世界"的内涵。"纽曼"可能出自美国早期移民作家克里夫古尔(Hector St. John de Crevecoeur)的《一位美国农夫的来信》一书。克里夫古尔在这本书里把在北美刚立足的欧洲移民称作为"新人"，英文的中译音为"纽曼"。

克里夫古尔的意思是说，那些人在北美大地上，挣脱了传统与往昔的限囿，正努力创造全新的生活。在这一点上，美国历代作家都有点“纽曼”的精神。他们都在自己的时代氛围内，像哥伦哥伦布或“纽曼”那样，不断探讨和尝试，不断革故鼎新，从不坐在前人的遗产上心满意足、沾沾自喜，总是殚精竭虑，以求有所建树。于是，我们看到，在美国文学早期，美国作家为争取文化与文学的独立而进行艰苦卓绝的奋斗，终于在19世纪上半叶迎来了硕果累累的浪漫主义文学创造的高潮期。后来又随着时间的推移，乡土文学和现实主义文学取过接力棒，在表现美国现实生活方面取得了出色的成就。到19世纪末、20世纪初，现实生活变得愈加黯淡，“美国梦”似在幻灭，一批自然主义作家又应运而生。20世纪20年代信仰危机加剧，生活失去秩序和目的感，而呈现一种支离破碎状，于是乎多位作家同时抄笔，描绘当时的“荒原”景象，现代主义作品问世，创造出美国文学史上继浪漫主义之后又一个光辉灿烂的时代。到了30年代，社会与政治环境又大变，在长达10年的时间里，大萧条的阴影笼罩着一切，30年代的作家们以他们独特的灵感顺时应势，创作出满足时代要求的作品来。战后以来，美国文坛是一片姹紫嫣红、百花争艳的景象。作品数量惊人的多，技巧革新惊人的别出心裁。后现代主义已在文学诸领域内取得空前的成就。每年都有新面孔出现，时时都有新的惊喜。自从60年代、70年代民权运动以来，文坛又添新兵新将，不同种族与文化背景的作家大批涌现出来，给美国文坛带来一股新鲜的和煦的风。300多年以来，历代美国作家在美国文苑辛勤劳作，新花新草不断生长，满园一片生气。有些作家，尤其在当代，可能自我放任了一点，有些则露出一副颓废状，但所有的人都在竭尽全力翻新花样，以求一新耳目的效果。唯有这种努力才会创造伟大。陈嘉教授曾指出，美国文学从古至今，有许多值得我们研究和借鉴之处。[16] 他们这种孜孜不倦的革新精神，大概要算最重要的一点。

四、教学/复习辅助思考题

下列问题覆盖英美文学各阶段的要点，旨在提供线索、明确方向、活跃思路，以求在综合思考的基础上达到认识的升华。

这些问题可有下列多层面的用处：

（1）作为应急，可满足报考研究生的年轻学子的需要，以供应考之用。

（2）对在学研究生，可帮助他们准备资格考试、选定论文题目、以及论文撰写前的研究。

（3）对英美文学的授课与指导教师，这些应有相当参考价值。

（4）对有意钻研外国文学的读者，可帮助他们发现新的研究领域。

1. 英国文学部分：

1. Define the major features of a literary genre—epic, allegory, romance, drama, or novel and trace its process of development with reference to at least three British writers in different literary periods.
2. Discuss the different ways in which the *Bible*, Greek mythology, and the Arthurian Legends have influenced English (and American and world) writers.
3. *Beowulf* is thematically concerned with both ancient Germanic war society and Christian values, and its major formal features (such as alliteration and kenning) have been an influence over later writers. Discuss.
4. The Arthurian Legends took a long time and the effort of many writers of different ages to grow and become finalized. Discuss with special reference to such writers as Geoffrey of Monmouth, Layamon, Wace of Jersey, and Malory.

5. Chaucer sees literature as an agent to moral education. You may or may not agree with this stance. Discuss with support from his works such as *The Canterbury Tales*. Your answer may include different views of the function of literature as expressed by other authors of different periods.
6. *The Canterbury Tales* presents a social portrait of 14the-century England.
7. Some "other worlds" are portrayed in a number of medieval and later English works such as some tales from *The Canterbury Tales*, *Utopia*, *The Faerie Queene*, *Pilgrim's Progress*, and *Gulliver's Travels*. How do these other cultures help achieve the themes of these works. Your answer may include an example or two from works of other literary periods.
8. Although the Pre-Elizabethan period (roughly from 1400 through the beginning of the Elizabethan period) did not produce many great writers, a lot happened that proved to be conducive to the growth of humanism and the flowering of the Renaissance in the Elizabethan period. Discuss with supportive evidence from one or both of the periods under discussion.
9. In the history of English literature there has been a long line of critics who helped mold the critical standards of their times like "literary dictators" with their different tastes and values. Discuss with reference to at least three of the following: Jonson, Dryden, Johnson, Wordsworth, Coleridge, Arnold, Pater, and T.S. Eliot.
10. Some writers' genius lies in the reworking of some existing materials, but they make their "sources" infinitely better. Discuss with reference to Shakespeare and/or Chaucer. You may glean additional support from other literary periods.

11. Define tragedy and discuss with reference to Marlowe and Shakespeare. You may glean additional support from other literary periods and cultures.
12. Shakespeare has been said to possess the Midas' touch. Discuss.
13. Samuel Johnson says in his *Preface to Shakespeare* that Shakespeare has no heroes. Do you agree? Discuss with reference to some of Shakespeare's major works.
14. Shakespeare's tragedies all contain a tragic recognition, a moment of terrible enlightenment. Discuss with reference to *Othello*, *Hamlet*, and one or two other tragedies.
15. Choose two or three passages from Shakespeare's plays that you consider memorable, and explain your reason(s) why you think so, mentioning their relevance to achieving the thematic concerns of the plays as well as their relevance to life.
16. Define 16th-century humanism, and discuss its representation in Elizabethan literature with reference to some of the major works of Marlowe, Shakespeare, and some other Elizabethan writers.
17. Define "Metaphysical Poetry." Discuss its critical fortunes and its historical influence, and explain what is meant by a "metaphysical conceit" with evidence from the metaphysical poets and from poets writing in other literary periods.
18. *Paradise Lost* has sparked off some discussions about the Fall. Some argue that Milton seems to see it as fortunate, but others feel differently about Milton's treatment of the subject. You may get additional support from other cultures such as American literature.
19. Milton seems to have written his own life story into his major works like *Paradise Lost* and *Samson Agonistes*. Discuss with emphasis on the analysis of Satan and Samson.
20. The neo-Classicism of Dryden and Pope was the natural corollary of the development of English literature from the Renaissance through

the beginning of the 18th century. Discuss the difference of the works and theories of Dryden and Pope in relation to Elizabethan exuberance and the eventual cooling down in Pope.

21. *Gulliver's Travels* may prove that Jonathan Swift was a misanthrope. Discuss.
22. Despite of the staunch efforts of such influential neo-classicists as Alexander Pope and Samuel Johnson, 18th-century poetry still slowly but steadily moved away from their control and veered in a radically different direction. Discuss with a brief analysis of the following poets: Thomson, Cowper, Gray, Goldsmith, Crabbe, *The Poems of Ossian*, Bishop Percy, Burns, and Blake.
23. The genre "novel" appeared in the 18th century with some novelists like Henry Fielding practicing and theorizing about it. Discuss the basic features and theories of the 18th-century novel that impacted novel writing in the Victorian period. Be sure to mention also such writers as Sterne and Smollett.
24. Poets of different periods use images of nature to convey different messages. Discuss with support from the works of different ages such as the 18th century and the Romantic period.
25. Wordsworth is said to be a limited genius in a special-his-period of time in history. Discuss with reference to the works of Coleridge and Keats as well as Wordsworth.
26. Discuss the symbolism of *The Rime of Ancient Mariner*, keeping in mind the moral of the poem (if it has any) and the fact that the mariner is an archetypal figure.
27. The French Revolution exercised a visible influence on some British writers such as Blake, Wordsworth, and Shelley. Discuss.
28. What would Samuel Johnson have said about *Lyrical Ballads*, its preface and its poems if he had a chance to do so?
29. In the late 18th-century and all through the 19th, women began to

write for self-expression as well on life in general. Include in your essay such writers as Wollstonecraft, Jane Austen, the Bronte sisters, Elizabeth Gaskell, George Eliot, and Elizabeth Browning.

30. In both thematic and formal terms, *Wuthering Heights* appeared to be an oddity in the literary and social milieu of the Victorian period. Discuss with reference to prevailing Victorian values and include, preferably, with a look at the books' critical fortunes.
31. The theories of evolution were important to Victorian writers. Discuss with reference to Tennyson, Meredith, Butler, and Hardy.
32. Define Utilitarianism (Benthamism) and discuss its historical importance in Victorian literature with reference to at least two of the following: Dickens, Tennyson, Carlyle, and Mill.
33. Victorian writers were regarded as prophets of some kind, who were supposed to have some messages for the public. Special reference should be made to the works of such writers as Tennyson, Browning, Arnold, Dickens, Charlotte Bronte, and George Eliot.
34. Some people read Charles Dickens as a social historian. Discuss.
35. Victorian writers reacted to feminism differently. Discuss with reference to at least two of the following: Tennyson, Meredith, Ruskin, Hardy, Mill.
36. The idea of progress is dealt with in the works of some Victorian writers such as Tennyson, George Eliot, Arnold, Carlyle, Meredith, and Arnold. Discuss.
37. The Victorian middle class features prominently in the works of such writers as George Eliot, Trollope, Dickens, Arnold，Browning, and Meredith. Discuss.
38. *In Memoriam* both draws from the elegiac tradition and possesses poetic resources independent of that tradition. Discuss.
39. Although his thematic and formal innovations seem to place him outside the Victorian literary milieu, Browning is in the final analysis a

typical Victorian poet. Discuss.

40. The artistic value of writers changes with time. For instance, Tennyson was regarded as a teacher and a prophet in his own day, but his reputation rests on a different basis today. Such is the case also with Robert Browning. Discuss.
41. In the 19th century, some intellectually thinking minds felt keenly the loss of faith happening in their day. Discuss with reference to the works of some of the following: Coleridge, Arnold, Tennyson, and Hopkins.
42. Victorian writers tend to reveal a "divided self" in their works, or the opposing forces within them to help enrich their creativity. Discuss with reference to Arnold, Wilde, Ruskin, Rossetti, and Tennyson.
43. The three major long poems that came out of the Victoria period, *The Ring and the Book, Idylls of the King*, and *The Wreck of the Deutschland*, while representing Victorian approaches to the presence of evil in the world, all try to "justify the ways of God to men." Discuss.
44. Both George Eliot and Thomas Hardy were philosophically oriented novelists. Discuss with reference to their similarities and differences.
45. Discuss the late Victorian aesthetic movement with reference to its literary and cultural origins, its aesthetic credos in theory and practice, and its manifestations in literature. The authors who contributed to the movement should include, among others, Ruskin, Pater, Morris, Rossetti, Swinburne, Wilde, and Moore.
46. Dickens, George Eliot, and Thomas Hardy shared in their art and thought something "Victorian," but they each reflected a different phase of the period. Discuss.
47. Why were the Georgians popular in the first years of the 20th century and again in the 1950s? When the first anthology of the Georgian poets appeared in 1916, D.H. Lawrence and Robert Frost were also

included. How well did they (or did they not) fit in there?

48. Discuss the different ways in which the poets of early 20th century wrote about war with reference to the works of Rupert Brooke, Edward Thomas, and the war poets such as Wilfred Owen.
49. In her famous essay entitled "The Modern Novel," Virginia Woolf places a label "the Edwardians" on writers such as Arnold Bennett. Discuss the historical significance of Mrs. Woolf's statement with reference to the distinction between these and writers such as Virginia Woolf and James Joyce.
50. Discuss the major contribution of James Joyce to English and world literature. Be sure to include an analysis of his major works.
51. D.H. Lawrence both drew from and reacted to Freud's theory of psychoanalysis. Discuss with reference to Lawrence's novels and his poetry.
52. Yeats had a long varied career. Discuss with reference to the representative works of his different phases. Be sure to include in your answer an analysis of his mythic-symbolic system and its importance to his poetry.
53. There has been a long line of distinguished writers who, Irish either by birth or upbringing or both, have made a unique contribution to English literature. Discuss with reference to at least three of the following writers: Sheridan, Swift, Wilde, Shaw, Yeats, Joyce, Auden, Dylan Thomas, and Beckett.
54. The poetic scene of the 1930s was a colorful one. Discuss with supportive evidence from the works of such diverse poets as Auden, Thomas, and Simpson.
55. The Romantic revival in which Dylan Thomas played a major part was an inevitable outcome of the developments of the 1930s. Discuss.
56. The novelists who lived and wrote in the 1930s and through the war most revealed a satirical edge in their works. Discuss with reference to

at least three of the following: Graham Greene, Orwell, Joyce Cary, Evelyn Waugh, Huxley, Compton-Burnett, Elizabeth Bowen, etc.

57. "The Georgians" and the Augustans influenced the postwar scene of English poetry. Discuss with reference to some of the works of the "movement" poets and their contemporaries: Philip Larkin, Donald Davie, Thom Gunn, Ted Hughes, Geoffrey Hill, Tony Harrison, Seamus Heaney, Craig Raine, and James Fenton.
58. The epithet, "The Angry Young Men," has been used as a label for both the writers of 1950s group and the major characters that appear in their works. Discuss with reference to at least three of the following writers: John Osborne, Kingsley Amis, William Cooper, Alan Sillitoe, Angus Wilson, and John Wain.
59. Different generations of English writers have theorized about novel-writing. Discuss briefly the critical history of the novel from Henry Fielding through the present.
60. Different generations of poets in different cultures have theorized about poetry. Discuss briefly the critical history of poetry with a look at the major theories of Plato, Aristotle, Chaucer, Dryden, Pope, Samuel Johnson, Wordsworth, Coleridge, Shelley, Keats, Emerson, Poe, and T. S. Eliot.

2. 美国文学部分：

1. Discuss the influence of Puritanism in American literature, with emphasis on the elements of Puritan thought in the works of the colonial and the Romantic writers.
2. Some critics hold that Anglo-American literature is based on the myth of the Garden of Eden. Identify and discuss the dream motif in American literature in the works of some of the writers such as Jonathan Edwards, Benjamin Franklin, de Crevecoeur, the Romantic writers, the realists and the naturalists, Fitzgerald, and J.D. Salinger.

3. Some critics hold that African American literature is based on the biblical myth of the Exodus. Discuss with reference to the works of major African American authors.
4. Van Wyck Brooks in his *America's Coming of Age* (1915) says to the effect that Edwards and Franklin represent the American mind between them. Discuss.
5. How might Puritan thought, mode of perception, and literary practice have contributed to the American symbolism of 19th-century American writing?
6. Identify and comment on possible traces of Jonathan Edwards and Benjamin Franklin in the writings of Ralph Waldo Emerson.
7. The idea of the West has been a strong influence on American fiction. Discuss with reference to Irving, Cooper, Hawthorne, Melville, and Fitzgerald.
8. American Romanticism grew as a result of a combination of internal and external factors at work then. Discuss.
9. New England Transcendentalism influenced a whole generation of American writers such as Emerson, Thoreau, Hawthorne, Melville, Whitman, and Dickinson. Discuss with reference to some of their major works.
10. "The Flowering of New England" (to quote Van Wyck Brooks) would not have what it was without the contribution of the "New England Poets"—Longfellow, Whittier, Lowell, Holmes, and Bryant. Discuss. Then explain the reason why their reputation fell in the 20th-century.
11. Emerson has been likened to a cow to the writers of the Romantic period. Discuss with reference to at least two of the following writers: Thoreau, Hawthorne, Melville, Whitman, and Dickinson. Be sure to include either Hawthorne or Melville as one of them.
12. Discuss the idea of "the usable past" with reference to Irving, Cooper, and Hawthorne.

13. Discuss the "dark romanticism" of *Moby Dick*. Mention, among other things, Melville's relation to Hawthorne and New England Transcendentalism.
14. Poe occupies a unique position in world as well as American literature. Write an essay on his literary theories, his contribution to the exploration of the mind as well as to the different literary genres.
15. George Bernard Shaw said on one occasion to the effect that Poe's achievement in the three areas of work as a critic, poet, and short story writer was equally admirable. Discuss.
16. Whitman and Dickinson have been seen as the two founts of modern American poetry. Discuss.
17. Identify and comment upon the Emerson's influence in Whitman and Dickinson.
18. Ezra Pound, in his "A Pact," calls Whitman "our pigheaded father." Discuss.
19. 19th-century American literature is interesting for a number of reasons, one of which is that some major writers did not receive, in their lifetime, the recognition they deserved, but were "resurrected" and became great in the 20th century. Discuss with reference to Poe, Melville, and Dickinson.
20. What are the major features of realism? Your answer should include a brief analysis of the works of some of the following authors: Mark Twain, William Dean Howells, and Henry James.
21. *The Adventures of Huckleberry Finn* has been regarded as the beginning of the colloquial style in America. Discuss.
22. Towards the end of his career, Henry James earned the title of "The Master." Discuss with reference to both his contribution to the practice and theory of novel-writing as a craft.
23. Discuss the major features of naturalism in American literature. Your answer should mention with a brief analysis of the works of some of

the following authors: Stephen Crane, Frank Norris, and Theodore Dreiser. Be sure to touch upon the distinction between American naturalism and its European counterpart.

24. Dickinson and Stephen Crane been regarded as the precursors of Imagist poetry of the 1920s. Discuss with a brief mention of the history of the movement and its principles in addition to an analysis of some of the poets and poems concerned.
25. *The Red Badge of Courage* begins the tradition of de-romanticizing or debunking war. Discuss with reference to Hemingway, Mailer, Heller, Vonnegut, etc.
26. Discuss the colloquial style in America with reference to Mark Twain, Henry James, Sherwood Anderson, Gertrude Stein, and Ernest Hemingway.
27. In the latter part of his career, Hemingway was known as "Papa Hemingway." Discuss.
28. Great writers are great because they possess a consistent vision of life that informs all their works. Discuss with reference to the works of the following writers: Fitzgerald, Hemingway, and Faulkner. You may bring in any other writers from any other literary periods to corroborate one's position.
29. The writers of the 1920s all tried to reflect the *zeitgeist* (or spirit) of their time. Discuss with support from all the departments of literature such as poetry, the novel, and drama. Mention at least three the following authors: Eliot, Pound, Frost, Williams, Frost, Fitzgerald, Hemingway, Faulkner, O'Neill.
30. After the publication of *The Waste Land*, a whole generation of writers was called "waste land painters." Discuss with reference to the major writers of the 1920s.
31. Both Wordsworth and T.S. Eliot were once regarded by their one-time "followers" as "lost leaders." Discuss.

32. Williams Carlos Williams calls, in his *Autobiography*, the publication of *The Waste Land* "a great catastrophe to our letters." Discuss with reference to the literary credos and practices of the two High Modernist masters. You may glean support for your exposition from related authors and works.
33. The long epic form assumed great significance in the High Modernist poetic endeavor of such writers as Pound, T.S. Eliot, Williams, and Hart Crane. Discuss with support from at least two of these.
34. T.S. Eliot was seen for over a quarter of a century as the literary dictator in English and American literature. Discuss the major tenets of his theories and their impact on modern and contemporary American poetry.
35. Wallace Stevens and Robert Frost worked with their material in their own ways, but they were certainly part of the High Modernism endeavor in America. Discuss.
36. The 1920s saw a great literary creative outburst on the part of the African Americans. Discuss with a look at the historical events that led to the Harlem Renaissance and with analyses of some major African American writers such as Hughes, Toomer, and Cullen.
37. The New Criticism has played a significant part in American poetry and is still very much in evidence today. Discuss its history, theories, and influences.
38. The writers of the 1930s made their concerted efforts to address the problem peculiar to their age. Discuss with reference to some works from all the three departments of literature, especially the novel and drama.
39. The African American novel has achieved significant growth since Richard Wright's *Native Son*, and has made its presence keenly felt in contemporary American literature. Discuss with reference to at least two of the following writers: Ellison, Baldwin, Morrison, and Walker.

40. Some African American writers seem to have a new message, other than the one of a protest nature, to offer to their African American people. Discuss with reference to at least two of the following writers: Ellison, Baldwin, Morrison, and Walker.
41. One group of writers who have made their voice heard in the postwar period is the Jewish writers. Discuss with an analysis of some of the major works (one or two) of at least two of the following writers: Saul Bellow, Bernard Malamud, Philip Roth, Norman Mailer, and J.D. Salinger.
42. The American south has developed a unique literary tradition of its own. Define and discuss with a look at preeminent southern writers such as Glasglow, Welty, Porter, Carson McCullers, O'Connor, Styron, and Capote.
43. John Barth says in one of his famous essays to the effect that literature is exhausted and that a new way of writing will have to be found. Discuss with reference to at least two of the following authors: Barth, Heller, Vonnegut, Kesey, Barthelme, Pynchon, Gaddis, Doctorow, and Nabokov.
44. Define the postmodernist novel, its social and intellectual milieu, and its basic features. Discuss with reference to at least two of the following writers: Bellow, Barth, Heller, Vonnegut, Kesey, Pynchon, Barthelme, and Nabokov.
45. Define and discuss the use of parody and black humor in the postmodernist novel. Discuss with emphasis on the works of at least two of the following: Bellow, Barth, Heller, Vonnegut, Kesey, Pynchon, Barthelme, and Nabokov.
46. Tastes and values in poetry underwent a significant change in the postwar period. Postmodernist poetry exhibited features which both related to and reacted against those of the previous decades. Discuss with a look at the critical fortunes of such poets like T.S. Eliot, Pound,

Williams, and the New Criticism, and a look at the theories and practices of such major postwar poets as Charles Olson, Allan Ginsberg, and Robert Lowell.

47. In his famous 1960 anthology of postwar American poetry, Donald M. Allen divided postwar American poetry neatly into a few categories. Discuss the basic features and representative poets of each and every one of the groups with support from their major works. Don't forget to mention the Confessional school which Allen did not include in his book.
48. Postwar American drama was said to begin with the staging of Tennessee Williams' The Glass Menagerie and Arthur Miller's Death of a Salesman. Discuss.
49. Recent American drama has gone through some changes since Edward Albee's *Who's Afraid of Virginia Woolf?* Discuss with analyses of the works of Albee, Shepard, Mamet, the feminist and the multiethnic playwrights.
50. The redefining of American literature has been going on in the last few decades with the emerging multiethnic writers trying to give voice to their different ethnic experiences. Discuss with reference, in addition to African American authors, to Native American writers, Asian American writers, Chicano writers etc.
51. One of the fascinating subjects for all generations of writers has been the relationship between the world and the self. Discuss with support from the works that you have read.
52. One notable feature of American literature is the effort of the successive generation of writers to be original and keep "[making] it new." Discuss.

注释

第一章　英美文学的三支伏流

1. 朱维之译：《失乐园》，上海译文出版社 1984 年版，第 479—480 页。

2. 查良铮译：《拜伦诗选》，上海译文出版社 1981 年版，第 57 页。

3.《新约全书・马太福音》27：57—60。

4.《新约全书・马太福音》28；《马可福音》16：5；《路加福音》24：4；《约翰福音》20：22。

5.《新约全书・路加福音》24：34—43；《约翰福音》20：19—25。

6. 艾青著：《落叶集》，浙江人民出版社 1982 年版，第 19—27 页。关于耶稣就难的故事，鲁迅曾在其《暴君的臣民》（1919）及《关于中国的两三件事》（1934）等文章中提到过。

7. 我国诗人臧克家曾在《反抗的手》（1942）一诗中引用创世纪故事。

8. 赫尔伯特（Jesse Lyman Hurlbut）著：《赫尔伯特的圣经故事》，芝加哥温斯顿公司 1932 年版；科西多夫斯基著：《圣经故事集》，张会森，陈启民译，北京新华出版社 1981 年版。

9. 莎士比亚戏剧译文皆引自朱生豪译：《莎士比亚全集》。

10. 李霁野译：《简・爱》，陕西人民出版社 1982 年版，第 531 页。

11. 同上，第 532—533 页。

12.《新约全书・路加福音》2：46—49。

13.《旧约全书・雅歌》7：7；2：1。

14.《新约全书・马太福音》26：26。

15.《旧约全书·诗篇》95：7。

16. 据希腊神话，世界曾经历过四个时代，即黄金时代，白银时代，青铜时代及黑铁时代。其中以黄金时代为人类最美好的时代。在美国文学史上，马克·吐温和查·达·瓦尔纳合著《镀金时代》一书，是对十九世经中期以后美国社会的讽刺。其时美国梦想开始破灭，人们没有在新世界盼来黄金时代，却看到了假的黄金时代，即镀金时代。

17. 杨德豫译:《拜伦抒情诗七十首》,湖南人民出版社 1981 年版，第 101 页。

18. 同上，第 104 页。

19. 杨周翰等著:《欧洲文学史》(下册),北京人民文学出版社 1979 年版，第 54—55 页。

20. 参阅安德鲁·朗著《波罗尔特的民间故事》(Perrault's Popular Tales)。该书叙说同类故事在不同国家的表现形式。

21. 参阅威廉·约克·廷德尔著《乔伊斯读者指南》，纽约 1959 年版，第 123—236 页。

22. 考尔（A. N. Kaul):《美国人的想象》，美国耶鲁大学出版社 1963 年版。

23. 威·巴·叶芝，《书信集》，第 379 页。

24. 裘小龙译:《荒原》，载于《外国诗》第一期（1983 年），第 103 页。以下《荒原》译文皆引于此。

25. 圣地亚哥(Santiago)为海明威著《老人与海》的主人公；乔·克里斯马斯（Joe Christmas）为福克纳著《八月之光》小说的主人公。

26.《鲁迅全集》，北京人民文学出版社 1982 年版，第四卷第 134 页。

27.《外国诗》第一期，第 83 页。

28. 特洛伊将领埃涅阿斯（Aeneas）逃出特洛伊后途经迦太基国，该国女王狄多与其恩爱达一年余，后来埃涅阿斯奉神谕离去，狄多痛不欲生，自焚身亡。

29. 魏士登著:《从祭仪到神话》，剑桥大学出版社 1920 年版，第 172—174 页。

第二章　英国文学史话

1. 杰罗姆 • 汉密尔顿 • 巴克利著：《维多利亚时代的气质》，纽约兰达姆出版社 1951 年版，第 226 页。

2. 汉弗莱 •豪斯著：《狄更斯的世界》，伦敦牛津大学出版社 1941 年版，第 9 页。

3. 李霁野译：《简 • 爱》，陕西人民出版社 1982 年版，第 3 页。

4. 巴克利著：《维多利亚时代的气质》，第 171—175 页。

5. 弗雷德里克 • J. 霍夫曼著：《20 年代》，纽约克里尔书局 1962 年版，第 277—278 页。

6. 夏夫 • K. 库玛尔著：《柏格森与意识流小说》，美国纽约大学出版社 1963 年版，第 1—36 页。

7. 弗雷德里克 • J. 霍夫曼著：《弗洛伊德学说与文学思想》，美国路易斯安那大学出版社 1949 年版，第 1—59 页。

8. 沃尔特 • 艾伦著：《英美现代小说》，纽约 E. P. 杜顿有限公司 1965 年版，第 2—3 页。

9. D. H. 劳伦斯著：《心里分析与下意识；下意识幻想曲》，纽约瓦金出版社 1960 年版。

10. M. L. 罗森塔尔著：《现代诗人评介》，伦敦牛津大学出版社 1960 年版，第 196—200 页。

11. 弗里德里克 • R. 卡尔著：《当代英国小说读者指南》，纽约法拉尔—斯特劳斯—吉罗斯公司 1962 年版，第 3—18 页。

第三章　美国文学史话

（限于篇幅，详细书目可参阅常耀信著《美国文学简史》(南开大学出版社 2008 年第三版“Notes and References”部分)

1. 罗伯特 • E. 斯皮勒著：《美国文学始末》，纽约麦克米伦公司 1957 年版。

2. 刘保端等译：《美国作家论文学》，北京生活 • 读书 • 新知三联书店 1984 年版，第 61—71 页。

3. 同上，第 99 页。

4. 理查德·布里奇曼著：《美国的口语化文风》，伦敦牛津大学出版社 1966 年版。

5. 乔治·威廉森著：《艾略特诗指南》，纽约法拉尔—斯特劳斯—吉罗斯公司 1953 年版，第 35 页。

6. 威廉·普拉特编著，《意象主义诗歌：现代诗歌的缩影》，纽约杜顿有限公司 1963 年版；弗里德里克·J. 霍夫曼著，《20 年代》，第 197—204 页；斯坦利·K. 科夫曼著，《意象主义：现代诗歌史上的一章》，美国俄克拉何马大学出版社 1951 年版。

7. M. L. 罗森塔尔著：《埃兹拉·庞德入门》，纽约麦克米伦公司 1960 年版，第 42 页。

8. 《世界文学》编辑部译：《美国当代文学》北京中国文艺联合出版公司 1984 年版，第 630 页。

9. 参阅关于 30 年代文学，参阅沃伦. 弗兰奇编著，《30 年代：小说，诗歌，戏剧》，1967 年版，以及冯·W. 鲍德曼著，《30 年代：美国与大萧条》，1967 年版。

10. 关于战后小说，请参阅 E. D. 厄玛斯著，《历史的继续：后现代主义及时间再现的危机》，1992 年版；大卫·哈威著，《后现代的条件：文化变化根源探索》，1989 年版；亦请参阅陆凡译：《当代美国文学 1945－1972》，载《现代美国文学研究》1979 年第 1 期。第 212—242 页。

11. 参阅《世界文学》1985 年第 4 期第 284 页，及王文彬著：《漫谈黑色幽默和〈第 22 条军规〉》，载《现代美国文学研究》1979 年第 1 期第 121—133 页。

12. M. L. 罗森塔尔著：《现代诗人评介》，第 225－272 页。关于战后诗歌，请参阅大卫·波金斯著，《现代诗歌史：现代主义及其后》，美哈佛大学出版社 1987 年出版；以及詹姆斯·布列斯林著，《由现代至当代：美国诗歌 1945—1965》，美芝加哥 1984 年出版。

关于美国戏剧，参阅 C. W. E. 毕格斯比著，《近期美国戏剧》，1961

年版，及他的《现代美国戏剧，1945－1990》，1990 年 版；以及大卫 •萨夫隆著，《运用他们自己的语言：当代美国剧作家》，1988 年版。亦请参阅龙文佩著：《尤金 • 奥尼尔和他的剧作》，载于《外国文学》1980 年第一期，第 123 页。

14. 关于非裔美国文学，参阅罗丝 •米勒著，《美国黑人文学：1760 迄今》，1971 年版；罗伯特 •A. 伯恩著，《美国黑人小说》，1965 年版；A. 辛格等编著，《重新评价哈莱姆文艺复兴》，1989 年版。

15. 关于美国多种族文学，参阅 A. L. V. B. 罗夫与 J. W. 沃德合编，《美国文学史的再界定》，1990 年版；D.费希尔编辑，《少数民族的语言与文学》；H. A. 巴克尔编辑，《三种美国文学》；P. G. 艾伦编辑,《美国印第安人文学研究》；《亚裔美国作家选》；《美国文学：作品及其社会背景介绍》；《亚裔美国文学：简介与文选》；L. 杜朗和 B. 罗素合编，《美籍墨西哥人研究介绍》，1973 年版；以及 C. 塔特姆著，《美籍墨西哥人文学》，1982 年版。

16. 参阅陈嘉著：《漫话美国文学》，载《美国文学丛刊》1981 年第 1 期第 33 页。